GIUNTI FAERIE

Giulia Modugno

La discendente del ladro

GIUNTI

Giunti Editore si impegna per uno sviluppo sostenibile
con l'utilizzo di carta certificata FSC® proveniente
da fonti gestite in maniera responsabile.

www.giunti.it

Via Bolognese 165 – 50139 Firenze – Italia
Via G. B. Pirelli 30 – 20124 Milano – Italia

Prima edizione: settembre 2024
Prima ristampa: ottobre 2024

La discendente del ladro

TRIGGER WARNING

Linguaggio e scene esplicite
Tortura
Abusi
Violenze fisiche e psicologiche
Maltrattamenti

A me stessa.
E a te.
Facciamo tutti
parte di un cerchio.

1

Nel regno di Eredros erano in pochi a non pensare che la Leggenda del Fauno avesse un fondo di verità.

Io ero tra loro.

Ed era considerabile alla stregua di alto tradimento contro la Corona non credere a quella storia antica. Perché non esisteva corte, villaggio e cittadino che non la conoscesse o la ritenesse reale. Persino i bambini, nelle notti più cupe, si nascondevano sotto le lenzuola e la recitavano alla perfezione, quasi fosse una preghiera.

Eppure, ogni volta in cui la sentivo, mi era impossibile non stringere le labbra per il fastidio. Quella sera non fui da meno.

Io e Jak ci trovavamo a una festa in casa di un ricco mercante. Avevamo trovato spazio tra i ranghi delle decine di camerieri che giravano tra la gente a servire stuzzichini ai gamberi. Gli invitati sembravano fenomeni da baraccone: indossavano maschere, abiti sfarzosi, corna o lunghe code pelose. Imitavano il mondo incantato oramai perduto.

Oltre alla limpida voce del giullare che pizzicava le corde del mandolino, non si udiva che qualche sussurro. La folla gli si era radunata attorno e pendeva dalle sue labbra.

Mille anni fa, esisteva un mondo in cui la magia regnava incontrastata. Ma perché questo mondo fosse popolato da sirene, centauri, leoni infernali ed elfi, il Fauno Adhareo doveva portare addosso un immenso fardello.

Mi sforzai con tutta me stessa di non alzare gli occhi al cielo, ma non ci riuscii. Alcuni mi rivolsero un'occhiataccia. Jak mi colpì con il gomito. Mi voltai, guardandolo storto.

Era due teste più alto di me, i riccioli scuri incorniciavano i suoi occhi neri dalle lunghe e folte ciglia, aveva labbra piene, ora piegate in un ghigno, e una spessa cicatrice rosa gli deturpava il volto dall'occhio destro all'angolo della bocca. Non c'era da stupirsi che venissimo spesso scrutati con sospetto: sembravamo due delinquenti. A dir la verità, *eravamo* due delinquenti.

«Nailyn, segui la storia.»

Sapeva bene quanto mi desse ai nervi non poter urlare in faccia a quegli aristocratici di merda che confidavano solo in un mucchio di stronzate.

Mi sfuggì un ringhio e una donna mascherata da fata mi lanciò uno sguardo sprezzante, ma quando notò i miei occhi si girò di scatto, terrorizzata.

Esausto d'essere il Custode della magia,
si macchiò di un terribile sacrificio.
Per poterlo liberare, gli dèi che lo avevano creato
esigevano che fossero immolate tre Chimere.
Nel loro bollente sangue, Adhareo temprò tre lame
di straordinario potere. Nelle tre Spade racchiuse
per sempre la magia di cui era il Custode.

Il bardo non aveva più di una ventina d'anni, come noi. Teneva i lunghi capelli fulvi legati con un laccino di cuoio, e cantava con una tale devozione da farmi venire l'orticaria.

Mi appoggiai con la spalla a un'alta colonna d'avorio intagliata. Le raffigurazioni della Leggenda del Fauno le crescevano intorno a spirale. I dettagli erano dipinti in oro puro. I tetti a cupola erano di cristallo e lasciavano intravedere una luna timida, nascosta dietro una nube. Sulle pareti erano appesi i ritratti degli uomini più importanti nella storia del regno di Eredros.

L'unica donna raffigurata con venerazione era la regina Jaismid, seduta su un trono accanto a quello di re Aronne. Teneva in braccio un neonato, il principe Gioele, primogenito nato qualche luna prima.

La casa di quel mercante doveva valere una vera fortuna.

Dal dono di Heldor, leone col corpo d'ariete, discese Lux.
Dal dolore di Selva, lupo col palco del cervo, sorse Ombra.
Dal sacrificio di Astriel, cavallo dalla testa d'aquila,
nacque Obscuritas.

«Non posso più ascoltare queste stron...» M'interruppi accorgendomi che Jak non era più accanto a me.

Lo cercai per la sala. Gli invitati erano concentrati sulla Leggenda, persino il padrone di casa dal ventre prominente. Indossava una lunga tunica porpora ed era seduto sulla schiena di un servo che, a quattro zampe, tremava sotto il suo peso.

Dietro di lui, seminascosto nell'ombra, individuai Jak. Mi fissava con quella sua aria maliziosa. Sfilò dalla tasca una mano avvolta nel guanto bianco e l'allungò su un candelabro d'oro che spiccava su un tavolo a fianco.

«No» mimai, incenerendolo con lo sguardo.

Jak sollevò un angolo della bocca e si portò un dito davanti alle labbra, intimandomi di fare silenzio.

Nascose il candelabro sotto la giacca della divisa e si dileguò.

Debole per l'impresa, si rifugiò in una caverna dove
un quieto riposo l'attendeva. Accese una lunga candela
bianca che avrebbe protetto e vegliato sul suo sonno.
Prima di riprendere coscienza, tutta la cera avrebbe
dovuto sciogliersi in una liquida pozza.
Il declino della magia ebbe inizio dal tremolio
di quella candela che si spegne.

Maledetto, maledetto idiota!

Eravamo lì per lavorare, non in veste di ladri. Una volta tanto.

Le guardie che controllavano le uscite, però, non sembravano essersene accorte. Erano anche loro incantate dalle parole del bardo.

«Ricco bottino, stasera.»

Rabbrividii al familiare sussurro sulla nuca.

«Giuro che se ti beccano, ti ficco quel candelabro…»

«… su per il culo? Lo so, ma dovresti imparare a esser meno volgare.» Aveva lo sguardo vispo, il solito di quando cercava rogne. «Non è elegante.»

«Jak, non sto scherzando. E togliti quel ghigno, hai l'aria sospetta.»

«Shh, il menestrello sta cantando.»

Quando il Fauno s'addormentò era ignaro del fatto

che un uomo mosso dall'avidità lo aveva osservato
fino a quel momento. Il Ladro soffiò sulla candela
ancora intera e rubò le tre Spade, condannando il mondo
incantato allo stesso profondo torpore del suo Custode.

La regina Jaismid credeva fermamente nell'esistenza delle tre Spade. E re Aronne, che l'amava in maniera incondizionata, le aveva addirittura permesso di varare una legge secondo la quale era proibito diffamare la Leggenda in pubblico. Cosa che non aveva fatto altro che favorire la nascita di un radicato fanatismo. Erano nati dei veri e propri culti devoti al mondo magico ormai perduto.

Jak sghignazzò in silenzio sull'ultima strofa. Anche lui trovava che fossero un mucchio di stronzate inventate per divertire una borghesia annoiata.

«Dovresti andartene» ordinai. «Prima che qualcuno se ne accorga» mi uscì in un sussurro stizzito.

«Fammi ascoltare il finale.» Lui incrociò le forti braccia al petto e puntò lo sguardo sul cantore. Sapevo che mi osservava con la coda dell'occhio. Adorava farmi impazzire.

Tuttavia ben presto capì di avere perso così lui stesso
tutto il potere di cui si voleva impossessare. Tentò in ogni
modo di riaccendere la fiamma, ma quest'ultima,
che di magia viveva, si rifiutò.
Gli occhi del Ladro, colmi di furia, s'infuocarono
e divennero rossi come il sangue delle tre Chimere.

Occhi vermigli, come i miei.

In realtà non trovavo che ci fosse qualcosa di particolarmente strano nei miei occhi: semplicemente le iridi erano di un bruno cremisi, simile alla corteccia degli abeti rossi. Ma per tutti quei fanatici erano gli occhi del *male*. Quando qualcuno si volse per lanciarmi un'occhiata carica di disprezzo, sbuffai. Sospettavo che il mercante mi avesse assunta quella sera solo per dare spettacolo. Di certo, non ero passata inosservata.

Col tempo le lame passarono di mano in mano a uomini
ciechi davanti al loro vero valore, e sparirono nei meandri
del mondo in attesa dei Prescelti, gli unici capaci
di risvegliare la magia.

Ma col ritorno alla vita del mondo incantato
si scatenerà sui regni anche la furia del Fauno,
vittima dell'inganno.

Il bardo concluse la sua recita con voce solenne. Il silenzio, che aveva regnato fino ad allora, fu rotto da decine di sospiri increduli. Come se non conoscessero il finale.

Idioti.

Mi voltai e, ancora una volta, Jak si era dileguato. Lo intercettai poco dopo con un vassoio carico di coppe riempite di frizzante liquido rosa.

Un uomo, che indossava lunghe corna attorcigliate all'indietro, afferrò un calice e se lo portò alle labbra. Fu subito imitato da una dama mascherata da arpia, i cui grossi seni strabordavano dall'abito troppo stretto. Ingoiò la bevanda e roteò gli occhi. Per un momento, fu visibile solo la lucida sclera bianca, poi le iridi tornarono al loro posto, ma ora brillavano di una luce confusa.

Eravamo arrivati a *quel* momento della festa. Quasi tutti gli invitati avevano bevuto la loro attesissima dose di droga liquida, non ci sarebbe stato momento migliore per svignarsela di quei primi minuti di pandemonio.

Dopodiché, le luci si sarebbero abbassate, le chiacchiere si sarebbero trasformate in gemiti e mormorii, e i pomposi vestiti sarebbero crollati a terra. Nudi come vermi, quei ricconi si sarebbero dati a orge di cui, il giorno dopo, avrebbero rimosso ogni dettaglio. Ma non i servitori, che li avrebbero rispettati sempre meno, senza comunque smettere di temerli.

Raggiunsi Jak e gli strattonai una manica. «È ora di andare» ordinai, decisa.

«Adesso che arriva la parte migliore della serata?» Sollevò un sopracciglio.

«Non fare lo stupido, approfittiamo della confusione per svignarcela. A meno che tu non voglia rimettere a posto ciò che hai... *preso*.»

«Dovresti provare a divertirti, una volta tanto.» Abbandonò il vassoio e mi seguì tra la folla.

Raggiungemmo l'uscita principale, bloccata da due alte guardie che sbarravano la strada con le lance incrociate. Una delle due ci osservò con sospetto. «Dove pensate di andare? Tornate al lavoro, la serata non è ancora finita.»

«Amico,» iniziò Jak «la situazione qui si sta facendo *bollente*. Abbiamo bisogno di una boccata d'aria.»

«*Amico*,» lo apostrofò il soldato nella divisa blu dai ricami d'oro «tornate dentro.»

«Ho capito, sei il tipo che si fa smuovere solo dal tintinnio delle monete. Giusto?»

Lo colpii col gomito. Stava rischiando troppo. E di monete da dargli non ne avevamo.

La guardia socchiuse gli occhi, doveva aver sentito odore di marcio. Studiò attentamente Jak da capo a piedi e notò uno scintillio dorato che sbucava dall'apertura della giacca.

«Cos'hai lì?»

2

Successe tutto troppo velocemente: un secondo prima ci trovavamo davanti alle guardie, quello dopo gli eravamo addosso.

Oltrepassammo i corpi rannicchiati a terra, io stringevo l'impugnatura del mio stiletto macchiato di sangue.

Il lungo corridoio era fiocamente illuminato dalle torce appese al muro. Nei punti più bui scorgevo coppiette in cerca di riservatezza. Inorridii ai loro gemiti e al suono umido dei baci.

«Maledetto idiota!»

Il rumore di decine di scarponi ci arrivò ruggendo contro le pareti.

«Bloccate le uscite!» urlò qualcuno alle nostre spalle.

Ci avevano raggiunti. E, visto che al peggio non c'è mai fine, il portone che affacciava sulle vie di Vartadis era sbarrato da altre due guardie.

«Merda» Jak si arrestò di colpo guardandosi attorno. Impiegò solo qualche istante a rendersi conto che non avevamo altra scelta se non andare avanti… o tornare indietro.

Ci scambiammo una veloce occhiata. Non potevamo farci arrestare. Nella maniera più assoluta. L'Oblio non era un'opzione.

Avevo passato una vita per strada a rubare e azzuffarmi, e mai una volta in cui ero stata presa. Non poteva accadere neanche quel giorno.

Indossavo un corpetto rigido con la scollatura a cuore. Portai una mano tra i seni e sfilai il secondo stiletto.

«Affascinante» commentò Jak, sardonico.

Si scrocchiò le nocche. Era cresciuto a suon di cazzotti e calci in culo, un addestramento tosto e difficile tanto quanto quello delle guardie. Con l'unica differenza che i bassifondi non erano un'accademia: perdere poteva rivelarsi fatale. Aveva sempre dovuto trovare il modo di farla franca. E c'è da ammettere che era diventato un esperto.

Jak non usava armi. Mai. Per lui contava solo la sua "forte prestanza fisica", come la definiva. E traeva un inquietante godimento nel sentire il sangue sporcargli le mani, i pugni bruciare a ogni colpo, il suono delle ossa frantumarsi.

Il nostro modo di combattere non aveva nulla di elegante. Era rozzo, sporco, senza uno schema. Spesso scorretto. Ed era anche ciò che quasi sempre ci faceva prevalere. *Quasi.*

Riprendemmo a correre verso l'uscita sbarrata e giunti a poca distanza da altre due guardie, mi buttai a terra per schivare i loro colpi. Ficcai la punta della lama nella coscia di uno dei due e ruotai. Il sangue zampillò quando la strattonai fuori dalla carne lacera. L'uomo urlò e cadde tenendosi le mani sulla ferita.

Sollevai il secondo stiletto per occuparmi dell'altro soldato, ma Jak gli era già addosso. Non fu un combattimento alla pari: il suo avversario aveva una sciabola e con movimenti puliti tentava di colpirlo. Ma Jak era un'anguilla. Schivava ogni colpo con un sorriso beffardo. Quando gli fu a pochi soffi dal viso sollevò il pugno e lo tempestò di cazzotti. Il sangue schizzò sul suo bel volto e gli macchiò i guanti bianchi da cameriere. La guardia gemeva sotto di lui, ma aveva smesso di ribellarsi.

Intanto, un altro gruppo ci aveva raggiunti.

Due di loro si avventarono su Jak, mentre una terza mi afferrò per la testa e tirò indietro. Un ciuffo di capelli biondi gli restò tra le dita.

«Credevate di svignarvela, eh?» I piccoli occhi porcini brillarono alla luce delle torce. «Non andrete da nessuna parte. Abbiamo un po' di tempo per divertirci.» Si portò la mano alla cintura e si slacciò le brache.

Nella confusione della fuga, dei lamenti delle guardie a terra, delle grida di piacere dell'orgia che si svolgeva nella sala da ballo, nessuno si sarebbe accorto o indignato se mi avessero toccata. O, comunque, nessuno avrebbe protestato se un uomo avesse preteso ciò che bramava da una serva. Da una *ladra*.

Ero abituata a quel tipo di attenzioni. Finsi uno sguardo di terrore e attesi fino a quando non mi si inginocchiò davanti. Poi, in uno scatto fulmineo, lo accoltellai tra le gambe, dal basso verso l'alto. Non emise il minimo grido di dolore, privandomi di parte del piacere. Ma divenne cereo, roteò gli occhi e spalancò la bocca in un urlo muto.

Jak assestò l'ultimo cazzotto alla guardia più vicina, che perse i sensi e crollò a terra.

Approfittammo di quell'istante per sgusciare fuori dalla casa del mercante. Le vie di Vartadis ci avrebbero protetto, ora e per sempre. L'aria era gelida, e asciugava il sangue che mi copriva la pelle.

Venimmo inghiottiti dal silenzio dei vicoli semibui. Più ci avvicinavamo ai quartieri poveri, più le strade si facevano scure.

E l'odore delle spezie esotiche si sostituiva al tanfo dei pitali svuotati direttamente dalla finestra. Per quelle vie abitava la gente del popolo, che non aveva altro privilegio nella vita se non pulire i grassi culi dell'aristocrazia accomodata sulle loro spalle forti, e che li considerava alla stregua di ratti.

Udimmo lo scalpiccio di alcune guardie superstiti che avevano deciso di proseguire con l'inseguimento. Ma noi, come i ratti quali eravamo, ci arrampicammo approfittando delle sporgenze per scalare i palazzi a punta di Vartadis. Nel buio della notte, la pietra sembrava ancora più nera. Raggiungemmo i tetti e continuammo a correre senza produrre alcun suono. Avremmo potuto fare invidia al più silenzioso dei gatti. La luna illuminava il nostro percorso, ma non avevamo alcun bisogno di vedere dove mettevamo i piedi. Conoscevamo il tragitto alla perfezione.

Arrivati davanti alla solita finestra rotta, mi aggrappai alla trave di legno e mi lasciai scivolare all'interno, seguita a ruota da Jak.

Coordinati come sempre, lui afferrò nel buio una scatola di fiammiferi e accese le candele del nostro rifugio, mentre io appendevo pesanti coperte alla finestra, sia per ripararci dal freddo che per nascondere a occhi indiscreti la luce proveniente dal campanile. Una grossa campana pendeva immobile sulle nostre teste. La mezzanotte avrebbe suonato a momenti.

Il pavimento era rivestito di tappeti, cuscini, coperte dai colori caldi. Jak appoggiò il candelabro d'oro su un vecchio, traballante mobile di legno. Si sfilò i guanti macchiati e li lanciò lontano, intanto che osservava soddisfatto il bottino.

Mi mossi furtiva, scaraventai Jak a terra e gli puntai lo stiletto alla gola. Lui, abituato ai miei scatti d'ira, alzò le braccia in segno di resa. Ma quel dannato ghigno divertito rimase immobile sul suo volto. Due profonde fossette comparvero agli angoli della bocca.

«Maledetto bastardo» sibilai.

Il sangue sulle mie mani si era seccato e ora si screpolava come terra arida.

«Maledetto, *affascinante* bastardo, volevi dire.»

«Non scherzare, ci hai messi in grossi guai.»

Mi sollevai da terra, liberandolo. Jak si puntellò sui gomiti intanto che io aprivo un cassetto e recuperavo una lunga e sottile sigaretta. L'aria si riempì presto di fumo che aleggiava come una nebbia grigia. Lui sventolò una mano per cacciare la nube, ma ne prese una a sua volta. «Dovresti proprio smettere, non è adatto a una *signora*.»

«Credi di essere simpatico, Jak? Non lo sei, sei un dannato coglione. E quando i carcerieri ti faranno le chiappe a strisce penserai a me.»

«Penso sempre a te.» Parlò con la sigaretta tra le labbra, sventolando il fiammifero con cui l'aveva accesa.

«Ah sì? Anche quando hai rubato quello?» Indicai il candelabro d'oro.

Il suo sguardo si incupì. «*Soprattutto* quando ho rubato quello.»

«Avevamo un lavoro, Jak. Un lavoro *vero*.»

«Sì, e quanto credi che saremmo andati avanti con la misera paga che ci avrebbero rifilato? Sono giorni che non fai un pasto decente, Nailyn. E io devo occuparmi di te.» La sua voce aveva perso tutta la leggerezza.

«Sono in grado di badare a me stessa, lo sai. Avremmo trovato il modo di mangiare, ma questa cosa che hai fatto è irreversibile. Non potremo più uscire di qui senza che qualcuno ci riconosca! E io non voglio finire nell'Oblio solo perché tu sei un idiota!»

Giravano un sacco di voci su quel posto, una più terrificante dell'altra. Non era una prigione come le altre. Alcuni sostenevano che si facessero strani e crudeli esperimenti, lì dentro. E non era neanche ben chiaro che crimine si dovesse commettere per essere spediti laggiù.

Una volta, quando io e Jak eravamo due ragazzini, un giovane ladro come noi era stato arrestato per uno stupido furtarello. Avevamo chiesto in giro, ma sembrava fosse sparito nel nulla.

Il bambino era riapparso a distanza di giorni, eppure non era più lo stesso. Non aveva segni visibili sul corpo, ma gli occhi erano profondissimi e vuoti. Pareva uno svitato.

Jak, poco dopo, aveva trovato il corpo del ragazzino sull'argine del fiume; era morto di fame. Non potevi sopravvivere nella miseria di Vartadis se eri un orfano con le rotelle fuori posto, e senza nessuno a badare a te.

Non era chiaro cosa accadesse nell'Oblio, ma di una cosa eravamo assolutamente certi: chi ci veniva portato non tornava più. E se ci riusciva, lasciava lì la testa come pegno.

«Che ipocrita che sei, come se non passassi le tue giornate a scippare la gente.» Jak spense la sigaretta tra pollice e indice, e si allontanò bruscamente.

«Jak, miseria ladra! Lo faccio con criterio, senza farmi beccare! Non sotto gli occhi di un'intera sala piena di guardie. E poi rubo monete. Monete!»

«Monete, sì» concordò, con aria ironica. «E gioielli, portafortuna, spille…»

«Ma non candelabri d'oro più grossi di me!»

Jak sbuffò e si lasciò cadere sulla pila di cuscini. Buttò la testa all'indietro e io mi scoprii a indugiare un attimo di troppo sul pomo d'Adamo che gli si muoveva su e giù.

«Ti sei visto allo specchio, di recente? Ti avevano messo gli occhi addosso dal primo momento» ripresi.

«Come dargli torto? Sono uno schianto.» Era tornato al consueto tono leggero.

«Cretino! Mi riferisco alla cicatrice che ti taglia la faccia! Hai l'aspetto di un delinquente. Come hai fatto a non accorgerti che ti puntavano?»

«Sono famoso per la mia bellezza, non per il mio spirito d'osservazione.» Si finse avvilito. «E poi, io *sono* un delinquente. E anche tu.»

Mi sedetti a gambe incrociate sul suo giaciglio e mi afferrai la testa tra le mani. «Come faremo a uscire di qui senza che ci riconoscano? Avranno dato l'ordine di trovarci...»

Jak mi si inginocchiò davanti. «Di questo non dovrai preoccuparti a lungo.» Gli occhi gli brillavano di un luccichio allarmante. I riccioli scuri sulle tempie sporche di sangue erano un contrasto dolce rispetto allo sguardo quasi folle che aveva.

«Ah no? E sentiamo, come mai?»

Jak piegò un angolo della bocca e si grattò la mascella. «Be', Silver Hale.»

Venimmo interrotti dal boato delle campane.

«Chi?» urlai.

3

Una ciocca bionda continuava a spuntare da sotto il cappuccio, i miei capelli non erano abbastanza lunghi da poterli legare in una coda senza che qualche ciuffo sfuggisse dal laccio. Comunque, ero riuscita a nasconderli con discreto successo.

Gli occhi, però, era impossibile mascherarli. Mi limitai a tenere lo sguardo basso sulla strada.

Il vero problema era Jak, poiché la spessa cicatrice sul volto saltava immediatamente all'occhio, e non riusciva a celarla più di tanto.

Non aveva voluto dirmi quale fosse il piano, chi fosse Silver Hale e come avremmo fatto a scamparla anche quella volta. Sosteneva che se lo avessi saputo, non lo avrei seguito. Questo era già un buon motivo per rifiutarmi di mettere piede fuori dal campanile.

Ma non avevo scelta: o restavo sepolta a vita sotto gli strati di cuscini e tappeti nel rifugio, o mi arrischiavo per strada mettendo in gioco la pelle e la libertà. Vartadis era tappezzata da centinaia e centinaia di volantini: erano stati promessi duecento *purin* d'oro a chiunque consegnasse i ladruncoli della festa del mercante. Sotto l'annuncio era abbozzato un disegno delle nostre facce e compariva una breve descrizione del nostro aspetto.

Avevamo una fottuta taglia sulla testa. E frotte di nemici che avrebbero volentieri approfittato di una facile occasione di vendetta.

«Il candelabro vale meno di duecento *purin* d'oro» si lamentò Jak in un bisbiglio.

Aveva nascosto l'oggetto rubato in una sacca appesa alla vita sotto il pastrano e se lo stringeva contro con gelosia.

«Non è per il valore, coglione. Lo abbiamo umiliato. Lo fa per il suo orgoglio» ribattei, seccata.

«Quale orgoglio?»

«Appunto.»

Era il crepuscolo. Camminavamo lentamente cercando di passare inosservati. Lungo tutta la strada avevo notato guardie in borghese a pattugliare le vie. Ma non avevano fatto caso a noi e, per miracolo, eravamo arrivati al porto.

L'aria salmastra puzzava di sigaro, del profumo da quattro soldi delle vecchie puttane che sorridevano ai passanti, e di vomito. Non era ancora calata la notte che i marinai di sosta a Vartadis erano già ubriachi marci.

Probabilmente Jak mi stava trascinando verso una nave. Mi vennero i brividi solo a pensarci. Non avevo intenzione di lasciare la mia casa. Pregai gli dèi che le mie non fossero altro che paranoie.

Nascosti sotto i nostri pesanti mantelli, ci confondemmo tra la folla. Le taverne andavano riempiendosi e la notte era pronta ad assistere silenziosa ai peccati dei mortali. Un menestrello cantava canzoni sconce e porgeva il cappello per farsi donare qualche moneta.

Il luogo più pericoloso in cui andare era proprio quello. Solo tre tipi di persone frequentavano il porto, soprattutto a quell'ora: le prostitute, i delinquenti, i marinai. E tutte e tre le categorie erano pronte a giocare sporco se serviva a riempirsi le tasche. Non era infatti un caso che i volantini abbondassero più che nelle altre zone della città. Non c'era una persona lì che si sarebbe fatta scrupoli a consegnarci.

Tra loro, una in particolare. Quasi mi arrestai non appena la vidi.

«Continua a muoverti» mi ordinò Jak.

Poco più avanti c'era Mirk, un teppistello dei bassifondi che aveva perso un occhio per colpa di Jak, nella stessa zuffa in cui lui si era procurato quell'orrenda cicatrice.

Stava parlando con un gruppetto dei suoi stringendo in mano un volantino. Che dolce vendetta avrebbe ottenuto se ci avesse consegnati. Lo stomaco mi ribollì di rabbia e un basso ringhio mi sfuggì dalle labbra.

«Non farti notare e cammina.» Jak mi tirò leggermente per la manica.

Non potevamo assolutamente tornare indietro. Ma non potevamo neanche restare lì impalati. L'unica possibilità era proseguire e cercare di restare il più lontano possibile dalla visuale di Mirk.

«... e prometto a tutti anche i servigi delle migliori puttane. Li troverò e li consegnerò. E con i soldi mi ci compro un fottuto occhio di vetro!» lo sentimmo gridare alla sua banda.

Trattenni il respiro quando fummo quasi spalla a spalla. Il tempo sembrò arrestarsi. Solo qualche passo e ce l'avremmo fatta.

Ma poi un marinaio ubriaco dalle gambe sottili crollò malamente addosso a Jak e, tenendosi a lui, rigettò tutta la birra che aveva ingurgitato quella sera. Una pozza di vomito si allargò ai piedi del gruppetto, che a quel punto si voltò a osservare la scena.

«Vecchio! Guarda dove metti i...» La voce di Mirk si spense, lasciando spazio a un'espressione meravigliata. «Guarda guarda chi si è unito a noi» gongolò, passandoci addosso l'unico occhio.

«Mirk, che sorpresa vederti in giro a quest'ora. Ti godi un po' d'aria notturna lontano dalla tetta di tua madre?» lo salutò Jak.

Il ragazzo divenne scuro in volto, ma tornò subito allegro. Ci osservava con sguardo scintillante, pronto a intascare la vittoria. «La tetta in realtà era quella di *tua* madre. A proposito, salutamela quando nell'Oblio vi faranno fuori. Dille che mi dispiace che sia morta, sono sicuro che le sarebbe piaciuto farsi dare una bella ripassata. Tuo padre doveva aver avuto qualche problema se ne sei uscito fuori tu.»

Non ci fu neanche il tempo di capire cosa stesse accadendo. Jak spinse via il vecchio e gli fu subito addosso. Crollarono entrambi a terra, rotolandosi nella pozza di vomito. Jak lo immobilizzò mettendogli l'avambraccio contro la trachea e spingendo con quanta forza aveva in corpo. La faccia di Mirk divenne rossa come i suoi capelli. Apriva e chiudeva le labbra boccheggiando in cerca d'aria. Poi lo colpì col primo cazzotto.

Maledizione, non avevamo tempo per quello.

Una folla si era radunata a guardare lo spettacolo. Qualcuno osservava prima il volantino ormai a terra e poi noi. Vidi nei loro occhi un barlume di speranza. Quella gente aveva *fame*.

Afferrai Jak per il cappuccio e lo tirai indietro, ma fece resistenza. Se s'impuntava, era irremovibile. Peggio di un fottuto toro.

Intanto Mirk, sotto di lui, tossiva sangue.

«Con i soldi del mercante puoi farti fare una faccia nuova, se ci riescono.» La voce di Jak era carica di disprezzo.

La situazione si stava aggravando. Gli scagnozzi del ragazzo, che sembrava ormai tra la vita e la morte, non avevano trovato il coraggio di intervenire. Intorno a noi la gente ci guardava famelica. E quando vidi avvicinarsi un gruppo di guardie in borghese capii che eravamo nella merda fino al collo.

Ma poi mi ricordai che eravamo *ratti*. E i ratti possono arrivare ovunque senza farsi prendere.

Un uomo mi afferrò da dietro. Gli assestai una gomitata al naso e mi liberai dalla presa. Jak, che si stava riprendendo dalla sua rabbia cieca, si sollevò e mi trascinò via.

Non c'era spazio per correre sui pontili traballanti, perciò ci tuffammo in acqua. Era fredda. *Molto* fredda. Come mille aghi che bucano la pelle e la carne, per poi infiltrarsi nelle ossa e ghiacciare le viscere. Pregai che il candelabro, perlomeno, non andasse perduto.

Lunghe alghe cercarono di arpionarci le gambe. Continuammo a nuotare fino a raggiungere una cima che pendeva dal parapetto di un veliero. Ci arrampicammo e finimmo sulla tolda, interrompendo un gruppo di marinai che giocava una partita a carte. Sotto ai loro gonfi boccali di birra, erano sparpagliati diversi volantini con le nostre facce.

Le braccia e le gambe mi bruciavano per lo sforzo.

«Guardate che pesci sono finiti nella nostra rete!» esclamò uno di loro, venendoci incontro con passo traballante. «Che ne dite se prima di intascare i soldi ci divertiamo un po'?» Si leccò le labbra.

Intanto il pontile si era riempito di gente e i più audaci provavano ad arrampicarsi sul veliero.

«Venite giù, mocciosi!» urlava la folla, decine e decine di braccia protese per afferrarci.

«Su!» ordinai a Jak.

Scalammo l'albero maestro con l'aiuto delle cime, come d'altronde avevamo sempre fatto sui palazzi di Vartadis.

«Pronta?» domandò lui.

Eravamo in piedi sul pennone, un'asta perpendicolare all'albero maestro. Gli occhi di Jak, scuri e profondissimi, brillavano di vita.

Si stava... *divertendo*?

Mi venne quasi da ridere. La linea della mandibola era dura, ma quando sorrise il volto gli si addolcì. Le sue fossette comparvero agli angoli della bocca.

«Non ho bisogno che mi incoraggi» dissi, stringendo la cima con entrambe le mani e dandomi lo slancio.

Eravamo veloci. Dondolavamo come scimmie da un veliero all'altro. Dopo poco, la folla si era arresa, ma non le guardie.

Raggiungemmo l'ultima nave, dal legno scuro, quasi nero. Non era come le altre, aveva... *qualcosa*. Rimasi profondamente colpita dall'eleganza degli intagli a forma di creste d'onda che decoravano tutto il parapetto. Scivolammo tenendo stretta la cima. Non sentii neanche i palmi delle mani bruciare, l'adrenalina mi scorreva in corpo. Atterrammo con un tonfo sordo e ci piegammo in due per riprendere fiato.

«Porca puttana!» sentimmo imprecare.

Davanti a noi un nano dal muso arcigno teneva la bocca spalancata in un misto tra rabbia e spavento. Si grattava le palle con forza, e intanto arretrava lentamente.

«Capitano! Capitano, una *donna* sulla nave!» strillò.

Sulla tolda risuonò il rumore sordo di un bastone. Un uomo alto, dalla chioma argentea e dalla barba folta, ci osservava con interesse. Lo sguardo gli cadde sulla sacca in cui Jak aveva nascosto il candelabro rubato. Nonostante l'età, era innegabile il suo fascino ammaliante.

«Buono Gyn Leen, sono miei ospiti.»

4

Silver Hale era tutto fuorché un vecchio.

Certo, aveva senza dubbio la sua età. Lo confermavano i capelli brizzolati legati in un codino e la folta barba grigia. Ma gli occhi color piombo erano vivi e profondi. Indossava una camicia bianca sbottonata sul davanti, che lasciava intravedere un ciuffo di peli e la linea che separava i pettorali decorati da scuri tatuaggi.

«Non avevi detto che era una donna» disse rivolto a Jak.

La voce del Capitano era tanto grave che mi sembrò di sentire vibrare il legno sotto i nostri piedi.

«Non vedo quale importanza possa avere» ribatté lui, afferrando e stringendo la mia mano.

Mi irrigidii.

«Non vedi come possa avere...» ripeté il nano, in un sussurro sconcertato. «Giovanotto, non sai nulla di navi e marinai?»

«Ho più palle di qualsiasi uomo di questa ciurma» intervenni, tenendo gli occhi fissi in quelli del Capitano.

Hale mi osservò per un lungo istante; fece poi un sorrisetto e si appoggiò con entrambe le mani al bastone che teneva davanti a sé.

«Leen, portali dentro» ordinò.

«Ma Capitano, non possiamo offrire ospitalità a...»

«Leen» lo ammonì lui.

Il nano piegò sommessamente la testa. Afferrò Jak per l'orlo zuppo della camicia e se lo tirò dietro borbottando. Superammo il Capitano, sfilando sotto il suo sguardo attento.

Giusto in tempo. Un gruppo di guardie stava correndo verso la nave, ma noi eravamo ormai scomparsi sottocoperta.

Se all'esterno il veliero aveva un aspetto maestoso, all'interno era ancora più sorprendente. Sembrava voler congiungere in sé colori, etnie, odori e credenze di mondi diversi. Alle pareti erano appesi tappeti e stendardi provenienti dall'Oriente, e maschere di città lontane. Udii un marinaio cantare in una lingua sconosciuta, e passammo davanti a quella che doveva essere la cabina del Capitano. Il letto era protetto da una gabbia d'ossa... di orca, forse?

Venimmo guidati in un vano angusto con un unico piccolo oblò che affacciava sulle acque scure del mare. Il riflesso della luna si rompeva a ogni onda.

«Rovina. Ecco cosa ci spetta: rovina!» brontolò Gyn Leen, intanto che appendeva le nostre due amache.

Contro le pareti erano accatastati sacchi colmi di farina, mele, legumi e tutto il cibo che avrebbe resistito all'umidità salmastra. Eravamo nella penombra, ma ero sempre riuscita a vedere abbastanza bene al buio, meglio di chiunque altro.

Il nano, comunque, sbuffando e strisciando i piedi, accese un paio di fiaccole.

«Rovina. Siamo tutti fottuti...» continuò, ma la voce gli si spense quando, voltandosi, trovò i miei occhi vermigli ad attenderlo. Prima, alla fioca luce della luna, non doveva averne notato il colore. Prese a boccheggiare come un pesce. Sembrava terrorizzato. Ero pronta a strozzarlo se mi avesse chiamata *demone*.

«Tu... tu...» balbettò, stringendosi le palle in un gesto scaramantico.

«Leen, va' via.» Il Capitano era sulla soglia della cabina.

Non lo avevo sentito arrivare. Il nano tentennò un istante, poi però sgattaiolò via recitando chissà quale rito contro il malocchio.

«Dovrei pagare venti *purin* per questo buco?» domandò Jak sconcertato, indicandosi intorno.

«No... certo che no» rispose Hale, dolcemente. «Voglio quello» e indicò il sacco col candelabro.

«È uno scherzo?» Fui io a parlare, ritornando improvvisamente in me. Per quanto mi rendessi conto che fosse necessario, ero incapace di credere a ciò che stavamo facendo: ero su una maledetta nave pronta a salpare, trascinandomi lontano da casa mia.

Stavo per lasciare Vartadis.

Vartadis, che mi aveva cresciuta e nascosta nelle sue vie, che mi aveva consolata nelle notti più tristi con i suoi sospiri tra i palazzi e il profumo di spezie del mercato. La stessa Vartadis che forse non mi aveva mai amata, ma che certo io avevo amato. Profondamente.

«Non scherzo mai» Silver Hale aveva l'aria furbesca. Una strana luce gli brillava negli occhi.

«Questa fottuta cabina non vale venti *purin*, figuriamoci un candelabro d'oro!» sbraitò Jak, oltrepassandomi.

Io rimasi indietro, lo sguardo perso nel vuoto. Non eravamo più i benvenuti a Vartadis.

E, in effetti, la colpa era… di Jak.

«Non è la cabina, che stai comprando. Ma il mio silenzio e la mia lealtà» insistette Silver Hale.

«Cosa?»

«Un gruppo di guardie è appena passato di qui. Cercavano proprio due mocciosi e un candelabro d'oro. Mi hanno promesso un bel po' di soldi… molti più di quanti ne farei con quello.» Indicò l'oggetto rubato, sollevando un folto sopracciglio. «Si potrebbe dire che siate in debito con me.»

Non aveva senso, avrebbe dovuto trarre il massimo vantaggio dalla situazione. Stavo per dirlo, ma decisi di frenare la lingua prima di perdere l'ultimo spiraglio di salvezza che ci veniva offerto.

Vidi le spalle di Jak afflosciarsi. Se non glielo avesse consegnato, Silver Hale ci avrebbe spediti tra le braccia del mercante e si sarebbe comunque riempito le tasche. Eravamo in quella situazione per uno stupido candelabro, e quel furto era appena diventato del tutto inutile.

Salpammo all'alba della mattina seguente.

Non avevo chiuso occhio, perciò quando vennero sciolte le cime mi trovavo già a poppa della nave, dove avevo passato tutta la notte a riflettere e a tormentarmi le ferite sui palmi che mi ero procurata dondolando da una fune all'altra.

Jak aveva accettato il mio silenzio. Credeva che mi servisse del tempo per metabolizzare. E forse anche per perdonarlo.

Capivo che non potevamo restare. Ma era comunque doloroso che avesse organizzato quella fuga da tempo, e non me ne avesse parlato neanche una volta. Mi sembrava quasi un tradimento. Silver Hale, poi, doveva essere la soluzione al guaio in cui ci aveva cacciati. Invece, anche quella si era rivelata una gigantesca fregatura.

Da quanto ne sapevo, ero una neonata quando la madre di Jak mi aveva trovato fuori dalla loro porta con le labbra blu per il freddo. E avevamo io quattro anni e lui sette, quando i suoi genitori erano morti a causa di una di quelle epidemie che infestano i quartieri poveri. Eravamo due bambini che avevano ancora bisogno di aiuto per pulirsi il moccio. E non avevamo nessuno, solo l'un l'altra.

Non condividevamo lo stesso sangue. Ma avevamo condiviso la fame, il dolore e la paura.

Ogni. Fottutissimo. Giorno.

Per questo, pensare di dover trascorrere una notte nella stessa cabina, con lui che si era mosso alle mie spalle, mi era intollerabile.

Sulla poppa comparvero i marinai della ciurma. Nessun sembrò stupito di trovare una ragazza con indosso degli abiti troppo grandi – abiti che avevo avuto in prestito da Hale – guardare malinconica la città allontanarsi sempre di più. Probabilmente ci aveva pensato Gyn Leen a spargere la notizia.

Il profilo di Vartadis era scuro sullo sfondo del cielo limpido. Sembrava immobile, ma io sapevo che a quell'ora si poteva sentire il profumo del pane appena sfornato e il garrito dei gabbiani che elemosinavano qualche mollica.

Feci di tutto per evitare di guardare il campanile, ma fu più forte di me. Non sapevo se sarei mai tornata, se avrei potuto ancora sdraiarmi sui cuscini e i tappeti accatastati nel rifugio. Nell'istante in cui vi posai sopra gli occhi, la campana prese a suonare. Sembrava quasi che mi stesse salutando. Perché quello era un addio.

5

Il veliero si chiamava *Battito*.

Deron, il secondo al comando, dalla folta zazzera di capelli rossicci, mi aveva raccontato la leggenda da cui prendeva il nome. Quando il mondo magico era ancora sveglio, il re dei mari aveva perso la testa per la polena della nave. Non sopportava che fosse inanimata e perciò incapace di ricambiare il suo amore, così si strappò il cuore dal petto e glielo donò. Il cuore era stato custodito dentro un contenitore di ferro elfico. Indistruttibile.

Quel cuore, a detta di Deron – ma era sostenuto dal resto della ciurma –, si trovava a bordo, nascosto nel timone. I pioli erano in realtà l'impugnatura di otto spade che andavano a conficcarsi al centro del cuore all'interno dello scrigno.

Chiaramente non avevo creduto a una sola parola, ma dovetti ammettere con me stessa che non era affatto male come storia. Il timone era realmente formato da otto spade che si incrociavano, ma che si conficcassero nel cuore di un antico re dei mari... Se fosse stato tutto vero, *Battito* avrebbe dovuto avere almeno mille anni. E semplicemente non era possibile. Del resto, ero famosa per essere scettica sulle leggende.

Tuttavia, il fomento dei marinai nel raccontare quella storia mi aveva convinto a non ribattere. Mi ero limitata ad annuire con quello che voleva essere uno sguardo ammirato.

Rimasi poi a contemplare la linea dell'orizzonte confondersi col cielo per tutto il primo giorno di navigazione. Non era solo un modo per evitare Jak, ma anche per combattere il mal di mare.

Non vedevo gabbiani da un pezzo, il che significava che eravamo ormai lontani dalla terraferma. Stavo impiegando ogni piccolo frammento della forza che mi era rimasta per impedirmi di piangere. Non volevo apparire infantile.

«Dovresti mandare giù questo.» Silver Hale mi stava porgendo un pezzo di pane con una grossa fetta di salame sopra. Non lo avevo sentito avvicinarsi.

Tirai su col naso tentando di cacciare la patina di lacrime che mi velava gli occhi. Mi sentii così immatura che mi sarei presa a schiaffi da sola.

«Non c'è nulla di male a piangere.» La frase era piena di gentilezza, ma nella sua voce non ne riconobbi traccia.

«Non ho fame» gracchiai, cambiando in fretta argomento e rifiutando il pane con un gesto della mano. Tornai a guardare l'orizzonte.

«La prima volta in cui misi piede su una nave,» iniziò «passai tutto il giorno a vomitare oltre il parapetto. Il Capitano mi costrinse a mandare giù del salame. Ti sembrerà una stronzata, ma mi passò la nausea all'istante.»

Silver Hale aveva un aspetto *antico*. Non vecchio, ma vissuto. E mi faceva strano pensare che anche lui fosse stato un giovane mozzo, o nulla più che un semplice marinaio. Avrei potuto giurare che fosse uscito dal grembo della madre con la barba, i tatuaggi sui pettorali e l'intera nave sotto ai piedi. Incontrai il suo sguardo. Gli occhi erano di un grigio tempesta.

Accettai il pane col salame. Mandai giù il primo boccone e rimasi un po' in attesa di altri conati. Quasi sorrisi quando mi accorsi che la nausea si era attenuata notevolmente.

Silver Hale sfoderò un ghigno soddisfatto. «Rimedi da lupi di mare.»

«Capitano,» mandai giù un altro boccone «ieri sera avete detto che avreste fatto più soldi consegnandoci. Per quale motivo ci avete aiutato?»

Ormai eravamo abbastanza lontani dalla costa per tentare di strappargli una confessione.

Hale sembrò sorpreso dalla domanda schietta. Distolse lo sguardo, e si prese qualche momento prima di rispondere. «Be', non lo considererei un favore avervi privato dell'oggetto per cui siete finiti in questo casino.»

«Mi prendete per una stupida?»

«Devo necessariamente avere un motivo per aiutare due ragazzini zuppi e infreddoliti?» Continuava a non guardarmi.

«Entrambi sappiamo che gente come voi non fa nulla senza qualcosa in cambio. Avreste potuto ottenere molti più soldi e non mi sembrate affatto il tipo da perdere facili occasioni di arricchirsi» ribattei, ferma come non lo ero mai stata. «Di sicuro sapete che non abbiamo molto con noi da potervi offrire, a parte quello che vi siete già preso. Quindi mi chiedo: perché?»

Gli occhi gli brillarono e mi concesse un altro sorriso sghembo.

«Siete più sveglia di quel che sembrate. E anche parecchio sfacciata.»

«Non so se offendermi o meno. Cercate di ignorare la domanda?»

Hale si avvicinò e bisbigliò: «Perché *tu* ne vali la pena».

Riportai lo sguardo sul mare, così stordita dalla sua risposta che quando mi riscossi mi resi conto che il Capitano se ne era andato da un pezzo. Ero rimasta a contemplare il vuoto cercando di risolvere l'enigma della sua affermazione.

Tu ne vali la pena... e cosa diavolo voleva dire?

Avrei tanto voluto non essere furibonda con Jak per potergli confidare quello scambio. Ma ogni volta che cercavo di mettere da parte il rancore, venivo colta da un'ondata di nostalgia. Ripensavo al campanile, al profumo di Vartadis, alle sigarette nascoste nel comodino, alla luce della luna che illuminava il profilo scuro della città. Ogni dettaglio era una pugnalata al cuore. E proprio non ci riuscivo a perdonarlo. In più, non volevo essere io a fare il primo passo.

Sospirai e mi appoggiai al parapetto.

Jak mi rivolse la parola la sera del terzo giorno di mare.

Eravamo sdraiati sulle amache nella nostra cabina. Io ero riuscita a combattere la nausea, ma restavo lo stesso sveglia per ore a cercare di dare un significato alle parole di Silver Hale. Non avevo voluto porgli altre domande, sapevo che non mi avrebbe risposto. E, non so per quale motivo, volevo che l'eco di quella frase si affievolisse. Chiedergli di spiegarmela l'avrebbe riaccesa. Per qualche ragione la temevo.

E comunque sia, non riuscivo a non pensarci.

«Sento gli ingranaggi del tuo cervello lavorare. Sembrano impazziti» Jak ruppe il silenzio.

Era sdraiato sulla schiena con le grosse braccia piegate sotto la testa a mo' di cuscino. La luce della luna seguiva il contorno dei bicipiti, sembravano scolpiti nel marmo. Non era troppo muscoloso, ma abbastanza da far sbattere le lunghe ciglia delle ragazze che gli mettevano gli occhi addosso. Ed erano *tante*.

«Mh?» mugugnai.

«Ti sento pensare. Cosa ti turba?» Intuivo che voleva far finta di nulla e ripartire da capo. La cosa m'irritò.

Mi voltai su un fianco. «Cosa mi turba, Jak? Ecco, vediamo… Siamo su una nave insieme a persone sconosciute che ci stanno portando via dall'unica casa che abbiamo mai avuto, lontano dal nostro rifugio, lontano dalla tomba dei tuoi genitori. E sai perché sta succedendo questa strana cosa, Jak? Perché *tu* hai dovuto fare di testa tua e rubare quel fottuto candelabro!»

Stavo urlando. Finalmente gli stavo urlando contro. Lui però non batté ciglio, probabilmente aveva solo atteso che accadesse e non vedeva l'ora di affrontare la questione.

«Sai benissimo che anche se non avessi rubato il candelabro, prima o poi sarebbe comunque andata così.»

«No, Jak. Non metterti ad avanzare ipotesi per giustificare il casino in cui ci hai messi!»

«Nailyn, eravamo due ladruncoli di strada. Solo questo. Piccoli ratti impegnati a rubare briciole in attesa di essere calpestati da quelli più grossi. O di venire catturati e divorati dai gatti.» Si era tirato su e mi osservava con occhi più neri della notte. «Era questo che volevi per noi due? Una breve vita da delinquenti? E non dire che non sarebbe andata proprio così. Dimmi, Nailyn, conosci qualche ladro *vecchio*?»

Silenzio.

«No, non ne conosci. In questo gioco si muore sempre. O si finisce in galera. Non si vince mai. E io, per te, voglio qualcosa di più.»

«Vuoi che ti ringrazi, perciò? Grazie mille, Jak, per aver preso questa decisione senza consultarmi, mi hai salvato la vita.»

«Tu fai del sarcasmo, ma quando ti sarai data una calmata forse capirai che è proprio così. Se ti avessi coinvolta nella scelta non saremmo a bordo di questa stupida nave che ci porterà lontano da una vita che non avremmo mai dovuto vivere. Per quanto faccia male, e ne fa parecchio anche a me, è la cosa giusta. Lo accetterai.»

Detto ciò, si voltò dall'altra parte dandomi le spalle. Una rabbia cieca mi faceva bruciare gli occhi. Perché sapevo che aveva ragione.

6

Il giorno successivo il cielo era coperto di spesse nubi viola. Le onde crescevano a dismisura e la pioggia batteva forte sulla tolda della nave.

A me e a Jak fu vietato di stare in coperta poiché il movimento del veliero era incontrollabile e minacciava di sbalzare fuori viaggiatori inesperti come noi. Eravamo i soli a starcene rintanati come… come ratti, in effetti. Era così che eravamo sempre sopravvissuti.

L'oblò della nostra cabina era immerso nell'acqua scura. Poggiati con la schiena contro la parete, ci reggevamo ad appigli di fortuna fatti di spesse funi legate ai ganci che tenevano i sacchi con le provviste. In quella situazione neanche un intero salame avrebbe potuto placare la mia nausea.

Il silenzio tra me e Jak venne rotto dallo scoppio assordante di un tuono. Il vano si riempì di un'elettrica luce viola. Nonostante il forte mal di mare che prendeva la mia quasi totale attenzione, tremai di paura.

«Giuro sul Custode che se moriamo qui…» imprecai.

«Mi ficchi "qualsiasi cosa avevi in mente" su per il culo» concluse lui, sorridendo amaramente.

Vidi il senso di colpa deformargli il viso. Teneva gli occhi bassi, sapevo che non voleva vedere la delusione sul mio volto.

«Non moriremo» affermai, decisa.

Ero ancora arrabbiata, ma più con me stessa che con lui. Aveva ragione: prima o poi a Vartadis sarebbe andata a finire male. Tanto valeva tentare di prendere le redini della nostra vita e decidere da soli a quale destino andare incontro. E, senza dubbio, era meglio l'esilio della morte. O dell'Oblio.

Jak mi guardò. Sembrava speranzoso, ma non osava dire nulla. Rimanemmo in silenzio ancora qualche istante.

«Non moriremo qui, Jak» ribadii. «Non ci hai salvato da un destino di merda per finire affogati in mezzo al nulla.»

Lui azzardò un sorriso.

«Stupido coglione» sbuffai, realizzando che ormai lo avevo perdonato.

«Stupido, *affascinantissimo* coglione» mi corresse.

D'un tratto, *Battito* sembrò fermarsi. Neanche un accenno di dondolio.

«È... È finita?» domandai esitante. I muscoli si rilassarono, dolenti per la tensione delle ultime ore.

«Andiamo a vedere.» Jak mi aiutò a liberarmi dalle funi e mi alzai in piedi.

Una volta su, rimanemmo di stucco. Il mare era completamente piatto e una sottile luce biancastra illuminava la nave. Il buio del temporale era sparito d'improvviso. Ma in lontananza, tutt'intorno, c'era la burrasca.

«Siamo nell'occhio del ciclone» sospirò Silver Hale. «La calma al centro della tempesta.»

«Capitano, gli uomini sono pronti» intervenne Deron, con un'espressione ancora più dura del solito.

«Pronti per cosa?» chiese Jak.

«Per ributtarci nella festa, ragazzo.» Gyn Leen, il nano, saltò giù dall'albero maestro.

«Siete impazziti?»

«È l'unico modo. Dobbiamo uscirne prima che peggiori.» Silver Hale sfilò dal taschino il monocolo e se lo portò all'occhio destro.

«*Peggiori?*» cercai di mascherare il terrore nella voce, senza successo.

Il Capitano sorrise. «Quello che avete visto finora non è niente. L'ira degli dèi non si è ancora sfogata.»

Era un fenomeno atmosferico, gli dèi non c'entravano nulla. Ma mi trattenni dal dirlo.

Sentii il nano borbottare ancora qualcosa sul fatto che una donna fosse sulla loro nave, intanto che si arrampicava nuovamente sull'albero.

Ammainarono le vele più in alto e lasciarono quelle in basso spiegate, così da dare maggiore stabilità al veliero. Il Capitano si posizionò davanti al timone. Più ci avvicinavamo alla barriera di vento e pioggia, più il suo sguardo s'illuminava. Sembrava che l'elettricità del temporale lo animasse. I capelli brizzolati erano legati in un codino, ma qualche ciuffo ribelle qua e là gli frustava il viso. Mormorò alcune parole incomprensibili stringendo un ciondolo che portava al collo; dopodiché lo baciò.

«Andate sottocoperta, voi due» ordinò Deron.

Indugiai qualche istante. Le onde cominciavano a gonfiarsi rabbiose e il cielo stava tornando scuro come la notte. La pioggia mi colpì violentemente il viso e il freddo si fece intensissimo. Rimasi un momento ad ammirare la ciurma: si muovevano tutti in una danza perfetta. Quel diavolaccio di Gyn Leen saltava da una fune all'altra senza mostrare la minima esitazione. Non vidi tutta l'esibizione, perché mi lasciai trascinare via da Jak proprio nel momento in cui *Battito* prese a vibrare sotto i colpi furiosi del mare.

La tempesta durò ore, tempo che trascorremmo incatenati alle funi nella nostra cabina, sforzandoci di non vomitare anche le interiora. Quando il dondolio si fece meno aggressivo, ci addormentammo, esausti e cullati dalle onde.

Ci svegliammo molto più tardi all'urlo: «Terra!».

7

Il paese sul mare che ci avrebbe ospitato si chiamava Gläl.

Si ergeva tra due gruppi di faraglioni di pietra bianca intorno ai quali volavano liberi i gabbiani. Alle sue spalle, una montagna ospitava un disteso bosco di conifere e abeti. Il piccolo golfo era protetto da un gruppo di scogli semisommersi, le cui punte acuminate si potevano vedere sbucare dall'acqua. Questo garantiva una certa protezione dalle invasioni straniere e dagli ospiti indesiderati che, come facemmo anche noi, dovevano avvicinarsi alla baia a bordo di una scialuppa, lasciando il veliero ormeggiato al largo.

Deron fece calare una barchetta di legno sulla quale salii insieme a Jak, Silver Hale e Gyn Leen.

«Qui sarete al sicuro» garantì il Capitano, gli occhi fissi nei miei. Dal modo in cui lo disse, sospettai che si riferisse ad altro, e non alle guardie che ci davano la caccia a Vartadis.

Mi vennero i brividi, pur non sapendone il motivo, ma scacciai in fretta i pensieri che stavano di nuovo per affollarsi. Avevo gli occhi e il cuore troppo pieni di emozioni per potermi preoccupare anche di altro.

Più ci avvicinavamo ai pontili di legno, più il forte profumo di pino invadeva l'aria mischiandosi all'odore della brezza marina. Il vento fresco mi solleticava la pelle. C'era qualcosa di strano e confortante in quel posto, nonostante il magone che sentivo.

Quando ormeggiammo al porto, e misi finalmente piede sulla terraferma, mi sentii ondeggiare come se fossi ancora sulla barca. Il nano sospirò sollevato. Non potei fare a meno di sorridere e, quando se ne accorse, piegò la testa in avanti, stavolta in un cenno di rispetto. Ero felice che durante tutta la traversata non avesse mai tentato di spingermi fuoribordo.

Venimmo investiti da un profumo di zuppa calda. L'odorino che proveniva dalla locanda vicina stuzzicò il mio stomaco.

«Le nostre strade si dividono, *per ora.*» Hale sussurrò l'ultima parte avvicinandosi al mio orecchio. Notai così la catena d'oro che portava al collo, un ciondolo raffigurante tre Spade incrociate dondolava tra noi.

«Voi parlate sempre per enigmi?» mi sfuggì.

Jak, che non poteva comprendere il riferimento, inarcò il sopracciglio. Il Capitano piegò la bocca in un ghigno divertito. «Sono certo che presto capirete» e strizzò l'occhio.

«Grazie per l'aiuto che ci avete dato, Capitano. Ve ne siamo grati.» Jak allungò la mano e strinse quella di Silver Hale.

«Grazie» gli feci eco.

L'uomo mi lanciò un ultimo sguardo e con un piede si diede la spinta per allontanare la scialuppa dal pontile. «Buona fortuna.»

Restammo a guardare la barchetta che scivolava sul pelo dell'acqua sotto il cielo color indaco.

«*Pff*» sbuffò Jak, sfilandosi dalla giacca un sacchettino con delle monete.

«E quello?»

«Mi sono solo ripreso qualcosa. Furto per furto...» ribatté soddisfatto, le fossette che gli increspavano le guance.

Alzai un sopracciglio ma lui scrollò le spalle.

Eravamo immobili sul pontile scricchiolante. Osservammo *Battito* diventare un punto lontano, fin quando non sparì del tutto. Ci scrutammo attorno con aria smarrita, non avevamo idea di quale sarebbe stato il passo successivo.

«Per stanotte ceneremo e dormiremo in quella locanda,» suggerì Jak, indicando l'ostello da cui proveniva il buon odore di zuppa «e domani decideremo cosa fare.»

Non avevamo nulla con noi, se non un borsellino con qualche risparmio, il denaro appena rubato e i vestiti che tenevamo addosso. Che, tra l'altro, erano stati presi in prestito sulla nave.

La locandiera ci accolse con inaspettato calore. Indugiò giusto un istante sul colore dei miei occhi ma, dopo l'iniziale stupore, le si allargò sul viso un ampio sorriso sdentato. Ne rimasi interdetta. Non era mai accaduto che qualcuno non si mostrasse ripugnato.

Ci fece accomodare a un tavolo in fondo alla sala e ci servì coniglio alla cacciatora in sugo di mele, zuppa di piselli e carote, due bei boccali di birra a testa e dei deliziosi biscotti al cacao amaro. Mi accorsi che i nostri piatti erano addirittura più abbondanti di quelli degli altri ospiti. E non ci chiese più di qualche *purin* come compenso.

Al piano di sopra ci attendeva una stanzetta piccola ma accogliente. Mi sdraiai con ancora addosso i vestiti umidi d'aria salmastra. Jak prese a ronfare quasi subito; io, invece, non riuscii a chiudere occhio.

Continuavo a buttare lo sguardo fuori dalla finestra. Finsi che le punte degli abeti fossero in realtà il profilo aguzzo dei palazzi di Vartadis, e che i versi degli animali nascosti nel folto della foresta fossero gli schiamazzi degli ubriachi che ciondolavano per le vie della città.

La sola idea di me e Jak addormentati e vulnerabili in un luogo straniero mi metteva i brividi. E poi, avevo parecchio a cui pensare: gli enigmi di Silver Hale e i dubbi su come e di cosa saremmo sopravvissuti in quel nuovo mondo. Ma dopo ore e ore passate a rimuginare e a preoccuparmi inutilmente, vinse la stanchezza. Le palpebre erano troppo pesanti. Mi ripromisi di riposare solo un istante, e invece quando riaprii gli occhi il sole era già alto fuori dalla finestra.

E Jak non c'era.

Decisi di non farmi prendere dal panico, probabilmente era andato a fare un giro d'esplorazione. Anche se mi inquietava l'idea che mi avesse lasciata da sola, forse avevo davvero bisogno di quelle ore in più di riposo.

Buttai di lato le coperte di lana e mi alzai dal letto. Raggiunsi la cassettiera e intinsi le mani nella bacinella in cui galleggiavano dei rametti di pino e qualche foglia di mentuccia. Mi sciacquai il viso e decisi di approfittare dell'assenza di Jak per spogliarmi e lavare velocemente gli abiti che tenevo addosso da ormai troppi giorni. Li stesi sul cornicione della finestra e mi avvolsi nel lenzuolo per ripararmi dall'aria fredda.

Qualche ora più tardi ero furente di rabbia e pervasa dalla noia. Jak non si era fatto vedere e i miei vestiti non erano ancora asciutti. Perciò me ne restai rintanata in camera a osservare il paesaggio. Avevo di nuovo troppo tempo per riflettere e, nell'umore in cui mi trovavo, era l'ultima cosa di cui avessi bisogno.

Stavo per decidermi a uscire con solo il lenzuolo addosso, quando la porta della stanza si spalancò. Jak mi guardava con due occhi enormi e carichi d'eccitazione.

«In questo posto sono tutti gentilissimi! Fa strano pensare che a Vartadis la norma era essere trattati come cacca di topo.» Sorrise, rendendosi conto troppo tardi che era ancora presto per nominare la città senza che la cosa mi provocasse una dolorosa fitta al cuore. «Ti ho preso questi» aggiunse, lanciandomi un sacchettino con due panini al latte ancora caldi.

La vista del cibo placò subito la mia rabbia. «Grazie, stavo morendo di fame. Com'è che ci hai messo tanto?»

Sfilai il braccio dal mio bozzolo di lenzuola, afferrai un panino e lo addentai. Notai che l'attenzione di Jak passava da me ai vestiti stesi sulla finestra. Arrossì violentemente, e d'improvviso sembrò trovare molto interessante la carta da parati dall'altra parte della stanza.

«Voltati» ordinai, mentre masticavo il boccone.

Lui obbedì e io mi rinfilai gli abiti. Tenni stretto il panino tra i denti mentre mi tiravo su i pantaloni ancora un po' umidi, che facevano attrito sulle cosce. «Allora?»

«Oh, sì. Giusto...» farfugliò. «Ho chiesto in giro per scoprire se qualcuno avesse bisogno di una mano per qualche lavoretto. Il tipo del pane...»

«Il fornaio?»

«Il fornaio. Mi ha suggerito di andare dal vecchio che abita in cima alla collina. Dice che da quando la moglie è morta ha trascurato la fattoria in cui vive. Potrebbe aver bisogno di qualcuno per le mansioni più pesanti.»

«Puoi girarti.»

Jak si voltò ma ci mise qualche istante prima di posare gli occhi su di me. Sembrava quasi che temesse di trovarmi ancora nuda.

«Perciò... diventeremo dei contadini?» domandai.

Si passò una mano tra i riccioli scuri prima di rispondere. «Per il momento. Abbiamo bisogno di un posto in cui vivere e di racimolare qualche risparmio, ora che siamo ancora degli estranei. Con il tempo troveremo la strada giusta, abbi fede.» Stava cercando di rassicurare quasi più se stesso che me.

«Sarà...» borbottai.

Non c'era nulla di male in una vita tranquilla in mezzo alle bestie da pascolo o con le mani nella terra. Ma ero abituata all'adrenalina delle corse sfrenate per le strade, alla paura gelida delle zuffe, all'odore del sangue dei nemici. La vita che mi proponeva Jak mi sembrava... noiosa.

«Vogliamo andare, allora?» domandai.

Impiegammo pochi istanti a recuperare la nostra roba e a uscire dalla stanza. La locandiera mi lanciò uno sguardo preoccupato quando le spiegammo le nostre intenzioni. Entrai in allarme, ma non dissi nulla. Forse la mia era solo ansia.

Un sole biancastro splendeva alto nel cielo sporco di nuvole. In cima al sentiero che stavamo percorrendo c'era un'umile casupola di legno. Nonostante il fresco di quella giornata autunnale, sudammo parecchio per salire la collina.

Vista da vicino, si notava quanto fosse trasandata. Lunghi ciuffi d'erbaccia sbucavano dal sentiero acciottolato, le pecore che belavano incuriosite avevano un urgente bisogno di essere tosate, il cane che ci corse incontro abbaiando si fermava ogni due metri per grattarsi le pulci che lo stavano torturando, e sul tetto c'era un buco grande quanto un cocomero.

«Cos'è questo odore?» domandò Jak, tappandosi il naso.

«Mele marce» sbottai nauseata, prendendo aria dalla bocca.

Gli ultimi frutti della stagione erano caduti dagli alberi e si decomponevano in una poltiglia marrone su cui banchettavano felici le mosche.

Mi avvicinai alla porta e bussai. *Toc, toc, toc.*

Silenzio.

La prima impressione sulla nostra nuova vita non era molto invitante. E men che meno rassicurante.

«Facciamo ancora in tempo a filarcela» propose Jak, in un bisbiglio.

«Non vedo alternative. Restiamo.»

Udimmo il suono di passi pesanti che scricchiolavano sul pavimento.

«Sì?» tuonò la voce del vecchio.

«Ehm, signore... siamo qui per chiedervi...»

Jak s'interruppe quando la porta si spalancò rivelando un omone barbuto che ci scrutava con occhi severi. Al ventre prominente teneva allacciata una pesante cintura, da cui pendevano diversi strumenti da fabbro. Grugnì osservandoci e indugiando qualche istante sul colore delle mie iridi.

«Cercate un posto dove dormire e un pitale dove cagare?» chiese burbero, in una smorfia di fastidio.

«Io non la porrei in questi term...» iniziò Jak, prima che mi facessi avanti io.

«Ci hanno mandati qui. Dicono che cercate qualcuno che vi dia una mano. E a noi serve un lavoro.»

Il vecchio strinse gli occhi e grugnì ancora. Si scostò dalla porta e ordinò: «Dentro».

Nel camino stava arrostendo un maiale quasi intero, e un grosso boccale di birra lo attendeva su un tavolo in legno intagliato grezzamente a mano.

Mi guardai attorno, guardinga. Ma poi gli occhi mi caddero sul luccichio di un ciondolo che il vecchio portava al collo: tre Spade d'oro che si incrociavano.

Un altro fanatico, pensai alzando gli occhi al cielo.

«Quando… quando possiamo iniziare?» Jak ruppe il silenzio.

«Non ho detto che vi piglierò con me. Prima ditemi cosa sapete fare.»

«Be', raccogliere legna, lustrare oggetti e…»

Io e Jak ci scambiammo una veloce occhiata. *Rubare.*

«Nulla,» ammisi io, che in campagna non c'ero mai stata «ma sappiamo sopravvivere. Perciò immagino che sapremo imparare ciò che serve. E alla svelta.»

«Non ho bisogno di mocciosi che mi facciano perdere tempo a insegnare come si ara la terra o si batte il ferro.»

«Non mi sembra che stiate facendo un gran lavoro» azzardai, senza mostrare timore. «Fuori tutte le mele stanno marcendo, le pecore sembrano denutrite, e il maiale che state arrostendo si sta chiaramente carbonizzando. E avreste dovuto affumicarlo, per farlo durare di più. Ma immagino che vi costi troppo tempo e fatica aggiustare l'affumicatoio fuori. Voi avete bisogno di aiuto, e noi siamo qui per darvelo.»

«Valter…» avanzò Jak, col tono che di solito usava per corteggiare le ragazze.

«Mi chiamo Viktor» rombò il vecchio, risentito.

«Viktor… non vi staremo tra i piedi. Seguiremo i vostri passi e osserveremo i vostri movimenti.»

Ci studiò ancora qualche istante, poi si portò una mano al ciondolo e lo strofinò tra due dita in un gesto che interpretai come scaramantico.

«Dormirete nella stalla e vi occuperete delle pecore, per il momento.»

«Grazie, grazie mille, signore!» S'inchinò Jak.

«Iniziate subito. Ci sono un paio di pecore da mungere.» Ci mandò a prendere due secchi.

Il cielo si era adombrato velocemente intanto che discutevamo. Un accecante lampo viola fu subito seguito da un boato che fece tremare la terra. Se quello era lo stesso temporale che ci aveva colti per mare, dovevamo aspettarci il peggio dalla prima giornata di lavoro.

Arrivati alla porta, la pioggia aveva già preso a colpire violentemente il terreno. Mi strinsi il secchio al petto e osservammo la breve distanza che ci separava dalla stalla.

«Non vi farete spaventare da due gocce, spero» proruppe Viktor, che torreggiava dietro di noi.

Gli lanciai un'occhiata di sfida e m'incamminai svelta sotto la pioggia, pregando silenziosamente gli dèi di non essere colpita da un fulmine. Jak mi seguì con più riluttanza. Aveva sempre detestato i temporali.

Le pecore ci accolsero con entusiasmo. Belarono e si avvicinarono senza mostrare timore, forse nostalgiche del contatto umano al quale erano abituate. Il tanfo era nauseante. Viktor doveva aver trascurato la stalla e le necessità delle bestie per troppo tempo. In fondo, su della paglia, trovammo una grande coperta di lana che ci avrebbe riparato dal freddo nelle lunghe notti a venire. Quello sarebbe stato il nostro giaciglio.

«Mungete quelle due.» Il vecchio indicò una coppia di bestie sofferenti. «Metà del latte potete tenervelo.»

Uscì poi dalla stalla lasciandoci al nostro lavoro. Ritornò in fretta in casa e dopo poco riuscii a distinguere tra i tuoni il rumore sordo del suo martello da fabbro che batteva sull'incudine.

«Che tipo strano, eh?»

«Sento quasi la mancanza di Gyn Leen.» Qualche momento dopo aggiunsi: «Credo che stia soffrendo».

«Che? Quello lì, soffrire?»

«Ma non vedi niente, tu?» Lo colpii alla nuca con uno scappellotto. «Non ti rendi conto dello stato in cui si trova questo posto? Secondo me la moglie è morta da poco.»

«Magari non ce la fa davvero a fare tutto da solo» obiettò lui.

«O magari ne ha perso la voglia...»

Cominciammo a mungere le pecore, non senza difficoltà. Bastava sfiorare le mammelle per rischiare un calcio in faccia, tanto erano gonfie e dolenti. Ma con un po' di pazienza e di tenacia, finimmo con l'essere ringraziati da energici belati.

Più tardi mangiammo al tavolo di Viktor un po' di quel maiale quasi carbonizzato e sgobbammo per il resto della giornata rimettendo in sesto il capanno degli attrezzi, riparando alla bell'e meglio il buco nel tetto, tagliando altra legna che altrimenti sarebbe marcita sotto la pioggia, drenando l'orto che rischiava di allagarsi, ripulendo la stalla dagli escrementi delle pecore, e togliendo le zecche al vecchio bastardino, che amava farsi grattare la pancia.

Era ormai notte inoltrata quando Viktor ci lasciò andare. Stava testando la nostra resistenza, e noi avevamo retto bene il colpo. Crollammo sul giaciglio di paglia e lasciammo che le pecore, per quanto puzzolenti, ci stessero vicino per condividere il calore.

Il profilo di Jak riluceva alla flebile luce della luna. Quando si addormentò realizzai che nonostante sentissi la mancanza di Vartadis, niente per me era casa più delle sue fossette quando sorrideva nel sonno.

8

Erano passate un paio di settimane.

La casupola sulla collina aveva un aspetto completamente diverso da quando Viktor ci aveva presi con sé. Sfruttammo le giornate di sole per portare avanti i lavori in attesa dell'inverno.

Ogni tanto sorpresi il vecchio a lanciarmi lunghe occhiate cariche di curiosità. E non distoglieva lo sguardo neanche quando lo fissavo a mia volta. Per quanto fastidioso, giustificai quell'atteggiamento come avevo sempre fatto, credendo che fosse intrigato e disgustato dalle mie iridi rosse.

Ridussi al silenzio anche tutte le mie altre preoccupazioni: in fondo quella nuova vita fatta di umili cose non era così orribile. Vartadis continuava a mancarmi più di ogni altro posto al mondo. C'era però qualcosa, in Gläl, che mi faceva stare bene. Che mi consolava, in qualche modo. Una sensazione primitiva che dormiva paziente dentro di me, in attesa d'essere spiegata.

Lavoravo come un mulo, senza mai alzare la testa o avanzare un lamento. Mi svegliavo alle prime luci dell'alba e andavo a dormire quando ormai la luna aveva già disegnato mezzo arco nel cielo. Ero stanca morta, ma mi andava bene così. Ogni ora di sudore era la certezza che la sera sarei crollata senza darmi il tempo di riflettere troppo.

Anche Jak sembrava godersi il nostro tempo da Viktor. Aveva dimostrato talento con il ferro. Sotto la guida del vecchio, che fingeva di essere scocciato di dovergli insegnare "proprio tutto", aveva preso la mano ed era riuscito ad aggiustare i pezzi rovinati dell'affumicatoio, a riparare i cardini delle porte, e a fabbricare dei sostegni per il tavolo di quercia che ora aveva finalmente smesso di traballare.

A Jak il mestiere piaceva così tanto che anche nei momenti di pausa stava all'aperto a battere sul ferro con una tale devozione da rendere fiero perfino un vecchio stoico come Viktor, anche se quest'ultimo tentava di nasconderlo.

«Tieni.» Una catenina di ferro con una piccola campana gli penzolava tra le dita. «Per sentirti sempre a *casa*.»

Non era arricchita da particolari dettagli. Era una campana, come quella del nostro rifugio a Vartadis. Mi voltai in fretta per impedirgli di vedere le lacrime che si stavano affollando dietro le palpebre.

Jak ne approfittò per allacciarmela al collo. Il tocco delle sue dita mi scatenò i brividi. Quando mi girai per ringraziarlo, c'era qualcosa in più nel suo sguardo. Desiderio, forse.

Quella sensazione che si stava svegliando nel mio bassoventre mi sembrava bellissima e... *sbagliata*. Io e Jak non condividevamo lo stesso sangue. La storia di come ero arrivata alla sua famiglia era ignota persino a me. Un mistero su cui non avevo mai voluto indagare, altro enorme sbaglio. Ne temevo la risposta: non ero stata voluta? Ero stata rapita? Che fine avevano fatto i miei genitori?

Jak mi aveva pulito il moccio dal naso, mi aveva cullata nelle notti da incubo che erano seguite alla morte dei suoi, mi aveva imboccata inventando storielle divertenti per convincermi ad aprire la bocca. Era la stessa persona che mi aveva insegnato a rubare, mentire, scappare. Era lo specchio di me stessa. Avevamo vissuto in simbiosi da sempre e ora... ora era la stessa persona che mi guardava come se volesse *divorarmi*.

Accorgendosi del mio turbamento, Jak s'irrigidì e mascherò il disagio col solito ghigno malizioso. Faceva sempre così: quando non sapeva come reagire, indossava la sua faccia da schiaffi, quella che faceva svenire le vergini e piegare le ginocchia a tutte le altre. E, anche se odiavo ammetterlo, le fossette agli angoli della sua bocca facevano il loro effetto anche su di me.

Non parlammo per il resto della giornata e quando la sera tornammo nel fienile si comportò come se niente fosse. Cosa per cui gli fui immensamente grata.

Inoltre avevo altri pensieri: c'era stato qualcosa di strano, durante il nostro soggiorno da Viktor. Era spesso venuta in visita una donna dall'aria cattiva. Il vecchio l'accoglieva di malumore, ma sembrava non poterle chiudere la porta in faccia. Anche se era evidente che gli sarebbe piaciuto parecchio.

Quando m'incrociava la sconosciuta mi sibilava contro. Indossava sempre un lungo abito nero, teneva i capelli bianchi raccolti in una crocchia ordinata e squadrava sia me che Jak da dietro due lenti a mezzaluna posate sul naso adunco. Nelle rughe profonde avrei potuto giurare si annidasse la polvere.

Quel pomeriggio mi ero messa a origliare.

«Conosci la Leggenda, Viktor...» l'avevo sentita sussurrare *per caso* durante quell'ennesima visita. Una ladra dei bassifondi di Vartadis fatica a sputare in faccia ai propri istinti.

«Amanda avrebbe saputo come agire con quei ragazzi» aveva gracchiato con la sua voce da corvo. «Indossi il ciondolo di tua moglie, onorala.»

«Giselle, lei non è qui!» aveva tuonato Viktor.

A quel punto ero filata via. Proprio perché non avevo sepolto i miei istinti, sapevo che se il vecchio mi avesse beccata a origliare mi avrebbe spezzato le ossa. E io ci tenevo parecchio, alle mie ossa.

La donna se ne era andata ore dopo con una smorfia insoddisfatta spiaccicata su quel brutto muso arcigno. Mi aveva squadrato per un lungo istante. Le pupille le si erano allargate come quelle dei gatti che individuano la preda e sono pronti per il balzo mortale. Una volta che il suo carretto si era allontanato, mi ero accorta che avevo trattenuto il respiro per tutto il tempo.

Attesi che calasse la notte e che io e Jak fossimo immersi nel buio della stalla.

«Sei sveglio?» sussurrai.

«Non riesco a dormire.» Si voltò su un fianco. «Stai bene?» domandò.

«Sì. Ho origliato, prima.»

«Ma non mi dire, una ragazza per bene come te…» mi stuzzicò. Odiavo quel tono.

«Le visite di quella donna hanno a che fare con noi. Volevo scoprire qualcosa su di lei.»

«E…?»

«E niente. Non sono riuscita a sentire molto.» Mi tirai su a sedere e portai i capelli dietro alle orecchie. «Parlava di leggende e del ciondolo che…»

Silenzio.

«Nailyn?» mi chiamò lui.

Scattai in piedi. Alcuni pezzi del puzzle si stavano mettendo in ordine. Silver Hale, Gläl, Viktor. Erano collegati. Ma come?

«Silver Hale indossava lo stesso ciondolo che porta Viktor al collo...» mormorai, più a me stessa che a Jak.

«Be', saranno due fanatici del Fauno» ribatté lui, confuso.

«Sì, ma... Jak, ascolta: Silver Hale ha ammesso di averci *voluto* aiutare. Ha detto che *io* ne valgo la pena. E continuava a toccarsi quel maledetto ciondolo quando mi parlava. E poi ci ha portati proprio qui, a Gläl, e non appena ho messo piede sulla costa mi sono sentita... *strana*. Hale ha detto che qui saremmo stati al sicuro, ma ho avuto come la sensazione che non si riferisse alle guardie che ci danno la caccia.»

«Non ti seguo.» Si tirò su anche lui.

«E quando abbiamo detto alla locandiera che saremmo venuti qui da Viktor mi ha guardata in un modo strano. Sembrava preoccupata.» Non riuscivo a vedere il quadro preciso delle cose, ma sapevo che c'era uno schema. «Giselle parlava a Viktor di leggende e gli diceva che Amanda avrebbe saputo come agire.»

«Sì, ma chi diavolo è Amanda?»

«La moglie di Viktor, immagino» sussurrai, inginocchiandomi davanti a lui. «Jak, Giselle stava cercando di convincere il vecchio a fare qualcosa. Deve credere che i miei occhi mi leghino alla stupida storia del Fauno Adhareo.»

«Come... cosa facciamo?» Un pizzico di paura gli ghiacciò la voce. Me ne accorsi, anche se tentò di mascherarlo.

Eravamo seduti sul pagliericcio, le nostre ginocchia si sfioravano. Nel buio, l'unica luce erano i suoi occhi neri nei quali si rifletteva il bagliore delle stelle. Erano tanto vicini ai miei che non vedevo altro.

«Non lo so,» ammisi «non lo so proprio.»

Non avevamo altro luogo in cui andare. E anche se avessimo lasciato la casa di Viktor per tornare al villaggio, non sarebbe stato difficile rintracciarci. Gläl, poi, era circondata dal mare e da foreste che non conoscevamo. Era impensabile fuggire così... a meno che non fossimo costretti.

«Teniamolo d'occhio» propose Jak. «Teniamoli d'occhio entrambi. E prepariamoci.»

Eravamo cresciuti per le strade della più violenta città del regno di Eredros. I nostri nervi erano ben addestrati a percepire il pericolo ancor prima che si presentasse.

Ma era già troppo tardi.

9

Stava per piovere.

Non era neanche l'ora di pranzo ma il buio avanzava come se il sole fosse scomparso nell'altro emisfero. Invece era lì, nascosto da grosse nuvole scure e gonfie d'acqua.

Jak, nonostante il freddo, lavorava a dorso scoperto battendo sul ferro rovente. I riccioli scuri erano bagnati di sudore e gli carezzavano il viso contratto in una smorfia di fatica.

Non potei fare a meno di osservare il movimento dei muscoli della sua schiena quando alzava e calava il martello in movimenti ritmici, ammalianti. Alzava e calava, alzava e calava. I bicipiti guizzavano sotto la pelle, pieni di energia.

Non ricordo quando quel ragazzino mingherlino, che mi aveva insegnato come bucare le tasche dei passanti e far cadere le monete in una sacca, fosse diventato definitivamente un uomo.

E mi odiavo. Mi odiavo perché quella nuova cosa che stava nascendo dentro entrambi sanciva la fine di un'amicizia smaliziata. E io rivolevo indietro il mio amico più caro. *L'unico.*

Stavo tagliando la legna da accatastare, ma al rumore di zoccoli che salivano su per la collina m'interruppi. Allungai il collo e scorsi il carro su cui viaggiava Giselle.

Per tre lunghi giorni non si era fatta vedere. Viktor sembrava aver perso un po' della solita cupezza, e io avevo quasi creduto che non sarebbe più tornata. Invece, eccola di nuovo.

Jak mi lanciò una veloce occhiata carica di significato. Poi, come se nulla fosse, tornò a lavorare a testa china. Ma io sapevo che era teso come un gatto pronto a graffiare.

Il bastardino prese ad abbaiare con ferocia. Persino lui non la voleva lì. Il carro si fermò e Giselle saltò giù con una fermezza di gambe che appariva sorprendente per una donna della sua età. Mi lanciò la solita occhiata sprezzante seguita dal sibilo, e si diresse da Viktor, appena comparso sulla soglia di casa.

«È ora che prenda il controllo della situazione» annunciò. «Sei un codardo, Viktor. Tua moglie si vergognerebbe, dopo il suo grande sacrificio per la *causa.*»

Il vecchio rimase dritto sulla schiena, ma notai che qualcosa in lui si stava spezzando. «Non comandi in casa mia. Va' via, Giselle. Le tue storielle hanno già causato abbastanza danni» ribatté.

La donna ghignò. Mosse un altro passo nella sua direzione e lo incendiò con i suoi occhi maligni. «Amanda è morta per questo. E tu farai in modo che non sia stato invano. Chiama dentro la ragazza» ordinò, rivolgendomi un'occhiata velenosa.

Jak reagì parandomisi davanti. I muscoli gli si tesero. Aveva il respiro pesante, come quello di un toro irrequieto.

Gli angoli della bocca di Giselle si piegarono in un nuovo, inquietante sorriso. Alzò un dito ossuto e lo indicò. «Non sei escluso da tutto questo, ragazzo. Entrate entrambi in casa.»

Viktor svuotò i polmoni e piegò la testa. Era abbattuto. Giselle sapeva che l'avrei seguita dentro, mi aveva visto scintillare negli occhi la curiosità. Alzò lo sguardo al cielo quando iniziarono a cadere le prime gocce di pioggia, poi oltrepassò la soglia.

Avanzai di un passo ma Jak mi trattenne per un polso: «Andiamocene. Ora».

«Voglio sapere cosa ha da dire. Devo scoprire che c'entro io con tutto questo.»

«Nailyn, ho una brutta sensazione. Sento che se entriamo in quella casa, le cose non potranno più andare bene.» I suoi occhi neri e profondissimi quasi mi risucchiarono.

La pioggia scendeva con maggiore insistenza colpendolo sulle forti spalle nude e colando sul torace ampio, che si alzava e abbassava a ritmo irregolare.

Aveva *paura*.

«Devo sapere...» ribattei, liberandomi dalla presa. «Se vuoi, puoi aspettarmi qua.»

Lo sentii soffocare un ringhio. Afferrò la maglia che si era sfilato per lavorare e mi seguì.

Giselle e Viktor erano seduti in silenzio, illuminati dal focolare.

Non mostrai irrequietezza, nonostante il cuore minacciasse di schizzarmi fuori dal petto. Il gelo mi attanagliava le viscere, ma non mi mossi.

Sapevo per certo che ciò che stava per dire aveva a che fare con la Leggenda. Ma, seppure avessi sempre mostrato repulsione nei confronti dei fanatismi, Viktor non sembrava come tutte le persone che mi guardavano con disgusto e paura. E neanche Silver Hale, che indossava lo stesso ciondolo con le tre Spade incrociate. Entrambi mi avevano offerto aiuto: uno facendomi salire a bordo della propria nave, l'altro accogliendomi in casa e dandomi un lavoro. Perché?

«I tuoi occhi sono *rossi*, ragazzina» iniziò la vecchia con voce da corvo.

«E fin qui...» commentò Jak con rabbioso sarcasmo.

«Silenzio» ordinò Viktor, il tono duro ma carico di dolore.

«I tuoi occhi sono *rossi*» ripeté Giselle.

«Per gli osservatori meno attenti come voi, forse. In realtà sono di un castano rossiccio, niente di... *leggendario*» sibilai l'ultima parola col chiaro intento di deriderla.

Giselle sbuffò una risata e alzò gli occhi al cielo. «In questa stanza sappiamo tutti che, per quanto ti possa ostinare a negarlo, c'è qualcosa di speciale in te. E non è nulla di buono.»

«Non pretendo di essere buona. Anzi, posso diventare particolarmente fastidiosa, soprattutto davanti alle esagerazioni delle vostre credenze.»

«È questo che pensi, bambina? Che sia tutta un'esagerazione?» La donna sembrava più divertita che arrabbiata.

«Facciamo così: ditemi cosa c'entra il colore delle mie iridi con qualsiasi cosa abbiate in mente di fare, e vediamo se cambio idea. Anche se la Leggenda fosse vera, cosa mai significherebbe?»

«Significherebbe che tu potresti essere la Discendente del Ladro» rispose Giselle.

«Di colui che spense la lunga candela di Adhareo e rubò le Spade imprigionando il mondo magico in un sonno eterno» sussurrò Viktor, gli occhi incollati alle grosse mani che teneva posate sul tavolo.

«Ammettiamo per un secondo che queste assurdità siano vere, e con ciò?» Mi pentii subito di essermi fatta prendere dalla curiosità. Quella donna non mi avrebbe detto nulla.

«C'è una parte della Leggenda che non conoscete. Avrete modo di approfondirne i dettagli nel luogo in cui verrete portati. Per ora sappiate che se chi combatte per la Luce non si assicurerà che *tu* agisca per essa, potresti rappresentare un problema. Un problema molto serio.»

Alzai gli occhi al cielo, seccata.

«Il fato si può piegare al volere del bene o del male. E non possiamo permettere che, quando la magia si sarà risvegliata, tu non sia dalla nostra parte» concluse la vecchia.

«Volete farci credere di essere... i buoni?» ringhiò Jak. Teneva i pugni talmente stretti che le nocche erano diventate bianche come neve.

Viktor alzò lo sguardo sul ragazzo. Le iridi gli bruciavano di dolore e rabbia, avrebbe potuto incenerire il mondo con quegli occhi. «Mia moglie è morta per combattere la Legione Oscura. Verrà una guerra, ragazzo, e noi dobbiamo assicurarci che la Discendente sia dal lato giusto del campo di battaglia» tuonò.

«Credevo che avessi smesso di credere nelle "storielle"» sussurrò la donna con un sorriso cattivo rivolta a Viktor.

«Avresti dovuto tenermi fuori da tutto questo» disse lui. Gli occhi gli si infossarono ancora di più. «Avresti dovuto lasciare fuori Amanda.»

«Perché, allora, hai fatto resistenza tutte le volte che questa donna veniva a trovarti, se ora credi tanto in questa causa?» sbottai contro Viktor.

Calò il silenzio, interrotto dallo scoppiettio della legna e dalla pioggia che colpiva il terreno come dardi.

«Perché fa meno male rassegnarsi, credere che non si possa fare nulla, piuttosto che combattere» prese la parola Giselle. Viktor tornò a fissarsi le mani.

«Cosa c'entro io, invece?» Jak fece un passo avanti. Ribolliva di rabbia.

«Ho una teoria,» ghignò la vecchia «ma non oso dire nulla.»

Avevo nascosto i miei stiletti nella stalla. Mi sentii fottutamente stupida a non essermeli tenuti addosso giorno e notte. Ora che la minaccia sembrava sempre più reale, avevo bisogno di un'arma. Notai che sul tavolo c'era un coltello.

«Qual è il tuo piano?» Mi mossi lentamente.

Come un richiamo, alle mie ultime parole sentimmo battere sulla porta tre forti colpi. Jak si affacciò alla finestra. Lo vidi sbiancare. «Guardie...» sussurrò. «Via!» urlò poi.

Rinunciai al coltello e rovesciai il tavolo per impedire a Viktor di afferrarmi.

Balzai oltre un paio di sedie capovolte e raggiunsi Jak alla porta sul retro. Un fragoroso lampo, seguito dal boato del tuono, illuminò la stanza.

Corremmo sotto la pioggia. Al grido di Giselle, seppi che le guardie erano entrate in casa e stavano per lanciarsi al nostro inseguimento.

Il terreno era viscido e fangoso, e ogni nostro passo lasciava un'orma profonda. Superammo la stalla e ci dirigemmo verso il bosco di conifere, i cui rami ci ripararono in parte dal muro d'acqua che cadeva dal cielo.

Scivolai. «Rialzati!» gridò Jak, tirandomi su.

Coperti dalle fronde degli alberi, eravamo ancor più immersi nell'oscurità. Avevo sempre visto meglio di altri al buio, ma la paura mi annebbiava la vista più di quanto facesse la pioggia. Il nostro respiro affannato e lo scalpiccio degli stivali sul terreno paludoso erano coperti dal boato dei tuoni.

«Custode maledetto! Cosa facciamo?» imprecai, fermandomi un istante per riprendere fiato. I polmoni bruciavano.

Ci guardammo attorno: non ci avevano ancora raggiunti. Nella foresta tutto era uguale. Girammo più volte su noi stessi cercando la via da prendere, ma avevamo perso l'orientamento. L'acqua che scorreva come ruscelli aveva cancellato da terra le nostre impronte; era impossibile capire da dove fossimo venuti e, di conseguenza, assicurarci di percorrere la strada opposta.

«Merda!» Gli occhi di Jak si fecero duri e taglienti come lame. «Dobbiamo salire su un albero.»

Eravamo due ragazzi di città, non avevamo la benché minima idea di come si sopravvivesse nella natura. Non sapevamo orientarci, non sapevamo cacciare, non sapevamo nulla di nulla. Ma sapevamo scalare i palazzi, e per ora arrampicarci su un albero era la nostra unica possibilità di sfuggire all'Oblio. Ci arrivarono le voci dei nostri inseguitori, non c'era più tempo da perdere.

Jak mi afferrò per la vita e mi sollevò. Mi aggrappai a un ramo, feci leva e mi tirai su.

Siamo ratti.

Siamo leggeri come ratti.

Siamo veloci come ratti.

Jak mi aiutò nella scalata con qualche spinta quando le forze mi venivano meno. Più salivamo, più il vento s'intensificava, congelandoci nei nostri vestiti ormai zuppi.

I polpastrelli mi sanguinavano per le schegge, e avevo i muscoli che tremavano per lo sforzo. Un ramo ferì Jak alla spalla e il sangue prese a colare.

Sfilò dallo stivale una lama.

«Quella cos'è?» Con i miei stiletti ormai lontani, non mi aspettavo che fossimo armati, anche se in maniera così ridicola.

«È un pugnale. L'ho fatto io» rispose, il sorriso fiero, quasi non facesse caso al tremendo contesto in cui eravamo finiti. «Sei più brava tu con queste cose.» Me lo porse.

Era di semplice ferro, senza decorazioni o abbellimenti. Ma era perfetto. Lo nascosi nello stivaletto.

Riprendemmo a salire, nonostante il temporale fosse sempre più intenso. Sembrava quasi che qualche divinità volesse spingerci a terra. E punirci per i crimini passati.

«Non ce la faccio!» Ero in fiamme per lo sforzo.

I piedi avevano perso l'appiglio e penzolavo pericolosamente da un ramo. Ero a più di dieci metri d'altezza, se fossi caduta...

«Resisti, ti vengo a prendere!» Jak mi raggiunse e mi afferrò per la vita. «Reggiti a me.»

Mi aggrappai con un braccio e lasciai la presa. Mi strinse al suo petto duro e trovai stabilità su un ramo coperto di muschio verde.

«Dobbiamo continuare a salire, siamo ancora troppo visibili!» Sentivo il cuore che gli batteva forte contro il mio orecchio.

Jak riprese la scalata e io gli andai dietro, cercando di aggrapparmi agli stessi rami e di puntare i piedi sulle stesse sporgenze. Non ero mai stata tanto stremata e spaventata in vita mia, mentre Jak, che si era irrobustito parecchio nelle ultime settimane, andava spedito. Rallentava solo per controllare che gli stessi dietro.

Sentivo quasi di averla fatta franca un'altra volta, quando persi definitivamente la presa. Scivolai all'indietro, cadendo per qualche metro. Riuscii ad aggrapparmi a un ramo, ma questo si spezzò. Precipitai al suolo in un grido che rivelò la nostra posizione e che si interruppe solo quando impattai con la schiena contro il terreno.

Divenne tutto nero, punteggiato da milioni di stelle, come spilli dietro gli occhi. Il dolore era allucinante. I polmoni mi bruciavano nella feroce lotta per riuscire a respirare. Sentivo il sapore disgustoso del sangue sulla lingua. La violenza dello schianto mi aveva tolto tutta la voce, costringendomi a un urlo soffocato. La pioggia che scendeva a dirotto avrebbe potuto affogarmi se una figura torreggiante non si fosse sporta su di me, riparandomi per un breve istante.

Una delle guardie mi osservava con un ghigno soddisfatto. L'altra mi premette lo stivale sulle costole incrinate, facendomi sputare sangue e saliva.

«Nailyn!» gridò Jak, tra le fronde dell'albero.

Annaspai nel tentativo di ritrovare la parola per gridargli di restare nascosto. Il soldato più grasso lo individuò e fischiò impressionato dall'altezza a cui si trovava.

«Scendi giù, o ti vengo a prendere?» cantilenò.

Fece ulteriore pressione sul torace. L'ultima cosa che pensai fu che la nostra fuga da Vartadis era stata inutile, poi svenni.

10

Non ho idea di quanto tempo rimasi intrappolata tra la veglia e il sonno.

Il dolore alla testa era battuto solo da quello al torace. Ho vaghissimi ricordi del periodo che passammo a bordo del carretto-prigione che ci stava conducendo all'Oblio, non potrò comunque mai scordare la sensazione della guancia premuta contro il pavimento di legno. E nemmeno l'odore di sangue e pioggia che si mescolavano nell'aria.

Sognai un fiume. Era notte e la luna si rifletteva sulle piccole onde che increspavano la superficie dell'acqua. C'era qualcuno con me, ma il suo viso era come nascosto da un velo.

Quando tornavo semicosciente, percepivo le mani di Jak che mi tastavano la fronte. «Scotti...» Avevo preso tanti calci in culo per le vie di Vartadis, ma non avevo mai visto una preoccupazione come quella nel suo sguardo. «Ci serve un medico!» urlò ai nostri due carcerieri.

Mi riaddormentavo di continuo, per poi svegliarmi quando Jak cercava di costringermi a bere o mi tamponava il viso con panni imbevuti d'acqua.

«Merda... merda!» Lo sentivo imprecare in preda al panico.

Non trovai mai il coraggio di proferire parola, tanto era il dolore. A un certo punto dovetti peggiorare parecchio, perché ricordo una voce sconosciuta, di un medico forse, a cui non saprei dare un volto preciso. Mi avvolse in bende che odoravano di erbe medicinali, e quasi strillai quando strinse la fasciatura.

«Lyn?!» La voce di Jak era contorta dal terrore.

Ma le palpebre mi si richiusero subito, pesanti, come se fossi sepolta sotto tonnellate d'acqua. Il dolore alle costole mi impediva di respirare. E nella semincoscienza mi sembrava di annegare.

«Lasciala riposare, ragazzo. Ha bisogno di dormire» ordinò il medico.

Udii un gemito di paura sfuggirgli dalle labbra; mi si sdraiò accanto donandomi il suo calore come aveva fatto centinaia di volte nelle notti più fredde di Vartadis.

Sognai ancora quel fiume. Nel buio della notte la superficie sembrava nera. Il rumore dell'acqua si confondeva con il crepitio di un fuoco... e con delle urla. Quando mi voltai per capire da dove venissero, la solita misteriosa persona che popolava quell'incubo, un uomo, mi costrinse a distogliere lo sguardo.

«Shh, bambina mia. Andrà tutto bene.»

Mi risvegliai molto più tardi, dolorante ma in grado di tenere gli occhi aperti. Ero finalmente vigile. Stavo sdraiata sulla schiena coperta da niente più che un lenzuolo.

«Perché... perché sono nuda?» gracchiai.

Jak sussultò. Era seduto di spalle a osservare il paesaggio che fluiva. Al di là delle grate della nostra piccola cella ambulante, scorreva una fitta foresta. Si voltò e mi sorrise con un calore che gli avevo visto rare volte.

«Direi che le parti più interessanti sono ancora coperte. Purtroppo...» Una fossetta gli comparve all'angolo sollevato della bocca.

Alzai il telo impregnato del mio sudore e vidi l'intero torace fasciato dalle bende e un paio di mutande, ma null'altro. Mi sentii avvampare per l'imbarazzo all'idea che Jak mi avesse spogliata.

«Eri zuppa e stavi congelando appena ci hanno rinchiusi qui dentro. Dovevo riscaldarti e i vestiti fradici erano un ostacolo. Poi...» La voce era tornata seria, contratta dalla profonda angoscia che si stava pian piano attenuando. «Poi hai preso a sudare. Eri bollente, Lyn. Mi hai fatto morire di spavento.»

Tentai di alzarmi. Mi bloccai per una fitta acuta che mi ghiacciò il sangue. Con una smorfia di dolore tornai sdraiata, soffocando la frustrazione.

«Devi darti tempo. E devi rimanere ferma, al riposo.»

Annuii senza guardarlo. Bruciavo d'umiliazione: eravamo rinchiusi in un carretto, diretti nelle carceri più temute del regno di Eredros. E non potevo fare nulla. Solo aspettare di essere divorata dall'Oblio. Questo, perché ero scivolata da quel fottuto albero.

Alla fine i ratti sono stati catturati.

«Nailyn, è colpa mia. Tutta colpa mia.» I neri occhi di Jak sembravano profondi migliaia di anni. Nella sua voce si concentravano il risentimento e il biasimo che provava per se stesso. «Ti ho messa in pericolo. Ci è mancato poco che tirassi le cuoia. E se tu fossi... io...» Si prese la testa tra le mani e dei riccioli incrostati di sangue e fango gli scivolarono sulla fronte.

«Fosse così facile uccidermi, Jak, sarei morta anni fa» ribattei. «Anzi, se sono sopravvissuta fino a oggi lo devo anche a te. Sono io che ho perso la presa.»

«Un po' goffa, in effetti.» Sorrise. Un sorriso bellissimo. Sembrò più giovane di quanto fosse e improvvisamente mi resi conto di quanto l'espressione addolorata di poco prima lo invecchiasse.

«Ti hanno pestato» constatai. Aveva un taglio sul sopracciglio e un labbro spaccato.

«Dovresti vedere quell'altro.» Mi strizzò l'occhio.

«Buffone» replicai, costringendomi a non ridere. Il torace mi lanciava fitte fulminanti a ogni movimento.

«Volevi dire *affascinan...*»

«... *tissimo* buffone. Sì, come no» lo interruppi. «Dobbiamo pensare a come tirarci fuori da questa situazione di merda.»

Mi guardai attorno. La nostra cella veniva trainata da due cavalli legati al gabbiotto nel quale viaggiavano le guardie. La prigione era un blocco quadrato con tetto e base in legno, e grate di ferro.

«Siamo in viaggio da sei giorni. Abbiamo fatto una breve sosta in un villaggio per farti visitare dal medico, ma ormai sono più di tre giorni che avanziamo nella foresta. Anche se riuscissimo a uscire di qui, come possiamo sopravvivere nella natura?»

«Dobbiamo tentare. Non ci finisco nell'Oblio. E tu?»

«Non ci penso neanche.» Il tono sornione, lo stesso delle notti brave a Vartadis, mi provocò un moto di nostalgia. Improvvisamente mi resi conto che Jak, quando il medico mi aveva visitato, aveva avuto una possibilità di fuggire. Ma non l'aveva colta. Era rimasto fedele al mio fianco.

Non avevamo molte scuse per convincerli a farci uscire: ci avevano forniti un pitale da usare a turno – con grande imbarazzo –, mentre cibo e acqua ci venivano passati dalle grate. Dovevamo fare in modo che aprissero la gabbia, ma lo avrebbero fatto solo una volta arrivati a destinazione. E noi dovevamo costringerli a farlo prima, per evitare che avessero rinforzi.

Jak si osservò le mani, cercava le parole adatte. «Lyn, anche se riuscissimo a liberarci, come...»

«Come penso di riuscire a scappare conciata così?»

Annuì. Mi tastai le costole e sentii un male allucinante. Strizzai gli occhi e trattenni il respiro.

«Non lo so, immagino che dovrai portarmi in braccio per un po'» ironizzai.

Il mio peso lo avrebbe rallentato e alla fine saremmo stati catturati di nuovo. O sbranati dai lupi. Non c'era un reale modo per riuscire a scappare in mezzo alla boscaglia. A meno che non avessimo rubato il carro.

Passammo tutta la notte a riflettere. Ogni idea sembrava folle, ma alla fine tirammo fuori un piano suicida. Una vera pazzia. Faceva acqua da tutte le parti, ma era meglio di nulla.

Accennai un sorriso, intanto che compivo lenti movimenti nella speranza di riabilitarmi il minimo indispensabile.

Jak sbuffò e si sdraiò sulla schiena, le braccia piegate dietro la testa. «Non ci resta che aspettare.»

«Per il Custode, Jak!» esclamai. «Puzzi come una capra bagnata! Abbassa quelle maledette ascelle!»

«Goditi la fragranza di uomo, bambina» sfoderò un ghigno provocatore.

«Mi dai il vomito.»

Cercai di scansarlo ma ero troppo debole. Lui mi cinse con un braccio e mi si strinse contro con delicatezza. Nonostante emanasse un fetore da far invidia al più lurido barbone di Vartadis, mi sentii al sicuro. Per quanto possibile.

E ringraziai gli dèi, perché non avrei desiderato vivere quell'esperienza con nessun altro in tutto il regno di Eredros.

Eppure mi sbagliavo anche su questo.

11

Avemmo a disposizione altri due giorni per perfezionare il piano. Per quanto possibile.

Riuscii ad alzarmi in piedi e a muovere qualche passo aggrappata alle sbarre, dimostrando a me stessa che se mi fossi impegnata, se avessi concentrato in quei pochi passi tutta la mia determinazione, sarei potuta sopravvivere anche quella volta. La resistenza che avevo sviluppato negli anni era di grande aiuto.

Il dolore, comunque, mi aiutava a tenere a bada la nostalgia della casa di Viktor, e lo strazio per essere stata tradita. Non mi feriva il fatto che ci avesse voltato le spalle, ma che mi fossi permessa di affezionarmi. Non mi ero neanche resa conto di quanto mi stessi abituando a quella vita, a dormire nella stalla e a sentirmici al sicuro, fino a quando non era di nuovo cambiato tutto. E in maniera così brusca che la ferita bruciava come un tizzone in mezzo al petto.

Viktor era un uomo che a prima vista incuteva timore. Grande e grosso, due braccia spesse come tronchi e una voce che faceva tremare il pavimento. Ma ora vedevo solo un uomo vile e senza orgoglio, che per qualche oscuro motivo aveva lasciato la moglie nelle grinfie di Giselle, e che non era stato in grado di opporsi a lei.

Ero impegnata in un esercizio di respirazione quando mi accorsi che il carretto rallentava. Schioccai le dita per richiamare l'attenzione di Jak.

Subito dopo svoltammo a destra e la cella si inclinò leggermente. Era il momento di agire. Mi sdraiai a terra e mi finsi ancora sconvolta dal dolore.

Jak mi lanciò un'occhiata e io sorrisi incoraggiante.

«Ehi, teste di gallina!» urlò lui.

Niente, nessuna risposta. Doveva osare di più.

«Stupidi piedipiatti! Imbecilli! Figli di puttana!»

Non c'era tempo. Dovevamo urgentemente fermare il carro. L'idea di aspettare proprio l'ultimo momento per mettere in atto il piano mi sembrò improvvisamente ridicola, ma avevo bisogno di tempo per riuscire a rimettermi in piedi. Era stato un rischio da correre per poter sfruttare ogni secondo.

«Devi farli imbestialire, non fargli fare due risate!» sibilai.

«Teste d'abbacchio! Luridi ceffi! Scimmioni rimbambiti! Cani bastardi! Puzzate talmente tanto di merda che ho l'assoluta certezza che vostra madre vi abbia partoriti dal culo!»

Mi cascò la mascella per lo stupore. Questo li avrebbe sicuramente fatti infuriare. Jak sorrise soddisfatto quando il mezzo inchiodò bruscamente. Poi però realizzò cosa stava per accadere e sbiancò.

«Non fare il pappamolla!» sussurrai.

Se fosse stato nel pieno delle forze, l'idea di fare a botte lo avrebbe addirittura esaltato. Ma ora era sfiancato da tutto: dai giorni imprigionato lì dentro, dalle intemperie che aveva sopportato, dalla paura che aveva provato per me, dalla fame.

Mi sentii vulnerabile all'idea di non essere armata. Il pugnale che Jak aveva forgiato lo tenevano in custodia le guardie.

Non ricordavo di essere stata perquisita, ma una volta che mi ero svegliata non c'era più. E ora, anche se non era paragonabile ai miei due stiletti, avrei dato un braccio per riaverlo.

I due erano saltati giù dal gabbiotto. Uno smilzo e con una lucida testa pelata, l'altro grosso quanto un bue e coperto di peli in ogni centimetro visibile del corpo.

«Ha le palle, questo moscerino» berciò quello magro.

«Già, proprio coraggioso» concordò quello grosso.

Li osservai. Non sembravano né intelligenti né molto dotati. In fin dei conti, se ci avevano catturati era stato solo grazie alla pioggia e a un gran colpo di fortuna.

«Questi due ci credono rimbambiti» indovinò quello smilzo.

«Non sanno con chi hanno a che fare» ribatté l'altro con un ghigno, infilando la chiave nel lucchetto.

Jak, che non si era fatto impressionare da quello scambio, appena la grata si aprì gli saltò addosso. Il soldato grosso afferrò Jak e lo rivoltò come un calzino. Quest'ultimo si batté con tutta la forza che gli era rimasta, ma non c'era davvero paragone né per l'energia, né per la tecnica.

Io, che ad arrendermi non ci pensavo proprio, con uno sforzo disumano mi tirai in piedi e rifilai un cazzotto all'altra guardia. Ma avevo sopravvalutato le mie condizioni. Seguì una fitta di dolore lancinante e svenni tra le sue braccia. Mi ripresi poco dopo, in tempo per vederli dare una bella ripassata a Jak, che tentava di proteggersi il viso coprendoselo con le braccia.

Quei due piedipiatti erano più preparati di quanto dessero a vedere. O forse non avevo ancora imparato a valutare le persone. Sta di fatto che ci eravamo coperti di ridicolo. E l'umiliazione bruciava più del dolore fisico.

Le grate vennero chiuse di nuovo e il carro ripartì. Avevamo sprecato l'ultima opportunità. A giudicare dalla testa di Jak che penzolava mortificata, anche la sua autostima non stava certo passando il momento più alto.

Fine dei giochi. Saremmo finiti nell'Oblio.

12

Sognai di nuovo, stavolta la regina Jaismid.

Era in lacrime e stringeva tra le braccia il primogenito, il principe Gioele. Aveva le mani sporche di sangue. Dava le spalle a un corpo coperto da un telo. Alzò gli occhi gonfi di disperazione e mi guardò.

«*Fa' qualcosa!*» la sentii supplicare.

Quando mi svegliai, Jak era sopra di me con le mani sulle spalle. Il dolore sordo alle costole mi faceva vedere le stelle. Respiravo a malapena e di foga, come se avessi trattenuto l'aria nei polmoni per troppo tempo.

«Un incubo» mormorai, mettendomi a sedere e ignorando le fitte. «Solo un incubo.»

«Stavi delirando.»

Ansimavo, tentando di togliermi dalla testa lo sguardo allucinato della regina.

Mi guardai attorno. Eravamo ancora nella cella. Quando avevamo rallentato e Jak aveva insultato le guardie, ero convinta che fossimo in dirittura d'arrivo. E invece sembrava che quello fosse un viaggio interminabile.

«Vedo che la realtà non è tanto meglio» sospirai.

«Abbiamo proseguito su un sentiero isolato per un po'. Poi

ci siamo inoltrati di nuovo nella foresta.» Si passò una mano tra i capelli. Guardava fuori dalle grate con aria preoccupata.

Notai gli alberi infittirsi sempre più; a breve il carro non avrebbe più potuto proseguire. Un senso di pericolo mi percorse da capo a piedi, fulminante come una scarica elettrica.

Il carretto frenò di colpo. Le guardie ci raggiunsero con due larghi sorrisi. Quello grasso infilò la chiave nel lucchetto. Sapeva che questa volta non avremmo tentato di aggredirli.

«Ci siamo, moscerini.»

Ci trascinarono giù e ci legarono le mani. Eravamo circondati dalla foresta più fitta. Gli animali si erano fatti silenziosi, probabilmente ci osservavano dai loro nascondigli. L'unico suono proveniva dal vento che frusciava tra le foglie e dai colpi fragorosi del mio cuore che pulsava senza tregua.

Jak si guardò attorno come una bestia in trappola. Mostrò i denti, ma i soldati gli risero in faccia.

Fu comunque più di ciò che feci io, che non trovai neanche il coraggio di divincolarmi. Perfino respirare era troppo doloroso. Se avessi fatto un qualsiasi movimento brusco sarei svenuta di nuovo. Umiliandomi per l'ennesima volta.

Avanzammo per più di un'ora in assoluto silenzio, trascinati da una corda legata ai polsi. I rovi mi graffiavano le braccia e i piedi si riempirono presto di vesciche. Riuscire a tenere il passo era una vera tortura.

Non c'era modo di farla franca, quella volta. Iniziai a temere che non esistesse alcuna prigione segreta e che in realtà ci stessero trascinando su un qualche altare sacrificale. Una prigione non poteva trovarsi tra alberi e felci.

«Fermi» ordinò la grossa guardia.

Ci siamo.

Tirò fuori dalla cintura un pugnale. Quello che Jak aveva forgiato per me. La lama luccicò, colpita dall'ultimo raggio di sole che penetrava tra le chiome rigogliose di un frassino.

Jak mi si parò davanti. «Come finisce questa storia?» ringhiò.

L'uomo lo guardò divertito, poi alzò l'arma. «Siete degli sciocchi.» Recise in un sol colpo i rami spinosi di una pianta di more che scendeva come una cascata a coprire, come scoprimmo, l'ingresso di una grotta. L'interno era buio e umido, ma poco più avanti c'era una seconda apertura.

Mi si mozzò il fiato.

«Cosa cazzo...» mormorò Jak.

Entrammo nella caverna e ci affacciammo dall'altra parte con gli occhi gonfi di meraviglia.

Il giorno stava lentamente cedendo il posto alla notte, e il cielo si era tinto di un intenso color indaco, macchiato qua e là da nuvole rosa e arancio. L'aria fresca che mi travolse, abbracciandomi come una madre che dà il benvenuto al mondo, odorava di muschio. Persino il dolore sembrò attenuarsi.

La prima cosa che notai fu la rupe dalla quale precipitava l'acqua di una cascata. Sotto di noi si estendeva un'infinita vallata verde, spaccata in due da un fiume che scorreva serpeggiando. Sulla cima della rupe, sorgeva una fortezza, due torri unite da un muro di cinta. Nella muraglia era scolpita una serie di archi sotto i quali scorreva il fiume che precipitava poi in basso.

Non aveva affatto l'aspetto di una prigione. Se quello era l'Oblio, sembrava più un paradiso.

«Che posto è questo?» chiese Jak, una volta riuscito a ritrovare la voce.

«Questa, caro ragazzo, è la Sacra Dimora di Heldor» rispose una delle guardie.

«Se sapevo che bastava sgraffignare un candelabro per finire qui...» sussurrò Jak, tra il divertito e il meravigliato.

«Aspettate di ascoltare le leggi di questo posto, prima di credere che sia meglio dell'Oblio.»

«Quindi noi non siamo agli arresti? E voi non siete guardie?» Maledissi l'incredulità nella mia voce che la faceva suonare tremendamente infantile.

«Voi moscerini siete sempre così ingenui!» esclamò Lo Smilzo scoppiando poi in una grassa risata. «L'Oblio non esiste. È una copertura. E noi *siamo* guardie, ma giurate al Sacro Heldor.»

Heldor.

Una delle tre Chimere nel cui sangue erano state temprate le Spade di Adhareo. La Chimera dalla quale era nata *Lux*.

«Lo dicevo che erano una vera setta, questi fanatici» sussurrai, sconvolta.

13

Per raggiungere la fortezza impiegammo un'altra ora a piedi. Ci slegarono: non avrei potuto percorrere tutto il tragitto senza l'uso delle mani, che mi servivano per afferrarmi alle sporgenze sul terreno quando la strada si faceva più ripida. Procedettero tutti lentamente per concedermi di muovermi sulle mie gambe.

Anche se non esisteva alcun Oblio, questo non voleva dire che fossimo al sicuro. Ma di scappare, conciati come eravamo, non se ne parlava. Non ci restava che accettare quella nuova svolta e sperare che, se ci fossimo trovati in un pericolo ben peggiore, avremmo trovato il modo di farla franca.

Era buio quando arrivammo al bacino nel quale si riversava la cascata. Il rumore mi assordò, ma non avevo mai udito nulla di più rilassante.

«Siete belle gatte da pelare, voi» disse Lo Smilzo, nel tentativo di attaccare bottone.

Lo guardai storto e lo superai per raggiungere Jak, che si era fermato accanto al fiume. Nella roccia davanti a noi erano scolpiti degli stretti scalini che s'inerpicavano per circa dieci metri. Jak mi aiutò a salire senza cadere, posando le mani sul mio didietro e spingendo. Avvampai e sentii le guance diventare rosse come prugne mature. Con la coda dell'occhio notai che lui faticava a trattenere un sorriso divertito.

Maledetto bastardo.

Ci ritrovammo dietro il flusso della cascata. Nell'aria fluttuavano milioni di particelle d'acqua che mi inumidirono capelli e vestiti. Era buio pesto ma, come sempre, riuscivo comunque a vedere. E notai il gabbiotto ancor prima che la guardia più grossa, che scoprii chiamarsi Gurild, accendesse la fiaccola. Non era una cella, era un elevatore. Portai in alto lo sguardo e seguii la spessa fune al quale era legato.

«Io su quel coso non ci salgo» sentenziò Jak.

«Tutta questa strada per fermarti davanti a una simile sciocchezza?» Lo Smilzo alzò un sopracciglio.

«Cosa c'è? Io non volevo neanche farla "tutta questa strada".»

Roteai gli occhi. «Ti stai rendendo ridicolo.»

«Sai cos'è quello, Nailyn?» Era bianco in volto.

«È solo un elevatore» ribattei scrollando le spalle.

«Quanto è alto?» domandò.

«Un centinaio di metri. Forse di più,» risposero insieme le guardie «ma vedi quelle liane? Sono qui da prima che voi nasceste. Sono indistruttibili.»

«Con la fortuna che abbiamo avuto finora, si spezzeranno di sicuro» borbottò Jak.

«*Toc toc*, c'è qualcuno in questa zucca vuota?» Gli battei le nocche contro la testa.

«Cosa dici, nanetta? Da quassù non ti sento!» urlò.

Sbuffai. «Jak, siamo arrivati fin qui. Io voglio sapere.»

In quel momento, per la prima volta nella vita, mi resi conto che sarei stata disposta ad andare avanti anche da sola. Forse già sapevo che stavo imboccando la strada del mio destino.

E il primo passo sarebbe stato salire su quell'elevatore. Con o senza Jak.

Quando colse la determinazione nei miei occhi, si sottomise al mio volere. Piuttosto che lasciarmi sarebbe morto.

Ma il gabbiotto era fatto di legno, cosa che suscitò in lui altri timori...

«Non dirmi che soffri di vertigini! Abbiamo scalato non so quanti palazzi, a Vartadis. E il nostro rifugio si trovava nell'edificio più alto della città.»

Pensare a casa mi provocò qualche fitta, che però andò a confondersi con quelle delle costole incrinate. Stavo imparando a ignorarle.

«Era diverso, lì ero affidato a me stesso. Qui invece dipende tutto da questi sottilissimi capelli!»

Guardai le liane che erano spesse due volte il mio braccio. Alzai un sopracciglio e mi portai la mano alla bocca per mascherare il divertimento. «Sei buffo quando hai paura.»

«E tu irritante quando... be', sempre!»

Le guardie sghignazzarono. Erano abituate a quelle reazioni. Realizzai che nella Sacra Dimora di Heldor doveva già esserci qualcuno come noi. Magari proprio quelle persone che credevamo svanite nell'Oblio.

L'elevatore si mosse lentamente. Oscillava da un lato all'altro, spinto dalla corrente d'aria, a sua volta spinta dalle tonnellate e tonnellate d'acqua che precipitavano davanti a noi. La cascata era una tenda che ci celava al resto del mondo.

E che si apriva su un *altro*. In tutti i sensi.

Vibravo di adrenalina ed eccitazione. Avrei potuto scommettere che il rosso dei miei occhi, che fino al mio arrivo in quel luogo avevo ostinatamente sostenuto fossero di un bruno rossiccio, si fosse intensificato. E che il nero cupo di quelli di Jak fosse diventato ancora più profondo.

La luce delle nostre fiaccole alzate a illuminare le pareti dell'elevatore si confuse con un bagliore caldo che tremolava sopra di noi. Arrivati in cima, Jak fu il primo a scendere. Eravamo ora nella bocca di un'altra caverna. Decine e decine di torce erano appese ai muri e illuminavano un passaggio di scalini irregolari che portava verso l'alto.

«Benvenuti nella Sacra Dimora di Heldor.» Ci accolse un ragazzotto con un elmo a forma di testa di drago e una lunga lancia al fianco.

«Grazie Vill,» lo salutò Lo Smilzo «ti ho portato queste.» E si allungò porgendogli una manciata di caramelle al miele.

Il ragazzo le guardò con tanto d'occhi e, in una mossa fulminea, le afferrò con una mano. Feci appena in tempo a notare che gli mancava un dito che subito le nascose sotto l'armatura. Sembrava un drago che proteggeva il proprio oro.

Gurild mi spiegò che era fondamentale trovarsi nelle grazie del guardiano della fortezza. Certe amicizie potevano tornare utili. Non ce ne dovevamo scordare.

Non c'era un punto del mio corpo che non mi facesse male, ma la curiosità aveva preso il sopravvento, perciò salii i nuovi scalini senza rendermi conto delle gambe che tremavano. Percorremmo un lungo tunnel illuminato da qualche fiaccola. Capii che ci trovavamo sotto il fiume poiché tra le pietre scorrevano sottili rivoli d'acqua. Qualche minuto più tardi, il percorso si incurvò di lato e terminò con un'ultima scalinata che portava all'esterno.

Il cielo era ormai nero. Milioni di stelle brillavano dandoci il loro benvenuto. Eravamo circondati da un'alta muraglia su cui erano appostati degli arcieri, che con l'arco teso tenevano le frecce puntate sulle nostre teste. Jak alzò istintivamente le braccia.

«Tranquillo, ragazzo,» rassicurò Lo Smilzo «non far percepire loro alcuna minaccia e non le scaglieranno.»

Jak, diffidente, abbassò le mani; ma non distolse mai lo sguardo.

Io non avevo alcuna paura. Mi ero persa ad ammirare il fiume che ci scorreva accanto. Faceva il suo ingresso nella fortezza attraverso un'unica, enorme arcata protetta da una griglia di ferro spessissimo, serpeggiava nel verde fino ad arrivare alla serie di archi che affacciavano sul dirupo, oltre i quali poi si trasformava nella cascata.

In parallelo al fiume, subito in cima alla scalinata, partiva un sentiero acciottolato, illuminato da tante minuscole torce che sembravano fuochi fatui.

Nessuno potrebbe biasimarmi se alla vista della Dimora di Heldor le mie resistenze nei confronti della Leggenda vacillarono. Quel luogo era protetto da un'aura *magica* impossibile da ignorare.

Le mura proteggevano la fortezza centrale. Un castello di pietra che svettava davanti a noi e poteva essere raggiunto solo attraverso il ponte di roccia antichissima che passava sopra al fiume e conduceva al portone in quercia.

Le statue di due leoni dal corpo d'ariete erano immobili ai lati in un ruggito silenzioso.

«Siete in ritardo» salutò una voce calda. La donna era talmente minuta che, sullo sfondo del maestoso castello, rimaneva quasi invisibile.

«Questi due ci hanno dato delle grane» si giustificò Gurild, lanciandoci un'occhiata bonaria.

L'anziana mosse un passo verso di me, uscendo dalla penombra. Aveva una folta chioma argentea e occhi color latte.

È cieca, pensai.

«Ti vedo bene, bambina mia» mormorò.

Sussultai. Mi prese le mani e le strinse calorosamente. Con le dita nodose mi tastò la pelle, salendo lungo le braccia e andando a fermarsi sulle guance. Disegnò dei cerchi con i pollici.

«Sei proprio *tu*.» La voce era colma d'emozione.

«È lei, Madre Sundriel, ne siamo certi» confermò Lo Smilzo. «Corrisponde alla descrizione di Elfride.»

La donna distolse da me i suoi occhi velati e li posò sulla guardia. Gli accarezzò una guancia e sorrise con un amore smisurato, degno del nome che portava: *Madre*.

«E lui è...» sussurrò, fissando Jak con due occhi enormi.

«Giselle aveva una teoria... non lontana da ciò che ha previsto Elfride. Abbiamo pensato che valesse la pena prendere anche questo qui.» Gurild diede a Jak una pacca sulla schiena.

Madre Sundriel indugiò qualche lunghissimo istante sugli occhi d'ombra liquida di Jak. Poi gli sorrise. Ma era un sorriso tirato.

«Madre,» parlai «perché siamo qui?»

La donna si riscosse e un'espressione pacifica tornò a regnarle in volto.

«Per vincere una guerra.»

14

Seguimmo Madre Sundriel all'interno del castello.

Aveva un passo spedito e deciso, nonostante la cecità. Non mostrava alcun bisogno di aiuto per muoversi lungo i corridoi.

C'era un forte odore d'incenso, il cui fumo aleggiava in aria formando una sottile foschia. I nostri passi risuonarono nel silenzio tra le mura.

«Mi sta salendo la strizza» mi bisbigliò Jak all'orecchio.

Rabbrividii. Il calore del suo respiro sul collo provocò una scarica elettrica che mi percorse la schiena. Mi detestai.

«Fai silenzio» sibilai, stizzita.

Sulle pareti non c'erano quadri, bensì incisioni ritraenti le vecchie leggende del mondo incantato, anche la più famosa tra tutte, la storia del Fauno Adhareo. Mi persi un istante a passare il dito sull'intagliatura nella pietra che raccontava dell'uccisione di Heldor e della nascita di *Lux*, una delle tre Spade magiche ormai perdute da un millennio.

«Nailyn?» chiamò Jak, rallentando il passo.

Raggiunsi in fretta il gruppo. Lo Smilzo e Gurild spinsero le due ante del portone che affacciava su una sala affollata.

Al centro si trovava un palco rotondo intorno al quale, su diversi livelli, giravano tre tavoli. Erano come quattro cerchi concentrici. La folla, in un silenzio sovrannaturale, osservò Madre Sundriel salire gli scalini che spezzavano gli anelli in quattro porzioni e che conducevano al palco.

Centinaia di torce erano appese alle pareti, fino al soffitto. Le fiamme tremolanti disegnavano ombre sui muri di pietra.

Mi guardai attorno e scoprii che decine d'occhi erano fissi su di me. Un intenso disagio mi si arrampicò sulla spina dorsale. Fui quasi tentata di schermarmi il viso con le mani per impedirgli di vedere le iridi che - lo sentivo - stavano *bruciando*.

«Adepti,» intonò la Madre, richiamando l'attenzione dei giovani uomini e donne «oggi siamo qui per accogliere tra noi i nuovi arrivati.» La sua voce era piena e calda.

I seguaci di quella vera e propria setta si voltarono a ispezionare me e Jak, insieme anche a una manciata di ragazzini tremanti.

«So bene cosa state pensando, bambini miei» continuò la Madre. «Lei potrebbe essere la Discendente.» Puntò il lungo indice nodoso su di me.

Tra la gente si sollevarono ringhi e sibili.

Jak mi afferrò per il polso e mi sospinse dietro di lui. I suoi muscoli erano tesi, pronti a scattare.

«*Non le farete del male.*» Una vocina ariosa si insinuò nelle nostre teste. «*La Discendente è la nostra arma più preziosa. La tratteremo con cura.*»

Illuminata dal bagliore fioco delle torce, una figura ancor più minuta di quella della Madre apparve sul palco. Si muoveva in maniera così leggiadra che sembrava volasse. Era avvolta in tessuti trasparenti che lasciavano intravedere il suo corpo di poco più che bambina. I lunghi capelli bianchi sfioravano il pavimento. Erano intrecciati e ornati da boccioli di rosa e piccole foglie d'edera.

«*Obbedirete*» ordinò, ma le sue labbra non si mossero.

Quella ragazzina mi aveva appena parlato nella testa?

Come. Diamine. Era. Possibile.

Anche Jak si tese accanto a me.

Vicino alla Madre, che le accarezzò il capo con tenerezza, si notava tutta la somiglianza. Era come se lei fosse una miniatura della vecchia; come se passato e futuro coesistessero. Soprattutto perché entrambe avevano gli occhi velati da una patina color latte. La *Madre* e la *Figlia*.

La folla chinò rispettosamente il capo.

«Portate il braciere» dispose Madre Sundriel.

Lo Smilzo e Gurild obbedirono all'istante, trascinando sul palco un caldano ovale nel quale scoppiettavano fiamme vive.

«Giovani Iniziati, venite qui.» La donna ci chiamò allungando una mano. Il suo sguardo era rassicurante, non temetti alcun male quando mossi i primi passi.

Venni seguita all'istante da Jak e dai tre ragazzini impauriti. Una volta sul palco, mi lasciai afferrare la mano dalla Madre. Se la portò alle labbra e la baciò. Fece lo stesso con gli altri Iniziati, indugiando un istante sulle nocche erose dai cazzotti di Jak.

Guardai a terra e notai un enorme affresco che raffigurava tre Spade incrociate. Lo stesso simbolo che portavano al collo sia Viktor che Silver Hale.

«*Siete liberi di scegliere,*» mormorò la bambina «*membri della Sacra Compagnia o comuni mortali. Vincitori o vinti. Interi o divisi.*»

«Non voglio stare qui!» urlò un ragazzino con due occhi grandi come mandarini. «Voglio andare a casa mia!»

Madre Sundriel gli si avvicinò. Aveva uno sguardo mortificato. E in un lampo di comprensione, ne intuii il motivo. Ricordai l'orfano sparito dai bassifondi di Vartadis, quello che poi era ricomparso tempo dopo con qualche rotella fuori posto. Era solo, nessuno al mondo era disposto a occuparsi di lui. La legge del più forte regolava la vita dei quartieri poveri della città, come un vero e proprio ecosistema naturale. Jak lo trovò lungo il canale, morto di fame. Ma con un sorriso ebete sulle labbra.

Nessuno doveva sapere della Sacra Dimora di Heldor. *Nessuno.*

E Madre Sundriel non poteva permettere che chi rifiutava l'iniziazione tornasse a casa con tutti i ricordi di quel luogo. Sarebbe tornato da dov'era venuto, ma lasciando lì una parte di sé.

Interi o divisi.

Sarebbe avvenuto non solo per impedirgli di rivelare il segreto della setta, ma anche per alimentare la credenza nell'Oblio. Era una copertura studiata alla perfezione.

La donna fece un cenno alle guardie e il ragazzo fu fatto allontanare dalla sala.

Mi chiesi cosa sarebbe successo se avessi deciso di andarmene anche io. Io, che sembravo essere così preziosa tra quelle mura. Me lo avrebbero permesso?

Non aveva importanza, non mi sarei mossa di lì. Ancora non sapevo nulla di quel luogo, delle leggi che lo regolavano, della guerra che stava per esplodere. Ma sapevo che quello era il mio posto. Era una consapevolezza quasi viscerale.

«Membri della Sacra Compagnia o comuni mortali?» chiese Madre Sundriel.

Una ragazzina grassoccia rispose in un sussurro, così come il fratellino che stringeva per mano. Le voci furono appena udibili. Sarebbero rimasti.

«Membro della Sacra Compagnia» affermai, quando la Madre mi si rivolse tenendo gli occhi lattiginosi su di me.

«Membro della Sacra Compagnia» mi fece eco Jak.

La donna sorrise compiaciuta. Poi si girò verso la bambina dai lunghi capelli bianchi che osservava le fiamme crescere nel braciere davanti a noi. Il fuoco disegnava ombre sul suo viso; ombre che sembravano raccontare una storia.

«Elfride» la chiamò. «È il momento dell'iniziazione.»

Elfride.

La Veggente che aveva dato indicazioni alle guardie per trovarmi e portarmi da loro. E che aveva visto in Jak un destino che sembrava corrucciare la Madre.

Era una creatura ancestrale. Molto lontana dalla mia natura umana e carnale. Credevo che la magia non esistesse o, tutt'al più, come recitava la Leggenda, che fosse addormentata. Ma lei vibrava di qualcosa di così etereo e profondo che le braccia mi formicolarono di pelle d'oca quando riprese a parlare.

«*Morirete portando con voi ogni segreto. Vincerete o perderete restando fedeli alla Sacra Compagnia. Obbedirete. Ucciderete. Donerete alla terra il vostro sangue*» recitò, senza mai muovere le labbra. «*Vi addestrerete.*»

«Ci addestreremo!» gridò la folla, che fino a quell'istante era rimasta in assoluto silenzio.

«*Crederete.*»

«Crederemo!»

«*Morirete.*»

«Moriremo!»

«Combattiamo per la Luce. Per le Spade. I tempi sono maturi, me lo dicono le stelle. La guerra sta arrivando e noi siamo pronti, perché i Prescelti sono tra di voi.»

Nella sala si sollevò un brusio. Tutti si guardarono attorno. I tre leggendari Prescelti erano lì, in quella sala che odorava d'incenso. Poteva essere chiunque di loro. Da come ne rimasero sorpresi, immaginai che fosse la prima volta che la bambina si spingesse a fare una rivelazione di quella portata.

«*Iniziati, spogliatevi delle vostre vite*» ordinò.

Rimanemmo immobili sul palco, scambiandoci occhiate preoccupate.

«La vergogna è una debolezza. Distruggetela.» Il tono di Madre Sundriel aveva perso ogni traccia di gentilezza. Era dura e decisa. Dura come la roccia in cui ci avrebbero trasformati.

Jak fu il primo a capire cosa fare. Si tolse le scarpe, poi i pantaloni, la maglia sudicia e sgualcita. Rimase *nudo*. Sul volto aveva scolpita una smorfia di fastidio. Ma non vidi vergogna, anche se teneva le mani a coppa per coprirsi. Feci del mio meglio per non guardare il suo corpo duro e slanciato, paragonabile a quello di un dio.

Esitante, lo imitai. Mi spogliai della fuga da Vartadis, del viaggio su *Battito*, della vita nella stalla di Viktor, della reclusione sul carretto. Sciolsi le bende che coprivano il busto livido. E rimasi *io*. Nuda, sporca, ferita. Ma non piegai la testa, e non mi spezzai.

Fu poi il turno dei due bambini che, con impaccio, si spogliarono d'ogni abito. La ragazzina paffuta, che non doveva aver avuto più degli anni di Elfride, aveva le guance rigate dalle lacrime. Ma nemmeno tentò di coprire l'accenno dei seni appuntiti per il freddo.

«*Gettate la vostra vita nel braciere*» dispose la Veggente.

Obbedimmo.

In un primo momento il fuoco si placò, fino quasi a spegnersi sotto il peso dei tessuti. Poi, però, le fiamme crebbero e lambirono gli abiti, divorandoli con ferocia.

La sala s'illuminò, cancellando dalle pareti le piccole ombre che provenivano dalle fiaccole.

Elfride si era avvicinata lentamente. Scalza – m'impressionarono quei suoi piccoli piedi bianchissimi –, non produsse alcun rumore. I capelli strusciavano a terra, perdendo qualche petalo dei boccioli che li ornavano. Allungò le mani verso il fuoco e sorrise. Era un sorriso terribile, colmo di follia.

Le fiamme dipingevano un gioco di luci sul suo viso armonioso. Gli occhi si muovevano frenetici da una parte all'altra, come se stesse leggendo la scena di una storia che solo lei poteva vedere. Poi, il sorriso si spense, il fuoco si attenuò, e ogni calore scomparve dalla sala. La mia pelle nuda si coprì di brividi.

Jak mi afferrò una mano e me la strinse. Mi guardò fisso negli occhi, aiutandomi a calmare il respiro che stava accelerando, senza mai lasciar scorrere i suoi sul mio corpo. Mi aggrappai al buio liquido del suo sguardo e mi afferrai alla calma glaciale che emanava.

«Elfride, bambina mia…» Il tono di Madre Sundriel era carico di preoccupazione. Le si avvicinò con circospezione e si inginocchiò ai suoi piedi.

«Nebbia...»

Questa volta la bambina parlò con la sua vera voce, che suonava di una nota metallica. «Nebbia e *terrore.*»

«Cosa? Cosa significa?» La donna l'afferrò per la vita e la scosse per farla riprendere.

Poi, Elfride piegò la testa all'indietro, esponendo la gola candida, da cui proruppe un suono disumano di ossa frantumate, terra che si spacca, montagne che esplodono.

15

Elfride venne soccorsa sul posto. Due curatrici le passarono alcuni sali sotto il naso e le unsero il viso con degli oli dagli odori così forti che mi pizzicarono le narici. La bambina si ridestò subito, ma sembrava stordita. Venne portata via su una barella.

Madre Sundriel parlottava animosamente con un uomo calvo dal viso tondo e saggio. Lui posò una mano sulla spalla della donna con fare rassicurante. «I tempi stanno cambiando, Sundriel. Dobbiamo prepararci e preparare gli Adepti» sussurrò.

L'uomo intercettò il mio sguardo e s'incantò per un istante. Un cipiglio profondo gli increspò la fronte.

Tornò poi con gli occhi sulla Madre. Aveva un'espressione interrogativa e lei, intuendo la domanda, annuì.

A noi nuovi Adepti avevano intanto consegnato delle tuniche bianche da indossare.

«Stai bene?» mi chiese Jak.

«Sì» risposi, pur non essendone certa. «Tu?»

Lui scrollò le spalle. Si guardò attorno, forse chiedendosi in quale diavolo di casino si fosse cacciato. «Ti rendi conto che i nostri disastri si evolvono in livelli sempre più difficili? Non capisco se il fato si diverta a sfidarci o se siamo solo molto, molto sfortunati.» Il tono era divertito, ma anche vagamente amaro.

«Magari, invece, è proprio qui che dovremmo essere.»

«Intendi dentro una setta che ci spoglia nudi come vermi davanti a una folla di gente, di cui fanno parte bambine strambe che urlano davanti al fuoco, e che ci tiene prigionieri in un castello sconosciuto al resto dell'umanità? Mi sembra giusto, perché no?»

«Non siamo prigionieri,» puntualizzai «possiamo andarcene.»

«Oh certo, ma dobbiamo lasciare qui qualcosa di noi» ribatté Jak, tamburellandosi l'indice sulla tempia. «E comunque dubito che lascerebbero andare *te*.»

«Mi sa che ci siamo sempre sbagliati, Jak,» sussurrai «sulla magia, intendo.»

Lui divenne serio e annuì. «È evidente, quella ragazzina parlava senza muovere le labbra. E la vecchia ci vede pur essendo cieca!» Scosse il capo, incredulo. «Ma tutto questo non mi piace, Lyn.»

«Neanche a me» mentii.

In realtà ero stata pervasa da un inebriante senso di potere. Il colore dei miei occhi ora rappresentava sia paura che speranza, non più solo disprezzo. Forse potevo finalmente ammettere, anche a me stessa, che erano davvero rossi come quelli del Ladro. E non seppi contenere il bisogno di avere valore, di essere considerata importante. Avevo vissuto quasi tutta la vita a scippare i passanti, a rubare il pane dai carretti quando la fame diventava insopportabile, ad affilare i miei stiletti su chi tentava di prendermi con la forza. A incassare cazzotti nello stomaco e calci sui reni. Ora, invece, un'intera causa aveva bisogno di me. Ma non potevo rivelare a Jak che quella situazione non mi dispiaceva poi così tanto.

Madre Sundriel era tornata sul palco. Non nascondeva il turbamento che le opacizzava ancor di più le iridi.

Noi Adepti ci trovavamo ora in mezzo alla folla, che ci osservava con timore e curiosità. Ciò che era avvenuto prima aveva scosso tutti. E il verso uscito dalla gola di Elfride era il rumore di una battaglia; era il rumore del caos. Sarei stata io quel caos?

Vicino alla Madre, l'uomo calvo teneva le braccia incrociate sul petto e una donna sottile ci sorrideva senza alcuna gioia negli occhi.

«Nuovi Adepti,» proruppe Sundriel «loro sono i vostri insegnanti di Alchimia e Storia. Presto, conoscerete anche l'istruttore di Combattimento. È impegnato in missione, ma sarà di ritorno a breve.»

A quell'ultima affermazione, si alzarono dei risolini civettuoli tra le file dei vecchi Adepti.

«Ragazze!» ammonì, severa, Madre Sundriel.

Mi pizzicai il braccio per accertarmi di essere sveglia. Le giornate passate a rubare, fuggire, sopravvivere erano finite. Non sarei più stata preda ma *predatore*. Non più ratto ma gatto.

Quella fu la prima notte in cui dormii separata da Jak. Non erano valse a nulla le proteste di lui: i dormitori femminili e quelli maschili erano distinti. Punto.

Il bambino che si stringeva alla sorella paffuta aveva evitato di gridare per timore d'essere punito, ma il suo sguardo terrorizzato diceva tutto. Eppure, non era stata fatta un'eccezione neanche per loro. La ragazzina se lo strinse al petto, ma non sprecò fiato con rassicurazioni inutili.

Gli alloggi femminili si trovavano sulla cima della torre est, e affacciavano sul nero cielo stellato che copriva la vallata come un manto.

A Vartadis non ero mai riuscita a vedere tante stelle per via della troppa luce. Ma lì, nella natura più fitta, terra e cielo sembravano un tutt'uno.

Ma ancor più incredibile della vista, erano le decine e decine di letti. Neanche ricordavo l'ultima volta in cui avevo dormito su un materasso vero. Forse non lo avevo mai fatto. Ignorai il dolore alle costole, e con un entusiasmo al limite del patetico mi lanciai sul primo posto vuoto. Strinsi tra le dita il ciondolo a forma di campana che mi aveva regalato Jak.

La ragazzina di prima, che scoprii poi chiamarsi Maia, mise da parte per un istante la paura e m'imitò. «Incredibile...» si lasciò sfuggire.

Provai un moto di tenerezza che non riuscii a contenere. Ma mi costrinsi a ricordare da dove venivano tutti gli Adepti. Io e Jak eravamo ladri, così come il bambino che anni prima era tornato dall'Oblio con lo sguardo imbambolato. Perciò anche gli altri dovevano aver vissuto nelle condizioni più disperate prima di arrivare alla Sacra Dimora di Heldor. Era forse un requisito necessario?

«Cosa hai fatto per finire qui?» le domandai, di getto.

Lei strabuzzò un poco gli occhi e si morse il labbro. Si spostò dietro l'orecchio una ciocca di capelli ramati con fare nervoso, ma non rispose.

«Si è mangiata la mamma, mi sembra evidente» berciò una voce in fondo alla stanza.

Una ragazza dai capelli a caschetto d'un nero corvino, e con due pungenti occhi color ghiaccio, si avvicinò a passo sicuro.

«Come dici?» sollevai un sopracciglio.

«Dico,» si sporse verso Maia «che questa qui deve essersi mangiata la mamma. E puzza di merda di cane.»

Un gruppetto di ragazze sghignazzò. Solo una di loro l'afferrò per il braccio e tentò di tirarla via. «Andiamo, Zinah. Sono nuove, lasciale stare per oggi.»

Zinah strattonò il braccio e si liberò della presa. «Tu tornatene nel tuo angoletto.»

Maia tremava sotto lo sguardo crudele della ragazza. Si sforzava con tutta se stessa di non far cadere le lacrime che le gonfiavano i grandi occhi nocciola.

«Te la prendi con i più deboli, eh?» m'intromisi, alzandomi dal letto. Le costole ancora bruciavano, ma tenni a bada il dolore.

«Non c'è posto per la debolezza, qui» rispose Zinah.

Mi squadrò inclinando la testa e piegando la bocca in un sorriso maligno. Strinse una ciocca dei miei capelli tra le dita e l'annusò. I nostri volti erano a pochi centimetri.

«Non dovrebbe esserci posto nemmeno per i codardi. Ma vedo che te la comandi lo stesso» ringhiai, spingendola via. Lei fu presa alla sprovvista e cadde addosso alle sue compagne. Le si rabbuiò lo sguardo e nella camerata calò un silenzio carico di tensione.

«Zinah, lascia perdere» insistette la compagna, tentando invano di trattenerla.

La ragazza si rialzò e, velocissima, sollevò una gamba, la roteò e mi colpì al mento con un calcio. L'impatto fu tanto forte che andai a sbattere contro il muro alle mie spalle. Crollai a terra tenendomi la mandibola. L'intero torace era scosso da spasmi di dolore. Sputai sangue sul pavimento.

Zinah si accovacciò davanti a me. «Non mi faccio spaventare da una mocciosa che si spaccia per la Discendente.»

Risi amaramente pulendomi la bocca. Il dorso della mano era striato di rosso. Ogni giorno della mia esistenza avevo desiderato non essere guardata con sospetto. Avrei fatto carte false per non avere quegli occhi che non ero mai stata capace di accettare. E ora che finalmente iniziavo ad apprezzarne il significato, venivo screditata per il motivo inverso.

«Attenta a chi pesti i piedi.»

Capii che anche se non si chiamava Oblio, quella restava una prigione popolata da bulli e delinquenti. Se per un istante mi ero sentita speciale, importante, tornai di colpo con i piedi per terra e mi ricordai da dove venivo. Perché ero una criminale come tutti loro, niente di più.

E quella sera imparai la prima di una lunga serie di lezioni: fatti sempre i cazzi tuoi.

16

Il mattino seguente mi concessero una veloce doccia nei gabinetti femminili. Sotto il getto d'acqua tiepida che lavava via il sangue, lo sporco e qualche dolore, mi sentii in paradiso. Feci fatica a ricordare che la Sacra Dimora di Heldor era tutto tranne che quello. La giornata non era ancora iniziata, ma dalle chiacchiere delle altre Adepte intuii che avrei trascorso la maggior parte del mio tempo a lezione. In fondo, quella era una *scuola*. Molto strana e forse un po' folle, ma pur sempre una scuola. Con tanto di divise e orari serrati.

Jak mi aspettava in fondo alla scala che portava ai miei dormitori. Indossavamo gli abiti degli Adepti: pantaloni neri per entrambi, corpetto di cuoio per me e maglia scura per lui.

Una volta vicino, mi accorsi del suo occhio nero. Mi venne da ridere.

«Notte brava, eh?» mi accarezzò il mento violaceo.

«Dimmelo tu, razza di coglione» ribattei, scostandogli un ricciolo scuro dalla fronte.

«Mi dona, non è vero?» Voltò il profilo: mento alto e atteggiamento tronfio.

Dietro di lui, immobile come una statua, c'era il ragazzino della sera prima. Si chiamava Peter. Maia scese in fretta le scale e si strinse addosso il fratello. Poi lo esaminò velocemente per controllare che stesse bene. Peter le sussurrò qualche parola all'orecchio e lei lanciò a Jak un'occhiata carica di gratitudine. Poi, filarono via seguendo la gente che s'incamminava lungo i corridoi.

«Che c'è? Non sopporto i vigliacchi.» Jak scrollò le spalle, notando il mio sorrisetto indagatore.

«Neanche io» concordai.

Il sole non era ancora sorto del tutto. Nel castello penetrava una luce tenue che ci accompagnò fino all'aula della nostra prima lezione: Storia.

L'uomo calvo era in piedi davanti alla lavagna, sulla quale tracciava con calma dei simboli. Prendemmo posto ai banchi di legno, sopra ognuno dei quali trovammo pergamene e calamai. Ne rimasi meravigliata, erano oggetti che non avevano mai fatto parte della mia vita quotidiana. Jak mi aveva insegnato a scrivere e a leggere quando eravamo più piccoli, ma non ero mai andata a scuola. Sapevo maneggiare spade e pugnali, ma non avevo tenuto spesso un pennino tra le dita.

«A volte, la penna, può essere più affilata della spada» cominciò l'insegnante, di fronte al nostro curioso interesse per le piume d'oca. «La storia è piena di esempi. Molte guerre sono nate a causa di lettere troppo audaci, di racconti segreti, o di… leggende.»

Osservò i nuovi arrivati uno per uno, questa volta senza tradire sorpresa quando passò i suoi occhi su di me. «Io sono il professor Juda, e nelle mie lezioni cercheremo di analizzare ogni aspetto delle antiche storie per trovare indizi che ci conducano alle Spade.»

Sostenni lo sguardo dell'uomo. Era duro e fiero, ma nel suo profondo riuscivo a percepire qualcosa di aspro.

«Per i nuovi Adepti...» Abbracciò la classe con un'occhiata. «Chi vuole fare un riassunto dei concetti principali di questa materia?»

Silenzio. Ogni studente teneva lo sguardo chino sul proprio foglio di pergamena.

«Nessuno?» C'era una nota di delusione nella voce.

Jak alzò la mano.

«Prego» lo incoraggiò l'insegnante, incrociando le braccia al petto e appoggiandosi alla cattedra.

«Non credevo alla magia prima di arrivare qui,» confessò «e ancora mi sembra tutto così assurdo. Però ho sentito quella bambina parlare nella mia testa...»

«Elfride» confermò Juda, annuendo.

«La Leggenda dice che la magia è morta. Allora come riesce a fare quello che fa?»

«Per il Custode! Questo qua non sa proprio un cazzo!» disse ridendo un ragazzo biondo dal torace ampio. Qualcun altro, compresa Zinah, sghignazzò di gusto.

«Devis, fuori dalla classe. E alla fine della giornata ti aspetto nel mio studio» ordinò il professore.

«Andiamo, Juda, è ritardato!» E indicò Jak.

Altre risa.

«Devis.»

La voce dell'insegnante era calma e autoritaria. E tanto profonda da far vibrare le assi del pavimento, un po' come quella di Silver Hale. Il ragazzo si tirò su lasciando stridere la sedia e si allontanò sbuffando. Ma prima di uscire, lanciò un'ultima occhiata d'odio a Jak.

«Coloro di voi che hanno riso resteranno seduti in silenzio in questa classe fino a che non viene buio, senza alzarsi nemmeno per andare al gabinetto. Non farò i vostri nomi, ma se anche uno di voi proverà a fare il furbo fingendo di non avere colpe, lo consegnerò direttamente alla professoressa Gazelle. Chiaro?»

Silenzio.

Che si fosse creata tanta tensione al suono di quel nome non lasciava presagire nulla di buono.

«Bene, ora torniamo alla domanda. Come mai pensi che la magia sia morta?»

«Perché la Leggenda dice che...»

«Dice che la magia è addormentata. Non morta. C'è una grande differenza. Quando dormiamo continuiamo ad avere un contatto col mondo che ci circonda, non scompariamo nel nulla.»

«Per di più, ci troviamo nella Sacra Dimora di Heldor» intervenne con voce flebile un ragazzino mingherlino.

«Spiega loro cosa significa, Mida» lo incoraggiò l'insegnante.

«Be', questa fortezza sorge sulla grotta in cui dimorava Heldor, la sacra Chimera. Ed è qui che è stata uccisa da Adhareo. Questo luogo ha un legame speciale col mondo fantastico. La forza magica qui è più intensa. Più forte.»

Perciò era... vero? Tutto ciò in cui non avevo mai creduto, tutto ciò che avevo sempre deriso esisteva sul serio?

«Giselle, la donna che ci ha venduti a voi... lei dice che conosciamo solo una parte della Leggenda. Voglio sapere come continua» m'inserii, incapace di trattenere l'urgenza nella voce.

Juda mi osservò con sguardo penetrante. «Arriverà il momento, prima devi imparare tutto il resto. A iniziare dal porti con educazione. Hai altre domande?»

La risposta bruciò come uno schiaffo. Ma non mi arresi e tornai alla carica. «Cos'è la Legione Oscura? E perché, come voi, cerca la Discendente?»

Zinah sbuffò.

«Pensavo che Sundriel ti avesse detto qualcosa di più» confessò lui. Raggiunse uno scaffale polveroso dal quale tirò giù un pesante tomo rilegato in pelle rossa. «Tieni. Leggilo, imparalo, studialo. Poi ascolterò tutte le domande che avrai da farmi. E risponderò.»

Lasciò cadere il libro sul banco e una nuvola di polvere si alzò in aria. Non avevo mai letto un libro in vita mia, e l'idea di dover iniziare da un testo così imponente mi metteva le vertigini. Ma lì dentro c'erano le risposte che cercavo, o almeno così speravo.

Accarezzai il dorso e lessi il titolo inciso in lettere dorate: *Storia del mondo, della magia e delle leggende.*

«Mida,» chiamò Juda, senza staccare gli occhi da me «aiuta i quattro nuovi Adepti a recuperare tutte le nozioni base. In un paio di settimane desidero che non si mostrino più sconvolti a ogni accenno alla magia.»

«Sissignore» acconsentì il ragazzo.

Mi voltai e lo scoprii sorridermi con calore.

No… non calore. *Compassione.* Sembravo così tanto fuori luogo? Indurii lo sguardo e tornai a fissare il libro che avevo sotto al naso.

Juda fece il giro della cattedra e tornò alla lavagna.

La lezione andò avanti per quasi tutta la mattina. Juda scrisse altri simboli sulla lavagna, ma ero troppo concentrata sul pesante tomo rosso posato sulle ginocchia per riuscire a seguire ciò che diceva. Non aspettavo altro che iniziare a cercare le mie risposte.

Quando venimmo congedati, un gruppo rimase seduto al proprio posto. Juda lanciò loro uno sguardo severo ma anche carico di approvazione. Tra quelli che avevano riso, c'era Zinah. Se un'occhiata avesse potuto uccidere, la sua mi avrebbe fulminata sul posto.

Subito fuori dalla classe c'era Devis. «Juda, mi dispiace...»

«Nel mio studio alla fine della giornata,» ribadì lui categorico «e ora torna dentro e rimani seduto.» Si allontanò a grandi passi senza degnarlo di un'attenzione in più.

«Forse non era con lui che dovevi scusarti» insinuò Jak.

Devis gli rivolse un ghigno. «È di scuse che hai bisogno, ritardato?»

Jak lo afferrò per il bavero della camicia e lo spintonò contro il muro.

«Non ti ho sentito bene, puoi ripetere?» sibilò.

«Jak. Jak, lascialo.» Lo presi per una spalla e tentai di tirarlo via.

Devis tossicchiò, senza però perdere il sorriso di sfida.

«Non ho sentito bene» ripeté.

«Forse dovresti dare retta alla tua amica. Non ti conviene fare questo gioco in casa mia.» Dalla voce strozzata trapelava il disprezzo.

«Jak...» lo afferrai per la camicia e lo tirai via.

In normali condizioni avrei lasciato che lo riducesse in un mucchietto d'ossa. Ma lì, dove ancora non avevamo una posizione definita, e neanche alleati, la cosa migliore era tenere un profilo basso.

«Scoprirai che la vita qui non è una vacanza.» Devis strinse le labbra e si allontanò.

Non eravamo i benvenuti a Vartadis, non eravamo stati i benvenuti a casa di Viktor, non saremmo stati i benvenuti neanche qui.

Jak aveva il viso paonazzo. Irradiava calore. Sapevo che faceva fatica a contenere la rabbia. Restare calmo non era mai stato il suo forte.

Ci avrebbero messo i bastoni tra le ruote, lo sapevo. Avrei dovuto dormire con un occhio aperto. Ma non avevo intenzione di rinunciare a quella sfida. E dallo sguardo cupo di Jak, capii che neanche lui avrebbe chinato passivamente la testa.

Questa volta avremmo fatto in modo di meritarci un posto in quella vita. Non lo avremmo semplicemente rubato.

17

Approfittai del ritardo di Gazelle, la professoressa di Alchimia, per dare una veloce sbirciata al pesante tomo. La prima pagina riportava il titolo in lettere gotiche schiarite dal tempo. Vi passai sopra il dito. Voltai una pagina macchiata d'umidità. In una calligrafia impeccabile era riportata la Leggenda del Fauno.

La lessi tutta d'un fiato, oramai la conoscevo a memoria. In fondo chi non la conosceva?

Ma rileggerla dopo aver scoperto che mi ero sempre sbagliata, che la magia esisteva e che anche le Spade esistevano, che qualcuno doveva ritrovarle per ridare vita al mondo incantato, che l'accademia in cui mi trovavo si occupava di formare giovani delinquenti per una guerra in arrivo, mi diede i brividi.

Solo dopo averla riletta una seconda volta mi venne in mente che in effetti non avevo idea del perché i Prescelti dovessero trovarsi proprio tra gli scarti della società.

Feci per voltare pagina quando un rumore di passi mi convinse a posare il libro sotto al banco.

Gazelle era certamente una donna singolare. Un viso allungato incorniciato da fitti capelli ricci e occhi d'un verde brillante che parevano due smeraldi. Indossava un abito piuttosto corto che avrebbe scandalizzato l'alta società di Vartadis, e una lunga mantella nera che arrivava fino al pavimento. Nonostante l'azzardo dell'abbigliamento, ogni centimetro del suo corpo urlava eleganza. Le labbra, dipinte di viola, erano strette in una linea che si incurvava a un angolo della bocca.

«Nuovi bocconcini, quest'oggi» trillò, osservando noi ultimi arrivati. «Bene, cominciavo ad annoiarmi.»

Lanciai un'occhiata a Jak, che però lui non ricambiò, tanto era rapito da quella donna che si muoveva flessuosa come un serpente. Sentii il fastidio ribollirmi nello stomaco. Lo colpii con un gomito e lui rispose con uno sguardo innocente.

«Non so resistere al fascino delle belle donne» mormorò, in un'alzata di spalle.

Lo guardai in cagnesco. Davvero gli sembrava il momento di pensare a certe cose?

«Gelosa, Lyn?»

Evitai di ribattere. Ma solo perché mi accorsi che Gazelle ci stava osservando. Aveva i gomiti appoggiati sulla cattedra, le mani unite e il mento posato sopra. Sorrideva, ma senza nulla di buono nello sguardo.

«Interrompo qualcosa, piccioncini?»

La classe rise. Alcuni banchi erano vuoti per la punizione assegnata da Juda. Ringraziai che Zinah non fosse lì ad assistere all'ennesima umiliazione.

«In piedi» ordinò l'insegnante.

Riluttanti, obbedimmo. Ci raggiunse, avvolta dalla mantella che le fluttuava attorno a ogni movimento. Sollevò una mano e la portò alla guancia di Jak. Gli sorrise, amabile. Jak ricambiò, gli occhi neri che brillavano alla luce delle fiaccole. Il colpo arrivò all'improvviso, fulmineo, e la testa gli volò di lato.

La stessa sorte toccò anche a me. Sulle nostre guance, era stampata l'impronta della sua mano.

Nell'aula ci fu un sussulto generale.

«Seduti e in silenzio, ora.»

Obbedimmo nuovamente. E tenemmo la bocca chiusa per il resto della lezione. Seguii attentamente ogni movimento della professoressa, che di tanto in tanto mi lanciava sguardi curiosi.

Sui banchi erano disposte in ordine delle ampolle contenenti liquidi dai colori e dalle densità più svariate. Sugli scaffali lungo le pareti erano sistemati centinaia di barattoli pieni di cose schifose come occhi, dita e sangue di chissà quale bestia. Sempre che di bestie si trattasse. C'erano anche piante medicinali, che scoprii potevano diventare veleni se assunte in grandi quantità.

Alla fine della lezione, Gazelle dispose alla classe di preparare una pozione contro i dolori reumatici, mentre a noi nuovi Adepti fu ordinato di raccogliere per il giorno seguente dei fiori di tiglio. Anche in questo caso, Mida, il ragazzo mingherlino, ci avrebbe fatto da tutore e da guida nei giardini della fortezza.

Una volta a distanza di sicurezza, Jak si lasciò sfuggire un'imprecazione tra le labbra. «Lo avevano detto, Gurild e Lo Smilzo, che questo non era affatto un paradiso.»

«È una prigione, Jak,» concordai, «ma meglio dell'Oblio.»

Fui grata di avere un'ora libera, visto che l'istruttore di Combattimento non era ancora rientrato alla fortezza. Mi diressi con Jak alla sala centrale, quella in cui la sera prima eravamo stati sottoposti al rito. Al centro il palco era vuoto, così come anche i tre tavoli rotondi che gli ruotavano attorno come cerchi concentrici. Prendemmo posto nell'anello più esterno e, finalmente, aprii di nuovo il grosso tomo rosso al quale non avevo smesso di pensare un solo istante.

«Credi che questo libro possa dirti qualcosa su di te?» Jak si sporse e i riccioli neri gli dondolarono sulla fronte, carezzando la spessa cicatrice.

«Lo spero» mormorai.

Riaprii alla pagina della Leggenda e la rilessi una terza volta, ora a voce alta. In quante occasioni avevo alzato gli occhi al cielo ascoltando i menestrelli cantare di Adhareo… eppure, eccomi lì, rapita.

Voltai il foglio e notai un lungo strappo. Passai il dito al centro del libro, lungo la fessura. Sussultai. Una pagina era stata tolta. E non poteva essere un caso.

18

La pagina successiva iniziava a metà frase:

... in cui scorre l'odiato sangue reale.

Il resto della Leggenda era sbiadito e impossibile da leggere. Potevo sentire nelle orecchie il battito del mio cuore. Rilessi quelle ultime righe più volte, cercando di decidere quale parte fosse la più importante.

Veniva nominato il "sangue reale". Per questo la regina Jaismid era così ossessionata da quella storia? Tutti nel regno di Eredros sapevano che re Aronne le aveva consentito di varare assurde leggi che bandivano qualsiasi atteggiamento contrario alla Leggenda. La regina aveva persino fondato sette di fedeli devoti ad Adhareo.

«Cosa vuol dire?» domandò Jak, incurvandosi sul libro.

«Che sappiamo molto meno di quanto immaginavamo.»

Nelle due ore che seguirono restammo inchiodati sul posto a studiare le pagine successive. Si parlava di creature fantastiche e di luoghi magici, nessun altro accenno alla Leggenda.

La sala si riempì in fretta e la cena venne servita dai silenziosi inservienti. Mida prese posto davanti a noi e sorrise gentilmente.

«I fiori di timo si trovano dietro la serra. Se arriviamo prima che la luna disegni metà arco nel cielo, potreste anche assistere allo sbocciare degli ultimi fiori d'autunno» c'informò, strappando un morso a un cosciotto di pollo. «Si schiudono solo una notte all'anno e durano non più di qualche ora, hanno grandi capacità curative.»

Borbottai un "interessante", ma a dir la verità non me ne fregava un bel niente di fiori e piante. Non vedevo l'ora di filare nella mia stanza e continuare a leggere il libro che tenevo con gelosia sulle ginocchia.

Se io, quella sera, non ero di alcuna compagnia, Jak stava invece chiacchierando amabilmente con chiunque avesse intorno. E, per chissà quale motivo, erano perlopiù ragazze dalle lunghe ciglia a ventaglio.

Roteai gli occhi ma lasciai perdere. Con un dito accarezzavo l'incisione sul dorso del pesante volume.

Madre Sundriel, seduta al tavolo sistemato sul palco insieme ai professori, si alzò in piedi e sorrise tristemente alla sala. Non potei fare a meno di notare l'assenza della piccola Elfride.

«Due notizie per voi, questa sera» annunciò, guardando un punto lontano. Gli occhi opachi sembravano aver perso la lucentezza della sera prima, nonostante il sorriso materno.

«Elfride è in condizioni stabili e si sta riprendendo, grazie al Custode. Ma è giunta una staffetta dalla compagnia in missione. Alcuni compagni sono caduti in un'imboscata, invece Reywind è di ritorno...» si alzò un brusio «e porta notizie tremende, di cui per ora non conosco i dettagli. Prepariamoci al peggio.»

Scuotendo il capo tornò a sedere. Juda le cinse le spalle con un braccio, ma l'ombra terribile negli occhi della Madre non accennò a schiarirsi.

«Reywind doveva portare *me* in missione, non quel branco di incapaci che si sono fatti ammazzare» sibilò Zinah, qualche posto più in là. Aveva sbattuto il calice sul tavolo e schizzi di vino erano finiti ovunque.

Sbuffai, attirando la sua attenzione. Lei mi fissò con occhi di ghiaccio.

Mi sfoderò un sorriso da squalo. «Come va il mento?»

«Come va l'ego?» ribattei.

«Il mio o il tuo, *demone*?»

«Non ero una mocciosa che si spaccia per la Discendente?»

«Chissà,» fece roteare il coltello tra le dita «ma immagino che lo scopriremo, prima o poi.»

Mida, davanti a me, mi lanciava cenni invitandomi a lasciar perdere. Strinsi i denti e tornai con lo sguardo sul piatto vuoto. Dovevo rimanere nell'ombra, non farmi notare. Non poteva essere poi così difficile. In fondo era quello che avevo sempre fatto a Vartadis.

Col libro sotto il braccio, mi diressi a grandi falcate verso i dormitori femminili.

«Lyn!» mi chiamò Jak, ma lo ignorai.

Smisi di leggere ore dopo, quando i letti nella camerata si erano riempiti e le Adepte si erano addormentate. Approfittai della debole fiamma di una candela, la cui cera mi colava sul dorso della mano tenendomi sveglia. Scoprii che esistevano altre due Sacre Dimore, consacrate rispettivamente a Selva e ad Astriel, le Chimere nel quale sangue erano state temprate *Ombra* e *Obscuritas*.

Il simbolo delle Spade incrociate continuava a comparire regolarmente, alternato a uno strano segno che non seppi interpretare. Sembrava una croce capovolta, ma la punta aveva l'aria di una freccia e dalle estremità spuntavano due uncini.

Solo dopo averli visti comparire più volte e averli studiati passandoci sopra l'indice, capii che erano stati aggiunti di recente. Qualcosa mi diceva che non erano lì per caso, che dovevano avere un significato preciso.

Quando non riuscii più a tenere le palpebre alzate, nascosi il libro sotto il letto e cedetti al sonno.

Sognai una donna. Era di spalle, e stava piangendo su un corpo nascosto da un sudario. Si voltò d'improvviso e fissò i suoi occhi chiari nei miei. Il volto era di nuovo quello della regina Jaismid. Teneva il principe Gioele stretto tra le braccia, non badando alle sue grida acute.

«*Fa' qualcosa!*» mi urlò.

19

«Tieni» Jak mi porse un mazzolino di fiori lilla.

Li afferrai, titubante. Rimasi in silenzio, guardandomi attorno imbarazzata. Ero certa che le mie guance fossero più rosse dei miei occhi.

Jak fece un sorrisino obliquo, e comparve una fossetta. «Sono per Gazelle. I fiori di timo, ricordi?»

Se possibile, a quel punto ero ancor più a disagio. «Oh, sì. Certo.»

«Ieri sera io e Mida ti abbiamo aspettata» sussurrò.

«Ero stanca» mi scusai.

«Bugiarda» gli occhi neri gli brillarono di malizia.

«Scusa?» ribattei, stizzita.

«Volevi leggere il libro, Nailyn. Va bene, anche io devo ancora imparare tutto, perciò… potremmo trascorrerle insieme queste dannate ore di studio» suggerì, fingendo che l'idea lo annoiasse da morire.

«Cos'è? Tutto d'un tratto sei diventato un fottutissimo studioso?» Alzai un sopracciglio. Fui felice di vederlo sghignazzare.

«O magari,» sussurrò, sfilando uno dei fiori del mazzolino che tenevo in mano «voglio passare un po' di tempo con te.» Si mise il gambo tra i denti e succhiò la linfa.

Allungai la mano e glielo rubai. «Come se non passassimo quasi ogni secondo del nostro tempo insieme. Da tutta la vita.»

«Non come *prima*. E mi manchi, Lyn.»

Lo osservai per qualche istante, incastrandomi il fiore di timo dietro l'orecchio. La mandibola rigida tradiva la tensione. E potevo percepire il calore del suo corpo che tentava disperatamente di raggiungermi. Gli lanciai un cazzotto sulla spalla.

«Ahi! E questo per cos'era?»

«Sei un idiota, Jak,» affermai bonariamente «e se vuoi studiare il libro con me, sarò lieta di prenderti a bacchettate sulle mani ogni volta che sbaglierai.»

«Intrigante.»

«Dannato coglione.»

«Dannato *affascinantissimo* coglione, vorrai dire.»

Sbuffai e mi avviai verso l'aula di Gazelle. Il corridoio era silenzioso. Quando arrivammo, trovammo gli Adepti del corso già tutti in classe. La perfida insegnante vestita in viola era seduta sulla cattedra e guardava gli studenti preparare pozioni fumanti nei calderoni.

«Ritardo, ritardo… o il tempo è bugiardo?» cantilenò, senza neanche voltarsi.

«Merda…» imprecò Jak sottovoce.

La professoressa girò lentamente la testa e i suoi abbaglianti occhi verdi quasi ci fulminarono sul posto. In una mossa leggiadra scese giù dalla cattedra e ci raggiunse. Se non avessi saputo che dietro quel viso scolpito si nascondeva una serpe, avrei potuto credere che ci stesse guardando quasi con affetto, e che mi fossi immaginata lo sguardo omicida di pochi istanti prima.

L'impronta di un altro schiaffo finì sulle nostre guance. Non mi sfuggì il modo in cui Zinah e Devis si godevano la scena.

Una volta iniziata la lezione, Jak mi sibilò: «Lyn, ripetimi perché lo stiamo facendo».

Raggiungemmo l'aula di Juda in fretta, non avremmo rischiato di essere in ritardo anche alla lezione di storia. Juda non sembrava un uomo crudele, tutt'al più severo. Ma immaginai che dare per scontate certe cose potesse essere un errore. Perciò, in silenzio, arrivammo in classe per primi.

Mida era pochi passi dietro di noi, indeciso se lasciarci sbollire o rivolgerci una parola gentile. Ringraziai che avesse optato per l'ignorarci.

«Nailyn, Madre Sundriel desidera che tu la raggiunga nel suo ufficio a fine ora» m'informò Juda, che sfogliava un grosso tomo polveroso.

«Perché?» chiese Jak.

L'uomo alzò lo sguardo, seccato. «Sei forse Nailyn, tu?»

«Raggiungerò la Madre, grazie» m'intromisi, prima che un altro insegnante ci prendesse di mira.

Cosa volesse da me Sundriel era un mistero che mi distrasse per tutta la lezione. Juda arrivò quasi a cacciarmi dalla classe, e al diavolo i miei buoni propositi di restare nelle sue grazie.

«Potete andare» disse infine, chiudendo il libro.

Mi alzai in fretta, ma Jak mi trattenne per il braccio. «Vengo con te.»

«Va da sola, ragazzo» s'intromise il professore.

«Ma io...»

«Niente "ma".»

Jak mi seguì comunque in corridoio. Lo fermai posandogli una mano sul petto. Me ne pentii subito. Lui reagì prima irrigidendosi, poi rilassandosi completamente. I muscoli sotto il mio palmo erano caldi e… e niente. Niente, per il Custode! Che diavolo mi prendeva?

Mi schiarii la voce. «Non cacciamoci in altri guai. Ti racconto tutto, promesso.»

Il suo sguardo ombroso sembrò sciogliersi. Sorrise, e senza dire una parola andò via. Finsi di non aver notato il lampo di tristezza nei suoi occhi.

«Ehm… Nailyn, mi hanno chiesto di accompagnarti alla porta.» Mida, alle mie spalle, parlò in un sussurro imbarazzato.

Mi riscossi e grugnii, ma lo seguii senza proteste. L'ufficio di Madre Sundriel si trovava in cima alla torre nord. Dovetti affrontare una lunga scalinata che mise alla prova le mie costole ancora doloranti. Mi stupii di come una donna cieca e della sua età potesse fare tutte quelle scale anche più volte al giorno.

Il ragazzino mi lasciò di fronte a una porticina in legno, prima di sgattaiolare via.

Feci un gran respiro e bussai, esitante.

«Avanti.»

Spinsi la porta ed entrai. Un fuocherello accogliente danzava nel caminetto, illuminando il salottino drappeggiato di tessuti e arazzi. Madre Sundriel sedeva a una vecchia scrivania.

«Vieni, bambina,» m'incoraggiò, indicando una sedia imbottita «vuoi del tè?»

«Oh, no» risposi. «Grazie.»

«Cosa hai fatto alla guancia?» domandò, d'improvviso.

«Com… come fate a sapere che…» Mi accarezzai il segno rosso che mi bruciava sul viso.

«Ah, Gazelle,» sospirò, scuotendo la testa «non devi farla arrabbiare.»

Non dissi nulla. Lo sguardo opaco della Madre mi viaggiò addosso, soffermandosi qualche istante sugli occhi che lampeggiavano alla luce del fuoco. Sorrise.

«Perché mi avete fatta chiamare?» andai dritta al punto.

Sundriel chinò la testa, come se dovesse pensarci. Una tenda di capelli bianchi le coprì il viso. «Credevo che avessi bisogno di farmi qualche domanda. Non posso rispondere a tutto, ma ti prometto che farò del mio meglio.»

Non mi aspettavo tanta disponibilità. Fino a quel momento avevo avuto l'impressione che tutti volessero lasciarmi all'oscuro. Quella che mi offriva era una possibilità d'oro, decisi perciò di dosare le domande. Di andarci piano.

«Voi sapete perché a Gläl gli abitanti mi hanno trattata con gentilezza, al contrario di qualunque altro luogo al mondo? La donna della locanda è stata quasi... *materna*.»

Madre Sundriel sorrise. Sembrava soddisfatta. «Sei un'ottima osservatrice. E poni le domande con precisione.» Mi allungò una tazza di tè nonostante avessi rifiutato. «E la risposta è altrettanto precisa: la tua famiglia è originaria di Gläl. E qualcuno deve essersi ricordato della bontà dei tuoi genitori.»

Se non fossi stata seduta, sarei potuta cadere. Non mi aspettavo di arrivare subito a parlare della mia famiglia. Ed era strano, doloroso persino, sentire parole come "i tuoi genitori".

«I miei...» venni interrotta da un bussare feroce.

«Sì?» Madre Sundriel sembrava sorpresa quanto me.

La porta si aprì in un cigolio e rivelò la figura di un giovane uomo in tenuta da combattimento. Aveva un torace ampio che si allargava a ogni respiro affannoso. Il volto era rigido, affilato, *perfetto*. I capelli castani gocciolavano per la pioggia. La mandibola dura e delineata si serrò quando mi vide. Gli occhi azzurri come due lame gelide raffreddarono il calore delle mie iridi rosse. Era di una bellezza crudele. Ne ero spaventata e attratta allo stesso tempo, come davanti a una catastrofe.

«Reywind» mormorò, preoccupata, Madre Sundriel.

20

Ero pietrificata.

Reywind mi studiò qualche istante, insistendo sul colore dei miei occhi. Aveva le spalle tese, il respiro irregolare, la bocca morbida ora stretta in una linea durissima. Il viso, illuminato dal lieve bagliore del fuoco, era perfetto, ma sembrava incapace di sottomettersi a una qualsiasi emozione positiva. Sembrava fatto di furia e rovina.

Non potevo ancora immaginare che, in effetti, quell'uomo sarebbe stato realmente la *mia* rovina. E io la sua.

Rivoli di pioggia disegnavano sottili percorsi sul suo corpo, che finivano in una pozza ai suoi piedi. Era immobile sulla soglia, ma sembrava riempire tutta la stanza.

Fece poi scattare la testa verso Madre Sundriel, che parve capire cosa stesse pensando.

«Reywind, abbiamo molto di cui parlare.»

«*Lei*» soffiò tra i denti.

La sua voce, pregna di stupore e rabbia, era calda e profonda. Mi penetrò nelle viscere e nelle ossa. Rabbrividii, nonostante il fuoco nel caminetto continuasse a scoppiettare.

«Pensiamo di sì, potrebbe essere lei la...»

«La Discendente» concluse lui.

Mi lanciò uno sguardo sprezzante. I suoi occhi gelidi mi percorsero dall'alto al basso. Sembrava che mi accusasse, come se la scomparsa del mondo magico e delle Spade fosse causa mia.

«Qualcosa ti disturba?» sbottai, irritata dal modo in cui mi fissava. Le parole mi uscirono di bocca prima che riuscissi a trattenerle. Era uno schema di difesa memorizzato nel mio corpo e nella mia mente: al pericolo, rispondi con l'attacco.

Reywind, per un istante, sembrò sorpreso, come se si aspettasse di vedermi rimpicciolire al suo cospetto. O come se non immaginasse che avessi anch'io una voce. Poi tornò serio, duro. La tenuta da combattimento che gli fasciava il corpo atletico gli donava un'aria minacciosa. Nonostante non vedessi l'ora di fuggire da quello studio, restai dritta sulla schiena e non distolsi lo sguardo, anche se il suo mi *bruciava* addosso.

«Sei pregata di rivolgerti con rispetto agli insegnanti di questa accademia» mi rimproverò la Madre.

Insegnanti? La mia faccia, a quel punto, doveva essere diventata di una bizzarra tonalità di viola.

«Sarà un duro lavoro quello di rimetterti in riga. Ma mi divertirò a farlo» minacciò lui, la voce cavernosa.

«Reywind si occuperà di addestrarti nel Combattimento» spiegò Sundriel, lanciandogli un'occhiata ammonitrice.

Per la terza volta nella giornata, al diavolo i buoni propositi di restare nelle grazie dei professori. Ma forse, non era troppo tardi.

«Scusatemi» mi rivolsi a entrambi, sforzandomi di apparire convincente. Poi tornai a guardare Reywind, senza comunque riuscire a cancellare una scintilla di sfida nel tono. «Non intendevo mancarvi di rispetto, *professore.*»

Le sue labbra si piegarono in un ghigno. C'era qualcosa in lui che mi faceva saltare i nervi. Stava forse ridendo di me?

Si avvicinò lentamente, come un predatore. Quando si chinò riuscii a sentire il suo odore di fumo, sudore e... qualcosa di dolce, un vago sentore di vaniglia, forse. Un contrasto disastroso e irreprimibile al tempo stesso.

«In genere non mi chiamano così» sussurrò.

Sprofondai nella sedia per la vergogna. Se avessi trovato la forza nelle gambe, probabilmente mi sarei alzata e sarei fuggita dalla finestra. E tanti cari saluti a Leggende, Spade e Fauni.

«Deve ancora imparare tutto» intercedette per me, Madre Sundriel. «Cara, ti spiace se riprendiamo la nostra conversazione in un altro momento? Devo discutere con Reywind di alcune questioni urgenti.»

Entrambi si adombrarono.

Annuii e mi alzai. Avevo le gambe instabili. Ma mi rifiutai di dare la colpa all'effetto che mi faceva Reywind. Non avevo paura di lui, ma mi disorientava.

Teneva le braccia dietro la schiena e mi osservava, sovrastante, dall'alto. Fu una vera impresa riuscire a non sentirmi minuscola.

Si scansò di lato lasciandomi passare, e io non mi trattenni ulteriormente. Spalancai la porta e pregai le mie gambe di sostenermi nella folle corsa che intrapresi sugli scalini che mi portarono giù dalla torre.

Avevo la mente sottosopra. Non solo per Reywind. Sapevo di aver avuto dei genitori in carne e ossa, non ero nata sotto un cavolo. Ma sentirli nominare da qualcun altro era stata per me una botta allo stomaco. Era come se con poche parole fossero stati resi reali. Non più solo i fantasmi dei miei incubi.

Avevo avuto dei genitori, a Gläl. E per qualche motivo, c'era ancora chi si ricordava di loro. Le domande mi aggredirono con prepotenza: perché mi avevano abbandonata? Perché non avevo mai saputo nulla di loro? Che fine avevano fatto?

La vista mi si annebbiò. Percorsi un lungo corridoio quasi alla cieca, tastando le pareti. Le luci delle fiaccole iniziarono a girare, e a girare, e a girare. Fino a quando non mi appoggiai con la schiena alla parete e scivolai a terra. Mi tenni la testa stretta tra le braccia, ripetendomi di continuare a respirare.

«Lyn?»

Sollevai gli occhi e vidi il volto familiare e preoccupato di Jak.

«Stai bene?» domandò, inginocchiandosi davanti a me.

Annuii. Subito dopo scossi la testa. Mi prese le mani tra le sue e mi sentii rincuorata dalla durezza della sua pelle e dal calore di quel contatto. Pian piano, in silenzio, mi calmai. Jak era il mio faro nel buio.

«Va bene, sembra che ora stai meglio» sussurrò sollevato.

Risi, sebbene non ce ne fosse motivo. E non riuscii più a fermarmi.

Jak era sconvolto e divertito. «D'aaaaaccordo.» Si mise in piedi e mi porse entrambe le mani. «Tiriamoci su» suggerì.

Mi afferrai ai suoi avambracci, e notai che erano diventati duri come la pietra dopo il lavoro da Viktor. Ma cacciai in fretta quel pensiero.

«Grazie.»

«Cosa è successo?»

Gli raccontai tutto, della breve conversazione con la Madre e dell'interruzione di Reywind, omettendo però l'effetto destabilizzante che aveva avuto su di me quell'incontro.

«Quando potrai parlare ancora con lei?»

Scrollai le spalle. «Le darò il tormento fin quando non mi avrà detto tutto ciò che sa.»

«Sicura che stai bene?» aggrottò la fronte. «Sei parecchio pallida.» Mi passò un pollice sullo zigomo.

Sentii diventare bollente il punto che aveva sfiorato. Senz'altro se ne accorse, perché gli brillavano gli occhi di una luce speranzosa.

«Mida ci aspetta fuori,» m'informò, dando fine a quell'attimo «era molto deciso a dare il suo aiuto per metterci in pari con gli altri.»

Non avevo ancora visto i giardini che circondavano il castello alla luce del giorno. Sulle alte mura gli arcieri marciavano senza sosta, attenti a qualsiasi movimento al di fuori. La superficie del fiume luccicava sotto i raggi di un timido sole che faceva capolino da dietro una nuvola.

«E questo,» Mida si chinò e raccolse un fiore dai petali bianchi «è *Stellaria comune.* Ottimo rimedio antinfiammatorio.»

«Credevo che dovessi insegnarci qualcosa sulla magia e sulle leggende» brontolai, calciando un filo d'erba.

«E le proprietà delle piante» puntualizzò lui. «Durante una spedizione può capitare di rimanere feriti, o di ammalarsi. Conoscere i rimedi può fare la differenza fra la vita e la morte.»

Arrivammo al limitare delle mura, dove una griglia di ferro lasciava passare il fiume che precipitava poi nel dirupo.

La mia attenzione fu catturata da un simbolo scolpito sulla pietra della barriera. Mi avvicinai e ci passai sopra un dito. Era una croce capovolta che terminava in una punta, e le cui estremità si piegavano in due uncini. Lo stesso simbolo che avevo visto sul libro.

«Cos'è questo?» chiesi, interrompendo il monologo di Mida sulle alghe e i loro benefici.

«Mh?» Si accigliò. «Non saprei. Non ho mai visto questo segno.»

«Lo avrà inciso qualcuno così, per divertimento. Comunque sia,» cambiò discorso Jak «perché tutti quelli che vengono portati qui sono... be', dei delinquenti?»

Mida sbatté più volte le palpebre, sorpreso dalla schiettezza della domanda. «Ecco, sì... una parte della Leggenda suggerisce che i Prescelti siano cresciuti nella polvere e nella corruzione del mondo. Perciò...» gesticolò eloquentemente con una mano.

«E tu cosa hai fatto per finire qui?» tornò Jak alla carica, incrociando divertito le grosse braccia al petto.

Gli lanciai una gomitata.

«Che c'è?»

«Regola numero uno: fatti sempre i cazzi tuoi» sibilai.

Mida scosse la testa. «Non c'è problema. Quando si viene qui ci si spoglia del proprio passato, non me ne vergogno più.»

Fu imbarazzante realizzare che Mida, come tutto il resto del castello, mi avesse vista nuda su quel palco quando anch'io mi ero "spogliata" del mio passato. Mi costrinsi a indirizzare i pensieri da un'altra parte.

«Ho rubato» confidò. «Un cavallo, per la precisione.»

«E perché hai rubato un cavallo?»

Roteai gli occhi all'instancabile curiosità di Jak.

«Non potevo più restare in quel luogo. Mia madre voleva che acconsentissi ai desideri di un vecchio mercante in cambio di una situazione più dignitosa. Ma... ma non volevo vendere la mia, di dignità. Perciò me la sono filata. Col cavallo del mercante. Ci hanno messo meno di due ore a trovarmi e a sbattermi in una cella. E poi sono arrivato qui.»

Il canto di una beccaccia interruppe il silenzio che seguì.

«E voi cosa avete fatto?» domandò, infine.

Jak gonfiò il petto e sfoggiò un sorriso fiero. «Be'...»

«Dove posso trovare questa parte della Leggenda?» lo interruppi, certa che il racconto di come aveva rubato il candelabro e di come eravamo fuggiti sulla nave di Silver Hale sarebbe stato abbellito da qualche menzogna qua e là.

Mida ci fece segno di seguirlo. Attraversammo il ponte che portava all'ingresso del castello e ci guidò lungo una serie di corridoi e scalinate, fino alla biblioteca.

Non avevo mai visto nulla di più bello. Mi sentii mancare la terra sotto i piedi alla vista della libreria che conteneva centinaia di migliaia di volumi. Le pareti, alte almeno dieci metri, erano interamente ricoperte di libri di ogni tipo. Per raggiungere quelli più in alto bisognava arrampicarsi su delle scale a pioli che arrivavano fino al soffitto. Nell'aria si sentiva un sentore di cuoio antico. Attraverso le finestre rivolte a nord, i raggi di sole penetravano il vetro colorato dei rosoni, proiettando migliaia di piccole luci sui lunghi tavoli al centro. Il pavimento era coperto da tanti diversi tipi di tappeti che mi ricordarono il nostro rifugio di Vartadis. Sentii lo stomaco stringersi in una morsa nostalgica e portai istintivamente la mano alla mia personale campana, il ciondolo che mi aveva forgiato Jak.

Continuammo a camminare, superando stretti passaggi formati da scaffali di libri e torrette traballanti. Sembravano tanti piccoli vicoli di un labirinto. Mida, finalmente, si fermò. Alla nostra destra c'era un cancello di ferro oltre il quale volumi dall'aria sinistra attirarono la mia attenzione.

Il ragazzino biondo dal viso quasi femminile sfilò da un ripiano un importante tomo rilegato in cuoio consumato e me lo porse. «Qui troverai la maggior parte delle leggende conosciute. Alcune si sono rivelate fallaci, ma vale comunque la pena leggerle. Dovrai consultarlo qui. I libri della biblioteca restano nella biblioteca.»

«Che c'è lì dentro?» chiesi, indicando il cancelletto.

«Lì non puoi entrare» affermò in fretta, quasi con rabbia.

«Perché no?» insistette Jak, che in quanto a curiosità era imbattibile.

«Perché quella sezione è vietata agli Adepti, e se ci tenete alla pelle non avvicinatevi a quei libri» avvertì.

Pizzicai il gomito di Jak e lui mangiò la foglia; capì che era ora della ritirata strategica. Sapevamo entrambi, anche senza dirci una parola, che lì dentro, ovviamente, ci saremmo entrati eccome.

21

«Bevi» ordinò la Zinah.

Maia, seduta con la schiena curva, si rifiutava di guardarla in viso. Le tremava il labbro inferiore.

«Bevi» la bocca della mora era piegata in un ghigno crudele.

Nella sala centrale, intorno alle due ragazze, la folla riunita batteva i pugni. «Bevi! Bevi! Bevi!» urlavano gli altri Adepti.

Peter, suo fratello, teneva il volto nascoso contro il collo di Maia. Sotto il tavolo le stringeva una mano con tutta la forza che aveva. Lei, con un pollice, gli disegnava cerchi rassicuranti sul dorso.

«Non voglio» sussurrò, trovando il coraggio di guardarla nei suoi occhi affilati.

«Ho detto bevi il mio maledetto sputo. O costringerò tuo fratello a leccare il pavimento delle latrine, e non sarà piacevole da guardare.» L'afferrò per i capelli ramati e la tirò indietro.

Peter lanciò un gridolino spaventato e si aggrappò alla sorella con ancor più forza. Maia, il mento tremulo, allungò la mano sulla coppa e la sollevò. Se la portò alle labbra.

Io, intanto, mi ero fatta largo tra la folla; prima che il liquido potesse toccarle la bocca, le spinsi via la mano, mandando il calice a terra.

Zinah lo osservò rotolare e fermarsi accanto alla gamba di una sedia. Poi sollevò lo sguardo su di me. Le vidi il volto adombrarsi di furia. «Non hai imparato a farti gli affari tuoi, vedo.»

«E tu non hai imparato a prendertela con i tuoi pari, codarda.»

«È questo che vuoi? Che me la prenda con te?» Avvicinò pericolosamente il viso al mio. Potevo contarle le pagliuzze dorate intorno alle pupille.

«Perché no?» la sfidai.

«Perché *tu* non sei una mia pari.»

«Neanche Maia, eppure non ti fai scrupoli a costringerla a bere il tuo sputo.»

Gli altri Adepti seguivano il nostro scambio in assoluto, religioso silenzio.

«Visto che ci tieni tanto...» sibilò, allontanandosi di qualche passo. Si legò i capelli alla nuca con un laccio di cuoio.

Sorrisi.

Per le strade di Vartadis avevo assistito e combattuto in diverse zuffe tra femmine. Di solito le ragazze erano più crudeli dei maschi, ma la maggior parte non sapeva combattere. Si limitavano a qualche calcio e a tirare i capelli dell'avversaria. Perciò era istintivo, quando i toni iniziavano a farsi caldi, legarseli. Zinah credeva che non sapessi lottare. Credeva che avrei mirato al suo caschetto corvino. Che mi sottovalutasse non mi forniva altro che un vantaggio.

Non attesi e attaccai. Come si aspettava, finsi di volerle afferrare i capelli. Lei alzò le braccia per pararsi, lasciando scoperto lo stomaco. Era stato fin troppo facile. Il cazzotto fu abbastanza violento da spezzarle il fiato.

A quel punto era davvero infuriata.

L'avevo umiliata davanti a tutti gli Adepti. Mostrò i denti e lanciò un grido di rabbia, intanto che prendeva la carica e mi buttava a terra con una spallata. Mi salì addosso a cavalcioni e mi bloccò le braccia sotto le ginocchia. Il primo cazzotto mi arrivò allo zigomo, il secondo al labbro. Ma non ce ne fu un terzo, perché mi liberai e l'agguantai per le spalle. Rotolammo su noi stesse, fino a quando non la sovrastai col mio corpo. Le afferrai la testa e gliela sbattei con forza contro il pavimento.

«Picchia! Picchia! Picchia!» urlavano gli Adepti.

«Brutta!» urlò Zinah, afferrandomi per la gola. «Puttana!» Strinse con le dita sulla trachea e mi mancò il respiro. Allentai la stretta e ne approfittò per sollevarsi sulle ginocchia. Mi circondò la testa con un braccio e continuò a stringere.

Nonostante la vista offuscata, notai Jak farsi avanti per intervenire. Devis si mise in mezzo e lo colpì al mento. Non vidi cosa accadde tra loro, perché afferrai il calice caduto a terra e lo sbattei contro la tempia di Zinah. Lei gemette e rotolò di lato, portandosi una mano alla ferita sanguinante. Eravamo entrambe arruffate, arrossate e inferocite come bufali.

Jak stava tempestando di pugni Devis, che tentava invano di difendersi. Non c'era paragone tra i due: Jak era più abituato alla lotta, più grosso, più forte.

Zinah sputò a terra un grumo di sangue e fece per avventarmisi ancora addosso, ma s'interruppe quando scorse Reywind con la coda dell'occhio.

L'istruttore di Combattimento aveva afferrato Jak per il colletto e lo aveva tirato indietro con tutta la forza che aveva, strozzandolo. Jak lasciò andare la presa e cadde all'indietro. Ne rimasi stravolta.

Poi Reywind guardò me e Zinah. La sua espressione di pietra non faceva trasparire alcuna emozione. «Gattine che si azzuffano, eh?»

Mi sistemai addosso i vestiti. «Dovreste insegnare alle vostre allieve a combattere meglio, prof...» m'interruppi.

Lui non sorrise, ma notai un guizzo divertito incresparsgli le labbra per un brevissimo istante. «A partire da te, forse?»

Zinah sogghignò, pulendosi il sangue alla tempia con una manica. «Credevo di aver fatto un lavoro migliore, con te. Che delusione» la giudicò lui, squadrandola dall'alto al basso con sufficienza.

Zinah parve mortificata. Abbassò lo sguardo, senza comunque riuscire a nascondere le guance arrossate per l'imbarazzo. Avrei voluto riderle in faccia.

Jak, che si era ripreso, mi stava accanto massaggiandosi la gola. «Stai bene?» domandò, infilandomi una ciocca bionda dietro l'orecchio.

«E tu» Reywind indicò Jak con un cenno del mento «combatti come un cavernicolo.»

«Sì, be', funziona sempre» lo sfidò Jak.

«Non ci giurerei, ragazzo.»

Ragazzo? Quanti anni aveva più di noi, Reywind? Cinque? Sei?

La folla si dileguò e tornò ai tavoli, la cena era stata servita. Maia e Peter erano stretti in un abbraccio. Quando i nostri sguardi s'incrociarono, Maia piegò la testa in segno di ringraziamento.

«Voi quattro.» L'istruttore di Combattimento indicò me, Jak, Zinah e Devis. «Scordatevi la cena.»

Zinah, sconvolta dalla rabbia, fece per ribattere. Ma Devis, saggiamente, la tirò indietro. «Sissignore» chinò la testa e la frangia bionda gli scivolò sulla fronte, nascondendogli lo sguardo. Aveva un occhio viola e un labbro tumefatto, ma non aveva perso il sorrisetto arrogante.

«Passerete la serata a mettere in ordine la biblioteca. Le monache hanno senz'altro bisogno di una mano in più. O anche otto.»

Detto questo, mi lanciò un'ultima occhiata diffidente e si allontanò. Ancora una volta, sentire i suoi occhi addosso m'infuse un incontrollabile senso di disagio.

Mi faceva sentire *esposta*. Ringraziai che il giorno dell'iniziazione, quando ci eravamo spogliati delle nostre vite, lui non fosse presente. Il solo pensiero era una tortura.

Reywind sembrava perfettamente consapevole di se stesso, del proprio aspetto. E della reazione che scatenava nelle persone. Raggiunse con eleganza felina Madre Sundriel, che mi osservava dal palco con rimprovero.

Jak si sporse verso di me e alzò un sopracciglio in modo eloquente. «Non mi avevi detto che l'istruttore di Combattimento era *così*.»

22

Mi portai una mano allo stomaco cercando di attutire il ruggito di protesta per la mancanza di cibo.

Reywind era stato di parola: servimmo diligentemente le monache che lavoravano in silenzio nella biblioteca e saltammo la cena. Le ferite alla tempia e al labbro pulsavano come tamburi, ma erano poca cosa a confronto della fame.

Le altre Adepte dormivano sodo; qualcuna, addirittura, russava rumorosamente. Le grandi vetrate che davano sull'esterno riflettevano un cielo blu intenso punteggiato da milioni di stelle.

E cosa fa una ragazza affamata nel mezzo della notte, all'interno di un castello in cui vige il coprifuoco, e che perciò dovrebbe restarsene obbediente nella propria camerata? S'infila gli scarponcini, si arma di lume e mantella ed esce. Ovvio, no?

Oltrepassai il letto di Zinah senza nemmeno respirare. Per un brevissimo, minuscolo istante presi in considerazione l'idea di soffocarla col cuscino. Mi contenni e raggiunsi la porta che, traditrice, cigolò sui cardini. Mi guardai attorno ma nessuna sembrava essersi svegliata. Filai fuori e lasciai la porta accostata per rendermi più facile il ritorno.

Allungai lo stoppino della mia candela a una delle centinaia di fiaccole alle pareti. Il castello era silenzioso come non mai, gli unici rumori provenivano dall'esterno: il fiume che scorreva indisturbato dentro le mura e poi subito dopo nel dirupo, i gufi che bubolavano nel vento, le risate delle sentinelle di vedetta che si scaldavano attorno ai fuochi.

Svoltai l'angolo, diretta alle cucine ma... mi lasciai attrarre da una luce che proveniva dalla biblioteca. La seguii con la fedeltà d'una falena, camminando silenziosa tra gli scaffali di libri. Sporsi la testa e trovai una figura china su un vecchio tomo, un gomito sul tavolo e una mano tra i fitti riccioli scuri, gli occhi d'un nero liquido incollati alle pagine.

«Jak» sussurrai, sorpresa.

Lui alzò di scatto la testa. La luce della candela sul tavolo disegnava ombre sul suo viso. Qualcosa di caldo mi si mosse nel bassoventre; strinsi istintivamente le gambe. Jak era di una bellezza che toglieva il respiro, in grado di far impallidire le statue dei valorosi eroi dell'antichità. Capace di far tremare le gambe persino a me, per quanto mi ostinassi a negarlo.

Ci mise meno di un secondo a riconoscermi nel buio e a rilassare le spalle. Sorrise e le sue maledettissime fossette comparvero agli angoli della bocca. Ora quella cosa nel mio bassoventre non era solo calda, ardeva.

«Mi hai spaventato» disse con voce suadente e profonda.

Cercai di ignorare le fitte allo stomaco, che non credo dipendessero più dalla fame, e mi sedetti sulla panca di fronte a lui. Stava studiando una leggenda nel libro che ci aveva suggerito Mida.

«Non riesco a dormire» confidai, in un sussurro.

«Neanche io, avevo fame e sono sceso alle cucine. Ma gli stronzi tengono sott'occhio le porte,» incrociò le braccia sul tavolo «perciò sono venuto a curiosare qui.»

«Lo vedo.» Mi allungai sul libro.

«Come mai non mi stupisce che tu abbia avuto la stessa idea?»

«Perché sei il dannato coglione che mi ha insegnato a non rispettare mai le regole e a muovermi di soppiatto, forse?»

«Già.» Sorrise, scrollando la testa. «Be', almeno non dovrò aspettare domattina per mostrarti questo.»

Mi passò il libro aperto a metà. Notai subito, all'angolo della pagina, il simbolo della croce capovolta che terminava con una punta e le cui estremità si piegavano in due uncini. Ci passai sopra un dito e lo scoprii macchiato d'inchiostro.

Questo segno è recente, pensai, osservandomi il polpastrello.

«Leggi» mi incitò Jak, che non aveva notato nulla di strano.

Coloro che non cercheranno alcun beneficio o vanagloria
nelle Spade, potranno rivendicarle ed esserne i Prescelti.
Nella guerra contro l'oscurità, il sangue di molti verrà versato,
ma la magia tornerà a pacificare il mondo solo
se la Discendente del Ladro saprà scegliere la Luce.
Erede dei suoi occhi rossi, col suo esercito di reietti nato
dalla polvere e dalla corruzione, potrà contrastare l'oscurità.
Solo a patto di saper dividere cuore e ragione.
Ma sarà colui che arde d'amore per lei a determinare
il suo destino. Solo allora lei potrà dominare elementi
e creature e al caos mettere fine per sempre.

Rilessi più volte, il cuore che tuonava nel petto. «Vuol dire che...»

«Che sei la fottuta protagonista di questa storia» concluse lui, l'aria leggera. «E io che pensavo di rubarti la scena.»

«Jak, questo frammento della Leggenda dice tutto e non dice niente.» Avevo la bocca secca. Improvvisamente mi era passata la fame. «Non può dipendere tutto da me.»

«Infatti non dipende *tutto* da te, egocentrica che non sei altro» puntualizzò. «Leggi qua: "*Ma sarà colui che arde d'amore per lei a determinare il suo destino*".»

Jak sorrise, paralizzandomi sul posto. Sapevo cosa stava per dire, ma avrei voluto che non parlasse, che cancellasse quel pensiero dalla testa.

E dalla mia.

«In fin dei conti, può darsi che anche io avrò la mia par…»

Gli schiaffai la mano sulla bocca. Volevo impedire a quelle parole di uscire, anche se era ormai troppo tardi. Ma soprattutto, volevo impedirgli di farci beccare. Avevo sentito dei passi muoversi verso di noi.

«C'è qualcuno» sussurrai, spalancando gli occhi.

Jak, nonostante fosse tutto fuorché un fuscello, riuscì ad alzarsi e a trascinarmi via senza emettere il minimo suono. Ci appiattimmo contro uno scaffale. Sbirciando in una fessura tra i libri, scorsi la figura di Reywind osservare le candele che illuminavano il nostro libro. Alzò la testa e si guardò attorno. Inconsapevole, mi mostrò il profilo perfetto, indurito dalla determinazione. Gli occhi chiari sembravano due pozze d'acqua al tramonto, riscaldate dalla luce tremula delle fiamme. Si avvicinò e ci soffiò sopra, spegnendole.

Il buio più totale c'inglobò e sentii Jak, che ancora mi teneva stretta, irrigidirsi. Mi lasciai sfuggire un ghigno. Non avremmo giocato ad armi pari, perché avevo sempre visto meglio di chiunque altro al buio.

Strinsi la sua mano e lo condussi fuori, sfilando proprio sotto al naso di Reywind. Lui se ne stava immobile, tentando di captare qualche movimento. Una volta usciti dalla biblioteca, però, ci ritrovammo completamente esposti alla luce delle fiaccole.

Corremmo verso i dormitori, ma appena svoltato l'angolo ci arrivò il suono di passi che ci inseguivano.

«Qui!» suggerì Jak, entrando in un'aula. Aprì un grande armadio addossato alla parete e mi tirò dentro insieme a lui.

Il tempo di chiudere l'anta e Reywind ci raggiunse. Si affacciò nella classe. Attraverso una crepa nel legno lo vidi guardare proprio nella nostra direzione. Mi portai una mano alla bocca per impedire al suono del mio respiro di raggiungerlo. Jak era alle mie spalle, rigido come una tavola di marmo. L'istruttore di Combattimento studiò la stanza per un ultimo, interminabile istante, e se ne andò.

Sentii una risata crescermi nel petto. E sapere che non potevo assolutamente ridere mi rendeva impossibile trattenermi.

«Shh, zitta!» bisbigliò Jak, ma dalla voce capii che stava sorridendo.

Mi voltai verso di lui, l'adrenalina che mi vibrava dalle punte dei piedi a quelle dei capelli. Non ci azzardammo a uscire per altri lunghi minuti, timorosi che Reywind fosse appostato da qualche parte in attesa.

«Mi mancavano queste cose.» Spostò una ciocca dei miei capelli e mi afferrò il mento, costringendomi a guardarlo. «Lyn…»

«Jak, ti prego.» Da una parte avrei voluto che il coraggio non lo abbandonasse, nonostante le mie resistenze, dall'altra speravo che non andasse avanti con quello che stava per fare.

Non potevo permettermi di perdere l'unico vero amico che avessi mai avuto. Non potevo permettermi di perdere mio *fratello*.

«Hai detto che ti ho insegnato a trasgredire tutte le regole» disse. E intanto nello stomaco avevo un vortice che minacciava di risucchiarmi. «Non rispettarle neanche questa volta. Fanculo alle regole.»

Rimasi in silenzio, pietrificata. Era un consenso, il mio? Era paura? Era un rifiuto? Non sapevo decidermi. Così lo fece Jak per me, e si sporse.

Potevo sentire il suo respiro solleticarmi le labbra.

Potevo sentire il suo profumo, sapeva di sapone… sapeva di buono.

Potevo sentire il battere ritmico del suo cuore. E anche del mio.

C'era quasi. Chiusi gli occhi e…

E mi tirai indietro. Spalancai l'anta e corsi via verso i dormitori.

Avevo mollato Jak in un armadio. Lo avevo mollato lì, triste e deluso. Mortificato, anche. Ero una codarda.

E non potevo sapere che quel bacio mancato avrebbe potuto cambiare l'intero corso di questa storia.

23

Il giorno dopo saltai la colazione.

Lo stomaco non voleva saperne di starsene in silenzio. Morivo di fame. Ma non avevo trovato il coraggio di scendere nella sala centrale e di guardare Jak dritto negli occhi. Sapevo che non avrei potuto evitarlo per sempre, ma le gambe non avevano obbedito all'ordine di muoversi e affrontare quelle stramaledette scale.

«Non vieni?» mi domandò Maia, la voce appena udibile.

«Mh?»

«La colazione… non hai fame?» continuò, indicando il mio stomaco che brontolava senza tregua.

«No.»

«Uh, okay…» fece per andarsene.

«Maia?» I grandi occhi castani della ragazza trasmettevano paura come quelli di una bestia messa all'angolo. «Devi imparare a difenderti. Sei un bersaglio facile, e io non posso battermi per te ogni volta che Zinah si annoia. E se continuo a intromettermi, lei e gli altri ci proveranno ancora più gusto a tormentarti, perché di riflesso provocherebbero me.»

La ragazzina annuì velocemente, imbarazzata. Il fatto che non avesse imparato a badare a se stessa mi suggeriva che prima d'allora non ne avesse mai avuto bisogno. Non potevo biasimarla se non sapeva difendersi. Ero curiosa di sapere quale fosse la sua storia, come mai fosse finita lì. Ma ero troppo nervosa, e lei troppo a disagio, per trattenerla oltre. Schizzò fuori dalla porta, lasciandomi sola.

O così credevo.

«Bel discorso.» La porta si chiuse con un cigolio e da dietro l'anta apparve Zinah.

Il solito sorriso da squalo, i gelidi occhi azzurri, le pupille ridotte a due spilli. Mi osservava come una serpe che pondera l'attacco.

«Hai ragione, sai?» Mosse passi flessuosi verso me. «Dovresti smetterla di ergerti a paladina della giustizia.»

Alla cinta portava un fodero dal quale sfilò un pugnale di antica fattura. Lo capii dal colore della lama, nera e opaca come la notte. Se lo passò da una mano all'altra e si punse un dito.

«Stai sempre a origliare, tu? Non hai una vita?»

«Oh sì, mi piace osservare. Soprattutto la notte, quando tutti dormono.» Si leccò la goccia di sangue che comparve sul polpastrello. «Gli spifferi nel castello *sussurrano*, conoscono ogni segreto. Lo sai qual è la punizione per chi viene beccato a gironzolare dopo il coprifuoco?»

«Non so di cosa parli» mi affrettai a ribattere, sfacciata.

«No, certo che non lo sai» sorrise. O meglio, ghignò. «Allora ti auguro di non scoprirlo mai.»

Una volta *veramente* sola, mi lasciai andare a un sospiro di frustrazione. Era probabile che Jak mi odiasse, Zinah sapeva che ero uscita dalla mia stanza la sera prima, e avevo come la sensazione che Reywind avrebbe cercato di scoprire a chi appartenessero le due candele accese in biblioteca.

Non si sarebbe rassegnato, non avevo dubbi. Reywind era un *cacciatore.*

E lo sapevo perché avevo impiegato tutta la vita a scappare dai tipi come lui. Li fiutavo a chilometri di distanza. Lui era il gatto e io il ratto. E, come il gatto, aveva tutta l'aria di uno che si divertiva a giocare con la preda prima di affondare gli artigli. Ma io ero piuttosto veloce.

Raccolsi il coraggio che non avevo e mi avviai verso l'aula di Juda. I corridoi erano ancora deserti, forse perché gli Adepti stavano finendo di fare colazione.

«Nailyn!» Mi voltai e scorsi la testa bionda di Mida in fondo al corridoio. «Sono venuto a prenderti. Jak era sicuro che ti saresti diretta a lezione.»

Al sentirlo nominare il mio cuore fece una tripla capriola mortale. Mi portai una mano al petto per accertarmi che stesse ancora battendo.

«Jak ti ha mandato a cercarmi?»

Non mi stupiva che non fosse venuto di persona; che mi avesse comunque inviato qualcuno mi lusingò e mi ferì al tempo stesso. Mi si strinse lo stomaco. Non potevo condannarlo, per quello. Lo avevo mortificato. E avevo rovinato tutto. Annuii e mi costrinsi a ingoiare il groppo che mi annodava la gola.

«La lezione di storia è stata sostituita da una sessione di addestramento con Reywind. E la Madre ci vuole tutti fuori per un annuncio. C'è aria pesante… brutte notizie, senz'altro.»

«Grazie, sì… ti seguo» borbottai, incapace di mascherare il mio stato d'animo.

«Ma che diamine avete oggi, voi due?» Mida si voltò, confuso, e fece strada.

Ho che sono una dannata cogliona e lui uno stupido inguaribile romantico. E a me il romanticismo non è mai piaciuto.

«Nulla.» Scrollai le spalle.

«Sbrigatevi a fare pace, oggi avrete bisogno di alleati. Reywind è uno tosto e sa fiutare le debolezze. Zinah e Devis sono due imbecilli, ma Reywind no. Il suo obiettivo è rendere d'acciaio le nostre parti molli. Continuerà a colpirle fin quando non si sarà formato il callo.»

«Sembra simpatico» commentai, sarcastica.

«Sai cosa dicono di lui?» sussurrò. «Dicono che da quando è arrivato qui non abbia fatto altro che lavorare sulle proprie debolezze. Dicono abbia fatto cose estreme, ma oggi in lui non c'è più niente di molle... Nemmeno i coglioni.»

Sgranai gli occhi; l'ultima cosa a cui desiderassi pensare erano le palle di Reywind. E poi, sentire Mida parlare in quel modo mi stupì non poco.

«Cos'ha fatto per rendersi così duro?»

Avvampai per tutte le possibili risposte maliziose che Jak avrebbe potuto rifilarmi. Ma Mida non era Jak.

«Ci siamo.» Ignorò la domanda e uscimmo dal castello. La luce del giorno era accecante in contrasto al flebile bagliore del castello. Oltrepassammo il ponte sotto il quale il fiume scorreva tranquillo, e individuai la folla di Adepti allineata sul prato. Davanti a loro, avevano preso posizione Reywind e Madre Sundriel. Accelerammo il passo e raggiungemmo il resto del gruppo.

Fatalità, mi ritrovai spalla a spalla con Jak. Mi lanciò un'occhiata obliqua. Boccheggiai, incapace di parlare. Ma, come suo solito, lui sorrise e mi salvò dalla situazione. Gli occhi gli brillavano di una luce triste, ma le fossette agli angoli della bocca non mentivano: era veramente felice di vedermi. Mi lasciai sfuggire un sospiro e ricambiai.

«Fatto tardi ieri sera? Di solito sei puntuale» bisbigliò, solleticandomi l'orecchio.

Gli diedi una spallata che non lo mosse di un millimetro. Non c'era bisogno che parlasse per sapere cosa stava provando. Ero capace di percepire le emozioni di Jak come se fossero le mie. Era come se un filo invisibile ci unisse e mi trasmettesse ogni sua più piccola percezione. Io sapevo che stava metabolizzando il rifiuto, sapevo che ci stava male davvero. Ma sapevo anche che mi aveva già perdonata. Ecco perché ci scherzava su.

«Figli,» parlò Madre Sundriel «i tempi sono bui. La Legione Oscura acquisisce sempre più informazioni. Ce lo aspettavamo, dopo che hanno conquistato la Sacra Dimora di Selva e ucciso tutti i loro Adepti.»

Un brusio si alzò dalla folla. Reywind lanciò loro un'occhiata ammonitrice e calò nuovamente il silenzio.

Gli occhi della vecchia erano ancora più opachi, forse adombrati dalla paura. «Sapete che Reywind e alcuni di voi erano partiti alla ricerca di *Ombra*, la Spada temprata nel sangue di Selva. Alcune antiche voci la collocavano in un remoto monastero. E così era, ma...»

Le spalle della donna si afflosciarono. Sembrava che il peso di quella realtà la stesse schiacciando contro il suolo. Reywind la sostenne permettendole di afferrarsi al suo braccio.

«C'è stata un'imboscata,» continuò lui con voce decisa «e la Spada ora è della Legione Oscura. Alcuni dei nostri sono stati uccisi.»

«La Spada ci è stata rubata» disse Sundriel, schiarendosi la voce. «Questo dà alla Legione Oscura un vantaggio. Due Spade sono ancora smarrite, ma non abbiamo dubbi che stiano cercando informazioni per ritrovarle. E temiamo un attacco. Il vostro compito, ora, è addestrarvi e prepararvi. Non permetteremo che la Sacra Dimora di Heldor cada in mani nemiche.»

«Abbiamo mandato una staffetta alla Madre della Sacra Dimora di Astriel per informarla dell'accaduto.» Il volto di Reywind sembrava fatto di pietra.

I suoi occhi vagarono sulla folla per poi inchiodarsi nei miei. Mi guardò con disprezzo, con rabbia. Come se avessi qualche responsabilità in quello che stava accadendo. Invece, per me era tutto diventato reale da poco: la magia, le Spade, la Leggenda, la Legione Oscura, le Sacre Dimore consacrate alle Chimere.

«Il futuro del nostro mondo è nelle vostre mani. Ognuno di voi è prezioso per la causa.» La Madre portò al cielo gli occhi velati di bianco.

Un airone volava in cerchio su di noi.

«*Presagi...*» sussurrò una voce nella nostra testa. Una voce di bambina.

Elfride era in piedi sul ponte. Il vestito trasparente le accarezzava il corpo minuto, e la lunga chioma bianca adornata di foglie e fiori strusciava sulla pietra sotto i suoi piedi. Gli occhi ciechi fissavano lo stesso punto che osservava la Madre.

«*Oscuri presagi.*»

24

Elfride guardava me. Era come se riuscisse a vedermi attraverso.

Avevo la sensazione che sapesse qualcosa di più di quel che diceva. Più di quanto sapevano gli altri e di quanto prediceva la seconda parte della Leggenda.

Coloro che non cercheranno alcun beneficio o vanagloria
nelle Spade, potranno rivendicarle ed esserne i Prescelti.
Nella guerra contro l'oscurità, il sangue di molti verrà versato,
ma la magia tornerà a pacificare il mondo solo
se la Discendente del Ladro saprà scegliere la Luce.
Erede dei suoi occhi rossi, col suo esercito di reietti nato
dalla polvere e dalla corruzione, potrà contrastare l'oscurità.
Solo a patto di saper dividere cuore e ragione.
Ma sarà colui che arde d'amore per lei a determinare
il suo destino. Solo allora lei potrà dominare elementi
e creature e al caos mettere fine per sempre.

Non avevo idea di cosa significasse, ma forse Elfride avrebbe potuto aiutarmi a capirlo. Forse avrei potuto chiedere udienza alla Madre per continuare la conversazione che avevamo lasciato a metà, e magari la Veggente avrebbe potuto unirsi a noi.

Qualcosa, però, mi faceva presagire che Sundriel non avrebbe accettato che io consultassi la ragazzina dagli occhi ciechi.

«Vi lascio ai vostri allenamenti» annunciò la donna, la voce grave.

La osservammo allontanarsi in rispettoso silenzio. Una volta sul ponte, accarezzò Elfride sulla testa e, finalmente, quest'ultima distolse lo sguardo da me lasciandosi guidare all'interno del castello.

«In posizione» ordinò Reywind con voce piena. «Devis contro Mida.»

Il ragazzino, nonostante fosse la metà del suo avversario, non protestò. Gli Adepti gli si radunarono attorno in cerchio. Mida alzò le braccia e strinse i pugni, pronto a difendersi.

«Via!» Reywind si teneva in disparte mentre Devis caricava il primo destro. Mida si accucciò e schivò il colpo, ma il secondo pugno gli arrivò dritto sul naso, dal quale schizzò sangue. Barcollò all'indietro ma non crollò a terra.

«Male al nasino, moccioso?» lo provocò Devis.

Mida si pulì il sangue con la manica e tornò con calma al centro. L'avversario gli saltellò attorno, divertendosi a confonderlo. Ma negli occhi del ragazzino c'era una tenacia che non si lasciava piegare da qualche provocazione. Teneva l'attenzione fissa sui piedi di Devis e, quando notò lo scatto, si accucciò ancora. Questa volta lo afferrò per le ginocchia e gliele tirò in alto, facendolo crollare a terra a gambe all'aria.

Gli occhi di Devis si iniettarono di rosso. Strinse le labbra in una sottile linea e gli sfuggì un ringhio soffocato. Si rimise in piedi e, come una furia, caricò Mida. Ma quest'ultimo si spostò di lato, lasciando che il bullo finisse addosso a Reywind.

L'istruttore non si mosse di un centimetro. Devis quasi rimbalzò sul suo ampio petto. Lo guardò storto e lo rispinse malamente al centro dell'arena improvvisata.

«È questo che devo aspettarmi quando vengo mandato in missione per qualche settimana? Un branco di incapaci che si fanno prendere dalla foga? Mi imbarazzate.»

«Ha barato!» protestò Devis, indicando Mida.

«Quando? Quando sei finito col culo per terra facendo la figura dell'imbecille?» lo schernì Reywind. «Quel cazzotto preso sul naso era la sua strategia fin dall'inizio. Voleva che lo sottovalutassi, e ci sei cascato.»

Mida si lasciò sfuggire un sorrisetto. Era sveglio.

«Fino a nuovo ordine, alla fine delle lezioni tornerete tutti qui per una sessione straordinaria di allenamento. Non mi importa del caldo, del freddo, della pioggia, della neve. Il primo che salta un incontro se la vedrà direttamente con me.»

Regnò il silenzio. Nessuno osò ribattere agli ordini, anche perché lo sguardo di fuoco di Reywind avrebbe potuto prosciugare l'oceano.

«E ora vediamo cosa sanno fare i nuovi arrivati.»

Si sfilò la maglia e rimase a torso nudo. I muscoli lo fasciavano come un'armatura, guizzavano agili a ogni movimento. Sulla schiena aveva alcune cicatrici chiare, guarite da tempo, e altre più rosee, recenti. La pelle bronzea copriva la schiera di addominali che terminavano in una V all'interno dei pantaloni, come una freccia.

Avvampai violentemente quando mi accorsi che stava seguendo il mio sguardo.

«Tu» chiamò, facendomi cenno con la mano.

Jak mi strizzò in fretta il polso per darmi coraggio, prima di lasciarmi andare con una spintarella sulla schiena. Gli Adepti si scansarono per farmi passare.

Mi misi di fronte a lui, rifiutandomi di abbassare gli occhi nonostante m'intimorisse. Era più alto di me di almeno due teste, tanto quanto Jak. Mi sovrastava con tutto il suo corpo; ero minuscola coperta dalla sua ombra.

Senza preavviso mi colpì la spalla. Non ci mise troppa forza, ma per la sorpresa barcollai di lato. Caricò subito un cazzotto che andò a poggiare contro la mia guancia, senza potenza.

«Non sembravi così indifesa nella sala centrale, quando ti azzuffavi con le tue compagne.»

Un moto di rabbia mi crebbe nello stomaco. A Vartadis avevo dovuto fare i conti con ladri, stupratori, assassini. Non mi ero mai tirata indietro, ed ero sempre tornata al sicuro nel rifugio del campanile. Non mi sarei fatta insultare da uno spaccone che mi sfiorava senza davvero colpirmi.

Sibilai di frustrazione. Aspettai che si facesse avanti di nuovo e, quando il suo pugno si avvicinò alla mia faccia, gli afferrai il polso, piroettai di lato, caricai il peso sulle ginocchia e lo sollevai da terra. Reywind, che evidentemente non era uno sprovveduto, adattò il suo equilibrio, rotolò sulla schiena e atterrò in piedi. Ringhiai nel sollevare una gamba, pronta a prendere a calci quella sua mascella perfetta, ma lui si tirò indietro e schivò il colpo. Senza la minima eleganza, lo attaccai con una gomitata che gli si piantò in mezzo agli addominali. Non si lasciò sfuggire neanche un piccolo gemito. Sembrava fatto di ferro elfico, indistruttibile. Una scarica di dolore mi si irradiò dal gomito fino alla spalla. Mi stavo rendendo ridicola.

Il risolino di Zinah mi distrasse quel brevissimo istante che servì a Reywind per farmi finire a terra. Le costole ancora fragili protestarono per l'impatto. Mi scappò un rantolo che andò a confondersi con un colpo di tosse. Teneva uno scarpone contro il mio stomaco, ma senza premere.

«Sei dozzinale. Combatti come una delinquente.»

Gli spinsi via la scarpa e mi rialzai, scossa da una rabbia senza pari. In mancanza dei miei stiletti era senz'altro complicato prevalere su un uomo dalla tempra e dalla preparazione di Reywind. Ma non mi sarei arresa.

«È quello che sono.» Mi avvicinai veloce e caricai un sinistro che avrebbe potuto frantumargli i denti.

«Quello che *eri.*» Afferrò il mio polso ed evitò l'impatto. Il suo viso era a pochi centimetri dal mio, potevo sentire il calore del suo respiro il vago aroma di vaniglia della sua pelle. «Ora sei un'Adepta della Sacra Dimora di Heldor. Renditi rispettabile.» Mi spinse via, con una repulsione tale che avrei potuto pugnalarlo al petto se fossi stata armata.

Invece, dopo un breve momento di stupore, inghiottii la rabbia e me ne tornai al fianco di Jak.

«È un cazzone,» commentò lui in un sussurro «la prossima volta gli farai il culo a strisce. Non eri preparata.»

«Io sono *sempre* stata preparata» sibilai a denti stretti. «A Vartadis...»

«A Vartadis avevi i tuoi stiletti e potevi giocare sporco. Questa è tutta stupida teoria,» si guardò attorno tra gli Adepti «e questi qua non hanno idea di cosa significhi tenere le chiappe al sicuro ogni fottuto giorno.»

«Ti sbagli, Jak.» Strinsi i pugni. «Se sono qui, è perché sono delinquenti proprio come noi.»

Lui mi guardò con apprensione, cosa che mi fece salire i nervi a fior di pelle. Non mi ero mai sentita così vulnerabile in tutta la mia vita.

«Allineatevi» ordinò Reywind, passandosi una mano tra i corti capelli castani.

Ci posizionammo in una fila ordinata, pronti a imitare i movimenti dell'istruttore. Di schiena davanti a noi si piegò sulle ginocchia e ci mostrò una serie di mosse composte da destro, sinistro, montante. Mi sentivo ridicola, una scimmia ammaestrata che dava spettacolo per un pubblico che non vedeva l'ora di deriderla.

Incredibilmente, Jak non sembrava affatto una marionetta. Tutt'altro. Era vigoroso, i movimenti sicuri e precisi. Dava l'idea che lo avesse fatto per tutta la vita... e in effetti così era. Io avevo sempre preferito l'appoggio dei miei stiletti al combattimento a mani nude. Lui, invece, godeva nel contatto fisico, nel sentire le ossa frantumarsi sotto le sue nocche, nel calore del sangue che gli macchiava la pelle.

Smettendo di osservare i movimenti di Reywind, mi fissai su quelli di Jak e li imitai. Era più grezzo, meno elegante. E io lo capivo meglio.

Si accorse che lo osservavo e i suoi occhi lampeggiarono di euforia. Ammiccò e tornò a concentrarsi. I riccioli si inumidirono presto e la pelle si coprì di un leggero strato di sudore che, alla luce del sole, lo faceva brillare come un dio.

Reywind passava tra le file degli Adepti correggendone i movimenti. Teneva le braccia incrociate dietro la schiena e marciava come un soldato. Si ritrovò davanti a Jak, il quale non si lasciò impressionare dal suo sguardo duro. Esaminò il modo in cui si piegava sulle ginocchia, la rotazione della spalla quando caricava il destro e la chiusura delle braccia nella difesa, e non trovò nulla da dire.

Uno di fronte all'altro sembravano due antichi guerrieri rivali, uno dai lineamenti morbidi, l'altro dai tratti decisi e affilati; l'uno dallo sguardo buono ma forte, l'altro dall'aria consumata dal tormento; l'uno l'opposto dell'altro. Difficile decidere quale dei due fosse più bello. Lo erano entrambi in modi differenti.

Poi Reywind guardò me dritto negli occhi, quasi potesse fondermi. La sensazione dello zampettare di mille scarafaggi m'investì lo stomaco. «Dritta con la schiena» ordinò, la voce bassa e dura.

Quando si allontanò, ringhiai. Lo detestavo con ogni fibra del mio corpo, ed era chiaro che il sentimento fosse reciproco.

«Non dargli questa soddisfazione» suggerì Jak. «Non vuole altro che metterti alla prova.»

«La fai facile.»

«Lyn, *è* facile.» Si piegò e mimò una veloce scarica di cazzotti, come quelli con cui amava investire i suoi avversari per le vie della città più violenta del regno di Eredros. «Che t'importa di cosa pensa quello lì?»

Aveva ragione. Non so quanti insulti mi ero presa nella vita. Dai ricchi mercanti, dagli ubriaconi nelle bettole, dalle puttane dei bordelli, dagli altri orfani dei bassifondi. E mi erano sempre scivolati addosso.

Perché, ora, avevo il bisogno impellente di dimostrare proprio a Reywind quanto valessi?

25

«Guarda un po' chi si rivede» mi salutò Gurild.

«Sei ancora un fuscello, ragazza. Reywind non ti ha torchiato per bene?» aggiunse Lo Smilzo, infilandosi in bocca una caramella al miele.

Le due guardie che ci avevano catturate a Gläl se ne stavano tranquille all'ingresso.

«Per corrompere Vill?» Indicai le tasche traboccanti di dolcetti.

«Un uomo saggio sa che è sempre meglio avere dalla propria il guardiano del castello. Un favore può tornare utile, te l'ho già detto una volta.»

«Sì, be', ora sono io a chiedere un favore a voi.» Incrociai le braccia.

«Se possiamo aiutarti...» Lo Smizo alzò un sopracciglio.

«Il mio pugnale,» sussurrai «quello che mi avete requisito quando ci avete catturato. Lo rivoglio.»

I due si scambiarono un'occhiata indecisa. Jak aveva forgiato quel pugnale per me, così come il ciondolo con la campana che nascondevo sotto la divisa. E ora ne avevo bisogno, soprattutto dopo aver visto l'arma di osso di drago di Zinah.

«Non potrem...» iniziò Gurild.

«Che ci dai in cambio?» lo interruppe l'altro.

«Che razza di farabutti!» sbraitài, moderando in fretta la voce. «Cosa volete?»

Ci pensò su. «Facciamo così, sei in debito. E non dire ad anima viva che te lo abbiamo restituito. Se vieni scoperta, giureremo di non averlo mai trovato nella perquisizione.»

«Affare fatto» sbuffai.

La situazione peggiorava di giorno in giorno: ora mi avevano anche incastrata con un debito che non poteva anticipare nulla di buono.

«Ecco a te.» Gurild estrasse il pugnale dal fodero e me lo passò con discrezione, attento a non farsi notare.

Lo nascosi in fretta nei pantaloni e mi allontanai senza nemmeno ringraziarli. «Carogne» borbottai.

La sala era affollata per la cena. A pranzo non avevo avuto il tempo per un pasto decente, mi ero quasi strozzata con una focaccina correndo verso l'aula di Gazelle. La donna mi seguiva a ogni movimento, studiandomi, in attesa di coglermi in fallo. Avevo le mani rosse per gli schiaffi con cui mi colpiva a ogni sbaglio. E succedeva spesso. A fine lezione, nel calderone galleggiava un'accozzaglia di robaccia marrone che puzzava di morto. Juda era stato più pacato, ma comunque insistente affinché ci dessimo una mossa nel recuperare le nozioni già chiare a tutto il resto degli Adepti.

Persino Maia e suo fratello Peter avevano fatto grandi progressi, sotto l'attenta guida di Mida. Io e Jak avremmo dovuto trovare del tempo per farci insegnare tutto quel che non sapevamo.

Arrivata la sera, avrei potuto inghiottire un bisonte intero.

«Jak,» iniziai, la bocca piena di cibo «mi devi addestrare tu.»

«Che?» Alzò un sopracciglio.

«Non mi va di fare di nuovo la figura dell'incapace,» precisai «senza stiletti o pugnali. Ho bisogno che mi insegni a dare cazzotti e calci come si deve.»

Lui si portò una mano al cuore. «Mi commuovi.»

«Allora?» insistetti, dopo aver mandato giù un lungo sorso di vino annacquato.

«Allora,» replicò «a che ora ci vediamo stanotte?»

La biblioteca era l'unico posto che ci venne in mente. Era veloce da raggiungere, e le centinaia di migliaia di libri avrebbero attutito gran parte dei suoni. Sapevamo che Reywind teneva gli occhi aperti dopo la notte scorsa. Ma era un rischio che dovevamo correre. Anche con Zinah stavo azzardando, ma a quel punto pure io ero armata. E se avesse provato a minacciarmi di nuovo... be', lo sapevo usare bene quel pugnale.

Per ora tenevo le orecchie aperte nel caso Reywind fosse venuto a curiosare, e l'attenzione alta ai pugni letali di Jak.

«Vai troppo veloce.» Avevo il fiato corto. Delle ciocche mi erano sfuggite dalla coda bassa.

«E tu sta' al passo!»

«Jak,» mi lasciai cadere su una panca «sono stanca morta.»

«In piedi, forza!» m'incitò, saltando da un piede all'altro e colpendo l'aria con una scarica di cazzotti.

«Dammi tregua» ribattei stancamente, afflosciandomi sul tavolo.

«È così che dirai la prossima volta a Reywind? Supplicherai una pausa?»

«Brutto bastardo,» sibilai, rimettendomi in piedi «sai come convincermi.»

«Ci puoi giurare.» Sorrise sornione. «E ora alza la guardia.»

Caricò un sinistro che mi prese alla spalla. Non aveva usato certo tutta la sua potenza, ma non ci era nemmeno andato leggero.

«Ahi!» Mi massaggiai il braccio. «Mi hai fatto male!»

«Non ti insulterò con delle carezze come ha fatto quello lì» ribatté Jak, scrollandosi i riccioli umidi dalla fronte. «O facciamo sul serio o tanto vale non farlo affatto. Vuole una donna d'acciaio? Una donna d'acciaio gli daremo.»

«Ti odio ancora di più quando hai ragione» sbuffai.

«Perciò sempre, Nailyn?»

«Sei un vero stronzo, sai?»

«Ah-ah, linguaggio» mi ammonì alzando un dito, prima di caricare un altro cazzotto che, miracolosamente, parai.

Le tremule fiamme delle candele proiettavano le nostre ombre sulle pareti. Sembravamo giganti fatti di tenebre che combattevano per il predominio di un impero. Due rivali pronti alla morte e al sangue.

Invece, eravamo due amici. *Solo* due amici.

Ci fermammo molto più tardi, a notte fonda. Restavano poche ore di riposo prima della sveglia comune. Ci separammo velocemente e tornammo difilato nelle nostre stanze, convinti di averla fatta franca un'altra volta.

Corsi per i corridoi illuminati dalle luci soffuse delle fiaccole. I miei passi non producevano alcun rumore. Vartadis mi aveva insegnato a muovermi silenziosamente. La porta del dormitorio cigolò nei cardini. Non controllai che Zinah fosse ancora addormentata, mi infilai diretta sotto le coperte e chiusi gli occhi.

Non ero così stanca da una vita. I muscoli bruciavano e i lividi cominciavano a scurirsi sulle braccia. Eppure ero felice. O, almeno, soddisfatta. Avrei dato prova di quel che valevo e il pensiero mi rasserenava. Era stato un allenamento duro, che mi aveva tenuta concentrata sui movimenti di Jak.

Ma non mi ero accorta degli occhi gelidi che mi seguivano nell'ombra.

26

Sedevo nello studio di Madre Sundriel.

Un fuocherello ardeva allegro nel camino. Le mani posate sulle ginocchia erano sudaticce per l'attesa. Due profonde occhiaie mi solcavano il viso, ma non avevo intenzione di rinunciare all'allenamento notturno che mi attendeva. Tantomeno di rinviare il colloquio con lei. Dovevamo riprendere da dove avevamo lasciato.

«Allora, cara, come ti stai trovando nel castello?» Sundriel sorseggiò rumorosamente il suo tè nero.

«Mi sto abituando» scrollai le spalle.

«Spero anche che tu stia cercando risposte nel libro che ti ha dato Juda.»

«Oh, sì.» A dir la verità negli ultimi giorni non ne avevo avuto il tempo, ma mi ripromisi di occuparmene al più presto. «Ho trovato una parte della Leggenda che non conoscevo. Quella che parla della Discendente.»

La vecchia posò la tazza sulla scrivania e annuì con aria gravosa. «Immagino ti confonda. Mi stupirebbe il contrario.»

«Cosa significa?» Mi sporsi in avanti. «Dice chiaramente che una seconda persona ha in mano il destino della Discendente… e quello del mondo.»

«Crediamo che si tratti di Jak,» spiegò Sundriel «a questo punto avresti dovuto capirlo.»

Ma sarà colui che arde d'amore per lei
a determinare il suo destino.

«Jak non...» negai, sussultando.

«Sono stata giovane anche io.» Sorrise. «Ricordo bene lo sguardo di un ragazzo innamorato.»

Inghiottii il boccone amaro. «Quindi secondo voi è Jak che deciderà per me?»

«Non credo sia così.»

«Non capisco. La Leggenda dice anche che la Discendente deciderà le sorti del mondo se sarà in grado di dividere cuore e ragione.»

«Vedi, la Leggenda del Fauno è rimasta una leggenda fino a quando il Ladro non ha rubato le Spade. Da lì in poi è diventata una vera e propria *profezia*. E le profezie sono per natura manipolabili e fraintendibili. Possono voler dire tutto come non voler dire niente.» Si poggiò contro lo schienale e unì le mani in grembo. «Noi crediamo che Jak abbia un ruolo chiave nella guerra che arriverà, ma non sappiamo in che modo. Dovrete scoprirlo voi.»

«E se vi foste sbagliati su di me? Se i miei occhi non volessero dire un bel niente?»

«Vorrebbe dire che i tempi non sono ancora maturi. E lo escluderei... Elfride ha delle visioni confuse, ma su di te sono molto chiare. Sei tu la Discendente.»

Avevo fatto i conti con la realtà che ero costretta ad affrontare, seppur non smettesse di provocarmi i brividi.

Ero la Discendente.

Ero la Discendente e una guerra, un intero mondo, dipendeva dalle mie scelte. Se avessi fatto la mossa sbagliata non avrei pagato solo io, ma tutti quanti.

«Posso parlare con lei?» tentai.

Il volto della Madre si scurì di colpo. «E perché mai?»

«Ho pensato che magari potrebbe rivelarmi qualcosa di più sulle mie origini. Forse ha *visto* qualcosa sui miei genitori e...»

«Elfride è stata già interrogata esaustivamente al riguardo» m'interruppe brusca. «Non sa nulla di più di quel che ti sto dicendo io.»

Al suo cambiamento improvviso di tono cadde un muro tra noi. Madre Sundriel si mostrò sotto una luce diversa. I capelli non sembravano più d'argento, ma di un comunissimo grigio. Gli occhi opachi erano piccoli e distanti, la bocca sottile increspata da profonde rughe ai lati, le labbra pallide come il resto del volto. Non c'era nulla di piacevole in lei. Come avevo potuto confonderla con una tenera anziana, prima di allora?

«Non fraintendermi» spiegò. «Desidero che Elfride non riceva stimoli dall'esterno. È una ragazza fragile, hai visto cosa è accaduto la sera della tua cerimonia.»

Annuii, ma non ero convinta. La Madre non voleva che sapessi qualcosa. E quella consapevolezza non fece altro che accendere la mia curiosità. Una scintilla che divampò in un incendio dentro di me.

«Capisco» mentii.

«Ne ero certa.» Sorrise soddisfatta, portando la tazza alle labbra. «Continuiamo con le domande?»

Non mi fidavo. Sentivo una nota stonata nell'aria, un vago sentore di menzogna. E non mi ero mai sbagliata, avevo un sesto senso affilato dagli anni passati per le strade. Sapevo fiutare il tradimento. Jak diceva sempre che se senti puzza di merda, è probabile che tu l'abbia pestata.

Non credevo che tutta la storia delle Sacre Dimore fosse una farsa. Elfride era la prova vivente che il mondo magico esisteva. Ma nessuno avrebbe mai potuto togliermi dalla testa che quella donna, che in quel momento stava tentando di capire se avessi abboccato all'amo, voleva impedirmi di scoprire un tassello fondamentale.

Sorrisi, amabile come non ero mai stata. Avrei giocato d'astuzia, sperando di porre le domande giuste e di saper interpretare le risposte leggendo i piccoli segnali delle sue espressioni. «C'era una pagina strappata nel libro di Juda.»

Sundriel annuì. «Ci sono diversi libri che riportano la Leggenda nel castello. Ognuno di questi riporta una pagina strappata... Credo che non ci sia nessuno in vita che sappia cosa dicesse.»

Mentiva.

Aveva inclinato la testa di lato, distolto momentaneamente lo sguardo, e incrociato le braccia al petto. Avevo imparato quei trucchetti studiando Jak. Sapevo smascherarlo solo con il linguaggio del corpo, e lei aveva appena commesso quei medesimi, impercettibili errori.

Elfride avrebbe potuto darmi delle risposte in più. Restava solo da capire come riuscire a parlarle lontano dalle orecchie di Sundriel.

E dovevo entrare nella sezione vietata della biblioteca. Lì poteva esserci una copia completa della Leggenda. Avrei trovato la chiave del cancello. E avevo qualche idea su dove potesse nascondersi.

Fortuna che ero una ladra.

«Dove pensi che sia la chiave?» Jak aveva ascoltato attentamente il mio resoconto.

«Se Madre Sundriel è saggia, l'unica copia rimasta ce l'avrà lei da qualche parte. Nel suo studio, probabilmente.»

Eravamo seduti nell'aula di Juda in attesa che iniziasse la lezione. Gli altri Adepti chiacchieravano tra loro.

«Più tardi farò qualche domanda alle monache della biblioteca, giusto per assicurarmi che non ci siano più copie complete.»

«Sono mute» constatò Jak.

«Ma non sorde.»

Strinse la mascella. «Fare troppe domande può essere pericoloso» osservò. «E se le tue sensazioni sulla vecchia sono giuste... Lyn, non voglio che ti metti nei guai.»

Mi morsi il labbro per impedirmi di scoppiare a ridere. «Proprio tu mi dici che mi vuoi fuori dai guai, Jak? Tu che mi hai insegnato a infilarmici?»

Si poggiò contro lo schienale della sedia. «Già... ti ho insegnato a infrangere *tutte* le regole.»

Le parole gli uscirono prima che potesse trattenerle. Mi lanciò un'occhiata carica di significato. Un silenzio denso e imbarazzante si interpose tra noi. Mi schiarii la voce e fissai gli occhi sulla pergamena che avevo davanti.

«Allora, che fai? Mi aiuti?» chiesi, torcendomi le mani.

Jak le afferrò tra le sue e le fermò. Il calore dei nostri palmi a contatto scacciò via tutto il nervosismo. «E me lo chiedi?»

«Sorella,» bisbigliai «avrei bisogno del vostro aiuto.»

La donna, che stava riordinando i libri negli scaffali impolverati, mi studiò in totale silenzio. Indossava una lunga tunica rossa, uno spesso velo del medesimo colore le nascondeva i capelli, e al collo portava una catena d'argento col ciondolo raffigurante le tre Spade incrociate. Il suo viso di pietra non faceva trasparire alcuna emozione, sembrava che dietro quegli occhi non ci fosse nessuno.

Le porsi il libro di Juda e lo aprii alle prime pagine. «Sapete dirmi qualcosa su questo simbolo?» Entrambe osservammo quella specie di croce capovolta.

La sfiorò col polpastrello e un cipiglio le si disegnò in viso. Scosse la testa.

Jak alzò gli occhi al cielo. Lo gelai.

«Che c'è?» Scrollò le spalle.

«Avrei davvero bisogno di scoprire cosa significa.» Mi morsi il labbro. «Pensate che sia possibile chiudere un occhio e, ecco... farmi dare uno sguardo nella sezione vietata?» Ammiccai verso il cancelletto di ferro che celava scomparti zeppi di libri coperti da strati su strati di ragnatele.

La monaca scosse ancora la testa.

«Sapete, questo colore vi dona parecchio...» intervenne Jak, piegando un angolo della bocca verso l'alto e abbassando il tono della voce di due ottave. Una fossetta comparve sulla guancia.

Se la monaca non fosse stata una monaca che aveva fatto sacro voto di castità al Custode, credo proprio che si sarebbe sciolta a terra. Io, dal canto mio, mi trattenni a stento dallo sbuffare e dal calpestare un piede di Jak con tutta la forza che avevo.

Comunque, la donna scosse la testa senza lasciarlo finire.

Ci scambiammo un'occhiata. Entrambi sapevamo che tanta segretezza poteva voler dire solo che… be', che c'erano segreti da proteggere. Niente che non avessimo già intuito.

«Grazie del vostro tempo, sorella» la salutai.

Si chinò leggermente e tornò a sistemare i libri sugli scaffali. Non che mi aspettassi davvero il suo aiuto. Ma dovevo tentare, dovevo accertarmi che non ci fosse realmente altro modo che intrufolarmi nello studio della Madre e rubare le chiavi.

«"Questo colore vi dona parecchio"» gli feci il verso, una volta fuori.

«Era incantata dal mio fascino» disse Jak gonfiando il petto.

«Jak, è *vergine.*»

«Ancora più divertente.»

Odiai la faccia da schiaffi che mi rivolse. Sbuffai.

«Sarà uno spasso rubare la chiave» affermò poi con un sorrisetto.

«Sarà fottutamente pericoloso,» precisai «non sappiamo di cosa siano realmente capaci in questo posto. Se Sundriel permette a Gazelle di punire fisicamente gli Adepti, credo che regni una politica piuttosto violenta. Temo le conseguenze.»

«Nailyn, noi ci siamo cresciuti nella violenza.»

27

Adhareo nacque dall'unione del dio dei boschi e della dea dei laghi. Mezzo uomo mezzo capra, ricevette in dono dai propri procreatori la magia.

Viveva nella natura riparandosi sotto grandi foglie sue amiche, e si scaldava alla luce del sole. Non recava danno ad anima viva, cibandosi di bacche ed erbacce infestanti. I draghi accendevano per lui focolari nelle notti più rigide, gli gnomi portavano grossi funghi in dono, le fate intrecciavano corone di fiori e lo intrattenevano con favole e risate argentine. Non c'era creatura incantata, grande o piccola, che non provasse per Adhareo il più puro degli amori.

Ma il peso del mondo magico era un fardello troppo gravoso per le sue spalle. I sonni venivano interrotti dai lamenti delle creature che pregavano per un'estate più lunga, un fiume più profondo, cibo più saporito. Tra i draghi e i basilischi era scoppiata una guerra; fate ed elfi litigavano per ogni pianta e fiore; gnomi e giganti puntavano le lame l'uno contro l'altro.

Adhareo, incapace di porre fine a ogni ribellione, supplicò suo padre di dividere con lui la responsabilità di quelle creature che gli si rivolgevano per ogni questione; ma il dio dei boschi si rifiutò.

Si rivolse allora a sua madre, dea dei laghi, che viveva in ogni piccola goccia di rugiada. Sporgendosi sopra una pozza d'acqua, certo di trovarla lì, implorò aiuto. Ma lei tacque, negando all'unico figlio che aveva un po' di riposo.

Col cuore gonfio di dolore, Adhareo affilò il pugnale che aveva ricavato da una roccia aguzza e si preparò al sacrificio che doveva a quei genitori che lo osservavano impassibili. Gli dèi erano esseri superiori, ma restavano attaccati a cose mortali e terrene come il sangue.

Grosse lacrime caddero dagli occhi buoni del Fauno che, la prima notte, catturò e uccise il più fedele dei suoi amici: Heldor. Nella morte, la Chimera del leone col corpo d'ariete sussurrò il proprio perdono ad Adhareo. Il Fauno, tremante, raccolse il sangue e lo mise da parte.

La seconda notte tagliò la gola a Selva, lupo col palco del cervo, suo più antico confidente. La creatura non si sottomise passivamente, sfoderò i denti in un ringhio e lo maledisse a mille anni di oblio se la lama lo avesse ferito. Non c'erano più lacrime sul volto di Adhareo, seppur il cuore gli dolesse per il crimine commesso. Raccolse il sangue della seconda Chimera e lo mise da parte.

La terza notte fu il turno di Astriel, cavallo con la testa dell'aquila che lo aveva portato sul suo dorso nelle lunghe cavalcate giovanili. Astriel chiuse gli occhi e si abbandonò al proprio destino. Adhareo, la cui anima si era indurita tanto da non riuscir quasi più a sentire il rimorso, uccise l'ultima Chimera. Raccolse il sangue del cavallo e lo mise da parte.

La quarta notte s'inginocchiò ai piedi di una collina e chiamò a gran voce gli dèi che lo generarono. «Madre! Padre! Ecco, questo è il mio sacrificio per voi!»

Tre barili colmi di sangue brillavano alla luce della luna. Tut-

te le creature del mondo magico si nascosero, timorose per il loro destino se si fossero avvicinati al Fauno traditore.

Una voce echeggiò nella valle. «Figlio» disse il dio dei boschi.

«Figlio» si aggiunse la dea dei laghi. «In cambio ti doniamo la conoscenza.»

«I miei più cari amici sono morti,» singhiozzò Adhareo «il mondo magico mi teme. Sono rimasto solo!»

«Nailyn,» m'interrogò Juda e io tirai su lo sguardo dal testo che stavamo analizzando «quale fu la risposta degli dèi?»

Ci riflettei un istante. «Gli dissero che ogni desiderio doveva essere pagato con un sacrificio. E gli svelarono il modo per alleggerirsi le spalle dal peso della magia.»

Io e Jak avevamo studiato a lungo con Mida. E avevamo approfittato anche delle nostre illecite notti d'addestramento per ritagliare uno spazio per lo studio del grande tomo rosso. Se volevamo passare inosservati, dovevamo riuscire a mescolarci tra gli Adepti. Avremmo imparato tutto quello che c'era da sapere.

Fiutavamo aria di cambiamento. C'era una guerra fuori dalle porte del castello, e l'interno era abitato da vipere. Dovevamo prepararci ed essere pronti a tutto.

«Molto bene» annuì soddisfatto. «Jak, cosa fece Adhareo? Qual era il segreto che gli venne rivelato?»

«Doveva tornare nei luoghi in cui aveva ucciso le Chimere e forgiare tre Spade, le stesse che poi temprò nel loro sangue» rispose subito.

«E poi intervenne un certo Ladro dagli occhi scarlatti,» cantilenò Zinah «soffiò sulla lunga candela e rubò le Spade. *Pouf*, sparite nel nulla.»

La classe si voltò a guardarmi, come se al posto mio, sulla sedia, fosse seduto il Ladro in persona.

Zinah, dall'altra parte dell'aula, mi sfoderò un sorriso tagliente. Aveva in testa qualcosa. D'istinto irrigidii i muscoli, pronta ad attaccare.

«Per oggi potete andare» ci liquidò Juda.

La classe si svuotò in fretta. Io e Jak fummo gli ultimi ad alzarci dai banchi. Mida ci aspettava all'ingresso: ci attendeva un lungo pomeriggio a catalogare piante e a imparare le varie proprietà di ognuna.

«Nailyn» mi fermò il professore di Storia.

Jak si arrestò alla porta, deciso a non lasciarmi indietro.

«Arrivo subito» lo rassicurai.

Lui guardò l'insegnante per qualche secondo e, decidendo che non era una minaccia, mi lasciò sola.

«Non ho potuto fare a meno di notare i tuoi progressi in quest'ultima settimana» cominciò Juda.

«Anche Jak è migliorato.»

«Ma stiamo parlando di te adesso, giusto?» Alzò un sopracciglio. Aveva una larga fronte che si confondeva con la testa calva, le guance un po' cascanti e gli occhi chiari che celavano un tormento profondo.

«C'è qualcosa che volete chiedermi?» andai al sodo.

«Volevo solo assicurarmi che stessi cercando le risposte alle tue domande. So che hai avuto un paio di colloqui con la *Madre*.» La voce gli si piegò in una nota strana.

«Sì, è stata molto... disponibile.»

Juda mi valutò con sospetto. «C'è qualcosa che ti turba? So che Sundriel sa essere vaga, quando vuole. Posso provare a darti una mano io.»

Inutile dire che non mi fidavo. Temevo che la Madre avesse raccontato a Juda del nostro scambio e del mio desiderio di rivolgermi a Elfride.

«Niente in particolare, no» affermai, decisa.

Lessi stima nel suo sguardo. «Non so se offendermi o essere fiero del fatto che non ti fidi.» Si sporse un po' più verso di me. «So che la Sacra Dimora di Heldor può risultare ostile, per usare un eufemismo. Ma voglio che tu sappia che non devi temere alcun male da me. In ogni caso sarei più tranquillo se continuassi a non fidarti.»

«Il vostro discorso è un tantino contraddittorio.» Mi sporsi a mia volta.

Juda sogghignò e si appoggiò alla cattedra. «Sono certo che hai capito.»

«Perché volete aiutarmi?»

Sembrò pensare alla risposta per un lunghissimo istante. «Perché tu ne vali la pena.»

28

«A terra!» urlò Reywind.

Era una giornata di pioggia. Grosse gocce mi colpivano la schiena. Tra gli Adepti non erano volate proteste quando l'istruttore di Combattimento aveva ordinato loro di rimanere sotto il diluvio. Ma ora sembravano tutti esausti; me compresa.

La maglia della divisa mi aderiva perfettamente al corpo e ciocche di capelli biondi mi gocciolavano ai lati del viso. I muscoli bruciavano, neanche il gelo di quel temporale riusciva a placare la sofferenza.

«Sulla schiena, ora!» ordinò Reywind.

Un'altra sessione di addominali e sarei morta lì, nel fango. Jak rispose agli ordini con obbedienza e rigore, non mostrava alcun segno di cedimento. Era forte, sopportava bene quell'allenamento.

Devis e Zinah avevano tenuto duro fino a quell'ultimo ordine. Si accasciarono infine al suolo col fiato corto.

Mida, che sapeva dosare l'energia, continuava a contrarsi pur col viso arrossato dallo sforzo. Maia e Peter si erano arresi quasi subito, e se ne erano dovuti rimanere immobili sotto la pioggia senza il permesso di andare a ripararsi. Gelidi e tremanti, avrebbero anche potuto piangere e nessuno se ne sarebbe accorto sotto l'acquazzone che infuriava.

Il cielo nero si prendeva tutta la mia visuale. Ero sdraiata sulla schiena, braccia e gambe larghe. Avrei mollato, lo avrei voluto davvero. Ma dovevo concedere ai muscoli un po' di riposo.

«Ti arrendi?» La testa di Reywind fece capolino nella mia visuale, riparandomi per un istante. La maglietta nera era diventata una seconda pelle che gli fasciava il fisico scolpito.

Era. Tutto. Muscoli.

Con le mani intrecciate dietro la schiena, le spalle sembravano ancora più larghe. Attraverso il tessuto potevo scorgere il rilievo di una spessa cicatrice che gli attraversava il pettorale.

Una parte di me voleva gelarlo sul posto, l'altra voleva sciogliersi per lui. Era bello. Reywind era *fottutamente* bello. E per quanto fosse consapevole del proprio corpo, non sembrava attribuire importanza a quel fascino pericoloso.

Jak mi lanciò un'occhiata, per incoraggiarmi a non arrendermi. I riccioli fradici gli si erano incollati al collo e alla fronte. La cicatrice che gli deturpava il volto era un po' più rosa del solito.

Strinsi i denti e mi tirai su, ancora una volta.

E ancora.

E ancora.

E ancora.

Reywind studiò ogni mio movimento. La mascella dura gli si contrasse in un guizzo. Disprezzo? Soddisfazione? Non avrei saputo dirlo. Le sue espressioni erano sempre lievi, tranne la rabbia. Quella traspariva, decisa, da ogni linea rigida del volto, come se fosse nato per non provare altro sentimento.

«In piedi!» urlò, senza staccarmi gli occhi di dosso.

I capelli castani, ora grondanti acqua, erano diventati tanto scuri da sembrare neri. Sulle lunghe, fitte ciglia tremolavano gocce, come lacrime. Si passò una mano sul mento, accarezzando l'accenno di barba, e tornò di fronte alla fila esausta degli Adepti.

Avevo il fiato corto. Jak, che sembrava ancora fresco come una rosa, si accostò a me e io mi appoggiai contro il suo corpo. Attraverso i vestiti fradici potevo sentire il calore della sua pelle e la curva dei suoi muscoli duri e tesi.

«Siete deboli,» iniziò Reywind guardandoci a uno a uno «vi addestrate in questa accademia da mesi e siete riusciti a farvi battere dai nuovi arrivati.»

Avrei voluto non sentirmi orgogliosa, ma un calore mi bruciò nel petto a quelle parole. I brividi di freddo scomparvero all'istante. Avrei avuto tutta la notte per tirare su col naso e sudare per la febbre. Ora, volevo godermi quell'attimo di soddisfazione.

«Vi umiliate da soli.» Reywind incrociò le braccia al petto. «Prima di tornare all'asciutto nel castello, vi farete due giri di corsa lungo il perimetro delle mura. Tutti voi» ordinò, accennando a Maia e suo fratello. Oltrepassò gli Adepti non degnando nessuno di uno sguardo.

«Maledetto bastardo» ringhiai.

«Non osare aggiungere "affascinante"» commentò Jak, leggero.

Alcuni di noi finirono in infermeria. Io e Jak non ci eravamo dati appuntamento nella biblioteca come al solito. Avevamo bisogno di riprenderci. Anche se in realtà lui stava alla grande. Io, però, non riuscivo quasi a muovermi.

Maia quella notte aveva iniziato a delirare. Urlava nel sonno frasi sconnesse che svegliarono l'intera camerata.

Zinah aveva minacciato di sgozzarla, se non avesse smesso di lamentarsi. Perciò raggiunsi la ragazzina e la convinsi ad alzarsi dal letto. Scottava, aveva bisogno di cure. Quando uscimmo dal dormitorio, una guardia ci venne incontro con aria minacciosa. Gli spiegai la situazione e lui stesso ci condusse dalle curatrici.

Sdraiati sui lettini trovammo Peter, che sembrava dormire tranquillo, e uno dei ragazzi più grandi che non riusciva a smettere di starnutire.

«Febbriciattola mostriciattola, hai la pancia che ti ciancia?» La voce suadente di Gazelle ci giunse da un angolo buio.

La donna emerse, avvolta in un sottile mantello verde smeraldo dello stesso colore degli occhi. I fitti ricci scuri erano un po' scompigliati, come se fosse stata china a preparare pozioni per tutta la sera. Teneva tra le lunghe mani affusolate un'ampolla con un liquido nero.

«Professoressa,» avanzai, stringendo Maia per le spalle «stava delirando. Credo che abbia la febbre alta.»

Gazelle fece schioccare la lingua contro i denti e afferrò il mento della ragazzina. La osservò negli occhi e sorrise serpentina. «Oh sì, sì. Febbre, proprio così.»

Quel suo strambo modo di parlare avrebbe potuto farmi saltare i nervi. Sbuffai spazientita. «Be', potete aiutarla?»

«Impertinente» ribatté, il volto improvvisamente scuro.

Ero certa che fosse sul punto di prendermi a schiaffi, ma quando Maia svenne a terra tornò a concentrarsi su di lei.

L'aiutai a farla sdraiare su un lettino, poi Gazelle squittì soddisfatta. «Torna a letto, è pericoloso gironzolare per il castello senza permesso.»

«Dovevo accompagnar...»

«Torna a letto» cantilenò, dandomi le spalle.

Roteai gli occhi e mi avviai. La guardia che ci aveva condotte fin lì era sparita. Camminai piano per i corridoi, cercando di ritrovare la strada. Mi accompagnavano inquietanti bisbigli e scricchiolii, e le torce ardenti appese alle pareti proiettavano la mia ombra allungata sul pavimento in pietra. Accarezzai il pugnale che tenevo nascosto al fianco.

Una vocina sottile mi arrivò all'orecchio. «Solo Amanda lo sapeva» Elfride sembrava stanca.

«Bambina, devi esserne sicura» sbirciai nella fessura di una porta socchiusa e vidi Madre Sundriel accarezzare i lunghi capelli bianchi della Veggente.

«Non posso conoscere ogni segreto, Madre» ribatté lei, piccata.

«Lo so, lo so.» Erano sedute su un vaporoso letto bianco.

Alle pareti erano appesi strani disegni fatti col carboncino. Un'alta pila di libri traballava ai piedi del letto. Era pieno di piante ovunque, sul comodino, sul balconcino della finestra, sopra l'armadio, accanto alla porta.

«Non possiamo rischiare. Devi fare un ultimo sforzo, dolce figlia.» Madre Sundriel stava sfilando gli ultimi boccioli di rosa dalla lunga treccia di Elfride.

La bambina tremava nel suo sottile vestito dai veli trasparenti. Aveva la schiena ricurva e sembrava tutt'altro che mistica. Pareva una ragazzina impegnata nel vano tentativo di sopportare l'oppressione della madre.

Annuì, arrendevole. Piegò la testa all'indietro e rovesciò

gli occhi. Una goccia di sangue le colò dal naso e le labbra si mossero senza emettere alcun suono. Gli occhi opachi di Sundriel brillarono di speranza.

«*Morti son coloro che conoscevano l'intera Leggenda.*» Sentii quella sua voce ariosa echeggiarmi tra le pareti del cranio. «*Quasi tutti.*»

«Chi? Chi, bambina mia?» La donna si sporse su di lei, senza riuscire a trattenere la fretta nel tono.

«*Prima di scoprirlo, sarai morta.*» Quell'ultima frase suonò come una sentenza.

Dalla gola di Elfride crebbe un suono gutturale e profondo. Si accasciò contro i cuscini e perse i sensi.

«Morta? No» urlò Sundriel. «Svegliati!» La scrollò violentemente, ma lei restò addormentata.

La donna gemette di frustrazione. Si passò le dita tra i capelli e imprecò piano. Rimasi a osservarla, incapace di distogliere lo sguardo. Singhiozzò per un lungo minuto poi, d'improvviso, sollevò la testa e si mise ad annusare l'aria. Lentamente si girò verso di me.

Mi tirai in fretta indietro. Non attesi di sentire i suoi passi che si avvicinavano, e corsi via senza fare alcun rumore. Raggiunsi i dormitori col cuore in gola e un nome che mi risuonava senza tregua nelle orecchie.

Amanda. La moglie di Viktor.

29

«*Fa' qualcosa!*»

Il solito sogno. Mi svegliai di soprassalto, imperlata di sudore, e mi guardai attorno.

Non era ancora l'ora della sveglia, le altre Adepte dormivano sodo. Nonostante fossi veramente stanca, sapevo che non sarei riuscita a riaddormentarmi.

Fuori dalle vetrate il cielo si stava pian piano tingendo dei colori dell'alba. Sulle mura le guardie si davano il cambio.

M'infilai gli scarponcini, indossai la divisa da combattimento e uscii dalla camerata. Il castello era ancora silenzioso. Le fiaccole ardevano tremolando al mio passaggio. Decisi che sarei andata a controllare come stesse Maia. Quando arrivai, la trovai raggomitolata nelle coperte con suo fratello stretto tra le braccia. Ora stavano entrambi molto meglio, perciò decisi di non rischiare di svegliarli e me ne tornai sui miei passi.

Non mi restava altro da fare se non passare del tempo china sui libri in biblioteca. Costeggiai il corridoio, le cui finestre davano sui giardini, ancora una poltiglia di fango dopo l'allenamento sotto la pioggia del giorno prima.

Con la coda dell'occhio notai muoversi una figura solitaria. Mi affacciai e trovai Reywind che si allenava con la spada. Era a torso nudo, madido di sudore nonostante il freddo pungente della mattina. Affondava e scartava, combattendo contro un avversario immaginario. I muscoli della spalla scattavano a ogni colpo. Sembrava una danza, non avevo mai visto nulla di più elegante. Ero abituata alla brutalità dei bassifondi di Vartadis, dove una lametta arrugginita era l'arma prediletta dei ragazzini cenciosi.

Quella di Reywind era una signora spada e il suo braccio ne era il perfetto padrone. Saltava da un piede all'altro, più leggero di una piuma, turbinando come un uragano. Per ultimo s'inginocchiò e piantò la lama nel terreno molle. La testa piegata in un inchino.

Anche da quella distanza riuscivo a vedere le piccole gocce di sudore che gli scivolavano sul collo, poi lungo la schiena e il torace disegnando lucide scie, come dita che accarezzano la pelle.

Senza preavviso, si voltò verso le vetrate a cui ero affacciata. I nostri sguardi s'incrociarono ancor prima che potessi accucciarmi e nascondermi. Aveva senz'altro pensato che fossi una pervertita guardona che lo osservava allenarsi senza pudore, violando un momento così intimo come il confronto personale tra corpo e mente.

La mandibola gli si serrò, ma notai comunque il guizzo delle labbra. Sembrava avesse represso un sorrisetto, ma avrei potuto tranquillamente essermelo immaginato.

Gli occhi gelidi m'indagarono a fondo, paralizzandomi sul posto. Una scarica elettrica mi percorse il corpo. Mi detestavo per quella reazione. Io *odiavo* Reywind. Ma se il mio cervello pensava una cosa, il mio corpo sembrava volerne un'altra.

Raccolsi tutta la forza di volontà che avevo e mi allontanai dalla finestra. Raggiunsi la biblioteca e rimasi barricata lì dentro fin quando non venne l'ora della colazione.

«Che hai?» mi domandò Jak, sbocconcellando un panino farcito di composta alle mele.

«Nulla» scrollai le spalle.

«Sembri nervosa.»

«Sai, Jak, il modo migliore per far arrabbiare sul serio una persona è farle notare che è nervosa.»

«D'aaaaccordo.» Posò il panino nel piatto e si leccò le labbra. Si mise poi a cavalcioni sulla panca concentrando ogni grammo di attenzione su di me. «Sono tutt'orecchi.»

Alzai gli occhi fissandoli al soffitto. «Custode, non potevi mandarmene uno meno ficcanaso?»

«Attenta a ciò che desideri,» disse con voce bassa e vibrante «potrebbe punirti mandandotene uno meno bello.» Strizzò l'occhio.

Scossi la testa, esausta. Cercare di tenergli nascosto qualcosa era un'impresa impossibile. Perciò gli raccontai di quel che avevo sentito la sera prima, dello scambio tra Sundriel ed Elfride. Omisi, però, l'incontro con Reywind di quella mattina.

«Sono sempre più convinto che dovremmo muovere il culo e rubare quella cazzo di chiave» commentò lui.

«Dobbiamo aspettare il momento giusto» replicai. «Credo che la Madre abbia fiutato il mio odore nell'aria. Ora starà ancora più attenta.»

Jak annuì. I riccioli gli ballarono sulla fronte. «Ho una buona notizia.» Sorrise, e due fossette gli comparvero agli angoli della bocca.

Esisteva un sorriso più dolce e sincero? E contagioso, aggiungerei.

«Ovvero?»

«Il mastro fabbro si è fratturato un polso in un momento di distrazione e ha bisogno di un aiutante. Mi sono offerto di aiutarlo.»

«Jak! Ma è fantastico!»

«Vediamo se la tua testa di gallina arriva all'intuizione che ho avuto io.» Alzò un sopracciglio.

Ci riflettei un istante, poi mi illuminai. «Jak.» Gli presi la faccia tra le mani. «Sei un genio!»

«Lo so» rispose, la voce distorta dalle mie mani che gli premevano sulle guance.

«Se siamo bravi e riusciamo a rubare la chiave, tu puoi doppiarla nella fucina. Così possiamo rimetterla subito al suo posto e la Madre non si accorgerebbe di nulla. Jak, in questo momento potrei baciarti!» mi sfuggì.

Lui mi guardò con due occhi come buio fuso. «Fallo.»

30

Decidemmo di aspettare che la Madre abbassasse la guardia prima di rubare la chiave che avremmo cercato nel suo studio. Jak, intanto, prendeva dimestichezza con gli strumenti della fucina di Mastro Turild, che nei giorni a seguire cominciò persino a provare un certo affetto per lui.

Le doti di Jak vennero presto notate da tutti nella Sacra Dimora, al punto che gli furono commissionate spade d'allenamento senza affilatura, vari pezzi di armature e riparazioni d'ogni genere. Era entusiasta del tempo che passava nella fucina. Ben presto venne congedato dalle lezioni perché Turild avesse potuto assumerlo come apprendista personale, a patto che si occupasse egli stesso dell'istruzione del ragazzo.

Il tempo che potevo passare con Jak si ridusse agli allenamenti con Reywind e ai pasti. E anche se sentivo la sua costante mancanza, ero contenta che fosse tanto assorbito da qualcosa che, era evidente, amava sul serio.

Mi stavo allenando insieme agli altri Adepti con una delle spade forgiate da lui. In un lungo attimo di distrazione, mi persi a studiarlo maneggiare la spada. Non gli avevo mai visto un'arma del genere tra le mani, ero abituata a vederlo combattere con i pugni.

Con la spada aveva un'aria più precisa e... attraente. Quando percepì i miei occhi indugiare sul profilo dei suoi muscoli, mi sorrise con calore. Avvampai e distolsi lo sguardo in fretta, ma era servito a poco perché ormai il suo viso brillava di speranza.

«Molto bene.» Reywind annuì congedando Mida.

Si erano battuti in uno scontro pulito. Il ragazzo non era riuscito a sopraffare il maestro, ma non si era comunque fatto sottomettere e tanto bastava a lasciarlo soddisfatto.

«Nailyn» chiamò.

Era la prima volta che pronunciava il mio nome. Nella sua bocca aveva un sapore diverso, esotico e speziato. Non avevo mai avuto quest'impressione con nessun altro. La lingua gli schioccò contro il palato, come se lo stesse assaporando.

Tirò fuori dalla tasca posteriore dei pantaloni uno straccio con cui lucidò la spada. Strofinava la lama con movimenti al limite dell'erotico. Senza alzare il mento, sollevò un sopracciglio con aria interrogativa.

Lo avevo visto combattere da solo una mattina di qualche tempo prima, sapevo che era un ottimo spadaccino. Ma sapevo che anch'io me la cavavo piuttosto bene. Le lame erano mie amiche.

Assunsi la mia espressione combattiva, quella che sfoggiavo per le strade di Vartadis, consapevole che incutere timore era la prima forma d'attacco. Reywind non si sarebbe lasciato intimidire da me, ma lo avrei costretto a osservare un certo rispetto.

Mi avviai verso la rastrelliera e raccolsi una spada. La soppesai passandomela da una mano all'altra e mi lasciai sfuggire un sorrisetto soddisfatto. Andai di fronte a Reywind che mi attendeva rigido come una statua. Mi congelò passandomi addosso i suoi occhi di ghiaccio.

«Pronta?» La sua voce bassa e vibrante mi tremò nello stomaco.

Guardai tra la folla di Adepti e individuai Jak. Teneva le braccia incrociate al petto e le gambe leggermente divaricate. Un angolo della bocca curvato all'insù gli fece comparire un accenno di fossetta. Chinò leggermente il capo in segno d'incoraggiamento.

Posizionai i piedi e attesi il primo colpo. Reywind si mosse fulmineo menando un fendente che schivai piroettando di lato. Sollevai la lama e mirai al collo, pronta a fermarmi a pochi millimetri dalla pelle. Ma lui intercettò svelto il colpo e la sua spada si abbatté contro la mia in un clangore assordante di metallo. Dalle lame incrociate a pochi centimetri dai nostri volti schizzarono scintille.

«Sei rude,» sibilò «combatti come una delinquente.»

Spinse e mi costrinse a fare qualche passo indietro.

«Te l'ho già detto. Io *sono* una delinquente.»

Tornai alla carica con una pioggia di colpi. Li parò tutti, ma lo avevo comunque colto di sorpresa. Sollevai la spada, Reywind però mi bloccò il polso forzandomi a mollare la presa.

«Te l'ho già detto,» replicò, la voce bassa e suadente «non più.» Prima che riuscisse a farmi perdere l'arma, lo colpii con un ginocchio allo stomaco. Si piegò trattenendo un gemito che lo costrinse a liberarmi. Ora una furia gli cresceva nello sguardo. Mi aveva sottovalutata e si era fatto prendere alla sprovvista.

Se fino ad allora ci era andato piano, adesso non si sarebbe più lasciato condizionare dalla mia poca esperienza in accademia. Era più forte, più alto, aveva le braccia più lunghe e i suoi affondi arrivavano a destinazione prima dei miei. Ma io ero più veloce e, anche se con qualche incertezza, schivai e parai ogni colpo. I nostri piedi si muovevano in una danza improvvisata, bastava un passo falso per perdere la partita.

Reywind non poteva concedermi la vittoria di fronte a tutti, e io non volevo arrendermi. Ma non stavo più giocando d'attacco: il mio era uno schema di difesa e trovare un'apertura era impossibile.

Mi sopraffece. Inciampai e caddi sulle ginocchia. Sollevai la spada per parare l'attacco con cui mi avrebbe potuto colpire alla testa. La sua forza era difficile da contrastare con una sola mano, perciò spinsi con l'altro palmo il piatto della mia spada e tentai di risollevarmi.

«Non hai eleganza» commentò, guardandomi come se fossi un insetto da schiacciare.

«E tu sei un cazzone egocentrico,» mi sfuggì dalle labbra, la voce contratta dallo sforzo «perlomeno io conoscevo la portata del mio avversario. Tu non sapevi che ti avrei messo in difficoltà.»

«Stai insinuando che non ti ho osservata abbastanza?» Un sorrisetto gli incurvò leggermente le labbra lisce e piene. C'erano più significati in quella provocazione.

Tirò via la sua lama per caricare subito dopo. Ancora bloccata sulle ginocchia, parai un fendente che vibrò sull'acciaio. L'arma mi scivolò dalla presa.

Studiai la spada slittare lontano sul prato umido. Sollevando lo sguardo incrociai gli occhi gelidi di Reywind che mi guardava col mento alto in segno di superiorità. Il sole gli splendeva dietro la testa come una corona di fuoco, i capelli erano fiamme che tremolavano al vento gelido.

Chinai la testa, in segno di sottomissione. Fra gli Adepti si alzò un mormorio eccitato.

Distinsi chiaramente la voce di Jak. «Alzati, Lyn.»

Rimasi con le ginocchia nel fango e lo sguardo sui fili d'erba che oscillavano tranquilli. Sapete cosa fanno i ratti quando il predatore non gli lascia via di fuga? Si fingono morti.

«Ti arrendi?» domandò, e dal suono della voce capii che stava sorridendo.

Avevo perso la spada, e quella di Reywind era puntata contro di me. Le ginocchia premevano contro il terreno. Ero in netto svantaggio. Ma su una cosa tutti loro sbagliavano: non ero affatto disarmata. Allungai lentamente le dita allo stivaletto e sfiorai l'impugnatura del pugnale.

«Sì» risposi. Ma prima che potesse ritirarsi dal gioco aggiunsi: «Sì, credo proprio che tu non mi abbia osservata abbastanza».

Sfilai fulminea il pugnale, feci pressione su una gamba e mi tirai su. Schivai in fretta la spada che teneva puntata contro di me e superai la portata del suo braccio. Ora il mio pugnale gli sfiorava il pomo d'Adamo, che si mosse su e giù. Eravamo tanto vicini che riuscii a sentire quel suo vago aroma di vaniglia e il calore del suo respiro che mi solleticava le labbra.

«Ti arrendi?» sussurrai.

I suoi occhi, più chiari del cielo, lampeggiarono. Quel volto di pietra si contrasse di un'ammirazione che tentò di reprimere.

Eravamo troppo vicini perché potesse colpirmi con la spada. Portò una mano alla lama del pugnale e la strinse tra le dita. Non si tradì mostrando sofferenza, e mi abbassò con forza il braccio. Gocce di sangue scarlatto gli colarono dalla presa.

«L'incontro è finito» sentenziò, in un sibilo.

Rimasi imbambolata a guardare il vuoto per un tempo interminabile, tanto che quando mi riscossi erano spariti tutti. Solo Jak era rimasto al mio fianco. Mi guardava con lo stesso sguardo di quando a Vartadis ci mettevamo nei casini e riuscivamo a farla franca con l'astuzia.

«Ottimo lavoro, credo di essermi emozionato più del dovuto» commentò sornione.

Osservai la lama del pugnale, ora sporca di sangue. Il sangue di Reywind.

Nei giorni che seguirono non feci altro che pensare allo scontro con Reywind. A seguito dell'incontro, si era presentato agli allenamenti con la mano fasciata. Mi ero aspettata di essere punita, ma nessuno aveva più fatto menzione della cosa.

Le sue lezioni trascorsero l'una uguale all'altra. Continuava a scontrarsi con gli altri Adepti per testare le loro capacità e, spesso, ne rimaneva amaramente deluso.

Io me ne restavo tranquilla nel mio spazio a limare via tutte quelle imperfezioni che mi facevano combattere come una bandita, anche se a dir la verità erano il mio tratto distintivo. Cercai di non ripulirmi troppo.

Comunque, non avrei saputo dire se stessi facendo un buon lavoro, perché Reywind si era ostinatamente deciso a ignorarmi. Non era più venuto a correggermi con quella sua aria di disprezzo e superiorità. Non esistevo.

E, al contrario di quel che avrei dovuto provare, ne ero felice. Non si è forzatamente indifferenti a qualcuno se quel qualcuno non ti ha turbato. E io lo avevo senz'altro turbato.

Trascorsero settimane e l'inverno calò come un manto bianco sulla Sacra Dimora di Heldor. Il freddo faceva battere i denti nonostante i camini accesi in ogni stanza. Nelle notti in biblioteca io e Jak eravamo talmente infreddoliti che non riuscivamo a fare a meno di starcene appiccicati l'uno all'altra.

I giorni passavano e la Madre sembrava sempre meno diffidente. Il tempo di rubare la chiave era più prossimo che mai.

Con Juda non avevo avuto più occasione di parlare. A dir la verità ero io che evitavo qualsiasi tipo di confronto. Quella frase, la stessa che mi aveva rivolto Silver Hale, mi aveva scosso nel profondo.

Perché tu ne vali la pena.

Continuava a tornarmi in mente, distraendomi dalla lezione. Il professore stava spiegando i significati di antichi segni tracciati sulla lavagna, strani simboli che la mia mente avrebbe fatto presto a scordare, soprattutto perché ero completamente altrove.

Perché tu ne vali la pena.

Sembravano passati millenni da quando avevamo messo piede su *Battito*, la nave che si mormorava ospitasse all'interno del timone un cuore vero. Cuore donato alla polena dal re dei mari per offrirle la vita.

Silver Hale indossava il ciondolo delle tre Spade incrociate, simbolo della confraternita di fedeli a cui Viktor aveva venduto me e Jak. Il Capitano era stato gentile, sembrava uno dei buoni. Eppure, nonostante le credenze fossero le medesime, non ero sicura che lui e le Sacre Dimore combattessero per la stessa causa. C'era una nota diversa nel modo in cui osservavano la fede del Fauno.

E studiando Juda parlare con tanto ardore agli Adepti, intuii che lui era proprio come Silver Hale. Un *giusto*, in qualche modo.

«Pensiamo che questo significhi che...»

L'insegnante venne interrotto dal suono affrettato di scarponi sul pavimento in pietra. Pochi istanti dopo, sulla soglia apparve un ragazzotto in livrea rossa con le tre Spade incrociate cucite sul petto e gli occhi fuori dalle orbite.

«Juda...» Aveva il fiato corto per la corsa. «Juda, la Madre ha convocato tutti quanti nella sala centrale.» Sembrava terrorizzato.

«Cosa è successo?»

«La regina Jaismid... ha mandato una staffetta.» La classe trattenne il respiro. La regina limitava al minimo i rapporti con la Sacra Compagnia. I rischi che qualche occhio curioso conoscesse più di quel che gli era consentito sapere erano troppo alti.

«Re Aronne è morto.»

Un manto di paura coprì l'intero castello. Re Aronne era un uomo forte, giovane, che aveva visto nascere il primogenito solo qualche luna addietro.

Nel punto il cui la Leggenda era stata strappata via da tutti i libri, si parlava di "sangue reale". Non avevo dubbi che tra i membri della Legione Oscura si mormorasse che nelle vene del principino non scorresse solo sangue blu, ma anche quello profetico dei Prescelti. Che il re fosse morto all'improvviso, dava da pensare che qualcuno avesse tentato di mettere le mani sul neonato. E che avesse fallito, fortunatamente.

Eredros era ora senza un re. E il suo successore era troppo giovane per ascendere. Fu per me come sentire la terra tremare sotto i piedi. Un regno senza un re era un regno che rischiava di soccombere sotto le aspirazioni dei più potenti. Vartadis stava per sprofondare nel caos.

E la regina Jaismid era in pericolo. Proprio come nei sogni che mi avevano perseguitata.

31

Il castello sembrava un vespaio.

La morte del re aveva mandato Adepti e professori in totale confusione. La regina Jaismid non avrebbe trovato amici a corte.

Si vociferava che Gaspare Borne, tesoriere del regno, fosse un ragno velenoso in affari con i peggiori sicari di Vartadis. Non avrebbe esitato a tagliare la testa alla vedova, se le sue tasche avessero iniziato a diventare sempre più leggere. E si sa, quando un re muore, la crisi economica colpisce il popolo come una frusta.

Una nuova monarchia avrebbe potuto risanare il reame, qualcuno pronto a prendere la guida di un popolo che stava per sprofondare nella paura e nell'insicurezza avrebbe potuto rimettere in ordine le cose.

Chi avrebbe trattato con gli altri regni, altrimenti? Chi avrebbe gestito il commercio? Chi avrebbe fatto rispettare la legge reale? Il principe Gioele era solo un infante, non avrebbe potuto sedere sul trono.

E nessun cortigiano, generale, tesoriere avrebbe mai preso ordini da una donna. Soprattutto perché le circostanze della morte di re Aronne erano alquanto sospette.

La Madre, nel lungo discorso che aveva tenuto sulla grave situazione che stava per sommergerci come un'onda, aveva spiegato che il re era in ottima salute. Si era ritirato negli appartamenti reali insieme alla regina consorte e, pochi minuti dopo, le guardie avevano sentito la donna urlare disperata. Quando erano riusciti a buttare giù la porta, re Aronne era steso a terra su un fianco, la bocca schiumante saliva e sangue. Era stato avvelenato.

E il veleno è un'arma da donna. C'era chi credeva che la regina Jaismid avesse ucciso il marito per prendere il controllo del regno. La legge prevedeva che, in caso di morte del regnante, poteva succedergli al trono la regina *solo* nel caso in cui avesse concepito un erede maschio. E si dava il caso che il principe Gioele non avesse che qualche settimana di vita.

Ma il popolo sapeva che, nonostante fossero stati uniti in un matrimonio combinato, re Aronne e la regina Jaismid si erano consumati d'un amore che in poche occasioni si era visto al trono. Eppure, era pronto a puntarle il dito contro, indifferente alla sua sofferenza. Era stata una regina amata da tutti, fin quando i ragni di Gaspare Borne non avevano iniziato a sussurrare accuse pericolose.

«C'è da sperare che il generale Florent sia dalla sua parte» sussurrò Jak, mentre ci dirigevamo all'esterno per l'allenamento con Reywind.

Sarebbe stato una sessione più dura del solito. Nonostante splendesse un sole accecante, ogni cosa era coperta da uno spesso strato di neve.

«La regina ha già perso l'appoggio economico, inimicandosi Gaspare Borne. Speriamo che Florent le assicuri il sostegno militare.»

«Questa, da quando ce ne siamo andati, è la prima volta che sono felice di non essere a Vartadis» mi confidò.

Portai istintiva la mano al ciondolo con la campana. Non c'era stato attimo in cui non avessi sentito la mancanza del profumo di spezie nelle vie, del profilo nero dei palazzi, e persino del vociare degli ubriaconi a notte fonda. La capitale del reame non era mai stata un luogo tranquillo, ma mi si riempì il cuore di dolore al pensiero che in quel preciso istante stesse affrontando la peggiore delle crisi.

Ribellioni sarebbero nate e sarebbero state soppresse, ragazzini come noi avrebbero sofferto ancor di più la fame, i vicoli bui non avrebbero più concesso protezione a nessuno.

«Sì...» mormorai.

«Però,» si sporse verso di me «potremmo approfittare della distrazione generale per rubare la chiave ora.»

Gli occhi di Jak erano luminosi come due soli in eclissi. Madre Sundriel era concentrata sulla perdita di potere della regina Jaismid. Era lei che finanziava ogni azione e missione delle Sacre Dimore. La morte di re Aronne colpiva direttamente anche la causa del Fauno.

«Facciamolo stanotte» concordai.

Madre Sundriel stava presidiando una riunione segreta con gli insegnanti della Dimora. Ma io e Jak non avevamo fatto molta fatica a scoprirla e a origliare le sue parole.

«Qualcuno deve mettersi in contatto con Jaismid,» consigliò Reywind «non possiamo lasciarla indifesa a palazzo.»

«Una staffetta è partita subito dopo l'arrivo della notizia,» lo rassicurò lei «dobbiamo aspettare che torni con le disposizioni della regina.»

Dalla soglia vedevo quattro figure riunite attorno a un tavolo. Le grandi vetrate, che affacciavano sul cielo nero, riflettevano le fiamme tremolanti delle candele.

«Se solo potessi mettere le mani sul veleno che lo ha ucciso...» cantilenò la professoressa di Alchimia con aria sognante.

«Poco conta, Gazelle.» La voce di Juda era dura e contratta dalla preoccupazione. «Sappiamo che è stata la Legione Oscura a fare questo. Sappiamo che la Leggenda parla di sangue reale... è il principe Gioele che vogliono. Indebolendo le difese, sarà più facile arrivare a lui.»

«Ci sarà un altro attacco. Presto.» Reywind si poggiò stancamente contro lo schienale.

«Dobbiamo aspettare.» La Madre sembrava indecisa sul da farsi. «Tuo padre penserà a tenerla al sicuro.»

Tuo padre?

«Sì, Rey. Florent ha a cuore la causa.» Juda gli strinse una spalla.

Reywind... Reywind è il figlio del generale del regno di Eredros?

«Lyn,» bisbigliò Jak «dobbiamo muoverci prima che finiscano di discutere.»

Osservai un ultimo istante il profilo scolpito di Reywind. Le fiammelle dei focolari gli brillavano negli occhi. Un gioco di luci metteva in risalto la linea precisa della mascella coperta da un'ombra di barba. I capelli castani, illuminati dalle candele, assumevano una tonalità ramata. Teneva la testa leggermente piegata in avanti, come se un peso gli gravasse addosso.

«Lyn...»

Jak mi afferrò per la vita e mi costrinse a muovermi. Il castello era silenzioso. Gli Adepti dormivano da un pezzo, e le guardie che stavano di sentinella non erano difficili da eludere. Volammo come vento per i corridoi e su per la scala a chiocciola che conduceva allo studio di Sundriel.

«Sarà pericoloso.» Se volevamo tirarci indietro, quella era l'ultima occasione per farlo.

Jak sorrise sornione. «Mi piace.»

Girai la maniglia della porta ma rimase chiusa. Jak si sfilò la spilla con le tre Spade che gli appuntava il colletto.

Si inginocchiò di fronte alla serratura e armeggiò qualche istante prima di sentire un dolcissimo *clic*. «Troppo facile» commentò.

«Sono anni che ci ficchiamo nei guai e tu hai ancora il coraggio di dire cose come "troppo facile"?»

Scrollò le spalle con aria innocente. Si mise in piedi e spinse soddisfatto la porta. Nel camino un fuoco stava morendo su tizzoni ardenti. Era quasi del tutto buio e, ancora una volta, fui grata per la vista acuta dei miei strambi occhi rossi.

Non perdemmo un istante, cominciammo a frugare. Ci serviva una chiave d'ottone abbastanza grande. Guardammo nei cassetti, sotto il tappeto, nella cesta della legna, ovunque. Se non l'avessimo trovata entro poco, avremmo dovuto rinunciare. Madre Sundriel poteva essere di ritorno a momenti. E anche se ancora non sapevamo quanto fosse crudele, avevo la vaga sensazione che non si sarebbe limitata a farci prendere a schiaffi da Gazelle.

«La vecchia non la tiene qui» sentenziò Jak, le mani sui fianchi.

«È qui,» m'incaponii «*deve* esserci.»

Perlustrai lo studio con una lunga, minuziosa occhiata setacciando ogni infimo dettaglio, fin quando non mi accorsi che uno dei mattoncini del camino sporgeva di poco rispetto agli altri.

«Ahi!» sibilai, quando provai a tirarlo fuori. Bruciava.

«Dà qua.» Jak mi raggiuse e s'inginocchiò accanto a me. Si sfilò la maglia e la arrotolò attorno a una mano.

Avevo visto Jak a torso nudo milioni di miliardi di volte. Eppure… sentivo come se il calore che irradiava ardesse più delle braci nel camino. Il lieve bagliore illuminò gli avvallamenti dei muscoli, la striscia di peluria scura che partiva dall'ombelico e scendeva verso il basso.

Mi riscossi quando sfilò la pietra e… ecco la chiave. Immobile in fondo al buco nella parete.

«Piccola bastarda.» Jak sorrise stringendola nella mano.

«Dobbiamo andare» sussurrai.

Avevo il cuore in gola per almeno tre motivi: la chiave era finalmente nostra, Sundriel poteva beccarci, Jak era bello da far male.

S'infilò in fretta la maglia e uscimmo dallo studio. Quando richiudemmo la porta, questa fece un altro scatto. C'era da sperare che la Madre non si accorgesse della sparizione almeno per quella notte. La mattina dopo Jak avrebbe fatto una copia e al più presto avremmo rimesso l'originale al suo posto.

Scendemmo le scale nel silenzio più assoluto. Non c'era alcun anfratto in cui nasconderci perciò, quando all'ultimo gradino sbucò dall'ombra la piccola Elfride, ci arrestammo, pietrificati.

Ci passò addosso il suo sguardo latteo. I lunghi capelli strusciavano sul pavimento, accanto ai piccoli piedi nudi, bianchi come la morte.

«Discendente,» parlò «sei in pericolo.»

«Noi...» intervenne Jak «noi abbiamo bisogno di sapere.»

Elfride gli fissò addosso gli occhi acquosi. Le labbra le tremarono, come se stesse per dire qualcosa, ma poi cambiò idea. Mi squadrò un'ultima volta prima di farsi da parte e lasciarci passare.

Indugiammo un istante prima di riprendere a correre. Elfride aveva benedetto le nostre azioni.

«Non so te,» Jak fu scosso da un brivido «ma quella bambina m'inquieta parecchio.»

Annuii, distratta. Eravamo fermi davanti alle scale che portavano al mio dormitorio. «Fai attenzione.»

«Attenzione è il mio secondo nome.»

Sorrisi. «Non direi proprio.»

32

Rientrai nel dormitorio in punta di piedi. L'anta cigolò rumorosamente. Dovevo decidermi a oliare i cardini, se volevo continuare a svignarmela nella notte. Accompagnai la porta fino a chiuderla, sforzandomi di non cedere alla fretta di infilarmi sotto le coperte.

Neanche il tempo di sentire lo scatto della maniglia, che mi ritrovai inchiodata al muro. «Zampetti per il castello come il ratto che sei?»

Gli occhi di Zinah brillarono di cattiveria. Feci per spingerla via, ma lei mi premette sulla gola la punta affilata del pugnale. Schioccò la lingua. «Non ti agitare.»

«Se non ti sposti giuro che ti ficco quel coltello su per il culo, Zinah.»

«Ah, dovrei avere paura?»

«Sì, ma forse sei stupida come sembri.»

«Eppure, sei tu quella con le spalle al muro» cantilenò lei, premendo un po' di più il pugnale.

«Cosa vuoi?» ringhiai.

«Sapere cosa fai quando esci da questo dormitorio.»

«Perdonami, devo aver dimenticato il momento in cui questi sono diventati cazzi tuoi.»

Sorrise. «Puoi anche non dirmelo, se preferisci.» La punta della lama aprì una ferita superficiale dalla quale colò una goccia di sangue.

Il resto delle ragazze continuava a dormire, ma scorsi lo sguardo di Maia che tremolava per il terrore. Sperai che rimanesse la solita codarda una notte in più ed evitasse d'intervenire.

«Se sei tanto curiosa,» cominciai «perché non mi segui la prossima volta?»

«Perché» avvicinò il viso al mio, e il nostro respiro si confuse in una nuvola di vapore per il gelo della notte «non sono stupida come dici, al contrario tuo. La Madre non è clemente con chi non rispetta le sue regole.»

«Ora hai paura di una vecchia cieca?»

«Sei davvero stupida.» Scosse la testa, ridendo. «Tu non sai nulla della Sacra Dimora di Heldor. E neanche di Madre Sundriel.»

Sapevo che della gente che viveva nel castello non c'era da fidarsi. Fatta forse eccezione per Juda. Ma Zinah aveva ragione quando diceva che ero una stupida. Non potevo immaginare le conseguenze delle mie ribellioni. Non veramente.

«Sai, sono quasi tentata di lasciar perdere,» sussurrò «l'idea di guardarti subire la punizione della Madre quando verrai scoperta mi stuzzica parecchio.»

«Sai cosa stuzzica *me*?» sibilai con un ghigno. «Sapere che la tua vita ti annoia al punto da voler sapere tutto della mia.»

La colpii con una ginocchiata tra le gambe e la spinsi a terra. Il pugnale finì sotto uno dei letti. Lei crollò sulla schiena, gli occhi strabuzzati e la faccia come un peperone.

«Zinah?» chiamò una delle sue fedeli Adepte, la voce assonnata.

Alcune delle ragazze si erano svegliate e sbirciavano la scena da sotto le coperte. Lei le guardò e divenne ancora più rossa per l'umiliazione.

«Puttana» berciò, la voce soffocata.

Mi inginocchiai davanti a lei. «Può darsi che lo sia, ma quella col culo per terra sei tu. Buonanotte.»

«Fai sonni tranquilli, *demone*, finché puoi» ribatté.

Sfilai svogliatamente gli scarponcini e mi misi sotto le coperte, ignorandola. L'adrenalina che mi scorreva nelle vene mi tenne sveglia a lungo.

Quando finalmente scivolai nel sonno, sognai un fiume illuminato dalla luna. In lontananza si udivano delle grida e lo scoppiettare furioso di un fuoco, forse un incendio. O un rogo. C'era qualcuno con me, un uomo. Mi teneva tra le braccia cullandomi per calmare il mio pianto.

«Shh, bambina mia. Andrà tutto bene.»

Avevo bisogno di guardarlo in volto. Ma quando gli tirai via il cappuccio, al disotto di esso non trovai altro che fumo nero.

«Mida e Nailyn» dispose Reywind.

Mi stiracchiai nella divisa invernale. Pantaloni neri in doppio strato di cuoio e camicia di flanella, sotto a una pesante tunica scura che arrivava a metà coscia ed era stretta in vita dalla cintura. Mi slacciai il mantello col colletto di coniglio e lo lasciai cadere sulla neve.

Stavamo completando il ciclo di scontri, ed eravamo rimasti solo io e lui. Zinah era stata sorteggiata contro Maia, che se non era stata fatta a pezzi finora lo doveva solo all'intervento tempestivo dell'istruttore.

Jak, invece, aveva combattuto contro Devis. Si erano mossi

entrambi molto bene. Ma come c'era d'aspettarsi, Jak aveva avuto la meglio. Ora se ne stavano in disparte a leccarsi le ferite. Si erano gonfiati come zampogne, entrambi pieni di lividi e contusioni. Ma se Devis aveva il volto contratto dalla rabbia, quello di Jak era disteso e rilassato. Un sorrisetto soddisfatto gli increspava le labbra.

Tutto intorno a noi turbinavano leggeri fiocchi di neve. Fumo grigio fluttuava accanto ai comignoli del castello, sullo sfondo di un cielo argenteo che minacciava bufera.

«Al centro» ordinò Reywind, indicando il punto con la spada.

Non sarei stata buona con Mida. Non lo avrei offeso con la mia pietà. Anche perché era un ottimo combattente, non potevo giurare di vincere. Sarebbe stato uno scontro divertente, alla pari.

«Pronta?» Mi sorrise amichevole, con una nota di sfida nella voce.

«Tu?» ammiccai.

«Se avete finito...» intervenne Reywind, la voce dura. Il mantello orlato di pelliccia di lupo gli conferiva un'aria ancor più brutale. «Combattete.»

Mida se ne stava dritto al suo posto, le spalle rilassate e il viso sereno non tradivano alcuna paura. Era abbastanza astuto da aspettare che facessi la prima mossa. Lo accontentai minacciando una finta a destra, pronta a menare un fendente. Ma senza neanche muovere un passo parò il colpo. Le nostre spade si scontrarono a mezz'aria. Non erano affilate, ma avrebbero comunque potuto provocare qualche danno.

Feci un passo indietro. Lui se ne restava lì, deciso a giocare in difesa. Poteva essere una buona strategia, se solo fossi stata una stronza impulsiva che cedeva presto alle provocazioni.

«Guarda che non ti mordo.» Con un cenno lo incoraggiai ad avvicinarsi.

«Sto bene dove sto.»

Gli girai attorno. Mida teneva lo sguardo fisso su di me, l'espressione seria ma al contempo divertita. Tornai all'attacco con un dritto, intercettato subito dalla sua spada, che, con un agile movimento, sollevò la mia e quasi me la fece volare via dalla mano. Non mi scoraggiai, avevo deciso che lo avrei sommerso di colpi precisi e misurati fino a drenarlo. Dritto, montante, fendente, roverso. Senza tregua. Se la sua tattica era quella di esaurire le mie forze per poi sferrare il colpo finale nel pieno delle sue energie, si sbagliava.

Mida rispondeva bene, ma presto fu costretto a giocare al mio gioco e a muoversi all'indietro. Non ci volle molto prima di veder vacillare nel suo sguardo la sicurezza di prima. Costernato, scartò di lato, mi afferrò per il polso e mi colpì alla schiena con il piatto della spada.

Si allontanò di qualche passo, rubando un istante per riprendere fiato. Lo avevo stancato, e presto avrei tirato fuori l'asso nella manica.

Questa volta fu lui a giocare d'attacco. Risposi ai suoi colpi che diventavano sempre più prevedibili. D'improvviso, cambiai mano. I miei attacchi mancini lo mandarono in confusione. Colto di sorpresa, parava come meglio poteva, fino a quando non notai un varco e portai svelta la lama al suo collo, fermandola a un soffio dalla pelle.

«Scontro terminato» sentenziò Reywind.

Abbassammo entrambi le spade. Mida non sembrava arrabbiato come lo sarebbe stata Zinah o Devis. Era ammirato.

«Bell'incontro» mi complimentai.

«Combatti bene, Lyn.» Ricambiò lui con un sorriso.

«Oh sì, benissimo,» intervenne Zinah «come una gattina in calore.»

Senza spostare lo sguardo da Mida, sollevai la spada di lato, il braccio teso alla mia destra. Voltai lentamente la testa, godendo alla vista della lama puntata sulla sua gola. «Qualche problema, ficcanaso?»

Prima che Zinah potesse ribattere – e dal sorriso che mi rivolse non aspettava altro –, Reywind mi afferrò con forza il polso e me lo spinse giù. «Se non sai comportarti, sei pregata di non portare più il culo agli allenamenti» sibilò.

Era tanto vicino che potei contare le impercettibili lentiggini che gli punteggiavano il naso. Il gelo dei suoi occhi mi penetrò nelle ossa. Ma, paradossalmente, quel che sentii non fu freddo ma *caldo*. Era rabbia, chiaro.

«Mollami. Subito» ordinai a denti stretti.

Jak s'interpose svelto tra noi. «C'è qualche problema?»

Erano alti uguali, ma Jak era leggermente più grosso. Disparità che Reywind compensava con l'ira che marcava ogni suo lineamento. I due si guardarono truci.

«Tieni a bada la tua *amichetta*, se non vuoi che si metta nei guai.»

Jak incrociò le braccia al petto e alzò un sopracciglio. «La stai minacciando?» La voce era un basso ringhio animale.

Reywind si lasciò sfuggire un sorrisetto amaro e sollevò un angolo della bocca. «Non ne ho bisogno.»

Spostò quei suoi occhi di ghiaccio di lato e mi studiò per un istante. Ebbi come l'impressione che sapesse qualcosa, forse Elfride aveva informato la Madre e quest'ultima ne aveva parlato con i professori. O forse Zinah aveva fatto la spia.

Ma allora perché, in qualche modo, avevo la certezza che Reywind fosse intervenuto tra me e la stronza, che mi stava ancora fissando fumante di rabbia, per impedirle di farsi scappare qualcosa?

Non so come facessi a saperlo, ma lo sentivo.

Quando si voltò per andarsene, Jak mi strinse le spalle con un braccio.

«Bastardo» commentò, in direzione di Reywind che se ne tornava a castello col mantello che gli volteggiava attorno.

Ma si sbagliava. Reywind non mi stava minacciando. Mi stava tutelando.

33

«Fa che sia lei» mormorò Jak tra sé e sé.

Per un istante tememmo che non fosse quella giusta. E, invece, nel pieno della notte, il rumore della chiave che girava fu come una dolce musica.

Ci scambiammo un'occhiata euforica, ma dalle nostre labbra non uscì alcun suono. Durante gli allenamenti segreti avevamo fatto certo più rumore, ma ora era diverso. Rubare la chiave di Madre Sundriel, clonarla nella fucina del fabbro, accedere alla sezione vietata… era un altro paio di maniche in confronto a qualche coprifuoco non rispettato.

«Che diavolo aspetti? Apri!» esclamai in un sussurro.

«Testa di gallina! Ho paura che questo fottuto cancelletto non venga oliato da decenni! Cigolerà come le ossa di una vecchia decrepita!»

«Oh certo, hai ragione. Torniamocene a letto, allora» ironizzai, scansandolo e afferrando una sbarra del cancello.

Così come si fa con un dente che dondola, lo aprii tutto in un unico gesto. Fu inaspettato scoprire che rimase silenzioso mentre ruotava sui suoi cardini.

«Il Custode sta benedicendo questa impresa» affermò Jak con voce solenne.

«O forse» precisai, muovendo il primo passo all'interno «siamo due stronzi fortunati, per una volta.»

Jak mi passò la candela. Rimasi scioccata nel notare che la sezione vietata non si limitava a un'ampia rientranza nel muro che ospitava libri organizzati su pochi scaffali, ma comprendeva un'intercapedine che correva lungo il perimetro di tre quarti della biblioteca. Migliaia di libri erano nascosti nelle mura del castello, e noi avevamo le chiavi di quell'inferno di carta e conoscenza.

«Porca merda...» commentò Jak, lasciando cadere a terra la mascella.

Non avevamo idea da dove cominciare la nostra ricerca, perciò partimmo con un giro d'esplorazione. C'erano libri che già dal cuoio della copertina non lasciavano presagire nulla di buono, altri che bastava sfiorarli per vederseli sbriciolare tra le mani, altri ancora tanto antichi che persino il titolo era sbiadito e illeggibile. Si respirava un'aria strana tra tutti quei tomi oscuri, proibiti. Non sembrava una sezione della biblioteca, ma la tana di un mostro.

Se non fossi stata tanto decisa a mettere insieme i pezzi, probabilmente me la sarei data a gambe levate. Era un luogo malvagio, quello. Un brivido d'inquietudine mi attraversò la schiena. Era buio pesto, tanto che persino i miei occhi faticavano a orientarsi, contrastato solo dal lieve e innocuo bagliore della candela.

Repressi l'ennesimo starnuto, prima di accorgermi che su uno scaffale, nello spesso strato di polvere, c'erano impronte di dita. Seguii le tracce che mi portarono a un libro rilegato in pelle scura alquanto sospetto; l'unico che pareva essere stato toccato di recente. Era anch'esso coperto dalla polvere, ma meno rispetto agli altri volumi. Soffiai sulla copertina e lessi il titolo: *L'Oscurità del Fauno.*

«Jak» chiamai.

Mi raggiunse in fretta, nel buio scorsi il suo viso illuminato dalla fiammella che copriva con una mano per impedirle di spegnersi. Una visione così divina che non fece che alimentare il tamburo che mi rombava dentro.

«Stai bene?» Allungò la mano verso la mia guancia, pulendomi una striscia di sporco con il pollice.

«Jak, credo che la storia degli stronzi fortunati non c'entri nulla» sussurrai.

Lui aggrottò un sopracciglio, prima di far cadere lo sguardo sul libro che stringevo tra le mani.

«Questo...» Non sapevo da dove iniziare. «C'erano impronte di dita su quello scaffale e su questo libro. Qualcuno è entrato qui non troppo tempo fa. Ecco perché il cancelletto non ha cigolato come ci aspettavamo.»

«Forse la Madre ha sospettato che saresti venuta ed è...»

«No,» lo interruppi «i segni non sono così recenti. Se qualcuno è venuto qui deve averlo fatto mesi fa. E forse so chi è stato.»

Tra noi calò il silenzio, riempito dal rodere dei tarli che banchettavano nelle travi. Jak si accigliò un istante, poi la fronte si distese e il suo sguardo nero s'illuminò. Aveva capito.

«Non dirmelo» sussurrò stancamente.

«Sì.» Posai gli occhi sul libro. «Potrebbe trattarsi di Amanda, la moglie di Viktor.»

«Se la tua supposizione è corretta, e se la Madre ha strappato parte della Leggenda da ogni libro, Amanda deve aver pensato di trovare qui le risposte... proprio come noi» realizzò.

«Jak, spera che siamo stronzi fortunati ancora per qualche minuto.» Aprii il libro e cercai svelta ciò che ci serviva.

Le pagine erano ricche di storie e raffigurazioni. Non tutto sembrava comprensibile, molti testi erano scritti in una lingua antica ormai perduta. Sfogliai in fretta, le dita mi tremavano per l'eccitazione. Avevo quasi ispezionato l'intero libro. Alle ultime pagine mi lasciai sfuggire un gridolino smanioso: sulla carta ingiallita dal tempo era scritto a grandi lettere *La Leggenda del Fauno*.

Lessi con calma ogni passaggio, l'uccisione delle Chimere e l'immersione delle Spade nel loro sangue. Portai un dito sotto la pagina e, sospirando, la voltai. Il cuore mi sprofondò nello stomaco. I resti di un foglio sbucavano dalla piega interna del libro. Il pezzo della Leggenda mancava anche qui.

«Fortuna esaurita.» Jak esternò la propria frustrazione in un soffio deluso.

Fissai il tomo, incapace di accettare la realtà. Ci eravamo esposti a un grande pericolo rubando la chiave e non era servito a nulla.

«Non può essere.» La voce mi tremò di rabbia.

«Non deve per forza essere stato tutto inutile, Lyn.» Jak mi afferrò per le spalle e mi costrinse a guardarlo nei suoi grandi occhi neri. «Quel libro contiene comunque informazioni importanti. Torneremo domani» promise.

Annuii e lasciai che mi abbracciasse. Nonostante il forte odore di chiuso che impestava l'intercapedine, riuscii a percepire il suo profumo di buono e pulito. «Te lo giuro, Lyn: scopriremo cosa c'è sotto.»

Quando tornai nella mia stanza e mi infilai sotto le coperte, mi sentivo ancora addosso le forti braccia di Jak. Non esisteva posto più sicuro e confortevole al mondo. Tanto che riuscii a ignorare gli occhi lampeggianti di Zinah che mi osservavano dal suo letto come un serpente che misura l'attacco.

Sapevo cosa lui volesse, ed era stato tanto rispettoso del mio rifiuto da non provare più a baciarmi come era successo nell'armadio. Ma una minuscola parte di me ne era rimasta delusa. Una più grande, invece, ne era sollevata, perché sapevo che non sarei riuscita a resistere al richiamo delle sue labbra ancora una volta.

Avrei semplicemente potuto cedere. Lasciare che quella passione che lo infuocava mi travolgesse. Ma, nonostante il petto mi sfarfallasse quando era con me, non avevo dubbi che per Jak ci fosse anche di più. Non avrei potuto dargli quello che lui avrebbe dato a me. E se qualcosa fosse andato storto tra noi, non avrei perso solo un amante, ma anche l'amico più caro che avessi mai avuto.

Placai quel trambusto interiore sotterrandolo sotto la valanga di preoccupazioni che ruotavano attorno alla Leggenda strappata via. Non fu una distrazione piacevole, ma dopo essermi tormentata per un po' riuscii ad addormentarmi.

Fuori dalla finestra, una bufera di neve stava mettendo a dura prova le sentinelle sulle mura, che battevano i denti coperte da pesanti pellicce. Non potevo ancora saperlo ma sulla strada che conduceva alla Sacra Dimora di Heldor, una staffetta galoppava per portare alla Madre il messaggio della regina Jaismid.

E quel messaggio riguardava me.

34

Madre Sundriel, fiancheggiata da Elfride e dai professori, osservava gli Adepti riuniti attorno al palco. Indossava una lunga veste bianca con ricami dorati, un mantello di pelliccia d'orso e un cappuccio a coprirle la cascata di capelli argentei.

«La regina teme per la propria vita e per quella di suo figlio» annunciò, posando una mano sulla testa della piccola Veggente. «Hanno bisogno di esser tratti in salvo.»

Era notte fonda quando la staffetta aveva consegnato il messaggio direttamente nelle mani della Madre. All'alba, l'intero castello era stato svegliato e convocato nella sala centrale. Fuori dalle vetrate il sole stava pian piano compiendo la propria ascesa, accarezzando il profilo della fortezza con lunghi e flebili raggi. La neve caduta nelle ore precedenti scintillava alla luce lieve del giorno.

Jaismid voleva essere condotta al sicuro alla Sacra Dimora di Heldor. I cortigiani tramavano alle sue spalle, e anche se Florent, generale del regno e padre di Reywind, aveva dalla sua il potere militare, non poteva perdere il sostegno e il consenso dell'intera corte. Rischiava d'essere deposto se si fosse schierato, e a quel punto la regina non avrebbe avuto più nessuno a proteggerla. Così, lealmente, aveva proposto alla vedova una fuga mascherata da viaggio spirituale per lenire il dolore del lutto. Dopo i funerali, che si sarebbero tenuti a un mese dalla morte di re Aronne come da tradizione, una scorta della Sacra Dimora di Heldor l'avrebbe raggiunta a palazzo per condurre in salvo lei e il piccolo principe Gioele.

«Sua Altezza Jaismid è una donna dalla grande fede spirituale» continuò Sundriel. «I suoi informatori le hanno riportato la notizia che la Discendente si trova tra noi.»

Le mie orecchie si ovattarono. Mi guardai attorno e trovai decine e decine di sguardi fissi su di me. Disprezzo e paura regnavano nei loro occhi.

Fino a poche settimane prima ero solo una ladra dei bassifondi di Vartadis. Avevo rubato e servito, nulla più. L'idea che una regina potesse pensare a me, o anche solo sapere della mia esistenza, non mi era mai passata per la mente. Eravamo troppo lontane sulla scala sociale per illudermi di avere un confronto. Io sul gradino più basso, lei su quello più alto.

«Reywind partirà tra una settimana per la capitale, e Nailyn andrà con lui per volere della regina.» Sundriel non sembrava contenta dell'ordine, le labbra erano strette in una linea sottile, quasi inesistente.

Anche Reywind sembrava turbato. Non mi degnava di uno sguardo e se ne stava ritto in piedi, rigido come una statua, gli occhi fissi davanti a sé. Se il suo ampio petto non si fosse alzato al ritmo del respiro, lo avrei potuto credere scolpito direttamente nella pietra.

Le tempie mi pulsavano come un secondo cuore, ovattando l'udito. Ero rinchiusa nella mia testa, in cui echeggiavano le ultime parole della Madre.

«Nai… cosa?» domandò Jak, la voce alta perché Sundriel potesse udirlo.

Mi tirò dietro la sua schiena, pronto a difendermi se fosse stato necessario. Non eravamo mai stati lontani, non avrebbe accettato passivamente di lasciarmi partire senza di lui. Riccioli morbidi gli sfioravano la nuca.

«Sono gli ordini di Sua Altezza la regina, ragazzo» chiarì Sundriel con fermezza. «Io stessa non desidero che uno dei miei allievi lasci la Dimora. La Discendente in particolar modo. Ma non sono nessuno per oppormi al suo volere.»

«Andrò con lei» decise Jak.

«No, non lo farai» intervenne Reywind. «Dobbiamo muoverci con discrezione. E non mi porterò dietro due novellini da tenere d'occhio.»

«Perché mi vuole a palazzo?» Ritrovai la voce.

Avevo la bocca secca e la lingua come una lastra di sale.

Con un passo oltrepassai un Jak furioso che sembrava voler saltare addosso all'istruttore per spaccargli quella mascella perfetta a suon di pugni.

Un brivido di paura mi percorse le ossa. Non mi sentivo al sicuro nella Sacra Dimora di Heldor, ma fuori da quelle mura era anche peggio. La Legione Oscura mi dava la caccia, e i volantini da ricercata che tappezzavano Vartadis dopo il furto del candelabro le garantivano un certo vantaggio. Per non parlare del fatto che in città ero una bandita. Non mi sembrava scontato riuscire a tornare indietro. Neanche con l'aiuto della regina, che non godeva più di alcun potere.

«Vado io al posto suo,» si propose Zinah «Reywind non può badare a una ragazzina che se la fa nelle mutande dal terrore.»

«Vuoi che ti tappi quella bocca, *vipera*?» Il ringhio di Jak mi tremò nella pancia.

Devis sghignazzò incrociando le braccia. «Forse hanno ragione sulla regina, dev'essere caduta veramente in basso per sperare nella scorta di una puttana pidocchiosa.»

Il pugno di Jak arrivò a destinazione tanto veloce che fu impossibile seguirne la traiettoria. Il labbro di Devis esplose come un frutto maturo, schizzando scuro succo rosso da tutte le parti. Gli si buttò poi addosso e strinse le dita intorno alla gola, il volto piegato in una smorfia di rabbia omicida. Lo afferrai per la spalla cercando di tirarlo via, ma era irremovibile. Era come pretendere di spostare una montagna. E quella montagna, al momento, era parecchio incazzata.

Una spada si puntò al suo collo. Non avevo visto Reywind raggiungerci, ma ora fissava la schiena di Jak e temetti che se non avesse lasciato immediatamente la presa, lo avrebbe colpito. Magari non a morte, ma lo avrebbe ferito per salvare Devis.

«Jak! Mollalo subito!» urlai con tutta la voce che avevo.

Come scosso dalla corrente di un fulmine, tornò in sé e allentò lentamente le dita che avevano lasciato impronte violacee sulla pelle di Devis, il cui viso era diventato dello stesso colore dei lividi. Si voltò su un fianco e prese a tossire.

La Madre stava scendendo gli scalini del palco, gli occhi vitrei che minacciavano morte. Reywind parlò prima che lei potesse intervenire. «Un giorno e una notte nelle segrete» sentenziò. «Senza cibo né acqua.»

Madre Sundriel lo avrebbe certo punito più severamente. Ma non poteva mettere in discussione la parola di un insegnante di fronte a tutti, perciò annuì. «E tu,» si rivolse a Devis «in infermeria finché non ti sarai ripreso. Penserò più tardi alla punizione che meriti per aver insultato la regina.»

Il ragazzo sgranò gli occhi, ma non obiettò. Continuò a tossire fino quasi a sputare un polmone.

«Non la lascerò venire via con te» sibilò Jak, incurante della pena che aveva appena ricevuto.

Reywind non accennò alcuna emozione. «Non hai scelta. E neanche lei.» Puntò la spada a terra e si poggiò sull'elsa con entrambe le mani.

«Jak» sussurrai, inginocchiandomi davanti a lui così che il mio viso e il suo fossero più o meno alla stessa altezza. «Jak, ti prego. Basta.»

Avevo paura quanto lui, ma temevo ancor di più il castigo con cui lo avrebbe colpito Sundriel, se continuava a ribellarsi come una bestia in gabbia. Gli occhi lattei della donna sfolgorarono di crudeltà soppressa, smaniosi di poterle dare sfogo. Nonostante sentissi già sulla pelle che quella non era la madre amorevole di cui portava il nome, capii per la prima volta che quando Zinah diceva di temere le conseguenze della disobbedienza, non era affatto una stupida codarda. Era *saggia*.

Jak mi guardò indeciso. Alla fine, piegò la testa arrendendosi alle guardie che lo portarono via. I riccioli scuri gli coprirono gli occhi iniettati di sangue per la furia.

«Perché vuole me?» chiesi a Madre Sundriel, la bocca impastata.

«Dice di averti vista in sogno» rispose, secca. «Crede che la tua presenza possa avere un potere ancestrale sulla protezione del figlio durante il viaggio.»

Non seppi come ribattere, anche perché il mio cervello si fermò su quell'informazione: mi aveva vista in sogno. Proprio come da tempo accadeva a me.

Zinah sibilò frustrata e si allontanò. La sua indignazione non era nulla rispetto all'avversione che sembrava provare Reywind. Gli occhi, più chiari del solito, mi osservavano con fastidio e preoccupazione, scandagliandomi dall'alto verso il basso. Il fatto che potesse pensare che gli sarei stata d'intralcio era umiliante, ma mi morsi la lingua. Non era il caso di peggiorare la situazione.

La sala si svuotò in fretta, subito dopo che tutti ebbero consumato la colazione. Mi costrinsi a mandar giù del latte che quasi mi andò di traverso.

Jak era al freddo umido delle segrete a ribollire di rabbia. Reywind lo aveva protetto assegnandogli una punizione più lieve di quella che gli avrebbe dato Sundriel. E credo che lui se ne fosse accorto. Non avevo dubbi che quella certezza lo facesse rodere dentro ancora di più.

Quando mi alzai dal mio posto, non mi sfuggì il sorriso di forzata benevolenza della Madre, le cui lunghe unghie sembravano voler scavare nel tavolo. Risposi con un lieve inchino.

Uscii dalla sala dandole le spalle. Finsi di ignorare il suo sguardo, che sentivo addosso come una coltellata nella schiena.

35

Raggiunsi l'aula di Gazelle, la quale mi riservò una delle sue inquietanti occhiate. Sedeva alla scrivania dietro un leggio con sopra un grosso tomo nero ricco d'illustrazioni.

Mi distrassi preparando un antidoto al filtro del diavolo, pozione velenosa a base di belladonna e rododendro. Una nuvola di fumo si alzò dal calderone e mi s'infiltrò nelle narici, confondendomi i sensi.

La donna, che non vedeva l'ora di cogliermi in fallo, mi schiaffeggiò su entrambe le guance senza trattenere un gemito di godimento. Ignorai il pizzicore bruciante della pelle e ripresi a lavorare a testa bassa.

Continuavo a rivedere gli occhi di Jak colmi di paura e disperazione all'idea di lasciarmi partire da sola. Rivivevo anche la rabbia omicida che gli era lampeggiata nelle iridi quando aveva stretto la gola di Devis in una morsa mortale.

Seguii a malapena anche la lezione di Juda nel pomeriggio. Stavamo analizzando il bestiario e catalogando antiche creature in base al grado di pericolo. Intanto, cercavo di contrastare lo stordimento causato dai vapori dell'antidoto al filtro del diavolo.

«I draghi servono devotamente un unico padrone. Per guadagnarsi la loro stima, bisogna riuscire a salirgli in groppa senza finire bruciati dal fuoco delle loro fauci.»

«E chi non ci riesce?» La voce di Devis era ancora gracchiante per il violento scontro con Jak, ma non aveva comunque perso la consueta nota altezzosa.

«Chi osa un azzardo del genere mette in conto il rischio mortale. Se tenti e fallisci, semplicemente muori.»

Il ragazzo sbuffò, massaggiandosi la gola. «Un padrone può controllare più draghi?»

«Non un padrone qualunque» rispose Juda, abbassando il tono. «La Leggenda dice che solo la Discendente potrà dominare elementi e creature.»

Ero incantata sulla figura del drago rappresentata nel grande libro rosso. Alto cinque volte un uomo, aveva grosse zampe che terminavano in artigli arcuati affilati come spade. L'enorme testa da rettile, gli occhi a spillo e le lunghe zanne minacciavano un potere incontrastabile, sottolineato dalla palla di fuoco che gli saliva su per la gola e che esplodeva poi attorno alla lingua biforcuta. Più fissavo quell'immagine, più questa mi sembrava prendesse vita. Forse avevo bisogno di farmi dare un'occhiata dalle curatrici.

«Nailyn?» Juda era ora davanti a me.

«Mh?» Tirai su la testa, ignorando un capogiro.

L'insegnante mi valutò qualche istante, le sopracciglia aggrottate. Dei risolini di scherno ruppero il silenzio.

«Potete andare. La lezione è finita.» Juda tornò alla cattedra e guardò gli Adepti sfilare via dalla classe. «Nailyn, hai due minuti?»

Chiusi il libro e me lo infilai sotto il braccio. «Certo.»

Uscimmo dall'aula e camminammo lungo i corridoi senza scambiare una parola. Mi guardai attorno confusa e a disagio, incapace di colmare il silenzio. Intercettai il suo sguardo. Juda mi sorrise paterno, cosa che mi turbò ancor di più.

«Ti devo fare una confessione» ammise infine.

Lo guardai con sospetto. Ogni volta che a Vartadis una conversazione con un uomo di mezza età era iniziata in quel modo, era finita con le sue palle recise via dal mio stiletto.

Lui, interpretando la mia occhiataccia, sorrise divertito rivelando ragnatele di piccole rughe attorno agli occhi. «Non ti farei mai del male, Nailyn.»

«Non siete il primo a giurarlo» ribattei, scettica. Avevo la bocca impastata.

«Puoi contare sulla mia integrità d'animo» e mi posò una mano sulla spalla. «La mia confessione è di tutt'altra natura.» Si guardò attorno.

Sembrava turbato. I corridoi erano deserti, le nostre erano le uniche voci che si udivano rimbalzare contro le pareti. Eppure, teneva gli occhi aperti come se vedesse nemici in ogni anfratto.

Mi posò una mano al centro della schiena e m'invitò a continuare a camminare. «Sei vissuta a Vartadis, dico bene?»

«Sì» confermai, imitando il suo tono di voce basso. «Sono stata portata lì che ero una neonata. Ma ora so che i miei genitori erano di Gläl.»

Juda annuì, l'aria grave. «Fui io ad affidarti alla famiglia di Jak.»

Mi arrestai. Improvvisamente ero cosciente di ogni grammo d'aria che mi usciva dai polmoni, di ogni battito che pulsava sangue nelle vene. Quella confessione ebbe il potere di attenuare gli effetti della pozione. «Tu?» La voce mi uscì più flebile di quanto avrei voluto, e mi dimenticai di dargli del voi.

Le gambe divennero molli. Juda si guardò ancora attorno, assicurandosi che nessuno stesse ascoltando.

Sospirò. «Avrei dovuto condurti qui, dalla Madre,» ammise «ma non potevo condannarti alla stessa vita che fa oggi Elfride. Preda delle trame di una donna ambiziosa e senza scrupoli.»

Rimasi in silenzio qualche istante, ricostruendo nella testa il significato di quelle parole che si decomponevano in milioni di frammenti incomprensibili.

«È stata la Madre a dare l'ordine di uccidere i miei genitori.» E non era una domanda.

Juda strinse le labbra. Avvolse le dita intorno al mio polso e mi condusse in una stanza vuota. Chiuse la porta e piombammo nella penombra. Eravamo in un ampio ripostiglio la cui poca luce penetrava da un'alta finestrella coperta da una tenda di ragnatele.

«Lyn, ascoltami bene.» Posò le mani sulle mie spalle e si piegò quel tanto che bastava per guardarmi dritto negli occhi. «Finsi di averti persa per le strade di Vartadis, rapita dai banditi. Invece ti portai dai genitori di Jak, amici di vecchia data dei tuoi. Sapevo che ti avrebbero accolta.»

«Conoscevate i miei?»

«Le tue iridi non sono passate inosservate. Alla tua nascita, chiunque sapeva di te e dei tuoi genitori. Anche io li ho tenuti d'occhio.»

Un sapore di fiele m'inondò la bocca. «Cosa voleva la Madre da me?»

«Quel che vuole anche adesso: il controllo» confidò in un bisbiglio. «Sei l'arma che può farle vincere o perdere questa guerra.»

Abbassai gli occhi, lo sguardo nel vuoto. «Devo… devo andar via…»

«No.» Mi scosse. «Non si arrenderà. Devi batterla, Nailyn, non puoi scappare dal tuo destino. Non più.»

«Cosa è successo ai miei genitori?»

Juda indugiò. «Sono stati condannati al rogo.»

Quelle parole mi colpirono come una pioggia di frecce. Strinsi le palpebre nel vano tentativo di cacciare via l'immagine del fuoco che li ardeva vivi. Ma per qualche motivo, non ne fui sorpresa. Lo stupore lasciò pian piano spazio alla collera, quella che più avanti si sarebbe trasformata in brama di vendetta.

«Non avevano voluto cederti a *lei*.» Con la voce roca per il dolore, Juda continuò: «La regina Jaismid era una bambina al tempo, e re Aronne non era stato ancora incoronato. Non esisteva alcuna legge a protezione della Leggenda del Fauno, una storia ancora usata solo per spaventare. E le parole di Sundriel erano miele nelle orecchie della fazione di cittadini turbata dal colore dei tuoi occhi».

Chiuse le palpebre come a voler allontanare i ricordi. Non so quale dio mi tenesse ancora in piedi, perché le ginocchia mi tremavano violentemente.

«È colpa mia» confessò, passandosi una mano sulla testa calva. «Ho dovuto scegliere tra loro e te. Devi perdonarmi, Nailyn. Ma saresti sempre stata tu la mia scelta.»

«Perdonarvi per cosa?» La mia voce era lontana, quasi non mi appartenesse. Mi lasciai andare su uno sgabello.

«Fui costretto a puntare il dito contro i tuoi genitori quando la folla armata li trascinò sul rogo. Nessuno tra quei codardi poteva guardare una neonata morire senza batter ciglio, perciò li convinsi a lasciarti a me» rivelò. «Giurai di donarti al fiume. Ma per essere credibile, dovetti fingere di unirmi a loro.»

Calò il gelo. La mia famiglia era stata giustiziata dalla donna che aveva fatto credere di accogliermi con amore nella Sacra Dimora di Heldor. La stessa donna che progettava di usarmi come una pedina.

«Mi avete salvato la vita» mi sentii dire.

Sbattei più volte le palpebre per riuscire a mettere a fuoco. Sentivo la mia fronte scottare.

«Eppure non ho fatto nulla per quella di tua madre e di tuo padre.»

Il profondo turbamento che scorgevo negli occhi color piombo di Juda aveva assunto finalmente un significato. E sebbene quella verità mi gravasse addosso, mi sentii alleggerita dal peso del dubbio.

«Elfride sa tutto? È per questo che Sundriel non vuole che mi confronti con lei?»

Assentì con un cenno. «Quando seppi che i genitori di Jak erano morti, tornai a cercarti. Ma era passato del tempo, e voi due eravate diventati bravi a nascondervi. Ho pensato che forse la vita di strada sarebbe stata meglio di quella che avresti avuto qui. Ho sperato che saresti potuta sfuggire al tuo destino. Ma quando ti ho visto in quella sala dopo la cerimonia…» Le parole caddero nel vuoto.

«Cosa devo fare?»

Mi concedetti un attimo d'incertezza, perché l'unica risposta che sapevo dare a quella domanda era *morte*. Morte per Sundriel.

«Nailyn, non devi fidarti di nessuno sulla strada che ti porterà di nuovo a Vartadis,» mi avvertì «neanche di Reywind. Lui è uno dei giusti, ma non posso dormire sonni tranquilli se non mi giuri che ti guarderai anche da lui. Giuramelo.»

«Lo giuro» sospirai. «Ma voi fatemi una promessa in cambio.»

«Qualunque cosa.»

«Non dite nulla di tutto questo a Jak.»

Un lampo di comprensione gli attraversò il volto. Jak aveva quasi ucciso Devis per un insulto. Non osavo immaginare cosa avrebbe fatto se avesse scoperto la verità sulla Madre. E non potevo partire col timore che al mio ritorno non lo avrei ritrovato. Era forte, ma era da solo contro un sistema intero.

«Non dirò nulla» mi assicurò. «E ora l'ultima cosa...» s'interruppe al rumore di tacchi che battevano sul pavimento.

Ogni suono mi arrivava sempre più forte alle orecchie, riuscendo quasi a silenziare il rumore dei miei pensieri.

Sì, forse dovrei proprio passare dalle curatrici.

«Cosa?» chiesi, sgranando gli occhi.

«Tieni,» mi mise in mano un bigliettino ripiegato su se stesso «allontanati in fretta da qui. Io aspetterò un po' prima di uscire. Ora vai» ordinò, spingendomi fuori dal ripostiglio. I suoi occhi mi lanciarono una supplica prima di richiudere la porta. «Stai attenta.»

Non persi un istante e feci del mio meglio per cancellarmi dalla faccia l'espressione scioccata. Quando Gazelle svoltò l'angolo finsi naturalezza. M'infilai in fretta il foglietto nella tasca posteriore dei pantaloni.

«Gironzoli svogliata per il castello, passerotto?»

«Avevo bisogno di schiarire i pensieri» risposi, senza fretta.

Lei mi studiò per un lungo istante, poi curvò le labbra dipinte di viola. «Pensieri... sostanza pericolosa» sibilò.

Mi osservò a lungo, decisa a non muovere un passo. Le voltai le spalle e camminai lungo il corridoio senza farmi tradire dalla fretta. Nonostante mi sentissi da schifo, avevo bisogno di stare da sola. Non avrei raggiunto le curatrici, sarebbe bastato un po' di riposo.

Una volta oltrepassato l'angolo, corsi veloce nei dormitori. Erano deserti, tutti gli Adepti si godevano la cena nella sala centrale, ma a me si era serrato lo stomaco. Avevo il cuore che pulsava in gola, come se lottasse per uscire. Seduta sul letto mi presi la testa tra le mani. Avrei voluto urlare, lanciare qualcosa contro le grandi vetrate e guardarle andare in frantumi. Jak era nelle segrete a morire di freddo, Juda rischiava la vita facendo il doppio gioco con la Madre, i miei genitori erano stati assassinati, io sarei dovuta tornare a Vartadis in compagnia di Reywind, che mi disprezzava dal profondo. E dovevo tenere tutto questo nascosto sotto una maschera d'indifferenza.

Portai due dita nella tasca e sfilai il bigliettino. Era un pezzo di pergamena strappato e ripiegato più volte. Lo aprii del tutto e mi trovai davanti alla croce capovolta che terminava in una punta, e le cui estremità si piegavano in due uncini verso l'alto. Lo stesso simbolo che avevo trovato tracciato nel libro di Juda.

«Cosa vuol dire?» sussurrai in un soffio.

Mi addormentai col foglietto stretto nel pugno. Non mi ero neanche sfilata gli scarponcini dai piedi. Ero esausta.

Sognai un fiume in cui si rifletteva la luna, ma questa volta sapevo che avrebbe dovuto essere la mia tomba. Sognai delle grida e lo scoppiettare di un fuoco, ma questa volta sapevo che erano i miei genitori che urlavano tra le fiamme. Sognai un uomo che mi stringeva tra le braccia e mi sussurrava parole rassicuranti, ma questa volta il cappuccio non nascondeva il suo volto terrorizzato. Era Juda.

Sognai di nuovo il fuoco, il suono del fiume e un uomo che mi portava tra le braccia. Era il mio esilio da Gläl, la mia casa. E questa volta sapevo che non era un sogno.

Era un *ricordo*.

36

Mi svegliai di soprassalto.

«*Nailyn.*» Una voce ariosa stava chiamando il mio nome.

Mi alzai svelta dal letto, gli occhi spalancati per cacciare il sonno.

«*Nailyn.*» Udii ancora. Proveniva dal corridoio.

Pian piano tutte le informazioni tornarono in ordine nella mia testa. Ricordai dell'annuncio della Madre e della rivelazione di Juda. E ora una voce sottile mi stava chiamando.

Elfride, pensai.

Non mi sentivo bene. Avevo lo stomaco sottosopra, la testa pesante, un sapore amaro sulla lingua. Ed ero confusa, la mente intorpidita. Mi convinsi che quella poteva essere l'unica possibilità che avevo per parlare con la Veggente.

Non mi ero sfilata gli scarponcini per mettermi a letto quella sera, e fu una salvezza perché non sarei stata in grado di allacciarli, altrimenti. Strusciai i piedi sul pavimento e raggiunsi la porta socchiusa dei dormitori. Uscii e mi lasciai guidare dalle fiaccole che ardevano sulle pareti.

«*Nailyn.*»

Il gelo del castello mi avvolse in un abbraccio spettrale. Continuai a camminare, tenendomi con una mano alla parete umida. Arrivai alle grandi vetrate ad arco che riflettevano il mio viso smorto, i cerchi scuri come ferri di cavallo intorno agli occhi, i capelli raggruppati in ciocche sudate sulle guance. Mi portai una mano alla fronte e mi accorsi che scottavo.

Forse non c'era nessuna voce. Forse stavo solo delirando. Il tempo che quel pensiero si formasse, e sentii di nuovo chiamare il mio nome, questa volta con tono pieno.

«Nailyn.»

Seguii il suono, sbattendo le palpebre più volte, scacciando la foschia che mi velava la vista. Arrivai al grande portone d'ingresso della fortezza. Non c'erano guardie a sorvegliarlo. *Perché?*

Scorsi il profilo delle due Chimere di pietra che proteggevano l'entrata. Il corpo d'ariete e la testa del leone, le cui grandi fauci erano spalancate in un ruggito eterno. Potevo quasi udirlo, quel ruggito.

«Nailyn.»

Alzai la testa e in lontananza, sulle rive del fiume che scorreva pacifico tra le mura della Sacra Dimora di Heldor, scorsi una figura bianca che mi osservava.

Quasi scivolai giù dal ponte nella fretta di raggiungerla. Il vento mi sferzava addosso graffiandomi la faccia. La neve scricchiolava sotto i piedi. Le sentinelle sulle mura erano concentrate a sorvegliare quel che accadeva fuori, perciò non si accorsero dell'Adepta febbricitante che si muoveva impacciata verso il fiume.

«Elfride» chiamai, la voce roca.

Ma quando fui abbastanza vicina, mi accorsi che quella non era affatto la Veggente. Sotto un lenzuolo bianco che schioccava mosso dal vento, si intravedeva una figura. Si voltò e lasciò scivolare a terra il telo spettrale rivelando una faccia appuntita, gli occhi come due fari di ghiaccio, i capelli corvini a caschetto, un sorriso da squalo.

Zinah.

Tra le sue mani, colpita dalla luce lunare, lampeggiò la lama del suo pugnale. «Ti avevo avvertita, *demone.*»

L'adrenalina scacciò la confusione dei miei pensieri, come una folata di vento che spazza via una nube pesante. Feci per sfilare il mio pugnale dallo scarponcino, ma qualcuno mi afferrò da dietro bloccandomi le braccia.

Devis fece schioccare la lingua contro i denti. Sentii il suo fiato solleticarmi il collo. «Puttana pidocchiosa» sibilò.

Mi divincolai, ma era più forte. Le mie braccia erano come due rami secchi nella sua presa. Tentai di sferrare calci e pugni, ma fu inutile. Devis fischiò, imitando il canto di un uccello, e comparvero altre due figure. Erano Adepti veterani, di quelli che mi avevano sempre guardata con diffidenza. Mi afferrarono per le gambe e mi trascinarono sulla sponda del fiume.

Mi dibattei senza sosta e riuscii a liberare un braccio. Lanciai un cazzotto alla cieca e colpii Devis al labbro già spaccato da Jak quella stessa mattina. Il ragazzo soffocò un'imprecazione e lasciò la presa per tamponarsi il sangue.

Caddi sulla schiena. Le costole erano guarite, ma l'impatto contro i sassi mi procurò comunque una scarica di dolore che s'irradiò in tutto il corpo. Gli altri due Adepti mollarono la presa alle caviglie per tirarmi in piedi dalle braccia. Approfittai dell'istante per girarmi sulla pancia e fare leva sulle ginocchia con l'intento di alzarmi.

Lo scarponcino di Zinah mi premette sulla schiena ributtandomi a terra. Trattenni un gemito. Il vomito mi salì in gola e deglutii. Mi girai rivolgendole il viso.

Uno dei due complici mi infilò le mani sotto le ascelle per sollevarmi. Gli morsi il braccio fino a sentire il sapore ferroso di sangue nella bocca. L'altro riuscì a portarmi le mani dietro la schiena e a immobilizzarmi.

«Non ti arrendi, eh?» Il volto di Zinah era a un soffio dal mio. Le sputai in faccia.

«Codarda» biascicai.

Mi guardò costernata, pulendosi la mia saliva con una manica. La punta del pugnale disegnò una traiettoria superficiale sulla mia gola. Il calore liquido del sangue mi scivolò sotto la maglia, mischiandosi al sudore. Ma ero troppo carica di adrenalina per riuscire a percepire il dolore. Un pugno mi colpì alla guancia, poi un calcio alle costole. Crollai a terra sotto una scarica di colpi, e tutta la forza venne meno.

Ero quasi incosciente quando mi trascinarono ancor più vicino al fiume e mi ficcarono il capo sott'acqua. Per un istante ne fui sollevata. La testa mi martellava troppo forte, e il fresco che mi inondò la bocca fu un conforto.

Quando provai a tirare un sospiro di sollievo mi accorsi che non potevo respirare. Spalancai gli occhi ma era tutto nero. Avevo braccia e gambe bloccate, e una mano sulla nuca che premeva costringendomi a inghiottire sabbia e acqua.

Non avevo più energie, persino l'adrenalina mi stava abbandonando. Continuai a dibattermi come un pesce tirato fuori dal mare, ma sapevo che non ce l'avrei fatta. Non avevo paura, ed ero abbastanza in me da rendermi conto che alla fine il fiume sarebbe diventato *davvero* la mia tomba. Juda non mi aveva sottratta a quel destino.

Pensai agli occhi scuri di Jak, al suo sorriso sornione, alle fossette che gli si formavano sulle guance. Un dolore indescrivibile mi arpionò il cuore. Lacrime salate si mischiarono all'acqua dolce nella quale annegavo. Sentii le palpebre calare. Era finita.

Ma poi, contro ogni speranza, venni tirata indietro. Vomitai acqua e tossii, incapace di ricordare come si respirasse. La prima boccata d'aria che entrò nei polmoni fu dolorosa, bruciò dall'interno come fuoco.

La vista mi sfarfallava, ma negli ultimi attimi di coscienza vidi una macchia scura che combatteva contro i miei quattro aguzzini, mettendoli in fuga. Poi si avvicinò a me con passo fermo e mi sollevò da terra. Un braccio dietro alla schiena e uno sotto le ginocchia. Mi appoggiai con la testa contro l'ampio petto caldo, inalando il vago aroma di vaniglia.

«Respira, Nailyn» m'incoraggiò una voce profonda e vibrante. Era familiare.

Sbattei più volte le palpebre e usai tutta la forza che mi era rimasta per sollevare lo sguardo sul suo viso. Il profilo di Reywind, accarezzato dal bagliore della luna, era una maschera di rabbia. Il pomo d'Adamo gli si mosse su e giù. Schiuse le labbra liberando una nuvoletta di vapore. Non sentivo più né caldo né freddo, non sentivo neanche il dolore delle ferite. O il pulsare del mio cuore.

Ma quando quei suoi occhi di ghiaccio si abbassarono e incontrarono i miei, fui certa che si fermò del tutto.

Poi, il buio vinse.

Quando mi svegliai Reywind era inginocchiato davanti al fuoco. Studiai l'ambiente attorno a me e mi scoprii avvolta in vari strati di pelliccia, adagiata su un letto che non era il mio. Anche la confusione causata dai fumi della pozione era svanita.

Una grande vetrata dava sul blu della notte che ammantava la vallata sottostante, il fiume scorreva lontano e le foreste coprivano le colline. La stanza in cui mi trovavo affacciava sul dirupo, sopra la cascata. Fatta eccezione per qualche libro posato sul comodino, la spada abbandonata contro la parete e un grande tappeto che ricopriva tutto il pavimento, la camera di Reywind era spoglia, essenziale. Rispecchiava alla perfezione l'idea che avevo di lui.

Stava aggiungendo legna nel camino. Non indossava la maglia e rivoli d'acqua gli colavano sulla pelle. La schiena era una mappa di cicatrici, così come anche le spalle. I muscoli si gonfiavano e allungavano a ogni movimento, un paesaggio di valli e colline. Si muoveva con grazia predatoria. I bicipiti lucidi d'acqua baciati dalla luce calda del fuoco...

Mi imposi di distogliere lo sguardo, ma lui lo aveva ormai percepito e si voltò. Fu tanto improvviso che non ebbi tempo di chiudere gli occhi e fingere di dormire. Si sollevò in piedi, senza dire una parola.

Il petto largo e pieno, segnato da ferite guarite da tempo, si alzava e riabbassava lentamente, a un ritmo ipnotico. Arrossii incantata da quel fisico autorevole, limato da anni e anni di duro allenamento.

«Hai violato il coprifuoco.» Suonò minaccioso.

La febbre era passata, forse per merito di quei sali e liquidi che giacevano immobili nelle ampolle sul comodino, ma il dolore in ogni punto del corpo mi impediva di muovermi.

«Credevo...» Mi si ruppe il fiato quando provai a parlare, la gola bruciava come se avessi ingoiato fuoco liquido.

«Non importa cosa credevi,» tagliò corto lui «sei stata incosciente.»

«Ma per fortuna tu eri lì, no?» Non riuscii a impedirmi di assumere un tono di sfida. E anche di dargli del tu.

Afferrò un telo dallo schienale di una sedia e si frizionò i capelli. Correndo con gli occhi lungo la stanza, trovai una porta semiaperta e intravidi una vasca in legno nella quale fumava acqua bollente.

Avvampai rendendomi contro che Reywind si era da poco fatto un bagno – completamente *nudo* – a pochi passi da me. Mentre ero senza sensi.

Si asciugò anche qualche rivoletto che gli correva lungo il torace prima di piegarsi con un solo ginocchio a terra davanti a me. L'altro era sollevato e ci si teneva poggiato con l'avambraccio. Le stelle si riflettevano nei suoi occhi azzurri, come se il cielo della notte si volesse confrontare con quello del giorno.

«Dovrei punirti per aver infranto le regole.» La sua voce era bassa, carezzevole.

Deglutii. Lievi tremori mi percorsero le mani. Le sue labbra guizzarono e trattenne un sorriso. Mi stava turbando e ne era pienamente consapevole. Stava giocando con me.

«Punirai anche Zinah e gli altri?»

Il suo sguardo si scurì. La maschera di rabbia che aveva fatto calare solo per qualche istante tornò al suo posto. «No. Non li denuncerò.»

«Che cosa?» sibilai. «Stavano per uccidermi.»

«E tu eri lì a farti ammazzare.» Tornò in piedi e s'infilò la maglia in un unico movimento. Il tessuto lo fasciava come una seconda pelle, e lasciava comunque ben poco all'immaginazione.

«Ci penseranno loro a spargere la voce nel castello...» Mi lasciai sfuggire un ghigno di fastidio.

Zinah si era senz'altro accorta che stavo male. E se ne era approfittata per riuscire a ingannarmi. Mi sentii umiliata al ricordo di me che inseguivo la sua voce, credendola quella di Elfride.

Mi tirai su e mi scappò un gemito di dolore.

«Non lo faranno.» Era di spalle e armeggiava nel cassetto della scrivania sul quale erano allineate pergamene e piume d'oca in impeccabile ordine.

«E perdere l'occasione di vantarsi?» Sollevai un sopracciglio. «Credo che per loro questo valga qualsiasi punizione della Madre.» Mi portai la mano al collo e scoprii una lunga ferita ancora umida di sangue.

Reywind si voltò, fulminandomi. Teneva tra le mani alcune bende e un barattolo con della pastura biancastra. «Tu non hai idea di cosa sia in grado di fare Sundriel. E questo ti rende ancora più sciocca.»

Intinse in una bacinella lo stesso telo che aveva usato per strofinarsi i capelli. Lo strizzò, e nel gesto le vene in rilievo sulle braccia si accentuarono.

«Non mi fido della Madre,» confidai «ma so che si interessa dei suoi Adepti. Di qualsiasi cosa sia capace, non metterebbe mai a repentaglio la loro vita.»

«Lo farebbe, invece» mi contraddisse. Trascinò la sedia davanti al letto e ci si mise a cavalcioni. «Lo farebbe con coloro che non rispettano le sue regole, perché vorrebbe dire che non li può controllare. Lo ha già fatto.»

Sentii il cuore sprofondare. Se mi avesse scoperta a gironzolare nel castello di notte mi avrebbe punita, ma non avrebbe calcato troppo forte la mano perché io ero la Discendente. Ma Jak... Per quanto la Madre lo credesse fondamentale nel mio destino, con lui non sarebbe stata gentile. Sentii nelle viscere un moto di gratitudine per Reywind, che quella mattina lo aveva spedito nelle segrete.

«Ha ucciso... ha ucciso un Adepto?» chiesi, scioccata.

Mi afferrò il mento con le dita per tenermi ferma, intanto che con lo straccio tamponava la ferita allo zigomo. La pelle mi formicolò.

«Successe un anno fa,» iniziò «era un novellino. Provò a fuggire, ma non riuscì ad arrivare neanche al tunnel che porta all'elevatore dietro la cascata. La Madre ordinò la fustigazione pubblica.»

«Per il Custode...» mormorai.

Reywind passò un pollice sulle mie labbra, pulendomi dai granelli di sabbia. Sentii il cuore accelerare. I suoi occhi erano fissi sulla mia bocca. Mi trattenni dall'istinto di mordermi il labbro.

«Cento frustate» sussurrò, perso nel ricordo. «Era già morto alla trentesima.»

Mi fece sollevare il mento, esponendo il taglio sulla gola. Lo intravidi armeggiare col barattolo e una scarica di brividi m'investì quando con il dito passò la pastura per tutta la lunghezza della ferita. C'era qualcosa di erotico in quel gesto. Ero pienamente cosciente di ogni centimetro di me.

«Non sfidare la Madre,» mi avvertì «e di' al tuo *amico* di fare lo stesso.»

Una nota strana gli piegava la voce quando si riferiva a Jak. Che non si piacessero era ormai evidente. Ma fino a quella sera credevo di non piacergli neanche io, eppure era lì seduto davanti a me a medicarmi le ferite. E mi aveva salvata da morte certa.

«Perché sei intervenuto?» La domanda mi uscì prima che potessi trattenerla.

I suoi occhi si sollevarono dal taglio che aveva appena bendato e si inchiodarono nei miei. Lessi indugio sul suo volto. «Sei la Discendente» rispose, semplicemente. «Devi ancora compiere il tuo destino.»

Si alzò e tornò davanti al camino. Mi dava le spalle, la testa china e le mani infilate nelle tasche dei pantaloni. Emanava autorevolezza e, in qualche modo, riusciva a intimidirmi.

Mi liberai dalle coperte e feci per alzarmi. Reywind girò lievemente la testa, mostrandomi il profilo deciso del suo volto. «Per stanotte resti qui,» ordinò «sarebbe davvero da stupidi farsi beccare oltre il coprifuoco proprio adesso.»

«Le altre Adepte si accorgeranno della mia assenza.»

«Se ti fanno domande, dirai che ti sei svegliata presto per andare a studiare in biblioteca. Lo hai già fatto, no?»

Mi tornò in mente la mattina in cui avevo spiato Reywind allenarsi a torso nudo nel freddo pungente dell'alba. Sentii il calore salirmi alle guance. Mi innervosii nel constatare che quella era almeno la sesta volta che mi faceva arrossire in pochi minuti. Lo avrei volentieri preso a calci in culo. E avrei fatto altrettanto con me, se fosse stato possibile.

Maledetta idiota.

«Bene, allora dormirò per terra» decisi.

Si voltò completamente offrendomi un ghigno beffardo. «Non avevo intenzione di condividere il letto con *te*.» La voce era carica di malizia. «Goditi le coperte. Io ho da fare.»

Afferrò il mantello orlato di pelliccia e, dopo un'ultima occhiata, uscì dalla stanza.

Mi lasciai cadere sui cuscini con un sospiro. In una sola giornata erano successe troppe cose. La mia testa era così piena da supplicare un po' di riposo. Perciò, nonostante in quella stanza mi sentissi in soggezione, chiusi gli occhi e lasciai che l'aroma di vaniglia di Reywind mi guidasse verso il sonno. Un sonno senza incubi.

37

La mattina dopo la mia aggressione, Jak era stato liberato dalle segrete. Non gli raccontai della notte prima, quando Zinah e Devis avevano tentato di ammazzarmi. Giustificai le ferite come le conseguenze di un allenamento più intenso del solito. Era una bugia fragile, facile da smascherare. Ma dovevo almeno provare a tenerlo fuori dai guai. Una notte nell'umidità della prigione non lo avrebbe frenato dal cercare vendetta. E sapendo ora di cosa fosse in grado la Madre, l'idea di partire per Vartadis e lasciarlo in balìa della sua impulsività mi spaventava tremendamente.

Omisi anche la verità che mi aveva rivelato Juda. Fremevo dal bisogno di raccontargli ogni cosa, ogni dettaglio. Ma era troppo pericoloso. In più occasioni fui sul punto di sputare il rospo, ma per amor suo mi morsi l'interno della bocca fino a farmi venire il sangue.

Nei giorni che seguirono ci sforzammo di tenere un profilo basso, pur non rinunciando alle nostre uscite notturne. La sezione vietata era diventata il nostro abituale luogo d'incontro. Non ci eravamo arresi del tutto a trovare il testo completo della Leggenda.

L'Oscurità del Fauno riportava diversi testi in lingua antica impossibili da decifrare, senza note a margine o passaggi tradotti. L'autore dava molte cose per scontate. Scoprimmo solo una versione alternativa. Riportava i versi così come li conoscevamo, aggiungendo un'ultima parte.

Col tempo le lame passarono di mano in mano a uomini
ciechi davanti al loro vero valore, e sparirono nei meandri
del mondo in attesa dei Prescelti, gli unici capaci
di risvegliare la magia.
Ma col ritorno alla vita del mondo incantato si scatenerà
sui regni anche la furia del Fauno, vittima dell'inganno.
Il vero RE dominerà la magia solo con il sacrificio
della Discendente.

Non aveva senso. Liquidammo in fretta quelle parole come vaneggiamenti di un vecchio fanatico controcorrente.

Reywind, nei giorni a seguire, m'ignorò del tutto. Ma sentivo che si era creato qualcosa tra noi, come una sorta di bolla in cui fluttuavano parole non pronunciate, parole che fingevamo non esistessero. I miei pensieri non facevano che ritornare alla sensazione del suo dito sulla mia gola, del pollice che mi puliva le labbra dai granelli di sabbia, della luce dorata del camino che gli baciava la pelle segnata dal reticolo di cicatrici.

Jak sembrava non digerire bene le occhiate che mi beccava a lanciare a Reywind. Era diventato sempre più scontroso con l'istruttore, tanto che quella mattina erano arrivati alle armi, entrambi fumanti di rabbia. Si erano scontrati senza che fosse possibile stabilire un vincitore: Reywind era più veloce, più elegante, più agile; ma Jak era più forte e meno prevedibile.

Alla vigilia della mia partenza, io e Jak eravamo di nuovo in biblioteca a sbirciare tra i libri proibiti. La fiammella di una candela illuminava quel tanto da permettermi di vedere l'espressione afflitta sul suo volto.

«Devi promettermi che non ti fiderai di lui.» I suoi occhi erano più neri del catrame.

«Te lo prometto» giurai, così come avevo fatto con Juda. «Tu promettimi di tenerti fuori dai guai. E di non mettere piede in questa biblioteca fin quando non sarò tornata.»

Gli scappò un sorriso, di quelli che facevano comparire le fossette. Annuì, ma sapevo che non avrebbe mai rispettato la promessa. Era come chiedergli di non respirare.

«Sei un maledetto bugiardo» sospirai.

«Un maledetto *affascinante* bugiardo» mi corresse, alzando un sopracciglio.

Tagliai corto con un gesto della mano. «Dobbiamo andare.»

Erano ore che ce ne stavamo seduti sul pavimento a sfogliare vecchi libri, ostinandoci a non parlare della mia imminente partenza fino a quel momento. Come se non menzionandola, fosse possibile dimenticarla.

Ma io il giorno dopo avrei davvero dovuto affrontare quel lungo viaggio. E avevo bisogno di contare sui miei sensi vigili. Non avrei potuto rinunciare a un secondo di sonno in più, nonostante il magone che provavo all'idea di allontanarmi da Jak mi tenesse inchiodata a terra accanto a lui.

Poggiai i palmi sul pavimento e feci per tirarmi su, ma le sue dita calde trovarono il mio polso, trattenendomi. Sollevai gli occhi nei suoi.

«Lyn» disse, la voce roca. Le palpebre si socchiusero e lo sguardo gli cadde sulla mia bocca.

Deglutii. Il suo cuore pulsava così forte che riuscivo a sentirlo tuonare contro il petto che si alzava e abbassava a ritmo irregolare. Un sottile fischio mi invase le orecchie, confondendomi.

Le lunghe ciglia scure s'impigliarono ai riccioli che gli coprivano la fronte. D'improvviso, fu come se la febbre fosse tornata a salire. C'era un caldo intenso ma piacevole che mi scorreva dalla punta dei piedi fino alla bocca. Formicolavo di desiderio e terrore.

«Jak» risposi, in un gemito.

Non so che tipo di supplica fosse la mia. So che quando schiusi le labbra, le sue fecero altrettanto. Allungò la mano all'altro polso e mi aiutò a mettermi in piedi. Era vicinissimo, mai lo era stato così tanto, neanche quella volta nell'armadio. Era come se l'intercapedine, tutta la biblioteca, l'intero castello fossero diventati troppo stretti per noi.

Abbassai lo sguardo, indecisa. Fissai il pomo d'Adamo. Vibrò quando ripeté il mio nome. Mi rifiutai d'incontrare i suoi occhi, così, con tutta la dolcezza di cui solo lui poteva essere capace, portò l'indice sotto il mio mento e mi convinse a sollevare il viso. C'era sicurezza sul suo volto. Non sembrava più il ragazzo smarrito che chiedeva gentilmente un bacio.

Era un *uomo*.

E lo pretendeva.

Mi sentii più fragile di quanto fossi disposta ad ammettere. Ogni resistenza si stava sgretolando sotto i miei piedi. Feci un passo indietro e mi scontrai con gli scaffali impilati di libri; si sollevò una nuvola di polvere. Jak mi raggiunse e posò un braccio sulla mensola sopra le nostre teste, intrappolandomi lì dov'ero. Non lo avevo mai visto così serio.

Mi portò una mano alla guancia e si prese qualche istante per accarezzarmi lo zigomo col pollice. Poi la fece scivolare lungo il collo, dietro la nuca, infilandomi le dita tra i capelli. E quando si avvicinò, non tentai di fuggire.

Sapeva che aveva vinto. Sfiorando le mie, le sue labbra si piegarono per un istante in un sorriso. Sulle prime fu un bacio delicato, al limite del garbato. Il semplice contatto della nostra pelle. Ma c'era una fiamma tra noi che stava divorando entrambi. E presto fu impossibile accontentarsi.

Aprii la bocca, lasciando che la sua lingua trovasse la mia. Lo sentii gemere, incapace di trattenersi un secondo di più. Si spinse contro di me lasciandomi percepire la *durezza* del suo corpo. Un'onda calda mi attorcigliò le viscere, una sensazione che oscillava tra il dolore e il piacere.

Portai le braccia intorno al suo collo e lo baciai con più intensità. Mi riempii la bocca del suo sapore dolce, un sapore che non credevo esistesse. Era come chiudere gli occhi e riuscire a immaginare un colore nuovo.

La sua mano scivolò sotto la mia maglia. Mi accarezzò il fianco, salendo lentamente. Il suo palmo si chiuse intorno a un seno indurito dall'eccitazione. Così come poco prima aveva fatto con lo zigomo, il pollice disegnò pigri cerchi sul capezzolo. La sua bocca abbandonò la mia per lasciarmi una scia di baci lungo il collo. Portai indietro la testa mostrandogli la gola.

«Non partire, domani» mormorò lieve tra i miei capelli.

«Non posso scegliere,» ribattei, tuffandogli le dita tra i ricci «lo sai.» Riavvicinai le mie labbra alle sue.

Le nostre lingue s'incontrarono di nuovo, scivolando l'una sull'altra in una danza umida.

«Allora» cominciò, portandomi le mani sotto il sedere e sollevandomi da terra «giurami che penserai a questo momento quando sarai via.»

Avvolsi le gambe intorno alla sua schiena e annuii. Jak aveva le guance arrossate, i capelli scompigliati e le labbra gonfie per il bacio. Persino la cicatrice che gli tagliava il volto sembrava più rosa.

Non era mai stato più bello di così.

Mi premeva contro, e potevo giurare che era eccitato tanto quanto me.

«Promettimi che quando tornerai sarai finalmente *mia*.» S'inginocchiò tenendomi stretta. Sciolsi la presa delle gambe solo quando mi adagiò a terra.

Lo afferrai per la maglia e me lo tirai addosso. Jak mi sovrastò. Le spalle larghe, il torace ampio, le braccia forti su cui si teneva sollevato. Voltai la testa e tracciai una serie di baci sul suo avambraccio. Sotto il mio tocco, la sua pelle si coprì di brividi.

«Lyn...»

Non c'era bisogno che continuasse. Sapevo cosa mi stava chiedendo. I miei occhi incontrarono i suoi, due tizzoni scuri che mi incenerirono dentro. Annuii.

Con un unico movimento si sfilò la maglietta, lanciandola lontano. Il suo corpo era una mappa di muscoli da esplorare, i quali terminavano con la striscia di peli scuri che scompariva all'interno dei pantaloni tesi sul davanti.

Tutto finì com'era cominciato.

La maglia gettata via atterrò sopra la candela che era rotolata fino a uno dei tanti scaffali. Le fiamme si alzarono in fretta, gelando l'ardore che bruciava sulla nostra pelle.

«Merda!» imprecò Jak alzandosi e tentando disperatamente di appiattire il fuoco con le scarpe.

«Jak, dobbiamo andarcene. Subito.»

Il fuoco era la più pericolosa e tenace delle bestie. Non saremmo riusciti ad assopirla, e farci beccare nella sezione vietata nel tentativo di farlo era anche più rischioso di restare in mezzo a un incendio. Il fumo avrebbe catturato l'attenzione delle guardie. Non avevamo più tempo.

«Perdonami, Lyn,» supplicò lui, mentre correvamo via «perdonami!»

«Sta' zitto, fottuto idiota!» lo spinsi in un'aula vuota quando percepii lo scalpiccio di scarponi contro il pavimento.

Trattenni la tosse nel sentire le guardie passare davanti alla porta. Aspettammo in silenzio qualche istante, poi uscimmo fuori e raggiungemmo i nostri dormitori senza quasi salutarci. Ci scambiammo una veloce occhiata carica di significato.

Quando m'infilai sotto le coperte, il cuore mi batteva all'impazzata. Quell'incendio era la rappresentazione concreta del fuoco che divampava tra me e Jak.

Vivo, incandescente, insopprimibile.

Distruttivo.

38

L'incendio era stato domato nella notte. Centinaia e centinaia di libri erano andati distrutti, ma il danno si era limitato alla zona interdetta della biblioteca.

All'alba, la Madre aveva preteso che gli Adepti raggiungessero la sala centrale. Il tanfo di fumo era arrivato fin lì. Io e Jak ci fingemmo increduli.

Eravamo spalla a spalla. L'attrazione tra noi non si era placata nella notte. Era, se si può, anche più bruciante. Forse perché si era interrotta sul più bello.

«Lyn...» sussurrò.

«Shh, non ora.»

Madre Sundriel era in piedi sul palco insieme a Elfride e ai professori. «Tra voi c'è un ribelle.» I piccoli occhi opachi erano spalancati. «Questa notte qualcuno ha appiccato un incendio nella sezione vietata. Qualcuno che aveva la chiave per accedervi.»

Un brivido mi percorse la schiena. Sperai che il terrore che provavo non trasparisse dal mio volto, e nemmeno da quello di Jak, che sembrava essersi irrigidito.

Juda evitava di guardarmi, come se in qualche modo temesse un mio coinvolgimento. Sembrava preoccupato. La Madre scandagliava le file di Adepti come se la sua non-vista potesse permetterle di guardare dentro ognuno di noi e trovare la verità.

Reywind, invece, non smetteva di fissarmi. Le sue iridi fredde gelarono il rosso dei miei occhi. Lui *sapeva*. In qualche modo aveva capito. La mandibola serrata, le labbra strette in una linea, la postura dura e ferma. Teneva le gambe leggermente divaricate e le mani dietro la schiena dritta. La posa del soldato lo faceva sembrare ancora più minaccioso.

«Si dà il caso che esista un'unica chiave» continuò la donna, la voce sporca di rabbia. «Devo supporre che qualcuno conoscesse l'esistenza di una copia a me sconosciuta?»

La mano di Jak trovò istintivamente la mia. Le sue dita erano calde. Una vampata mi salì alle guance al ricordo del suo tocco su di me.

Zinah, dietro di me, si avvicinò al mio orecchio. «Puzzi di fumo, *demone*» sibilò, il suo respiro che s'insinuava tra i miei capelli.

Se voleva vendicarsi della notte al fiume, quella era l'occasione perfetta. Avrebbe potuto denunciarmi, spifferare delle mie uscite notturne alla Madre e tutto avrebbe avuto un senso. Ma non lo fece.

«Perquisite i dormitori,» ordinò Sundriel con un cenno alle guardie «e controllate che non abbiano nulla addosso.»

La testa di Reywind si girò in un lampo verso la Madre.

Se avessero cercato, avrebbero trovato la chiave. Ma Jak sembrava inspiegabilmente tranquillo.

In men che non si dica ci ritrovammo tutti con le mani al muro, le gambe aperte e le guardie a tastare ovunque. Quando furono certi che la chiave non si trovasse nella sala centrale, la Madre li spedì alle camerate.

Lanciai un'occhiata a Jak. Lui ricambiò con un occhiolino.

«Sei pazzo?» sussurrai, le labbra quasi immobili.

«Non ti preoccupare,» mi rassicurò «prima di tornare nella mia stanza, ho provveduto a disfarmene.»

Lo guardai interrogativa. Per qualche motivo ero furiosa. Sembrava sottovalutare la pericolosità della situazione.

Le guardie erano andate e tornate in non più di quindici minuti. Ed erano a mani vuote. La rabbia della Madre era palpabile. Qualcuno gliel'aveva fatta sotto il naso ed era decisa a scoprire chi.

«Vi assicuro una cosa: quando uscirà fuori il colpevole, pagherà caro quest'insulto.»

L'aspetto della dolce vecchina, della madre amorevole e paziente era svanito. Ora aveva più le fattezze di una strega pronta a cogliere i frutti delle proprie maledizioni.

«Madre,» intervenne Reywind «con rispetto, io e l'Adepta Nailyn abbiamo un viaggio che ci attende.»

La donna parve tornare alla realtà. Mi guardò con diffidenza e poi annuì. «Non permettere che ci venga portata via. La Discendente è fondamentale per la nostra causa. Tienile gli occhi sempre addosso.»

Reywind chinò il capo, obbediente. «Consacro la mia vita a quella della Discendente, Madre. Non le verrà fatto alcun male.» Quando giurò, i suoi occhi non erano più fissi su Sundriel, ma inchiodati ai miei.

Sentii la bocca asciugarsi di tutta la saliva. E quando deglutii, fu come mandare giù un grumo di terra arida. Percepii il basso ringhio di Jak. E in un istante di lucidità, con la coda dell'occhio, lo intravidi lanciarmi uno sguardo esterrefatto. Aveva notato qualcosa, e non gli era affatto piaciuto. Ma cancellò quell'espressione in fretta, prima che mi voltassi a guardarlo.

Gli Adepti si stavano pian piano diradando, abbandonando la sala. Reywind scese gli scalini del palco e mi raggiunse. Lui e Jak si guardarono truci per qualche istante.

«Se le fai qualcosa...» minacciò.

«Ho appena giurato, *ragazzo*, non hai sentito?» Il tono beffardo di Reywind lo mandò su tutte le furie.

Jak lo afferrò per il bavero, strattonandolo. Ma Reywind rimase immobile come una roccia. Tenendo le braccia dietro la schiena, si limitò ad abbassare lo sguardo sulla mano.

«Jak» lo ammonii.

Lasciò titubante la presa, senza però estinguere le fiamme che gli bruciavano negli occhi.

«Ti consiglio cautela,» sussurrò Reywind «non vorrei che tornando Nailyn non ti trovasse ad aspettarla.» Il tono di scherno mascherò un avvertimento sincero che, era chiaro, Jak non aveva voluto cogliere.

«Se quando tornerete, Lyn avrà anche solo un graffio...»

«Chi ha detto che voglio *graffiarla*?» Un angolo della bocca gli si sollevò, ma negli occhi non c'era traccia di allegria.

«Jak,» intervenni «so difendermi da sola.»

Lui si lasciò sfuggire un lungo sospiro carico di frustrazione. Passò una mano tra i capelli e si calmò un poco.

«E tu...» continuai, additando Reywind e permettendomi la sfacciataggine di quella confidenza davanti ad altri. Ma non aggiunsi altro perché, per quanto desiderassi insultarlo, non mi sembrava il caso di portare ulteriormente avanti quella discussione.

Parve trattenere un sorriso. «Ti aspetto fuori,» concluse «fai in fretta.»

Si allontanò, accompagnato dallo sventolio della cappa di pelliccia. Intercettai lo sguardo di Juda, che piegò il capo in un saluto prima di uscire dalla sala. Avrei voluto fargli qualche domanda su quel bigliettino che mi aveva ficcato in mano, ma non era stato più possibile ritagliarci un istante lontano da occhi indiscreti.

«Non sopporto l'idea che tu parta con quel cazzone» latrò Jak, serrando la mandibola.

Ci stavamo avviando lentamente verso l'ingresso del castello. Indossavo un mantello di lana orlato di pelliccia di coniglio, un paio di scarponcini ammorbiditi dall'uso e la divisa da combattimento. Nel corpetto, sotto tutti quegli strati, avevo nascosto il pugnale che mi aveva donato Jak. Alla cintura portavo una lunga spada da una parte e una daga dall'altra. Tutte quelle armi addosso mi facevano sentire protetta e impacciata al contempo.

«Non ti devi preoccupare di lui. So badare a me stessa» ribadii «pensa piuttosto a tenere il culo fuori dai guai. Siamo intesi?»

Lui scacciò tutta la rabbia che gli ribolliva dentro con un sogghigno divertito. «Puoi scommetterci.»

«Oh sì, sono sicura che vincerei» ironizzai.

Arrivammo ai due leoni dal corpo d'ariete scolpiti nella pietra. Un tappeto di neve copriva ogni cosa. Reywind mi aspettava di fronte agli scalini che conducevano al tunnel sotterraneo. Ai piedi, le sacche con le provviste. Da lì, avremmo raggiunto l'elevatore.

Io e Jak ci fermammo. Quello che era successo tra noi la sera prima non aveva creato imbarazzo, al contrario di quanto mi aspettavo. Ma qualcosa mi frenava. Forse l'incendio era l'intervento divino che scongiurava un'unione tra noi. O forse era solo il fato che mi riportava sulla mia strada. Qualunque cosa fosse, mi aveva risvegliata dalla passione alla quale mi ero lasciata andare. Sentivo ancora la pelle formicolare al ricordo del suo tocco, e non sarei mai riuscita a cancellare le tracce di quel dolce sapore dalla bocca. Il mio corpo lo voleva. Ma la mia mente non riusciva a cedergli; non del tutto.

Per lui doveva essere chiaramente il contrario. Mi guardava con occhi così grandi che avrebbero potuto inghiottirmi. Mi stavano divorando, consumando, esaurendo. C'era tutta la speranza dell'universo nel suo sguardo.

Promettimi che quando tornerai sarai finalmente mia.

Quella richiesta aleggiava rumorosa tra noi. Non avevo risposto la notte prima, non lo avrei fatto nemmeno allora.

Mi prese le mani tra le sue. «Fai attenzione» sussurrò, la voce gutturale.

«E tu non fare il dannato coglione come tuo solito, in mia assenza.»

«*Affascinan…*» iniziò.

«*…tissimo* coglione. Lo so.» Roteai gli occhi.

«Te lo prometto.»

Mi portò una mano al collo, infilando un dito sotto il cordoncino della collana. Tirò leggermente e il ciondolo venne fuori, luccicando sotto i raggi del sole. Non c'era bisogno che lo dicesse, sapevo cosa stava pensando: indossare quella campana sarebbe stato un po' come portarmi Jak addosso, sulla pelle.

Dovevo smorzare la tensione. E all'improvviso mi ricordai della chiave. «Adesso dimmi dove l'hai nascosta» gli chiesi sottovoce.

Parve esitare. «L'ho lanciata nel fiume.»

Mi accigliai. Sapevo capire quando mentiva. «Jak» lo ammonii.

Scosse la testa, esausto. «Non devi preoccuparti di nulla. Fidati di me.»

Annuii.

Era arrivato il momento di salutarci. Percepivo lo sguardo di Reywind che attendeva con impazienza.

«Devo andare.» Un nodo alla gola mi spezzò la voce.

Jak si piegò verso di me per un bacio. All'ultimo momento voltai la testa, offrendogli la guancia. Sapevo che quel gesto lo avrebbe ferito, ma non volevo che passasse quei giorni in attesa di qualcosa di più. Non potevo promettergli nulla, e quel viaggio coincideva perfettamente col mio bisogno di riflettere. Ne avrei avuto tutto il tempo. Intanto, lui avrebbe mantenuto i piedi per terra. E poi, l'idea che Reywind mi vedesse in intimità con Jak mi metteva particolarmente a disagio.

Le sue labbra sfiorarono la mia pelle che pizzicò al contatto. «Ciao, Lyn.»

Sgusciai via, fuggendo. Non avrei potuto guardarlo senza impedirmi di far spuntare qualche lacrima. E non potevo permettere a Reywind di notare i miei occhi lucidi.

Senza voltarmi indietro, arrivai all'ingresso del tunnel. Con un pesante sospiro, indossai la maschera che mostravo per le vie di Vartadis. Quella di chi non aveva paura, ma ne incuteva.

«Pronta?» domandò Reywind.

«Pronta.»

Ci addentrammo nell'oscurità. Il passaggio sotterraneo era umido e illuminato da piccole fiaccole. Un odore di muschio invadeva l'aria. Camminavo dietro di lui, concentrandomi sul movimento felino della sua schiena per scacciare via il magone che mi opprimeva il petto.

Non volevo ammetterlo, ma avevo paura. Da quando avevo lasciato Vartadis, era questo il primo vero cambiamento. Non il viaggio sulla nave di Silver Hale, non l'arrivo a Gläl e il soggiorno da Viktor, non la Sacra Dimora di Heldor. Perché in tutti quei momenti avevo avuto Jak al mio fianco. Ora, invece, ero senza di lui, in compagnia di un uomo che mi disprezzava e che si sarebbe volentieri fatto quel viaggio da solo se avesse potuto.

Inghiottii un boccone amaro, ma non mi permisi di crollare. Avevo retto bene a molti colpi nella vita, questa nuova situazione mi avrebbe semplicemente resa più forte. Drizzai la schiena e lasciai uscire dai polmoni tutta l'ansia e l'insicurezza.

Reywind, senza fermarsi, voltò la testa mostrandomi il profilo. «Tutto bene, lì dietro?»

«Alla grande.»

«Bene.» La sua voce dura vibrò nella caverna. «Non ho intenzione di badare a una mocciosa.»

«Sai, Reywind, qualche volta ho il sospetto che ti abbiano infilato un palo su per il culo, da piccolo.»

Dovevamo passare diversi giorni fianco a fianco, quindi avremmo giocato secondo le mie regole. Se dovevo sopportare le sue uscite da bastardo, lui avrebbe dovuto fare altrettanto con le mie. E su questo ero certa che non poteva eguagliarmi: era il figlio del generale del regno di Eredros, addestrato sin da piccolo ed educato secondo le norme dell'alta società. Io, invece, ero una ladra dei bassifondi di Vartadis. Il mio repertorio d'insulti era interminabile. Lo vidi irrigidirsi e, come sospettavo, non rispose.

Raggiungemmo Vill, il guardiano del castello che sorvegliava l'elevatore. Sembrò seccato nel constatare che con noi non avevamo dolcetti da offrirgli. Ci lasciò comunque salire. Una volta fuori, giunti in fondo alla valle, avevamo entrambi gli abiti umidi per gli schizzi della cascata. Il gelo era paralizzante, ma non osai lamentarmi.

«E ora? Come raggiungiamo la città? Mi porti sulla schiena?» chiesi, sarcastica.

Jak avrebbe senz'altro riso. Lui, invece, s'infastidì. «Se non hai nulla di intelligente o utile da dire, tieni la bocca chiusa.»

«Sissignore» lo sfottei. «È per questo, allora, che in genere non parli molto? Perché non hai mai nulla d'intelligente da dire?»

Di nuovo non rispose.

Passammo le seguenti due ore in silenzio. Ripercorremmo a piedi la stessa strada che avevo fatto quando Gurild e Lo Smilzo avevano condotto me e Jak alla Sacra Dimora. La neve ci rallentava, ma fortunatamente era una giornata di sole. Arrivammo al punto in cui settimane prima si era fermato il mio carretto-prigione.

«Seguimi,» ordinò «poco più in là c'è il pascolo in cui lasciamo i cavalli.»

Come promesso, pochi minuti più tardi ci ritrovammo di fronte a una stalla circondata da una distesa infinta di prato coperto di neve.

«Padron Reywind, bentornato.» Un omino minuto e ingobbito dagli anni ci accolse prostrandosi in un inchino.

«Sella due cavalli, Jorge» disse lui. «Terrore per me e Nebbia per… la fanciulla.» Un sorriso beffardo gl'increspò le labbra.

«Questa "fanciulla" sa gestire bene gli stalloni» risposi, lasciando trapelare quel po' di malizia che bastava per turbarlo. Ma lui non sembrò affatto sgomento. Tutt'altro.

«Oh, non temete mia signora» intervenne Jorge. «Nebbia non è la creatura docile e calma che suggerisce il nome. È una bestia forte, che necessita di polso. Vi troverete bene.»

Lo stalliere ci consegnò le redini dei due animali. Terrore era un purosangue dal manto nero lucido e dalla muscolatura imponente. La mia cavalla aveva il pelo grigio, gli occhi dello stesso colore delle nubi cariche di pioggia, lo sguardo fiero e intelligente.

Salii in groppa senza difficoltà. Non avevo avuto molte occasioni di cavalcare, quando vivevo in città. Ma qualche scappatella in campagna io e Jak non ce l'eravamo mai negata, soprattutto le volte in cui avevamo bisogno di sparire per un po'.

«Cerca di starmi dietro» Reywind diede un colpo al fianco del cavallo e partì.

Lo imitai. Pochi secondi dopo lo superai al galoppo. «Cerca di farlo tu.»

39

Avevo avuto timore di quel viaggio.

Un po' perché senza Jak non mi sentivo al sicuro, e un po' perché non mi fidavo né di Reywind né del paesaggio ostile che mi circondava.

Credevo che sarei stata tutto il tempo con la schiena dritta, gli occhi spalancati, i nervi a fior di pelle. Invece, costante compagna delle lunghe cavalcate nei giorni che seguirono, fu la noia. Reywind se ne stava sempre sulle sue, chiuso in un silenzio impenetrabile.

Terrore era un'ottima guida per Nebbia, che posava le zampe negli stessi punti, seguiva i medesimi passaggi tra gli alberi e non si lasciava mai sfuggire il luogo migliore per brucare un po' d'erba mezza congelata. Sembravano fidarsi l'uno dell'altra, al contrario dei loro cavalieri.

Me ne stavo seduta su un ciocco di legno di fronte al fuoco con le mani attorno a una tazza di peltro al cui interno galleggiavano aghi di rosmarino.

La notte, resa ancor più profonda dalle fitte chiome di pini e abeti, ammantava il sentiero nell'oscurità, rendendolo impraticabile. Ci eravamo accampati al margine di una caverna umida, il fuoco scoppiettava di fronte al suo ingresso per evitare che il fumo invadesse l'ambiente.

Reywind si era sfilato i guanti per sventrare la trota che aveva catturato al fiume. Non credevo si potesse catturare un pesce a mani nude, fino ad allora. Dopo aver rimosso le interiora e la lisca centrale, aveva infilzato la polpa in alcuni rametti da avvicinare alle fiamme.

«Quando pensi di renderti utile?» aveva domandato, senza alzare gli occhi dal suo lavoro di precisione.

Eravamo lontani dalla Sacra Dimora da due giorni. Ci eravamo rivolti a malapena qualche sguardo. E seppure non avessi mai avanzato un lamento – neanche quando aveva preteso di attraversare a piedi il fiume per evitare che il nostro peso facesse scivolare i cavalli sulle pietre lisce e tondeggianti – avevo fatto ben poco.

Lui aveva cacciato, scuoiato la selvaggina, catturato pesci, acceso il fuoco, riempito le nostre borracce d'acqua di fiume, e razionato le poche provviste che ci eravamo portati dietro. Poteva sembrare che me ne approfittassi, ma la verità era che lui non voleva permettermi di rendermi utile: desiderava avere una scusa per sminuirmi.

«Quando ti deciderai a darmi un ordine,» ribattei, piccata «sei il mio comandante oppure no?»

«Un buon soldato non ha bisogno che gli venga detto cosa deve fare. Lo sa già.»

Lo guardai truce. «Più di cinque parole di fila,» constatai «complimenti, Reywind, meriti un premio.»

Sospirò pesantemente, sollevando lo sguardo e lasciando penzolare le braccia tra le gambe. «Cos'è questa cosa che fai?» chiese, irritato.

«Il sarcasmo, vuoi dire?» Sollevai un sopracciglio. «È la mia arma migliore.»

«È solo irritante.»

«Appunto.»

Tornò a infilzare pezzetti di polpa sugli spiedi. «Ravviva il fuoco, *soldatessa.*»

La luce del fuoco disegnava enormi aloni sugli alberi e sottolineava i lineamenti dritti e marcati di Reywind. La barba, sempre corta perché si ostinava a rasarsi ogni mattina, gli scuriva lievemente il mento. L'ombra delle lunghe ciglia gli accarezzava le guance. Dal colletto sbucavano cicatrici oramai chiare, simili a tentacoli.

Afferrai un grosso ciocco e lo abbandonai sulle fiamme, che lo avvolsero in un istante.

«Soldatessa, fanciulla...» brontolai «quanti soprannomi hai ancora da rifilarmi?»

Un ghignò gli piegò la bocca. «Non hai idea di quanti potrei inventarne.»

«Tipo?» lo sfidai.

«Che ne pensi di "scansafatiche"?»

«Che ne pensi di "brutto pezzo di merda"?»

Scosse la testa, esausto. «Penso che mi si addica.»

«Per una volta siamo d'accordo.»

Fece un sorriso. Vero, stavolta, per nulla compromesso da quella smorfia di disprezzo che di solito gli inquinava il volto. Non era riuscito a trattenerlo. Ma con la stessa velocità con cui comparve, sparì.

«Era un sorriso, quello?» cantilenai.

«Nient'affatto.»

«Lo era» constatai, afferrando uno spiedino e divorando la polpa in men che non si dica.

Tornò a chiudersi nel suo silenzio. Una volta finito di mangiare il pesce e qualche piccolo boccone di pane e formaggio che ci eravamo portati dietro, lasciai che andasse a riposare all'interno della caverna. Avrei fatto io il primo turno di guardia quella notte.

«Se ti viene sonno, svegliami» ordinò.

Annuii. Quando si voltò, lo osservai sciogliersi il nodo del mantello che avrebbe utilizzato come coperta. La divisa da combattimento gli fasciava il corpo e non lasciava proprio nulla all'immaginazione. Si sdraiò a terra, poggiò la testa sulle sacche da viaggio e si coprì con la cappa di pelliccia.

Ci mise un istante ad addormentarsi. Come chiuse gli occhi, il respiro divenne lento e regolare. E non era per la stanchezza, ma per il suo smisurato autocontrollo. Mi dava ai nervi.

Nuvolette di vapore gli uscivano dalle labbra. Labbra morbide, piene, che ero abituata a vedere strette in una linea. Non avrei voluto, ma mi ritrovai a immaginare quelle di Jak. Come stava accadendo ogni sera, passavo ore e ore a fantasticare su quel bacio. Sulla sua bocca che si muoveva esperta, sulla lingua, sulla mano che mi scivolava sotto la maglia. Tutti quei pensieri, che avrei dovuto cacciare, avevano almeno il beneficio di tenermi al caldo nel gelo. Mi cullavano.

D'improvviso, sentii una voce ariosa chiamare il mio nome. Voltai la testa di scatto, studiando i movimenti nella notte.

Non riuscivo a crederci quando vidi apparire tra gli alberi una figura minuta dall'aria familiare. I piedi scalzi calpestavano la neve senza far rumore. Non indossava altro che la solita veste sottile semitrasparente, ma non pareva rabbrividire per il freddo.

«Elfride» mormorai.

Lei mi guardò con enormi occhi bianchi, ma non disse nulla.

«Come sei arrivata fin qui?»

Il suo sguardo cadde a terra. Il suolo di fango, aghi di pino e neve era scomparso. Al suo posto trovai, invece, un pavimento di pietra. Piccoli fuochi costeggiavano i bordi di una navata che portava a scalini crepati tra i quali s'infiltravano le erbacce. In cima, un trono coperto d'edera e una corona nera come la pece.

«Che significa?» Il cuore mi batteva all'impazzata. Lei non rispose, così l'afferrai per le spalle e la scossi violentemente. «Cosa significa!»

Aprì la bocca per parlare, ma dalle labbra le colò sangue scuro e denso. Rovesciò gli occhi e si disintegrò come cenere al vento.

Sentii il palmo di una mano premermi sulla bocca. Il trono, il sangue e il pavimento di pietra sparirono. Davanti a me, a pochi centimetri, c'era Reywind. Si portò un dito alle labbra intimandomi silenzio. Il fuoco si era ormai estinto, lasciando come unico segno della sua esistenza dei tizzoni ardenti sommersi nella cenere.

Era un sogno. Elfride non era mai stata nella foresta. Mi ero addormentata. L'unica cosa che m'impediva di provare imbarazzo per la mia leggerezza e disattenzione, era il pericolo negli occhi di Reywind.

«Sfodera la spada, soldatessa,» sussurrò, lasciando cadere la mano e liberandomi la bocca «abbiamo visite.»

Non si era rimesso il mantello. Io slacciai il mio per guadagnare libertà di movimento. La lama della mia spada fischiò quando la estrassi dal fodero.

Si udì lo scricchiolio di un ramo, un suono allo stesso tempo lieve e rombante, che avrebbe potuto scatenare una valanga.

Delle voci erano in avvicinamento, qualcuno stava seguendo le nostre tracce fino alla caverna.

Io e Reywind ci ritrovammo spalla a spalla, girando in tondo con le armi alzate, pronti a combattere. Era tardi per fuggire. Nebbia e Terrore sollevarono il muso, annusando il nemico in arrivo.

L'adrenalina mi riscosse il corpo intorpidito dal gelo e dal sonno.

«Ti avevo detto di svegliarmi.» Era furioso.

«Non mi ero accorta di avere sonno» risposi, mortificata.

Se a uno dei due fosse successo qualcosa, sarebbe stata unicamente colpa mia. Se Jak non mi avesse vista tornare… Una folata di vento soffiò via quei pensieri.

«Vi siete perduti, bella gente?» Una lanterna apparve tra gli alberi.

Un uomo sulla sessantina, seguito da quattro ragazzi più giovani, sorrise mostrando i resti giallastri di quelli che dovevano essere stati i suoi denti. Una lunga barba grigia gli arrivava fino allo sterno, e sulla testa portava un berretto di lana coperto di buchi.

«Non abbiamo bisogno d'esser scortati, signore» rispose Reywind, restando in posizione d'attacco. «Proseguite per la vostra strada e potrebbero esserci ancora molte lune a illuminarvi il cammino.»

Quando mi notò, l'uomo si leccò le labbra. Percepii la sua eccitazione. Fu come se avesse visto il sole nella notte.

«Non temo il sacrificio, mio signore.» I suoi occhi erano puntati nei miei. Sfavillavano di desiderio. «Propongo un accordo: consegnaci lei, e le nostre strade si divideranno senza alcuno scontro.»

«Quella... quella è la Discendente.» Sussurrò uno dei giovani.

«Zefiro ci riprenderà con lui se gliela portiamo» disse un altro.

Reywind li incenerì con occhi di ghiaccio. Un basso ringhio gli salì su per la gola.

«Parlate dando per scontato che non opponga resistenza,» intervenni «non verrò con voi.»

«Mi pare di capire che non vi piacciono gli accordi, mio signore.» Il vecchio m'ignorò. La sua voce viscida mi fece salire un brivido lungo schiena. «Vorrà dire che ce la giocheremo.»

«Ho consacrato la mia vita alla Discendente» disse Reywind con una calma profonda. «Sì, è effettivamente lei» ammise, rispondendo agli sguardi sgomenti della compagnia di delinquenti.

«Sono confessioni pericolose.» L'uomo sorrise maligno.

Reywind scrollò le spalle. «Non vivrete per raccontarlo.»

A quelle parole, i quattro scagnozzi sfoderarono le spade. Erano lame rozze, non curate, macchiate di ruggine qua e là.

«Resta dietro di me» mi ordinò Reywind.

Uno di loro gli si avventò addosso, ma si ritrovò presto con la testa mozzata in un unico movimento. Sangue caldo zampillò come una fontana, sciogliendo la neve.

Certo, e mi lascio ammazzare nel frattempo.

Scontrai la mia spada contro quella del secondo, il quale non combatteva per uccidermi. Aveva bisogno di me *viva*. Approfittai del vantaggio e menai una ruota di colpi che i miei muscoli avevano memorizzato durante gli allenamenti di Reywind, e quelli segreti con Jak. Piroettai su me stessa e gli affondai la lama nel petto senza alcuna difficoltà, come nel burro. Spalancò la bocca e un verso gutturale seguì il suo ultimo respiro.

Non era il primo uomo che uccidevo. Ce n'erano stati altri a Vartadis. Ma non potevo impedirmi, tutte le volte, di sentire il rimorso alla bocca dello stomaco. Jak diceva che quella era la mia umanità. Realizzarlo, però, non lo rendeva più semplice da mandare giù. Ogni vita presa restava una vita rubata, e della quale ero in debito.

Premetti la punta dello scarponcino e feci pressione per sfilare la lama dalla cassa toracica del ragazzo. Reywind aveva ucciso il terzo ed era alle prese col quarto, che era certamente il più preparato. Il fragore delle loro lame che si scontravano mascherò quello dei passi del vecchio sulla neve.

Arrivato alle mie spalle proprio nell'istante in cui liberavo la spada, mi afferrò per la gola e mi tirò indietro. L'arma mi sfuggì dalla presa, affondando in un cumulo di neve. I cavalli nitrirono, reagendo al puzzo di sangue che impregnò l'aria dell'inverno.

Strinse le dita dalle unghie sporche bloccandomi il respiro.

Un tonfo sordo e l'ultimo ragazzo era a terra, oramai senza vita. Reywind si voltò.

«Fai un passo e sgozzo la tua troia» sibilò il bandito. Cercava di apparire duro e deciso, ma la paura gli aveva distorto la voce.

Reywind, la lama grondante sangue, lo divorò con uno sguardo. Notai le sue dita stringersi sull'impugnatura.

«Potrei strapparti la lingua per l'insulto alla Discendente» ringhiò. «Non temi per la tua vita, vecchio?»

«Sono già condannato,» udii lo scatto di un coltellino pieghevole «mi gioco la mia ultima carta. Vattene, lasciami vivere e non le farò alcun male.» Le sue labbra mi solleticarono l'orecchio. Il tanfo dell'alito mi raggiunse le narici.

In un ultimo istante di lucidità, portai lentamente una mano al corpetto sotto i vari strati di lana e sfilai il pugnale dalla scollatura. Non sarebbe stato preciso come il mio stiletto, ma avrebbe fatto il suo lavoro.

Successe tutto in un istante. Sferrai una gomitata decisa alla bocca dello stomaco dell'uomo, che, con un singhiozzo, mollò la presa. Si piegò in avanti tenendosi la pancia. Reywind ci raggiunse in un lampo, lo afferrò per i capelli e tirò indietro esponendomi la sua gola.

«Ti prego, ti prego!» supplicò.

Per me, le preghiere non avevano mai funzionato. Non avrebbero funzionato neanche per lui.

Tracciai una lunga incisione che andava dal mento al punto sotto il pomo d'Adamo. Gli aprii la trachea. Il vecchio tremò nella presa di Reywind, il quale, prima ancora che potesse spirare, insinuò le dita nella ferita, afferrò la lingua alla base e la strappò via, come promesso. Lo stesso movimento deciso con cui aveva tirato via le interiora del pesce.

Un debole grido soffocato e l'uomo crollò a terra. Una pozza di sangue macchiò la neve. Il corpo venne smosso dagli spasmi ancora per qualche secondo, prima che il silenzio della foresta tornasse a regnare.

L'unica violazione di quella calma era il mio respiro affannato. «Chi diavolo...» La domanda mi morì sulle labbra, osservando la carneficina che profanava la quiete.

Le mani di Reywind erano macchiate di rosso come se le avesse intinte nella vernice. I suoi occhi sembravano più vivi che mai.

«Ti avevo detto di restare dietro di me» sbottò, afferrandomi per le spalle così da controllare che fossi tutta intera. «E quelli erano scarti dei Ribelli.»

40

Non riprendemmo il sonno, quella notte.

Tornare a rifugiarci nella grotta quando fuori i cadaveri diventavano freddi, e offrivano un pasto facile alle bestie che si aggiravano tra gli alberi, era fuori discussione. Montammo su Nebbia e Terrore, che non desideravano altro che allontanarsi dal puzzo nauseabondo della morte, e ripartimmo.

Non parlammo. Reywind sembrava inquieto, o forse era solo furente perché mi ero addormentata nel mezzo della guardia. Avevo ricevuto un'unica responsabilità in quel viaggio: restare sveglia durante i miei turni. Non aveva tutti i torti ad avercela con me, in effetti... Ma quella sua aria di superiorità mi dava ai nervi. Era poi così invincibile, lui?

Quando l'adrenalina mi abbandonò, lunghi e viscidi brividi mi s'insinuarono sottopelle. Reywind aveva definito i nostri attentatori come "scarti dei Ribelli". Non riuscii a strappargli di bocca molto nelle prime ore della nostra ripartenza, solo che oltre alla Sacra Compagnia e alla Legione Oscura esisteva una terza fazione che si aggirava clandestinamente per le foreste. Erano per lo più traditori e senzatetto che si aggregavano senza scrupoli a Zefiro, il loro capo, pur di assicurarsi un pasto caldo.

E quelli che ci avevano aggrediti erano i loro scarti, gente così spregevole che non era stata voluta nemmeno da un gruppo basso e umile come quello dei Ribelli.

Fu lui, alla fine, a rompere il silenzio. «Come hai fatto a non ferirti quando hai sfilato il pugnale dal corsetto?»

Sorrisi. «Anni e anni di duro allenamento.»

«Sarai piena di cicatrici» insinuò.

«Mi stai chiedendo di mostrartele, Reywind?» sussurrai, sfoderando un ghigno malizioso. Volevo solo dissipare la tensione tra noi.

Lui tornò serio, chiudendosi nel suo ormai consueto mutismo. Ma non mi sfuggì lo sfavillio nel suo sguardo, per quanto si ostinasse a nasconderlo.

«Cosa vogliono i Ribelli?» domandai.

L'unico suono era l'affondare degli zoccoli nella neve. La notte si era pian piano schiarita e, tra le fronde fitte degli alberi, un cielo indaco screziato dai colori dell'alba assicurava tempo sereno.

«Quello che vogliono tutti: potere» ribatté, secco.

«Sì, ma in che senso?» insistetti, portando Nebbia al fianco di Terrore. «La Madre vuole il potere per impedire alla Legione Oscura di far prevalere il male. Ma loro? Loro cosa vogliono da me?»

Gli occhi di Reywind, più freddi dell'aria, si fissarono nei miei. Resistetti all'impulso di distogliere lo sguardo. «Sai così poco.»

Sbuffai. Non sopportavo quando schivava le domande. «E allora istruiscimi, *professore*.»

Lui represse un sorriso, ma gli occhi gli lampeggiarono di qualcosa che non seppi identificare. «La Madre» cominciò, tornando a guardare dritto davanti a sé «desidera impedire alla Legione Oscura di usarti come pedina. Ma non fare l'errore di credere che lei non ti voglia per i suoi scopi personali.»

Gli alberi erano gli unici testimoni di quella confessione. Reywind, che mi era sempre sembrato così devoto a Sundriel, mi stava forse mettendo in guardia da lei?

«Se le sorti di questa guerra dipenderanno da te, è mio compito assicurarmi che *tu* non ti lasci influenzare dagli interessi della Madre» continuò parlando con calma, scandendo bene ogni parola. «È a te che ho consacrato la mia vita. Non a Sundriel.»

Sentii le budella attorcigliarsi. Aveva giurato alla Madre che avrebbe protetto la mia vita con la sua. Un caldo insopportabile mi salì alle guance.

«"Se"?» dirottai in fretta il discorso. «Mi pareva di aver capito che siete tutti quanti assolutamente certi che io sia la Discendente.»

«Lo sei.» Annuì, deciso. «Ma la profezie sono malleabili come creta.»

«E allora, se possono essere modificate, che esistono a fare?»

«Cosa esiste a fare un sentiero, se si può camminare anche tra le rocce e tra i rovi?» Il fastidio nella sua voce mi colpì come una frusta. «Serve a indirizzarci, a mostrarci la via da percorrere e quella da abbandonare.»

Cambiava umore a una velocità spaventosa. Un secondo prima rinnovava il giuramento che aveva fatto davanti all'intera Sacra Dimora di Heldor, l'altro mi trattava come se fossi l'essere più stupido sulla faccia della Terra.

Ero confusa su ciò che avrei dovuto provare per lui. Passavo dal sentirmi in soggezione al sentirmi attratta al sentirmi irritata nel profondo. In questo ordine.

«E che pista sarebbe stata percorsa se quei pazzi mi avessero consegnata al loro capo?»

«Zefiro non è il loro capo» precisò. «Quelli non facevano parte della fazione dei Ribelli, erano scarti. Te lo devo ripetere di nuovo?»

Zefiro ci riprenderà con lui se gliela portiamo aveva detto uno dei delinquenti che giacevano ora morti nella neve.

Roteai gli occhi. «Pensavo che non lo capissi il sarcasmo» brontolai. «Rispondi o no?»

«I Ribelli vogliono impedire qualsiasi tipo di guerra. Credono che il risveglio della magia possa portare solo guai.»

«Non mi sembrano tanto fusi di cervello» sussurrai.

«No, ma sono fin troppo moderati. La guerra non è evitabile, Nailyn.» Il mio nome nella sua bocca aveva un sapore diverso. «La magia fa parte dell'ordine naturale delle cose. Ed è destinata a tornare, che i Ribelli lo vogliano o meno. Possono catturare la Discendente e impedirle d'intervenire, ma non possono fermare la Legione Oscura.»

La Legione Oscura.

Sapevo che prima o poi mi sarei dovuta scontrare con lei, che avrei dovuto combattere. E sperare di vincere, se non volevo che il mondo cadesse sotto l'ombra di un tiranno.

«Hanno una delle Spade» disse Reywind. S'irrigidì. *Ombra* era la lama temprata nel sangue di Selva, Chimera del lupo con il palco del cervo. La Spada che lui stava portando alla Sacra Dimora di Heldor quando la Legione Oscura li aveva attaccati e aveva ucciso alcuni Adepti del suo gruppo.

Doveva pesargli molto quella sconfitta. Lo percepivo dallo sguardo sprofondato nel vuoto, dalla fronte aggrottata e dai guizzi di rabbia della mascella.

«Dove l'avevi trovata?»

«Alcune iscrizioni rimandavano a un antico monastero alla Baia delle Meduse.» La sua voce era roca. «Durante la spedizione abbiamo cercato ovunque, spostando persino le mattonelle. È stato un Adepto ad accorgersi che il cavaliere di pietra che sorvegliava l'ingresso impugnava una spada. Sulla lama, nascosto da strati di sporcizia, abbiamo notato un nome inciso… *Ombra*. E una scritta così antica che non siamo riusciti a tradurla. Ma era lei. Così sfacciatamente in evidenza da essere difficile da trovare.»

«Non ci sono indizi riguardanti le altre Spade?»

«Noi non ne abbiamo trovati,» confessò «ma dobbiamo riuscirci prima che lo faccia la Legione.»

«Cosa vogliono dalle Spade?» Ero più confusa ora di quanto lo fossi prima di iniziare a tempestarlo di domande. «Senza i Prescelti sono inutili, no? Se le cercano e impediscono a loro di trovarle, la magia non può risvegliarsi.»

«Sono convinti che basti il loro sangue.» Un verso rabbioso gli salì su per la gola, «Quando hanno ucciso gli Adepti della mia divisione, hanno imbevuto un panno nel loro sangue e lo hanno passato sulla lama.»

Strinsi le gambe dal turbamento. Nebbia nitrì, risentita. Non chiesi più altro. D'improvviso, l'idea di trovarmi nei boschi m'inquietò più che mai.

Mi tornò in mente il sogno della sera prima. Elfride che compariva tra gli alberi per mostrarmi un trono coperto d'edera e che cercava di dirmi qualcosa, ma le parole venivano annegate nel sangue. Non ero tanto ingenua da credere che quello fosse soltanto un sogno.

A metà mattina ci fermammo per consumare un pasto veloce a base di formaggio e carne secca. Riempimmo le borracce al fiume e lasciammo abbeverare i cavalli. Di tanto in tanto coglievo Reywind lanciarmi qualche occhiata. Sapevo che mi stava studiando.

Reywind si muoveva con estrema fiducia del suo corpo, pienamente consapevole di ogni centimetro di sé. Era *fiero*, come un predatore. E qualche volta faceva sentire me la sua preda. Ma non mi azzardai mai a fargli capire quanto mi sentissi in soggezione.

Il cielo si stava scurendo e un'ulteriore giornata di viaggio era quasi giunta al termine. Ne restavano un altro paio.

«Se ci muoviamo, potremmo raggiungere la Sacra Dimora di Astriel oggi stesso.» Reywind alzò la testa al cielo, e i colori del crepuscolo gli riempirono le iridi come specchi. «Soggiorneremo lì, questa notte. E domani riprenderemo il viaggio per Vartadis.»

Era buio quando sbucammo fuori dalla foresta. Percorremmo il tratto di radura al galoppo. Come per la Sacra Dimora di Heldor, alte mura proteggevano il castello votato ad Astriel. Sulla cima lampeggiavano centinaia di fiaccole. Quando fummo abbastanza vicini, però, mi accorsi che non c'erano sentinelle a sorvegliare l'alzata. E il grande portone di legno rafforzato in ferro elfico era socchiuso.

«Resta qui.» Reywind smontò da cavallo e sguainò la spada.

Lo imitai all'istante.

C'era un silenzio spettrale. I cavalli scalpicciavano, desiderosi di allontanarsi. Indietreggiavano, ma l'incondizionata fedeltà ai loro cavalieri gli impedì di darsela a gambe. C'era una vocina dentro di me che mi urlava di risalire in groppa a Nebbia e di fuggire via, il più lontano possibile.

Invece, raggiunsi Reywind che si accostava diffidente al portone. «Ti avevo detto di restare dov'eri» sussurrò stizzito. «Fai mai quello che ti viene ordinato?»

«No, se posso evitarlo» ribattei, sporgendomi all'interno delle mura.

Il manto di neve che ricopriva il terreno era disseminato d'impronte. Andavano da tutte le parti, tracciando scie frenetiche che portavano all'interno del castello. Ed era pieno di macchie rosse. Ovunque.

A terra, accucciato sotto a una statua del cavallo con la testa d'aquila immobile su due zampe, scorsi la figura di un uomo. Senza pensarci due volte, corsi verso di lui.

«Nailyn!» Reywind mi richiamò in un sussurro irato, prima di raggiungermi.

L'uomo era poggiato con la schiena contro il muro e si teneva la pancia con una mano tremante. Le labbra sporche di sangue, la barba bianca imbrattata di scuro liquido appiccicoso e gli occhi febbrili.

«Cosa è successo?» chiesi, in preda alla paura.

Dalla sua gola salì un gorgoglio inquietante. «Tar... d...i» provò a dire.

Reywind si accucciò accanto a me. «Siete stati attaccati dalla Legione Oscura?» La voce era ferma, immune al terrore che invece invadeva me.

Il vecchio annuì debolmente.

Un singhiozzo di dolore gli sfuggì dalla bocca, dalla quale scoppiò una bolla di sangue e saliva. Una rabbia cieca mi invase. Non conoscevo quell'uomo, ma la parte di me che Jak definiva umana non poteva sopportare di vedere la sua sofferenza.

«Sei pronto?» gli chiese Reywind. Una lacrima solcò la guancia pallida del vecchio quando notò il pugnale che lui stringeva con fermezza. Annuì ancora. Il più grande gesto di coraggio al quale avevo mai assistito.

Quando lo vidi pugnalare l'uomo al cuore senza esitazione, capii quanto le voci che circolavano sul suo conto dicessero il vero. Era d'acciaio. C'era una saldezza glaciale nel suo sguardo. In quello del vecchio, invece, c'era gratitudine.

Aspettammo che l'ultimo respiro abbandonasse le sue labbra prima di rimetterci in piedi. Reywind non si preoccupò di ripulire il pugnale.

«Resta dietro di me,» ordinò «e questa volta *obbedisci.*»

Acconsentii riluttante con un cenno del capo e lo seguii all'interno della fortezza. Non si udiva alcun rumore, fatta eccezione per lo scoppiettio delle fiaccole. Percorremmo un lungo corridoio che sembrava interminabile.

Infine, arrivammo a quella che doveva essere la sala centrale. Mi si ghiacciarono i muscoli, impedendomi qualsiasi movimento. Il pavimento era disseminato di corpi trucidati. Decine di ragazzi mi guardavano dal basso con i loro occhi vitrei, dietro i quali non c'era più *nessuno*. Qualcuno aveva provato a combattere, lo capii dalle spade sguainate che tenevano ancora tra le mani. Il tanfo di sangue impregnava l'aria e mi provocava violenti conati di vomito.

Reywind s'inginocchiò davanti alla figura di una vecchia, e le scostò i capelli bianchi dal volto. Gli occhi scuri erano velati da una patina opaca e la bocca era spalancata in un grido muto. Intuii che fosse la Madre della Sacra Dimora di Astriel. Era completamente diversa da Sundriel, che faticavo a credere mortale. Non sottovalutavo il pericolo della guerra imminente, ma vedere quella donna immersa nella pozza del suo stesso sangue mi fece sentire ancora più vulnerabile.

«Siamo arrivati tardi» dissi, portandomi la mano allo stomaco.

La Legione Oscura aveva attaccato il castello e fatto fuori ogni suo abitante. Il sangue dei caduti avrebbe potuto reagire sulla lama di *Ombra*. Avrebbe potuto risvegliare la Spada, se quel che credevano i Legionari era vero.

«Non avremmo potuto fare nulla.» La voce spettrale di Reywind fu una doccia fredda.

Mi guardò, quasi grato che non ci fosse nulla da fare, che avessimo evitato il pericolo.

Mi afferrò per il polso e mi avvicinò a sé. Sparii nei suoi occhi, perché non potevo sopportare di cadere in quelli degli Adepti massacrati a terra. Non erano dolci e caldi come quelli di Jak. Eppure m'infondevano forza. Non avevo bisogno che qualcuno mi facesse sentire protetta, ero in grado di occuparmi di me stessa. Ma gli fui silenziosamente grata per quel conforto.

Il sangue che bagnava il pavimento della Sacra Dimora di Astriel, era la prova che la staffetta mandata lì da Reywind dopo la sua missione fallita, non era mai arrivata a destinazione.

41

Dopo aver scoperto la carneficina alla Sacra Dimora di Astriel, avevamo deciso di rimontare immediatamente in groppa ai cavalli e allontanarci. Non era saggio restare nei paraggi quando la Legione Oscura si aggirava indisturbata.

Nessuno dei due ne parlava, ma avevamo il timore che si sarebbero diretti alla Sacra Dimora di Heldor. Non riuscivo a smettere di figurarmi gli occhi di Jak che mi guardavano dal basso, senza vita. Non potevamo tornare indietro per avvertirli, ormai eravamo quasi arrivati a Vartadis. Potevamo solo sperare che, se fossero stati attaccati, si sarebbero saputi difendere.

Sapere che Jak era in grado di svignarsela, muovendosi furtivo come un ladro, mi rassicurava giusto un poco. Il terrore mi faceva comunque tremare dall'interno.

Fino alla sera prima, l'idea di una guerra era solo un vago pensiero nella mia testa. Ma dopo aver visto tutto quel sangue… era diventata concreta.

«Tutto bene?» mi domandò Reywind. Sembrava costargli un grande sforzo mostrarsi preoccupato.

«Sto bene.»

«Non ci sarebbe niente di male se avessi bisogno di parlare.»

La sua voce era dura, quasi volesse lui stesso scoraggiare lo sfogo.

«È qualcosa di simile alla gentilezza, questa?» tergiversai, portando Nebbia al fianco dello stallone nero. «Credevo che fossi un duro.»

Ebbe uno spasmo di fastidio. «So cosa si dice di me al castello.»

Sollevai un sopracciglio.

«Che neanche i miei coglioni sono molli.» Voltò lo sguardo e mi sfoderò un ghigno arrogante.

Evitai di rispondere. Potevamo parlare di tutto, anche dei cadaveri che ci eravamo lasciati alle spalle, ma certo non di *quello*.

«Ho lavorato duramente per limare via ogni strato di debolezza che esisteva in me.»

«Immagino che tu ne abbia avuto motivo» indagai.

Un'ombra d'odio gli scurì lo sguardo. «Più di uno, in effetti.»

Mi presi qualche istante per studiare il profilo rigido del suo viso. Sembrava scolpito nel marmo da un dio della guerra. Senza un apparente motivo, mi ritrovai a desiderare ardentemente di scoprire che aspetto avesse quando rideva. Intendo ridere veramente, non un veloce guizzo o il solito ghigno di sfida.

«Ci siamo.» Alzò il mento, indicando davanti a sé.

A meno di mezza giornata di cammino, in fondo alla valle, la sagoma nera di Vartadis era una macchiolina sulla riva del mare.

Sentii il cuore perdere un battito. Erano passati mesi da quando Jak mi aveva trascinata sulla nave di Silver Hale. Il respiro allora mi si era spezzato, certa che non l'avrei mai più rivista. E invece, eccola lì. Come se non me ne fossi mai andata. Dovetti reprimere l'impulso di spingere Nebbia al galoppo.

Mi voltai col viso pieno di speranza, ma al posto di Jak trovai Reywind. Il sorriso mi si spense sulle labbra. Lui non poteva capire cosa significasse per me. Quando tornai seria, scorsi una nota di delusione nel suo sguardo. Forse perché aveva visto il mio entusiasmo spegnersi? Comunque, fu talmente veloce che mi convinsi presto di averla immaginata.

«La Madre mi ha informata delle circostanze in cui hai lasciato la città.» Il tono pragmatico mi riportò in me. «Sei una ricercata.»

Sapevo che mettere piede a Vartadis poteva essere rischioso, ma mi ero convinta che bastasse la parola di Reywind, e di riflesso della regina, ad assicurarmi un lasciapassare. E invece non era così.

«Indosserai questa.» Frugò nella sacca appesa al lato di Terrore e tirò fuori una veletta in pizzo nero.

«Io quella roba non la metto.»

«Lo farai, se non vuoi che l'intera Vartadis ti riconosca dal colore dei tuoi occhi.» Me la lanciò.

«Ma è…»

«… un perfetto e rispettoso copricapo femminile in occasione del lutto per il re che ti lacera nel profondo» concluse, senza dare spazio a ulteriori proteste.

Brontolando, posizionai il velo che mi copriva i capelli e scivolava sul volto celandomi dal naso in su. Dietro il tessuto, la vista mi s'incrociò.

«Non vedo un cazzo» mi lamentai.

«È così che parlano le donne a Vartadis?» Percepii il divertimento nel suo tono.

«Quelle dei bassifondi, sì.»

Arrivammo ai cancelli della città poco prima di pranzo. Avevo il respiro affannato per l'eccitazione. La veletta stonava con la tenuta da combattimento che indossavo. Mi procurò qualche occhiata curiosa. Ma Reywind aveva ragione, per lo più ero passata inosservata. Nessuno mi avrebbe chiesto di sollevarla, neanche le guardie all'entrata. Sarebbe stata considerata una gravissima mancanza di rispetto per il defunto.

Lasciai che il profumo di spezie m'inebriasse, invadendomi i polmoni. Mi erano mancati i mercati ricchi di prelibatezze provenienti da ogni angolo del continente, le canzoni squallide che suonavano dall'interno dei bordelli, le grida dei venditori ambulanti che giuravano che il loro vino era il più pregiato, i loro tessuti i più raffinati, i loro oli i più profumati.

Percorremmo le vie senza scendere da cavallo, oltrepassando la folla che si muoveva con i cesti colmi di acquisti. Svoltammo verso l'interno e sollevai gli occhi. Davanti a me il campanile svettava in tutta la sua altezza. La pietra nera era la stessa, i drappeggi di tessuti alle finestre anche.

Sarei riuscita a ritagliare una piccola pausa da tutto quello che mi stava accadendo per andare a dare una sbirciatina all'interno del rifugio? Giusto per vedere se fosse ancora tutto uguale, e magari per fumarmi una di quelle lunghe sigarette che avevo lasciato nel cassetto.

L'immagine di Jak disteso sui cuscini, con la testa all'indietro mentre sputava una nuvola di fumo, mi fece salire un groppo in gola. In risposta, il ciondolo della campana bruciò contro la pelle.

«Attenta!» Reywind si sporse e afferrò le redini di Nebbia.

Distratta a fissare il campanile, avevo quasi investito due ragazzini che mi guardavano ora con occhi grandi come mandarini.

«Resta concentrata» mi ordinò, mentre i due se la davano a gambe.

Buttai un'ultima occhiata al rifugio e mi imposi di non pensarci più fino a quando non fossi rimasta finalmente sola.

Superando la calca, spingemmo i cavalli lungo la salita che portava al palazzo reale. Tutt'intorno al castello, un'alta siepe verde lo proteggeva da sguardi indiscreti. Le guardie all'entrata, riconoscendo Reywind, ci lasciarono passare. Alla fine di un lungo viale, il castello di pietra bianca riluceva sotto i rami del sole, tanto che dovetti socchiudere le palpebre nonostante la protezione del velo.

Il fatto che non fosse in pietra nera come il resto degli edifici della città mi aveva sempre fatto pensare che servisse a sottolineare la differenza tra i reali e tutto il resto del regno di Eredros.

Due colonne, abbracciate dal caprifoglio che s'intrecciava tutt'intorno, costeggiavano l'ingresso. Il palazzo reale era dieci volte più grande della Sacra Dimora di Heldor, ma dieci volte meno spaventoso. Sembrava appena uscito da una fiaba. E seppure fossi vissuta a Vartadis per quasi tutta la mia vita, non ero mai arrivata fin lì. Lo avevo sempre visto da lontano, e solo trovandomi sotto la sua imponenza mi resi conto di quanto fosse suggestivo.

Un governante ci accolse, suggerendoci di lasciare i cavalli alle cure dello stalliere. Ci condusse poi all'interno, camminando con le braccia rigide lungo i fianchi. Sembrava un papero intrappolato in un abito da domestico. Se ci fosse stato Jak, le battute si sarebbero sprecate. Reywind, invece, sembrava impassibile.

Il lungo corridoio era illuminato da grandi vetrate le cui intelaiature a croce davano su giardini, roseti e alberi da frutto. Era impossibile capacitarsi del fatto che tra quelle mura si era compiuto un regicidio.

Raggiungemmo una breve scalinata che affacciava su un'altra serie di corridoi, davanti ai quali un secondo domestico attendeva con le braccia incrociate dietro alla schiena. «La regina Jaismid e il Gran generale Florent vi riceveranno non appena avrete riposato.»

«È urgente» ringhiò Reywind.

Il governante alzò il mento, irremovibile. «Spiacente, ordini del generale.»

Non potei fare a meno di notare che le disposizioni erano state date dal padre di Reywind e *non* dalla regina.

«Seguiteci, vi mostriamo gli alloggi.» Girò i tacchi, schioccando le suole sul pavimento tirato a lucido.

Percorremmo insieme ancora un paio di lunghi corridoi e scalinate, poi le nostre strade si separarono. Reywind mi lanciò un'occhiata che non seppi come interpretare, forse mi stava raccomandando di rimanere attenta.

La mia stanza era grande quanto tutta la camerata della Sacra Dimora. Un enorme letto a baldacchino, come non ne avevo mai visti, troneggiava al centro. Tende, coperte e cuscini erano di un bianco candido, un contrasto delizioso col rosso del grande tappeto che occupava tutto il pavimento. Di fronte alle vetrate che davano su una grossa fontana, c'era una toletta disseminata di trucchi, gioielli e pettini d'ogni tipo. Contro la parete, un tavolo tondo ospitava vassoi di frutta e prelibatezze.

Non ci pensai un secondo e mi ci fiondai sopra, trangugiando in un minuto tutto il possibile. Il succo di una mora mi colò lungo il mento. Lo raccolsi con un dito e lo leccai avidamente. Il sapore dolce mi ricordò quello della lingua di Jak. Mi sentii arrossire e improvvisamente mi passò tutto l'appetito.

Mi lasciai cadere sul letto. «Come ci sono finita in questa situazione?» domandai, non sapendo neanche io se mi riferissi al viaggio con Reywind, al mio ruolo nella guerra, o al legame con Jak.

Avrei voluto concentrarmi e pensare a tutto, così da riuscire a incastrare ogni pezzo. Invece, crollai in un sonno che durò quasi l'intero pomeriggio.

Toc, toc, toc.

Mi svegliai tirandomi su di scatto. Il cielo fuori dalle vetrate si era fatto più scuro. Cominciavano a comparire timide stelle.

Dopo essermi sistemata con le dita i capelli arruffati, ed essermi riposizionata la veletta, risposi: «Sì?». La voce, impastata dalla stanchezza, suonò rauca.

La porta si aprì e una giovane ancella dalla pelle d'ambra si prostrò a terra nel più umile degli inchini. Mi sentii a disagio.

«Ehm… alzati. Per favore.»

La ragazza obbedì, senza però incontrare mai il mio sguardo. «Mi hanno mandata per accompagnarvi alle terme,» sussurrò «la regina immagina che abbiate bisogno di un bagno.»

Mi annusai i vestiti e trattenni un verso di disgusto. Nonostante il freddo, la fatica del viaggio mi aveva fatta sudare parecchio. Anche la paura aveva fatto la sua parte.

«Molto generosa, la regina.»

L'ancella filò veloce fuori e quasi dovetti correre per tenere il passo. I bagni termali si trovavano molti piani al di sotto. Mi lasciò all'entrata e andò via senza una parola.

Al di là della soglia, vapori profumati mi accolsero in una nuvola. Non c'erano finestre a illuminare l'ambiente, ma tante piccole fiaccole che ardevano resistendo all'umidità.

«Vieni, figlia del Ladro.» Una voce vellutata mi chiamò da una delle piscine.

La regina Jaismid si trovava in fondo a una grossa vasca, i gomiti tirati indietro per sorreggersi al bordo in pietra. La foschia era tanto fitta che non riuscii a scorgere altro che la sua figura minuta. Mossi qualche passo e mi accorsi della presenza di una seconda persona.

Reywind mi guardò dal basso, gli occhi come biglie di ghiaccio. Rivoli d'acqua gli colavano dai capelli, scendendo sulle clavicole. La pelle, arrossata dal calore, gli si ricoprì di brividi quando si tirò leggermente su. Indugiai un istante di troppo sulle cicatrici che gli occupavano la schiena e il petto.

«Liberati dei vestiti e unisciti a noi» ordinò la regina.

In quell'istante realizzai che Reywind era *nudo*. E lo era anche Jaismid. E si trovavano entrambi nella stessa piscina.

Sapevo che tra i reali la nudità non era un tabù. Ma non potei comunque impedire alle mie guance di andare a fuoco.

«Credo che sia meglio lasciarvi sole, Vostra Altezza,» suggerì lui «se vi compiace.»

«Va' pure» rispose lei, la voce tagliente.

Lui mi osservò da sotto le ciglia sulle quali tremolavano gocce d'acqua. Poggiò i palmi sul bordo e si tirò su in un unico movimento atletico. I muscoli delle spalle scattarono e si gonfiarono sotto la pelle. Distolsi in fretta lo sguardo prima di vedere *troppo*.

L'aria sembrava essersi scaldata di altri cinquanta gradi, come se non fosse già abbastanza bollente. Sentii i passi umidi di Reywind allontanarsi verso gli asciugamani. Mentre si frizionava i capelli, sbirciai velocemente nella sua direzione.

Era voltato verso la parete. Seguii i movimenti sinuosi della schiena. Aveva le spalle larghe, la figura asciutta ma vigorosa. Ogni muscolo delineato alla perfezione. Non riuscii a impedirmelo, e lo sguardo mi cadde sul sedere tondo e duro come il marmo. Sembrava completamente a suo agio nel proprio corpo, consapevole della sua bellezza così come della sua forza. Quando tornai su con gli occhi, lo scoprii a fissarmi. Aveva ruotato lievemente la testa e ora sfoderava un ghigno divertito.

Strabuzzai gli occhi e mi girai. Nonostante la veletta che mi copriva, gli era ben chiaro cosa stessi facendo fino a un istante prima. Il cuore mi batteva da far male, ma mi decisi a rimanere immobile fin quando non fui certa che se ne fosse andato. Quella faccia compiaciuta non sarei più riuscita a togliermela dalla testa. Mi sarei volentieri lasciata annegare nella vasca, se fosse servito a qualcosa.

Quando mi voltai nuovamente, Jaismid si era fatta più vicina.

Affiorava dall'acqua come una dea, i capelli neri raccolti in una crocchia dalla quale sfuggivano ricci ribelli. Aveva gli occhi di un verde impossibile. Persino le pietre luminose che portava al collo impallidivano al confronto. Il naso dritto e la piega morbida della bocca dimostravano tutta la regalità della sua discendenza. Persino da nuda emanava un'autorevolezza tale che mi sentii in imbarazzo nei miei vestiti.

«Spogliati e vieni accanto a me.» Tornò al bordo opposto della piscina con un paio di bracciate decise.

Sciolsi i nodi e i bottoni della divisa. Mi liberai di tutti gli strati di tessuto, abbandonandoli a terra insieme alla veletta. Un'ancella corse a recuperarli. Non mi coprii, certa che quel gesto non avrebbe fatto altro che mettermi ancor più a disagio. Scivolai nell'acqua, lasciando che il calore sciogliesse la tensione dei muscoli. Mi scappò un sospiro di sollievo.

«Sei davvero tu» affermò, la voce vibrante di curiosità.

Mi ero immaginata una giovane, fragile regina distrutta dal dolore. E invece, davanti a me, c'era una donna di pochi anni più grande, con la testa dritta e lo sguardo più tagliente di un diamante. I seni gonfi di latte affiorarono sulla superficie, ma non se ne curò.

«Così sembra.» Scrollai le spalle.

Mi studiò con occhi penetranti. «Assurdo immaginare che in una creaturina come te sia riposto il destino del mondo.»

Mi sentii pungere sul vivo. Fu come se, con quelle parole, stesse sottolineando quanto mi trovassi in basso nella scala sociale, quanto fossi minuscola di fronte all'imponenza di una regina o di un intero regno.

O di una Leggenda.

«Può darsi,» ribattei «così come è assurdo credere che stiate realmente piangendo la morte del vostro consorte.»

Era azzardato rivolgermi a lei con quel tono. Ma se non mi lasciavo intimidire dagli assassini dei bassifondi di Vartadis, non lo avrei permesso nemmeno a lei. Probabile che in fondo mi stessi approfittando del fatto che non godesse più di troppo riguardo nel regno.

«Sei svelta di lingua.» Sorrise, interessata. «Lingua che potrei ordinare di farvi tagliare.»

«Senza offesa, Vostra Grazia, ma temo abbiate perso il potere di un tempo.» Ormai non sarei più riuscita a fermarmi. «E non vedo lacrime nei vostri occhi. Non diventa difficile credere ai sussurri maliziosi del popolo.»

Il viso di Jaismid si adombrò. «È emozione che vuoi vedere sul mio viso, figlia del Ladro?» Il tono basso rombò contro le pareti dei bagni. «Ebbene, non è debolezza quella che vedrai.»

«Piangere non è sintomo di debolezza.»

«Una regina non piange mai.» Non c'era rabbia in quell'affermazione, ma forza. Le sue iridi verdi lampeggiarono. «Se cerchi una traccia di commozione, rimarrai delusa. Perché, se osservi bene, troverai solo *furia*.»

Deglutii, ma non abbassai il mento.

«E arriverà il giorno in cui rabbia e dolore si fonderanno e si tramuteranno in vendetta. Banchetterò sul corpo di colui che ha assassinato mio marito e che minaccia la vita di mio figlio. Ma non piangerò. Non ancora.»

Un silenzio pesante calò su di noi, interrotto solo dallo sfrigolare dell'acqua sui tizzoni ardenti. Una nuova nube di vapore si sprigionò nell'ambiente.

La regina nuotò verso di me. Teneva le labbra strette ma piegate in un sorriso rabbioso. «E quella vendetta arriverà insieme a *te*, Discendente.» Mi scostò una ciocca di capelli, portandomela dietro l'orecchio.

Ci scambiammo uno sguardo carico di solidarietà. La regina Jaismid era una donna dalla temperanza unica, e aveva dimostrato di saper apprezzare chi le parlava con schiettezza. Non mi ero mai sentita in sintonia con nessuno allo stesso modo. La fiamma che la teneva viva accese qualcosa dentro di me.

«Per la cena indosserai un mio vestito.»

42

Prima di recarci al banchetto serale di benvenuto, avremmo assistito alle richieste del popolo nella sala delle udienze.

Come promesso, la regina Jaismid mi aveva prestato uno dei suoi abiti. La lunga gonna blu notte terminava in uno strascico ricamato con gli stessi brillanti che seguivano la forma a cuore del corsetto. Non avevo mai indossato nulla del genere, ma per rispetto della generosità che aveva dimostrato, evitai di far trapelare il fastidio.

Il bustino era troppo stretto persino per respirare, figuriamoci se c'era spazio per nascondere il pugnale. Mi accontentai di stringarmelo contro la coscia. E comunque, se anche ce ne fosse stato bisogno, strozzata in quei tessuti pregiati sarebbe stato impossibile combattere.

I seni strabordavano pericolosamente, ma l'ancella che mi vestì, alla vista della mia faccia sconcertata, fu tanto clemente da abbinare al tutto un coprispalle di pelliccia bianca. Lo allacciai sotto il collo e coprii quel che era possibile coprire.

Detestavo quell'abito quasi quanto lo sguardo sprezzante che mi riservò Reywind. La sua soldatessa in un abito da *donna*?

«Sembra comodo. Prega i santi che non ci sia bisogno di lottare, *Discendente*» sibilò.

«Preferivi che offendessi la regina rifiutandone la gentilezza?»

«Sì» fu la risposta secca.

Digrignai i denti e lasciai cadere la conversazione. Ogni volta che credevo che il velo di diffidenza tra noi si stesse assottigliando, Reywind tirava su un muro.

Per l'ennesima volta da quando avevo rimesso piede in città, non desiderai altro che Jak fosse lì con me. Avrebbe fatto più di una battuta su quella sua mascella perfetta riuscendo a strapparmi un sorriso. E forse, anche qualcosa di più. Scossi violentemente la testa: non era il momento di pensare a lui.

«Vostra Grazia,» un uomo di mezza età dal viso furbesco si piegò sulle ginocchia «concedete a questo pover'uomo il permesso di commerciare i diamanti provenienti dalle lontane Terre degli Elefanti. È stata una vera fatica riuscire a procurarmeli, vedete?» Mostrò un dito mozzo. «Il mondo non è clemente con chi vuol solo portare a questa prestigiosa corte tutto il lusso che merita.»

Dieci scalini più in alto, sedeva la regina Jaismid su un trono intarsiato di gemme. Indossava un abito nero in segno di lutto, una veletta identica alla mia – se non per qualche decorazione di maggior prestigio – e una sottile coroncina di smeraldi verdi lievemente più pallidi degli occhi che teneva coperti. Fuori dall'acqua, mi fu possibile notare il leggero rigonfiamento del ventre per il parto avvenuto poche lune prima.

«Sareste così gentile da rinfrescarmi la memoria? Mi par di rammentare che i diamanti delle Terre degli Elefanti siano illegali.» La voce dura della sovrana riempì la sala.

«È così, mia regina, è per questo che ho chiesto udienza.» Le parlò nello stesso modo che si usa con i bambini o con chi soffre di qualche tipo di ritardo.

Jaismid sorrise. «Questo mi è chiaro. Quel che non mi è chiaro è il *perché*.»

«Il perché, Vostra Grazia?» L'uomo parve confuso.

Una folla di cortigiani muoveva la testa da una parte all'altra seguendo lo scontro. Al fianco della regina, ritto sulla schiena, c'era un uomo in armatura dorata. Un drappeggio bordeaux gli scendeva dalla spalla. Non mi servì individuare la spilla col simbolo reale appuntata al petto per capire che quello era il Gran generale del regno di Eredros, il padre di Reywind. Avevano gli stessi occhi di ghiaccio, gli stessi lineamenti decisi e la stessa nota beffarda nella piega delle labbra.

«I diamanti delle Terre degli Elefanti sono sporchi di sangue, immagino lo sappiate.» Il tono della regina era più tagliente che mai. «Sangue degli schiavi che gente come voi brutalizza in luoghi lontani dalla mia giurisdizione. E, se possibile, gradirei non avere incastonato nelle collane delle mie dame di corte il promemoria fisso della spregevolezza di alcuni miei sudditi.»

«Vi preoccupate del sangue che sporca le *mie* mani, Altezza?»

Il gelo calò come una cappa su tutti i presenti. Qualcuno sghignazzò, qualcun altro prese a sussurrare.

«Generale Florent,» chiamò la regina Jaismid «scortate il mercante nelle segrete.»

Il padre di Reywind annuì obbediente e scese la scalinata. Teneva la mano sull'impugnatura della spada assicurata nel fodero alla vita.

«Siate ragionevole, Vostra Grazia.» Un signore alto e sottile sbucò dalla folla e si affiancò al mercante. «Ve ne prego.»

L'uomo, ancora sulle ginocchia, non trattenne il ghigno animalesco.

«Quello è Gaspare Borne,» mi sussurrò Reywind «tesoriere del regno.»

Alla morte di re Aronne, la Sacra Dimora di Heldor non aveva parlato d'altro che della grave situazione in cui era caduta la regina. Da una parte il popolo che l'accusava di regicidio, dall'altra la corte che non intendeva obbedire a una donna di moralità sospetta. Tra questi, c'era proprio Gaspare Borne, invischiato nei più loschi affari di tagliagole e sicari. Non aspettava che l'occasione per mangiare la regina sulla scacchiera.

«Questo brav'uomo non intendeva recarvi offesa,» parlò con voce da serpente «posso comprendere che dall'alto della vostra posizione sia difficile immaginare in che condizioni viva il popolo. Ma vi chiedo di non giudicare un suddito per aver desiderato portare un po' di cibo in più sulla propria tavola.»

Jaismid strinse le labbra in una linea che esprimeva tutto il disappunto. «Non è la richiesta a indispettirmi, ma l'accusa.»

«Suvvia…» Gli occhietti piccoli rilucevano di astuzia. «Sono solo *parole*. Non è così?»

Gaspare Borne non aveva paura. Sapeva perfettamente che se la regina avesse ordinato la sua condanna a morte, non sarebbe stata ascoltata. Il popolo e i nobili non erano più dalla sua parte. E il Gran generale del regno non poteva intervenire perdendo il sostegno dell'esercito, se intendeva proteggerla. Cosa che lei sapeva.

Borne, figura allungata, profonde occhiaie violacee, fronte alta che si confondeva con la testa liscia e calva, aveva interpretato bene lo sguardo della regina.

E l'aveva intrappolata: se lei avesse insistito perché il mercante venisse portato nelle segrete, nessuno avrebbe obbedito e la corte avrebbe avuto ancor più sotto gli occhi la prova della sua impotenza; se avesse accettato sommessamente le richieste di Gaspare Borne, invece, avrebbe fatto credere a tutti di non avere spina dorsale.

«Propongo...» s'insinuò ancora il tesoriere nel silenzio teso «di revocargli la licenza al commercio per due settimane. Affinché la fame gli ricordi che la lingua è un muscolo che va tenuto a freno davanti a una regina.»

Il mercante sbiancò, ma non protestò. La parola dell'uomo che l'aveva salvato, valeva più di quella di chiunque altro al momento.

«E sia» acconsentì, alzandosi in piedi. «Siete tutti congedati.» Non mi sfuggì la nota di frustrazione che le riempì la voce. Se non fosse stata aiutata dallo stesso uomo che l'aveva messa in difficoltà, avrebbe fatto la figura della regina inutile che in effetti era. Il giochetto di Borne gli serviva per dimostrarle che la teneva in pugno, e che la poteva manovrare come preferiva.

Jaismid, mento alto e schiena tesa, uscì senza attendere le riverenze. Noi, prendendo la via che passava sotto il trono, raggiungemmo la sala da pranzo. Una lunga tavola sulla quale eccedevano caraffe, cornucopie colme di frutta, prelibatezze varie, era apparecchiata per quattro.

«Bentornato, figlio.» Il generale Florent non si mostrò affatto caloroso.

«Padre» lo incalzò Reywind, un'ombra scura sul volto.

Si ritrovarono l'uno di fronte all'altro. Quasi identici, eccetto che per gli anni che li separavano, si guardarono a vicenda come nel riflesso dello specchio. Reywind con rabbia, Florent con alterigia.

Per la prima volta, vidi Reywind per quello che era davvero: un ragazzo. Un ragazzo che s'infuocava sotto lo sguardo giudizioso del padre. Qualcosa dentro di me si mosse. E, seppur continuassi a detestarlo, non riuscii a non sentirmi solidale.

«E questa...» il generale guardò me «dev'essere la Discendente.»

Mi sfilai la veletta lasciando che lo scintillio scarlatto delle mie iridi lo colpisse. Ma invece dello sgomento che mi ero aspettata, il suo volto si illuminò di qualcosa che sapeva di *bramosia*.

Prendemmo posto. Florent accanto alla regina a capotavola, io e Reywind vicini, proprio di fronte a lui.

«Avete incontrato guai per la strada?» domandò l'uomo.

«Scarti dei Ribelli, in effetti,» confermò Rey «ci hanno dato qualche problema.»

Il padre sollevò un sopracciglio. «Sul serio, figliolo?» chiese, la bocca piegata in un mezzo sorriso. «C'è da preoccuparsi se una manciata di delinquenti è riuscita a metterti in difficoltà.»

Reywind serrò la mascella.

«Adesso ho capito da chi hai preso la simpatia» commentai.

«Come dite?» Florent mi guardò come si guarda un idiota.

«Dico, che ora capisco chi gli ha ficcato quel palo su per il culo» spiegai.

«Nailyn» mi ammonì Reywind con un ringhio.

Il generale rise battendo le grosse mani sul tavolo. «Permetti a una *donna* di parlare così di te?»

Sollevai le sopracciglia. «Retrogrado, come commento. E anche un po' misogino.»

«Nailyn. Basta.»

Mi voltai verso colui che durante la missione era a tutti gli effetti il mio comandante e lessi furia e umiliazione in quegli occhi di ghiaccio.

«Certo,» borbottai «chiedo perdono.»

Jaismid fece il suo ingresso proprio in tempo per smorzare la tensione. Aveva cambiato l'abito: ora indossava qualcosa di meno vistoso ma pur sempre nero, e teneva tra le braccia un bimbo dal viso tondo e dai grandi occhi verdi. Anche la sua veletta, come la mia, era sparita.

Ci alzammo tutti e tre e attendemmo che la regina si fosse accomodata, prima di tornare seduti. Jaismid consegnò il bimbo alle cure della balia, che lo guardava con lo stesso amore di una madre, e fissò i suoi occhi vibranti di rabbia sul generale.

«Permetterete a Gaspare Borne di muoversi come meglio preferisce, una volta che sarò partita?» Andò subito dritta al punto.

«Vostra Grazia,» il tono di Florent era remissivo ma al contempo autorevole «non giudicatemi male. Non posso permettere che si metta in discussione la mia lealtà al regno, prima che ai regnanti. Ne va della sicurezza vostra e del principe Gioele.»

«E vi sembra sicuro lasciare che si metta in discussione la mia autorità?»

La domanda cadde nel vuoto perché i camerieri entrarono e servirono, rigorosamente in piatti d'argento, zuppa di verdure aromatizzata alla noce moscata, seguita da agnello arrosto all'aroma d'arancia.

Una volta che la regina ebbe afferrato con rabbia le ultime posate di una lunga schiera ai lati del piatto, mi azzardai anch'io ad assaggiare quel cibo che dal solo odore mi aveva fatto riempire la bocca di acquolina. E, soddisfatte le mie aspettative, mi ritrovai a reprimere un gemito di piacere.

«Altezza,» riprese Florent «dopodomani sarete in viaggio. Le acque si calmeranno e io lavorerò dall'interno per rendere il vostro trono più saldo che mai. Una volta che sarete lontana dagli occhi del popolo, torneranno tutti a preoccuparsi delle loro disgrazie. Vi dimenticheranno.»

«Non è che mi dimentichino quello che desidero, Gran generale. Sarebbe assai spiacevole se un regno non riconoscesse più la propria regina.»

Ci fu un tintinnio di posate nel silenzio teso che seguì.

«Perdonatemi, non è quel che intendevo dire. Ma che...»

«Non voglio neanche che si concentrino sulle loro disgrazie. Vorranno incolpare qualcuno, per quelle. E quel qualcuno sarò io. Quando tornerò ci saranno torce e forconi ad attendermi?»

«Pensano tutti che partite per un viaggio spirituale in onore di vostro marito. Questo dovrebbe aiutare a ripulire almeno un poco la vostra immagine.»

Sul volto di Jaismid passò un'ombra di tristezza che si dissipò in un istante. «Me lo auguro.»

«E verranno organizzati balli e feste per concentrare altrove i pensieri del popolo» la rassicurò Florent.

«A proposito di balli...» La regina si pulì la bocca con il tovagliolo, e attese che il cameriere le posasse davanti la nuova portata a base di bocconcini di manzo in salsa di mele, prima di proseguire. «Continuo a ritenere inopportuno quello che avete organizzato per domani. Mio marito si rivolterà nella tomba.»

«Comprendo le vostre perplessità, ma i cortigiani sono più morbidi nei confronti di chi gli permette di divertirsi. Lasciamo che abbiano un ultimo ricordo piacevole di voi, fino a quando non sarete di ritorno.» Il tono che usò non mi convinse per nulla. «E una regina che parte per un viaggio va salutata come si deve. Non date modo alla corte di credere che non rispettate le tradizioni.»

«Un ballo?» Quasi mi strozzai col vino di more.

Reywind mi calpestò il piede sotto il tavolo. Il generale e la regina mi guardarono come a chiedersi chi fossi. Sembrava quasi si fossero scordati della mia presenza.

«Un ballo d'addi...» s'interruppe Florent «di *arrivederci* in occasione della partenza della regina.»

Lei lo fulminò con lo sguardo. Parve valutarlo a lungo, prima di decidere d'ignorare l'abbaglio. «Un ballo in maschera, per la precisione.»

«Così non dovrete preoccuparvi di nascondere gli occhi.» La frecciatina del generale non passò inosservata, ma nessuno decise di ribattere.

«Non vorrete che... dobbiamo partecipare anche noi?» Sgranai gli occhi.

«Senza dubbio.» La regina sembrava irremovibile. «Se devo dare il mio benestare a questa irrispettosa farsa, pretendo almeno di vedere delle facce amiche.»

Non ebbi tempo di sorprendermi di quelle parole, perché il pianto di Gioele interruppe la cena. La balia fece per andarsene col principino, ma Jaismid la richiamò. Si fece consegnare il bambino e, senza esitazione, scoprì un seno da offrirgli.

«Vostra Altezza, non dovreste...» tentò di dire la servitrice.

«Non sono neanche più libera di allattare mio figlio?» La voce pungente la colpì come una sberla.

La balia fece un passo indietro e abbassò la testa. Le lessi dolore negli occhi. In fondo, si era sempre occupata lei di quella mansione. Era come se le fosse stato negato il diritto di nutrire il suo figlio di latte.

Il piccolo, intanto, succhiava con vigore. La madre lo accarezzò con un dito sulla guancia. «Tutto questo è solo per te, amore mio» sussurrò.

Una volta finito di cenare, io e Reywind fummo congedati affinché la regina e il Gran generale del regno potessero conferire in privato.

Percorremmo i lunghi corridoi sulle cui pareti era appesa una quantità infinita di quadri. Gli occhi dei ritratti sembravano seguirci a ogni passo.

Non osai parlare, la postura ferma di Rey mi suggeriva che fosse meglio non provocarlo. Sembrava una pantera in gabbia, in quel castello.

«Mi hai messo in imbarazzo» disse, incapace d'ingoiare l'offesa.

«Cercavo di difenderti. Tuo padre è un vero bastardo.» Scrollai le spalle, rifiutando di sentirmi in colpa.

«Ma non sono affari tuoi, *demone*.»

«Ma guarda,» ribattei, restando calma «non sei tanto diverso da Zinah e compagnia bella.»

«E tu sei una ficcanaso.» Afferrandomi per il polso mi si avvicinò pericolosamente. «Stanne fuori. Mi hai sentito?»

Il coprispalle si sbottonò e crollò ai miei piedi quando mi

scosse. Reywind fece scivolare lo sguardo sulla profonda scollatura e, sotto i suoi occhi freddi, mi ricoprii di pelle d'oca. Mi morsi il labbro in preda al disagio.

Tornò su con gli occhi in tutta calma, e si soffermò sulla mia bocca. Si umettò le labbra e mi guardò fisso. Il suo odore di vaniglia mi riempì le narici, confondendomi. Era troppo vicino. I nostri nasi quasi si sfioravano. Se mi fossi sporta giusto un po'… ma sul suo viso ora leggevo solo disprezzo. Strattonai via la mano e mi ritrassi, indignata.

«Sai, Reywind? Credevo davvero che non ci fosse niente di molle in te. E invece te la fai sotto davanti a tuo padre.»

«Stai dicendo che sono debole?»

Non lo avevo mai visto in questa veste. Ai miei occhi era sempre stato l'uomo che la Sacra Dimora di Heldor temeva e rispettava. Adesso non era più tanto diverso da chiunque altro. Fragile, vulnerabile. E più irascibile del solito. La vicinanza del padre lo rendeva nervoso.

Florent era uno stronzo, non c'era dubbio. Ma percepii qualcos'altro, sotto.

«Se sei davvero un duro come dici, tira fuori le palle e dimostralo.»

Un sorriso rabbioso gli increspò le labbra. «È quello che vuoi, Nailyn?»

«Riservali a tuo padre questi doppi sensi da due soldi.» Mi voltai e mi diressi alla mia stanza.

Quando mi chiusi la porta alle spalle, lasciai che un sospiro pesante mi alleggerisse i polmoni. Non sapevo perdonarmelo, ma continuavo a sentire i brividi. Quando eravamo stati a pochi respiri di distanza, per un brevissimo istante avevo desiderato che annullasse lo spazio che c'era tra noi.

Ero attratta da lui come una falena dal fuoco, pur sapendo che le fiamme la bruceranno.

Avevo conosciuto una parte nuova di Reywind, il lato grezzo del diamante che non aveva ancora limato. La parte molle che non era riuscito a indurire.

E avevo realizzato che era umano.

43

Al palazzo reale si respirava un'aria tesa.

Ma il riposo rigeneratore che mi aveva concesso quel miracoloso letto a baldacchino mi permise di affrontare al meglio la giornata. Avevo recuperato le forze consumate nel viaggio, mi ero riempita lo stomaco in abbondanza e mi ero lasciata coccolare dalle ancelle che mi offrivano premure d'ogni tipo.

Durante il giorno non avevo avuto di meglio da fare se non passeggiare nel roseto privato della regina, coperto da una cupola di cristallo che impediva alle rose di appassire al gelo dell'inverno. All'interno, l'aria era tiepida come in primavera.

Mi ero anche fatta un giro tra gli alberi da frutto, che però riposavano sotto un sottile strato di neve. Solo gli aranci erano stati tanto generosi da tendermi i loro frutti. Non avevo mai assaggiato un agrume tanto dolce e succoso.

Nel palazzo reale tutto sembrava più bello, più buono, più profumato. Come se il resto del mondo vivesse una pallida imitazione dell'esistenza stessa.

Di Reywind non si era vista neanche l'ombra. Ero certa che fosse preda delle grinfie del padre. O che avesse approfittato di quel giorno di pausa per farsi gli affari suoi. E forse avrei dovuto fare altrettanto. Fremevo dalla voglia di andare al campanile, ma senza la protezione di Reywind non sarebbe bastata la veletta calata sul volto a farmi arrivare indisturbata al rifugio. Forse avrei potuto aspettare che calasse la notte. Mi mancava lo scricchiolio delle tegole dei tetti sotto i piedi.

Non mi era mai stato concesso il lusso di non far nulla per tutto il giorno, così verso l'ora di pranzo la noia aveva già preso il sopravvento. Detestavo l'idea di partecipare al ballo in maschera, ma il tedioso pomeriggio era stato tanto interminabile che quasi non vedevo l'ora d'indossare il pomposo abito rosso che mi guardava con sfida dalla sedia.

Quando finalmente arrivò l'ora del tramonto, il cielo parve liquefarsi sui tetti di Vartadis. La stessa ancella timida del giorno prima mi servì la cena a letto. Pollo speziato cotto nel vino, tartine all'aragosta del Nord, patate stufate al formaggio fuso e, per finire, crostatine alla vaniglia.

Vaniglia.

Quasi mi strozzai quando l'odore di Reywind mi arrivò alle narici.

«Siete pronta, mia signora?» La servitrice aveva finalmente trovato il coraggio di guardarmi.

Annuii, sperando che perlomeno l'abito non fosse stretto come quello della sera prima. L'ancella, quasi risoluta, si mise all'opera.

Nonostante il rosso dei miei occhi sembrasse intimorirla, non tremava di paura come il giorno prima. Doveva sapere che ero la Discendente, la regina aveva di certo dovuto informare il ristretto gruppo di servitori incaricati delle mie cure.

Il tema del ballo in maschera era il mondo incantato ormai perduto. Il popolo e i suoi nobili avevano una vera ossessione per la Leggenda del Fauno.

I corridoi erano fiocamente illuminati. Fuori dalle vetrate, lungo il viale che conduceva al castello, decine e decine di carrozze attendevano impazienti.

«Dov'è il comandante Reywind?» sussurrai.

«Perdonatemi, mia signora, non lo so.»

Seguii la servitrice cercando di non inciampare su quegli stupidi tacchi che mi aveva fatto infilare. Mi domandavo cosa mai ci fosse di elegante in quella tortura. Se le ricche nobildonne si compiacevano nell'indossarli, erano delle stupide. E io non mi sentivo di essere da meno. Se non altro ero riuscita a infilare il pugnale di Jak nel corsetto.

Arrivammo alla scalinata che affacciava sulla sala da ballo e mi sollevai le pompose gonne di satin rosso. Quel vestito pesava più di me, forse anche per colpa dei fitti rubini che decoravano il corpetto monospalla. La spessa, luccicante scia di pietre sulla fascia in vita, colpita dalla luce delle torce, lanciava bagliori in ogni direzione.

Scendendo un gradino alla volta attenta a non scivolare, intravidi il mio riflesso in uno specchio bordato d'oro. Inorridii. Se quell'abito era vistoso, le maledette corna d'avorio che si incurvavano all'indietro erano molto, molto peggio. L'ancella aveva insistito nell'assicurarmele ai capelli.

«Non sareste travestita senza queste» aveva spiegato.

«Perché? Non è un vestito da fottuta buffona quello che indosso?»

«No, mia signora» aveva risposto con calma. «Queste corna vi faranno sembrare il demone più temibile dell'intero regno di Eredros.»

Solo dopo aver concluso la frase, si era coperta la bocca. *Demone.* Avrei proprio voluto sapere di chi fosse stata quella brillante idea. Mi ero morsa la lingua e l'avevo lasciata fare.

Una volta scesa la scala, feci il mio ingresso nella sala. Non mi ero mai sentita così vulnerabile, neanche nelle zuffe più sanguinose dei vicoli bui di Vartadis.

In fondo, assisa sul trono, la regina non indossava alcun travestimento. Era seduta con la schiena dritta, il mento alto e lo sguardo fiero. L'abito che le fasciava il corpo, era il più povero che le avessi visto addosso fino a quel momento. Se la corte non aveva intenzione di osservare il lutto, lo avrebbe fatto lei.

Quando m'individuò tra la folla, e mi rivolse un sorriso complice, ricambiai con un inchino rispettoso.

Attraversai l'ampio salone cercando di non farmi urtare dalle coppie che danzavano sulle note di una ballata. Una donna, la cui acconciatura sembrava una torre che le pendeva dal capo, m'inciampò addosso e mi pestò i piedi.

Trattenni un'imprecazione. Quando fece per scusarsi e individuò i miei occhi, il suo volto si ghiacciò dal terrore. Crollò all'indietro atterrando sul grosso sedere.

Ma poi dovette pensare che quello delle mie iridi era solo un artificio, e scoppiò a ridere. Era visibilmente ubriaca. Rise anche l'intera folla che la osservava tentare buffamente di rimettersi in piedi.

Perlustrai la sala in cerca di Reywind e lo individuai appoggiato contro la parete, le braccia incrociate, un completo nero fumo a fasciargli il corpo robusto e slanciato. Pareva più annoiato e infastidito che mai.

Che strano, pensai ironicamente.

Quando nell'avvicinarmi notò la mia presenza, voltò il viso e drizzò le spalle. Mi accorsi solo allora degli occhi ghiaccio contornati di *kajal* nero sfumato verso le tempie. Non avevo mai visto l'utilizzo di un cosmetico su un uomo. Quella nota femminea sul suo volto fortemente mascolino non faceva che renderlo ancor più seducente. La sua bellezza stava diventando per me troppo pericolosa. Eravamo l'uno l'opposto dell'altro. I miei occhi il fuoco, i suoi il gelo. Il mio travestimento le fiamme, il suo l'oscurità.

Un lievissimo, impercettibile sorriso gli piegò le labbra quando gli fui davanti.

«Da cos'è che saresti mascherato?» Nel mio tono c'era sfida.

«Demone delle ombre. Tu sembri vestita di sangue.»

Indicai tutta me stessa con un gesto. «Un demone vero e proprio.»

Un sorriso più accentuato gli fece comparire delle lievi rughette agli angoli della bocca. Era certamente uno stoico stronzo, ma sarei riuscita a tirargli fuori quello sputo di umorismo che nascondeva dentro di sé. Era una promessa.

«Devo scusarmi con te.» Quattro parole che sembrarono graffiargli la gola nello sforzo di farle uscire.

Sgranai gli occhi. «Temo di non aver capito.»

«Non fare la stupida,» sbottò «hai sentito.»

«Be', non ci si scusa con qualcuno dandole della stupida. Capisco che tu non sia avvezzo a questo tipo di pratiche, ma...»

«Nailyn,» sospirò pesantemente dal naso «perdonami per l'insulto che ti ho rivolto ieri.»

«Quando? Quando mi hai dato del demone o quando mi hai chiesto se volessi vedere le tue palle?»

«Lascia stare.»

Si voltò a osservare la sala. Non poteva certo pensare che avrei accettato le scuse senza sfotterlo almeno un po', ma dovevo ammettere che era davvero insolito da parte sua.

«Scuse accettate.»

Mi rivolse un cenno del capo e un breve sorrisetto soddisfatto.

D'improvviso, la musica si arrestò. La regina si alzò in piedi e sulla folla calò il silenzio. Non si udiva che lo scoppiettare del fuoco nei vari camini accesi.

«Sudditi *adorati*,» iniziò «è con grande dolore che questa sera vi saluto. La perdita del re colpisce tutti noi come regno, ma soprattutto me come moglie.» La voce non le si ruppe, ma suonò amara. Sul suo capo, sorretta da un'acconciatura semplice ma elegante, era posata una corona di diamanti neri.

«Il viaggio che compirò insieme a mio figlio Gioele mi aiuterà a purificare lo spirito dal profondo dolore che mi attanaglia. Affido ufficialmente al Gran generale Florent le cure del regno fin quando non sarò di ritorno.»

La gente prese a bisbigliare. Era chiaro che nessuno credeva all'innocenza della regina, e saperla in partenza era sia un sollievo che un motivo di rabbia. Qualcuno la vedeva come un'ammissione di colpa, qualcun altro come un atto di pura codardia.

La verità era che, al di là del regno che stava sprofondando nel caos, alla gola del figlio erano puntate le armi della Legione Oscura. E al palazzo reale erano troppo vulnerabili. Mi ritrovai a riflettere su quanto fosse rischioso condurre il principe alla Sacra Dimora di Heldor dal momento che la Legione aveva conquistato da tempo la Dimora di Selva e ora anche quella di Astriel. Un attacco al castello al quale eravamo di ritorno non solo non era da escludere, ma era altamente probabile.

«E ora, come ultimo ordine, ballate!» La musica riprese a suonare allo schiocco di dita di Jaismid.

Come se il discorso della regina non fosse mai avvenuto, gli invitati ripresero a danzare e a scolare fiumi di vino e alcolici d'ogni genere. Non provavano né rispetto né compassione per la loro sovrana. Avrebbero dovuto osservare il lutto per il re, invece si preoccupavano di cose tanto irrilevanti come i balli. Non sapevano, forse, che si trovavano tutti sull'orlo di una catastrofe? Un regno senza regnante è un regno perso. E la regina, nonostante l'ordine, non dava segno di allegria nel vedere i sudditi divertirsi. Del resto, però, non credevano nel suo dolore, e quindi non dimostravano di averne nemmeno loro.

Reywind si schiarì la voce. «Credo che l'ordine fosse rivolto anche a noi.»

Impiegai qualche secondo a fare due più due. Mi stava invitando.

Lo fissai negli occhi e non lessi il minimo indugio. Mi studiava come se riuscisse a percepire l'effetto destabilizzante che aveva su di me. Era una sfida e una provocazione, la sua.

«Dovrai chiedermelo come si deve, Reywind.» Alzai il mento.

Abbozzò un sorriso. «Vuoi ballare?» Mi porse una mano.

«No,» affermai «ma visto che sono obbligata...» Posai la mia nel suo palmo.

Mi tirò delicatamente tra la folla e si fermò al centro della pista. La sua sola presenza bastava a far ritirare le persone, creando uno spazio libero tutto intorno a noi. Un po' come fanno i pesci quando si avvicina uno squalo.

Mi afferrò per la vita e mi avvicinò a sé. Solo a quel punto mi resi conto che non avevo idea di cosa diavolo dovessi fare. Non conoscevo la danza dei nobili, ma quella dei coltelli. Ai primi passi impacciati gli calpestai i piedi.

«Se è farmi male, quello che vuoi, potremmo lasciar perdere il ballo e andare nell'armeria» sussurrò divertito.

Avevo lo sguardo incollato alle mie stupide scarpe nel disperato tentativo di trovare la giusta coordinazione. Mi portò un indice sotto il mento e mi costrinse a guardarlo in quegli occhi freddi contornati di *kajal* nero.

«Quando sei in alto, guardare giù può farti perdere l'equilibrio.»

«Sono queste fottute scarpe» mi giustificai.

«Levale.» Scrollò le spalle.

Tentennai un attimo, dopodiché me le sfilai in due abili movimenti. Sospirai di sollievo per quei piedi che pulsavano di dolore.

«Bene.» Sorrise lievemente. «E ora lascia fare a me.»

Con la mia mano sulla sua spalla, e la sua sul mio fianco, riprendemmo a ballare. Questa volta, non facendogli alcuna resistenza, sembrò tutto più facile. Non mi stupii del fatto che Reywind sapesse danzare. Era ovvio che, essendo cresciuto tra i nobili, fosse stato educato come loro. Mi ritrovai a chiedermi cos'altro sapesse fare così bene. Soprattutto ora che i nostri corpi erano premuti l'uno contro l'altro, con solo una barriera di vestiti a separarli.

Si allontanò per farmi girare su me stessa, senza mai lasciare la presa sulla mano. Quando tornai tra le sue braccia, mi scoprii consapevole del calore che m'incendiava la faccia. Ero combattuta tra il voler restare lì tutta la notte e il correre via.

«Tutto bene?» mormorò, avvicinando le labbra al mio orecchio.

«Perfettamente,» risposi con una risolutezza che non avevo, «mi gira giusto un po' la testa.»

Mi sorrise con malizia. Ero come incollata a lui, le mani sui suoi avambracci gonfi.

Mi ero rilassata nella sua stretta, e quando me ne resi conto mi si tesero tutti i muscoli. Mi allontanai di colpo, mettendo tra noi una distanza di sicurezza. Reywind sulle prime parve confuso, poi riprese la consueta espressione rigida. Avrei voluto che tornassimo a ballare con naturalezza, ma una gigantesca parte di me riteneva che fosse sbagliato. Quello che provavo quando gli ero così vicina rendeva tutto troppo complicato.

«Credo di aver fatto il mio dovere, per stasera.» Mi schiarii la voce. «Ora immagino di poter rientrare nelle mie stanze.»

Lui annuì, austero. «Buonanotte, Nailyn.» Non mi avrebbe certo trattenuta.

Scappai via senza darmi il tempo di cambiare idea. I miei piedi nudi divennero presto freddi a contatto con il pavimento.

Ero rimasta a quel benedetto ballo giusto qualche manciata di minuti, il tempo di farmi vedere. La regina forse non avrebbe gradito la mia fuga, ma ci sarebbe stato Reywind a coprirmi le spalle. O almeno così speravo.

E poi, avevo un piano.

Con tutta la corte concentrata nella sala da ballo, e le guardie attente alla sicurezza dei presenti, nessuno avrebbe fatto caso a una ladra che, nella notte, sgattaiolava fuori dal palazzo.

44

Una volta nelle mie stanze, mi scrollai il vestito di dosso, abbandonai le corna d'avorio sul letto e indossai svelta la divisa da combattimento.

Prima di partire, dovevo passare al rifugio. L'idea di andarmene senza fare un salto al campanile non mi piaceva affatto.

Fuori era buio e le stelle sembravano milioni di granelli di zucchero. Le carrozze parcheggiate nel viale erano sparite. E nei corridoi non si udiva un fiato.

Disfeci le coperte e creai una corda con i lenzuoli di seta bianca. Annodai un'estremità al letto e, senza pensarci troppo, mi calai dalla finestra. La notte era gelida, ma non abbastanza da freddarmi il sangue nelle vene, che scorreva impavido pompato dall'adrenalina. Dopo poco più di una decina di metri gli scarponcini toccarono il prato. Se qualcuno fosse passato lì davanti nelle ore a seguire, avrebbe visto il lenzuolo che sporgeva traditore dalla finestra. Sperai che con il buio della notte dalla mia parte nessuno ci facesse caso.

Corsi verso la fontana e mi nascosi. Mi avviai in fretta dietro un cespuglio e mi accucciai. Il cuore mi batteva forte nel petto.

In fondo al viale, di fronte al cancello, due guardie sostavano dritte con le lance al fianco. Dovevo trovare il modo di superarle senza aggredirle.

Non ebbi tempo di pensarci. Quando mi alzai e ripresi a correre verso il cespuglio successivo, mi sentii afferrare e scaraventare a terra. Strusciai il viso sull'erba.

«Dove pensi di andare?» Il bisbiglio di Reywind mi s'infilò sotto la pelle.

«Levati di dosso» grugnii, divincolandomi.

Mi fece girare sulla schiena e m'inchiodò le braccia a terra, sopra la testa. Avevo tutto il suo peso addosso. Per quanto fossi forte e allenata, non potevo fare nulla. Ero bloccata. Un'ondata di rabbia mi riempì i polmoni. Lo perforai con gli occhi.

«Sai,» cantilenò «ti facevo più abile come furfante.»

Odiavo stare sotto di lui, mi faceva sentire come se avesse potere su di me. Soprattutto perché una delle sue gambe si trovava sconvenientemente tra le mie e i nostri respiri erano tanto vicini da confondersi. Mi rivolse un sorriso che assomigliava più che altro a una smorfia.

«Forse sei *tu* che mi tieni gli occhi addosso più del dovuto» sibilai continuando a muovermi nel vano tentativo di liberarmi.

«Può darsi.»

Ignorai l'allusione.

«Spostati, maniaco» ordinai, distogliendo lo sguardo perché i suoi occhi, ancora contornati di *kajal*, erano pericolosamente fissi sulle mie labbra.

«Per lasciarti andare a scorrazzare per la città facendomi fare la figura dell'idiota col Gran generale? Non penso proprio.»

Notai che si era rivolto a Florent con il titolo ufficiale, e non come suo padre. Per qualche motivo, la cosa mi rattristò. Il generale era uno stronzo, ma l'idea che Reywind rifiutasse qualsiasi tipo di legame di sangue con lui me lo faceva apparire tremendamente solo. Un po' come me, se non avessi avuto Jak.

Ma non ero certo il tipo di persona incline ai sentimentalismi, soprattutto nei confronti di chi mi teneva schiacciata a terra. «Temi il giudizio di tuo padre?»

«Lo sai,» ribatté, fingendo indifferenza «ogni figlio lo fa.»

«In effetti no, Reywind. Non lo so.»

Ci fu uno scambio di sguardi. Per la seconda volta quella sera, vidi un barlume di rimorso attraversargli il volto. Non mi aspettavo che mi chiedesse di nuovo scusa, ma fui felice quando allentò la presa sulle braccia.

Avevo la possibilità di liberarmi, ora. Per qualche strana ragione, però rimasi dov'ero. Quella conversazione non era ancora finita.

«Mi dispiace per il tuo passato» disse, sincero. Il ghigno malizioso era scomparso.

Mi chiesi se Reywind mi avrebbe riportata alla Sacra Dimora di Heldor se avesse saputo la verità su Sundriel. In fin dei conti aveva giurato di proteggermi, e tornare lì mi avrebbe esposto di nuovo a una grande pericolo. Ma aveva poca importanza, perché ad aspettarmi c'era Jak e sarei tornata di corsa anche se fosse stata una fossa di serpenti. Cosa che, in effetti, era.

«Non ti capisco» confessai, confusa. «A volte mi sembra di avere a che fare con due persone diverse, con te.»

Le sue iridi brillarono come vetro alla luce. «E chi sono adesso?»

«Sei la parte di te che vuole provocarmi.» Se voleva giocare a questo gioco, avrebbe scoperto che ero un'ottima avversaria.

«È così che ti senti?» sussurrò, suadente.

«È così che vuoi farmi sentire?»

«Tu mi intrighi, Nailyn.» Il mio nome nella sua bocca aveva un sapore diverso.

Sorrise quando si accorse che lo sguardo mi era caduto sulle sue labbra carnose. Avrei dovuto detestarlo. Avrei dovuto scrollarmelo di dosso. Avrei dovuto liberarmi e fuggire via.

Ma non lo feci. Rimasi immobile lì, e sostenni lo sguardo di sfida con cui voleva vincere quella partita.

«Sarai tu a cedere,» sussurrò, avvicinando la bocca al mio orecchio «ma non stasera.»

Si rialzò in piedi. Per qualche istante, rimasi sdraiata a terra. Come se desiderassi che quel giardino perfettamente curato decidesse di inglobarmi al suo interno risparmiandomi l'imbarazzo di quella separazione brusca. Il mio corpo si era quasi abituato al calore del suo e, il freddo improvviso, mi penetrò nelle ossa. L'adrenalina della fuga era ormai scomparsa lasciandomi un vago senso di stanchezza.

«Torna nelle tue stanze» ordinò, la schiena dritta e il volto severo, come se non fosse accaduto nulla.

Sollevai un sopracciglio. «Sissignore.»

Mi avviai a grandi passi verso il lenzuolo che penzolava derisorio dalla mia finestra. Tremavo di rabbia per più motivi: non ero riuscita a superare il cancello, figuriamoci arrivare al campanile, ed ero stata rimandata in camera come una bambina capricciosa. Era stato lui a far finire il gioco.

«Nailyn» mi chiamò Reywind.

Mi fermai ma senza voltarmi, non volevo dargli la soddisfazione di vedere il mio viso arrossato dalla furia.

«Non provare di nuovo a scappare,» la sua voce era ora più vicina «non smetterò di tenerti gli occhi addosso.»

45

«E i cavalli?»

«Sanno badare a loro stessi» Reywind sussurrò qualcosa alle orecchie di Nebbia e Terrore e, con una pacca sul sedere, li spedì al galoppo tra i boschi. «E non sono cavalli qualunque...»

La mattina dopo il ballo il mio comandante si ostinava a far finta che tra noi non fosse accaduto alcunché. Cosa, in realtà, vera.

Faceva un freddo terribile, nonostante la pesante cappa di pelliccia. Portai le mani nelle tasche per ripararle dalle sferzate del vento. Le dita mi si chiusero attorno alle caramelle che avevo sgraffignato per Vill, il guardiano della Dimora di Heldor.

Non capivo come la regina Jaismid riuscisse a indossare quell'abito con la generosa scollatura sul davanti. Sì, era di una stoffa pregiata adatta all'inverno, ma il decolleté restava esposto al gelo.

«Maestà» Reywind s'inchinò velocemente prima di porgerle la mano per aiutarla a salire sulla carrozza.

La regina aveva deciso di portare la corona sull'acconciatura semplice. Non se ne sarebbe andata senza un'ultima dimostrazione di potere, come a voler ricordare a se stessa chi fosse. Si guardò alle spalle, imprimendo negli occhi quella che era stata la sua casa. Non c'era alcuna certezza che sarebbe riuscita a tornare presto. O a tornare affatto.

Guardò poi suo figlio tra le braccia della balia che sarebbe venuta con noi, e gli occhi le si addolcirono un poco. Lo faceva per lui. Ero certa che se non avesse avuto il principe Gioele, ci sarebbe morta su quel trono pur di difenderlo. Ma il trono era del suo erede, che un giorno sarebbe tornato a rivendicare il titolo di re.

«Fate buon viaggio, Vostra Altezza.» Il generale Florent posò le labbra sulla mano guantata di Jaismid.

«Bada al mio regno, Florent» ordinò la regina, il tono pesante per il rammarico.

«Lo giuro sul mio onore» ribatté lui, e s'inchinò.

Jaismid salì in carrozza non guardandosi più indietro.

Il generale non aveva riservato che uno sguardo severo al figlio, al quale si rivolse con freddezza. «Non mettermi in imbarazzo. Se succede qualcosa alla regina, dovrai risponderne a me.»

Si voltò e, seguito da alcune guardie, tornò all'interno del castello. Un muscolo guizzò sulla mascella di Reywind. Poi, lo sguardo gli divenne immobile, come se si fosse appena tramutato in pietra. Non disse una parola quando si sistemò all'interno del nostro cocchio.

«Posso togliermi questo affare dalla faccia?» Indicai la veletta, una volta partiti.

«No» ribatté, secco. Si schiarì la voce e aggiunse con più cortesia: «Non finché non saremo arrivati al porto. Sulla nave potrai fare quello che ti pare».

Era stato stabilito dal Gran generale che il viaggio via terra era troppo pericoloso per la regina. I banditi si aggiravano indisturbati per i sentieri lontani dalla capitale, e tra il popolo c'era chi avrebbe potuto organizzare un attacco alle carrozze. La soluzione meno rischiosa era muoversi per mare. Rifare, perciò, lo stesso tragitto che avevo già percorso con Jak. Avremmo viaggiato a bordo di un veliero di corsari: nessuno si sarebbe aspettato che una regina si facesse scortare da quel tipo di marinai, perciò avremmo raggiunto Gläl con discrezione.

Mi poggiai contro lo schienale di velluto blu imbottito. Quella carrozza era più comoda del mio letto alla Sacra Dimora di Heldor. Scostai la tendina di pizzo bianco e osservai la città scorrere al di fuori. Qualcuno si voltò a guardare il corteo che portava via la regina da Vartadis. C'era chi indicava, chi sputava sulle ruote, chi si toglieva il cappello con rispetto. Ma questi ultimi erano davvero pochi, li si poteva contare sulle dita di una mano.

In lontananza scorsi il campanile. Sospirai.

«Non sarà l'ultima volta che vedi Vartadis.»

Mi voltai verso Reywind che tenne lo sguardo dritto di fronte a sé.

«Tempi pericolosi per fare promesse» ribattei.

Una leggera traccia di *kajal* gli era rimasta tra le ciglia inferiori. Acutizzava quel suo sguardo duro e freddo.

«Non hai bisogno delle mie promesse, Nailyn.»

I nostri occhi s'incrociarono e sentii una scossa salirmi dall'osso sacro fino alla nuca.

Tornai al finestrino. Tra noi si spalancò un baratro di silenzio che nessuno dei due tentò di colmare. Io avevo il cuore pesante perché per la seconda volta stavo lasciando la mia casa.

Ma ero euforica all'idea di rivedere presto Jak, anche se questo voleva dire che una volta tornata al castello avrei dovuto decidere chi saremmo diventati. Amici o amanti.

Eppure... *Tu mi intrighi, Nailyn.*

Come avrei fatto a cancellarmi dalla mente quella confessione? Ora sapevo che non gli ero del tutto indifferente. Ma un barlume d'odio ancora gli accendeva lo sguardo quando posava gli occhi su di me. Sembrava in qualche modo combattuto, e lo ero anche io.

Le carrozze rallentarono e, prima di scendere, la schiera di guardie reali si posizionò creando un corridoio che conduceva dal cocchio reale alla passerella che portava su una maestosa nave... *nera.*

Una nave nera che aveva un'aria decisamente familiare. Aprii lo sportello e saltai giù. Quasi investii un ragazzo dal volto deforme a cui mancava un occhio e che elemosinava sul ciglio della strada.

«Mi scus...» La voce mi morì tra le labbra.

Ero di nuovo al porto, di nuovo diretta sulla stessa nave che mi aveva strappata da Vartadis la prima volta. Ed ero inciampata sulla stessa persona con cui Jak si era scontrato quella sera di diversi mesi prima.

Mirk, il ladruncolo che gli aveva lasciato anni addietro la lunga cicatrice sul viso.

Mirk, che dopo le botte ricevute quell'ultima volta non sembrava neanche più lo stesso.

Mirk, che mi guardava dal basso stringendo l'unico occhio rimasto nel tentativo di capire se, sotto la veletta scura, si nascondesse la ladra per la quale erano promessi duecento *purin* d'oro.

«Tu...» sussurrò, indeciso.

Se mi avesse denunciata, non sarebbe bastato il nome della regina come protezione. Anzi, probabile che si aggiungesse alle aggravanti che la spingevano a fuggire con il principe. Una regina assassina, bugiarda e amica dei delinquenti.

«Datti una mossa, *Zinah.*» Reywind mi afferrò per un braccio e mi trascinò via.

«*Zinah*?» sibilai.

«Ringraziarmi no, eh?»

«Tra tutti i nomi che potevi scegliere...»

«Ho optato per quello che ti avrebbe infastidita di più, sì.» Un sorrisetto gli incurvò le labbra.

«E pensare che ero certa non avessi il minimo senso dell'umorismo.»

«Non sai su quante cose che mi riguardano ti sbagli...»

Lottai per non arrossire.

Lo seguii lungo la passerella, anticipando la regina che sarebbe dovuta salire per prima, e trattenendo la veletta con la mano affinché il vento non la sollevasse. Sperai che Jaismid non prendesse la nostra fretta come un affronto. Ma era necessario che passassi inosservata.

Una volta in cima, ignorai la mano tesa di Reywind in aiuto e saltai sulla tolda. Quello era decisamente *Battito*, il veliero di Silver Hale.

«No, non di nuovo una donna a bordo.»

Mi voltai e trovai gli occhietti neri di Gyn Leen, il nano della ciurma, fulminarmi rabbiosi. Si teneva il cavallo dei pantaloni in un gesto scaramantico.

«Piacere di rivederti» lo sbeffeggiai.

«Porca puttana» esclamò, a quel punto riconoscendomi.

«"Piacere" un corno!» sbraitò, grattandosi le palle con violenza.

«Vi conoscete?» s'intromise Reywind.

«Puoi giurarci, comandante.» Silver Hale si avvicinò, zoppicante, con l'aiuto del bastone.

I capelli grigi erano sempre legati sulla nuca con un codino di cuoio, e la camicia dalle maniche a sbuffo slacciata sul davanti lasciava intravedere il pelo grigio del petto che nascondeva parzialmente la pelle tatuata. La collana d'oro con le tre Spade incrociate ciondolava tra i pettorali.

«Capitano» salutai a denti stretti.

Era stato gentile con me e Jak, aveva evitato di denunciarci, ci aveva condotti in salvo a Gläl, e mi aveva detto che *io* ne valevo la pena. A distanza di mesi capii che tutte le sue azioni erano studiate nel dettaglio. Lui sapeva che lasciandomi in quel paesino Viktor e Giselle avrebbero saputo che una ragazza dagli occhi rossi era capitata lì, sapeva che mi avrebbero venduta alla Sacra Dimora di Heldor, sapeva che ero la Discendente. E mi bastava quella stupida catenina per capirlo.

«Ero certa che avresti trovato la strada del tuo destino.» Mi fece l'occhiolino.

«Voi ne eravate a conoscenza, non è vero?» domandai. «Della Leggenda, dico.»

Silver Hale si portò una mano al ciondolo. «Certo. Sempre saputo» affermò, senza alcun pudore.

«E, di grazia,» feci un paio di passi verso di lui e mi strappai la veletta «perché avete tenuto chiusa quella fottuta boccaccia?»

Il Capitano sorrise. «Sei abbastanza sveglia da capire che se te lo avessi detto non mi avresti mai creduto. Era necessario che tu arrivassi dove sei arrivata.»

Gyn Leen sbuffò rumorosamente. «Capitano, non possiamo ospitarla nuovamente su questa nave!»

«Perché sono una donna, Leen?» Sollevai un sopracciglio. «Perché, lo ribadisco, ho più palle di qualsiasi uomo della tua combriccola di pirati. O è perché sono un *demone*?» Sapevo che quell'ultima parola lo avrebbe fatto rabbrividire.

«Non siamo pirati...» precisò Silver Hale, senza convinzione.

«Siete il solito bugiardo, Capitano.» La regina Jaismid aveva superato la passerella scortata da un piccolo gruppo di guardie, e si dirigeva verso di noi con passo deciso. «E spero che per i vostri sottoposti non sia un problema avere più di una donna a bordo.»

Gyn Leen arrossì dall'imbarazzo. Si tolse il cappello e lo strinse con entrambe le mani. S'inginocchiò, imitato da tutta la ciurma.

«Voi... non siete una donna» balbettò. «Voglio dire, sì, ma siete una regina e...»

Notai che Jaismid tentava di trattenere un sorriso divertito. «È un piacere scoprire che qualcuno ancora mi reputi la propria sovrana.»

«Potete contare sulla devozione della mia *Battito*, Vostra Grazia» affermò deciso Silver Hale. «E per dimostrarvi la mia lealtà, vi offro la mia cabina per il viaggio.»

«Una normale cabina andrà bene, Capitano» rifiutò lei.

«Vi supplico di accettare. Non potrei dormire serenamente sapendo che la mia regina dorme su un giaciglio mentre io godo di un letto vero e proprio.»

«Vi prego di non contestare le mie decisioni.» La voce di Jaismid era vagamente stizzita. «Se desidero dormire su un giaciglio come un normale passeggero, mi accontenterete.»

Hale piegò la testa. «Come desiderate.» Con un cenno della testa ordinò ad alcuni dei suoi uomini di scortare la regina e la balia sottocoperta.

A me e Reywind furono assegnate due cabine. Una soluzione perfetta, visto che già dalle prime ore di viaggio era chiaro che volesse evitarmi. E lo stesso valeva per me. Era evidente che entrambi stessimo ancora rimuginando sulla notte del ballo.

La regina rimase tutto il giorno rintanata. E nessuno, eccetto la balia, osò disturbarla. Potevo capire che quel viaggio fosse una sofferenza per lei. Stava lasciando la propria casa, la propria vita, i propri diritti, e la tomba di suo marito. E sapevo che era una donna orgogliosa: anche se non avesse pianto, non avrebbe comunque voluto che qualcuno la vedesse spezzarsi.

Ci ero già passata.

Io invece non riuscii a restare nella mia cabina a lungo, perché quando calò la notte venni colta da un'improvvisa angoscia.

M'intrufolai in cucina per farmi dare un pezzo di pane col salame in memoria dei vecchi tempi e, avvolta in una pesante coperta, salii sul ponte. Avevo bisogno di stare da sola con il rumore del mare che avrebbe acquietato i miei pensieri.

Invece, appoggiato con gli avambracci incrociati sulla balaustra, c'era Reywind. I capelli castani sembravano quasi neri al buio. La luna era nascosta dietro uno spesso strato di nubi violacee che, come la prima volta, lasciavano presagire guai.

Il vento era così forte che la cappa di pelliccia di lupo gli volava attorno. Le vele che, una volta al largo, erano state sostituite con quelle blu per indicare la presenza di colera a bordo, schioccavano rumorosamente. Un astuto stratagemma per far sì che le altre navi si tenessero alla larga dalla regina.

«Mal di mare?» gli chiesi, porgendogli il salame.

Alla mia voce, scattò sull'attenti.

«Rilassati.» Mi appoggiai di schiena alla ringhiera. «Non mordo mica.»

Sbuffò. «Non temo i tuoi morsi.»

Arricciai le labbra. «Dicono che i morsi dei ratti siano molto pericolosi.»

«Ah sì? Che effetti hanno?» Ora stava impersonando il Reywind che sapeva stare al gioco.

Era come se di notte, tutt'uno col buio, abbandonasse quell'aria austera e si lasciasse andare. E smettesse di evitarmi.

«I ratti comuni portano malattie,» scrollai le spalle «ma il mio morso può rendere geniale il più stupido del villaggio.»

«E chi è già intelligente di suo?» Mi guardò furbamente, con aria interrogativa.

Liquidai la domanda con un gesto della mano. «Non hai proprio motivo di preoccuparti» scherzai, addentando il panino.

Tornò ad appoggiarsi scuotendo la testa. «Questa non faceva ridere neanche un po'.»

«E allora perché stai sorridendo?»

A quelle parole tornò di colpo serio. Gli vidi tendersi i muscoli del collo. Dal colletto della camicia di flanella, lunghe cicatrici bianche gli si arrampicavano fino al mento. Non riuscii a controllarmi e portai il dito su quella che sembrava più recente e che gli scompariva tra i capelli. Lui si irrigidì e mi guardò dritto negli occhi. I suoi erano due prigioni.

Tirai indietro il braccio con uno scatto, come se mi fossi bruciata. Un silenzio sepolcrale s'insinuò tra noi riuscendo persino ad annullare il frastuono delle onde contro la chiglia della nave.

«Cosa ti è successo?»

«Pensa alla tua vita, Nailyn.» La sua voce era come un rivolo d'acqua gelida lungo la spina dorsale. Non c'era rabbia, come mi ero aspettata. Ma molta amarezza. Forse dubitava che potessi capire.

Tornò a guardare il mare. Il filo invisibile che sembrava tessersi tra noi di notte si era rotto. Mi allontanai senza una parola, non sarebbe valso a nulla se non a irritarci l'un l'altra.

Tornai nella mia cabina e mi forzai a dormire. Il sonno arrivò tardi, quando gli altri marinai avevano abbandonato i tavoli da gioco e *Battito* era finalmente sprofondata nel silenzio quasi assoluto.

In quella quiete traditrice, nessuno immaginava che grossi guai fossero in vista. Guai a forma di un veliero affilato che tagliava le onde nella notte. E veniva verso di noi.

46

Eravamo nei pressi dello Stretto Oscuro, un canale d'acqua che riportava nell'entroterra. Avremmo potuto fuggire per di là, ma avvicinarci alla costa in quel punto era troppo pericoloso. Forti correnti potevano trascinare una nave senza alcuna difficoltà verso gli scogli appuntiti che spuntavano come zanne.

Il Capitano richiuse il cannocchiale con aria preoccupata. L'ordine era quello di tenere la regina Jaismid e suo figlio chiusi sottocoperta. Io e Reywind saremmo rimasti sul ponte e avremmo combattuto, se si fosse presentata l'occasione.

«Sapete a chi appartiene quel veliero?» domandai, legandomi i capelli in un codino basso per fermare le ciocche chiare che mi frustavano il viso nel vento.

«Purtroppo sì» mormorò Hale, prima di voltarsi a gridare ordini alla ciurma. «Gyn Leen, vai ad avvisare gli uomini.»

Il nano corse sottocoperta sulle gambette corte. «Lo dicevo io che non era saggio ospitarla a bordo, *di nuovo*.»

Deron, il secondo in comando sulla nave, aveva disposto di allineare i cannoni e di prepararsi al fuoco.

«Tutta a tribordo!» urlò Hale. «Dobbiamo metterci in posizione per colpire.»

Il cielo era di un intenso color arancio, sporcato qua e là da sottili nuvole. Il mare rifletteva i colori vivi del sole che si scioglieva nell'acqua.

Il lungo e sottile veliero pirata che sfilava sulla cresta delle onde, era abbastanza vicino perché riuscissi a vedere che il corrimano della murata era frastagliato. Le aguzze schegge che sbucavano sembravano denti affilati. Le grandi vele quadre, grigie per il fumo dei cannoni, resistevano agli schiocchi del vento che s'infiltrava nei larghi buchi. Sembrava un miracolo che in quelle condizioni non fosse ancora affondato.

«Quella è la nave di Solem Dawking» indovinò Reywind.

Capitan Dawking era in piedi sul parapetto di prua. Sorrideva con il pugnale stretto tra i denti, i pugni sui fianchi e il petto all'infuori. Non pareva aver bisogno di aggrapparsi a qualcosa per non cadere in acqua. Lunghi capelli neri gli si agitavano attorno alla testa come serpenti.

«Porca zozza!» Leen si toccava le parti basse con tale forza che gli si acutizzò la voce di tre ottave.

«Chi è questo Solem Dawking?» chiesi, tirando la fune che mi aveva passato Deron.

«Tu chiedi chi è quello lì?» Gyn Leen lo indicò esterrefatto. «È il cazzo di re dei pirati. Ecco chi è! Sai che si dice nei mari, ragazzina? Che il giorno in cui Hale e Dawking si scontreranno la Terra tremerà.»

Silver era di spalle, circonfuso dalla luce del sole. Non mostrava alcuna paura, sembrava pronto alla battaglia. Quasi l'avesse attesa per secoli a bordo di quella nave che non lo avrebbe mai tradito.

«Ai cannoni, uomini!» urlò. «Virate! Non vedete che stiamo

per dargli le spalle? Mostriamo loro i nostri volti, ciurma, e non potranno che temerci!»

Si posizionò al timone e, con forza, lo ruotò fino a quando non ci trovammo nella posizione perfetta per fare fuoco. Dalla nostra murata apparve una lunga schiera di lucidi cannoni.

«Capitan *Sardina*,» chiamò il leggendario pirata «neanche il tempo d'una chiacchiera? Suvvia, risolviamo da gentiluomini quali siamo!»

Si diceva che anni addietro Hale fosse stato salvato durante una bufera da un banco di sardine che, posizionatosi sotto la chiglia della nave, l'aveva trascinato in salvo. Ma era solo una vecchia storia.

Gli occhi febbrili di Dawking non promettevano che crudeltà. Restava in piedi sul fianco senza minacciare il minimo squilibrio, quasi i piedi fossero incollati alla nave.

«Fuoco!» ordinò Hale, e il primo colpo di cannone andò a infrangersi contro il parapetto avversario.

Un'esplosione di schegge e null'altro. Perché la nave continuò ad avvicinarsi. Dalla gola del pirata sgorgò una risata acquosa che mi mise i brividi.

«Vai sottocoperta, subito.» Il tono di Reywind non lasciava spazio a proteste.

«Non penso proprio. Io resto qui dove sono.» Lo fulminai con lo sguardo.

«Nailyn, è un ordine.»

«Non andrò a nascondermi come un *ratto.*»

Un lampo di comprensione e rispetto gli attraversò il volto. Annuì, sfilando la spada dal fodero. «Ma resta dietro di me.»

Un colpo arrivò alla nostra murata mandando fuori gioco tre dei cannoni centrali. I *fondamentali* cannoni centrali.

Eravamo perciò ciechi frontalmente. Il grido della balia raggiunse il ponte, insieme al pianto del principe Gioele.

«Fuoco! Fate ancora fuoco!» gridò Hale, cercando di riportare *Battito* in una posizione vantaggiosa.

«Capitano,» Deron era affannato «imbarchiamo acqua!»

Silver Hale si guardò attorno. Per un attimo sembrò solo, immobile sotto il cielo rosso. Vedeva unicamente Dawking sorridergli dal suo veliero scassato, che sembrava reggere i colpi meglio di *Battito*. Forse perché troppo abituato a farlo.

La nostra nave subì uno scossone. Eravamo stati catturati da una forte corrente che tirava sotto la cresta apparentemente calma del mare. Voleva trascinarci a babordo, dove un gruppo di scogli acuminati spuntavano dall'acqua.

«Capitano!» chiamo Gyn Leen, in cima all'albero maestro. «Stiamo finendo nello Stretto Oscuro!»

Eravamo in trappola: da un lato ci attendevano i denti aguzzi dello Stretto, dall'altra la nave pirata, che ci raggiungeva in fretta.

Ma non potevamo arrenderci. Silver Hale non avrebbe mai abbandonato né l'orgoglio né la nave, e nessuno di noi avrebbe mai lasciato la regina Jaismid e suo figlio al loro destino.

«Alle armi...» mormorò il Capitano. «Alle armi!»

In un grido di coraggio, i marinai sfoderarono spade, sciabole, daghe, coltelli e mazze d'ogni tipo. Gyn Leen sussurrò una preghiera scaramantica, perché per esperienza sapeva che quando si passava dall'attacco alla difesa, la sconfitta era ormai prossima.

«Saliranno a bordo.» Gli occhi del Capitano erano due universi in tempesta.

«Per la regina!» rispose Reywind, sollevando la spada in risposta.

«Per la nave! Per la regina!» urlò in coro l'intera ciurma.

Fissai gli occhi in quelli di Reywind e lessi una preoccupazione che non avevo visto neanche quando eravamo stati attaccati dagli scarti dei Ribelli. Aveva paura. Per *me*?

«Nailyn.» mi trascinò da parte, dietro l'albero maestro. «Tenteranno di prendere anche te.»

Era piegato in avanti sopra di me. Riuscivo a sentire il suo odore alla vaniglia che si confondeva con il profumo dell'aria salmastra.

«Non ci riusciranno» promisi sia a lui che a me stessa. Che a Jak.

«Falli a pezzi.» Il colore chiaro dei suoi occhi s'incupì e l'accenno di un sorriso gli incurvò l'angolo della bocca.

Il veliero avversario si era accostato alla nostra nave e decine di pirati saltarono a bordo. Ci fu rumore di spade contro spade, grida di battaglia e di dolore, sangue che macchiava la tolda mescolandosi all'acqua del mare che schizzava sulla nave. Lo Stretto Oscuro era sempre più vicino e non c'era nessuno al timone a impedire che la nave fosse risucchiata dalla corrente.

Un pirata dai denti gialli mi si parò davanti. Quando notò i miei occhi rossi, sulle prime parve impaurito, ma la bramosia prese presto il posto del terrore.

«Che succulento bottino» biascicò.

Quando mi si lanciò addosso, lo colpii al naso con una gomitata. Un fiotto di sangue gli colò sulla bocca e sul mento. Non vacillai e gli trapassai lo stomaco con la spada.

Mi voltai appena in tempo per aprire una lunga ferita nell'addome di un secondo aggressore, sbudellandolo allo stesso modo in cui da borseggiatrice tagliavo le sacche colme di monete d'oro.

Reywind, a pochi passi da me, era veloce come un fulmine. Si muoveva con la grazia dell'acqua e la rapidità di una sferzata di vento tranciando dita, braccia, gambe, teste. Il mare si stava tingendo di rosso sotto di noi. Non c'era più paura nel suo sguardo. Solo gelida e semplice risolutezza. Combatteva come una tempesta.

Fu grazie all'istinto di sopravvivenza che non rimasi lì immobile, ammaliata da quella danza di guerra. Mi ritrovai però a pensare che il Gran generale Florent era davvero un coglione a dare così poco credito al figlio. Non avevo mai visto nessuno combattere con quella precisione, con quella furia razionale.

Solem Dawking passeggiava sulla tolda incurante dei combattimenti. Lui puntava alla preda più grande: Silver Hale.

«Che magnifica creatura» cantilenò accarezzando il corrimano intagliato di *Battito*. «Ma quanta debolezza.»

«Non ve lo chiederò gentilmente: abbandonate le armi e tornatevene sulla vostra bagnarola.»

«E questo non sarebbe "chiederlo gentilmente"?» lo schernì. «Cosa vi è successo, Capitano? Di voi si narrano solo prodezze. Eppure, mi sembrate più molle della carne di una donna.» Il leggendario pirata sfoderò la sciabola.

Silver Hale non si fece attendere. Attaccò per primo, avanzando con la sua lunga spada. Nonostante fosse più vecchio, se la battevano alla pari. Era agile e forte. Il codino di cuoio era stato strappato via dal vento e i capelli grigi si agitavano nell'aria.

Gli uomini di entrambe le fazioni si arrestarono, immobili, per assistere allo scontro tra due leggende dei mari. La battaglia si riduceva a quello, le sorti sarebbero state decise da chi fosse rimasto in piedi.

Hale, in un'abile mossa, portò la punta della lama alla gola del pirata. Una spessa cicatrice gli segnava la carotide, segno che qualcuno doveva aver provato a sgozzarlo. Senza successo, purtroppo. Dawking sorrise. Sembrava non avere molari, incisivi o premolari come tutti gli esseri umani. Ma solo affamati canini.

La nave subì un altro scossone a causa della corrente ed Hale barcollò. Il pirata ne approfittò per menare colpi che andarono a conficcarsi nel legno del parapetto. Il Capitano riuscì a schivarli tutti.

«Non hai scampo, pesciolino» gongolò Solem, quando riuscì a incastrarlo all'angolo della prua.

In quell'istante, gli occhi di Silver saettarono alle spalle del suo avversario. Un gruppo di uomini si era intrufolato sottocoperta e aveva catturato la regina, suo figlio e la balia.

Jaismid gridava come una furia e si dimenava senza tregua nel tentativo rabbioso e disperato di raggiungere il bambino. Il principe Gioele piangeva tra le braccia di un pirata.

Reywind schizzò verso di loro, colpendo alla cieca chiunque tentasse di mettersi in mezzo. Lo imitai senza esitare. Venimmo entrambi circondati dai pirati. Alcuni di loro sembravano non volerlo colpire. Forse per paura. Qualcun altro, invece, rispondeva agli attacchi. E per quanto fosse forte, era sempre uno contro dieci. Perse la spada e si ritrovò disarmato. Anche la mia finì oltre il parapetto, affondando nel mare che turbinava sotto di noi.

«Bambolina dagli occhi di sangue, *tu* verrai con noi» disse un vecchio con il volto coperto di cicatrici.

Sfilai il pugnale dalla scollatura e glielo lanciai in mezzo agli occhi. Crollò a terra, ma venne subito oltrepassato da altri suoi compagni che allungavano le mani verso di me. Sia io che Reywind eravamo in trappola. Indietreggiai e sbattei la schiena contro il timone della nave.

E improvvisamente ebbi un'illuminazione.

Una leggenda diceva che al suo centro, conficcato da otto spade che sostituivano i pioli, c'era un cuore vero.

Otto spade.

Mi voltai e ne sfilai una. La lama cantò tagliando l'aria. La lanciai a Reywind, il quale l'afferrò per l'impugnatura. In quel preciso istante, nella nave risuonò un *battito*.

Un'onda partì dal nostro veliero e si propagò in tutto il mare, con lo stesso effetto di un sasso lanciato nell'acqua. Persino Solem Dawking, che era sembrato sempre stabile sui propri piedi, barcollò all'indietro.

«Cosa cazzo succede?» gridò qualcuno.

Un secondo battito rombò sotto i nostri piedi, facendoci tremare le viscere. La tolda stava assorbendo il sangue che macchiava il legno, se ne stava *nutrendo.* Mi sentii formicolare i piedi. E quando alzai lo sguardo...

La spada tra le mani di Reywind brillava.

Non ci misi che qualche secondo a capire che quella era *Lux*, la lama temprata nel sangue di Heldor.

E che lui era il Cavaliere di Luce, uno dei tre Prescelti.

47

Tu-tum, tu-tum, tu-tum.

Onde sempre più grandi s'irradiavano da *Battito*. La nave era immobile tra lo Stretto Oscuro e il veliero affilato dei pirati. Resisteva alla corrente che cercava di trascinarci tra gli scogli acuminati. Immobile sulla cresta del mare, adesso era *lei* a comandare. La superficie dell'acqua scivolava sotto la chiglia senza smuoverci di un centimetro.

Reywind guardava la lama con aria assente, incapace di realizzare che tra le mani teneva una delle leggendarie Spade e che lui... era uno dei tre Prescelti. La luce gli illuminava il viso.

I pirati, nonostante faticassero a restare in piedi per via del tremore della nave – tremore che per noi, benvoluti da *Battito*, non rappresentava alcuna minaccia –, rialzarono le armi e tornarono alla carica. Mi voltai verso il timone per sfilare una seconda spada e mi accorsi di un dettaglio fondamentale, finora passato inosservato. Al centro, sullo scrigno che si diceva racchiudesse il cuore, era incisa rudemente la croce capovolta con la freccia e i due uncini. E finalmente capii.

Quella non era una croce. Era un'àncora.

Ed era l'indizio che mi serviva per arrivare a *Lux*, l'indizio che Juda mi aveva lasciato nel grande tomo rosso e nello strappo di pergamena.

Tu-tum, tu-tum, tu-tum.

Un cuore pulsante era *davvero* nascosto su quella nave. E le stava donando il risveglio dal suo sonno millenario. Il sangue veniva assorbito dalla tolda in legno e i fori causati dai cannoni si stavano rimarginando come una ferita in uno scricchiolio che rombava nell'aria. Era come se il veliero fosse fatto di carne *viva*.

La seconda spada che sfilai dal timone non aveva nulla di speciale, ma si abbatté con forza e resistenza contro l'uomo che mi si era avventato addosso. Con un unico movimento, lo trapassai da parte a parte e lo lasciai cadere a terra. Lo scavalcai e passai al successivo, che parve intimorito dalla lama sanguinante che stringevo tra le dita.

Anche Reywind sembrava essersi ripreso, abbastanza da riuscire a contrastare l'aggressione dei più temerari. Ma nel suo sguardo lessi confusione. Era spaesato e non riusciva a nasconderlo. Combatteva però con una tenacia impressionante. Sembrava deciso a non lasciare neanche un superstite.

Silver Hale aveva ripreso il suo attacco, e ora era Solem Dawking a indietreggiare tentando di parare ogni affondo.

Battito ci stava regalando un grande vantaggio, perché quando gli scossoni facevano tremare la nave a ogni pulsazione del cuore del re dei mari, a traballare su gambe malferme erano i pirati e non noi. Ero certa che la nave volesse buttare fuori gli intrusi. Tant'è vero che qualcuno di loro non riuscì nemmeno ad aggrapparsi alla murata e fu sbalzato fuori finendo dritto dritto nelle fauci aguzze dello Stretto Oscuro.

«Finiamola qui» gridò, folle, Solem Dawking.

Sfuggì alla spada di Silver Hale e si lanciò con passo malfermo verso il sottoposto che stringeva tra le braccia il principe

Gioele. Afferrò il bambino per la caviglia e lo sporse fuori dalla nave. Fece scattare un coltellino e lo ferì a una gamba. Gioele pianse ancora più forte quando comparve la profonda linea rossa. Il pirata passò un panno sul sangue e se lo rimise in tasca.

Compresi allora che Solem Dawking era al soldo della Legione Oscura. Che il sangue di Gioele impregnava uno straccio così come quello degli Adepti che erano stati massacrati. E che quella di viaggiare via mare per tenere in salvo la famiglia reale era stata una pessima idea.

La regina Jaismid cacciò un urlo disumano. Morse il braccio del pirata che la teneva ferma strappandogli la carne con i denti. Questo strillò di dolore e la lasciò andare con un calcio sulla schiena. Lei cadde sulle ginocchia ma si rialzò subito, gli occhi spiritati e il mento, ora ferito, sporco di sangue. Si fiondò senza timore contro il re dei pirati che, con un sorriso affilato, lasciò la presa. Il principe sparì in mare seguito dal suo pianto.

«No!» Jaismid quasi si tuffò oltre la nave per cercare di afferrare il piccolo.

Venne trattenuta da Deron, braccio destro di Hale, che la tirò indietro sovrastando a stento la lotta furiosa della donna.

Non avrebbe fatto altro che condannare anche se stessa, le correnti marine in quel luogo erano più che violente. Il bambino era ormai spacciato. Ma dallo sguardo distrutto che le ritrovai sul volto, mi resi conto che probabilmente avrebbe preferito morire lì piuttosto che sopravvivere al figlio. Le urla che le graffiarono la gola mi misero i brividi. Un'unica lacrima di sangue le solcò il viso.

Solem Dawking scoppiò in una risata. Noi, invece, eravamo tutti pietrificati di fronte a quella scena, incapaci di reagire.

Jaismid era piegata a terra, la balia le stringeva le spalle piangendo disperata per il suo bambino di latte. I seni avrebbero continuato a dolerle a lungo, gonfi del nutrimento sprecato.

«Per il Fauno!» gridò la ciurma di pirati, sollevando le spade sporche di rosso.

La regina alzò la testa di scatto. Le labbra erano una linea dura e ferma che prometteva morte violenta. Non stava urlando, ma quel silenzio faceva anche più rumore. Gli occhi erano spalancati, e le iridi verdi smeraldo erano contornate da sclere scarlatte.

Si alzò in piedi, tremando. «Io ti divorerò.» La voce le uscì in un sibilo che suonò ultraterreno.

Trattenni il fiato. Il vestito di Jaismid si strappò sulla schiena, rivelando la colonna vertebrale che iniziava a deformarsi. Lunghe piume nere le sbucarono dalla pelle. Si contorse senza emettere alcun suono e al posto delle dita apparvero artigli che graffiarono la tolda della nave. Ci fu un suono di ossa che si formavano, si allungavano, si spezzavano. Un becco affilato le comparve sul viso. Gemette quando due ali nere sbucarono dalla carne spruzzando sangue scuro.

Jaismid non c'era più.

Al posto suo era comparsa una *Furia*. Il solo dettaglio che rimaneva della regina era il verde vivo dei suoi occhi.

Reywind era corso al mio fianco. La sua mano aveva trovato la mia e l'aveva stretta forte. *Lux* ancora splendeva nella sua presa.

La regina emise un verso atroce, suoni quasi ultraterreni che costrinsero tutti a tapparsi le orecchie. Scrollò le piume e mosse qualche passo nel suo nuovo corpo.

«No...» supplicò Solem Dawking, indietreggiando. «Ti prego. Sono stato pagato per farlo... ti prego! Non è me che devi uccidere, è...»

Chi? Chi è che deve uccidere?

Jaismid gli si avventò addosso. I lunghi artigli si conficcarono nelle budella del pirata che urlò di dolore. La regina scalciò come un cane che scava nel terreno, strappando pezzi di carne e sparpagliandoli sulla nave.

«Ti prego!» urlò Solem con le ultime forze.

Jaismid caricò l'attacco portando la testa all'indietro e ripiombandogli poi con il lungo becco sul collo, sul torace, sulla faccia. Fino a ridurlo al silenzio. Gli lacerò la carne che le scivolò giù per la gola in bocconi caldi. Non lo aveva semplicemente ucciso, lo aveva *divorato*. Come promesso.

Nessuno si mosse. Nessuno la contrastò. Regnava un silenzio innaturale, persino *Battito* aveva smesso di pulsare per assistere al macabro spettacolo.

Davanti ai miei occhi c'era una creatura magica che aveva riposato per mille anni. Sotto i miei piedi, una nave che sembrava viva. Al mio fianco, un Prescelto che brandiva la lama che l'aveva risvegliata.

Quando la regina ebbe finito, del re dei pirati non era rimasto che qualche brandello di carne attaccato alle ossa. Jaismid respirava affannosamente. Alzò la testa e guardò a uno a uno i pirati che avevano contribuito alla morte del figlio. Spalancò il becco e gridò, la lingua vibrava come quella di un serpente. Gli uomini caddero a terra piangendo, ma per quel giorno sarebbero stati graziati. La Furia allargò le ali e, con una spinta sulle gambe, si alzò in volo smuovendo refoli urlanti di vento. Si andò ad appollaiare sulla cima di un faraglione e, fissando le onde che sbattevano contro gli scogli, si lasciò andare a un lamento che suonava come un canto funebre.

Il cuore mi batteva nelle orecchie. Tutto ciò in cui non avevo mai creduto si era rivelato vero nel giro di pochi istanti. Un principe era morto e una regina assetata di vendetta avrebbe atteso il sangue che si stava per spargere in quella guerra ormai iniziata.

La Legione Oscura si stava muovendo in maniera concreta, mentre la Sacra Compagnia di Madre Sundriel non aveva ancora fatto nulla, se non allenare delinquenti di strada e attendere che il male arrivasse alle sue porte.

«Nailyn...» sussurrò Rey, guardando le nostre mani intrecciate.

«Scusa.» Lo liberai in fretta dalla presa.

«Non è ancora finita» disse a voce più alta.

Alzò *Lux*, pronto ad attaccare il resto dei pirati. Gli uomini, scossi dalla morte del loro capitano, dalla nascita di una creatura leggendaria e dalla Spada di Luce che li minacciava, sbiancarono per il terrore.

«Questa battaglia è terminata.» Silver Hale posò una sua grande mano sulla spalla di Reywind. «Tornatevene sulla vostra bagnarola» si rivolse ai pirati.

«No» latrò lui.

«Questa nave ha visto abbastanza sangue, per oggi.» Il Capitano rivolse un cenno ai resti di Solem Dawking che *Battito* stava pian piano assorbendo.

«Non permetterò che questa feccia racconti al mondo quel che è successo qui» affermò. «Se la Legione Oscura scopre che il principe Gioele è morto, non avremo più tempo. Non siamo ancora pronti per la guerra, Hale.»

Si scambiarono un lungo sguardo. Ero certa che il Capitano

si fosse accorto che sotto a quella motivazione Reywind stava nascondendo dell'altro. Ma aveva ragione, dovevamo impedire che si venisse a sapere cos'era successo.

Uno dei pirati sputò a terra. Ne erano rimasti una decina scarsa. «Non ci faremo ammazzare come cani!»

Partì all'attacco contro Silver Hale, risparmiando a tutti l'incombenza di riaprire lo scontro. Gli altri lo seguirono a ruota, ma sia io che Reywind, così come anche il resto della ciurma di *Battito*, eravamo pronti. La nave riprese a tremare dandoci un ulteriore vantaggio e, pochi minuti più tardi, non era rimasto alcun sopravvissuto che avrebbe testimoniato quanto accaduto.

La pelle mi tirava per il sangue che m'imbrattava dalla testa ai piedi. Non ci fu neanche bisogno di liberarci dei corpi, perché la nave li inglobò in se stessa come aveva fatto con Solem Dawking. Un'ondata di nausea prese il sopravvento. Mi sporsi oltre la murata e vomitai bile e muco.

La nave riprese la sua traversata. Non c'era nessuno al timone, sapeva da sola dove andare. L'altra spada che avevo sfilato era stata rimessa al suo posto, mentre *Lux* era riposta nel fodero al fianco di Reywind.

Tu-tum, tu-tum, tu-tum.

«Stai bene?» Ore dopo, ero ancora sporta oltre la balaustra. Silver Hale era venuto ad assicurarsi che non intendessi buttarmi a mare.

Annuii. «Sapevi della Spada? Sapevi che si trovava sulla tua nave?»

Gli occhi color piombo del Capitano si scurirono. «Questa nave viene tramandata da generazioni nella mia "famiglia", se così vogliamo definirla.»

Un freddo gelido mi penetrò nelle ossa, nonostante la cappa di pelliccia che avevo sulle spalle. Il sole stava scomparendo oltre l'orizzonte, lasciando spazio a una timida luna che splendeva nel cielo indaco.

«Mia madre era una puttana di Vartadis. Così come mia nonna.» Un sorriso sghembo gli comparve sul volto al loro ricordo. «Mio padre invece, così come il suo prima di lui, era un uomo di mare. Ma soprattutto, un uomo di *fede*.»

«Perché non hai provato a mettere la Spada in mano a Jak, allora? O a me. O a chiunque. Hai semplicemente aspettato che accadesse per caso.»

«Non ho voluto forzare gli eventi,» affermò «ci avrebbe pensato il destino a portare la Spada nelle mani giuste. Il mio compito era proteggerla, e l'ho fatto.»

Silver Hale grugnì divertito davanti alla mia espressione confusa. Il codino di cuoio era tornato al proprio posto e teneva legati i capelli in una coda bassa sulla nuca.

Sospettai che la Madre non avesse idea che una delle lame della Leggenda si fosse sempre trovata su quel veliero.

«Ogni Spada ha il suo Prescelto.» Hale scrollò le spalle, gli occhi fissi sul sole che scompariva oltre la curva della Terra. La nave procedeva spedita, nel giro di un paio di giorni saremmo arrivati a Gläl. «Nelle mani di chiunque altro non avrebbe reagito. Solo Reywind può essere il Prescelto di *Lux*.»

«Francamente, Capitano, non ci sto più capendo un cazzo» sospirai.

Silver Hale rise di gusto, portando le mani sulle mie spalle. «Non devi capire. Devi solo continuare a essere la Discendente. Tutto il resto verrà da sé.»

«Posso scegliere di non esserlo?»

«Temo di no,» rispose, afferrando il bastone che aveva appoggiato alla murata «ma almeno non sei da sola.» Ammiccò in direzione di Reywind che ci stava osservando.

Hale si allontanò e io mi riappoggiai al parapetto. Dovevo resistere ancora qualche giorno e poi sarei tornata nell'abbraccio rassicurante di Jak. Ci avrebbe pensato lui a mettere un po' di ordine nella mia testa. O forse, avrebbe solo fatto ancora più casino.

«Nailyn.» La voce di Reywind, bassa e calma, mi s'insinuò sottopelle. «Devo chiederti un favore.»

Mi voltai di scatto. «Questa mi è del tutto nuova.»

S'indurì. «Ce la fai a essere seria un secondo soltanto?»

«Posso provarci, che vuoi?»

«Non dire alla Madre che sono… non dirle di *Lux*.»

«Cosa?»

«Non dirlo a nessuno. Puoi farlo?» Nei suoi occhi c'era preoccupazione.

«Perché?»

«Perché sì.»

Sbuffai. «Esaustiva, come risposta.»

«Nailyn, ti prego.» Mi afferrò una mano. «È di vitale importanza. Non te lo chiederei, altrimenti.» Una smorfia di fastidio gli contorse la bocca e mi lasciò andare.

«D'accordo,» promisi «ma in cambio ricordati che sei in debito con me.»

Sorrise lascivo. «Non me ne dimenticherò.» Sembrò rilassare le spalle. «Non devi dirlo neanche al tuo *amichetto*.»

«Non chiamarlo così» sbottai.

Il cielo, nel giro di pochi minuti, era diventato tanto scuro che dava l'impressione di poterci risucchiare. Milioni di stelle brillavano come braci.

«Come dovrei chiamarlo? Magari *delinquente*?»

«Questo è il lato di te che detesto. Arrogante e... si direbbe anche un po' geloso, sai?»

«Perché, c'è un lato di me che non detesti?» sussurrò, sporgendosi sopra di me.

Stavamo giocando a *quel* gioco.

«Forse ho finalmente trovato il nome adatto a te.» Si avvicinò un po' di più. Le nostre labbra erano a un soffio. «Che ne pensi di *ladruncola*?»

«Penso che sia perfetto» ribattei, sollevando il mento. «E tu che ne pensi di *Prescelto*?»

Restò immobile. Talmente fermo che avrei potuto scambiarlo per una statua. I suoi occhi di ghiaccio lampeggiarono. Si tirò indietro sistemandosi i capelli che gli erano scivolati sulla fronte.

«Abbiamo un accordo.» Raddrizzò le spalle e tornò a essere il solito, austero comandante di sempre. «Buonanotte, Lyn.»

Mi aveva chiamata *Lyn*.

Tu-tum, tu-tum, tu-tum.

Stavolta non ero sicura che fosse il cuore del veliero a fare tanto baccano.

48

Per molte notti avevo sognato la regina Jaismid che mi supplicava di aiutarla. L'ultima volta stringeva tra le braccia delle coperte vuote. Ora suo figlio era morto per mare, e lei sorvegliava lo Stretto Oscuro, trasformata nella più vendicativa delle creature.

Parte della Leggenda parlava di sangue reale. Ora che la regina era diventata una Furia, che re Aronne era morto come anche il principe Gioele, cosa sarebbe accaduto? Persino il panno con cui Solem Dawking aveva pulito il sangue del bambino era perso, forse inglobato dalla nave stessa.

Era l'ultima notte che trascorrevo su *Battito*, il mare si gonfiava sotto la nave e il vento penetrava dalle fessure sulla murata. Nella mia cabina regnava il gelo assoluto. Di Reywind non c'era traccia. Continuava a evitarmi.

«Per il Custode,» imprecai, stringendomi nel mantello «fa un freddo fottuto!»

Mi guardai attorno alla ricerca di un'altra coperta da mettermi sulle spalle ma non c'era nulla. Solo sacchi di mele e altre provviste.

Mi alzai, decisa ad andare in cerca di una lanterna da cui ricavare un minimo di tepore, o perlomeno di altre coperte sotto le quali seppellirmi. I marinai erano tutti rintanati sottocoperta, certi che *Battito* avrebbe pensato alla traversata al posto loro. Anche Silver Hale dormiva profondamente nel suo letto protetto dallo scheletro di un'orca. Gli unici rumori erano lo scricchiolio ritmico del legno, lo schioccare delle vele e la ferocia del vento.

«*Avvicinati.*»

Improvvisamente, sotto l'ululato delle raffiche, mi parve di avvertire un richiamo. Mi si rizzarono i peli in tutto il corpo. Tesi bene l'orecchio, e capii che non era solo un'illusione: distinsi la voce ariosa di una donna. Assomigliava a quella della piccola Elfride, ma era più profonda e… liquida. A quella se ne aggiunsero altre, a formare un coro.

«*Avvicinati a noi*» sussurravano, ammalianti.

Provenivano dal ponte. Sfilai il pugnale e lo tesi in avanti salendo la scaletta che portava all'esterno. Il mare scuro infuriava sotto il lieve bagliore della luna, quest'ultima seminascosta dalle nubi che striavano il cielo nero senza stelle. Nell'aria volavano milioni di piccole particelle d'acqua.

«*Qui da noi.*»

Eccole. Erano tre. Lunghi capelli, labbra carnose e occhi languidi. Si affacciavano sulla nave sollevate da un'onda. Tendevano le braccia in avanti verso Reywind, che camminava come un ubriaco.

«Sirene…» sussurrai, incantata.

La Spada era stata appena ritrovata e già iniziavano a risvegliarsi creature antiche e millenarie, di cui non potevo più ignorare l'esistenza.

Erano di una bellezza impossibile. I capelli avevano la consistenza delle alghe, ma splendevano d'un blu brillante. Le squame delle lunghe code proiettavano i colori scuri dell'abisso a ogni flessuoso movimento.

«Reywind, Cavaliere di Luce, vieni a vivere con noi» ridacchiarono giulive e, per tentarlo maggiormente, lasciarono scivolare indietro i capelli e scoprirono i seni appuntiti dal freddo.

«Razza di idiota» ringhiai, ormai quasi alla balaustra.

Mi avvicinai. Una di loro mi notò e inaspettatamente soffiò come un gatto randagio. Ma quando un fulmine illuminò a giorno la scena la vera natura delle sirene mi fu chiara. Non c'era nulla di bello in loro: la pelle rugosa cadeva a pezzi, marcia e mangiucchiata dai pesci; i denti aguzzi sembravano migliaia di aghi infilati nelle gengive; le unghie spezzate graffiavano il legno della nave lasciando strisce di sangue. Repressi un conato inspirando il fetore di pesce marcio. Era un'illusione; la bellezza con cui tentavano di attrarre Reywind non esisteva.

«Stupido pazzo! Svegliati!» urlai, quando allungò una mano per afferrare una di loro.

Ma non mi sentiva. Corsi, ma qualcosa di viscido mi si attorcigliò al collo e mi strattonò all'indietro. Caddi e il pugnale mi scivolò dalla presa. Portai le mani alla gola. Una corda d'alga mi stava strozzando e, alla sua estremità, una quarta sirena sorrideva mostrando i denti affilati.

Un milione di minuscole stelle mi punteggiarono la vista. Stavo soffocando. Allungai un braccio tastando qua e là alla ricerca del pugnale. Lo sfiorai con la punta dell'indice, ma era troppo lontano per riuscire ad arrivarci.

«Cazz...» gracchiai, nell'immane sforzo di sporgermi. Poi, finalmente, lo afferrai.

Portai la lama alla gola, sollevai l'alga e, ferendomi, la tagliai di netto. Rotolai sulla schiena e mi misi carponi. Avevo la vista ancora appannata. Quando mi voltai verso Reywind, lo scoprii in piedi sulla murata. Sarebbe bastato un nulla a farlo cadere in mare.

«Reywind!» gridai invano.

Corsi e allungai la mano sperando di riuscire a tirarlo indietro per il mantello che gli svolazzava attorno, ma un'altra alga mi arpionò il polso. La presa della quinta sirena era mostruosa. Afferrai la corda viscida con entrambe le mani e, gridando per lo sforzo, strattonai con tutte le energie che avevo.

La sirena venne sbalzata sul ponte. Dimenava la coda come un pesce fuori dall'acqua. Si trascinò furiosa e veloce come un lampo fino ai miei piedi, emettendo uno stridio infernale. Mi scaraventò a terra, ma io le finii sopra e la sgozzai senza alcuna pietà.

Tu-tum, tu-tum, tu-tum.

La nave reagì al sangue della creatura. Se ne cibò, assorbendolo. Le altre sirene, però, mi sibilarono contro come serpenti. Avevo ucciso una loro sorella.

«Merda.»

Dalla superficie dell'acqua ne comparvero a decine, tutte pronte a sbranarci.

«Porca puttana! Reywind!» inveii, quando *Battito* virò d'improvviso per schivare un banco di sirene che arrivavano dal fondale.

Lui si aggrappò a una cima e ridacchiò quando un piede gli scivolò sul legno fradicio. Riuscii ad afferrarlo per la cappa di pelliccia e a tirarlo a bordo. Rotolammo sul ponte. Il suo sguardo era perso nel vuoto, annebbiato dall'illusione.

«Reywind!» Lo colpii con uno schiaffo in pieno viso. «Svegliati!»

Dovette funzionare, perché un lampo gli illuminò gli occhi e tornò in sé, seppur fosse ancora confuso. Alcune sirene avevano trovato il coraggio e stavano abbandonando il mare per salire a bordo. Strisciavano verso di noi trascinandosi con le braccia.

«Cosa cazzo...» mormorò lui, la voce intrisa di repulsione.

«Sì, be', ti farà piacere sapere che fino a tre secondi fa le trovavi particolarmente attraenti.»

Ci avrebbero divorati. E la nave avrebbe assorbito i nostri resti.

Scagliai il pugnale e ne colpii una al centro dell'occhio. Questa stramazzò a terra e venne superata dalle sorelle che si dirigevano lentamente verso di noi. Una mano putrefatta mi artigliò la caviglia. Il dolore lancinante che seguì si propagò come una scossa elettrica su tutta la gamba fino all'inguine. Scalciai e la colpii al mento, ma lei scosse la testa e tornò all'attacco.

Reywind tranciò braccia e teste con movimenti rapidi di *Lux*, che brillava tra le sue mani. Alla vista della lama leggendaria alcune sirene soffiarono come le bestie feroci quali erano, ma non si ritirarono. E per ogni creatura uccisa, ne comparivano sulla nave altre cinque.

«Siamo fottuti» disse lui, affannato e sporco di sangue dalla testa ai piedi.

Mi alzai a fatica per via del dolore alla caviglia. Reywind tentò di portarmi dietro di lui per farmi da scudo, ma lo superai e urlai con tutta l'aria che avevo nei polmoni: «Via! Andate via!».

Sembrava una mossa alquanto ridicola, eppure...

Le sirene parvero per un istante stordite. Poi, titubanti, ma come costrette da una forza maggiore, strisciarono e si rituffarono in mare rinunciando al pasto che aspettavano da mille anni.

«Cosa…» mormorò Reywind «cosa hai fatto?»

«Non ho fatto nulla.» Scossi la testa, meravigliata.

«Ti hanno obbedito.» Si sporse oltre la murata e vide le decine di code che nuotavano lontano, balzando tra le onde e verso i fondali più profondi.

Solo allora lei potrà dominare elementi e creature
e al caos mettere fine per sempre.

I versi della Leggenda mi rimbombarono nel cranio.

Reywind mi s'inginocchiò davanti e ispezionò la ferita. Schioccò la lingua ma non disse nulla. Quando tornò su, prese le mie mani nelle sue. Non mi ero accorta che stavo tremando.

«La Madre si accorgerà che la magia si sta risvegliando» dissi, deglutendo saliva e acqua di mare.

Il vento aveva smesso di infuriare e ululare minacce. E, a diverse miglia, s'intravedeva finalmente la terraferma. Gläl ormai era prossima, entro la mattina successiva saremmo sbarcati.

«Penseremo a qualcosa» sospirò lui. «Riesci a camminare?»

Annuii, ma al primo passo, contrassi il viso in una smorfia di dolore.

«Evidentemente no» constatò Reywind.

«Ce la faccio.»

Mossi un altro passo e quasi crollai a terra sibilando. Mi afferrò per le spalle, impedendomi di cadere.

«Non essere cocciuta.» Portò un braccio sotto le mie ginocchia e mi sollevò da terra.

«Reywind. Mettimi. Subito. Giù.»

Si avviò verso la scala che portava sottocoperta, stringendomi al suo petto duro, forte e incredibilmente caldo. Con la coda dell'occhio intravidi che stava reprimendo un sorriso.

«Consideralo il ringraziamento per avermi salvato la vita» ammiccò.

Fui costretta ad afferrarmi al suo collo se non volevo cadere facendo persino la figura dell'idiota. «Sei la persona che più detesto al mondo.»

«Onorato.» Un lieve sorriso ruppe la durezza perfetta dei suoi lineamenti.

«E quando mi avrai messo giù, ti prenderò a calci nei coglioni.»

«Ancora intenzionata a verificare se siano effettivamente la mia unica parte molle?» Mi mostrò uno sguardo di sfida. «E poi, sveglierai tutta la nave.»

«Ne dubito, se non ci sono riuscite neanche decine di sirene pronte a farci a pezzi» ribattei. «A proposito, sei un idiota. Stavi per farti incantare da tette di pesce.»

«Detta così...» Rabbrividì di disgusto.

Arrivammo alla mia cabina e si ostinò a non lasciarmi andare finché non mi ebbe adagiata sul giaciglio. Non avevo nulla per medicare la ferita e mi rifiutavo di svegliare Silver Hale. Farmi dare una pomata disinfettante come una mocciosa che si è sbucciata le ginocchia era fuori discussione. La mattina seguente avrei provveduto, per quella sera mi sarei limitata a fasciarla con uno strappo della camicia.

Ci scambiammo un lungo sguardo. Lui si umettò le labbra.

«Nailyn…» bisbigliò. «Grazie per avermi salvato.»

Mi strinsi nelle spalle. «Te lo dovevo.»

«Tu non mi devi nulla.»

Non risposi. Passai lo sguardo sul profilo perfetto della mandibola, sulla linea decisa ma morbida delle labbra, sul leggero velo di barba che immaginai avrebbe pizzicato contro la mia pelle, sul pomo d'Adamo.

«Buonanotte.» Girò sui tacchi e se ne andò, scomparendo come fumo.

«Notte, *Rey*.»

49

Da quando *Lux* era stata ritrovata, il mare pullulava di creature. Per lo più pericolose. Nelle ultime miglia ci eravamo imbattuti in lucciole di mare, esserini capaci di divorare una nave in pochi istanti. Eravamo fortunati che *Battito* avesse vita propria e sapesse difendersi. Quando però erano apparsi in lontananza dei grossi tentacoli che si contorcevano fuori dalla superficie dell'acqua, lei stessa aveva deciso di virare bruscamente e di tenersene alla larga.

Gyn Leen gemeva di dolore a ogni passo. Si era grattato i coglioni con tanta insistenza che ormai dovevano assomigliare a due prugne avvizzite e scorticate. Avrei potuto giurare di averlo sentito piagnucolare di notte, quando dal profondo degli abissi era arrivato il canto dei leviatani – creature dalla forma di abnormi serpenti marini capaci di intontire con la loro voce melodiosa. Un po' come le sirene che, ringraziando il Custode, non si erano più fatte vedere. Ma più pericolosi.

La ferita sulla caviglia aveva buttato pus e sangue tutta la notte. Ma quando Silver Hale mi ci aveva passato sopra una pomata verdina che puzzava di piscio e aveva la consistenza del muco, tutto era scomparso in un batter d'occhio. Erano rimaste piccole cicatrici lucide nei punti in cui la sirena aveva infilzato i suoi artigli. Per sicurezza, mi costrinse a tenere una benda pregna di acqua di mare – sosteneva fosse un ottimo disinfettante naturale – finché non fosse arrivato il momento di lasciare la nave.

«Mocciosi fortunati.» Scuoteva la testa intanto che mi medicava con premura.

«Mocciosi addestrati» lo corressi.

Il Capitano piegò la bocca in un mezzo sorriso. Qualche ciocca argentea gli sfuggiva dal codino e gli penzolava davanti al viso. Da quando la magia aveva dato i primi segni di vita, sembrava ringiovanito di vent'anni. Il volto abbronzato era sempre segnato da qualche ruga e diverse cicatrici, e gli occhi avevano ancora la stessa tonalità del piombo, ma vi scorgevo una luce nuova. Quel vigore era però incrinato da un velo di rimorso, probabilmente per la sorte della regina Jaismid.

Comunque sia, il momento che aveva atteso per tutta la vita era finalmente arrivato. I suoi antenati gli avevano tramandato quella nave, che alla fine aveva risposto a lui e lui soltanto.

Tra Silver Hale e *Battito* si era infatti creato un legame ancora più profondo. Lui le parlava e, anche se non aveva voce per rispondere, lei gli obbediva con una fedeltà tale da superare qualsiasi cane. L'una era l'estensione dell'altro. E dal modo in cui la nave aggirava i pericoli, era chiaro che avrebbe sempre difeso il padrone e la sua ciurma.

«Ringraziando il Custode non siete mocciosi sprovveduti» acconsentì. «Le sirene sono tra le creature più pericolose dei fondali. Avrebbero potuto farvi a pezzi e trascinarvi nella loro tana. Oppure trasformarvi e costringervi a vivere sott'acqua per tutta l'eternità.»

«Davvero?» Sgranai gli occhi, sbalordita.

Lui annuì serio, intanto che legava le due estremità della benda. «Così dicono le leggende. Ma vai a capire.»

Toc, toc, toc.

Alla porta socchiusa c'era Gyn Leen con un'aria sofferente. «Capitano, mezza giornata a Gläl.» Una leggera nota di sollievo gli colorava la voce.

«Grazie Leen, di' a Deron di ordinare la virata e di stare attento agli scogli.»

Il nano annuì e si allontanò camminando a gambe larghe.

«Leen,» Hale gli urlò dietro «fasciati quelle palle con le alghe brune che trovi nel barile del rum. E smettila con quella fottuta scaramanzia!»

In risposta ci arrivò un brontolio preoccupato. Le alghe impregnate nell'alcol sarebbero state dolorose a contatto con la pelle scorticata.

«Poveraccio» mormorai.

Il Capitano mi fece appoggiare il piede a terra e sogghignò. «Perderà la voce a forza di urlare, ma se non vuole essere costretto a tagliarsi via le palle gli toccherà sacrificarsi.»

Sorrisi. Nonostante il nano detestasse la mia presenza a bordo, non potevo che provare una malsana simpatia nei suoi confronti. Ma ben gli stava.

Silver Hale si sollevò dalla sedia e si avviò alla porta della cabina con l'aiuto del bastone.

«Capitano» lo chiamai, mettendomi in piedi. «Non è stata colpa vostra quel che è accaduto alla regina Jaismid e a suo figlio.»

Ruotò leggermente il busto. Un profondo solco apparve tra le due folte sopracciglia brizzolate. «Vorrei poterti dare ragione.»

«Siete un grande Capitano. Un grande *uomo*» specificai. «L'unico che abbia avuto il fegato e l'umanità di aiutarci. Avete combattuto grandiosamente contro quel pezzo di merda di Solem Dawking. Non avete nulla di cui rimproverarvi.»

«No... ho solo un bambino sulla coscienza.» Sorrise amaramente.

Non avrei potuto fargli cambiare idea in alcun modo. Ci avrebbe pensato il tempo a lenire le ferite.

«Grazie di tutto.» Mi misi dritta sulla schiena e alzai il mento. «Non lo scorderò.»

Ci scambiammo un lungo sguardo. Lessi qualcosa di simile all'affetto nel suo. Piegò il capo in un leggero inchino e se ne andò.

Qualche ora più tardi Reywind mi attendeva sul ponte. Indossava la solita tuta da combattimento che gli fasciava il corpo, la Spada allacciata alla vita, il lungo mantello orlato di pelliccia e un paio di guanti in pelle nera. Mento alto, occhi d'acciaio e mascella serrata, guardava davanti a sé la terraferma che pian piano si avvicinava. Il vento gli scompigliava i capelli e gli arrossava gli zigomi.

Quando percepì il mio passo, fece scivolare il suo acuto sguardo su di me. Mi studiò da capo a piedi senza tradirsi con alcuna espressione. Aveva indossato la maschera dell'indifferenza. La sua versione che più m'infastidiva.

«Stai bene» constatò, riferendosi alla caviglia.

«I miracoli di Silver Hale.» Ruotai il piede. «Credo che abbia qualche rimedio casalingo anche per quel tuo muso lungo. Posso provare a chiederglielo, se vuoi. Una bella pomata ammorbidente per la mandibola non ti farebbe male.»

M'incenerì. Alzai le mai in segno di resa. «Va bene, non sei dell'umore.»

Grugnì e tornò a guardare Gläl. Ora le case che si sparpagliavano per tutta la baia erano distinguibili. E anche la gente che passeggiava con le braccia colme di legna o di vivande da portare alla famiglia.

«Cosa ti preoccupa?» Tentai di rompere il muro di ghiaccio che, ormai lo avevo capito, tirava su quando si sentiva vulnerabile. Alla domanda s'irrigidì per un istante, poi rilassò le spalle e fece uscire tutta l'aria dai polmoni.

«Essere uno dei Prescelti...» confessò, passandosi una mano tra i capelli.

«Te l'ho promesso: non dirò nulla.»

«Lo so...» mormorò. Eravamo spalla a spalla. Sentii la sua mano allungarsi verso di me e sfiorare la mia con le nocche. «Ma certe cose non possono essere tenute nascoste a lungo.»

Mi voltai e poggiai la schiena contro il parapetto della nave, così da poterlo guardare in faccia. Incrociai le braccia al petto. «Sai cosa mi diceva Jak quando eravamo piccoli?» Storse il naso, ma finsi di non farci caso e andai avanti: «Che non serve a un cazzo pulirsi il culo se ancora non hai...».

«Molto fine» m'interruppe con aria di superiorità prima che potessi concludere il concetto.

Roteai gli occhi. «Lascia perdere la forma» sbuffai. «Il punto è che non vale la pena stare in ansia per qualcosa che non è ancora successo. Quando arriverà il momento, troveremo una soluzione. È un problema per i noi di domani.»

«"Noi"?» Questa volta mi guardò negli occhi. Grazie al Custode non ero fatta di vetro, altrimenti mi sarei potuta frantumare. E mi avrebbe vista dentro.

«Certo» ribadii.

Era uno stronzo, narcisista, arrogante. Ma in quel viaggio si era instaurato un legame. E non avrei lasciato che la Madre gli infilzasse gli artigli nella carne. Se c'era qualcuno che poteva prenderlo a calci nel culo, quello ero io.

«Abbiamo un accordo, no?» Sorrisi, sollevando un sopracciglio.

Ricambiò e annuì solenne. «Abbiamo un accordo.»

«In fondo te lo devo.» Sventolai una mano, minimizzando lo scambio. «Hai consacrato a me la tua vita.»

Con la coda dell'occhio lo vidi studiarmi intensamente.

«Scialuppa pronta, ragazzi» ci avvisò Deron.

Reywind mi oltrepassò e si avviò verso Silver Hale, che aspettava in piedi, poggiato con entrambe le mani sul bastone, a bordo della piccola barca che ci avrebbe portato a riva. Prima di raggiungerli, salutai il nano con uno scappellotto sulla nuca.

«Ci vediamo, Leen.» Strizzai un occhio.

«Spero proprio di no! Mi hai letteralmente massacrato i coglioni!»

«Fagli un massaggino da parte mia.»

Gyn Leen strabuzzò gli occhi e rimase serio per un attimo. Dopodiché, buttò la testa all'indietro e scoppiò a ridere con una mano premuta sullo stomaco.

Una volta arrivati ai pontili traballanti di Gläl, il sole era scomparso lasciando nel cielo una sottile scia rossa. Il Capitano mi prese una mano tra le sue. Aveva i calli duri a forza di tirare tutte le cime della nave, il faticoso lavoro di un corsaro… o di un pirata. Ed erano calde e confortanti come quelle di un padre. O almeno così me le immaginavo.

«Le nostre strade s'incontreranno ancora.» La sua voce profonda vibrò nell'aria. «E quando accadrà, sarà per giocare le sorti del mondo.»

«E io sarò lieta di avervi dalla mia parte.»

«Puoi giurarci, ragazzina.» Ammiccò.

«Solo una cosa, Capitano,» bisbigliai, accarezzando il manico del pugnale che sbucava dalla cinta «non chiamatemi ancora "ragazzina".»

«Vedrò di ricordarlo.» Sogghignò.

Come l'ultima volta, si diede una spinta col piede contro il pontile e la scialuppa scivolò sulla cresta del mare per fare ritorno alla grande nave che sentivo battere anche da lì.

«Ora dobbiamo trovare un luogo in cui dormire.» Reywind si guardò attorno.

«Conosco io un posto» e mi avviai verso la locanda che aveva ospitato me e Jak mesi e mesi prima.

La stessa donna dell'ultima volta ci accolse con calore. Sembrava felice di rivedermi, anche se di primo impatto mi aveva guardata confusa.

Trovarmi a Gläl, con la consapevolezza che quello era il paesino in cui ero nata, che tra quella gente c'era chi si ricordava dei miei genitori, e anche chi li aveva trascinati al rogo, mi faceva stare male. Soffocai i pensieri con due grosse pinte di birra e un abbondante pasto a base di carne di pecora stufata, zuppa di pesce e verdure, e crostata ai frutti di bosco.

Ero a un passo dal precipizio e non volevo permettermi di cadere, perciò feci di tutto per cercare di distrarmi. Compreso osservare Reywind che mangiava. Al contrario mio, che mi stavo abbuffando come un maiale stravaccato sul tavolo, e mi imboccavo direttamente col coltello, lui sedeva composto, i gomiti ben stretti, la schiena dritta. La perfetta immagine di un nobile.

Mi persi un istante a fantasticare sulla forchetta che gli scompariva nella bocca. Quando si accorse che lo guardavo, inghiottii un grosso boccone senza masticarlo e cercai di mandarlo giù con una sorsata.

«Sembri un animale» commentò, quando raccolsi col dito tutte le briciole nel piatto.

«Il cibo ha più sapore, così. Dovresti provare.» Parlai a bocca piena.

«Sarà.» Con fare dubbioso infilzò un pezzo di carne col coltello e se lo portò alle labbra.

Quasi mi strozzai a quella vista. Soprattutto quando, notando il mio rossore, incrociò le braccia sul tavolo e mi sorrise malizioso continuando a masticare.

Mi schiarii la voce. «Vado a chiedere due camere.»

«Una sola, Lyn» ordinò, infilzando un nuovo boccone.

«Due» ribattei, fermamente decisa a non cedere.

Certo, avevamo condiviso grotte e giacigli, ma non era la stessa cosa.

Punto numero uno, perché uno dei due rimaneva sveglio a fare la guardia. Tranne quella volta in cui mi ero addormentata ed eravamo stati aggrediti dagli scarti dei Ribelli. Punto numero due, perché una vera camera era una cosa completamente diversa da una caverna.

«Abbiamo denaro solo per una stanza.»

«Cioè, tu mi stai dicendo che eravamo a palazzo circondati dall'oro e non hai pensato di riempirti le tasche per il viaggio di ritorno?»

«Non sono solito rubare, *ladruncola.*»

Quel soprannome avrebbe dovuto farmi infuriare o, ancora meglio, lusingarmi. Invece, mi aveva eccitata. Ma dovetti rassegnarmi.

Seguimmo l'oste su per le scale e poi lungo il breve corridoio su cui affacciava la nostra porta. La camera era piccola ma accogliente. Accanto alla finestra che guardava alla collina di Viktor, c'era un letto.

Uno solo.

«Eh no, questo è troppo.» Mi voltai verso la donna. «Ci serve una camera con due letti.»

«Mi dispiace, è rimasta solo questa.»

Chiusi gli occhi e mi grattai la fronte. «Va bene, allora potrei avere un'altra birra?»

Pochi minuti più tardi ero seduta a gambe incrociate sul letto e mi scolavo la mia terza pinta. Avevo i sensi annebbiati, proprio ciò che mi serviva per riuscire a sopportare la vicinanza di Reywind.

Lui era in piedi di fronte alla finestra e si stava pian piano spogliando. Sciolse il nodo che gli assicurava la cappa sulle spalle, la piegò con cura e la posò sullo schienale di una sedia. Slacciò via la cinta con le armi, si sbottonò la camicia sul davanti, lasciando in bella mostra la linea che separava gli ampi pettorali segnati dalle cicatrici. Si arrotolò le maniche sugli avambracci e io deglutii alla vista delle vene in rilievo.

Mi resi conto che la scelta della terza birra era stata una gran cazzata. Perché non riuscii a impedire alla mia testa di fantasticare un po' *troppo* su quel corpo.

«Tutto bene?»

«Mh?» Cercai di riprendermi, scuotendo la testa.

«Mi stavi fissando.»

«Non è vero.»

«Sì che è vero.» Slacciò i bottoni dei pantaloni e mi mandò uno sguardo furbo. «E sorridevi come un'ebete.»

«Hai intenzione di toglierteli?»

«È un problema? Di solito dormo nudo, ma questa volta mi terrò qualcosa addosso.»

Aggrottai la fronte e chiusi gli occhi cercando di smettere di immaginarmelo nudo.

«Rivestiti subito» ordinai, quando si sfilò la camicia in un unico movimento.

«Non ti facevo così pudica.» Si morse un labbro e credetti che sarei potuta morire lì.

«Non c'entra un cazzo il pudore» sbottai. «Solo non ti voglio senza vestiti vicino a me» biascicai, in preda agli effetti dell'alcol.

La luce soffusa donava un colore dorato alla sua pelle. Mi persi a seguire le curve e gli avvallamenti dei suoi muscoli. Presi mentalmente nota del gioco di ombre sul suo stomaco, della forma perfetta delle spalle, dello sguardo ardente con cui mi osservava. I ghiacciai dei suoi occhi erano diventati due fuochi fatui.

«Non si dicono le bugie» mormorò, la voce bassa, vellutata e insinuante. «Magari c'è qualcosa di cui hai paura?»

Mi portai il boccale alle labbra e mandai giù ancora un altro sorso.

Si avvicinò, salendo sul letto. «Aspetta» sussurrò, portando una mano dietro alla mia nuca e avvicinandomi a lui. «Ti sei sporcata con la schiuma.»

Quando sentii la sua lingua leccarla via dall'angolo della mia bocca, l'ultimo barlume di lucidità mi abbandonò. Sentii il ventre sciogliermisi tra le gambe. Ero fatta di lava. Voltai leggermente la testa e mi sporsi, incapace di resistere al desiderio di prendermi qualcosa in più da lui.

«Ti metterai nei guai» mormorò, contro la mia pelle.

«Ti senti così pericoloso?»

«Intendevo col tuo *amichetto*» precisò.

A quelle parole mi sentii come se fossi stata buttata in un lago ghiacciato. Mi tirai indietro, ma la sua mano era ancora salda sulla mia nuca.

«E quando cederai, sarai sobria per poterti ricordare tutto.»

Detto questo, mi lasciò andare e soffiò sulle candele che illuminavano la stanza. Lo sentii scivolare sotto le coperte. Avevo sempre visto al buio meglio di chiunque altro, perciò mi presi del tempo per osservarlo addormentarsi in attesa che mi calmassi. E che si calmasse anche la nausea causata dalla sbornia.

Reywind teneva un braccio piegato dietro la testa. Le labbra leggermente dischiuse e il respiro regolare mi suggerivano si fosse addormentato.

Il letto era abbastanza grande per entrambi, ma comunque troppo piccolo perché non ci sfiorassimo. Mi costrinsi a dormire, concentrandomi al massimo per ignorare la presenza di Reywind al mio fianco. Alla fine, nonostante il calore che non aveva voluto saperne di lasciarmi in pace, mi addormentai. E anche quella notte fu senza incubi.

50

Mi svegliai con calma, il corpo catturato dal vago torpore del sonno, ancora confusa. Rimasi immobile, la bocca lievemente aperta, la pelle del collo riscaldata da un raggio di sole che penetrava dalla finestra. Con le dita premute su qualcosa di tiepido e duro. Disegnai un paio di pigri cerchi prima di sollevare le palpebre e rendermi conto che stavo accarezzando l'addome nudo di Reywind.

Avevo la testa appoggiata sul suo petto, una gamba intrecciata alle sue, la mano sui suoi addominali. E sotto la mia bocca c'era una striscia di bava che si era seccata sulla sua pelle.

Merda, pensai in preda al panico.

Se fossi scattata indietro, come avrei fatto d'istinto, lo avrei svegliato. Sollevai lentamente la testa e la tirai su per assicurarmi che stesse ancora dormendo.

«Buongiorno» mi salutò, gli occhi ben aperti e un'espressione maliziosa sul volto.

Mi tirai via bruscamente. Dovevo essere veramente conciata male, perché continuava a guardarmi come se non ci fosse nulla di più divertente al mondo dei miei capelli arruffati, della saliva secca sul mento – che pulii col dorso della mano – e del rossore imbarazzato e furioso del mio viso.

«Dormito bene?» mi canzonò.

«Meravigliosamente» ribattei, piccata. «Avresti dovuto svegliarmi.»

«Dormivi così profondamente» si giustificò. Si leccò un pollice e strofinò via la macchia che gli avevo lasciato sul petto.

Impallidii.

«Non sei divertente.»

«No, quella buffa sei tu,» ammise «soprattutto quando parli nel sonno.»

«Che?» Mi tirai addosso le coperte, la voce più acuta.

«Oh, sì.» Sfoggiò un sorriso spietato.

«E...» Mi portai una ciocca di capelli dietro l'orecchio. «... Cosa avrei detto? Sentiamo.» Ostentai arroganza.

«Mah, nulla di speciale.» Scrollò le spalle e represse un ulteriore ghigno. «Qualcosa sull'effetto che ti faccio.»

«Non mi fai nessun effetto, Reywind» ribattei, oltraggiata.

«Ne sono sicuro,» ironizzò «mi hai solo *letteralmente* sbavato addosso.» Gli lampeggiarono gli occhi. «Vestiti, abbiamo un viaggio da riprendere.»

«Sono già vestita.»

«Ah, già. Troppo pudica per spogliarti.» Spostò le coperte e scivolò giù dal letto.

Mi dava le spalle, perciò mi azzardai a studiargli la schiena che si stringeva in un V, e che terminava con un culo di marmo sfortunatamente coperto dalla biancheria. Mi morsi il labbro, furiosa con me stessa, e distolsi lo sguardo.

Mi infilai gli scarponcini, l'unica cosa che mi ero tolta per dormire. Afferrai il pugnale che avevo lasciato sul comodino e notai il boccale di birra vuoto. Avvampai al ricordo della lingua morbida e calda di Reywind che mi leccava via la schiuma dall'angolo della bocca.

«Pronta?» C'era qualcosa di strano nella sua voce. Si era alleggerita della rabbia pungente, sostituita – almeno per il momento – da una melodia calda che vibrava come fusa di gatto.

«Pronta.»

Scendemmo al piano di sotto senza dirci nulla. Salutammo l'oste e, prima di uscire, Reywind s'inchiodò sul posto osservando una figura incappucciata che beveva una birra al bancone.

«Che c'è?» Mi sporsi un po' di più.

«Nulla.»

Mi posò una mano sulla parte bassa della schiena e mi spinse piano fuori. Una sferzata di vento mi scompigliò i capelli. Faceva un freddo cane, di quelli che ti s'infilano nelle ossa e ti gelano dall'interno.

«Be'? Ci servono dei cavalli.» Tremavo stretta nella cappa.

Non rispose e si avviò lungo la stradina principale. Gente dai visi arrossati dal freddo portava in giro modesti carichi di legna, cestini colmi di stoffe e cibo appena acquistati al mercato, mazzi di piante medicinali sfuggiti alla neve. Superammo le bancarelle e i mercanti che urlavano decantando la specialità della loro merce, e ci ritrovammo presto al limitare della foresta.

Reywind si portò due dita alla bocca e fischiò. Lo guardai come se fosse pazzo, ma pochi istanti più tardi, tra l'intrico di alberi, sbucò Terrore, il purosangue dal manto nero. Nitrì, felice di rivedere il padrone. Sbuffò una nuvola di vapore muovendo la testa su e giù.

Rey lo accarezzò dietro le orecchie, dimostrando una dolcezza di cui non lo credevo capace. Appoggiò la fronte al muso del cavallo e sussurrò: «Bravo ragazzo».

«Ma come è possibile?»

Lui mi lanciò un'occhiata prima di allungare il collo dietro il cavallo cercando di scorgere la mia Nebbia.

«Ti avevo spiegato che non sono cavalli qualunque.»

Non trovai nulla da dire. «E la mia cavalla?»

Reywind sembrava più confuso di me. Osservò lo spazio tra gli alberi dal quale era sbucato Terrore e provò a fischiare ancora, ma il passaggio restò deserto.

«Non lo so. Ma è strano.»

«Cosa facciamo?»

«Terrore potrà portare entrambi. Magari troviamo Nebbia lungo la strada» rispose, semplicemente.

«Cavalcare insieme? Io e te?»

«Non dirlo come se *cavalcare* insieme fosse una cosa impossibile.» La malizia nella sua voce mi fece imbestialire.

Lo guardai male e lui scosse la testa con finta innocenza. Un gesto che mi ricordò dolorosamente Jak.

Si issò sullo stallone e mi offrì una mano. «Monta su.»

Ignorai l'aiuto, mi afferrai alla sella e salii in groppa. Sbuffai risentita ma non dissi una parola. Circondandomi con le braccia, afferrò le briglie e fece girare il cavallo.

Ritornammo tra le vie di Gläl, pronti a procedere verso la Sacra Dimora di Heldor. Passammo ai piedi della collina in cui viveva Viktor e mi si strinse lo stomaco in una morsa.

«Reywind.»

«Sì?»

«Ti ricordi dell'accordo di non dire nulla alla Madre su te e *Lux*?»

«Che domanda stupida.»

«Bene, è ora che ti sdebiti con me.»

Gli dissi che dovevo fare visita a un vecchio amico. E gli feci promettere che qualsiasi cosa fosse successa o avesse sentito in quella casa, non avrebbe mai detto nulla a nessuno. Sembrava sollevato di avere l'occasione per sdebitarsi, perciò acconsentì.

Quando arrivammo nei pressi della casupola, il bastardino che si era tanto affezionato a me e Jak nel breve periodo che avevamo passato lì zoppicò verso di noi scodinzolando come un matto. Non era messo così male quando eravamo stati catturati e portati via.

Anche tutto il resto era tornato all'avanzato stato di degrado dal quale speravamo di averlo salvato. Le pecore che belavano stancamente dalla stalla non venivano tosate da tempo, altri buchi si erano aperti sul tetto, dall'affumicatrice proveniva un odore di bruciato, e l'orto era coperto di neve.

«È qui che siete stati trovati?» mormorò Reywind guardandosi attorno.

Annuii e scesi da cavallo. Ci dirigemmo alla porta e, dopo un profondo respiro, bussai. Sentii un grugnito ma nessuno venne ad aprire. Bussai ancora, questa volta con più insistenza. Ma la porta rimase chiusa.

«Viktor!» chiamai, spazientita.

Rumore di passi pesanti, cigolii di cardini e finalmente comparve la figura imponente del vecchio. Nell'ispida barba erano imprigionate delle briciole, il ventre era ancor più gonfio e a giudicare dall'odore non doveva lavarsi da un bel po'.

«Sei tu» brontolò.

«Non pensavi che mi avresti rivista, eh?» Non volevo essere crudele. Era ovvio che non stesse bene. Ma non potevo sopprimere il dolore per il tradimento. E neanche il fastidio per essermi fidata di lui.

«Il tuo amico?» Posò gli occhietti annebbiati su Rey, non riconoscendolo.

«È ancora in quella prigione in cui ci hai spediti, ma presto tornerò da lui.» Lo squadrai dall'alto al basso.

Il volto di Viktor si adombrò. Anche se non lo avrebbe ammesso, sapevo che si era affezionato a Jak. Gli aveva insegnato a lavorare il ferro e, forse per la prima volta, si era sentito come se avesse trovato un erede. Qualcuno a cui affidare la propria conoscenza.

«Cosa vuoi?»

«Parlare di Amanda» risposi.

Improvvisamente si rabbuiò. «Via di qui!» tuonò, facendo per richiuderci la porta in faccia. Ma Rey la bloccò con un piede.

«Credo di sapere cosa gli è accaduto» a quelle parole Viktor sembrò svegliarsi da un lungo sonno «e se mi aiuterai, forse non sarà morta invano.»

«Parli come quella strega di Giselle» grugnì lui.

«Sai anche tu che quello che ho da dirti non ha nulla a che fare con quello che ti ficca lei nella tua testa dura.»

Durante lo scambio, Reywind era rimasto in silenzio. Confuso e interessato al tempo stesso.

Il vecchio indugiò un istante, poi ci lasciò passare. Ci dirigemmo al grande tavolo in legno e ci accomodammo. Lui si affrettò ad accendere il fuoco nel camino. Era palesemente imbarazzato per gli strati di polvere ovunque e la puzza di putrefazione che proveniva da qualche lurido angolo della casa.

«Ti sei lasciato andare di nuovo» sospirai.

Non disse nulla. Rimase di schiena ad armeggiare con la legna. Capii che non mi avrebbe guardata in faccia; perciò, dopo un cenno d'incoraggiamento di Rey, cominciai.

«Credo che sia stata la donna che dirige l'accademia in cui mi hai mandata a ordinare la morte di tua moglie.» Non ci girai intorno, non ero abituata a farlo. Ed era meglio strapparlo via in fretta, il dente.

Reywind si voltò di scatto verso di me e mi guardò allarmato. Non se lo aspettava. Le spalle di Viktor s'irrigidirono, ma restò voltato.

«Ho sentito che parlava con la Veggente e nominava Amanda. Voleva sapere se qualcun altro era a conoscenza della parte di profezia strappata via da tutti i libri.» Nella casa si sentiva solo la mia voce, tutto sembrava muto, anche il fuoco. Persino i granelli di polvere parvero immobilizzarsi a mezz'aria.

A quel punto Viktor si girò. Il suo viso sembrava spezzato dal dolore, una maschera che si frantumava. E una rabbia bollente trapelava dalle fessure.

«Per qualche ragione il pezzo mancante la spaventa.» Strinsi le mani in due pugni. «Devo chiedertelo: tua moglie, prima di essere uccisa, è stata alla Sacra Dimora di Heldor?»

«Sì.» La sua voce, di colpo sobria e nitida, vibrava di furore.

Le impronte sulla polvere all'interno della sezione vietata della biblioteca... Ora potevo essere certa che era stata lei.

«E ti ha mai detto se era riuscita a trovare la pagina che cercava?»

«L'aveva trovata.» Sembrava fatto di ghiaccio.

Elfride aveva detto alla Madre che c'erano altre persone che sapevano di quella faccenda. Viktor.

Le mani mi formicolavano come prima di un attacco di panico. «Ti ha detto cosa diceva?»

Viktor scosse la testa. Caddi sulla sedia, sconfortata. Non era servito a nulla… e se il vecchio mi avesse tradita di nuovo raccontando a Giselle quella conversazione, prima o poi Madre Sundriel sarebbe venuta a saperlo.

«Ma ho conservato la pagina.»

Alzai la testa. Mi mancò il fiato. Aveva il pezzo mancante. E non lo aveva mai rivelato a nessuno. Ma lo stava dicendo a *me*. Lo considerai un risarcimento per il voltafaccia, anche se sapevo che consegnandomi alla Madre non aveva mai voluto farmi del male, ma solo onorare la fede di sua moglie nella Leggenda del Fauno.

«Posso leggerla?»

Viktor annuì e sparì con passo pesante nella camera da letto.

«Cos'è questa storia?» sussurrò Reywind.

«Ti devo un segreto.» Lo guardai dritto negli occhi. «Ti racconterò tutto dopo.»

Il vecchio tornò con un portagioie di legno. Non aveva nulla di speciale che facesse presagire che al suo interno fosse contenuto il bene più prezioso di tutto il regno di Eredros. Me lo consegnò e io lo afferrai con mani tremanti.

Incapace di attendere, sbloccai la chiusura e lo aprii. Per prima cosa mi saltarono all'occhio i miei due stiletti. Mi vennero le lacrime agli occhi.

«Li ho conservati,» disse «speravo che tornassi.»

Sorrisi grata e me li infilai alla cintura. In Viktor c'era ancora un po' di cuore, dopo tutto. Spostai alcuni gioielli di modesta fattura e, sul fondo, ripiegata con cura, ecco la pagina ingiallita.

La sfilai con attenzione e la dispiegai sul tavolo. Reywind si sporse sopra di me per leggere cosa c'era scritto. Avevo il cuore che andava a mille. Guardai Viktor negli occhi e trovai la determinazione.

Ma col ritorno alla vita del mondo incantato si scatenerà
sui regni anche la furia del Fauno, vittima dell'inganno.

Senza il suo risveglio, la magia si affievolirà sempre
di più fino a scomparire definitivamente.
Per poter ritrovare la propria coscienza Adhareo
avrà bisogno di un cuore nobile e fragile.
Eppure sarà l'amore feroce a tradirlo.
Nella rabbia il Fauno troverà terreno fertile.
E il buio avanzerà.

Nella calma che precede la tempesta Ombra *si riconoscerà.*
Nel dolore di ghiaccio Obscuritas troverà il suo alleato.
E il coraggio di Lux ruggirà in colui…

La pagina finiva a metà frase. Passai il dito sul bordo frastagliato del foglio e conclusi a mente: … *in colui in cui scorre l'odiato sangue reale*. Quell'ultima parte, che nella pagina che mi rigiravo tra le mani non era presente, era ciò che su tutti i libri che avevo consultato restava del frammento strappato via. E anche il motivo per cui il principe Gioele era morto.

La rilessi più volte cercando di afferrarne il significato. Ma più mi concentravo, più le parole smettevano di avere senso. Erano frasi messe insieme senza collegamento, macchie d'inchiostro che non mi avrebbero rivelato nulla. Quasi strappai il foglio per la frustrazione.

«Che significa?» domandò Reywind più a se stesso che ad altri, sfilandomi la pagina dalle mani.

«Un cazzo. Non significa un *cazzo*.» Poi mi rivolsi al vecchio: «Amanda non ti ha spiegato nulla?».

Lui abbassò gli occhi e strinse le labbra. Lessi rammarico sul suo volto, e qualcos'altro. Poi scosse la testa. «Quando...» Si schiarì la voce. «Quando vennero a prenderla, io non avevo idea di cosa stesse succedendo. Mia moglie non mi aveva raccontato nulla.»

Nonostante tutto, provai pena lui. La gola gli si era gonfiata nel tentativo di non scoppiare a piangere davanti a noi.

«È per questo che la Madre non ti ha ucciso, dopo aver scoperto che Amanda sapeva più del dovuto?» domandai.

«Avrei preferito che l'avesse fatto. Ma io non sapevo che gli uomini che l'hanno portata via fossero stati mandati da Sundriel... credevo che fossero Legionari.» Si pulì il naso col dorso della mano. «Comunque, devo essergli sembrato sorpreso. E hanno rivoltato e perquisito questa casa, senza mai trovare nulla. Anche Giselle sembrava confusa, ma poi mi è rimasta sempre col fiato sul collo. A questo punto immagino che successivamente le sia stato ordinato dalla Madre di tenermi d'occhio.»

Annuii con comprensione. «Se sapevi qualcosa, eri più utile da vivo che da morto.»

«Sì.» Annuì a sua volta. Gli occhi gli divennero violacei, poi disse: «Per questo penso che prima di ucciderla l'abbiano torturata. Ma qui non sono mai tornati... perciò Amanda deve aver tenuto la bocca chiusa fino alla fine. Non ha mai rivelato dove aveva nascosto la pergamena».

«Tu dove l'hai trovata?» intervenne Reywind.

Viktor sbuffò una risata amara. «L'aveva nascosta sotto gli occhi di tutti.» Allungò una mano sullo scaffale sopra al camino e afferrò un vecchio libro. Lo appoggiò sul tavolo e prese a sfogliarlo. Mi sfilò poi il foglio dalle mani, lo ripiegò e lo ripose tra le pagine. Guardai meglio, e solo allora mi accorsi che aveva posizionato il foglio proprio tra i versi della Leggenda.

Sgranai gli occhi, sorpresa. «E non l'hanno trovato? Come è possibile?»

Lui scrollò le spalle. «Perché era destino che arrivasse a te.»

Nel lungo istante di silenzio che calò, mi ritrovai a riflettere su quell'assurda forza: il *destino*. Avevo passato già troppe cose, superato troppi ostacoli, per ostinarmi a credere che il fato non avesse potere su tutto ciò che era accaduto.

«Possiamo portarla con noi?» Reywind ruppe il silenzio e optò per la diplomazia. Se fosse stato per me, me la sarei intascata senza chiedere il permesso. Tipica abitudine da ladra.

«È vostra.» Viktor chinò il capo e mi restituì la pergamena strappata. «Ho chiuso con questa storia.»

Guardò fuori dalla finestra e intuii che avrebbe voluto essere lasciato solo. E comunque non avrei ottenuto nulla di più da lui. Lo ringraziai.

«Occupati di quelle povere bestie.» Lanciai un cenno alle pecore, intanto che montavo in groppa a Terrore. «Non meritano di soffrire per il *tuo* dolore.»

«Te lo prometto.» Qualcosa mi diceva che quella promessa non fosse per me. Probabilmente, era per Amanda. Non disse altro.

Sperai di rivederlo, magari in un contesto diverso e in condizioni migliori. La sua sofferenza era così intensa che, standogli vicino, la si poteva percepire nel profondo. E nessuno meritava di vivere così. Neanche uno zotico come lui. Quando scendemmo la collina, evitai di guardarmi indietro.

Reywind aveva riposto la profezia nella divisa all'altezza del petto. Gli raccontai tutto: la conversazione che avevo origliato tra la Madre ed Elfride, la verità che mi aveva rivelato Juda, quello che avevo scoperto introducendomi nella sezione vietata. Mi aprii con lui come non avevo potuto fare con Jak.

«Sei un'incosciente» mi riprese, quando gli spiegai come ci eravamo procurati la chiave della sezione vietata della biblioteca.

«O magari troppo prudente da lasciarmi stringere nella presa di Sundriel.»

«In ogni caso, sapevo cosa stavi facendo.»

«Scusa, cosa hai detto?» Sgranai gli occhi.

«Ti ho sempre tenuto sott'occhio,» confessò «non mi fidavo.»

Quasi percepii il rimorso, ma rimasi comunque urtata. «Il solito pezzo di merda.»

«La Discendente del Ladro, l'erede di colui che ha portato a tutto questo casino rubando le Spade, non aveva una gran reputazione. Poi però ti ho vista allenarti con il tuo amico, studiare tutta la notte. Ero sorpreso e anche un po' ammirato.» Capii che gli pesava ammetterlo. «E quando avete appiccato l'incendio, ho distratto le guardie per darvi il tempo di tornare ai dormitori.»

Se Reywind era lì quel giorno, doveva aver visto anche il bacio. Avevo le guance così in fiamme che non riuscii subito a realizzare che ci aveva salvati entrambi. Che, anche quando credevo mi odiasse, mi aveva protetta. Ringraziai il Custode che non potesse vedermi in faccia, altrimenti si sarebbe accorto di tutto l'imbarazzo che m'imporporava le guance.

«Perché non mi hai denunciata?»

Silenzio. Passammo tra gli abitanti di Gläl, che quasi non fecero caso alla ragazza dagli occhi rossi e al guerriero dallo sguardo di ghiaccio. Due opposti che combaciavano perfettamente.

«Reywind?» Voltai leggermente il viso e lo trovai con lo sguardo fisso su un uomo nella folla. Lo stesso della locanda, presumevo. Lo osservava da sotto il cappuccio. L'ombra ne oscurava il viso.

«Chi è?» domandai.

Sembrava preoccupato, quasi pronto all'attacco.

«Non mi piace» mormorò, dando un colpetto al fianco di Terrore, che si rituffò nelle strade.

Arrivammo al limitare della foresta e, senza esitare, ci addentrammo. Le radici sporgenti e il terreno scosceso e coperto di neve c'impedivano di andare al trotto, ma sentivo la fretta in Reywind, che continuava a guardarsi indietro.

«Si può sapere che hai?»

«Niente. Guarda dritto davanti a te.»

«Perché? Che succede?»

Se c'era una cosa che Vartadis mi aveva insegnato, era saper percepire il pericolo. E in quel momento l'aria ne era pregna. Il peso confortante degli stiletti, della spada e del pugnale mi davano sicurezza.

«Ci stanno inseguendo» disse, portando la mano alla Spada.

«Usa la mia.» La sfilai e gliela passai.

«Te ne serve una.» Fece per offrirmi la lama leggendaria. «Non puoi combattere senza.»

«È chiaro che non mi hai vista all'opera con i miei stiletti.»

Terrore nitrì nervoso quando ci arrivarono i versi spaventati di un cavallo poco più giù.

«Nebbia!» esclamò Reywind.

Superammo una schiera di grossi alberi e trovammo la giumenta impigliata nella rete di una trappola. Scalciava come un'ossessa nel disperato tentativo di svincolarsi. Negli occhi regnava una paura cieca. Saltammo giù dal cavallo e ci affrettammo ad aiutarla. Avvicinarci era pericoloso perché Nebbia non si calmava neanche con la voce rassicurante di Reywind.

«Buona, buona» diceva. «Sei stata bravissima. Ora stai tranquilla, ci siamo noi.»

Con il pugnale recisi più punti della corda e, finalmente, era libera. Sgroppò ancora per qualche istante, prima di lasciarsi incantare dai sussurri di Rey, che l'accarezzava sul muso con una premura così tenera che avrebbe potuto sciogliermi il cuore. Se non lo avessi detestato.

«Guarda chi si vede!» Dai cespugli sbucarono tre uomini armati. «Pensavamo di tenercela, la cavalla.»

Il tizio al centro indossava una tenuta da guerra simile alla nostra. Era lo stesso tipo che ci aveva fissati alla locanda. Si tirò giù il cappuccio, rivelando un uomo della stessa età di Reywind. Aveva la pelle colore del caramello e gli occhi nocciola. Sorrideva maligno, le braccia dietro la schiena.

«Lamier» sibilò Rey tra i denti.

«Tuo padre mi ha mandato a controllare come stessi.»

51

Reywind mi si parò davanti celandomi alla vista dei tre.

«È inutile che la nascondi,» Lamier sghignazzò «sappiamo chi è.»

«Fate anche un solo passo e tingerò la neve del vostro sangue.»

«Non siamo più bambini, Reywind. Non mi fai paura.» Il ragazzo sfoderò un gelido sorriso.

«Fai male,» rispose lui derisorio «non dovresti scordarle certe lezioni.»

«Andiamo Lam, facciamola finita.» Uno dei tre si avvicinò al capobanda.

«Cos'è che volete?» Dalla mia voce non trapelò il terrore.

Lamier mi guardò con occhi enormi e famelici. Poi tornò a fissare Reywind, rigido e immobile come una statua.

«Ma bene...» cantilenò, col tono di uno che la sa lunga.

«Vi manda il generale Florent?» insistetti, i pugni chiusi sui miei stiletti.

«Siamo qui per assicurarci che il tuo *ragazzo* obbedisca agli ordini» spiegò. «Dove sono la regina Jaismid e suo figlio?»

«Al sicuro» ribatté Rey.

«E questo "sicuro" dove sarebbe?» Lamier si avvicinò di un passo.

Reywind sollevò la spada, puntandogliela a pochi centimetri dal petto. «Attento, Lamier. Sai che non mi faccio scrupoli.»

Il ragazzo mi riservò un'occhiata significativa. «Non si direbbe, *fratello*.»

«Andatevene e dite a mio padre che ho tutto sotto controllo» ordinò.

«Così presto? Dovresti prima raccontare alla tua nuova amica come...»

Non fece in tempo a terminare la frase che Reywind gli abbatté addosso il primo colpo. Un fiotto di sangue sgorgò dalla spalla, ma non ci furono urla, solo un vibrante ringhio di dolore.

«Vattene» mi ordinò a fior di labbra, preparandosi allo scontro. Ma io non mi sarei mossa di lì neanche per tutte le sacche d'oro del mondo.

Gli altri due tizi superarono l'amico ferito e si lanciarono addosso a noi. Rey li contrastò entrambi. Non c'era paragone, era il più forte e il più capace, nonostante fosse chiaro che anche gli altri avessero ricevuto un'educazione militare.

«Pezzo di merda» sibilò Lamier.

Recuperò con la mano sinistra la lama che gli era caduta nella neve, intanto che teneva l'altro braccio penzoloni lungo il fianco. In quella confusione di colpi e scintille, Reywind era troppo impegnato ad attaccare e a difendersi dai due. Un terzo avversario avrebbe potuto metterlo in difficoltà.

Presi la mira e lanciai il primo stiletto, che si creò un passaggio nella coscia di Lamier. Cadde sulle ginocchia, il viso paonazzo per il dolore e per l'umiliazione.

«Potrei essere d'accordo.» Mi avvicinai. «Sul "pezzo di merda", dico.»

Mi guardò con furia. «*Demone…*»

Si sfilò lo stiletto e me lo lanciò addosso. Una fitta acuta mi si irradiò dal fianco in tutto il resto del corpo. Sbattei le palpebre più volte quando una macchia scura si allargò sulla stoffa dei miei vestiti.

«Lyn!» gridò Reywind.

La distrazione gli costò una ferita alla schiena. Barcollò in avanti e, poco prima che gli si abbattesse sulla gola, parò un colpo fatale. Cercava di raggiungermi, ma non riusciva a liberarsi dei due. Stava combattendo con grinta, ma non per uccidere.

Perché si sta trattenendo?

Ero caduta nella neve, eppure quasi non riuscivo a sentirne il freddo. Strinsi i denti e mi costrinsi a rimanere vigile. Lamier mi si arrampicò addosso come un serpente. I denti bianchi e appuntiti luccicavano alla luce del sole che penetrava tra le fronde degli alberi.

«Eccola qui…» Mi afferrò il mento con la mano sporche del suo sangue, lasciandomi le impronte delle dita. «L'arma di questa guerra.»

Strinsi più saldamente che potevo il secondo stiletto e, grugnendo per lo sforzo, lo infilzai ripetutamente nella stessa coscia che avevo già ferito. Questa volta Lamier gridò e rotolò di lato, stringendosi i tagli umidi di liquido denso e caldo.

Mi misi carponi e tentai di alzarmi in piedi. Ci riuscii solo perché due braccia mi afferrarono per le ascelle tirandomi su. Reywind era davanti a me, gli occhi colmi di urgenza. Lamier si rotolava nella neve, e gli altri due erano a terra, ma si sarebbero rialzati a momenti.

«Vattene! Nasconditi!» mi urlò Rey.

La ferita al fianco mi pulsava come un secondo cuore. Sentivo il sapore nauseante del sangue sulla lingua.

«Non ti lascio...» biascicai.

«Devi,» ordinò, portandomi la mano alla guancia «ti verrò a cercare. Ora vai!»

Nessuno dei tre avrebbe ucciso Reywind. Non ne avrebbero avuto le capacità e, oltretutto, non sembravano volerlo morto. Semmai ferito e incapace di difendere *me*. Decisi di fidarmi. Ero ferita, non avrei potuto fare nulla. Sarei stata solo una distrazione, un ostacolo.

Arrancai tra gli alberi. Per recuperare uno dei cavalli avrei dovuto riavvicinarmi agli assalitori, perciò mi limitai a correre con passo malfermo lasciando impronte nella neve. Era tutto così simile a quando io e Jak avevamo cercato di fuggire da Gurild e Lo Smilzo in quella stessa foresta... Solo che stavolta ero da sola.

Inciampai in una radice e caddi di faccia a terra. La vista mi si stava pian piano oscurando. Avevo perso troppo sangue. Mi misi seduta, la schiena contro la corteccia di un albero. Sollevai la maglia per esaminare il taglio. Ero messa male. Quando provai a rimettermi in piedi, mi sentii tremare in tutto il corpo. Un calore febbrile mi cresceva dai polmoni.

«Discendente? Dove sei?» La voce divertita di uno degli assalitori si avvicinava.

Se Reywind lo aveva lasciato passare, poteva significare solo che era ferito. O *morto*.

Reywind, continuavo a pensare. *Reywind Reywind Reywind.*

Sollevai gli occhi e cercai di concentrarmi sull'oscillare delle foglie dell'albero. Se mi fossi addormentata, sarebbe davvero finita. E, quasi in risposta alla mia supplica, un caldo rassicurante mi circondò e mi sentii sprofondare in qualcosa di morbido e materno, come un ventre. Due rami simili a delle braccia mi trascinarono all'indietro, oltre la corteccia, all'interno della grande quercia contro la quale mi ero appoggiata.

Non era del tutto buio. Potevo percepire la luce del giorno come attraverso una membrana. Le venature nelle quali scorreva la linfa mi s'infilarono sotto la pelle, collegandosi alle mie vene e nutrendomi alla guisa di un cordone ombelicale.

La ferita all'addome smise di pulsare. La sentivo richiudersi a una velocità spaventosa, mentre le energie tornavano. Era come se l'albero mi stesse ricaricando.

Cosa succede? pensai, guardandomi intorno.

«Sei al sicuro, Figlia del Ladro.» Una voce buona rombò dentro il tronco.

«Chi sei?» Feci scattare la testa in ogni direzione.

«Sono la foresta. Sono la natura. Sono il più antico degli esseri.»

Un timore positivo, come quello di un figlio di fronte a un genitore, mi crebbe nel petto. Mi sentii piccola e insignificante.

«Cosa mi hai fatto?»

«Ti ho guarita, Figlia del Ladro. E ti ho nascosta. Non puoi morire. Tempi bui stanno per arrivare. Il Fauno vorrà la sua vendetta, così come il mondo magico che egli ha sacrificato per temprare le Spade. E tu non puoi sbagliare. Il campo di battaglia sarà diviso in due, e dovrai combattere dalla parte giusta.»

«È contro la magia che dovrò combattere?»

Sentii un brontolio scontento, come se avessi posto la più stupida delle domande.

«Contro il Fauno. Insieme alle creature del mondo incantato, incollerite per il sangue che egli ha versato.»

«Ma io credevo che fosse la Legione Oscura, il nemico.»

«Non esiste un solo rivale, Figlia del Ladro.» La sua voce priva di genere vibrò in quel buio caldo. *«Ogni battaglia, esteriore e interiore, è sempre contro più di un nemico. E i due mali saranno presto riuniti.»*

«Ma col ritorno alla vita del mondo incantato si scatenerà sui regni anche la furia del Fauno, vittima dell'inganno...» recitai il verso della Leggenda in un mormorio.

«Dovrai pagare per le colpe del tuo avo.» Il suo tono solenne mi terrorizzò. *«E Adhareo dovrà risarcire il mondo magico per il suo tradimento. Il suo crimine non è stato dimenticato dagli antichi esseri come me.»*

Non avevo mai realizzato che il Custode stesso potesse essere una minaccia per me. Io non mi ero mai sentita colpevole del suo lungo sonno. E adesso, invece, avevo una paura fottuta. Non ci sarebbe stato modo di sottrarsi al bagno di sangue che stava per inumidire il regno di Eredros. Ma non sarei stata sola. Avrei avuto Jak dalla mia parte. E anche...

«Reywind... sta bene?»

«Il Cavaliere di Luce è ferito, ma è vivo. Ce ne stiamo occupando. Lo guariremo così come stiamo facendo con te.»

«Reywind è dentro un albero?» Solo dopo averla detta, mi resi conto di quanto sembrasse assurda quella frase.

«Sì.»

«Chi erano quei tre? Cosa volevano da me?»

Silenzio.

«Rispondimi, ti prego.»

Silenzio.

Il tempo delle confessioni era finito. Rimasi lì, senza riuscire a smettere di pensare. Reywind li conosceva. Lamier lo aveva chiamato "fratello".

Il generale Florent, ancora una volta, non si era fidato e aveva mandato i suoi sulle tracce del figlio. E avevano scoperto che la regina Jaismid non era più sotto la nostra scorta. Una volta che fossero tornati a Vartadis, lo avrebbero avvisato. Ma non riuscivo comunque a capire cosa c'entrassi io con tutta quella faccenda. Lamier voleva qualcosa da me. Ma cosa?

Ore dopo, quando la mia pazienza aveva raggiunto il suo limite, si aprì un varco. *«Addio, Figlia del Ladro. E buona fortuna»* sussurrò l'antica creatura prima di lasciarmi andare.

Capitombolai all'esterno atterrando sulle ginocchia. La prima cosa che vidi furono degli scarponi logori. Mi alzai e, senza neanche guardarlo in faccia, buttai le braccia al collo di Reywind. Era vivo, davanti a me.

Lui rimase teso per un istante, poi mi strinse contro di sé. Sentii il suo respiro caldo tra i miei capelli, sul collo. «Scusami, Lyn» disse, la voce flebile.

«*Scusami*?» mi allontanai quel tanto che bastava per guardarlo negli occhi. Se non avessi saputo quanto fosse arrogante, stronzo, bisbetico, pieno di sé, avrei anche potuto scambiare quel bagliore che gli brillava nelle iridi chiare per rimorso.

«Sei tu che mi devi scusare, razza di pezzo di merda!»

Sembrava confuso. Allentò la presa e mi lasciò andare.

«Non avrei dovuto lasciarti lì» confessai, abbassando lo sguardo. Mi vergognavo da morire, anche se nel profondo sapevo che non lo avrei mai fatto se non fossi stata certa che la mia presenza lo avrebbe solo distratto.

«Te l'ho ordinato io» ribatté, severo.

«Be', sì. Ma di solito non sono brava a obbedire.»

«Perché *di solito* sei una stupida.»

Lo colpii con un cazzotto sul petto. Lui sorrise, e incrociò le forti braccia. Avrei voluto fiondarmi ancora su di lui e lasciarmi stringere come aveva fatto poco prima. Invece rimasi al mio posto.

«Sono felice che tu sia viva, Lyn.»

«Sono felice che tu sia vivo, Rey.»

Mi chiesi se poco più di una settimana prima lo avrei mai ammesso.

Il suo sorriso si spense e d'improvviso tornò serio.

«Ci hanno rubato i cavalli» m'informò, mettendo fine a quel momento.

«Fantastico...» brontolai. «Qualche altra bella notizia?»

«Riferiranno a mio padre che la regina non è più con noi.»

«Ma perché li hai lasciati andare?»

«Non avevo altra scelta.»

«Non capisco cosa...»

«Non devi capire» m'interruppe, brusco. «E ora andiamo.»

Si voltò e, senza aggiungere un'altra parola, s'incamminò nel fitto della foresta. La strada che ci separava dalla Sacra Dimora di Heldor era parecchia. Senza cavalli avremmo impiegato il doppio del tempo. Non sarebbe servito a nulla indagare sul rinnovato silenzio di Rey.

«Vedo che sei tornato in te» borbottai. Repressi un sospiro e lo seguii.

52

Più ci addentravamo nella foresta, più la neve era alta e ogni passo diventava una vera impresa. Per fortuna che gli alberi che ci avevano protetti ci avevano anche ricaricati di energie.

Jak doveva essere preoccupato. Avremmo dovuto essere già al calduccio nel castello, e invece mancavano ancora giorni prima che potessi riabbracciarlo. Supplicai il Custode – ma, dopo l'intuizione alla quale mi aveva condotto l'albero, avrei dovuto smettere di nominarlo perché non avrebbe ascoltato le mie preghiere – che in mia assenza non avesse combinato qualche cazzata delle sue. E sperai che, al nostro ritorno, non avremmo trovato la stessa carneficina che aveva colpito la Sacra Dimora di Astriel.

Mi ero sforzata parecchio per riuscire a tenere a bada le fitte di paura che mi si irradiavano nel petto. Perciò, nonostante la stanchezza che si faceva sentire ogni sera, forzavo Reywind e i miei stessi piedi a muovere un altro passo.

Un passo che mi faceva sentire più vicina al castello e a Jak.

E quando una settimana di cammino più tardi Rey annunciò «Ci siamo», percepii ogni mio muscolo prima rilassarsi, poi tendersi nuovamente.

La Sacra Dimora di Heldor si ergeva proprio davanti a noi,

in cima al dirupo sopra la cascata. Sentii il cuore sciogliersi: entro sera saremmo arrivati, finalmente.

Attraversammo la pianura innevata lungo il fiume, ci arrampicammo sulla roccia fino ad addentrarci nella grotta. Le fiaccole brillavano rischiarando il buio umido. L'elevatore oscillava spinto dal vento generato dai milioni di galloni d'acqua che venivano giù.

«Dopo di te.» Rey mi fece cenno di montare per prima, ma la cortesia del gesto era alterata dal tono duro e distaccato.

Obbedii. Il gabbiotto cominciò a salire, dondolando da una parte all'altra. Rey stringeva con una mano il pomo della Spada a dimostrazione del suo nervosismo. Nella penombra studiai la linea dura del suo profilo. Sapevo che sapeva che lo stavo fissando. Ma stavolta non distolsi lo sguardo e lui non mi degnò della minima attenzione.

Con uno scatto, l'elevatore si fermò e mi riscossi. Ci ritrovammo davanti a Vill, il guardiano. Se lui era lì, come sempre, significava che la fortezza non era stata attaccata dalla Legione Ocura. Mi lasciai sfuggire un sospiro di sollievo.

Guardava Reywind con due pupille enormi, in attesa. Mi frugai nella tasca e gli allungai le caramelle che avevo rubato al palazzo reale.

«Al miele, come piacciono a te.»

Il ragazzo mi riservò un veloce sorriso e, come un fulmine, allungò la mano senza un dito, afferrò i dolciumi e se li nascose sotto l'armatura. Spostò poi la lancia e ci lasciò passare.

«Hai rubato delle caramelle.» La voce di Reywind rimbombava nel tunnel sotterraneo che sbucava all'interno delle mura.

«Il lupo perde il pelo ma non il vizio, no?» ribattei, scartandone una avanzata e mettendomela in bocca.

I suoi occhi scattarono sulle mie labbra. Lo vidi deglutire e indurirsi ancora di più.

Salimmo la breve scalinata e sbucammo di nuovo alla luce. Il sole stava tramontando, parzialmente nascosto da strati di nuvole. L'ansia mi arpionò lo stomaco. Essere arrivati significava che il nostro rapporto si sarebbe ridimensionato a quello di Adepta e istruttore di Combattimento. E non ero convinta che la cosa mi andasse a genio.

«Rey...»

«Guarda là.» M'interruppe con un cenno del mento. «C'è il tuo *amichetto*.»

Al centro del campo d'allenamento c'era Jak. Era a torso nudo nonostante il gelo. Si esibiva in una sua personale danza con la spada. Menava colpi all'aria in movimenti precisi e coordinati. I muscoli erano imperlati di sudore, così come i riccioli che gli molleggiavano sulla fronte.

Il cuore mi fece un balzo nel petto.

«Ehi, cazzone!» gridai, portandomi le mani intorno alla bocca per aumentare il volume della voce.

Jak voltò la testa bruscamente. Stupefatto, lasciò cadere la spada nella neve e mi corse incontro. Lo imitai e, quando mi afferrò e mi sollevò da terra facendomi volteggiare in aria, sentii il peso di quelle ultime settimane scivolarmi via di dosso.

«Porca puttana, Lyn,» sussurrò stringendomi a lui «dovevi essere qui giorni fa.»

Mi rimise a terra e, piegandosi in avanti, mi affondò la faccia nel petto.

«Casini lungo la strada...»

Reywind ci superò senza degnarmi di uno sguardo. Il mantello spolverato di neve gli volteggiava attorno, mentre con passo militare si dirigeva al castello. Avrei voluto fermarlo, chiedergli se stesse bene. Ma rimasi lì a godermi l'abbraccio di Jak.

Gli afferrai il volto e lo allontanai. I suoi profondi occhi neri, come due pozzi interminabili, erano velati di lacrime.

Sorrisi. «Non starai piangendo, vero?»

«*Pff*!» Tirò su col naso.

«Mi sei mancato da morire» sussurrai, scostandogli i capelli.

«La prossima volta in cui mi dirai che devi partire ti incatenerò a me» decise. «Mai più lontani, Lyn. Promettimelo.»

«Te lo prometto, frignone.»

Mi morsi il labbro quando i suoi occhi scivolarono sulla mia bocca, come era accaduto a Reywind pochi attimi prima. Temevo che si sarebbe sporto per baciarmi e, nonostante il tempo che avevo avuto per pensare, non avevo ancora capito cosa volessi da lui. Anzi, ero ancora più confusa.

«Sei sudato da fare schifo.» Mi liberai dall'abbraccio. «Copriti prima che ti venga un colpo!»

«Fragranza di maschio, bambina.» Le fossette gli comparvero sulle guance.

«Tanfo di capra, stupido coglione» lo corressi, tappandomi il naso.

«Stupido *affascinante* coglione.» Mi strizzò l'occhio.

E come dimenticarsene.

53

Appena dentro la Sacra Dimora misi subito Jak sotto torchio per spiegarmi cosa diamine fosse quella chiave che aveva tirato fuori dalla tasca.

«Ti prego, dimmi che non è quello che penso» lo supplicai.

«Non è quello che pensi.» Roteò la chiave d'ottone tra le dita.

«Bene, ora dimmi la verità.»

«È esattamente quello che pensi.» Un sorriso furbo s'impossessò del suo viso.

«Maledizione, Jak!» sbuffai. «Avevi detto che te ne eri liberato, che l'avevi buttata nel fiume.»

La mia voce stizzita risuonò nei corridoi deserti. Gli altri Adepti erano a lezione. Jak si era preso una pausa dalla fucina di Mastro Turild per allenarsi nella neve.

Scrollò le spalle. «Ho mentito.»

«Almeno dimmi che ti sei tenuto lontano dalla sezione vietata mentre non c'ero» mi lamentai, superando una serie di fiaccole che tremolarono al nostro passaggio.

«Vuoi la verità o una bugia?»

«Jak, sei un dannato idiota!» lo colpii con un pugno. «Me lo avevi giurato!»

«Nailyn, sei una sciocca se ci hai creduto davvero.» Inarcò un sopracciglio.

«Ti odio.»

«Non è vero… E adesso raccontami tutto quello che è successo.»

«Dopo.» Sventolai una mano. «Piuttosto dimmi tu cosa hai scoperto nella sezione vietata.»

«Un cazzo di niente.» Parve frustrato. «Sono tornato lì quando la Madre ha abbassato la guardia, ma l'incendio ha bruciato la maggior parte dei libri.»

«La Madre non ha abbassato la guardia,» sussurrai «aspetta l'occasione buona per coglierci in trappola. Sei stato imprudente.»

«O maledettamente bravo a non farmi beccare.»

Roteai gli occhi al cielo. «Come vuoi. Perché non ci sono guardie appostate a controllare che nessuno ci si introduca ancora?»

«Ci sono,» ribatté «ma come ti ho detto, sono maledettamente bravo a non farmi beccare. Comunque, anche quando ho capito che non avrei trovato nulla di nuovo, non ho smesso di tornarci. Lì, mi sentivo come se tu non fossi poi così lontana…» Mi afferrò la mano e mi costrinse a fermarmi.

Sapevo a cosa alludesse. Forse lo avevo illuso. Mi guardava con i suoi occhi liquidi, che sembravano fatti della stessa materia dell'Universo.

«Dopo parleremo anche di questo,» mormorai «promesso.» Non avrebbe avuto senso rimandare. E, forse, aprirmi con lui come avevo evitato di fare in tutti quei mesi mi avrebbe aiutata a capire.

Mi accarezzò il dorso della mano con il pollice e sorrise

speranzoso. Quella sera sarebbero potute accadere solo due cose: avrei perso un amico oppure avrei trovato un amante. E in entrambe le situazioni, avrei dovuto rinunciare a qualcosa. Non ero pronta. Ma la verità era che non lo sarei stata mai.

Jak riprese a camminare infilandosi le mani nelle tasche. «Dimmi, quanto è stato orribile passare tutto quel tempo col mascellone?»

«Uh, sì...» borbottai. «Davvero orribile.»

Era stato orribile vederlo uscire nudo dalla vasca termale nel palazzo di Jaismid; era stato orribile ballare con lui, mentre mi perdevo nei suoi occhi contornati di *kajal*; era stato orribile stare sdraiata nella neve con lui sopra di me; era stato maledettamente orribile lasciarmi leccare via la schiuma della birra dalle labbra.

Arrivammo alle scale che conducevano ai miei dormitori. Avevo bisogno di un po' di riposo prima di fare rapporto a Sundriel.

«Ci sarai stanotte?» Le lunghe ciglia gli disegnarono ombre sugli zigomi.

Sospirai. «Ci sarò.»

«Pirati, Madre» affermò Reywind, le gambe leggermente divaricate, il mento alto e lo sguardo dritto davanti a sé.

«Dovevate proteggerla» sibilò Sundriel.

«Ci siamo battuti come abbiamo potuto,» m'intromisi «ma abbiamo fallito. Sono entrambi morti.»

«Dite di aver lottato duramente... eppure non riportate neanche un graffio.»

Quando eravamo stati inglobati dagli alberi e curati, erano scomparsi persino i lividi. Non avevamo prove sul nostro corpo ma, anche se le avessimo avute, non avrebbero placato l'ira cieca che divampava nei suoi piccoli occhi velati di bianco.

«Nessuno ne è a conoscenza» continuò Reywind. «Abbiamo tempo per pensare a come evitare il crollo del regno.»

«Che il regno crolli o meno non è affar nostro» sbottò lei, alzandosi. Aveva i palmi premuti sul ripiano del tavolo.

«Credevo ci aveste mandato a prenderla per salvare lei, suo figlio, e anche il regno» dissi, intuendo che in realtà quel viaggio faceva parte di un piano più grande e oscuro.

«La Leggenda parla di *sangue reale*, Discendente. E ora cosa abbiamo?» Respirava affannosamente, come presa dal panico.

Non aveva mai avuto a cuore la regina Jaismid e il principe Gioele. L'unica cosa che le interessava era il collegamento con la Leggenda. Averli alla Sacra Dimora di Heldor significava per lei mettere le mani su un nuovo potere, significava poterli *controllare*. Così come voleva fare con me, e come faceva con Elfride. Ecco perché aveva acconsentito alla richiesta di Jaismid di mandare me a prenderla e scortarla fin qui.

Io e Reywind ci scambiammo una veloce occhiata. Non le avremmo rivelato della pagina mancante che avevamo recuperato a casa di Viktor. E neanche di *Lux*. Non era nemmeno necessario che sapesse che quei pirati stavano al soldo della Legione Oscura. Dopo la morte di re Aronne, il popolo aveva additato Jaismid senza pensarci due volte. Bastava quello a giustificare la scomparsa sua e del piccolo Gioele. Coincidenza che ci tornava comoda per seppellire i nostri segreti ancor più in profondità.

«È stato il destino a scegliere. Se sono morti, allora la Leggenda non parlava di loro.» Reywind non mostrava alcun timore di quella donna dagli occhi affilati.

Madre Sundriel batté i pugni sul tavolo. Si voltò, fumante di rabbia, e si posizionò di fronte al camino nel quale ardeva un fuoco scoppiettante. «Fuori» ordinò.

Reywind s'inchinò leggermente e uscì. Lo seguii all'istante, cercando di stargli dietro lungo le scale a chiocciola.

«Ti vuoi fermare un attimo?» lo chiamai, afferrandomi al corrimano per non cadere. Lui proseguì, fingendo di non sentirmi.

«Rey!»

Si arrestò di punto in bianco. Si voltò poi verso di me e risalì un paio di scalini così che potessimo essere faccia a faccia.

«Cosa cazzo ti prende?» Tremavo per la collera.

I suoi occhi parevano ardere come un incendio. «Cosa ho, Nailyn?» Pronunciò il mio nome con asprezza. «Cosa dovrei avere?»

«Non lo so, dimmelo tu. Non ricordo di averti fatto qualcosa, francamente.» Incrociai le braccia al petto. «Credevo che tra noi…»

«Tra *noi* niente. Ora hai di nuovo tutto quello che ti serve. Scordiamoci ogni cosa.»

Eravamo a un palmo di distanza, tanto vicini che potevo percepire il suo profumo di vaniglia.

«È di Jak, che parli? E cos'è che dovremmo scordare?» lo sfidai. «Non c'è stato *nulla*.»

Sorrise amaramente. E una scintilla di delusione smorzò quella che intuii essere gelosia. «È così, eh?»

Lo avevo colpito. Una consapevolezza che non fece altro che mandare in crisi i miei neuroni.

«Tutto a posto, Lyn?» Jak era comparso in fondo alla scalinata e osservava Rey con aria truce.

Annuii. Reywind mi fissò ancora per un istante e piegò le

labbra in una scheggia gelida di sorriso. Dopodiché scese gli ultimi scalini e si ritrovò faccia a faccia con Jak. Lo squadrò dall'alto in basso con arroganza. Poi sparì lungo il corridoio senza guardarsi indietro.

«Che è successo?» Jak mi strinse le spalle con un braccio e ci avviammo alla sala centrale per la cena.

«Non ne ho idea, quell'idiota litiga da solo.»

Dopo una cena leggera – avevo lo stomaco in subbuglio – tornai ai dormitori. Maia sembrava meno spaventata, ma restava comunque in disparte mentre le altre Adepte chiacchieravano tra loro. Mi aveva rivolto un veloce cenno di saluto ed era tornata a nascondersi nelle coperte.

Zinah, che non mi aveva tolto gli occhi di dosso per tutta la sera, mi si avvicinò col suo solito sorriso ferino.

«Com'è andata la gita?» Si sedette sul mio letto.

«Cosa vuoi?»

«Fare due chiacchiere. Non si può?» Finse innocenza alzando le mani.

Il caschetto nero le incorniciava il volto affilato. Dalla cintura spuntava il pugnale che accarezzava con un indice.

«Fuori dai piedi» le ordinai, sdraiandomi con le braccia dietro la testa e chiudendo gli occhi.

«Buonanotte, *demone*» sussurrò con un tono basso e crudele che suonava come una promessa.

Pian piano tutte le Adepte si addormentarono. Attesi di sentirle russare e, come ormai ero abituata a fare, scivolai fuori dalle coperte e uscii. Corsi in punta di piedi, facendo ancor più attenzione del solito. La Madre non aspettava altro che coglierci in fallo.

Nel corridoio trovai due guardie addormentate contro il muro, e due calici di rame riversi sul pavimento. Le superai trattenendo il respiro e arrivai alla biblioteca, ma era deserta. Camminai lungo gli scaffali scrutando attorno. C'era un forte odore di chiuso e di polvere che mi fece starnutire. Reywind mi aveva sempre osservata quando sgattaiolavo fuori dai dormitori. Mi chiesi se mi stesse guardando anche ora.

«Jak» chiamai, sussurrando.

Non ci fu risposta, solo l'eco leggera della mia voce.

«Dove cazzo sei? Jak!»

Iniziai a temere che mi avesse dato buca, quando una mano mi afferrò il polso e mi tirò tra i ripiani. Mi spinse delicatamente contro i libri.

«Jak» mormorai. «Le guardie… sei stato tu?»

Sfilò dal taschino un'ampolla con del liquido verde quasi esaurito. Il vetro scintillò alla luce flebile di una candela lontana. «Le lezioni di Mida sulle piante hanno dato i loro frutti.»

«Astuto» commentai, sbalordita.

«Te lo avevo detto che non sono uno sprovveduto. Quei fannulloni non confesseranno mai alla Madre di essersi addormentati durante la guardia.»

«Ben fatto.» Gli sorrisi. Lui ricambiò. Al lieve bagliore della luna che penetrava dalle grandi vetrate sembrava quasi irreale. Mi passò una mano tra i capelli.

«Sei mia, Nailyn?» La sua voce era suadente.

«Jak» ansimai, afferrandogli i polsi. «Dobbiamo parlare.»

«Non serve» ribatté sfiorandomi lo zigomo con le labbra. «Non ho fatto altro che pensare a questo momento.»

«No…» ribadii, ma istintivamente lo attirai ancora più vicino.

«Non respingermi» pregò, lasciandomi una scia di baci lungo il collo.

Mi ritrovai con le dita tra i suoi ricci, incapace di resistergli. Non avevo idea se Reywind ci stesse osservando. Ma avendo conosciuto il suo lato nobile, sapevo che se anche ci avesse visti, si sarebbe senz'altro allontanato rispettosamente.

Jak mi afferrò il volto tra le mani e mi guardò negli occhi quasi a chiedermi il permesso. Indugiai un istante. Aveva le guance arrossate dalla passione e gli occhi lucidi per il desiderio. Faticavo a credere che esistesse una versione di lui più bella di quella. Annuii.

Sorrise e comparvero le fossette che avevano fatto strage di cuori nei bassifondi di Vartadis.

«Grazie» sussurrò, il suo respiro mi vibrò contro le labbra. Posò le sue sulle mie, ma quell'attimo di dolcezza venne spazzato via dall'ardore che lo incendiava. La sua bocca si schiuse insieme alla mia e le nostre lingue trovarono la strada che avevano già percorso. Era un sentiero sicuro, morbido, caldo.

Le mani di Jak scivolarono lungo i miei fianchi, sopra il sedere, sotto le cosce. Mi sollevò e io gli incrociai le gambe intorno.

«Jak» ansimai, offrendogli il collo.

«Lyn,» sussurrò «tu mi intrighi.»

Tu mi intrighi.

Non ero più nella biblioteca della Sacra Dimora di Heldor. Ero sdraiata nei giardini del palazzo reale, circondata dalla neve, col peso di Reywind che premeva su di me. Ero nei suoi occhi chiari contornati di *kajal*, non più in quelli bui e luminosi di Jak.

«Fermo» sussurrai.

Ma lui sembrò non sentirmi. Mi odiai per quello che stavo per fare.

«Jak, fermati.»

L'atmosfera era cambiata, lui si staccò come se lo avessi bruciato. Tornai con i piedi per terra, incapace di guardarlo negli occhi. Sapevo che se lo avessi fatto, dentro avrei visto l'intero mondo che si sgretolava.

«Che succede?» C'era una paura tremenda nella sua voce, così intensa che mi venne da piangere.

«Non posso.»

«Perché no?» La comprensione che inconsciamente mi ero aspettata, non c'era. Era arrabbiato. Deluso.

Mi azzardai a guardarlo in faccia e trovai una maschera di frustrazione. I suoi tratti erano così fermi e freddi, come se non fossero mai stati piegati in un sorriso.

«Ti prego, Jak… perdonami» supplicai, facendo un passo verso di lui.

Lui indietreggiò, deciso a evitare il contatto. Era combattuto, una parte di sé era pronta a tornare indietro pur di non perdermi del tutto. Ma l'orgoglio e l'umiliazione lo inasprirono.

«Va bene» accettò, sospirando di dolore. «Va bene, Nailyn.»

«Jak…»

«Torna ai dormitori. E fai attenzione.» Mi diede le spalle.

Aveva bisogno di spazio per riflettere e per soffrire da solo. Ma i miei piedi erano incollati per terra. Nel momento in cui fossi uscita da quella biblioteca, avrei perso sia un amico che un amante. E non ero pronta.

«Jak, io…» La voce mi si ruppe.

E poi fece una cosa tipica di lui, una cosa che mi provocò

un dolore ancora peggiore. Avrei preferito che mi urlasse addosso. Invece, voltò leggermente il viso. Stava sorridendo, ma dagli occhi traspariva tutta la sua sofferenza. «Ho solo bisogno di un attimo,» mi rassicurò, pensando ancora una volta prima a me che a se stesso «non ti preoccupare, Nailyn. Ora vai.»

Sapevo che qualcosa tra noi si era rotto. E sarebbe stato irreparabile. Prima che potessi iniziare a piangere, caricandolo anche di quel fardello, mi voltai e corsi via. Trattenni i singhiozzi che scoppiavano silenziosi nel torace quando superai le guardie addormentate.

Quella notte c'era solo una persona che stava soffrendo più di me. Di colpo udii un suono che proveniva da una porta socchiusa, e mi fermai. Sembravano schiocchi e ansiti di dolore. Mi avvicinai con circospezione e mi affacciai alla fessura. Al centro della stanza, sulle ginocchia, c'era Reywind. Il bagliore del fuoco faceva luccicare i rivoli di sangue che gli scorrevano sulla schiena nuda.

Mi tappai la bocca quando un colpo di frusta disegnò una riga scarlatta sulla sua pelle. Gemette. Poi s'infierì un nuovo colpo. Non so quanto rimasi a guardarlo frustarsi da solo, ma a un certo punto dovetti sussultare perché portò bruscamente lo sguardo su di me. L'azzurro dei suoi occhi era sparito, le pupille si erano allargate tanto che sembrava avere gli occhi neri.

Scappai via, non più attenta al rumore dei miei passi che rimbombavano contro le pareti. Mi raggiunse e m'inchiodò al muro. Respirava come un bufalo. Non lo avevo mai visto così arrabbiato.

Rimasi lì immobile. L'odore ferroso del sangue mi raggiunse, mischiandosi a quello di vaniglia.

«Non dovresti essere qui. Torna a letto» mi ordinò, col tono che usava quando impersonava il comandante temibile e rispettato da tutti.

Scattai via dalla sua presa e corsi lungo i corridoi, su per le scale, svelta nel mio letto. Ero incastrata nella mia mente. Rivivevo il bacio con Jak, il dolore nei suoi occhi, la frusta sulla schiena di Reywind, il sangue vivo come lacrime sulla pelle, la sua smorfia avvilita.

Ero così tanto presa da quei flashback da non accorgermi che Zinah non era nel suo letto.

54

Camminavo in una foresta oscura. Le cime dei pini trafiggevano il cielo come lame affilate. Un vento gelido frusciava tra i rami ululando nelle tenebre. Ero scalza, con indosso solo una leggera tunica bianca. Gli aghi dei pini mi pungevano le piante dei piedi, e sui sassi aguzzi lasciavo scie di sangue. Davanti a me, sulla cima di una breve scalinata in pietra con una fessura centrale, nella quale crescevano ciuffi d'erba, si ergeva un trono coperto d'edera.

Salii i gradini lasciando impronte rosse al mio passaggio. I rami si ritirarono come serpi, scoprendo una corona fatta di buio. Intarsiata di rubini scuri, si allungava in sette punte acuminate. Era il manufatto più ricercato che avessi mai visto. Ma anche il più *pericoloso*. Allungai la mano, mossa dall'avidità, ma quando la sfiorai con l'indice, questa emise un sibilo malvagio e cominciò a ruotare su se stessa accompagnata da un fischio acuto. Le orecchie mi si riempirono di sangue.

Mi svegliai urlando. Maia era sopra di me, il volto bianco per lo spavento. Mi scuoteva energicamente con le sue braccia robuste. La camerata era quasi del tutto vuota.

Mi asciugai il sudore sulla fronte col dorso della mano. Avevo già visto quel trono. Avevo già fatto un sogno simile, quando mi ero addormentata durante il mio turno di guardia, prima che gli scarti dei Ribelli ci attaccassero. Quella volta era stata Elfride a sanguinare.

«Stai bene?» mi chiese Maia con voce flebile.

Annuii. Ma non era vero. Il bacio di Jak, il mio rifiuto, il suo dolore, le linee rosse sulla schiena di Reywind, la sua furia. Mi tornò tutto indietro come uno schiaffo.

Guardai fuori dalle vetrate. Il cielo era grigio piombo, pronto a vomitare bufera. Le nubi scure si accesero di bianco all'esplosione di un fulmine. Mi sentivo esattamente così: in tempesta.

M'infilai gli scarponcini che pesavano come piombo, allacciai la mantella al collo e mi avviai verso la sala centrale. Il cuore mi batteva d'angoscia per l'incubo e per ciò che mi aspettava, sia con Jak che con Reywind. Avevo colpito entrambi nella loro intimità. Mi sentivo un'intrusa, una presenza indesiderata e sgradevole. Se avessi potuto, sarei volentieri sprofondata nel pavimento.

Giunta alla base delle scale che conducevano ai dormitori, attesi qualche istante. Avevo bisogno di prendere fiato e prepararmi.

«Nailyn, ciao! Bentornata!» Mida si avvicinava con passo leggero sventolando la mano.

Fui sinceramente felice di vederlo. Avevo più che mai bisogno di un viso cordiale. Teneva i capelli chiari legati in un cipollotto sulla nuca e aveva le guance rosse per il freddo che imperava nel castello.

«Grazie.» Sorrisi affiancandomi a lui per proseguire il tragitto.

«Allora, che tipo è la regina?»

«Oh… è una storia lunga» bofonchiai.

«Be', la Madre ci aspetta per un discorso prima della colazione, immagino per aggiornarci.»

Mi si chiuse lo stomaco all'idea dell'umiliazione pubblica che avrei subìto, ma qualcuno doveva pur rivelare che la regina Jaismid e suo figlio erano morti a causa nostra.

«Hai… visto Jak?» osai chiedere, senza guardarlo.

«Deve essersi alzato di buon'ora, stamattina non c'era.» Fece spallucce.

Me lo immaginai nella fucina, coperto di fuliggine, a battere il ferro con tutta la rabbia e la frustrazione accumulata quella notte. Dubitavo che avesse chiuso occhio.

Quando varcammo il grande portone che affacciava sulla sala, tutti gli Adepti erano allineati in un silenzio tesissimo. Qualche testa si voltò verso di me e mi guardò con… *compassione?*

«Che succede?» sussurrò Mida.

Ci facemmo largo tra la folla. Madre Sundriel era al centro del palco, un lieve sorriso scolpito su quella sua faccia di pietra. Gli occhietti bianchi lampeggiarono non appena mi individuò. Ma non sostenni il suo sguardo a lungo, perché fui subito attratta da qualcos'altro.

Dietro di lei, sulle ginocchia, c'era Jak.

Gli avevano legato i polsi con una corda assicurata a due pali, così che le braccia fossero tirate in alto. La camicia era strappata sulla schiena. Teneva la mandibola serrata e il suo sguardo appariva duro e impenetrabile. Quando mi vide, mi fece un impercettibile cenno con la testa, ma non si scompose.

«Per l'ultima volta, caro ragazzo, chi c'era con te ieri sera?» La voce della Madre era come acqua gelida.

Lo hanno beccato in biblioteca nel pieno della notte.

Fui invasa dal panico. Jak rimase in silenzio, senza nemmeno degnarla di uno sguardo.

La donna voltò la testa alla sua destra e fece un cenno a una guardia vestita di nero. Stringeva tra le mani una frusta di cuoio.

«Dodici frustate per aver rubato la chiave della sezione vietata ed esserti introdotto senza autorizzazione» decretò Sundriel. «E dodici per il tuo complice. Se non parlerai, pagherai tu per entrambi.»

«No» mormorai. Mi avvicinai, prendendo a spallate gli Adepti. Non lo avrei permesso. Ricordai la storia che mi aveva raccontato Rey, quella del ragazzo morto sotto i colpi di frusta perché aveva tentato di fuggire di lì. Non avrei lasciato che accadesse la stessa cosa anche a lui.

La prima scudisciata colpì la pelle tesa di Jak mentre cercavo di farmi largo tra la folla. Un gemito trattenuto riecheggiò nella sala. Sfilai lo stiletto dalla scollatura, pronta a scagliarlo in mezzo agli occhi della Madre.

Al quarto colpo, Jak ancora non urlava. Rantoli soffocati gli gorgogliavano nella gola. Potevano infliggergli il peggior dolore, ma non gli avrebbero tolto l'orgoglio, quello mai. Io mi sentivo soffocare, incapace di usare la voce.

Alla settima frustata, ero ormai alla base del palco. Le mani mi tremavano, ma non avevo dubbi che avrei fatto centro, ponendo finalmente fine a tutto.

«Dimmi chi c'era, e ordinerò alla guardia di fermarsi.» Madre Sundriel parlava con un tono troppo gentile per la situazione, mi diede il voltastomaco.

Jak teneva la testa penzoloni. Era sudato, e schizzi del suo sangue ricoprivano il legno sotto di lui. Sollevò lo sguardo ma serrò le labbra ancor più di prima. Non mi avrebbe mai tradita. Neanche se in quel momento mi odiava. E io non avrei mai permesso che lui pagasse per me.

Sollevai il pugnale, pronta a scagliarlo, quando Reywind mi si parò davanti. Ma non mi lasciai intimorire.

«Spostati. Subito.»

I colpi proseguirono.

«Non posso» fu la sua secca risposta.

«Ucciderò anche te, allora» ringhiai, pronta a trafiggerlo.

Sollevai lo stiletto ma lui mi bloccò il polso. «Non permetterò che *lei* ti tocchi.»

Tentai di liberarmi dalla presa. Continuai a lottare per superarlo, per arrivare a Jak e salvarlo.

«Può farcela, Lyn, abbi fiducia nella sua resistenza» sussurrò Rey, stringendomi entrambi i polsi.

La Madre era troppo impegnata a godersi il sangue che sgorgava dalle ferite per accorgersi di me. Anche gli Adepti avevano gli occhi fissi su quello spettacolo macabro.

«Basta» provai a urlare, ma mi uscì solo un ansito.

All'ultima frustata, Sundriel sollevò una mano e arrestò la guardia. Si avvicinò a Jak e gli accarezzò la testa. «Hai pagato per entrambi.»

Lui era semicosciente. Dalla bocca gli colava la saliva, e se non fosse stato per le corde che lo tenevano legato per i polsi, sarebbe crollato a terra di faccia. Anche io ero sul punto di svenire. Solo Reywind mi teneva in piedi, coprendomi la visuale col suo corpo.

Vedere Jak che soffriva mi aveva annebbiato i sensi. Mi aveva stordita.

Non mi vergognai delle lacrime bollenti che mi rigarono le guance quando le corde vennero slegate dai pali e Jak andò giù di faccia, gemendo. Venne portato via dalle curatrici. Non mi vergognai quando mi aggrappai alle spalle di Reywind per non cadere.

Mi trascinò fuori dalla sala, lungo il corridoio, e dentro una stanzetta piena di spifferi.

«Lyn, ce l'ha fatta.» Mi prese il viso tra le mani e il suo sguardo mi fece male.

«È colpa tua!» gracchiai, la gola invasa dalle lacrime. «Tua! Tua! Tua!»

Lo tempestai di deboli pugni sul petto, immaginando di ucciderlo per avermi fermata. Volevo che soffrisse quanto me, quanto Jak.

«Sei un bastardo!» Avevo ritrovato la voce, ma era troppo tardi.

Reywind mi bloccò i pugni e mi tirò a sé. Sulle prime cercai di liberarmi dall'abbraccio, di graffiargli la schiena che sapevo dolergli per le frustate che si era autoinflitto la notte precedente. Ma lui non mi lasciò andare. Continuò a tenermi stretta e, alla fine, cedetti.

Affondai la faccia nel suo petto e piansi.

«È colpa *mia*» singhiozzai.

55

Sundriel non era una stupida. Sapeva benissimo che Jak stava proteggendo me. Chi altro poteva essere il suo complice se non io?

Ed era convinta, a ragione, che Jak non mi avrebbe mai denunciata. Quello che desiderava davvero era mandarmi un messaggio. Non avrebbe torto un capello alla Discendente, ero troppo preziosa per lei, ma così avrei sofferto in un modo più sottile e profondo. Se non poteva controllarmi con la forza, lo avrebbe fatto con la manipolazione: il modo migliore per dominarmi era minacciare le persone che amavo.

Rimasi sola nello stanzino per diverso tempo. Avevo mandato via Reywind perché, una volta ritrovata la calma e la lucidità, non sopportavo più l'idea che mi vedesse in quello stato.

Jak era il mio punto debole, e questa realtà non sarebbe cambiata neanche in mille anni di addestramento. Ma se avessi dato ascolto a Reywind e ai suoi consigli, forse sarei stata in grado di dominare la paura e il dolore di vederlo piegato sotto i colpi dalla Madre. E forse sarei riuscita a fare qualcosa.

Seduta su un vecchio banco, buttai la testa all'indietro cercando di riempire d'aria i polmoni che mi pesavano come se fossero stati pieni d'acqua. Quando tornai dritta, mi ritrovai riflessa nella finestra rigata dalla pioggia. Contorsi il volto in una smorfia di disgusto davanti ai miei occhi scarlatti. Erano sempre stati così *rossi*?

La porta dello stanzino cigolò sui cardini e apparve il volto affilato di Zinah. «Ma guardati.» Rise. «Sei patetica.»

«Vattene» ordinai, voltandomi appena.

«Invece resterò qui a godermi lo spettacolo.» Incrociò le braccia e si appoggiò con la spalla al telaio della porta.

Una scintilla di rabbia mi appiccò un incendio nel petto. Senza preoccuparmi di pulirmi le guance o il naso, mi alzai. Gli occhi di Zinah caddero sul pugnale che avevo assicurato alla cintura, ma io non avevo intenzione di usarlo.

«Cosa vuoi, eh? Cosa cazzo vuoi, Zinah?» La raggiunsi in fretta e premetti la mia fronte contro la sua.

«Dirti qualcosa che non sai» sghignazzò, spingendomi via. «Sono stata io ad avvertire la Madre che c'era qualcuno in giro per il castello» sussurrò.

«Cosa?»

«Sì, vedi, ieri sera sei sgattaiolata via un'altra volta, perciò ho pensato che fosse arrivato il momento di vendicarmi» confidò. «La Madre non se l'è presa per avermi vista arrivare nel suo studio in piena notte. In fin dei conti, avevo un buon motivo, no? Comunque, stai tranquilla, non ho fatto il tuo nome.»

Mi tremò il labbro.

«Su, ora non rimetterti a piangere.»

Scoprii i denti in un ringhio. Avevo la faccia rossa, gonfia e umida di lacrime. Tutta la forza che avevo perso tornò di colpo. Mi avventai su di lei, stringendole il collo tra le mani. La inchiodai al muro e la guardai diventare prima bianca, poi blu. Boccheggiava come un pesce e mi graffiava le mani con le unghie affilate, ma io non mollai la presa. Non volevo che morisse, volevo solo vederla *soffrire*. Allentai la stretta e la colpii con un cazzotto alla tempia. Zinah crollò a terra, tossendo. Mi misi a cavalcioni su di lei e continuai a colpirla, e a colpirla, e a colpirla, fino a quando non mi si macchiò il pugno di sangue.

«Lurida cagna.» Sputò saliva rossa, sgusciando via. Si rimise in piedi ma barcollava. Aveva uno zigomo spaccato e il mento sporco. Ma sorrideva.

«Tu sei pazza» sibilai, riprendendo fiato.

Mi si buttò addosso cercando ancora la zuffa. Cademmo su un banco, spaccandolo in due in un trambusto di ferro e legno. Ero più forte di lei. Le tornai addosso a cavalcioni, l'afferrai per i baveri della divisa e la sbattei a terra ripetutamente. A ogni colpo sordo e a ogni gemito di dolore immaginai che sotto la mia presa ci fosse Madre Sundriel.

Non riuscivo a fermarmi. Zinah dovette a Devis la vita, perché a quel punto fu lui ad afferrarmi per i capelli e a tirarmi indietro, facendomi battere la nuca contro il pavimento. Nessuna delle due si era accorta del suo arrivo. Un conato di vomito mi salì lungo la gola.

Zinah si mise carponi. Sangue e saliva le gocciolavano dalla bocca. «Immagino di meritarlo.» Sputò, ridendo amaramente.

«Sei un'idiota» imprecò Devis, spintonandola con un calcio. «Questa troia ti stava ammazzando.»

Rimasi sdraiata a guardare il soffitto che non smetteva di girare. Devis mi afferrò per le caviglie e mi trascinò verso di lui. Si mise in ginocchio di fronte a me. Armeggiò con la cintura delle brache non smettendo di fissarmi. «Ora te la do io una lezione.»

Zinah si tirò su, aggrappandosi alla torre di sedie impilate in un angolo. Vartadis mi aveva abituata a quel tipo di attenzioni, ma non mi spaventai, perché mi aveva anche insegnato come contrastarle. Lasciai che si avvicinasse a me. Finsi terrore e sottomissione.

Quando allungò le mani alla mia vita per strapparmi i pantaloni, in una mossa fulminea sfilai il pugnale dalla cinta e glielo piantai nello stomaco. Nello stesso momento, una seconda lama gli spuntò dalla gola schizzandomi il viso di sangue caldo e appiccicoso.

Devis spalancò gli occhi e un suono terrificante gli uscì dalle labbra. Si guardò lo stomaco, incredulo, e scivolò di lato. Davanti a me, ora, c'erano gli occhi di ghiaccio di Zinah.

Guardai il ragazzo riverso a terra e la pozza di denso liquido scuro che si allargava sotto di lui. Poco sotto la nuca, spuntava l'impugnatura di un pugnale.

Zinah cadde seduta sullo stesso banco sul quale fino a pochi minuti prima stavo piangendo. «Non riesco a stare ferma quando vedo...» spiegò, in un sospiro.

«Lo abbiamo ucciso.» La mia voce era incredibilmente ferma.

«Che gran perdita» ironizzò lei.

«Cosa facciamo, ora?»

«"Facciamo"? Non siamo mica amiche, io e te.»

Anche se ammaccate come due frutti caduti dall'albero, eravamo ancora in piedi, vive. Guardai il sangue che fuoriusciva dalle ferite di Devis, ma non riuscii a trovare quel rimorso che secondo Jak mi rendeva umana. In fin dei conti, forse, ero davvero un *demone*.

«Cosa è successo qui?» Tirammo su gli occhi dal corpo di Devis. Juda ci aveva sorpreso ferite e sporche di sangue. Ci pietrificammo.

Il professore sbiancò. «Cosa avete fatto?» Si portò la mano davanti alla bocca, stravolto. «Via di qui, tutte e due» ordinò.

Ma né io né Zinah muovemmo un passo. Se avesse voluto denunciarci, non ci avrebbe fatte uscire di lì. Era chiaro che aveva l'intenzione di proteggerci, ma a quale prezzo? E come?

«Subito.»

Il suo tono era così perentorio che obbedimmo, anche se esitanti. Filammo nei bagni, per fortuna senza incontrare anima viva, e ci sciacquammo via il sangue senza dire una parola. Dopodiché, ci sfilammo le divise e ne indossammo di pulite. Quello che era successo avrebbe avuto conseguenze gravissime su entrambe. Se Juda avesse accusato Zinah, la Madre l'avrebbe punita ancor più severamente di quanto aveva fatto con Jak. E lei non avrebbe certo indugiato nel denunciarmi a sua volta. Davanti a quelle accuse, Sundriel avrebbe dovuto castigare anche me, nonostante fossi la Discendente. Non poteva permettere che la Sacra Dimora di Heldor la considerasse una debole. Eravamo fottute.

«Zinah...» Non volevo ringraziarla, non meritava tanto. La voglia di ucciderla non mi era passata. La odiavo per quel che aveva fatto a Jak, ma non potevo non riconoscere che si era battuta per me, infilzando quel pugnale nel collo di Devis.

«Non mi ringraziare,» disse secca «non l'ho fatto per te.»

Uscì dal bagno con i capelli ancora grondanti d'acqua. Era piena di ferite e si muoveva con passo traballante. Il suo pugnale era tornato pulito nella cintura, così come il mio.

La seguii, non sapendo bene cosa fare. Ero confusa, dolorante, spaventata. Volevo solo rivedere Jak.

Arrivammo alle scale. In fondo passava un gruppo di Adepti che camminava verso la classe di Juda; probabilmente l'avrebbero trovata vuota. Zinah finse d'inciampare e rotolò giù per la gradinata. *Astuta.*

Provai a nascondere con i capelli i segni che avevo sulla fronte e corsi giù per le scale per sollevarla. L'aiutai, non senza una smorfia di disgusto. Mi offrii di portarla in infermeria, dove sicuramente avrei trovato Jak. O almeno così speravo.

«Se Juda fa il mio nome, io farò il tuo» biascicò Zinah.

«Farlo non ti salverebbe il culo» ribattei, la voce contratta dalla fatica. «E comunque, non ci denuncerà.» La mia non era solo una speranza. Era una certezza. Fino a quel momento, Juda aveva solo cercato di aiutarmi. E non avrebbe tradito nemmeno Zinah, se significava mettere a rischio me.

Quando arrivammo all'infermeria trovai Reywind. Era in piedi, sull'attenti, e ascoltava la voce flessuosa di Gazelle. Teneva le braccia dietro la schiena con quel suo solito portamento marziale. Quando mi vide arrivare con Zinah appoggiata alla spalla, la fronte gli si corrugò in un cipiglio.

«È caduta dalle scale» spiegai, lasciandola senza troppa cura su un letto vuoto.

Dal modo in cui mi guardò, capii che non mi aveva creduto. Gazelle, invece, m'ignorò e si sporse sulla sua nuova preda come un avvoltoio pronto a beccare. Si leccò le labbra alla vista delle ferite di Zinah e subito iniziò ad armeggiare con ampolle e pomate puzzolenti.

Quando trovai il coraggio, scostai la tendina bianca e trovai Jak svenuto su un lettino. Era sdraiato a pancia in giù per non premere col peso sulle lesioni. La bocca era semiaperta, e due profonde occhiaie gli contornavano gli occhi.

Mi sentii male. Non lo avevo visto così neanche quando Mirk gli aveva lasciato quella cicatrice in faccia.

Avrei voluto prendere la via facile, la via delle lacrime e dell'autocommiserazione. Invece scelsi di non essere debole.

Superai Reywind e mi sedetti sullo sgabello accanto al letto di Jak. Presi tra le mie la sua mano che penzolava oltre il materasso e la strinsi, aspettandomi che ricambiasse. Ma rimase molle.

La paura che non ce la facesse mi spezzò il cuore. Non sapevo immaginare un mondo senza di lui. Che senso avrebbe avuto ogni cosa?

«Non ti preoccupare.» Reywind era dietro di me ma, davanti a Gazelle, si guardava bene dallo sfiorarmi. «È più forte di quello che credi.»

Girai la testa verso di lui, gli occhi appannati.

«Monella, monella, sbadata signorinella» cantilenava Gazelle, spalmando una pomata verdognola sullo zigomo di Zinah.

Rabbrividii al suono di quella voce inquietante. Mi dava il ribrezzo la consapevolezza che sarebbero state quelle mani a toccare i tagli sulla pelle infiammata di Jak.

«Gazelle» chiamò Reywind, senza distogliere lo sguardo dai miei occhi. «Ci pensa l'Adepta Nailyn a questi due, per oggi. Occupati delle tue faccende.»

La professoressa sfoggiò un gran sorriso da bambola del terrore e mi scaricò tra le braccia garze, unguenti, oli, pomate e ramoscelli di vari tipi.

«Se studiato hai, cosa farci saprai» salmodiò, prima di uscire ondeggiando dall'infermeria.

Dopo un lungo minuto di silenzio, Rey posò una mano

sulla mia spalla. Non credevo che potesse farmi sentire così rassicurata.

«Se hai bisogno...» aggiunse, troncando la frase a metà prima di lasciarmi sola con Jak, Zinah e il mio dolore.

Così come Jak si era occupato di me sul carretto-cella che ci aveva portato alla Sacra Dimora di Heldor, io mi occupai di lui. Gli pulii le ferite con un panno che sciacquai più volte in un catino finché l'acqua non divenne rossa. Sforzandomi di ricordare tutte le informazioni che avevo appreso sia da Mida che a lezione, distinsi i liquidi disinfettanti da quelli antinfiammatori. Spalmai una crema dalla consistenza farinosa sui tagli, massaggiando lievemente affinché venisse assorbita, e cambiai le bende ogni ora per evitare che le lesioni si infettassero. Jak trasalì un paio di volte sotto il mio tocco, ma rimase incosciente.

Zinah si svegliò poco più tardi. Mi lanciò un'occhiata neutra. Si sentiva molto meglio, lo capii dal colorito più acceso. Poi, senza dire una parola, se ne andò.

Quando arrivò il buio, Jak continuava a dormire. Il castello era silenzioso: tutti gli Adepti dovevano essere a cena, ma io ero troppo turbata per avere appetito.

Devis era morto e Juda sicuramente ci avrebbe coperte. Ma era questione di attimi prima che venisse fuori il cadavere.

Non so quando accadde, ma mi addormentai tenendo stretta la mano di Jak. Proprio come quando da piccoli, appena morti i suoi genitori, avevamo iniziato ad avere paura del buio.

Mi svegliai di soprassalto percependo la sua debole stretta intorno alle dita.

«Jak?» avevo la bocca impastata per il sonno.

Lui sbatté le palpebre più volte e aprì gli occhi. Aveva uno sguardo stanco, spento.

«Sei qui» sussurrò, la voce roca.

«Sempre.»

Sospirò sia di sollievo che di dolore. «Perdonami Lyn, non avrei dovuto preten...»

«No, ti prego. Perdonami tu» lo interruppi, sporgendomi sopra di lui. «Non sono riuscita a fermarli.» Mi tremò la voce.

«Sono un pessimo ladro...» biascicò. «Mi sono fatto beccare.»

Mi sfuggì una risata umida di lacrime. «Sei un dannato coglione, ecco cosa sei.»

«Dannato... *affascinantissimo* coglione.»

Faticava a parlare e anche a restare sveglio. Ma ero grata che fosse stato abbastanza forte da sopravvivere. E giurai a me stessa che niente ci avrebbe mai più divisi.

Immersi una spugna in una ciotola d'acqua pulita e gliela avvicinai alle labbra affinché la succhiasse.

Ero così grata che la Madre non fosse riuscita a ucciderlo. Sundriel l'avrebbe pagata cara quella crudeltà. E anche tutte le altre. Mi sarei vendicata, e quando quel giorno fosse arrivato...

L'eco di un coro in lontananza mi distrasse. C'era qualcosa di sinistro in quelle voci. Il boato era sempre più forte. Piedi che battevano, stoviglie tintinnanti, grida di esultazione che chiamavano sangue. C'entrava Devis, ne ero certa.

«Riesci a stare da solo per un po'? Devo andare a vedere cosa succede.»

Lui annuì debolmente e ripiombò nel sonno. Lo guardai ancora una volta prima di uscire di corsa e raggiungere la fonte di quel baccano. Arrivai alla sala centrale. Alcuni Adepti si tappavano la bocca con le mani, sconvolti. Altri urlavano di rabbia, chiedendo di sapere chi fosse stato.

Al limitare della sala notai Juda. Era premuto contro la parete e guardava il palco su cui la Madre aveva fatto esporre il corpo di Devis. Non si era neanche degnata di abbassargli le palpebre. Legato su una croce, sembrava uno spaventapasseri. Zinah era dalla parte opposta della stanza e, anche se non mi guardava, riuscii a scorgere la preoccupazione nei suoi occhi.

Merda.

Sundriel non sorrideva.

Raggiunsi Juda e mi misi al suo fianco. Lui non si voltò, forse per paura di tradirsi. Ma sprigionava terrore da ogni fibra del suo corpo. Se solo Madre Sundriel avesse posato lo sguardo su di lui, avrebbe capito subito che sapeva qualcosa.

«Cosa succede, ora?» domandai, spaventata a morte dalla possibile risposta.

Una folla intera bramava riscatto per il sangue dell'Adepto che era stato versato. E non esiste nulla di più cieco della rabbia.

Elfride era in piedi vicino alla Madre. Sembrava ancora più piccola dell'ultima volta che l'avevo vista. I lunghi capelli erano adornati da una cascata di fiori bianchi.

«Bambina mia,» Sundriel le prese le manine chiare e giovani tra le sue vecchie e raggrinzite «dicci chi è stato.»

La questione era talmente grave che non sarebbe bastato punire il colpevole. La punizione doveva essere esemplare e fungere da monito per tutti gli altri. La Veggente avrebbe voluto rifiutarsi, lo capii dal suo sguardo. Ma non poteva nulla contro la sua aguzzina. Quando si preparò a rovesciare gli occhi all'indietro, venni pervasa dalla paura. Non avrebbe avuto controllo sulla sua voce, una volta in possesso di quel potere. E il mio nome sarebbe saltato fuori.

Juda mi afferrò una mano e la strinse. «Per i tuoi genitori, Nailyn.»

Capii. «No...» sussurrai, sconvolta. Feci per trattenerlo, ma scivolò via dalla mia presa. Mi rivolse un ultimo sorriso gentile, poi mi oltrepassò facendo un passo avanti.

«Sono stato io» disse.

Mi si spezzò il respiro quando la Madre chiese conferma a Elfride, che, ancora lucida e libera, dopo aver posato i suoi profondi occhi su di me, annuì.

56

Calò il silenzio.

Gli Adepti fissavano Juda orripilati. Il professore che aveva sempre lavorato affinché feccia come loro si ripulisse; quello che non era mai stato ingiusto o crudele; il più mite tra tutti, che non li aveva mai umiliati per la loro provenienza… era un *assassino*.

Gli occhietti opachi di Madre Sundriel si scurirono al punto che da lontano non sembrava neanche più cieca. Elfride appariva impassibile, una marionetta imprigionata nei lunghi fili invisibili legati alle mani della Madre. Che, però, non si era accorta che uno di quei fili era stato reciso.

«Tu» Sundriel sputò quella parola come un boccone amaro. «Tu hai fatto questo?»

«L'ho fatto, Madre.» La voce di Juda era salda, non tradiva un briciolo di timore. «E lo rifarei. Avrei dovuto lasciare che mi uccidesse?»

Era una bugia, ma solo per metà, perché si era trattato realmente di legittima difesa, solo che la mano che aveva impugnato la lama non era la sua.

Zinah dall'altra parte della stanza lo fissava con due occhi enormi. Mi riservò un breve sguardo, poi tornò su Juda. Mille emozioni passavano sul suo viso affilato, tra tutte distinsi la paura e il sollievo.

«Portatemelo.» Il tono della donna si era fatto gelido e tagliente.

Decine di Adpeti risposero all'ordine afferrando Juda per i vestiti e strattonandolo. Tra sputi, graffi, insulti, arrivò sul palco coperto di sangue e saliva, ma col mento alto e il portamento fiero.

Era colpa di Zinah se eravamo arrivati a tanto. Ma Juda aveva preso una decisione. Non era un Adepto, nelle sue vene non poteva scorrere il sangue di un Prescelto. Sarebbe stato ucciso. E c'era una missione più grande di tutti noi da portare avanti. Ricacciai indietro lacrime bollenti e inghiottii il groppo velenoso del rimorso. Ma mi promisi che avrei vendicato quel crimine.

«Siamo preda di tempi cupi e nefasti.» La Madre intrecciò le mani in grembo. «Prima, la morte della regina Jaismid e di suo figlio Gioele...» A quelle parole si sollevò un brusio sconcertato tra gli Adepti. «Ora, un traditore nella nostra casa.» Si voltò verso Juda e lo guardò con disprezzo, imitato da tutti quei seguaci che non vedevano l'ora di assaggiare il sapore del sangue.

«Juda,» tuonò la Madre «con l'accusa del più alto crimine nella Dimora di Heldor, io ti condanno a morte.»

Nella folla si sollevò un boato di acclamazioni. Lo avevano accettato come colpevole senza porsi alcun dubbio né far appello alla propria pietà.

Persino Gazelle sorrideva scoprendo i denti affilati. Cercai Reywind e lo trovai che mi osservava all'ombra del palco.

Nello stesso giorno dovevo sopportare una fustigazione pubblica e un'esecuzione. Sperai solo che fosse una cosa veloce.

«Accetto la pena» rispose Juda.

La sala tornò silenziosa per accogliere con bramosia quelle ultime parole. Il mio cuore batteva come un tamburo da guerra.

«Accetto la pena,» ripeté Juda «e prego che il Custode conduca all'oblio le anime che lo meritano. Prego che nella guerra che verrà, il suolo si nutrirà del vostro sangue, Madre. Che il mondo venga liberato dal cuore malvagio che possedete.»

La donna rimase salda sulle vecchie gambe. Un sorrisino di scherno le spaccava il volto in una smorfia demoniaca. Agli occhi di tutti gli altri, quelle parole erano i deliri di un pazzo. Per chi, come me, conosceva la verità, era l'ultima grande prova del suo onore. E, se alla fine avessi sconfitto il male che stava pian piano strisciando verso di noi, non avrei permesso che venisse dimenticato.

«Io prego che il Custode trovi un briciolo di pentimento nel *tuo* duro cuore e ti mostri la pietà di cui io non sono in grado» ribatté lei con aria solenne.

«A morte! A morte! A morte!» urlava la folla.

Mi aspettavo di vedere comparire i due pali a cui era stato legato Jak. Invece venne tirata in piedi una pesante croce di legno, uguale a quella su cui era stato crocifisso il corpo di Devis.

«Inchiodatelo» ordinò la Madre.

Le guardie esitarono, ma all'occhiata di fuoco di Sundriel si mossero svelti e con passo pesante. Elfride venne portata via, troppo piccola e fragile per poter assistere a uno spettacolo del genere.

Juda non oppose la minima resistenza. Lasciò che gli venissero sollevate le braccia e che due lunghi chiodi lo affiggessero alla croce. Le punte di ferro lo perforarono all'altezza dei polsi. Urla di dolore gli graffiarono la gola, ma rimase immobile.

Mi portai una mano alla bocca per bloccare un singulto, e Reywind mi fu subito accanto. «Vieni via di qui.» Mi afferrò per il gomito.

«No.» Mi liberai. «Io *devo* vedere.»

Tra noi si aprì il silenzio, subito riempito dai lamenti di Juda e dai gemiti estasiati degli Adepti. Il cuore mi si indurì a ogni grido. Reywind mi rimase al fianco senza sfiorarmi.

«Un chiodo per la tua codardia, uno per la tua lingua bugiarda e uno per il tuo crimine» urlò Sundriel, allargando le braccia.

La folla rispose alzando i pugni vittoriosi.

Il martello batté l'ultima volta. Il chiodo di ferro infilzò la cartilagine delle caviglie di Juda, perforando poi anche il legno. La morte sarebbe arrivata lentamente.

Il sangue colava in larghe pozze. Le ferite si stavano slabbrando e allargando sempre più per via del peso. Ancora pochi istanti e sarebbe scivolato a terra lasciando qualche brandello di carne affisso alla croce. Il viso di Juda era una maschera di sofferenza.

Il pugnale che mi aveva forgiato Jak pesava nella cinta. Avrei voluto scagliarlo contro l'uomo che stavano riducendo in un sanguinolento pezzo di carne, e mettere fine a quella pena.

«Pagherà per questo» mi promise Reywind in un sibilo carico di rancore.

Sundriel era a un lato del palco e, come era successo anche quella mattina, si godeva il sangue che colava dal corpo esausto di Juda.

Senza preavviso, una delle grandi vetrate che davano sulla brughiera intorno alle mura si frantumò. Milioni di schegge di vetro volarono nell'aria e finirono sulla folla. Sui visi degli Adepti si aprirono tagli. Un minuscolo risarcimento per il male che avevano alimentato. Un uccello di fuoco volteggiò sopra di noi. Il suo grido obbligò tutti a tapparsi le orecchie.

Rey mi afferrò per le spalle e mi strinse contro il suo petto, ben deciso a proteggermi. Ma non c'era nulla da cui io dovessi essere difesa.

«Una...» sussurrò Mida «una fenice!»

L'animale scese in picchiata su Juda, il quale le sorrise. Alla luce del suo fuoco, le lacrime che gli rigavano le guance prima brillarono e poi si asciugarono. La Fenice rimase a mezz'aria davanti alla croce, tenendo le ali spalancate nella stessa posa in cui Juda era costretto a tenere le braccia.

Aveva lunghe piume rosse e oro, il becco affilato, gli occhi come fiamme liquide. Cantò ancora una volta e poi, in fretta, trapassò il cuore di Juda col becco. Gli donò la morte rapida che meritava, e lui l'accolse con un sorriso sulle labbra.

Quando l'ultimo respirò lo abbandonò, il grande uccello si appollaiò sulla cima della croce e lasciò che questa s'incendiasse. Juda divenne una fiaccola luminosa. In pochi istanti si trasformò in cenere, e il battito delle ali della fenice sollevò turbini d'aria che trasportarono via quel che restava di lui fuori dalla finestra frantumata.

Poi la creatura puntò Madre Sundriel gridando un avvertimento rabbioso. Lei indietreggiò, inciampò, e si rannicchiò a terra tenendosi la testa stretta tra le braccia. Quando la fenice sparì nel buio della notte, lasciando dietro di sé una scia di luce, la vecchia si rimise in piedi. Apriva e chiudeva la bocca come un pesce. Ora sapeva che la magia si stava risvegliando. E capì che un Prescelto doveva aver trovato la prima Spada.

Il fuoco che avvolgeva la fenice, però, aveva alimentato anche quello che ardeva nei miei occhi.

57

La Madre si ritirò nel suo studio. La magia era tornata e, per quanto Sundriel fosse rimasta turbata dall'ammonimento della fenice, sembrava elettrizzata. In pochi tra gli Adepti parevano davvero addolorati per quel che era appena accaduto.

Io, invece, ogni volta che chiudevo gli occhi, vedevo impressa nel buio la sagoma delle due croci, una di Juda e una di Devis, lo stesso effetto di quando si guarda una luce troppo intensa.

Non avrei versato lacrime per Juda fino a quando non fosse stato tutto finito. Non avrei versato lacrime per la schiena flagellata di Jak, né per il magone che mi riempiva la gola.

Una volta Jaismid mi aveva detto che il suo momento per piangere non era ancora arrivato. E lo stesso, da quel momento, sarebbe valso per me.

La Madre non si fece vedere per giorni, tempo che utilizzai per prendermi cura di Jak.

«Vuoi stare fermo, caprone?» lo rimproverai, quando si ritrasse dal liquido disinfettante che gli stavo spalmando sulla pelle. «O ti devo legare al letto?»

«Proposta allettante, Nailyn» sibilò tra i denti per il dolore, non rinunciando comunque al suo umorismo.

Gli cambiai le bende tanto spesso che mi guadagnai un rimprovero e un ceffone – l'ennesimo – da Gazelle. Continuai a seguire le lezioni sfruttando le ore vuote della classe di Juda per far sì che a Jak non mancasse nulla. Ero persino arrivata da Mastro Turild per assicurarmi che quel periodo di assenza non gli procurasse una definitiva esclusione dalla fucina. Ma, almeno per quello, non c'era pericolo. Il vecchio stravedeva per Jak.

Intanto, lui faceva progressi. Mangiava e passeggiavamo a lungo per i corridoi silenziosi del castello. Le battute non mancavano, come se quell'ultimo attimo d'intimità nella biblioteca non fosse mai esistito. Sembrava lo stesso Jak di tutti i giorni, e la cosa mi rincuorò non poco.

Fatta eccezione per le lezioni e le notti nella mia camerata, non passavo un istante lontana da lui, decisa a non perderlo mai di vista in quel covo di vipere. Mangiavo nell'infermeria, studiavo nell'infermeria, mi appisolavo nell'infermeria. E lui sembrava rinvigorito da quella nuova abbondante dose di attenzioni, tanto che cominciai a sospettare che esagerasse i sintomi e i dolori per prolungare ancora un po' quelle giornate.

Nonostante la reciproca compagnia ci facesse bene, eravamo preoccupati: Juda era morto, la Madre sapeva che io e Jak stavamo scavando alla ricerca della verità, e il lento risveglio della magia era ormai sotto gli occhi di tutti.

Passata una settimana dalla morte di Juda, Jak, grazie alla sua fisicità da toro, si era ripreso, tanto che muoversi non gli provocava che qualche fulminea smorfia di dolore. I tagli però continuavano a riaprirsi e a sanguinare. Per far sì che tornasse più carico di prima doveva riposare ancora per un po'. Avrebbe osservato gli allenamenti degli altri Adepti dalla vetrata che affacciava sul cortile.

La neve si stava sciogliendo lasciando chiazze bianche qua e là. Il freddo era pungente, ma finalmente sopportabile.

Reywind indossava la sua solita divisa da combattimento. *Lux* era riposta al sicuro chissà dove. Ora teneva infilzato nella terra umida uno spadone d'allenamento, sul quale pomo si appoggiava con l'avambraccio.

«Nailyn» mi chiamò.

Sollevai gli occhi e trovai i suoi di un blu acceso. Alzò una mano e mi fece cenno di avvicinarmi con l'indice. Gli Adepti si spostarono per lasciarmi passare. Mi posizionai davanti a lui, le gambe leggermente divaricate e le braccia incrociate sul davanti. Tenni il mento alto, quasi fossi infastidita da quell'attenzione.

«È ora di valutare se sei effettivamente migliorata.» Sfilò la spada dal terreno, la fece roteare in aria e l'afferrò al volo per l'impugnatura.

Feci per sfilare i miei stiletti ma lui mi fermò. «Ah-ah.» Scosse la testa e schioccò la lingua contro i denti. «Niente giochi scorretti. Solo con la spada» e fece un cenno alla rastrelliera dove erano custodite tutte le armi.

Mi ci diressi a passi pesanti, non mascherando l'irritazione, e scelsi una lama sottile e leggera, perfettamente bilanciata col mio peso e la mia statura. Lui sollevò un sopracciglio. Metteva in dubbio la capacità di quella spada a confronto con lo spadone che si era appoggiato per il piatto sulla spalla.

«Non sottovalutarmi, Reywind.»

«Fammi ricredere, allora» ribatté.

Non mi lasciò il tempo di immagazzinare la risposta che partì subito all'attacco. Parai l'affondo sfiorando appena la sua lama e roteando di lato.

«Non ricordavo che fossi così brava a danzare» mi sbeffeggiò, riservandomi una serie di affondi e rovesci che contrastai senza difficoltà.

«Posso affermare di aver imparato dal migliore?» Ansimavo giusto un poco, mentre lui era di una freschezza invidiabile. «Forse senza scarpe starei più comoda, però.»

«Puoi toglierle, se vuoi.»

Mi distrassi un istante, immersa nel ricordo del ballo al palazzo reale, e quasi misi fine all'incontro. Scivolai di lato sporgendo la schiena all'indietro per evitare la lama che mi arrivò a un soffio dal collo, e che tagliò l'aria con un fischio. Non erano tanto affilate da poter uccidere, ma abbastanza da poter ferire e lasciare una lezione a forma di cicatrice sulla pelle. Proprio come quelle che Jak aveva sulla schiena. O come quelle che Reywind stesso si autoinfliggeva.

Mi distrassi ancora una volta a quel pensiero e caddi col culo nel fango. Ringhiai per la frustrazione e mi rimisi in piedi. Una macchia marrone si allargava ora sul mio didietro. Mi sporsi per valutare la situazione e arrossii umiliata.

«Se non t'impegni, saremo in due a fare brutta figura.» Non sembrava arrabbiato, nonostante fosse serio. Ma ormai lo conoscevo meglio degli altri, e avevo imparato a capire quando stava impersonando una parte e quando invece era se stesso.

Questa volta fui io a colpire per prima. Lo sottoposi a una raffica di fendenti e affondi. Lui parò e schivò in un clangore di ferro, fino a quando ci ritrovammo viso contro viso con in mezzo le spade incrociate. Ci prendemmo un lungo momento per studiarci a vicenda.

Dopo giorni passati a evitarlo, si era ristabilito quel contatto che tanto temevo. E dovevano essersene accorti anche gli Adepti presenti, perché il silenzio che ci circondava era carico di attesa e imbarazzo. Entro sera, tutti avrebbero vociferato per il castello. E chissà cosa avrebbero raccontato.

Mi tirai indietro a disagio e guardai a terra. Reywind abbassò la lama e si schiarì la voce. «Bene così. Ottimo lavoro» borbottò. «Puoi andare. Potete andare tutti.»

A quell'ordine, la folla si diradò accompagnata da risolini maliziosi. Mi rifiutai di rimanere sola con lui in mezzo al prato e mi avviai in coda alla fila.

Mida mi si affiancò. «Cos'era quella?»

«*Quella* cosa?» Indurii la voce.

«Quell'elettricità tra voi, magari? Per un momento ho pensato che vi sareste spogliati in mezzo a tutti.»

«Non era niente, Mida.»

Mi fermai. Fui più brusca del necessario, quanto bastava per ottenere l'effetto opposto. Ora non avrebbe più avuto dubbi. Ma era un ragazzo discreto, così scrollò le spalle e mi lasciò in pace.

Attraversai il ponte e varcai l'ingresso del castello. Pochi istanti più tardi, nel bel mezzo del corridoio, comparve Jak, che mi afferrò per le spalle e mi mise al muro. Non con violenza, ma abbastanza aggressivo da lasciarmi di stucco. Era furioso.

«Quindi è per questo?»

I grandi occhi neri gli brillavano febbrili. Dalla vetrata aveva visto tutto l'allenamento.

«Di che parli?» Il muro alle mie spalle era freddo. Mi ricoprii di brividi.

«Adesso fai finta di non capire. È questo che sei diventata, Nailyn?»

«Cosa sono diventata, Jak?» Iniziavo a scaldarmi, pur sapendo benissimo a cosa alludesse.

«Una *bugiarda.*»

«Jak, ti prego.» Feci per scansarlo, seccata per quella scenata.

Lui, però, non si spostò. Mi costrinse a rimanere inchiodata alla parete, le sue grosse braccia tese accanto alla mia testa e i palmi premuti contro la pietra.

«Sii sincera con me, cazzo!»

«Jak, io… tu…»

«È per *lui*» gli si contorse la bocca in una smorfia di disgusto «che non mi vuoi?»

I polmoni mi si svuotarono di tutta l'aria. Rimasi in silenzio, sperando di prolungare in eterno l'ultimo attimo in cui saremmo stati ancora amici.

«Sono confusa» sputai fuori, alla fine.

«Io invece non sono confuso per niente.» Parlò a voce bassa ma piena. «So cosa voglio, e voglio te.»

«Io non lo so» sostenni, sforzandomi di non vacillare.

Sorrise amaramente. Era la persona che meglio mi conosceva in tutto l'universo, sapeva leggermelo in faccia. «Non è vero. Tu vuoi lui.»

Non risposi. Sentii gli occhi bruciare, ma avevo promesso che non avrei pianto. Perciò strinsi le labbra e abbassai lo sguardo.

Mi afferrò il mento con due dita. «Posso darti tutto, Nailyn. O almeno ci proverei se tu… se tu…» Era disperato.

«Non po…»

Sussultai quando la voce di Rey s'insinuò tra noi. «Non l'hai sentita?»

Jak fece scattare la testa di lato e diventò rosso di rabbia. Le vene sul collo si tesero e scoprì i denti. «Non osare toccarla, mi hai capito?»

«Non lo farò,» ribatté Rey, quasi troppo calmo per essere credibile «fin quando non sarà lei a chiedermelo.»

Sgranai gli occhi e mi coprii la bocca. Si ritrovarono faccia a faccia. Erano a tanto così dal prendersi a pugni, quando m'intromisi fisicamente tra loro. Afferrai i baveri di entrambi e feci del mio meglio per tenerli a distanza. «Se non volete farmi del male, fermatevi *subito*» sibilai.

Ero nera di rabbia. Si erano comportati come cavernicoli. Ma ancor di più avevo il cuore a pezzi per l'espressione furente e distrutta di Jak. Mi guardò con due occhi che avrei fatto fatica a scordare, si liberò con uno strattone dalla mia mano che lo teneva stretto per la maglia e si allontanò.

Le lacrime spingevano per uscire. Ma le repressi. Reywind mi afferrò per le spalle e mi si mise di fronte.

«Stai bene?»

Mi divincolai e feci due passi indietro. «Tempismo perfetto, Rey. Dovevi restarne fuori.»

«Non rimarrò in disparte quando si tratta di te, Lyn.»

«Volevi solo l'occasione per...»

«Per?» C'era un tono di sfida nella sua voce.

Era ridicolo che fossi così arrabbiata con loro. Se fossi stata sincera fin dall'inizio, forse sarei riuscita a limitare i danni.

«Non lo so.» Mi portai una mano tra i capelli. «Ma adesso lasciami in pace.»

Quando mi allontanai, lui non mi seguì.

58

Non mi unii al resto degli Adepti per il pranzo nella sala centrale. Tentavo di mettere quanta più distanza possibile tra me, Jak e Reywind. Non mi arrischiai a incontrarli e mi diressi a testa bassa in biblioteca.

Avevo bisogno di smettere di pensare, e solo i libri avrebbero potuto salvarmi. Poco contava, a quel punto, che parlassero di una Discendente destinata a sconfiggere il male in una battaglia in cui sangue innocente sarebbe stato versato. Se la mia vita stava andando a rotoli, tanto valeva studiare tutti i testi che riuscivo a trovare per aggiustare quella dell'intero pianeta.

La biblioteca era silenziosa e odorava d'incenso. Le monache si muovevano tra gli scaffali riordinando i libri e soffiando via la polvere che tornava a depositarsi un attimo dopo. Mi ignoravano del tutto, quasi non esistessi.

Scorsi le coste degli antichi tomi e ne scelsi uno che non avevo ancora avuto modo di leggere. Ero tutta persa nella lettura, quando, silenziosa come l'aria, comparve la piccola Elfride. I lunghi capelli bianchi, adorni d'edera che pareva viva, strusciavano sul pavimento polveroso. Mi guardava con grandi occhi opachi, la boccuccia rosa dischiusa in un sospiro, il vestito sottile che lasciava intravedere il corpo di bambina. Vestito che la Madre aveva scelto come simbolo di purezza e trasparenza. Uno dei tanti schemi manipolatori messi in piedi per conquistare la devozione dei fedeli.

Ma non la mia.

«Elfride» salutai, rigida.

Dalle sue labbra uscì un sospiro e disse: «Devi fuggire, Discendente del Ladro».

«Perché?»

«Il male si avvicina.»

«Quale male?»

Lei non rispose.

Mi guardai attorno ma non c'era nessuno, a parte le monache.

«Elfride,» sussurrai «cosa vuole la Madre? Perché teme tanto la parte della Leggenda strappata via da tutti i libri?»

Ancora silenzio.

«Per favore,» mi sporsi in avanti «se lei è un pericolo, io devo...»

«A breve non dovrai più preoccuparti di lei.»

Brividi.

«Perché? Che vuol dire?»

Ancora silenzio.

Mi accasciai sulla sedia, frustrata dalla vaghezza delle risposte. La piccola Veggente si guardò lentamente alle spalle. La vidi irrigidirsi.

«Temo di volerlo sapere anche io.» Madre Sundriel era sbucata da dietro una colonna di libri impilati. Ci fissava con occhi infuocati di furia e scuriti dall'odio.

Sundriel mi fece scaraventare nei sotterranei. Non ero così illusa da credere che mi avrebbe lasciata andare impunita solo perché ero la Discendente. Ma per un istante dubitai persino che mi avrebbe fatto uscire viva dalle segrete in cui mi aveva incatenata.

I topi che abitavano quel luogo mi camminavano sui piedi, affatto timorosi dell'essere umano. Mi chiesi se quella fosse la stessa cella in cui era stato rinchiuso Jak dopo l'aggressione a Devis.

Elfride se ne stava in piedi in un angolo, la testa bassa e le candide manine tremanti strette davanti al grembo. A ogni percossa che ricevevo, lei sussultava; quella era la sua punizione. La guardia incaricata di pestarmi lo faceva con una precisione invidiabile. I colpi erano misurati, non troppo potenti da uccidermi, ma abbastanza da lasciarmi violacee macchie su tutto il corpo. Al termine di quell'infinito pomeriggio avevo un occhio nero, un labbro spaccato in due sanguinolenti tagli sia a destra che a sinistra, uno zigomo tumefatto che pulsava terribilmente. Per non parlare delle contusioni.

«Ho provato a essere paziente, Figlia del Ladro...»

Sundriel era ricomparsa ore dopo. Aveva lanciato uno sguardo carico di rimprovero a Elfride e mi si era avvicinata tanto che riuscivo a sentire il tanfo acidulo del suo alito. Mi disgustava.

La guardia era stata cacciata via.

«... ma sei una tipa troppo pericolosa da lasciare indisturbata. Curiosi tra cose che non ti riguardano.»

Indossava una lunga veste bianca che le donava quel tocco di purezza che non le apparteneva, e mi guardava dall'alto in basso come un insetto particolarmente fastidioso.

Legata braccia e gambe alla parete, potevo fare poco oltre a desiderare di morderle la faccia e farla a pezzi. Dopo i primi, violenti colpi ero crollata, rimanendo però appesa a mezz'aria per le braccia. Le ginocchia non erano mai arrivate a toccare il suolo.

«Direi che mi riguardano più di voi» biascicai, dopo aver sputato a terra un grumo di sangue.

Si abbassò e mi guardò dritta negli occhi. «Non hai idea di quanto mi riguardino, invece.»

«Perché? C'entra la parte di profezia che avete strappato via da tutti i libri?»

Sbiancò. Per un attimo sembrò senza parole, poi sbraitò qualcosa che non capii. Le botte che avevo preso mi stavano confondendo. Non riuscivo più a riflettere su cosa fosse saggio o meno rivelare. Perciò parlai a ruota libera.

«Oh sì, Madre. L'ho trovata. Direi che non siete stata così attenta come immaginavate.» Sghignazzai come un'ubriaca.

«Dove!» urlò strattonandomi per i baveri della divisa. Suonò più come un'accusa che una domanda.

«Amanda è morta per questo, vero?» chiesi, sollevando l'occhio ancora sano sul suo volto contratto dalla rabbia e dal terrore.

Una scintilla di comprensione le si accese nello sguardo. «Viktor...» sussurrò. Poi lanciò un'occhiata a Elfride e capii che stava ripensando a quella loro strana conversazione che avevo origliato tempo prima.

«Non riesco a capire perché v'importasse tanto. Non dicevano nulla quelle frasi...»

«Nulla?» tuonò, schiaffeggiandomi. Ritirando la mano, le unghie affilate mi lasciarono scie rosse sulle guance.

Si allontanò di qualche passo e recitò: «*Ma col ritorno alla vita del mondo incantato si scatenerà sui regni anche la furia del Fauno, vittima dell'inganno. Senza il suo risveglio, la magia si affievolirà sempre di più fino a scomparire definitivamente*».

Scossi la testa sorridendo amaramente e la lasciai di nuovo cadere. «Continuo a non capire» ciancicai.

Pensai a Reywind e a Jak. Sperai che la mia assenza si notasse, che non la scambiassero per un tentativo di evitarli. Le catene alle quali ero legata erano troppo pesanti. E io non avevo più forze.

«Certo che non capisci, sei una sciocca!» Il suono della sua voce era aspro.

Confusa com'ero, non facevo che ripetermi nella testa le ultime parole. *Una sciocca, una sciocca, una sciocca.*

«Il grande pericolo per il mondo dei mortali è il risveglio del Fauno. Se gli umani si fossero coalizzati per impedire che le Spade venissero ritrovate, ostacolando il ritorno della magia così da non dover affrontare la furia di Adhareo, io...»

«Voi?» la incitai, finalmente incuriosita dalla piega che aveva preso il discorso.

Sorrise. Un sorriso cattivo. «Io non avrei avuto speranze di avere ciò che mi spetta.»

«Smettiamola con i giri di parole, siate chiara.»

«Molti credono che siccome la magia è assopita, questa non abbia legami col mondo. Ma Elfride è la prova che si sbagliano. Il mondo incantato è incastrato in un lungo sonno, ma non è scomparso del tutto» spiegò.

La Veggente, all'angolo della cella, deglutì. Occhieggiava il pugnale che mi sbucava dalla cinta e che, legata e in quelle condizioni, mi era totalmente inutile.

«C'è un legame tra me ed Elfride. L'ho capito nell'istante in cui le ho messo gli occhi addosso, quando la comprai dalla sua famiglia di poveracci.» A quelle parole la bambina chinò il capo, mortificata. «La magia ha lasciato tracce in alcuni. E noi pochi eletti abbiamo il compito di far realizzare la Leggenda. Io m'imbattei in lei mentre cercavo *te*. Era destinata a essere mia. I nostri corpi sono l'uno l'estensione dell'altro. E questo fa di me...»

«Una creatura incantata?» dissi con l'intento di deriderla.

Il volto di Sundriel, già acido e arcigno, si contrasse in una smorfia oltraggiata. «E se la magia non trova libero sfogo per risvegliarsi, se i Prescelti non recuperano le Spade, non posso accedere al potere che è mio di diritto.»

«È per questo che lo fate, quindi? Per il *potere*?»

«Cos'altro avrebbe importanza?» Ora era lei che derideva me.

«Che bastarda» soffiai fuori. «Non v'importa della vendetta del Fauno? Del sangue degli innocenti? Avete fatto credere a tutti che il nemico fosse solo la Legione Oscura, ma è dal Custode che dobbiamo guardarci per primi. E da voi. Cosa ci farete col potere della vostra magia quando tutto verrà distrutto dalla guerra?»

«Per quello ci sei tu, Discendente. Giusto?» Gli occhietti opachi lampeggiarono. «Non ho lasciato nulla al caso. Ho fatto in modo che tu arrivassi qui, ti ho cercata in lungo e in largo per averti al mio fianco quando ci sarà da combattere e vincere.»

«Il prezzo da pagare è stato la morte dei miei genitori. Sbaglio?»

Per un istante rimase spiazzata, poi tornò a sorridere. «Ho fatto bene a far crocifiggere quel traditore di Juda.»

«E invece avete sbagliato.» La voce mi si ruppe per il dolore che si stava risvegliando insieme alla lucidità. «Ho ucciso io Devis.»

«Oh ma lo so bene, mia cara.» Guardò Elfride, che sgranò gli occhi. Sapeva che anche la bambina aveva mentito per difendermi. «Ma i tuoi amici sono miei nemici.» Fece una pausa, poi riprese: «E non ha importanza che tu abbia trovato il resto della Leggenda. La magia ormai si sta risvegliando. Non si può tornare indietro.»

Di punto in bianco sentimmo un forte tonfo e la pietra sopra di noi si sgretolò coprendoci le spalle di polvere e detriti. Le segrete buie e umide si trovavano proprio sotto la sala centrale.

Un altro tonfo. Poi un rumore sordo di passi eccitati sopra le nostre teste.

Stava succedendo qualcosa, e un frammento del mio istinto mi suggeriva il peggiore degli immaginari possibili.

«Non capisco...» borbottò Sundriel, sporgendosi oltre le grate della mia cella.

Vidi Elfride guardarla con terrore. Aveva il corpo teso come un gatto che sta per scattare. Quando la Madre si accorse di quello strano atteggiamento, aggrottò la fronte.

«Elfride, cosa...»

Prima che la donna potesse concludere la frase, la bambina si sporse fulminea verso di me, sfilò il pugnale dalla mia cintura e se lo puntò al petto.

«No!» gridammo io e la Madre all'unisono.

Ma la punta aveva già perforato il suo petto candido. La Veggente contorse la faccia per il dolore, una grossa goccia di sangue colò giù sul pallido corpicino. Sundriel le si buttò contro con le mani tese in avanti ma non arrivò a fermarla, ed Elfride spinse il pugnale a fondo. Mi rimase impresso a lungo il suono piccolo e delicato del suo ultimo gemito.

La Madre spalancò la bocca, a sua volta accecata dal dolore. Mentre la piccola scivolava sul pavimento, il torace tremante sotto gli ultimi spasmi, sul petto della vecchia si allargò una macchia scarlatta.

I nostri corpi sono l'uno l'estensione dell'altro aveva detto. Ed era la verità, erano collegate. Quando dalle labbra della bambina, che mi guardava quasi sollevata, frusciò fuori l'ultimo respiro, anche Madre Sundriel cadde a terra.

59

L'avvertimento di Elfride mi risuonò nelle orecchie come un'eco lontana.

Devi fuggire, Discendente del Ladro. Un grande male si stava avvicinando, e lo si poteva intuire dal bordello che proveniva dalla sala centrale. Ma io ero legata e ferita. Bloccata in quella cella, con i corpi ancora caldi della piccola Veggente e della Madre.

La prima era accasciata a terra in una posa graziosa, come se neanche la morte fosse riuscita a privarla della purezza. Sundriel, invece, sembrava un sacco di patate riverso goffamente sul pavimento. Da lì ero in grado di vedere i suoi occhi spalancati che mi fissavano accusatori, dietro i quali però non c'era più nessuno.

Mi riusciva difficile credere che Madre Sundriel, che nella sua lunga e disgraziata esistenza non aveva mosso un passo se non per raggiungere quel potere che tanto bramava, se ne fosse andata a un soffio dal traguardo. E tutto grazie al sacrificio di Elfride.

Avrei voluto sentirmi felice per essermene liberata. E invece ero ancora più furiosa, perché avrei voluto ucciderla io. E se ne avessi avuto la possibilità, lo avrei fatto con tutta la lentezza del mondo, così da risarcirmi del sangue dei miei genitori. E di Juda.

Se non avessi trovato un modo per liberarmi, sarebbe stato tutto vano. Strattonai con forza e le catene tintinnarono, ma rimasero fissate al loro posto. A quel punto le energie erano arrivate al limite, e il dolore che cominciava a pulsare in ogni angolo di me rischiava di mettere fuori gioco anche le mie capacità mentali.

Ma se c'era un'altra cosa per la quale ero grata alla rigidità dei bassifondi di Vartadis, era avermi inculcato dentro resistenza e tenacia. Avrei mollato solo quando mi fossi ritrovata un coltello piantato nella pancia. Strattonai, e strattonai, e strattonai. Fin quando mi uscì un grido frustrato che attirò l'attenzione di qualcuno.

Sentii dei passi, poi una fiaccola apparve in fondo al corridoio, proiettando sulle pareti l'ombra di due uomini.

Ma una volta tanto la fortuna fu dalla mia parte: quando arrivarono all'ingresso della mia cella, mi resi conto che si trattava di Gurild e dello Smilzo. Non ero mai stata tanto felice di vedere le stesse guardie che mi avevano trascinato in quel covo di vipere.

«Ma porca tro...» imprecò Gurild, guardando i corpi a terra.

«Cosa cazzo hai fatto?» mi chiese l'altro, portandosi una mano alla bocca.

«Ti sembro in grado di uccidere qualcuno?» ironizzai stancamente.

Rimasero a fissare i due cadaveri, incapaci di fare qualsiasi altra cosa. Poi mi guardarono ma sembrava non riuscissero realmente a vedermi. La Madre era stata il loro *credo*, ed Elfride la prova che tutto ciò che usciva da quella vecchia boccaccia era vero. Ora erano soli, preda di pensieri che iniziavano a galoppare in tutte le direzioni. Dopo lunghi anni passati a obbedire, a lasciare che qualcun altro pensasse per loro, avevano bisogno di una nuova guida.

Cercai di riscuoterli invano dall'ipnosi. «Cosa cazzo fate lì impalati? Slegatemi subito e imbracciate le armi. Ora!» ordinai, sperando che la stanchezza non annullasse l'autorità nella mia voce.

Scossero la testa. Dopodiché scavalcarono i corpi e si affrettarono a eseguire.

«A quanto pare ci dovrai un nuovo favore, furfantella.» Lo Smilzo tentava di alleggerire il tono, ma era ancora sotto shock e mi arrivò l'inquietante nota di panico che non riuscì a mascherare.

«Di che parli?»

Intervenne Gurild: «Sei in dovere verso di noi, ragazzina. Per quando ti abbiamo ridato quello». Indicò il pugnale che Jak aveva forgiato per me e che spuntava dal petto di Elfride. «Ora sei doppiamente in debito.»

«Che sciacalli, siete.» Le mani mi vennero slegate e crollai con i palmi a terra. Le punte delle dita si macchiarono del sangue della Veggente. Rabbrividii.

«Bisogna mangiare dove c'è cibo.» Gurild fu scosso da un tremito, poi mi aiutò ad alzarmi.

«Sopra è scoppiato l'inferno» mi avvisò Lo Smilzo. «La Legione Oscura è venuta a farci il culo.» Era bianco come un lenzuolo.

«Jak? E Reywind?» domandai.

«Sono sopra a ricambiare il favore a quei bastardi.» Un luccichio d'ammirazione rischiarò l'ombra nei loro occhi.

Mi accovacciai in fretta accanto a Elfride ed estrassi il pugnale. Ne seguì un suono acquoso che mi diede il voltastomaco, e una fontanella rossa schizzò dal suo petto.

Mi alzai ignorando la nausea e corsi via, pronta a buttarmi nella mischia.

«Ragazzina!» mi chiamò Gurild. «Non sei in grado di...»

La sua voce si affievolì quando oltrepassai l'angolo, e non riuscii a sentire il resto della frase.

Sono in grado eccome, pensai. Ero debole, ma Jak e Rey avevano bisogno di me. Non li avrei abbandonati un'altra volta.

Salii gli scalini delle segrete a due a due, sbucai in un corridoio uguale a tanti altri, e trovai la strada verso la sala centrale. Quando arrivai, era una carneficina. Sulle pareti, sul pavimento, sui visi degli Adepti. Per terra, un tappeto di corpi, alcuni dei quali ancora si contorcevano. Uomini con le tre spade cucite di rosso sul petto inzuppavano i panni nel loro sangue.

Ispezionai la sala centimetro per centimetro alla ricerca di Jak e Reywind. Scorsi il volto di Zinah contratto dalla furia mentre sbudellava un discepolo della Legione per poi passare subito al successivo. Vidi Mida che, con una calma glaciale sul viso, si batteva contro uno dei più agguerriti avversari. Trovai anche Maia e suo fratello Peter, riversi in una pozza di piscio e sangue. Mi si strinse la gola. Non avrebbero mai scelto quella vita, tantomeno quella morte indegna. Non erano vittime solo della Legione Oscura, ma anche delle trame della Madre. Non erano delinquenti nati nella polvere e nella corruzione come noi altri, erano solo dei ragazzini.

La rabbia mi pervase, abbastanza da cacciar via parte del dolore che mi pulsava dentro. Sfilai lo stiletto dalla scollatura e lo lanciai contro la nuca di un uomo gigantesco. Quando questo crollò, due occhi di ghiaccio mi guardarono sgomenti e ammirati. Reywind era una maschera di sangue, ma fu sollevato di vedermi.

Sfilai il secondo stiletto dallo stivale e lo scagliai alla tempia di uno dei due guerrieri che attaccavano Jak in simultanea. Cadde a terra come una bambola di pezza.

Mi muovevo nel fracasso di urla, gemiti, suppliche, armi contro armi, lamenti. Eppure non sentivo nulla, c'eravamo solo io, il battito preciso del mio cuore e il suono del mio respiro. La furia che avevo accumulato in quei lunghi mesi chiedeva di essere lasciata libera, perciò la usai come un'arma.

Feci del mio meglio: pugnalai, sgozzai, colpii ogni discepolo della Legione Oscura che mi si parava davanti. Ero persino riuscita a rimanere in equilibrio nonostante la viscosità del pavimento, dal quale raccolsi una spada coperta di rosso.

E poi affondi, rovesci, schivate. Proprio come mi aveva insegnato Reywind. Proprio come mi ero allenata a fare tutte le sacrosante notti passate in biblioteca con Jak. Ma gli Adepti rimasti in piedi diventavano sempre meno, e dall'ingresso continuavano ad arrivare uomini pronti al massacro. Avrebbero vinto per sfinimento.

Recuperai i miei stiletti dai Legionari caduti, nascondendomeli addosso, e trovai Gurild e Lo Smilzo in difficoltà. M'interposi tra loro e gli aggressori, e recisi la gola di quello più vicino.

«Primo debito saldato.»

Trapassai da parte a parte l'altro.

«E anche il secondo.» Sfilai la lama con uno strattone e il sangue schizzò sulle pareti confondendosi con altre macchie.

Sorrisi loro beffarda e mi allontanai, lasciando che da quel momento in poi si difendessero da soli.

Infilzai la spada nella pancia di un uomo. Questo spalancò la bocca, rovesciò gli occhi e strinse le mani intorno alla lama nel disperato tentativo di liberarsi. Arricciai il naso in una smorfia di fatica e la spinsi ancora più in fondo. Quando l'ultimo respiro abbandonò le sue labbra, feci leva con lo scarponcino sul petto e tirai via la spada. Barcollai all'indietro e andai a impattare contro qualcosa di duro. Alzai gli occhi e trovai Jak.

C'era rabbia nel suo volto, ma non era per me. I riccioli, di solito neri e luminosi, erano rossi per il sangue che iniziava a seccarsi. Non c'era tempo per parlare. Gli avversari erano troppi e attaccavano senza tregua. Spalla a spalla, combattemmo con tutte le nostre forze.

«Lyn!» urlò Jak. «Vattene via di qua!» Con un unico, potente movimento del braccio decapitò un discepolo della Legione Oscura.

Ci eravamo creati attorno un cerchio di morte, nel quale chiunque entrasse trovava la fine che meritava. Ma io ero debole, ferita, e la stanchezza che la rabbia aveva anestetizzato stava tornando tutta insieme come un'onda improvvisa.

«Vieni via con me» gridai di rimando, la voce contratta per lo sforzo di liberare di nuovo la lama dalle budella di un altro Legionario.

Lo stomaco mi si annodò per il disgusto. Ringraziando il Custode, non avevo nulla da vomitare se non bile. Non mi ricordavo più l'ultima volta in cui avevo mangiato.

«Ti apro la strada, Lyn. Tu scappa!»

«Non prendo ordini. E non me ne vado senza di te.»

Jak si voltò e mi strinse le spalle. Nel suo sguardo vidi tutta la tristezza dell'universo, tristezza che mi si appicciò addosso.

«No» affermai, a mento alto.

Sorrise amaramente. Mi scostò una ciocca di capelli umidi di sangue e me la portò dietro l'orecchio.

«Non lo ascolterò un tuo addio, Jak.»

«Non lo è.» Strinse un po' più la presa. «Ci rivediamo al rifugio.»

Quell'attimo di distrazione poteva costarci la vita.

«Devi andartene» insistette Jak quando la sala si riempì di una nuova baraonda di Legionari. «Ci rincontreremo, promesso.»

Mi guardai attorno alla ricerca di Reywind. Combatteva come un demone oscuro, con un'eleganza senza eguali. Era deciso, era fiero. E si stava facendo largo tra la folla per raggiungerci.

Per raggiungere *me*.

«Vieni via con noi» dissi a Jak. Non era una richiesta, era un'affermazione.

Il suo sguardo si adombrò un istante. Il "noi" doveva averlo ferito. Ma cacciò subito quell'espressione e la sostituì con quella da furfante che tanto amavo.

«Non abbandonerò la festa.» Mi sorrise. «E mi assicurerò che nessuno vi segua.» Non lo avevo mai visto così deciso.

«No, Jak...»

«Sì, Nailyn» m'interruppe, perentorio. «Posso perderti da ogni altro punto di vista, ma la tua faccia voglio rivederla. Vederti morire non è nei piani.»

Reywind ci aveva raggiunti, salvando entrambi dall'attacco di due discepoli che ci venivano addosso con le armi puntate.

Sembrava un dio della rovina. Era affannato, furioso, tagliente. I suoi occhi come lapislazzuli infuocati erano l'unica nota fredda nel fuoco rosso e viscoso che lo ricopriva.

Jak aggiustò la presa sull'impugnatura della spada. Mi lasciò sulla guancia l'impronta della carezza del suo pollice. Poi sollevò gli occhi dietro di me e annuì.

«Portala via» disse a Reywind.

Mi diede le spalle senza guardarmi un'ultima volta e si buttò nella mischia. Feci un passo verso di lui, pronta a stringerlo per la maglia e a tirarlo verso di me, ma Reywind mi afferrò per la vita e mi sollevò da terra.

«Lasciami subito!» gridai, colpendolo con tutta la forza sull'avambraccio che mi fasciava il corpo come una cinta d'acciaio.

Divincolandomi mi scoprii ancora più debole di quel che credevo. Mi teneva di fianco e avanzava di taglio, uccidendo chiunque si parasse sul nostro cammino. Non allentò mai la presa su di me.

Io tenevo gli occhi puntati sulle spalle di Jak che si muovevano come quelle di un felino a caccia. Non riuscivo a pensare ad altro che a lui che rischiava di morire.

Addentai il braccio di Reywind fino a farlo sanguinare. Imprecò, soffocando parole che non riuscii a distinguere, ma non mi lasciò andare. Non c'era modo di liberarsi. Dopo il combattimento estenuante, e dopo le percosse che avevo subìto nei sotterranei, ero tanto fragile che tra le sue braccia non mi sentivo di pesare più di un pupazzo di pezza. Mi aggrappai alla promessa di Jak di rivederci al nostro rifugio. Lanciai un ultimo sguardo tra la folla alla sua ricerca ma non lo trovai. Soppressi l'ondata di panico quando lo vidi riemergere dalla calca con la spada puntata verso il soffitto e un'espressione da guerriero in volto.

«Non smetterò mai di odiarti, per questo» mormorai, riferendomi sia a Jak che a Reywind.

Riuscì a trascinarmi fuori dalla sala centrale.

«Meglio il tuo odio che perderti» ribatté, secco, Rey.

Jak avrebbe risposto allo stesso modo.

60

Scivolammo lungo il corridoio e uscimmo dal castello. Il gelo sui nostri abiti umidi fu traumatico. Ma mai quanto il mosaico di corpi che fissavano il cielo notturno con occhi vacui. Alcune delle guardie che fino ad allora avevano protetto le mura dai pericoli esterni pendevano con un cappio legato al collo. Rigide come manichini di legno.

A terra, disseminati su quello stesso campo sul quale tante volte mi ero allenata, alcuni membri della Legione Oscura stavano faccia a terra con decine di frecce che gli spuntavano dalla schiena.

Reywind scavalcò i cadaveri e arrivammo al tunnel che conduceva all'elevatore. Due uomini erano appostati all'ingresso. Rey si accanì su entrambi senza lasciarmi andare, poi li oltrepassò.

Una volta in fondo alla lunga galleria, immaginai di ritrovarmi davanti il corpo esangue di Vill, il guardiano. Ma non c'era nessuno, solo qualche macchia per terra.

Reywind mi rimise a terra e si avviò verso la leva per tirare la corda dell'elevatore quando, sul bordo che dava nel vuoto, comparve una grossa zampa artigliata. La roccia gli si sgretolò sotto e un ruggito terrificante fece tremare la caverna.

Rey barcollò e la spada che aveva usato fino a quel momento gli sfuggì dalla presa. Mi raggiunse e mi strinse contro di lui. Sfilò dal fodero *Lux* – che fino ad allora aveva accuratamente evitato di brandire – e un bagliore quasi accecante illuminò la grotta. Tutto tremava come in un terremoto.

Apparve una seconda zampa dalle squame rosse alla quale mancava una falange. Una creatura terribile si stava arrampicando su per il dirupo, e quando comparve il muso da cui spuntavano zanne lunghe quanto un mio braccio, capii di avere davanti agli occhi un *drago*.

Riuscì a risalire del tutto e quasi svenni di fronte a quella vista. Le scaglie dai riflessi rossi e neri che gli ricoprivano il corpo erano grandi come una mia mano. Il petto gli si gonfiava e sgonfiava per la rabbia e la fatica. Due larghe ali da pipistrello, che non riuscì a stendere per tutta la loro ampiezza, riempirono la caverna. Gli occhi a fessura erano dello stesso colore dell'oro, ma al loro interno trovai una somiglianza con quelli di…

«Vill…?» chiesi, incerta.

Il drago sbuffò. Ricordai come la disperazione della regina Jaismid alla morte del figlio avesse convinto la magia a prendere posto nel suo corpo e a trasformarla in una Furia. E forse la stessa cosa era accaduta a Vill.

Poi mi tornò in mente la lezione di Juda, quando aveva spiegato che i draghi riconoscono un unico cavaliere, e che per conquistare il loro rispetto bisognava riuscire a salirgli in groppa senza essere fatti fuori. Solo la Discendente poteva controllare più di un drago.

Reywind sollevò la spada puntandola contro il muso della bestia e questa ruggì, sporgendosi verso di lui in uno stridio come di unghie sulla lavagna. Il fiato del drago era caldo e ci scompigliò i capelli.

«Idiota, cosa fai?!» sibilai, tirandogli giù il braccio.

«Cerco di non farci uccidere.»

«Così ci farai abbrustolire per bene» ribattei.

Mi frugai in tasca alla ricerca di una caramella, ma la trovai desolatamente vuota. Mi guardai in giro e, come mi aspettavo, ne individuai una nell'angolo. Era semisepolta da un mucchio di cartacce.

Presi una decisione impulsiva: mi alzai in piedi e corsi verso la caramella.

Il drago stridette minacciosamente artigliando il terreno roccioso, e nella gola formò una palla di fuoco. Mi piegai ignorando il dolore, la raccolsi e mi tirai su in tempo per accorgermi che Reywind era pronto a infilzare il drago con la Spada leggendaria.

«Fermo!» urlai, e sia lui che la bestia si arrestarono.

Sembravano entrambi confusi, il drago soprattutto. Come se volesse muoversi ma non ci riuscisse. Approfittai dell'istante per sollevare la mano. Vill si sporse e annusò la caramella posata sul mio palmo con le sue grandi narici. Un barlume di consapevolezza apparve nelle pupille a spillo. Sbuffò due nuvolette di vapore e piegò le zampe in un inchino.

Avevo il cuore che batteva all'impazzata. Lasciai cadere la caramella e poggiai la mano sul suo enorme muso rugoso. Era caldo. Il drago fece un verso che assomigliava molto alle fusa di un gatto. E quando mi allontanai d'un passo, scoprii che Reywind mi guardava a bocca aperta.

Con un drago avremmo potuto uccidere tutti gli intrusi che stavano infestando il castello come scarafaggi. Ma Vill con un cenno del muso s'indicò la groppa.

Io però lo guardai negli occhi. «C'è Jak lì dentro. Devi aiutarmi a tirarlo fuori.»

«Lyn» mi ammonì Reywind, timoroso di mettere alla prova la pazienza di un drago.

«Vill, ti prego.»

Il drago annusò l'aria che proveniva dal tunnel e brontolò. Sentiva l'odore del sangue e del pericolo. Si piegò ancora sulle ginocchia e mi fece un segno che aveva tutta l'aria di essere un definitivo "sali". Digrignai i denti, frustrata, e mi arresi.

Un po' perché non riuscivo a muovere un muscolo senza sentire dolore, e perciò non avrei potuto affrontare ancora quella carneficina, un po' perché sapevo che sarei stata d'intralcio. Se Jak si fosse dovuto preoccupare di proteggermi, sarebbe senz'altro caduto.

Mi feci violenza per non ribellarmi. Quantomeno, in groppa a un drago, saremmo riusciti ad arrivare al rifugio di Vartadis in un batter d'occhio. Jak mi avrebbe raggiunta lì. Dovevo convincermene.

Reywind sospirò di sollievo.

Per un istante temetti che Vill volesse lasciarlo a terra. Anche lui sembrava titubante a mettersi a cavallo dietro di me, ma io gli porsi comunque la mano per aiutarlo a salire. A quel gesto, il drago grugnì infastidito.

«Lui viene con noi» disposi, con autorevolezza.

Così come le sirene si erano ritirate al mio ordine, e così come il drago stesso si era fermato quando poco prima era stato sul punto di attaccarmi, anche questa volta piegò sottomesso la grossa testa e lasciò che tirassi Rey sulla sua groppa.

«Fa' che Jak ne esca vivo,» ringhiai «altrimenti lo seguirai nella tomba.»

Reywind non rispose.

Il drago si girò sulle grosse zampe e, d'improvviso, si lanciò nel dirupo. Cademmo in picchiata, ma dalla mia gola non uscì alcun grido.

A pochi istanti dal suolo, Vill aprì le ali e fendette l'acqua della cascata che ci ripulì di gran parte del sangue. Eravamo fuori. Davanti a noi si allargava la vallata immersa nel buio della notte. Tante piccole stelle brillavano come migliaia di occhi fissi sul drago che batteva le ali muovendo l'aria sotto di noi.

Quella di volare era una sensazione che somigliava tanto a sognare di cadere. Mi dava più vertigini l'idea di dover riporre fiducia in qualcun altro per la mia sopravvivenza, piuttosto che le miglia e miglia di vuoto che mi separavano dal suolo. Mi afferrai alle scaglie della bestia per impedire al vento di buttarmi di sotto.

Sorvolammo la pianura e risalimmo di quota. Eravamo all'altezza del castello circondato dalla muraglia.

La terza Sacra Dimora era caduta sotto la Legione Oscura. Il drago planò a pochi piedi dalle vetrate e stridette un lamento di dolore. Quella era stata la sua casa, il luogo che aveva sorvegliato fedelmente per tutta la vita.

Mi sporsi verso il suo collo. «Portaci a Vartadis» urlai.

Non mi guardai indietro, pur sapendo che quella poteva essere l'ultima volta che mi trovavo tanto vicina a Jak.

Reywind mi si strinse addosso circondandomi con le braccia. Le sue cosce forti premevano contro le mie. «Lo rivedrai, Lyn.»

Mi rifiutai di rispondere. Avevo il cuore che pesava come un macigno, diviso in due pulsanti metà: una di Jak, che stavo lasciando indietro, l'altra di Rey.

61

Volavamo sulle immense campagne del regno di Eredros da tutta la notte. Il buio era un manto freddo che mi gelava le vene. Sotto di noi, in lontananza, i villaggi brillavano come piccole galassie di luci.

Non proferii parola nelle ore che seguirono. Non riuscivo a smettere di pensare a Jak. Di fatto, quante possibilità c'erano che potesse uscirne vivo?

Lo odiavo. Detestavo che avesse scelto di fare l'eroe, di coprire le spalle a me e all'uomo che mi aveva trascinata in salvo, lontana da lui.

«Dobbiamo scendere» urlò Reywind per sovrastare il rumore del vento.

Voltai lievemente la testa ma non dissi nulla, ostinata nel mio mutismo.

«È quasi l'alba,» spiegò, indicando un timido sole che faceva capolino da dietro le colline in lontananza «non possiamo lasciare che la gente noti un drago volare sulle proprie case. Andrebbe nel panico, e noi ci faremmo notare.»

Avrei voluto continuare a volare fino al rifugio senza fermarci mai. Sapevo che Jak ci avrebbe messo più tempo di noi ad arrivare a Vartadis, ma nutrivo l'insensata convinzione che prima fossi arrivata a destinazione, prima lo avrei sentito vicino.

Mi piegai in avanti sul collo robusto del drago e gli sussurrai l'ordine. «Portaci giù, Vill.»

Obbedì all'istante stendendo le enormi ali lungo i fianchi e scendendo in picchiata. Sembrava quasi divertirsi. Lo stomaco mi finì in gola.

«Con calma!»

Reywind mi strinse la vita con un braccio e si aggrappò a una grossa scaglia rossastra per impedirci di scivolare via. Lo sentii imprecare a denti stretti.

A qualche secondo dall'impatto, Vill dispiegò le ali che schioccarono come vele e arrestò bruscamente la caduta. Le zampe artigliarono il terreno alzando zolle di terra e nuvole di polvere a ogni passo, fino a quando finalmente si fermò.

Saltammo giù dal dorso. Barcollavo come se fossi appena scesa da una nave in piena tempesta. Sferrai un debole colpo alla bestia che girò il muso nella mia direzione. Le fauci dischiuse mostravano le zanne affilate. Non mi ero ancora abituata alla sua presenza, rabbrividii.

«Maledetta lucertola del cazzo! Ti avevo chiesto di portarci giù, non di farci morire d'infarto lungo la discesa!»

Vill girò il fianco dandomi il sedere e sferrandomi un violento colpo di coda che mi mandò lunga a terra. Si allontanò ondeggiando, quasi sbeffeggiandomi.

«Brutto stupido...» borbottai, tentando di rialzarmi.

Reywind portò le mani sotto le mie ascelle e mi rimise in piedi. Non appena fui in equilibrio, mi divincolai. Rey sollevò entrambe le sopracciglia e alzò le mani in segno di resa. Aveva i capelli arruffati e incrostati di sangue, le spalle un po' curve per la stanchezza, un brillio negli occhi che mi fece capire che era pronto allo scontro.

«Non voglio il tuo aiuto» sibilai, pulendomi la terra dalle brache.

«Sai cosa, Nailyn?» Si avvicinò di qualche passo. «Mi dispiace. Dico sul serio. Ma non avevamo altra scelta.»

«Ne avevamo a migliaia, di scelte.»

«Jak è un adulto. Ha preso la sua decisione.»

«Anche io sono un'adulta. Chi sei tu per scegliere al mio posto?»

«Giudicami come vuoi.» Rise amaramente. «Ma ho anteposto la salvezza di altre migliaia di adulti, vecchi e bambini ai tuoi personali desideri. Se pensi che ti lascerei morire insieme al resto del regno, sei una stupida. Tu sei necessaria in questa guerra.»

«Pensi che non lo sappia? Che non sappia che questo fottuto regno, questa fottuta guerra dipenda da me?»

«A volte sembra che te ne dimentichi. Sei troppo concentrata su te stessa e su quello che vuoi per te.»

«Sì, Reywind,» ammisi, sprezzante «sono *egoista*. Voglio vivere, e voglio che anche Jak lo faccia. E vorrei non avere responsabilità nei confronti di nessuno. E sì, lascerei bruciare questo maledetto pianeta per avere Jak sano e salvo.»

Il suo sguardo sembrò addolcirsi un poco. «È ingiusto, Nailyn… lo so. Ma il destino non sempre è dalla nostra parte.»

«Destino» ripetei, come se fosse un insulto. «Comoda scusa, non è vero? Per una volta non ti nascondere dietro quella maschera altezzosa che ti porti dietro come uno scudo. Dillo che non vedevi l'ora di liberarti di lui.»

Sembrò ferito. «È questo che pensi?»

«È quello che dimostri.»

«Vuoi la verità, Nailyn? Bene.» Raddrizzò le spalle e in un istante mi sembrò più alto di dieci metri e io più piccola di altrettanti. «Non smetto di pensarti. Lo faccio continuamente e penso che sarà dura darci un taglio.»

Mi s'incastrò il respiro in gola. Non credevo che lo avrebbe confessato. Si avvicinò un po' di più e io mi morsi l'interno della guancia.

«Ma non ti ho portata via da lui per questo. E che tu lo creda...» Contorse la bocca in una smorfia. «Posso sopportare tutto, persino non averti per me. Ma non di saperti al mio fianco se il tuo cuore è con lui. Credimi, avrei dato qualsiasi cosa per essere io quello che restava al castello e ti permetteva di fuggire. *Io*, e non Jak.»

«Avresti potuto farlo.»

«Non rientra nei piani.» Il tono deciso sottolineò il distacco. Di punto in bianco sembrò voler fuggire da quella discussione, come se temesse dove sarebbe potuta andare a finire.

«Che piani?»

Le sue dita arrivarono istintivamente all'impugnatura di *Lux*. «Se vogliamo avere una possibilità in questa guerra, dobbiamo trovare le altre Spade. E credo di sapere dov'è una di loro.»

La grandezza di ciò che mi aspettava mi sembrò improvvisamente una montagna altissima da scalare. Nei lunghi mesi che erano trascorsi avevo fatto del mio meglio per tenere a bada il panico, per rimandare il momento della resa dei conti. Ma il momento era arrivato.

Lasciai uscire tutta l'aria dai polmoni e deposi l'ascia di guerra. Ce l'avevo ancora con lui. Ce l'avrei avuta *sempre* con lui. Ma soprattutto ero furiosa con me stessa. Perché Reywind aveva ragione. E dovevo smettere di dare Jak per spacciato, e confidare che lo avrei rivisto. Eravamo più che amici, più che fratelli... come due gemelli, avevamo un legame, e io sentivo che ci saremmo incontrati ancora.

Ingoiai la bile e chiesi: «Da dove cominciamo?».

«Dal trovare un riparo» rispose pronto, lui. «Abbiamo bisogno di riposare.»

Mi guardai attorno ma Vill era sparito. «Dove cazz...»

«È andato a cercare l'acqua. E forse un posto al sole in cui distendersi e riscaldare il sangue freddo. Conosce il nostro odore, ci ritroverà» mi assicurò Rey, avviandosi deciso verso una macchia di alberi verso nord.

Per tutto il tempo rimanemmo zitti. Io muovevo le gambe tenendo il suo passo, ma dentro di me ero su tutt'altro pianeta. Continuavo a rimuginare su quelle parole: *Non smetto di pensarti.*

Impiegammo meno di un'ora a individuare un riparo nel bosco. Superammo una serie di arbusti che crescevano fitti l'uno accanto all'altro, e trovammo finalmente una caverna che pareva vuota. Qua e là c'era qualche piccolo scheletro, prova che avessimo invaso quella che un tempo doveva essere stata la dimora di qualche bestia.

Non avevamo nulla con noi, né provviste né coperte, perciò mentre io cercavo della legna abbastanza asciutta per poter accendere un fuoco, Reywind si avviò al fiume. Quando tornò, aveva le dita infilate nelle branchie di due grosse trote. Le abbrustolimmo in silenzio.

Finalmente soddisfatta e con la pancia piena, mi si sciolse la lingua. «La Madre è morta. E anche Elfride.»

Reywind mi guardò sorpreso ma non disse nulla. Gli spiegai l'accaduto e portai le dita all'occhio dolorante ma finalmente sgonfio.

«Sundriel era convinta che il Fauno combatterà contro di noi, furioso per essere stato ingannato. Ha fatto di tutto per sviare l'attenzione da questo dettaglio, temeva che se si fosse scoperto, il mondo *non* magico avrebbe avuto troppa paura di risvegliare la magia.»

«Non potevamo aspettarci nulla di meglio da una donna come lei.» Sembrava arrabbiato. «Dormi. Ti sveglio fra tre ore» tagliò corto, indicando l'interno della caverna con un cenno della testa.

Sembrava che nulla potesse spezzarlo. Le cicatrici bianche che gli sbucavano dal colletto erano la prova che l'unico che poteva davvero fargli del male era lui stesso. Nonostante questo, era vagamente pallido e gli occhi erano cerchiati da un accenno di occhiaie. Io, dal canto mio, ero così piena di emozioni contrastanti che anche se ero stanca morta non sarei comunque riuscita a dormire.

«Non credo di riuscire a prendere sonno,» ribattei, continuando a tenere gli occhi sul pugnale che stavo usando per accorciarmi le unghie «comincia tu.»

Mi guardò diffidente. Stava pensando alla volta in cui mi ero addormentata nel bel mezzo della guardia.

Sbuffai. «Se ho sonno ti sveglio, lo giuro.»

«Occhi aperti, mi raccomando.»

Si curvò per entrare nella caverna e sparì nelle sue profondità. Rimasi seduta su un masso appena fuori.

Per quanto non fosse di conforto, mi concentrai su coloro che avevano perso la vita durante l'invasione della Legione

Oscura. Rividi gli occhi vuoti di Maia e la bocca di Peter per sempre spalancata in un urlo muto. Avevo bisogno di non dimenticarli mai, perché era per coloro che erano caduti e per coloro che avrebbero potuto vivere che stavo immolando ciò che volevo *io* dalla mia vita. Se dovevo imparare a essere altruista, era della rabbia che avevo bisogno. Della vendetta.

Come promesso, attesi lo scadere delle tre ore. Le misurai studiando la posizione del sole nel cielo che brillava attraverso gli spazi tra le chiome degli alberi.

La grotta era umida, ma il fuoco che avevamo acceso all'ingresso aveva riscaldato l'aria rendendola tiepida. Reywind dormiva per terra. Si era tolto la cappa e l'aveva appallottolata sotto la testa usandola come cuscino. Teneva un braccio piegato dietro il collo e una mano posata sullo stomaco. Persino mentre dormiva sembrava serio, come se quell'aria austera gli facesse da guardiano.

«Rey» lo chiamai. Al suono della mia voce aprì subito gli occhi con un sussulto. Si tirò a sedere e si massaggiò la nuca. «È il tuo turno.»

«Sì, certo.» Si mise in piedi e si stiracchiò.

I cerchi neri sotto gli occhi erano scomparsi, così come il pallore. Recuperò la cappa e se la fissò sotto il mento.

«Avrei bisogno di... un momento di privacy» dichiarai.

Lui aggrottò la fronte, confuso.

«Devo fare pipì, Reywind» esplicitai, seccata.

Lui sgranò gli occhi. La barriera di freddezza si frantumò e lasciò trapelare l'imbarazzo. Si ricompose subito. «Resta dove posso vederti» si bloccò. «Cioè... Nasconditi ma fa' che possa sentirti.»

«Sei un pervertito?» Inorridii.

«Merda, no» brontolò. «Va' dove ti pare ma non ti allontanare troppo.»

«Sissignore» repressi un sorriso.

Mi avviai tra gli alberi assicurandomi di mettere la giusta distanza tra me e lui. Trovai un ampio cespuglio dietro il quale avrei potuto nascondermi. Calai le brache e mi liberai. Non avevo ancora finito quando sentii lo scricchiolio di un ramo che si spezzava.

«Porca troia, Reywind! Non potevi aspett...»

Da dietro un tronco comparve un uomo barbuto coperto di pelli e dal viso segnato di pittura azzurra. Mi guardava con meraviglia, come se avesse appena trovato la bestia alla quale dava la caccia da anni.

Nell'assoluto silenzio, si udiva solo il rumore della mia pipì che colpiva la terra. Se non fossi stata terrorizzata, sarei potuta morire d'imbarazzo. Avevamo gli occhi fissi l'uno in quelli dell'altro. Mi tirai lentamente su i pantaloni e sfiorai il pugnale con le dita, pronta a sfilarlo e a scagliarlo se si fosse mosso.

«Ti ho trovata» sussurrò.

«Vattene, se non vuoi che ti uccida.» La mia voce era glaciale.

«Ti conviene darle retta» s'intromise Reywind, che era spuntato alle mie spalle. «Non è il tipo a cui va a genio la pietà.»

Ero grata che fosse arrivato a spalleggiarmi, ma non riuscivo a non chiedermi da quanto fosse lì. Avvampai, ma ritrovai subito il controllo perché l'uomo fu svelto a sfilare il coltello da caccia e a puntarcelo contro.

Reywind rispose all'istante tendendo in avanti la mia spada. «Attento, vecchio» ruggì.

«Mi spiace, ma dovete venire con me.» L'uomo sembrava realmente rammaricato per la situazione, ma non mi feci ingannare da quell'espressione.

«Credo che ti ci vorrà più di un coltello per convincerci» lo sfidai.

Quello fischiò e tra gli alberi comparvero decine di uomini e donne. Erano tutti ricoperti di pelli e pellicce, il viso dipinto con disegni tribali e uno sguardo affamato a illuminargli gli occhi. Ed erano *armati.*

La consapevolezza mi colpì come un cazzotto: avevamo gli occhi e le lame dei Ribelli puntati contro.

62

La tribù che ci aveva catturati, ci aveva legato i polsi con corde di canapa e ci aveva trascinati per un paio di lunghissime ore. Ci eravamo semplicemente arresi: erano troppi, e forse valeva la pena sentire cosa avesse da dire il loro capo. E poi, nonostante le armi, non sembrava volessero farci del male.

Reywind non aprì bocca, e io feci altrettanto. Tirai su la maschera inespressiva che mi aveva donato Vartadis e seguii i passi sicuri del vecchio.

La lunga camminata terminò sulla cima di un colle che affacciava su una distesa. *Un luogo perfetto per una battaglia.*

Come un accampamento di guerrieri, i Ribelli vivevano in decine e decine di capanne di cuoio grezzo allineate in due lunghe file studiate per creare un corridoio che portava a quella più grande di tutte.

Una tenda di pellicce venne scostata e apparve una donna alta dalla pelle color ebano e le cui lunghe treccine quasi sfioravano la terra brulla sotto i suoi piedi. Anche lei era ricoperta di pittura e indossava un due pezzi che nascondeva giusto il necessario.

Ci studiò attentamente come farebbe una pantera con la

preda, soffermandosi qualche istante in più sull'ormai rosso vivo dei miei occhi.

Fece un cenno al Ribelle che teneva Reywind per le braccia. «Solo la Discendente» ordinò.

L'uomo strattonò Rey che, dopo un'occhiata di preoccupazione, si lasciò portare via. Non avrebbe interferito fino a quando non fossi realmente stata in pericolo. E per ora i Ribelli sembravano perlopiù curiosi.

«Dove lo portate?» domandai.

«Non è ammesso al cospetto di Zefiro» spiegò la donna. Teneva il mento alto con fierezza e, quando parlava, storceva leggermente la bocca, come se fosse infastidita. «Ti consiglio di levarti dalla faccia quell'aria di sfida. Al capo non piace.»

«Mi domando perché gli piaccia tu, allora.»

Sorrise. «Me lo domando anche io.»

Scostò un lembo della tenda e abbassò la testa per passare. La imitai, spinta dall'uomo che mi teneva i polsi legati. La terra era coperta da tappeti d'ogni tipo: da quelli più rozzi in lana, ad altri violacei, alle pelli di animali.

Nell'aria aleggiava la lieve nebbiolina grigia dell'incenso che si mescolava all'odore dolciastro della frutta matura. Uomini e donne seminudi si spostarono, aprendo un passaggio che portava dritto dritto alla poltrona in legno intagliata a mano su cui sedeva Zefiro. Il capo dei Ribelli, non poteva avere che qualche anno più di Reywind. Stava seduto scomposto sul suo scranno coperto di pelli. Una gamba allungata, il pugno sotto il mento e uno sguardo furbo sottolineato dalla piega maliziosa del sorriso.

Era un uomo giovane e piacente, dalla carnagione scura e dagli occhi nocciola che ricordavano quelli di un animale dei boschi. Portava i capelli rasati sui lati, un ciuffo color mogano che pendeva leggermente sulla fronte e un codino intrecciato a nastri azzurri che gli solleticava la vita. Striature di pittura blu tracciavano segni tribali sul viso dalla linea decisa.

«L'ho trovata, capo» annunciò il vecchio, la voce piena di speranza.

Zefiro accentuò il sorriso e si alzò lentamente in piedi. Scese i brevi gradini e mi raggiunse. Indossava un gonnellino di pelli e null'altro. L'ampio torace era una mappa di piccole cicatrici di guerra, e sulla spalla notai i segni di un morso.

«Lo vedo» tubò, deliziato.

L'uomo che mi teneva per i polsi mi premette sulla spalla costringendomi a inginocchiarmi. Repressi un grugnito e strinsi i denti.

«No» ordinò. Si inginocchiò anche lui e le mie mani finirono nelle sue.

Mi aiutò a rialzarmi. Mi sembrò un gesto insolito da parte di un capo. Non temeva di apparire debole?

«Cosa volete da me?»

Il suono della mia voce parve colpirlo come una freccia dritta al cuore. Gli si illuminarono gli occhi, nei quali cercai una scintilla di crudeltà che, però, non trovai.

Per quanto l'aspetto dei Ribelli dicesse il contrario, non avevano l'aria di barbari.

«Siete coperta di sangue» valutò, osservandomi attentamente da capo a piedi.

«Sì, vedete, l'effetto collaterale di una carneficina» ribattei, secca.

Sorrise per l'ironia pungente e chiamò la donna di prima con un semplice sguardo. «Samshara, portala dalle donne. Ha bisogno di un bagno.»

La ragazza annuì e fece per afferrarmi i polsi, ma io strattonai indietro le braccia.

«Ho bisogno di essere liberata. E di sapere cosa volete da me.»

Gli altri Ribelli, spaventati dal mio tono minaccioso, si piegarono in posizione d'attacco e sfilarono i coltelli. Zefiro sollevò le mani con fare rassicurante, come quando ci si avvicina a un cavallo irrequieto, e questi abbassarono subito le lame.

«Non c'è bisogno» li tranquillizzò. Poi si rivolse a me: «Ogni cosa a tempo debito, Discendente. Vi aspetto per cena».

Senza togliermi quegli occhi penetranti di dosso, mi fece portare via da Samshara, che mi condusse svelta a una capanna al limitare dell'accampamento e mi affidò alle cure di tre donne in là con l'età.

«Torno a prenderti prima di cena» affermò e andò via.

Le tre signore portavano i grinzosi seni scoperti. Nonostante la dolcezza dei fianchi larghi e delle rughe, avevano visi duri e severi. Senza proferire parola, mi spogliarono brutalmente di ogni indumento e mi ficcarono in un'ampia tinozza. Con manciate di muschio mi strofinarono la pelle ignorando le mie proteste.

«So lavarmi da sola» dissi, tentando di coprirmi.

Ma fu del tutto inutile, perché loro continuarono a sfregare senza tregua fin quando del sangue secco non rimase che un alone rosato nell'acqua, e la pelle non si fu arrossata al punto da farmi assomigliare a un topo appena nato.

Mi sciolsero i nodi ai capelli con pettini di legno e mi unsero con oli profumati al ginepro. Tentarono di costringermi a indossare un gonnellino come il loro, lasciando il petto scoperto. Erano convinte che Zefiro avrebbe gradito. Ma quando minacciai di rinfilarmi la divisa lurida con la quale ero arrivata, accettarono borbottando che indossassi due pezzi come Samshara. E in men che non si dica ero pulita, profumata, e coperta di pelli. Al contrario loro, che camminavano scalze, mi avevano infilato delle babbucce beige che tenevano i piedi incredibilmente al caldo.

Samshara comparve sulla soglia della tenda. Mi osservò con una nota di giudizio. Per quanto il manto del daino mi proteggesse, l'aria all'esterno era troppo fredda perché restassi con le gambe e le braccia scoperte. Storse la bocca quando lo spiffero gelido mi provocò un'incontrollabile scarica di brividi.

«Datele un mantello. Non regge il freddo» dispose alle vecchie.

Ignorai il fastidio per il commento e, una volta coperta, la seguii fuori. Il sole era tramontato da un pezzo e il cielo splendeva come una cupola punteggiata da milioni di stelle.

La capanna del capo dei Ribelli era un viavai di servi che portavano cibo fumante all'interno. Varcata la soglia, sospirai di sollievo per l'aria calda. Al centro ardeva un fuocherello controllato da due vecchi con mani nodose. Dove prima si era allargato il passaggio che mi aveva condotta al trono, era stato posizionato un lungo tavolo e una panchina per lato.

Zefiro sedeva a capotavola sullo scranno. Quando fui a pochi passi da lui si alzò e chinò la testa. Il suo sorriso sornione mi ricordava pericolosamente quello di Jak. Una fitta di dolore mi trafisse lo stomaco, ma la cacciai in fretta.

«Siete uno splendore» si complimentò.

«Sembro una cavernicola» ribattei, consapevole dell'offesa.

Ma lui non si adombrò, tutt'altro. Parve divertito. Le iridi nocciola lampeggiarono. Avevano un che di dolce. Circondato da tutti quei visi duri e austeri, il suo pareva l'unica nota colorata.

«Vi assicuro che non ne avete affatto l'aspetto. Nonostante le pelli, chiaro.» Si sedette e mi fece cenno di accomodarmi al suo fianco.

Samshara si mise di fronte a me e prese ad annusare ogni brocca di vino e ogni pietanza, prima di passarla a Zefiro. Decisi che avrei inghiottito solo ciò avesse inghiottito anche lui. Il fatto che temesse di essere avvelenato mi preoccupò non poco.

«Perché mi volevate?» tornai alla carica.

«Desiderate un po' di agnello?» Mi porse il piatto d'argento.

«Desidero una risposta.»

«Siete tenace.» Dal tono intuii che la cosa gli piaceva. «Francamente, non mi aspettavo nulla di meno dalla Discendente.»

«Io, invece, non mi aspettavo che il capo di una tribù mangiasse in piatti tanto pregiati e in calici di tale finezza. Tantomeno, che si esprimesse come se fosse cresciuto in mezzo ai nobili. Ciò che però mi aspetto è schiettezza e sincerità. Perciò parlate.»

«Potrei continuare questo gioco ammettendo che non credevo che una semplice ladra di Vartadis avesse l'occhio tanto acuto.»

«Siete uno sciocco se pensate che una *ladra* non abbia occhio per le cose preziose. E no, vi prego, non continuate questo maledetto gioco a chi la sa più lunga e datemi la risposta che cerco.»

«Molto bene.» Si pulì la bocca dalla curva morbida e seducente. «Voglio tenervi come mia prigioniera per impedirvi di scatenare la guerra.»

Scoppiai in una risata amara. «Arrivate tardi.»

Mi guardò interrogativo.

«Vivete per caso isolato dal mondo?» ironizzai, ma stavolta la battuta non parve divertirlo. «La magia si sta svegliando. La guerra è inevitabile.»

Divenne serio e il suo sguardo mi perforò. «È il vostro compagno il Prescelto?»

Rimasi scioccata da quell'intuizione, ma non dissi niente. Zefiro capì che non avrei rivelato nulla che potesse mettere Rey in pericolo, così chiamò un servitore, che gli porse una Spada dall'aspetto familiare.

«Quella è...» mormorai, sporgendomi in avanti.

Zefiro sfilò *Lux* dal fodero e l'aria fischiò, ma la lama non brillò come invece faceva nelle mani del suo legittimo proprietario.

Mi alzai di scatto facendo tremare il tavolo. «Dov'è Reywind.» Più che una domanda, il mio sembrava un ordine.

«Sedetevi, Discendente. Al vostro amico non è stato fatto alcun male.» Zefiro sembrava sincero, ma non riuscì comunque a tranquillizzarmi.

«Fatelo portare qui» comandai.

Ci fissammo per un lungo istante, poi annuì. Samshara si alzò e uscì dalla tenda. Pochi istanti dopo tornò con Reywind. Dalla pelle arrossata capii che avevano strofinato via lo sporco anche dal suo corpo. Un'inopportuna fitta di gelosia mi punse lo stomaco all'idea di quali mani lo avessero toccato.

Indossava un gonnellino simile a quello di Zefiro. Il torace era del tutto scoperto e lasciava muscoli e cicatrici in bella vista. Era chiaro che non si sentisse a suo agio in quella tenuta, ma aveva comunque la schiena dritta come una tavola, il petto all'infuori e la testa alta.

Ci raggiunse con passo deciso senza smettere di guardarmi, come se volesse valutare che anche a me non fosse stato fatto del male. Si mise in piedi al mio fianco.

«Sedetevi e mangiate con noi, vi prego.» Il capo dei Ribelli allargò un braccio verso la tavolata.

Apprezzai che la cortesia non fosse artificiale, ma lo stomaco mi si era chiuso. Non avevo fame, volevo sapere cosa sarebbe successo di lì a poco.

«Se volete impedire una guerra, Zefiro, siete in ritardo di qualche settimana.» Reywind parlò con tono pratico, deciso ad affrontare subito il problema.

«Siete voi il Cavaliere di Luce, per cui? Siete il Prescelto di questa?» sfiorò *Lux* con un polpastrello.

Rey rimase un istante in silenzio, riflettendo sulla risposta da dare. «Sono io» affermò.

Zefiro aggrottò la fronte. Abbassò lo sguardo e si perse nei propri pensieri. Mi chiesi come fosse possibile che, vivendo nelle foreste, non avesse notato le creature magiche che si stavano risvegliando.

«Avevano ragione i bambini,» mormorò più a se stesso che a noi «hanno davvero visto un *drago*.»

Sollevò ora gli occhi su di me e vi scorsi una scintilla di panico.

«Vill? Dove lo hanno visto?» domandai.

«È… vostro?» Parve sorpreso.

«È una storia lunga» tagliai corto. «Dovete indicarci dove è stato visto.»

Mi allungai per riprendere *Lux* ma lui la tirò indietro.

«Non posso lasciarvi andare.» La voce, che fino ad allora era stata gioiosa, divenne spettrale. Non era contorta dalla cattiveria o dalla crudeltà, come spesso era accaduto a quella della Madre, ma era deformata dalla *paura*.

«La magia non può risvegliarsi. Significherebbe il ritorno del Fauno e... sangue su ogni centimetro del regno. Bisogna impedirlo.»

Feci per parlare, ma Reywind mi posò una mano sulla pancia nuda e mi spinse leggermente indietro. Rimasi impietrita da quel contatto così intimo e dalla calma che dimostrò.

«È tardi per questo, Zefiro.» Abbandonò il voi e passò a dargli del tu, come se volesse trasmettergli vicinanza. «Quel che deve accadere lo sai, la profezia parla chiaro.»

«La profezia può essere manipolata. Possiamo...»

«Non più. La prima Spada è stata trovata e non passerà molto prima che anche le altre finiscano nelle mani dei rispettivi Prescelti.»

«Aspettate, sapevate della parte di Leggenda strappata via dai libri?» m'interposi, fissando gli occhi in quelli del Ribelle.

I suoi si scurirono di rimorso. Era stato versato del sangue per quella profezia, erano morti degli innocenti. E dal modo in cui inclinò la testa, intuii che avesse la sua parte di responsabilità.

«Quando Madre Sundriel fondò la Sacra Compagnia le misi a disposizione ogni conoscenza che avevo conquistato,» si schiarì la voce «compresa l'interpretazione di quella parte della Leggenda. Credevo che avrebbe agito nel bene, che i suoi sentimenti fossero autentici.»

«Se sapevate di tutto questo perché non vi ha ucciso?» Reywind sembrò diffidente.

«Perché sono fuggito. E non è facile trovarmi» ribatté, e un amaro sorriso comparve sul suo viso perfetto.

«Non è possibile,» continuai io «Sundriel sapeva della profezia da anni, almeno da quando nacqui io. Voi non potevate...»

Mi lasciai interrompere dal suo sorriso. Sollevò entrambe le folte sopracciglia nere con l'aria di volermi suggerire di arrivarci da sola.

«Ma... quanti anni avete?» chiesi.

«Centotrentasei il mese scorso, per essere precisi.»

Spalancai la bocca. E io che non gli avrei dato che pochi anni in più di Reywind.

«Zefiro,» riprese il discorso Rey facendo un passo avanti «non puoi più essere neutro. Devi prendere una decisione: combattere al fianco della Discendente come alleato, o lottare dall'altra parte come nemico.»

Zefiro strinse le labbra in una linea sottile. Dietro le quinte si era mosso per sventare la guerra e impedire il risveglio della magia: era stato lo scopo della sua vita. E ora si ritrovava davanti alla Discendente, che avrebbe giocato il ruolo principale sulla scacchiera, e a uno dei tre leggendari Prescelti. Lui stesso era strettamente legato alla magia, visti gli anni che aveva già vissuto senza perdere il favore della giovinezza.

Spostò lo sguardo su di me. Tutta l'incertezza del mondo era rinchiusa nelle cupole lucide dei suoi occhi. «Lotterete per difendere gli innocenti?»

Ripensai a quando solo quella mattina avevo urlato a Reywind di essere un egoista, e che avrei volentieri lasciato bruciare il pianeta fottendomene di tutti per avere Jak sano e salvo. Ma quando Zefiro mi guardò, rendendomi testimone della sua fragilità e promettendomi fiducia in cambio del mio giuramento, capii che sarebbe stato l'unico modo per renderlo un nostro alleato anziché un nemico.

«Lo giuro» affermai e, sorprendentemente, non c'era traccia di finzione nella mia voce.

Avrei lottato per il giusto, sacrificando me stessa se fosse servito. Lo avrei fatto perché Jak non si sarebbe mai tirato indietro, e neanche Reywind. E io non potevo essere da meno.

Zefiro mi studiò attentamente alla ricerca di una traccia di menzogna, ma non la trovò. Ero sincera. Chiuse le palpebre e si lasciò sfuggire un sospiro di agitazione. Quando li riaprì, il nocciola dorato tornò alla sua iniziale lucentezza. Sorrise e sollevò un sopracciglio riprendendo quell'aria sensuale e sfacciata. «Si direbbe che abbiamo stretto un'alleanza» disse a Reywind, porgendogli il braccio.

Rey rispose afferrandolo all'altezza del gomito. «Quando Adhareo tornerà, noi saremo dalla stessa parte del campo di battaglia.»

Allungai anch'io il braccio per suggellare il patto, ma quando Zefiro si sporse per afferrarlo lo tirai indietro. «Ci serve la Spada.»

Ridacchiò. «Non intendevo sottrarvela.»

Me la porse e io la passai a Reywind che se la assicurò al gonnellino.

Ci sedemmo a tavola e continuammo la cena. Samshara non mi toglieva gli occhi di dosso e, anche se durante la discussione non aveva aperto bocca, sapevo che era contrariata. Non che mi credesse una nemica, ma non si fidava. Comunque sia, non la biasimavo. Il lato disonesto di me mi costringeva ad aspettarmi sempre il male dagli altri.

«Siete incantevole negli abiti da Ribelle.» Zefiro si sporse leggermente verso Rey.

La cena era quasi arrivata al termine e le caraffe di vino erano ormai vuote.

Notai Reywind irrigidirsi per la sorpresa. Mi venne quasi da ridere ma mi trattenni.

«Anche voi avete un aspetto... interessante» ironizzai io, arricciando il naso seppure credessi realmente che lo stile barbaro a petto nudo gli donasse.

Non quanto a Rey, al quale rivolsi una rapida occhiata. E forse il mio sguardo doveva aver detto più di quanto avrebbero fatto le parole, perché Zefiro si sporse in avanti e disse: «Non avevo capito che voi due...».

«Noi due niente» lo interruppi, le guance in fiamme. «Siamo solo... alleati.»

Un muscolo della mandibola di Reywind si contrasse, ma abbassò lo sguardo e continuò a mangiare. Io e Zefiro eravamo passati dalle posate alle mani, mentre lui continuava a stringere coltello e forchetta.

«Certo» rispose, col tono di uno che non ci credeva affatto. «Spero che siate abbastanza *alleati* da poter condividere una capanna senza problemi.»

Stavo per protestare, ma non feci neanche in tempo a sgranare gli occhi che Reywind aveva già risposto. «Nessun problema.»

Teneva gli occhi fissi nel piatto mentre faceva a pezzi gli ultimi bocconi di arrosto e se li portava alla bocca.

«Nessun problema» ripetei, poco convinta. Ma sapevo che quando le luci calavano e rimanevamo solo io e lui, entrambi perdevamo il controllo. Tra noi si instaurava una connessione elettrica e riuscire a non toccarci diventava un'impresa. Lo sapevo perché non avevo ancora smesso di pensare alla sua mano che poco prima aveva premuto sulla mia pancia.

Zefiro ci osservò con lo sguardo di chi aveva capito tutto. Sorrise con malizia dopo aver buttato giù l'ultimo goccio del suo vino.

Anche Reywind aveva posato il bicchiere e si era poi appoggiato al tavolo con l'avambraccio. I suoi occhi di ghiaccio avrebbero potuto fulminarlo sul posto. Sembrava fosse sul punto di dire qualcosa, ma poi doveva aver deciso che bastava quell'occhiata. Tant'è vero che Zefiro piegò rispettosamente la testa e si alzò in piedi.

«Samshara,» chiamò «accompagnali alla loro tenda. Per stanotte sarete ospiti miei.»

Scavalcai la panchina e mi ritrovai in piedi davanti al capo dei Ribelli. Reywind mi raggiunse all'istante. Era tanto vicino che potevo sentire il calore del suo corpo. «Vi ringraziamo per l'ospitalità e la fiducia.»

Zefiro, senza far scivolare via i suoi occhi dai miei, fece un cenno alla ragazza dalla pelle d'ebano. La notai sbuffare e raggiungere un anonimo baule in fondo alla capanna. Lo aprì ed estrasse un lungo involucro di pelle che poteva contenere solo una spada. Glielo consegnò, lui sciolse i nodi e buttò a terra i tessuti.

Strinse le dita intorno all'impugnatura e sollevò la lama quasi nera, che rifletté la luce rossastra del camino, mandando bagliori in ogni direzione.

«Quella è...» Ero senza parole.

«*Obscuritas*» concluse Reywind.

«La conservo da decenni.» Zefiro la guardò con gli stessi occhi di un padre per una figlia. Poi il sorriso si spense e i tratti del viso si gelarono. «Ma se non posso più contribuire a fermare la guerra, allora contribuirò per far sì che trionfi la Luce.»

Il nocciola dolce delle sue iridi si rispecchiò nelle mie. Mi consegnò la Spada porgendomela sui due palmi.

Devo ammettere che quando le mie mani toccarono la lama sperai che s'illuminasse come *Lux* faceva per Reywind. Invece, rimase spenta. La delusione arrivò e se ne andò in un istante.

«Perché?» chiesi, senza fiato.

«Perché tu ne vali la pena.»

63

Rimasi di stucco. Era la stessa, identica frase che mi avevano rivolto sia Silver Hale che Juda. Ma non ci fu tempo di rifletterci troppo perché Samshara ci spinse fuori dalla tenda di Zefiro, e verso una più piccola che io e Reywind avremmo occupato quella notte.

Un basso mobile ospitava una candela la cui cera si era sciolta in tante lacrime sgocciolate sul legno. Nella penombra della tenda tutto sembrava più intimo: i cuscini, i tendaggi, il giaciglio imbottito sul terreno.

Avevamo due delle tre Spade. Pareva impossibile essere così vicini a un risultato e aver rubato il vantaggio alla Legione Oscura per un puro colpo di fortuna. Reywind ne sembrava altrettanto spiazzato e soddisfatto, tanto che quando Samshara se ne andò mi sembrò persino di buonumore.

«"Siete incantevole negli abiti da Ribelle"» lo presi in giro.

«Falla finita, Lyn.» Rey mi lanciò un cuscino.

«Lo sai, vero, che sei impossibile da prendere sul serio in quel gonnellino?» lo punzecchiai.

Mi pentii della frase nel momento esatto in cui mi uscì di bocca. L'ebbrezza di quei bicchieri di vino mi aveva abbandonata alla vista della Spada leggendaria, sostituita da una formicolante scarica di adrenalina. Ero di nuovo sola con Reywind, ma questa volta non ero ubriaca. La cosa mi preoccupava ancora di più perché avevo fiducia nell'onore di Reywind e sapevo che se non fossi stata in me non si sarebbe mai spinto troppo oltre. Ma si dava il caso che fossi lucida e, lo sapevamo entrambi, difficilmente sarei stata capace di respingerlo a lungo.

Non sarebbe bastato neanche il senso di colpa nei confronti di Jak, perché nel mio profondo sapevo che se non avevo scelto lui era solo perché Reywind mi faceva un effetto che nessuno al mondo mi aveva mai fatto. Razionalmente non ero sicura di volerlo, mi sembrava un rischio troppo alto. Ma il mio corpo la pensava in maniera del tutto diversa. Difatti, in sua presenza, ogni mio muscolo si tendeva.

«Preferiresti che me lo levassi, Nailyn?» La voce bassa e sensuale mi arrivò dritta alla pancia.

«Sei prevedibile.» Alzai il mento, ostinata a fare del mio meglio per non cedere.

«Non hai detto di no, però.» Sorrise con aria predatoria e sciolse i primi nodi sul fianco.

Il cuore mi andava a duemila. Trattenni il respiro per evitare che si accorgesse di quanto fosse affannato.

«Lo stai facendo di nuovo» mormorai.

«Facendo cosa?» Era concentrato su un laccio troppo stretto.

«Passare da una personalità all'altra,» risposi, lasciandomi cadere sul giaciglio «mi confondi. Qualche volta penso di conoscerti, poi fai così e mi rendo conto che mi sbaglio.»

Si arrese e si lasciò il gonnellino. Sollevò lo sguardo e sul suo viso, ora rilassato, lessi desiderio. Ma sapevo che la mattina seguente sarebbe tornato rigido e stoico come al solito. Una volta fuori da quella tenda sarebbe tornato il distacco. Ecco perché avevo paura a confidargli che anche io non riuscivo a smettere di pensare a lui. Reywind era un tuffo nel vuoto e, per quanto nelle tenebre vedessi meglio degli altri, avevo paura del buio dentro di lui.

«Sei spaventata» constatò.

«Sì.»

«Perché?»

Rimasi in silenzio. Era rimasta poca cera e a breve la candela si sarebbe spenta costringendoci all'oscurità. Una tensione vibrante crebbe tra di noi.

«Non devi avere paura di me.» Aveva la voce roca.

«Non mi fido.»

Strinse i denti. Lo avevo punto nel vivo, ma non gli avrei mai riservato una comoda bugia al posto della cruda verità.

«Cosa ti preoccupa?»

«Che una volta fuori da questa tenda niente abbia più valore.»

Si avvicinò al giaciglio e si sedette al mio fianco. Non mi sfiorò neanche, ma percepii l'urgenza che aveva di stringermi a lui. Io, comunque, rimasi distante.

«Quella volta nel corridoio insieme a Jak ho detto la verità, Nailyn.» Fece una pausa, poi riprese. «Non ti toccherò. Non finché non sarai tu a chiedermelo.»

Un sospiro mi sfuggì dalle labbra dischiuse. Il petto mi si alzava e abbassava a ritmo irregolare. Reywind, invece, era calmo. Aveva le spalle lievemente incurvate in avanti come se qualcosa lo appesantisse. Le cicatrici gli arpionavano il collo come un cappio invisibile.

Allungai un dito e sfiorai la punta di un tentacolo bianco che gli spuntava dalla spalla. Lo vidi irrigidirsi, ma fece del suo meglio per restare immobile.

«Perché ti fai questo?»

Strinse le labbra come per trattenere qualcosa, ma poi sembrò cambiare idea. Provai l'impulso di premervi sopra le mie.

«Perché...» Sentivo che quella confidenza gli pesava nel petto. «Mi serve.»

«No, Reywind.» Aprii il palmo sulla sua spalla e lasciai scivolare la mano lungo il braccio; lui rabbrividì sotto il mio tocco. «Non ne hai bisogno.»

Mi afferrò il polso e mi allontanò con delicatezza. Si vergognava. «Non puoi capire.»

Si alzò dal mucchio di coperte e mi diede le spalle. Ogni muscolo era teso. Sembrava una pantera feroce messa all'angolo da un predatore più grosso. Lo seguii e mi piazzai dietro di lui. Trovai il coraggio di posare entrambi i palmi sulla schiena. Le cicatrici in rilievo premevano contro la mia pelle. Lui sussultò ma mi lasciò fare.

«Spiegamelo. Voglio capirti.» La mia voce era poco più che un sussurro. C'era una sola motivazione che mi veniva in mente. Rischiavo di interrompere bruscamente il legame che si era creato, ma dovevo insistere. «È tuo padre che te lo ha insegnato?»

La sua testa scattò di lato e lo vidi fissarmi con la coda dell'occhio. Avevo fatto centro e ne sembrava turbato. Si girò del tutto. Bastava metà della sua ombra a coprirmi.

«Tuo padre è un bastardo, Rey. Non dovresti ascoltarlo.»

«E io sono un assassino» soffiò tra i denti.

«E allora? Sopravvivi o muori. È quello che ci insegnavi alla Dimora di Heldor.»

Avevo visto Reywind combattere e uccidere in più di un'occasione. Una volta aveva persino strappato la lingua a un uomo solo perché mi aveva insultata. Non lo faceva per il gusto di farlo, ma per *necessità*. In natura l'animale più grande si nutre di quello più piccolo. E ogni volta che la spada di Rey trovava un bersaglio, accadeva perché avrebbe fatto qualunque cosa per non essere divorato dall'avversario. Che provasse un rammarico così enorme mi sorprendeva.

Si portò le mani sulla faccia e le passò poi tra i capelli. Era frustrato, come se avesse la verità sulla punta della lingua ma temesse di farla uscire.

«Sputa il rospo se non vuoi che ti costringa a farlo.» Sorrisi, sperando di essere incoraggiante.

«Ho ucciso mia madre» vomitò fuori. «Quando sono nato.»

«Rey...» sussurrai, avvicinandomi di un passo.

Lui indietreggiò. «No. Non provare pena per me. E non dirmi che non è colpa mia, lo so già.»

«E allora perché dici così? Perché ti torturi?»

«Tu non puoi sapere cosa significa crescere senza un briciolo di amore. Hai perso i tuoi genitori, ma hai sempre avuto Jak. E lui ti ama, Lyn. Di questo non puoi dubitare.»

Accusai il colpo come un pugno dritto alle viscere. Ma non risposi, volevo che confessasse tutto.

«Mio padre non ha fatto altro che colpevolizzarmi per tutta la vita per avergli portato via mia madre. E per quanto io non sia mai stato uno stupido, un bambino è facile da ferire.»

«Mi correggo: tuo padre non è solo un bastardo, è un pezzo di merda. E un idiota.»

«Passavo le giornate nascosto nel palazzo a piangere. Ero un ragazzino particolarmente malinconico.» Sospirò dal naso. «E quando si stufò delle mie lacrime, iniziò a prendermi a cinghiate. Le prime volte era una tortura, ma col tempo iniziai a indurirmi e smisi persino di gridare.»

Mi morsi un labbro quasi a sangue. L'immagine di un bambino che veniva preso a frustate dal padre era insopportabile. Mi scatenava una rabbia che non sapevo gestire.

«Alla lunga mi resi conto che aveva ragione: ogni volta che mi puniva, diventavo più forte. E quando dentro di me qualcosa si rammollisce, i colpi che mi autoinfliggo mi riportano alla realtà. Quando siamo tornati al castello e sei corsa tra le braccia di Jak ho sentito come una crepa aprirsi dentro di me. Mi avevi *indebolito*. E continui a farmi questo ogni giorno, ogni istante.»

Quei tagli che si era aperto sulla schiena, la notte in cui lo avevo sorpreso, erano... per me?

«È il motivo per cui mi detesti?»

Chiuse gli occhi. Lo vidi deglutire. «Non riesco a odiarti.»

«Perché no?»

«Perché sei riuscita a fermare il mio cuore con uno sguardo» ammise in un soffio.

Il battere ritmico nel mio petto si paralizzò. Non credevo che un tipo come Rey fosse capace di parole del genere. Eppure...

«Ma vorresti potermi odiare» mormorai, ancora sopraffatta dalla sorpresa.

«Sì.»

«Anche io vorrei odiarti» sussurrai e lui aprì gli occhi di scatto. «Mi fai sentire vulnerabile. E quello che provo per te» presi un gran respiro, ormai era tardi per tornare indietro «ha mandato all'aria il mio rapporto con Jak. Vorrei poter giurare a me stessa che ti detesto, che non sei nulla per me. Ma sarebbe una bugia.»

«Non devi confessarmelo, se non vuoi.» La sua voce era calma ma vi lessi una nota di trepidazione che non riuscì a mascherare.

«No, sono stanca di questo gioco. Scopriamo le carte.» Annuii decisa. «Anche tu mi fai sentire fragile. Ma, in qualche modo, non è una brutta sensazione. Mi fa sentire *umana*, mi ricorda che in questo posto di merda c'è ancora qualcosa per cui vale la pena sopravvivere. Le fragilità, Reywind, non ci rendono sempre deboli. Qualche volta ci rendono più forti.»

I suoi occhi, di solito chiari come un lago ghiacciato, erano diventati più intensi. Sembrava indeciso. Strinse le mani lungo i fianchi.

«Quello che ti autoinfliggi non ti rende più duro.» Feci un passo verso di lui. «Ti rende *dipendente*. Non puoi vivere senza averne bisogno, non puoi lasciarti andare senza ricordarti che la frusta ti chiamerà a sé.»

Attesi una reazione, ma lui rimase immobile, come se lo avessi pietrificato. «Quello che tuo padre ti ha fatto non è servito a renderti più forte. Ma a creare un punto debole che lui potrà usare sempre a suo vantaggio.»

Sbatté le palpebre. Mi lanciò una breve occhiata, come se fosse mortificato di trovarsi così allo scoperto davanti a me. Gli presi una mano e semplicemente la strinsi. I suoi lineamenti si ammorbidirono e l'ombra di un sorriso gli comparve sulle labbra.

«Quando sei diventata così saggia?»

Feci spallucce, fingendo noncuranza. «Tra un massacro e l'altro, immagino.»

Tornò serio. Posò un istante lo sguardo sulle mie labbra e percepii quella carezza fino alle dita arricciate dei piedi. In un decimo di secondo l'aria nella stanza divenne più calda. Fui improvvisamente consapevole del mio corpo e di quello flessuoso di Reywind.

«Baciami» ordinai.

Sembrò spiazzato, non se lo aspettava. Lo vidi valutare un istante quella richiesta, non capendo se fosse il caso di obbedire o meno. Avevo ribaltato la situazione. Ora ero io a provocarlo. Lo voleva anche lui, lo sapevo. Solo non riusciva a decidersi se potesse concederselo o meno.

«Hai bevuto» contestò.

«Mai stata più lucida di così.» Il cuore mi batteva all'impazzata, ma mi sentivo sicura di quello che desideravo.

«Jak potrebbe...»

«Non parlarmi di lui» lo interruppi.

Jak avrebbe sempre avuto uno spazio privilegiato nel mio cuore. Ma adesso, davanti a Reywind, non c'era posto per lui. Fu doloroso rendersene conto, ma dovevo venire a patti con me stessa. E smetterla di privarmi di ciò che mi faceva bene per paura di ferirlo.

«Hai detto che non mi avresti mai toccata a meno che non te lo avessi chiesto.»

«Sì.»

«Te lo sto chiedendo ora, Reywind.» I miei occhi non abbandonarono i suoi neanche per un istante. «Baciami.»

64

Colmò il poco spazio che c'era tra di noi in un passo. Mi circondò la vita con un braccio e mi attirò a sé. Sollevai il viso e lui sporse il suo. Profumava di vaniglia e il suo respiro caldo mi provocò brividi su tutta la schiena.

S'inumidì le labbra e poi, finalmente, le premette contro le mie. Fu un contatto gentile ma bollente. Mi sentii andare a fuoco, e quando dischiusi le labbra e la sua lingua trovò strada nella mia bocca, mi sciolsi. Quel bacio aveva il sapore dolce del vino che avevamo bevuto.

Portai le braccia al suo collo e gli infilai le mani tra i capelli. La sua lingua diventò sempre più insistente e sempre più affamata. Ci separammo giusto l'istante necessario per riprendere fiato.

«Lyn.»

«Mh?» mugolai, rifiutando di allontanarmi.

«Qualunque cosa accada, ricorda che puoi fidarti di me» afferrandomi per le spalle, mi scostò quel che bastava perché potessi guardarlo negli occhi.

Vi lessi preoccupazione, ma anche desiderio. Le labbra gonfie e le guance arrossate lo rendevano, se possibile, anche più bello del solito. Annuii, troppo in estasi e confusa per capire realmente il significato di quelle parole.

La sua bocca tornò alla carica sulla mia, baciandomi ancora più a fondo. Era davvero bravo. Feci scivolare le braccia sulle spalle larghe e lungo la schiena, mappando muscoli e cicatrici. Arrivai con le dita all'orlo del gonnellino. Sotto non aveva nulla, ne ero sicura. Indossava l'indumento a vita pericolosamente bassa, tanto che fino a qualche minuto prima avevo fatto fatica a ignorare le linee che segnavano il ventre e che scomparivano sotto il tessuto.

«Sei sicura?» mormorò, le labbra ancora premute sulle mie.

«Sì.»

Dal fondo della sua gola salì un suono che somigliava a un basso e vibrante ruggito quando trovai l'unico nodo che non aveva sciolto e con dita tremanti riuscii a slegarlo.

Aspettai che anche lui mi liberasse degli abiti con mani calde ed esperte. Le sue labbra scivolarono brucianti sul mio collo. Rimasi nuda nella sua presa. E il suo corpo duro si premette contro il mio in un abbraccio. Dalla voracità con cui mi assaporava sembrava impossibile che pochi istanti prima fosse apparso esitante.

La sua mano forte incontrò il mio sedere e me lo strinse con possessività. Quel tocco così virile mi fece sussultare e sorrisi contro le sue labbra. Lo avevo visto in molti aspetti della sua vita, avrei dovuto immaginare che nell'intimità si sarebbe dimostrato tanto padrone di sé quanto lo era in battaglia. Eppure, mi sorpresi.

Premette il palmo contro la spina dorsale e m'incurvai su di lui lasciandomi sfuggire un mugolio quando il mio seno indurito si strusciò contro il suo torace scolpito.

Mi accarezzò il fianco e portò la mano tra noi. Sentivo la sua erezione premermi sulla pancia. Con le dita scese sempre più giù, sempre più giù. Non mi ritrassi quando incontrarono il centro caldo e umido di me.

«Sei... pronta» mormorò, la voce roca come se si fosse appena svegliato.

Si scostò leggermente e mi guardò con intensità. Rabbrividii sotto il suo sguardo, ma io feci altrettanto, non lasciandomi sfuggire neanche un dettaglio. Ringraziai la vista più acuta per quello spettacolo. In condizioni diverse, difficilmente mi sarei accontentata di una candela morente.

«Sei bellissima» non mi ero mai sentita meritevole di quel giudizio, tranne che in quel momento.

Il modo in cui l'aveva detto mi aveva convinta che non esistesse donna più bella di me. Era così che un uomo doveva farmi sentire. Mi liquefeci sotto i suoi occhi di un azzurro caldo, non più gelido.

«Tu non hai bisogno che te lo dica, non è vero?» Sollevai un sopracciglio. Ero sicura di me come mai prima di allora, eppure la voce mi uscì fragile.

Lui sorrise soddisfatto e quando tornò all'assalto non fu più troppo delicato. Gliene fui grata. La lingua che scivolò nella mia bocca ballava una danza tutta sua. Me la immaginai muoversi così da un'*altra* parte. Mi morse un labbro, mi baciò la mandibola, scese sul collo e lungo la spalla. Si chinò e mi afferrò dietro le ginocchia tirandomi in braccio. S'inginocchiò sul giaciglio e mi adagiò sulla schiena.

Mi si mise sopra. Io m'inarcai quando strinse le dita intorno a un capezzolo indurito, succhiando l'altro. Non fui più padrona dei miei pensieri e mi lasciai andare.

«Rey...» gemetti.

Al suono del suo nome nella mia bocca, lui ringhiò di piacere. Scese lungo la pancia lasciandomi baci umidi fin sotto l'ombelico. Aprii gli occhi e i suoi non abbandonarono i miei neanche quando la sua bocca finì *lì*.

Sussultai. Mi portai la mano sul viso quando la sua lingua cominciò a tracciare piccoli, profondi cerchi. Non m'imbarazzai per le cosce umide o per i versi di piacere che non riuscii a frenare. E lui ne sembrò contento.

«Lyn...» mormorò vibrante, e il suo respiro fresco sul mio centro caldo mi fece contorcere. «Sei perfetta.»

Mi guardò in un modo che riusciva a mettermi anche più a nudo di quanto già non fossi, ma senza farmi sentire a disagio. Bramavo i suoi occhi su di me.

«Ti... ti prego» gemetti, incastrando le mie dita tra i suoi capelli.

Lui allungò le sue sul mio corpo e mi strinse i seni con decisione.

«Cosa vuoi?» sussurrò, malizioso. Mi baciò l'interno coscia. «Qui?»

Scossi la testa e artigliai le coperte di pelliccia sotto di noi.

Mi baciò la pancia. «Qui?»

Feci ancora cenno di no e mi sporsi verso di lui.

Mi mordicchiò l'altra coscia. «Qui?»

«Rey» lo supplicai.

Con la punta della lingua mi leccò nel preciso punto in cui lo desideravo. «Qui?»

Annuii e ansimai un "sì".

Chiusi gli occhi quando lui tornò a baciarmi, a leccarmi, a succhiarmi. «Guardami» mi ordinò. Il leggero strato di barba mi grattava le cosce scatenandomi scintille ovunque.

Spalancai le palpebre e fui testimone di ogni suo movimento.

Il petto mi si alzava e abbassava a ritmo irregolare. Mi contorsi sotto la sua bocca. E quando venni mi costrinsi a non buttare la testa all'indietro. Sapevo che lui non voleva che interrompessimo il contatto visivo. Quel dettaglio era persino più intimo di quello che mi stava facendo.

Lasciandomi una nuova scia di baci lungo la pancia, sullo stomaco, tra i seni, arrivò alla mia bocca. Non mi sconvolsi per quel contatto così personale, per il mio sapore sulla sua lingua.

«Posso?» domandò.

«Sì, ti prego.»

«Non… corriamo rischi?»

«No» sorrisi, «una volta al mese assumo una bevanda per controllare i dolori del ciclo e che impedisce di rimanere incinta.»

«Menomale,» sussurrò a un filo dalle mie labbra «non credo sarei riuscito a controllarmi.»

Allargai le gambe ancora un po' per permettergli di farsi spazio. Trattenni il fiato quando la sua grossa presenza s'insinuò dentro di me. Mi sentii riempita, piena.

Lui gemette, senza fiato.

C'incastravamo alla perfezione. Mi aggrappai alla sua schiena e seguii il movimento lento delle anche. Affondava a ritmo regolare, sempre più veloce. Le mie unghie gli lasciarono sulla pelle scie gemelle accanto alle cicatrici. Gli unici segni che, da quel momento in poi, gli avrei voluto vedere addosso.

Il suo viso era a un battito di ciglia, le labbra sfioravano le mie ma senza baciarmi. I nostri respiri si confondevano, e quando i miei gemiti divennero più rumorosi premette la bocca contro la mia. Venni di nuovo intorno a lui, sciogliendomi in un lago di lava.

Eravamo entrambi sudati, esausti ma ancora non del tutto soddisfatti. Lo afferrai per le spalle e lo feci girare sulla schiena. Lui era un predatore, ma anche io.

«Lyn.» Sorrise, sorpreso.

Iniziai a muovermi sopra di lui ondeggiando il bacino. Aprì la bocca e socchiuse gli occhi studiandomi mentre mi strusciavo su di lui.

Gli afferrai il mento tra le dita. «Guardami» ordinai.

Obbedì e mi strinse i fianchi, aiutandomi in quel movimento profondo e ipnotico. Mi fermai e andai più piano torturandolo un po'.

«Così?» lo provocai.

Lui sorrise. «Ti vendichi?»

Mi sporsi su di lui e gli leccai il collo, salendo fino all'orecchio e mordicchiandogli il lobo. «Ci puoi giurare.»

Sghignazzò divertito. «Sei tremenda» rispose «Ma sì, *così*.»

Rispose ai miei movimenti penetrandomi più a fondo e strappandomi gridolini che soffocai con la mano. Mi mossi più veloce, continuando a guardarlo negli occhi. «E così?»

«Non puoi sbagliare, Nailyn.»

Poggiai le mani sui suoi pettorali gonfi e quando fui quasi al limite mi accasciai su di lui. Mi avvinghiò una gamba attorno e mi costrinse a tornare sulla schiena. Il suo braccio teso era di fianco alla mia testa. Posai le labbra sulle vene in rilievo dell'avambraccio, poi scivolai con lo sguardo sul punto in cui ci congiungevamo.

Si spingeva dentro di me con movimenti che ricordavano quelli delle onde. Dovetti distogliere gli occhi per non impazzire.

Mi fissai sul suo viso. Era lucido per il sudore, le labbra e le guance arrossate, gli occhi luminosi come se avesse la febbre, i capelli che gli accarezzavano la fronte. E sembrava davvero *sereno* per la prima volta. Avrei voluto che quel momento durasse per sempre, che non finisse mai.

Ma il mio bassoventre si contorse in preda a un'ultima, violenta ondata di piacere. Il corpo di Reywind era estremamente intuitivo e, percependomi sull'orlo del limite, si tese dentro di me. Venimmo insieme, le labbra così vicine da sfiorarsi e gli occhi dell'una persi in quelli dell'altro.

«Nailyn» gemette.

Aprii la bocca e mi svuotai i polmoni di tutta l'aria nell'ultimo spasmo dei nostri corpi. Reywind rotolò di lato nell'esatto momento in cui la candela si spegneva definitivamente.

Sprofondammo nel buio. La mia mano cercò la sua. Non mi sentivo in imbarazzo, avevo solo paura che finito quel momento di intimità non ci sarebbe stato più nulla da condividere.

Ma le dita di Reywind s'intrecciarono alle mie.

«Ti sei pentito?» domandai, titubante.

«No» mormorò e, nell'oscurità, le sue labbra trovarono le mie.

Quell'ultimo bacio prima di crollare nel sonno fu persino più intenso. Non ci preoccupammo di rivestirci, e neanche di parlare. Non c'era bisogno di nulla di tutto ciò. Restammo nudi, avvinghiati l'uno all'altra per l'intera notte.

Nel buio della tenda le preoccupazioni erano state bandite. Per una volta c'eravamo solo io, lui e il calore della nostra pelle.

65

Non ricordavo l'ultima volta in cui ero riuscita a dormire così a lungo e così profondamente. Quando la mattina successiva mi svegliai ero finalmente riposata, a parte il dolce indolenzimento tra le cosce. Mugugnai qualcosa tastando le coperte, ma di Reywind non c'era traccia. Mi tirai su coprendomi con le pellicce fin sotto il mento.

Ebbi vaghi flashback della notte appena trascorsa. Sorrisi al ricordo.

Avevamo riposato un paio d'ore sfiorandoci appena, ma poi la passione ci aveva travolto ancora e così avevamo ripreso a toccarci e a cercarci. Sembrava che non ne avessimo mai abbastanza.

Una volta sfiniti, mi ero rannicchiata su un fianco e Reywind mi aveva abbracciata stretta da dietro con fare protettivo. Ora, però, era sparito.

Notai che il gonnellino che aveva indossato la sera prima era ripiegato con cura sul suo lato del giaciglio e, ai piedi dell'ingresso della tenda, c'era la mia tenuta da combattimento insieme agli scarponcini, entrambi perfettamente puliti e asciugati, come se non avessero mai visto neanche una goccia di sangue.

Mi affrettai a rivestirmi, indossando di nuovo quegli abiti che trovavo ormai comodi come una seconda pelle. Prima di uscire dalla tenda presi un bel respiro: non ero pentita di quello che avevo fatto con Reywind e, vista la voracità che aveva dimostrato la notte scorsa, direi che nemmeno lui covava qualche rimorso. Ma non sapevo in che modo sarebbe cambiato il nostro rapporto. Ero ancora spaventata che fuori di lì sarebbe stato tutto dimenticato.

Scostai il tessuto e uscii dalla tenda senza mostrare la minima esitazione. Il cielo era di un azzurro pallido, sporco qua e là di sottili nuvole bianche. L'accampamento era in movimento: le donne pulivano i panni in grosse tinozze, le anziane dal seno scoperto scuoiavano gli scoiattoli catturati dagli uomini, i bambini giocavano a inseguirsi, i giovani si davano il cambio nel turno di guardia. Nessuno stava senza far nulla, motivo per cui nessuno si curò di me.

L'aria fresca che mi soffiò in faccia fu più rigenerante dell'acqua fredda sul viso di prima mattina. Decisi che avrei cercato Reywind e avrei finto di non essere in imbarazzo, anche se bastava tornare un istante alla notte appena trascorsa per sentirmi le guance andare in fiamme.

Mi feci un giro tra le capanne seguendo il profumo invitante di quella che doveva essere pancetta appena abbrustolita. Un gruppo di ragazzini mi urtò e passò poi oltre rincorrendo una palla di cuoio. Individuai Samshara. Più che vederla, udii la sua voce che gridava ordini. Una schiera di adolescenti armati compiva movimenti coordinati sotto l'occhio vigile della ragazza tribale. Non appena uno di loro sbagliava, lei era pronta a colpirlo con il bastone della lancia. Non troppo forte, però.

«Timo, se non raddrizzi quel piede giuro che te lo taglio» sbraitò.

Mi ricordava Reywind. Entrambi severi, scorbutici, apparentemente in lotta con il mondo e senza fiducia nel prossimo.

Quando lei mi notò, i suoi occhi si rabbuiarono. «Continuate» ordinò. «Il primo che si ferma per tirare fiato lo prendo a mazzate.»

Mi raggiunse con passo fermo da soldato. L'aria del mattino era quasi più fredda di quella della sera, eppure lei sembrava a suo agio in quegli abiti striminziti che le lasciavano scoperta la pelle. Le lunghe treccine erano a loro volta acconciate in un'unica treccia che le pendeva sulla spalla fino quasi a toccare terra.

«Stai cercando il tuo amico.» Non era una domanda.

«Lo hai visto?»

Annuì. «Ma forse non dovrei chiamarlo "amico".»

La guardai interrogativa.

«I tessuti della tenda non sono muri, ragazza. Si sente tutto.»

Avvampai. «Noi non...»

«Non mi interessa quello che fate sotto le coperte,» m'interruppe bruscamente «ma quello che quest'alleanza comporterà per il nostro capo.»

I suoi occhi scuri sembravano minacciosi. Non si fidava. Credeva forse che l'avessi irretito in qualche modo, che stessi trascinando Zefiro in una guerra senza speranze.

«La guerra è inevitabile. E Zefiro non è uno stupido, sa che deve scegliere i suoi alleati,» spiegai «non può restarsene rintanato senza prendere le parti di nessuno. La distruzione che verrebbe se la Legione Oscura avesse la meglio, colpirebbe anche lui. E tutti voi.»

«Non mi fido di te,» sibilò lei «ma soprattutto non mi fido del tuo *amico.*»

«Puoi non fidarti» ribattei, secca. «Devi solo impugnare la tua lancia e combattere dal nostro lato sul campo di battaglia.»

«Sei tu a ordinarmelo?» mi sfidò.

«No. È il tuo capo a farlo.»

Fece un passo avanti scoprendo i denti, ma io non mi mossi. Ero abituata ai bulli, ero abituata a Zinah. Non mi sarei lasciata intimorire da lei. Sapevo che i suoi sospetti nascevano dall'istinto di voler proteggere Zefiro, e non da altro. E per questo la rispettavo, ma non abbastanza da lasciarmi mettere sotto.

«Nailyn.» La voce di Reywind mi percorse tutta la schiena come un brivido.

Samshara sbuffò dal naso come un toro inferocito e tornò dai suoi allievi con ancor più severità di prima. A pagarne le conseguenze fu una ragazza poco più che bambina che si beccò un sonoro scappellotto per essersi fatta scivolare l'arma di mano.

Mi girai fingendo noncuranza. I capelli di Reywind erano scompigliati per il vento. Aveva le guance arrossate per il freddo, e la barba fatta di recente. Possibile che in una notte fosse diventato persino più bello?

«Reywind» dissi, con lo stesso tono.

Era serio, teneva le braccia dietro la schiena con quel portamento regale che in passato avevo definito da "palo su per il culo" e che invece ora apprezzavo. Nel contatto visivo che si creò passarono veloci immagini dei nostri corpi a contatto, della mia lingua su di lui e della sua su di me. Arrossii violentemente. Lui, invece, sorrise. Sembrava soddisfatto.

«Vieni a mettere qualcosa sotto i denti.» Lo disse talmente tanto piano che mi chiesi come avessi fatto a sentirlo.

Sembrava che attorno a noi si fosse creata una bolla di cristallo nella quale non poteva entrare nessuno. Ma il cristallo era delicato, temevo che si sarebbe frantumato da un momento all'altro.

Lo raggiunsi a mento alto, quasi indispettita, e lo sorpassai. Avrei potuto giurare di averlo sentito sghignazzare. Mi diede ai nervi.

«Dormito bene?» chiese, affiancandomi.

«Benissimo.» Feci spallucce e socchiusi gli occhi, ignorando lo stomaco che mi si annodava. «E tu?»

Si sporse leggermente verso di me. «Mai *dormito* meglio» sussurrò.

Sollevai la testa per guardarlo. Nei suoi occhi che brillavano, vidi riflessi i miei pieni di speranza. Mi stava sorridendo, ma non con malizia o con sfida come aveva fatto spesso. Era un sorriso dolce. Ricambiai, sentendo il cuore alleggerirsi e passare da essere un mattone a una piuma.

La bolla scoppiò senza ferirci, e tutti i rumori dell'accampamento tornarono a investirmi. Ora che, al di là dell'imbarazzo, mi sentivo più tranquilla, quell'atmosfera genuina fatta di quotidianità mi metteva persino di buonumore.

«Zefiro ci aspetta nella sua tenda,» m'informò «vuole che facciamo colazione con lui prima di rimetterci in viaggio.»

Non vedevo l'ora di ritrovare Vill e di raggiungere il mio rifugio di Vartadis. Era ancora troppo presto perché Jak fosse arrivato, ma sarei rimasta lì ad aspettarlo. Avevo necessità di sapere se fosse sopravvissuto.

Senza accorgermene mi ero irrigidita. Rey doveva aver notato un cambiamento nella mia postura perché mi poggiò una sua calda, rassicurante mano sulla spalla e io mi sentii rilassare un poco.

«Non sottovalutarlo» mi tranquillizzò, come se fosse riuscito a leggermi nella mente.

Sospirai e annuii. «Hai ragione.»

La guardia che sorvegliava la tenda del capo del villaggio ci lasciò passare senza esitazioni. Zefiro ci attendeva seduto a capotavola sul suo modesto trono. Quando ci vide entrare si alzò in piedi e ci rivolse un sorriso cordiale.

«Riposato bene?» Non mi sfuggì la scintilla insinuante nel suo sguardo.

«Bene, grazie» rispose conciso e veloce Reywind, così che non ebbi neanche il tempo di andare a fuoco.

Senza aspettare un invito, si sedette al tavolo e si riempì il piatto di pietanze. Io mi accomodai al suo fianco.

«Dov'è il drago?» chiesi subito.

«I bambini dicono di averlo visto volare verso est e atterrare in prossimità di un bosco. Da quelle parti c'è una caverna piuttosto grande, credo si sia rifugiato lì.»

«Ci riempiamo lo stomaco e leviamo il disturbo, allora.» Parlai con la bocca piena.

«Oh, non vi preoccupate, nessun disturbo. Ho il sonno pesante.» Mi fece l'occhiolino.

Quasi mi strozzai. «Allora,» cercai di cambiare discorso «cosa avete fatto lì?»

Zefiro si massaggiò il segno di un morso che portava sulla spalla. Sorrise. «Una pantera delle nevi,» rispose «un centinaio d'anni fa. Dovevo dimostrare il mio valore sopravvivendo un inverno in solitudine nei boschi. Quella bestia era decisa a farmi fare la figura dell'idiota. Ma ho avuto la meglio.» Socchiuse gli occhi compiaciuto. «E un segno della mia forza da poter mostrare.»

Deglutii quando menzionò quanti anni erano passati. Zefiro aveva un legame con la magia come l'avevano avuto la Madre ed Elfride. E come lo avevamo io e Reywind, anche se in maniera del tutto diversa.

«Devo supporre che la tribù dei Ribelli esista da più di cento anni, dico bene?»

«Oh, no.» Si pulì la bocca con un tovagliolo. «Sono solo vent'anni che esistiamo come comunità.»

Un servitore entrò con un vassoio ricolmo di tortine alle mandorle e le posò al centro del tavolo. Sembravano appena uscite da una delle pasticcerie di prestigio di Vartadis. Ne agguantai in fretta una e l'assaporai con gusto.

Zefiro fece altrettanto, poi continuò. «Quando Madre Sundriel chiarì la propria posizione, alcuni di noi che erano stati al suo fianco per lungo tempo decisero di staccarsi. Era diventato pericoloso vivere sotto lo stesso tetto, soprattutto se sapevi troppe cose che potevano mettere a rischio i suoi piani. Perciò fuggimmo e iniziammo a vagare per il regno reclutando sempre più seguaci della vera pace.»

«Sundriel non ha mai provato a darti la caccia?»

«Eccome se l'ha fatto!» Batté una mano sul tavolo senza perdere l'allegria. «Ma, come ti dicevo ieri, non è facile arrivare a me. E coloro che ci sono riusciti o sono morti o si sono uniti alla mia causa.»

Mi ritrovai a chiedermi cosa sarebbe successo se i Ribelli mi avessero trovata prima della Sacra Compagnia. Quanto sarebbero potute andare diversamente le cose?

«È un sollievo sapere che sia morta.» La voce di Zefiro suonava sinceramente confortata.

«L'unico rimpianto è che abbia avuto una morte veloce.» La mia suonò amareggiata.

«Non la meritava» concordò greve Reywind, poggiando rumorosamente il calice sul tavolo.

Osservai il volto di Zefiro striato di pittura azzurra. Era incredibile sapere che avesse centotrentasei anni. Non ne dimostrava più di una trentina. I muscoli erano tonici, gli zigomi alti, la bocca piena, gli occhi vividi. Ma quando si perse nei propri pensieri e la luce che lo illuminava si adombrò, tutti i suoi anni gli piombarono addosso. L'idea della guerra lo spaventava, ma ormai non poteva più fare nulla per impedirlo. Il suo compito, ora, era preparare la sua gente.

Si portò il tovagliolo alle labbra e si pulì educatamente. Quel modo regale che aveva di muoversi non si addiceva per niente allo stile di vita da tribù. Così come la sera prima i piatti, l'arredamento, e il suo modo di parlare mi erano sembrati fuori luogo.

«Siete un nobile?» mi ritrovai a chiedergli.

Lui si riscosse dai pensieri e puntò i caldi occhi nocciola nei miei. «I miei genitori lo erano.» Fece spallucce, servendosi dell'altro succo di mela. «Ma quando si sono accorti che c'era qualcosa di anomalo in me hanno deciso che non meritavo di vivere sotto il loro tetto. Così ho vagato da tribù a tribù per tutta la vita.»

«Che stronzi» mi sfuggì.

«Oh, no.» Non sembrava affatto rammaricato. «Mi hanno fatto un enorme favore, invece! Qualche traccia della loro educazione mi è rimasta addosso, ma di base non sopportavo il loro mondo. I nobili sono una razzaccia» scherzò.

Reywind si schiarì la voce infastidito e lo fulminò con lo sguardo.

«Ah, perdonatemi.» Zefiro si sporse verso di lui. «Dimenticavo le vostre origini. Ma sono certa che non vogliate darmi torto sulla gente orribile che abita nel vostro ambiente.»

«Non vi do torto.» Il tono di Rey era duro quanto il profilo della mandibola. «Ma sbagliate se credete che siano fatti tutti della stessa pasta.»

Zefiro sollevò le spalle con noncuranza e ammicò verso di lui. «Quasi tutti, allora.»

«La regina Jaismid era una donna tutta d'un pezzo. Niente a che vedere con le persone di cui parlate voi, eppure era in cima alla piramide di quel mondo» protestai, più per difendere la posizione di Reywind che perché credessi realmente che Zefiro avesse torto.

«"Era"?» chiese. «Cosa le è accaduto?»

Reywind mi lanciò un'occhiata di fuoco e io mi morsi la lingua. *Merda*, pensai. Nessuno dei due disse nulla.

«Se vogliamo essere alleati dobbiamo essere sinceri tra noi.»

Mi misi dritta con la schiena. Reywind abbandonò le posate nel piatto. «La regina è diventata una Furia quando suo figlio è stato ucciso dai seguaci della Legione Oscura» spiegò, senza curarsi di alleggerire il tono pesante.

«Il principe...» Il capo dei Ribelli si accasciò contro lo schienale del trono. «... morto?»

Sembrava sconvolto. Io, invece, non fui sorpresa da quella sua reazione. Nessuno oltre alla ciurma di Silver Hale, schierata dalla mia parte, e alla Sacra Dimora di Heldor sapeva ancora nulla al riguardo. E la Madre non avrebbe mai permesso che quest'informazione trapelasse dalle mura del castello.

Anche se ancora per poco, il destino dei superstiti della famiglia reale sarebbe rimasto un segreto.

Zefiro si alzò in piedi e prese a camminare su e giù. Reywind raccontò a grandi linee cos'era accaduto, tanto ormai serviva a poco cucirsi la bocca. E Zefiro aveva ragione: se volevamo che lui si fidasse di noi, dovevamo fidarci di lui.

«Non potete tornare a Vartadis» dichiarò, deciso. «Se il trono è rimasto scoperto, i poteri forti si saranno senz'altro dichiarati guerra. È troppo pericoloso.»

«Torneremo a Vartadis» affermai, irremovibile. «Il padre di Reywind è a capo dell'esercito. Saremo al sicuro.»

Nonostante desiderasse farlo, il capo dei Ribelli non insistette oltre. Finimmo di fare colazione in silenzio. I preparativi per il viaggio non ci presero troppo tempo, non avevamo nulla con noi oltre a ciò che portavamo addosso. Reywind si assicurò *Lux* alla vita e *Obscuritas* alla schiena. Dei servi ci caricarono di sacche piene di provviste.

Zefiro ci accompagnò insieme a una taciturna Samshara fino al limitare dell'accampamento. Da lì si poteva vedere tutta la vallata al di sotto del colle. Una pianura pacifica si estendeva a vista d'occhio, e da quell'altezza i Ribelli potevano controllare chiunque si avvicinasse. Era lì che eravamo atterrati con Vill, ed era lì che alcuni di loro dovevano aver trovato le tracce del drago e seguito le nostre fin dentro al bosco.

«Ci rivedremo presto.» Reywind strinse il braccio di Zefiro all'altezza del gomito.

«Vi prego, siate prudenti.» Il capo dei Ribelli mi prese poi la mano.

«Non preoccupatevi per noi.» Sfilai il pugnale dalla cinta, mostrandoglielo. «Sappiamo difenderci.»

Gli lampeggiarono gli occhi. «Non lo metto in dubbio.» Fece un cenno a Samshara che chinò il capo con obbedienza. «Vi condurrà alla caverna» c'informò. «Quando arriverà la guerra sarò al vostro fianco. Fino ad allora, arrivederci.»

«Arrivederci.» M'inchinai lievemente. «E grazie.»

Mi voltai dando le spalle a quegli occhi pieni di tristezza e seguii la Ribelle giù per il colle.

66

Ritrovammo Vill nell'esatto punto in cui ci era stato indicato. Appariva infastidito per essere stato costretto ad aspettarci così a lungo. Dopo una sbuffata calda dalle larghe narici, ci caricò sul dorso e partì in aria senza troppi preamboli. Lo stomaco mi finì prima in gola, poi sotto i piedi quando allargò le ali e si stabilizzò a mezz'aria con uno scossone.

«Maledetto lucertolone» imprecai a denti stretti.

Il drago emise un suono stridulo che assomigliava a una risata. Avevo deciso che volare non mi piaceva affatto. Benché sulla nave di Silver Hale avessi spesso sofferto la nausea, mi ritrovai a rimpiangere la rassicurante tolda di *Battito* sotto ai piedi. Se non fosse stato il metodo più veloce per arrivare a Vartadis, avrei certo preferito farmela a piedi.

Reywind, invece, sembrava perfettamente a suo agio. E se i rapporti tra lui e Vill erano iniziati con sospetto e sfiducia, ora i due sembravano in sintonia. Sotto il tocco di Rey, Vill faceva le fusa. E, mio malgrado, non era il solo.

Non ci eravamo scambiati molte parole durante il volo. Il vento sferzava a una velocità impressionante ed era quasi impossibile riuscire a sentirci al di sopra di quel frastuono. Ma avevamo comunicato in altri modi. Avevo sentito la sua presa calda intorno alla vita, il suo petto forte e rassicurante a contatto con la mia schiena, le sue labbra sul mio collo.

Quella mattina stessa avevo avuto paura che Reywind avrebbe fatto finta di nulla, relegando quello che era successo tra noi a una parentesi da lasciare sepolta sotto le pelli della tenda. Mi ero sbagliata, fortunatamente. Perché dal primo momento che le sue labbra avevano toccato le mie, ero stata certa che non avrei più potuto farne a meno. Non mi sentivo in colpa per questo. Anzi, mi sentivo *alleggerita*.

Le due versioni di Reywind, quella provocante e quella seria, si erano fuse in una. E, al momento, la parte maliziosa di lui sembrava prevalere. Avevo però la sensazione che non sarebbe durato a lungo.

«Guarda.» Il suo braccio mi sfrecciò di fianco alla testa indicando un punto davanti a noi.

Strinsi le palpebre. A mezza giornata di volo da lì, sbuffi neri di fumo si alzavano dai resti di… *Vartadis*.

«Vill! Vai più veloce!» ordinai, in preda all'agitazione.

«No!» controbatté deciso Reywind. «Dobbiamo atterrare subito!»

Il drago, senza aspettare un mio contrordine a cui sarebbe stato costretto a obbedire, scese in picchiata. Tutta l'aria mi uscì dai polmoni così che mi fu impossibile urlare. Mi artigliai alle scaglie rosse dai riflessi neri e serrai le gambe con tutta la forza che avevo per non scivolare. Reywind si teneva con una mano su una squama, mentre con l'altro braccio e con le cosce mi stringeva forte impedendomi di cadere.

Quando arrivammo a terra ci mancò poco che Vill ci coinvolgesse in un capitombolo. Aveva ancora molto da imparare sull'essere un drago, a partire dagli atterraggi.

Eravamo finiti in una radura circondata da alberi alti e sottili. C'era qualcosa d'inquietante in quella foresta.

«È scoppiata la guerra civile.» Il tono da comandante di Reywind mi diede ai nervi.

«Non me ne frega un cazzo. Dobbiamo andare lì, devo arrivare al rifugio» sbraitai, saltando giù.

«È pericoloso arrivarci a dorso di un drago, Nailyn. Senza la regina Jaismid il popolo e la corte sono sprofondati nel caos. E qualcuno si è approfittato del posto vuoto, non...»

«Tuo padre può aiutarci. Per quanto ti odi, non lascerà che ti venga fatto del male» protestai.

«Ah no?» Si sfiorò una cicatrice bianca che sbucava dal colletto. «Qualche volta dai l'impressione di non ragionare affatto. Mio padre sarebbe ben lieto di avere una scusa per liberarsi di me. E se anche così non fosse, non sappiamo chi si sia seduto sul trono, non sappiamo se il generale è stato ucciso o imprigionato. Non abbiamo idea di cosa sia successo e dare nell'occhio è da stupidi.»

Non stava urlando, ma la faccia gli era diventata rossa e le vene sul collo si erano gonfiate. Anche se al momento non riuscivo a rendermene conto, aveva ragione. E per nostra fortuna fui costretta a dargli retta, anche perché Vill si era sollevato in volo e si era diretto a est, come se volesse impedirmi di commettere un errore.

«Vill!» urlai, inseguendolo «Tor...»

Reywind fu subito alle mie spalle e mi tappò la bocca con la mano. Mi divincolai e gli morsi il palmo. Lui ritirò in fretta la mano, ma quando riprovai a gridare, Vill era ormai scomparso. Mi voltai verso Reywind e lo spintonai energicamente colpendolo sul largo petto. Lui rimase immobile come una roccia.

«Stronzo!»

«Mi aspetto un po' più di cervello da te, Nailyn.» Era tornato il Reywind freddo e distaccato, ed ero stata io a tirarlo fuori.

«Cosa ti aspetti tu da me sono affari solo tuoi.» Lo superai e m'inoltrai nella foresta di betulle.

«Dove vai?»

«A Vartadis.»

Raccolse da terra le sacche con le provviste e mi raggiunse. Le spade gli dondolavano appese addosso. La mia, più corta e sottile, pendeva inerme al mio fianco.

«Arriveremo comunque prima di Jak, se è quello che ti preoccupa.»

Non risposi. Era improbabile che fosse già arrivato al rifugio e mi stesse aspettando, ma se esisteva anche una remota possibilità che avesse trovato un modo per accelerare il viaggio, io dovevo raggiungerlo il prima possibile. Soprattutto se Vartadis era diventata ancora più pericolosa di come l'avevamo lasciata.

Nelle ore che seguirono non ci scambiammo nemmeno una parola. Io ero chiusa nel mio silenzio a maledire lui, il drago, il generale Florent, lo stesso Jak che mi aveva promesso non ci saremmo più separati e poi mi aveva spinta via dal castello.

Le ore passarono lentamente concedendomi tutto il tempo per riflettere e, una volta placata la rabbia e liberata la mente, iniziai a sospettare di aver fatto la figura dell'idiota. Aveva ragione Reywind: cosa sarebbe successo se la Legione Oscura o qualcun altro ci avesse avvistati a dorso di un drago? Avrebbe fatto i conti e avrebbe realizzato che il primo Prescelto aveva trovato la spada.

La Madre era morta, ma sospettavo che Reywind volesse conservare il suo segreto. Forse, soprattutto, dalle orecchie del padre. Quando Lamier era stato inviato dal generale Florent sulle nostre tracce per verificare che la regina Jaismid e suo figlio fossero sani e salvi, Rey si era guardato bene dall'estrarre *Lux* dal fodero. Non voleva che Lamier e i suoi riferissero al padre la verità. Non avevo ancora scoperto il perché, ma visti i segni sulla sua schiena non me la sentivo di obbiettare.

Avevo giurato che avrei mantenuto il segreto. Assecondare le mie decisioni avventate non era pericoloso solo per lui, lo era anche per me. Potevo biasimarlo per avermi ancora una volta impedito di fare un enorme errore? Eppure, non riuscivo a decidermi a mettere da parte l'orgoglio.

La notte scese insieme al freddo. La luna filtrava tra le fronde spoglie delle sottili betulle. L'unico rumore era lo scricchiolio dei nostri scarponcini sulle foglie secche che disseminavano il suolo. Avevamo bisogno di un rifugio, ma non c'era traccia né di grotte né di raggruppamenti di piante che avrebbero potuto farci da riparo.

«Da queste parti dovrebbe esserci un villaggio» m'informò.

Annuii, ma non mi stava guardando. «Senti Rey...»

«*Senti* Nailyn,» m'interruppe, arrestandosi e girandosi verso di me con aria esausta «te l'ho già detto una volta, qualsiasi cosa accada tu devi fidarti di me.»

Ricordai quella richiesta che mi aveva rivolto tra un bacio e l'altro nel calore della tenda. Sentii il fuoco nella pancia. I suoi occhi però non avevano nulla d'intrigante o malizioso, erano chiari e luminosi come il cielo di giorno. C'era una vaga nota di tristezza.

«Mi fido.»

«So che vuoi trovare Jak, assicurarti che sia vivo.» Mi poggiò entrambe le mani sulle spalle. «Ma devi imparare a non essere così impulsiva.»

«Afferrato.» Annuii, in imbarazzo.

«E testarda.»

«Chiedi troppo.»

«E maledettamente arrogante.»

«Reywind, ho capito.» Lo guardai infastidita.

Lui mi rivolse un mezzo sorriso. Un luccichio negli occhi gli illuminò il viso. Riprese a camminare, a passo moderato questa volta. Procedemmo fianco a fianco fin quando la luna non ebbe disegnato mezzo arco nel cielo. A quel punto, stanchi e scoraggiati dalla mancanza di un riparo, ci arrendemmo all'idea di accamparci contro il sottile tronco di un albero.

Ci eravamo appena sistemati a terra quando, tra le betulle dalla corteccia d'avorio, notai una casupola abbandonata.

«Rey» chiamai, alzandomi in piedi.

«Mh?» Stava rovistando tra le sacche e razionando il cibo che ci aveva donato Zefiro.

«Guarda là.» Indicai il punto.

Alzò il mento e frugò con lo sguardo tra gli alberi. «Sembra disabitata» constatò.

«Vado a vedere.»

Reywind raccattò in fretta tutte le nostre cose e mi raggiunse. «Ti ricordi quel discorso sull'impulsività?»

«Sì.»

«Non si direbbe.»

La casa cadeva a pezzi. La porta era divelta dai cardini, tra le assi di legno c'era abbastanza spazio per infilarci un braccio, e le imposte di una finestra al secondo piano pendevano pericolosamente sulla mia testa.

«Chi mai abiterebbe in mezzo al nulla?»

«Un pazzo» assentì lui.

«Be', gli sono grata per la follia,» aggiunsi «quantomeno questa notte avremo un tetto sotto cui ripararci.»

Un lupo ululò in lontananza facendomi sussultare. «In qualsiasi altra occasione ti direi che è l'idea più fuori di testa che tu abbia mai avuto. Ma credo che sia meglio entrare, prima che ci sbranino.»

Sollevò la porta, mi lasciò passare e la riposizionò sui cardini dietro di noi. Il legno sotto i nostri piedi era coperto di foglie e polvere. Al nostro passaggio un topo squittì di terrore e fuggì via. Superammo l'ingresso e c'inoltrammo in quello che un tempo doveva essere stato un salone. C'erano ancora i resti di un divano dal quale spuntavano le molle e il cui tessuto era impossibile da riconoscere visti gli strati di terra e sporcizia che lo ricoprivano. Dalla finestrella sulla foresta penetrava la luce argentea della luna che proiettava sulle pareti il profilo sottile degli alberi.

«Da brividi» commentai, stringendomi le braccia intorno al corpo.

Reywind, invece, era una presenza rassicurante. Mi stava attaccato rifiutandosi di perdermi di vista. E quando decisi di avventurarmi sulle scale che portavano al piano di sopra mi seguì, seppur credesse che non fosse necessario un giro turistico. Quando affondai con il piede in uno scalino marcito per l'umidità, fu pronto a sorreggermi e a impedirmi di cadere.

Ci accertammo che nelle piccole stanze non si nascondesse

nessun animale pericoloso. Poi tornammo al piano di sotto. Sembrava più sicuro.

Trovammo dei vecchi teli mangiucchiati qua e là e li usammo per tappezzare le pareti dalle cui fessure provenivano spifferi gelidi. Paradossalmente faceva più freddo dentro che fuori. C'era un caminetto ai piedi del divano. Non mi sembrava saggio accendere un fuoco, ma a detta di Reywind era meno prudente affidarci al gelo. Spaccò uno sgabello e con due pietre sfregate l'una contro l'altra accese le prime fiamme.

«Hai freddo?»

Stavamo divorando del pane col formaggio. Al suono della sua voce, che aveva qualcosa di *intimo*, rabbrividii. Ma non per la temperatura della stanza.

Era seduto a terra, un ginocchio tenuto piegato e su cui si poggiava con l'avambraccio, la spalla premuta contro un lato del camino, la testa leggermente in avanti mentre frugava nelle sacche. La luce calda del camino gli accarezzava il profilo della mandibola e s'infiltrava tra i capelli castani donandogli una sfumatura rossastra.

Quando realizzò che non avevo risposto sollevò lo sguardo senza alzare la testa. I suoi occhi incontrarono i miei. Ogni centimetro del mio corpo formicolò di desiderio. Ero capace di arrabbiarmi con lui e un'istante dopo fantasticare di saltargli addosso. Sfiorato dalla luce ballerina delle fiamme non aveva più la bellezza di un dio, ma quella di un diavolo.

Il suo viso s'illuminò di comprensione e le sue iridi di ghiaccio si affilarono. E per me fu ancora più difficile resistere alla tentazione che mi stava tendendo.

«Sì.»

Posò il pane e il formaggio, si pulì le briciole sul labbro

inferiore con il pollice e, poggiando i palmi sul pavimento polveroso, mi raggiunse davanti al fuoco. Le spalle gli ondeggiavano come quelle di una pantera.

Si mise in ginocchio davanti a me e mi sfilò il cibo dalle mani per posarlo accanto al suo. Si chinò un poco. Mi sfiorò un angolo delle labbra con le sue, poi passò all'altro. Ardevo di desiderio, e dalla presa decisa con cui mi aveva afferrata per la vita potevo giurare che valesse lo stesso anche per lui. Mi torturò un po' con quel suo sorriso a un soffio dal mio, infine premette la bocca contro la mia. Non ci fu tempo per un bacio delicato, perché le nostre lingue si trovarono subito. Mi aggrappai ai suoi bicipiti, lasciando che le sue mani mi esplorassero la schiena e finissero tra i miei capelli.

«Posso scaldarti, se vuoi» sussurrò, riprendendo fiato.

«Sì.»

Il bacio si fece più profondo, rendendo complicato persino a me stessa capire dove finivo io e iniziava lui. Mi strappò un gemito. Immersa tra le sue braccia, nella sua bocca, il freddo era diventato qualcosa di lontano e astratto. Stavamo bruciando di fiamme che non si consumavano.

Si allontanò lasciandomi senza fiato. Ci guardammo per un lungo istante. Lessi nella sua espressione una consapevolezza che non avevo trovato la prima volta che ci eravamo toccati. Come se questa volta avesse bisogno di andarci con più calma, assaporando ogni istante, vivendosi tutto quanto.

Il sorrisetto sfacciato era sparito. Era serio ma deciso, e quello che stavamo facendo mutò da un vivo desiderio del corpo dell'altro a qualcosa di più profondo. Non stavamo più giocando.

Con un movimento lento e senza staccare gli occhi dai miei, iniziò a slacciarsi la divisa da combattimento. Rimasi immobile passando dalle sue iridi luminose alle sue dita che si muovevano con calma sui lacci. Lasciò scivolare la giacca dalle spalle e rimase in camicia di lino bianca. Ne afferrò il lembo e se la tirò fin sopra la testa, sfilandosela poi del tutto.

Dischiusi le labbra alla vista del suo corpo agile, muscoloso, forte. Ogni centimetro della sua pelle era prova del duro allenamento al quale si era sottoposto.

Capii che era arrivato il mio turno. Imitai i suoi stessi movimenti liberandomi con calma della divisa. Indugiai un solo istante sulla camicia ma poi, con un atto di coraggio, me la sfilai. Assaporai il suo sguardo famelico. Potevo sentirne il contatto quando scivolò sulle clavicole, sul mio seno, sull'addome coperto di pelle d'oca.

«Lyn...» Si umettò le labbra.

Tornò a guardarmi negli occhi e mi sorrise. Non un sorriso malizioso, ma un sorriso *buono*. Se possibile, mi sciolsi anche di più.

Le sue mani trovarono le mie. Intrecciammo le dita e ci alzammo in piedi. Il suo palmo incontrò la mia guancia e io mi ci premetti contro. Ma il nostro bisogno di guardarci non era finito.

Reywind si slacciò la cintura, questa volta un po' più in fretta, si abbassò le brache e così feci anche io. Non c'era imbarazzo, solo il puro e pulito bisogno di esplorarci con gli occhi. Presi l'iniziativa e allungai la mano sui suoi addominali definiti. Gli girai attorno accarezzandogli il fianco, i glutei alti e sodi. Mi fermai qualche istante a osservare l'intrico di cicatrici sulla schiena, come radici di alberi. Ne seguii i rilievi con la punta dell'indice e poi con le labbra, baciandolo delicatamente. Lui non m'interruppe.

Quando tornai davanti a lui, c'era qualcosa di nuovo nel suo sguardo. Mi sentivo bene, era come se non ci fosse nulla di più naturale al mondo di noi due nudi l'uno di fronte all'altro.

Non so chi mosse il primo passo, ma senza rendercene conto le nostre bocche si erano trovate di nuovo. Lasciai che mi stringesse e che mi adagiasse a terra sui nostri mantelli di pelliccia.

Le sue labbra lasciarono le mie per scivolarmi lungo il collo, sulla clavicola, su un capezzolo che stuzzicò con la lingua. Le mie dita erano incastrate nei suoi capelli.

«Non essere delicato» ordinai ansimante, portando una mano alla sua guancia.

Avevo bisogno di lui, subito. Obbedì. Mi penetrò con decisione, lasciandosi avvolgere dal calore bollente del mio corpo. Entrambi sussultammo per il contatto. Il mio gemito fu come lo scoppio di un cannone nel silenzio della foresta. Ci muovemmo entrambi a un ritmo perfetto, lui uscendo ed entrando senza freno, io contorcendomi e incurvandomi sotto di lui.

Continuammo a guardarci negli occhi. Nessuno dei due voleva interrompere quel contatto. Aveva le spalle lucide di sudore sulle quali si rifletteva il fuoco del caminetto.

Fu quando venimmo entrambi insieme e premette le sue labbra contro le mie che realizzai che mi ero innamorata di lui.

Definitivamente.

Quella consapevolezza mi travolse insieme all'orgasmo, soprattutto perché sentivo che anche Rey stava provando la medesima sensazione. Arricciai le dita dei piedi per il piacere.

Una parte di me continuava a detestare quel suo lato scontroso che si atteggiava con superiorità, ma la forza del sentimento che era nato e cresciuto dentro me era ormai impossibile da negare.

«Nailyn» sussurrò, sdraiandomisi accanto.

«Reywind» risposi, poggiando la guancia sul suo petto.

Sotto il mio orecchio sentivo il suo cuore battere come un tamburo. Mi accorsi che il mio pompava allo stesso identico ritmo.

Ci addormentammo abbracciati, certi che la luce del giorno non avrebbe cancellato nulla. Il fuoco nel camino pian piano si spense, lasciando solo qualche brace ancora ardente. Il sudore ci si asciugò addosso e l'aria divenne fredda come la neve.

«*Nailyn*» mi sentii chiamare.

Mi svegliai di colpo. Alzai la testa e mi guardai attorno, ma non c'era nessuno. Reywind dormiva su un fianco, ignaro del vento che ululava contro le pareti fragili della casupola. Dovevo aver immaginato quella voce ariosa che mi ricordava tanto quella di...

Stavo morendo di freddo, perciò mi rinfilai la divisa da combattimento senza preoccuparmi di allacciarla.

«*Nailyn*» sentii ancora.

Non era un'illusione e proveniva dalla stanza accanto.

Mi tirai dritta di scatto.

Lanciai una veloce occhiata al profilo addormentato di Rey e, anche se sapevo che avrei dovuto lavorare sulla questione dell'impulsività, seguii la voce.

67

I miei passi scricchiolarono sul pavimento in legno. Sapevo che non era una buona idea seguire la voce da sola. Ma qualcosa mi suggeriva che se avessi svegliato Reywind, avrebbe taciuto per sempre. E io volevo sapere cosa avesse da dirmi.

Il vento era talmente forte che temetti potesse spingere via la casupola da un momento all'altro, sradicarla dalle fondamenta prossime alla marcescenza. Gli alberi, immersi nell'oscurità, danzavano al canto della bufera che ululava come un branco di lupi alla luna.

«Nailyn.»

C'era una sola persona sulla faccia della Terra in grado di parlarmi nella testa con quella voce ariosa. Ma Elfride era morta, come poteva essere lei? Eppure, quando superai il corridoio buio e mi ritrovai in quella che doveva essere stata una sala da tè, era proprio lei che mi osservava con due grandi occhi lattei.

Su un tappeto logoro di terra e mangiucchiato dai topi, ai piedi di un tavolino basso, frammenti aguzzi di antiche tazzine splendevano di una luce minacciosa. Il bagliore lunare entrava dalla finestra come un ospite gradito, accarezzando la lunga treccia bianca della piccola Veggente. Sembrava sbiadita.

«Elfri...» Dovetti schiarirmi la voce perché mi uscì strozzata. «Elfride.»

La bambina mi guardò a lungo. Il suo volto non esprimeva alcuna emozione, era immobile come quello di una statua. Non avevo mai realmente avuto paura di lei, nonostante mi avesse sempre inquietata parecchio, ma ora mi dava i brividi. Non avrebbe dovuto essere lì. Era *morta*.

Indagai sul suo petto alla ricerca di qualche segno del pugnale con il quale si era trafitta, e non appena posai gli occhi sul preciso punto in cui ricordavo di aver visto spuntare l'impugnatura, una macchia rossa cominciò ad allargarsi sul tessuto leggero che la copriva a malapena.

Mi tornò in mente l'incubo che avevo avuto qualche tempo addietro, quello in cui Elfride mi mostrava un trono coperto d'edera.

«Cosa ci fai qui?»

«*Ti devo avvertire, Figlia del Ladro.*» La sua voce risuonò chiara e decisa nelle pareti della mia testa.

«Su cosa?»

«*Non sei al sicuro.*»

La bambina aprì la bocca per provare a dire qualcos'altro ma non uscì alcun suono. Gli occhi le schizzarono fuori dalle orbite e si portò le mani alla gola come se stesse soffocando. La pelle chiara, quasi trasparente, virò velocemente al viola. Mi sporsi verso di lei, pronta ad aiutarla in qualche modo, ma quando la raggiunsi le mie mani le passarono attraverso. Era uno *spettro*. Ma... gli spettri non possono soffocare, giusto?

Il volto di Elfride si contorse, come se si stesse modellando per assumere un altro aspetto. Una seconda voce s'insinuò nella mia mente.

«Non merita il nostro aiuto, bambina mia» diceva, crudele.

Indietreggiai e sbattei la schiena contro lo stipite della porta. «Madre...» mormorai.

Elfride si graffiò le guance fino a sanguinare nel disperato tentativo di non svanire via, di non permettere a Sundriel di prendere il suo posto. Ma non servì a nulla, perché qualche istante dopo, davanti a me c'era proprio lei. Il sollievo che avevo provato nel vederla morta evaporò.

Indossava la stessa veste dell'ultima volta, aveva lo stesso sorrisetto feroce, gli stessi occhi opachi. *«Non merita altro che sofferenza»* parlò senza muovere le labbra.

«Andatevene» ordinai, serrando denti e pugni.

«Lo farò. Ma non prima di averti maledetta.»

«Non temo le vostre fatture, vecchia. È ora che lasciate il nostro mondo e ve ne torniate dritta all'inferno dal quale provenite.»

Accentuò il sorriso e, se quel suo aspetto mi era inizialmente apparso sbiadito, ora sembrava reale e tangibile. Senza che me ne rendessi conto era proprio davanti a me. Un nauseante odore di zolfo e di putrido m'investì le narici. I fantasmi potevano forse emanare un tale fetore?

«La tua esistenza ha condannato la mia,» sibilò come un serpente *«io perciò ti prometto una sopravvivenza priva di gioia.»*

«Le tue parole non possono più farmi nulla» ruggii, quando il viso grinzoso si fece più vicino.

«Ho più potere in morte che in vita.» I denti perlacei le luccicarono alla luce delle stelle. *«Ricorda: di tre cose sarai privata. Di metà del tuo cuore, della fiducia, e di un futuro senza ombre. Io questo ti prometto.»*

Il nauseante, gelido respiro sfiorò la mia pelle. I suoi denti scattarono sbattendo gli uni contro gli altri. Gli occhi brillavano, bramanti sangue. Le sue vecchie mani nodose trovarono il mio collo e iniziarono a stringere. A differenza di Elfride, poteva toccarmi e io potevo toccare lei. Portai le dita sui suoi polsi e feci forza per liberarmi, ma la stretta era una morsa d'acciaio. Mi sollevò dal pavimento tenendomi attaccata alla parete. Boccheggiando per la mancanza d'aria, cominciai a colpire il legno dietro di me con i talloni.

«Nailyn!»

Reywind comparve sulla porta. Teneva gli occhi sgranati fissi su di me. Non riusciva a vedere la Madre. Lo capii perché non fece nulla per liberarmi dalla sua presa.

Scalciai con più forza e, senza preavviso, la donna mi lasciò andare e sparì in uno sbuffo di polvere. Atterrai come una bambola di pezza. Davanti a me c'era solo Rey, ma non sentivo quel che diceva.

Si era inginocchiato e mi teneva la testa sollevata. Un calore improvviso mi crebbe in tutto il corpo, ustionandomi dall'interno. Intorno alla gola sentivo i segni delle mani di Sundriel diventare sempre più caldi, come se mi avesse marchiata.

«Nailyn!» urlò ancora Reywind.

Sbattei le palpebre più volte, ma gli occhi mi lacrimavano come se fossi con la faccia troppo vicina al fuoco. Stavo *bruciando*. E quando provai a parlare, a dire qualcosa, dalla gola mi uscì solo un grido acuto. Non ero sicura appartenesse a me. Ero lontana dal mio corpo.

La sofferenza era atroce, indicibile. Neanche tutta l'acqua del mondo avrebbe potuto darmi sollievo, sarebbe evaporata prima di arrivare alla pelle. Il pensiero dei miei genitori che morivano sul rogo mi attraversò come una freccia. Compresi che Sundriel aveva deciso di tormentarmi con lo stesso dolore con cui erano morti.

Le mie grida si confusero con le loro, poi svenni.

Quando mi risvegliai ero indolenzita ma stavo decisamente meglio. Sentivo persino freddo, cosa che mi sembrò un miracolo al ricordo delle fiamme che mi avevano avvolta dopo l'aggressione di Sundriel. Ero sepolta sotto più strati di vecchie coperte sul pavimento davanti al camino. Le finestre erano rigate di pioggia e, anche se era giorno, dall'esterno proveniva una luce cupa e grigiastra.

Mi sollevai sui gomiti alla ricerca di Reywind, ma non lo trovai. La testa mi pulsava e, seppur mi fossi ripresa, la gola mi ardeva come se avessi ingoiato un tizzone. Mi portai una mano al collo e sentii al tatto i segni delle dita della Madre.

Mi alzai in piedi faticando a restare dritta sulle gambe. Il fuoco nel camino si stava spegnendo, indizio che Reywind era via da parecchio. Per un istante temetti che mi avesse mollata lì.

Provai a chiamarlo gironzolando lentamente per la casa. A ogni passo mi poggiavo con la mano sulla parete. Arrivai alla sala da tè e mi colpì notare come quell'ambiente che al buio mi era parso tanto minaccioso, avesse un'insolita aria innocua.

«Che ci fai in piedi?»

Mi voltai. Reywind era sulla soglia della casupola, le braccia colme di legna da ardere e due trote che pendevano dalle dita.

«Dov'eri?» La mia voce era gracchiante.

Aggrottò un sopracciglio e sollevò la catasta di legna. «Sembravi infreddolita.»

Mi strinsi nelle braccia. Ma anche dai suoi occhi mi arrivò una sensazione di freddo, persino più gelido di quello del vento. Era arrabbiato.

«Cos'hai?»

«Cos'ho?» Era sorpreso. «Dunque, vediamo… mi pare di averti chiesto di moderarti un po', di non essere così impulsiva.» Mi superò.

Lo raggiunsi con passo tremante. Ero davvero debole, da quant'è che non mangiavo qualcosa? Mi sedetti a gambe incrociate sul giaciglio e lo osservai sistemare la legna con movimenti bruschi.

«Poi, nel bel mezzo della notte, mi sveglio e tu non ci sei. Ti ritrovo a penzoloni contro la parete con una qualche forza oscura che ti tiene sollevata. Stavi morendo, cazzo.»

«Ho sentito una voce…» Provai a giustificarmi.

«Hai sentito una…» Soffiò una risata amara. «Appunto, Nailyn. Hai sentito una cazzo di voce e hai avuto la brillante idea di andare a girovagare in questa fottuta casa abbandonata senza premurarti di svegliarmi!»

«Ti devo chiedere il permesso per muovere ogni passo, ora? Solo perché ti ho lasciato infilare l'ucce…»

«No,» m'interruppe «non relegare quello che c'è stato tra noi a una scopata.»

«Non lo era?» Lo sfidai.

«No. Non per me.»

Il suo sguardo ferito, deluso, arrabbiato mi provocò una fitta. Mi pentii subito di essere stata l'insensibilità fatta persona e di avergli fatto credere che tra di noi, per me, non ci fosse stata altro che una… *due* notti di sesso.

«C'era la Madre» ruppi il silenzio. «All'inizio era Elfride…

mi stava dicendo che non ero al sicuro, voleva avvertirmi.» A quelle parole Reywind s'irrigidì.

«Come è possibile?»

«Elfride era uno spettro, non potevo toccarla. Ma Sundriel...» Lasciai cadere lo sguardo nel vuoto e mi sfiorai ancora i segni sul collo.

Le dita di Reywind raggiunsero le mie. «È stata lei a farti questo?»

«Sì. E mi ha maledetta.» Risi, schernendo la cosa.

«Cosa ti ha detto?» Era allarmato.

Aggrottai la fronte, come se fosse assurdo che si preoccupasse di una cosa detta da una morta. «Che verrò privata di metà del mio cuore, della fiducia nel prossimo e di un futuro senza ombre. O una stronzata del genere.»

«Non è una *stronzata*, Nailyn» mi ammonì. «Dobbiamo arrivare a Vartadis, conosco qualcuno che può rimediare.»

Vartadis. Dovevo arrivare in città. Jak mi avrebbe raggiunta presto al nostro rifugio. Mi sollevai in fretta ignorando i capogiri.

«Siediti,» mi ordinò «devi prima mangiare qualcosa.»

«Mangerò per strada» ribattei, allacciandomi la cappa sotto il mento. «Jak arriverà a momenti e io voglio essere lì quando accadrà.»

Reywind mi guardò con un'espressione indecifrabile. Sembrava sul punto di rivelarmi qualcosa, ma rimase in silenzio.

«Che ti prende?» Ero spazientita.

«Immagino che Jak sia già arrivato» confessò. «Hai dormito per una settimana.»

«*Cosa*?» esclamai.

Lo stomaco mi brontolò. Ecco perché mi sentivo così affamata e debole.

«Quando ti ho trovata quella notte eri in fiamme. Sembrava che nelle vene ti scorresse la lava.» La voce grave mi suggeriva che avesse passato giorni d'inferno. «Quando sei svenuta ho creduto fossi morta. Ma respiravi ancora, anche se debolmente. Sono uscito a cercare le erbe che mi servivano e allo spuntare del sole la febbre ti era passata.» Indicò una ciotola con una poltiglia verdastra abbandonata al suo interno.

«Una... una settimana?» Ero incredula.

«Ho fatto di tutto ma non volevi saperne di svegliarti. Sei passata da scottare tanto che era quasi impossibile toccarti, a tremare per il freddo.»

Mi lasciai crollare nel giaciglio. E se Jak, non trovandomi, avesse deciso di lasciare la città per venirmi a cercare? Nemmeno io avrei più saputo dove andare a trovarlo.

«Merda.» Mi battei il palmo contro la fronte.

«Sì, be', ringrazia quella testa dura che ti ritrovi.»

«Sei d'aiuto» ironizzai amaramente, stringendomi il corpo tra le braccia.

Non rispose. Continuò a sistemare la legna nel camino e a preparare la base su cui arrostire il pesce. Sollevai lo sguardo e fissai la forma della sua schiena. Quando finì, si strofinò le mani per togliersi la fuliggine e si sedette accanto a me senza sfiorarmi.

«Senti...» cominciai. «Mi dispiace per quella cosa che ho detto. Intendo sul tuo ucce...»

«Nailyn.» Chiuse gli occhi e aggrottò la fronte, come se non volesse sentirmi usare quella parola. Ma sulle sue labbra era comparsa l'ombra di un sorriso. «Ti ci vorrà più di qualche parola per convincermi che tra noi non ci sia stato niente. Sai, io c'ero.» Piegò un angolo della bocca verso l'alto.

«E c'è ancora… qualcosa?» La domanda mi sfuggì di bocca.

I suoi occhi chiari come lapislazzuli lampeggiarono, poi s'indurirono improvvisamente. Fu una nota stonata, come la corda di un mandolino che salta via.

«Rey?»

«Ti fidi di me?»

«Sì.»

Sospirò. «Cerca di ricordarlo. D'accordo?»

«D'accordo.» Scrollai le spalle confusa e distolsi lo sguardo.

Ero delusa. Il fatto che non avesse risposto mi dava da pensare, ma non volevo dargli la soddisfazione di fargli sapere che ci ero rimasta male.

Lo vidi sorridere. «E comunque…» Si avvicinò un po' e insinuò una mano tra i miei capelli dietro il collo. «Non c'è ancora *qualcosa*.»

Posò le sue labbra sulle mie e quando il bacio si fece più profondo lasciai che mi assaggiasse. Ero stanca… ma non abbastanza da impedirgli di adagiarmi sulle vecchie coperte e di premere il suo corpo tonico e forte contro il mio.

«Ah no?» Sussurrai contro la sua bocca.

«No.» Sorrise, e la sua voce profonda e intrigante mi si sciolse nel ventre. «C'è ancora *moltissimo*.»

Dopo esserci lasciati travolgere un po' e aver divorato le due trote, spinsi affinché partissimo subito. Abbandonammo la foresta di betulle dopo un paio di giorni di cammino. Vartadis era finalmente a solo qualche ora di viaggio. Da quella distanza potevamo vedere i palazzi spezzati, il fumo nero che saliva in cielo in sputacchi densi, la cenere che aleggiava tutt'intorno alla città cadendo al suolo come neve.

Mi si spezzò il cuore. Uno dei pochi edifici che non sembravano essere messi poi così male era proprio la torre campanaria. Mi frugai nelle tasche e trovai il ciondolo che Jak aveva forgiato per me. Senza dare spiegazioni a Reywind che mi osservava con aria interrogativa me lo rimisi al collo. Lo avevo tolto quando le Ribelli mi avevano lavata e vestita con le loro pelli.

Non avevo la veletta per coprirmi gli occhi, stavolta. Ma a giudicare dalle condizioni della capitale, immaginai che nessuno avrebbe prestato troppa attenzione a me.

Quando arrivammo ai cancelli di Vartadis non c'erano guardie a sorvegliare il passaggio.

Ignorando il tumulto doloroso del mio cuore, ci addentrammo in quella che sembrava una città fantasma.

68

La vetrina del negozio era distrutta, i frammenti taglienti disseminati sul pavimento rispedivano la luce del giorno sulle pareti in un caleidoscopio di colori. Un controsenso, a pensare che al di là dell'ingresso c'erano solo fumo nero e distruzione.

Vartadis era l'ombra della città che era stata. I grandi mercati erano scomparsi, la fragranza delle spezie era stata sostituita dal tanfo di bruciato, il profilo imponente dei palazzi non trasmetteva più potere ma debolezza.

C'era un silenzio spettrale. Nemmeno i chiassosi ragazzini dei bassifondi si arrischiavano a correre qua e là come li avevo sempre visti fare. Mi domandai se fossero ancora vivi. Le donne incontrate avevano lo sguardo perso nel vuoto, profonde occhiaie violacee che scendevano fin sotto le guance, gli angoli della bocca duramente piegati verso il basso, come se la felicità per loro non potesse più esistere.

C'era anche tanto sangue. Macchie scure e umide, altre asciutte da tempo. I cadaveri in decomposizione puzzavano persino più degli incendi che avevano arso fino alle fondamenta metà della città. I corpi erano ammucchiati gli uni sugli altri. Tra i volti bianchi e anonimi, trovai quello di un bambino. I suoi occhi azzurri erano opachi, la piccola bocca socchiusa, il collo piegato in una posizione innaturale. Faticai a non vomitare.

«Cosa cazzo è successo?» chiesi, tappandomi naso e bocca.

«Lotte intestine per il trono. In ogni guerra sono i civili a pagare col sangue il prezzo più alto.» Il freddo tono da comandante di Reywind mi mise i brividi.

Una donna poco più giù era inginocchiata davanti al cumulo di corpi e si strappava i capelli per la disperazione. Avrei voluto fare qualcosa, ma non c'era niente che l'avrebbe consolata. Non volli scoprire se piangesse per un figlio, un marito, un fratello. Il dolore nei suoi occhi era così intenso che mi sentii comprimere il petto.

«Per di qua.» Reywind mi guidò in un vicolo deserto.

L'insegna del negozio recitava *Madama Genevieve*. Conoscevo quel posto. Oltrepassammo l'ingresso nel familiare tintinnio di ferraglia appesa allo stipite e una donna sull'ottantina ci raggiunse. Era sorpresa di avere visite, ma quando i suoi anziani occhi marroni riconobbero Rey, l'espressione del suo volto divenne glaciale.

«Desiderate?» domandò ostile.

«Madama, vi trovo bene,» salutò lui «vedo che le battaglie non hanno abbattuto la roccia quale siete.»

«No, ma ci hanno provato.» Mandò un cenno con la testa alla vetrina distrutta. «Quei teppisti se la sono data a gambe quando ho minacciato di maledirli se avessero provato a sfiorarmi con un dito.»

Non me ne fregava un cazzo della fattura che mi aveva lanciato la Madre. Io volevo correre alla svelta al rifugio, ritrovare Jak e abbandonare Vartadis il più in fretta possibile.

«Mi hanno maledetta, potete fare qualcosa?» chiesi con praticità, interrompendo il botta e risposta tra i due.

La donna mi osservò meglio e io feci altrettanto. Indossava un turbante porpora che nascondeva i capelli, fatta eccezione per un ricciolo nero palesemente tinto. Le unghie lunghe tamburellarono sul bancone impolverato.

«Tu, piccola canaglia...» Mi riconobbe. «mi devi l'incasso di una giornata intera.»

Anni prima, quando la vecchia aveva rifiutato a me e Jak un pezzo di pane, l'avevamo punita derubandola di dieci *purin* d'oro. Con quei soldi, dopo esserci riempiti la pancia, avevamo comprato le nostre prime sigarette al mercato di contrabbando.

«Mio padre salderà il debito» tagliò corto Reywind.

«Vostro padre?» Sollevò un sopracciglio.

«Potete fare qualcosa oppure no?» insistetti.

Madama Genevieve mi afferrò una mano e la strinse tra le sue unte di crema. Chiuse gli occhi e grinze profonde ne segnarono gli angoli. Borbottò qualcosa che si perse nel rombo di un'esplosione a qualche miglio da lì. Io sussultai, ma lei sembrò non farci caso.

«Mmh...» Mi massaggiò il dorso, tastandolo come un medico farebbe con il ventre di un paziente. «Temo che siate stata truffata. Nessuno può maledire la Discendente.»

«Sapete che sono la Discendente?»

Aprì un solo occhio. «Di questi tempi, chi non lo sa?»

Un sospiro di sollievo mi abbandonò le labbra. Fino a quel momento non mi ero resa conto di quanto le parole di Madre Sundriel, alle quali avevo accuratamente evitato di dare un'interpretazione, mi avessero impensierita.

«Ma, mia cara,» si affrettò ad aggiungere «su di voi aleggia un destino amaro. No… quella che avete ricevuto non era affatto una maledizione. Era una *profezia*.»

Lasciò la presa sulla mia mano che mi ricadde molle lungo il fianco. Dovevo davvero darmi pena? Preoccuparmi delle parole di una ciarlatana che teneva sugli scaffali sfere di vetro, ampolle contenenti liquidi ambigui, molti dei quali riversi al suolo, solo per fare scena?

«Fantastico,» commentai «grazie per il vostro tempo.» Mi voltai e feci per andarmene.

«È un'abitudine, la vostra, andarvene senza pagare?» Mi richiamò, alzando la voce.

Reywind si sfilò un paio di monete dalle tasche, molto più di un normale compenso. «Tenete. E manderò qualcuno a saldare il debito.»

La vecchia megera strinse il denaro con aria sognante. Quei soldi non le avrebbero assicurato alcuna salvezza. Nella guerra che era arrivata, avrebbero avuto meno valore dello sputo di uno scaricatore di porto. Davanti alla morte, l'oro è un metallo come un altro.

Imboccammo l'uscita del negozio e mi diressi a passo svelto verso il campanile. Mi obbligai a cacciare fuori dalla testa le parole della Madre e l'affermazione di Genevieve. Non c'era tempo di preoccuparsi per quello. Tenevo gli occhi sull'alto edificio che non sembrava aver subìto gravi danni. I miei passi rombavano nella quiete di Vartadis.

«Ci tocca salire.» Indicai i tetti.

Senza aspettare risposta, presi ad arrampicarmi approfittando delle sporgenze che mi erano familiari. Dovetti correggere il percorso perché alcune delle case erano state danneggiate, ma alla fine raggiunsi la trave che dava all'interno del rifugio. Mi ci aggrappai e scivolai dentro.

Sembrava che il tempo si fosse fermato. I cuscini, i tendaggi, i tappeti... era tutto lì, come al solito. Tranne per il fatto che Jak non c'era. Chiusi gli occhi e finsi per un istante che quegli ultimi mesi non fossero mai esistiti, che fosse solo la sera prima della festa a casa del mercante. La festa in cui Jak aveva rubato il candelabro d'oro.

Reywind mi raggiunse qualche istante più tardi. Io ero rigida, ferma in mezzo al rifugio. La grande campana che pendeva sulle nostre teste sembrava immobile da un secolo. Mi portai una mano al ciondolo.

«Non è qui» la mia voce suonò stranamente calma.

Mi voltai verso Reywind e notai una nota bizzarra nei suoi occhi. Non era contento che lo avessimo mancato, sembrava *preoccupato*. E la sua preoccupazione preoccupò me.

«Dobbiamo trovarlo» affermò.

Io annuii, felice di constatare che non mi avrebbe messo i bastoni tra le ruote. Feci per dire qualcosa, ma l'occhio mi cadde su un foglio di carta ripiegato sul comodino.

I flashback della mia ultima notte al rifugio mi investirono con forza. Mi rividi, sporca di sangue, lanciarmi su Jak con lo stiletto puntato alla gola, il suo sorriso beffardo, quello di uno che sapeva che non gli avrei mai realmente fatto del male, il fumo della sigaretta che aleggiava nell'ambiente come una nebbiolina, la sua testa reclinata all'indietro e i miei occhi che indugiavano sul pomo d'Adamo che andava su e giù.

Scossi la testa e ignorai il cuore che mi pesava nel petto. Afferrai il biglietto e lo spiegai. Reywind mi raggiunse alle spalle e lo lesse insieme a me.

Non restare in città. Una strana tipa di nome Samshara dice di conoscerti, siamo diretti all'accampamento dei Ribelli. Raggiungici al più presto. Ci prepariamo a combattere.
Con amore,
J.

Repressi l'impulso di stracciare il foglio in migliaia di piccoli pezzettini. Quel "con amore" era tutto ciò che avevo, al momento.

«'Fanculo!» sbraitai.

Eravamo stati a un passo dall'incontrarci di nuovo. Tutta quella strada per nulla!

«Non potevamo saperlo» Reywind non mi sfiorò, ma la sua voce fu rassicurante.

Non faceva comunque infuriare di meno. Avremmo dovuto ripercorrere la stessa strada a ritroso. Senza Vill. Dove fosse andato a cacciarsi quel maledetto lucertolone lo sapeva solo il Custode, e la stanchezza dovuta al lungo viaggio ci avrebbe rallentati. Ponderai l'idea di rimanere una notte nel rifugio ma, per qualche motivo, il fatto che Reywind si sdraiasse sugli stessi cuscini di Jak non mi piaceva.

Aprii il cassetto del mobile sperando che quel dannato coglione avesse lasciato un pacchetto delle sue lunghe sigarette. E, in effetti, erano ancora lì, con un altro bigliettino ripiegato in quattro parti poggiato sopra.

Dovresti proprio smetterla con questa merda, non è elegante.

Sorrisi.

«Dice altro?» Rey sembrava impaziente.

«Niente d'importante.» Lo ripiegai e me lo infilai nel corpetto.

Mi sedetti su quello che un tempo era stato il mio giaciglio e mi venne quasi da piangere per quanto mi sembrasse tutto così familiare, così *casa*. Nel rifugio dai drappeggi colorati, dai tappeti impilati gli uni sugli altri, sentivo ancora vive le mie radici.

Reywind si sedette accanto a me. «È qui che vivevi?» Non c'era giudizio nel suo tono, sembrava sinceramente affascinato.

Annuii. «Non avevo mai invitato un ragazzo a casa mia.» Sorrisi tristemente.

«Be'...» Gonfiò il petto stando al gioco. «Sono onorato di essere il primo.»

«Che ne dici di essere anche l'ultimo?»

Le sue labbra si piegarono verso l'altro in un'espressione grata. Poi, tutto insieme, s'intristì. «Nailyn, succederanno delle cose.»

Mi raddrizzai.

«Ci serve l'ultima spada, *Ombra.*» Il momento del gioco era stato spazzato via dalla pesantezza della dura realtà che gravava su di noi. «E per averla ho bisogno di mio padre.»

«Perché? Cosa può fare lui per noi?»

«Ti spiegherò tutto, te lo prometto.» Si alzò in piedi. «E ti prometto che poi troveremo Jak. Ma ora dobbiamo andare al palazzo reale.»

«Potremmo finire nella merda più totale se tuo padre avesse perso potere. Se per esempio Gaspare Borne si è impossessato del trono...»

«Non ti preoccupare del tesoriere del regno. Devi fidarti di me.»

Immaginai che avesse un motivo preciso per quella sua vaghezza e, dal momento che mi fidavo di lui, decisi di non insistere.

Avrei di gran lunga preferito abbandonare l'idea di recuperare l'ultima Spada e raggiungere in fretta l'accampamento dei Ribelli. Ma avevo visto in che condizioni si trovava la città, avevo visto come la guerra aveva piegato e massacrato Vartadis. Se non avessi combattuto per contrastare il male che incombeva su tutto il regno di Eredros, non ci sarebbe più stato un luogo sicuro al mondo. E ora che sapevo che Jak era diretto all'accampamento dei Ribelli, potevo stare tranquilla che fosse salvo.

«D'accordo.» Mi tirai su a mia volta. «Andiamo.»

L'unico luogo della città che non aveva subìto il minimo danno era stranamente proprio quello. Il largo viale fiancheggiato dalle siepi, le facciate bianche, le alte colonne di marmo. Tutto esattamente come lo avevamo lasciato. All'ingresso, però, non c'era il solito maggiordomo in livrea reale, ma un ragazzone in tenuta da combattimento. Quando arrivammo al grande portone, chinò lievemente il capo rivolto a Reywind e ci lasciò passare.

«Tutto qui?» mormorai, ripercorrendo il corridoio costeggiato dalle vetrate che davano sui giardini.

La sua postura, però, s'irrigidì. Succedeva sempre quando il padre era nei paraggi. Fu quando notai le bandiere appese alle pareti che iniziai a sentirmi irrequieta. Il cuore prese a battermi forte. Il simbolo con le tre spade rosse incrociate su sfondo nero era ripetuto lungo tutta la parete. Lo stemma della Legione Oscura.

«Cosa cazz...» Mi arrestai.

«Continua a camminare» mi ordinò Rey.

Eravamo entrati nella tana del lupo e ora, per me, sarebbe stato impossibile uscirne. L'unica opzione che mi restava era fidarmi di lui.

«Reywind, non è una buona idea» sussurrai.

Ma i due portoni che davano sulla sala del trono si spalancarono. Comparvero uomini e donne dalla faccia severa, erano in silenzio e ci osservavano. A dir la verità, osservavano *me*. Un lungo tappeto nero era srotolato al centro e terminava ai piedi del trono sul quale era seduto…

«Non è possibile» mormorai.

Il generale Florent teneva un gomito posato sul bracciolo, una gamba allungata in avanti, la corona di re Aronne sulla testa. Alla sua destra, un po' malconcio per il pestaggio, Lamier sorrideva crudelmente divertito. Mi aggrappai istintivamente al braccio muscoloso di Reywind. Non avevo ancora capito cosa stesse succedendo.

«Bentornato figliolo,» disse il generale, allargando le braccia in segno di benvenuto «finalmente me l'hai portata.»

Portata?

Voltai lentamente la testa e fissai gli occhi sul profilo marmoreo di Reywind. Un sorriso affilato gli si disegnò sulle labbra. Mi staccai da lui come se bruciasse.

«Ve lo avevo detto che non vi avrei deluso, padre.» Piegò il capo rispettosamente.

«Bentornato, principe.» Lamier scese gli scalini e s'inginocchiò ai suoi piedi, imitato dal resto della sala.

Il generale Florent era a capo della Legione Oscura e ora sedeva sul trono proclamandosi re. Questo faceva di Reywind…

… il *nemico*.

69

«Brutto figlio di puttana!» La mia mano fendette l'aria, pronta a impattare contro la guancia di Reywind.

Lui però mi afferrò il polso al volo. Sollevai anche l'altra, e questa volta il colpo centrò lo zigomo in un sonoro schiocco.

«Immagino di meritarlo.» Sorrise meschino, prima di bloccarmi entrambe le braccia.

«Tu mi fai *schifo*» sibilai.

Inarcò un sopracciglio. «Sì? Non lo avrei mai detto.»

«Era tutta… una bugia?» Suonai patetica alle mie stesse orecchie.

La folla ci guardava ammaliati. Qualcuno si portò le mani alle labbra per soffocare un risolino divertito. Stavo dando spettacolo. Nelle mani della Legione Oscura ero spacciata.

Decisi che non avrei smesso di lottare, ma non avrei neanche fatto la figura della ragazza dal cuore spezzato. Il mio cuore era d'acciaio. Per quanti colpi vi rombassero contro, avrebbe retto. Soprattutto perché la mia medicina preferita erano il rancore e il penetrante, ossessivo sentimento di vendetta.

«Avevi detto che potevo fidarmi.»

Gli occhi di ghiaccio di Reywind s'incendiarono. Vi lessi una punta di qualcosa che non seppi decifrare, ma tornarono subito freddi e distaccati. Mi guardava come se non mi conoscesse, come se non mi vedesse. Come se davanti a lui non ci fosse altro che una comoda arma da donare al padre.

«È un piacere rivedervi, Discendente. Devo ammettere che l'ultima volta è stata dura per me lasciarvi ripartire in carrozza.» Il generale Florent non si prese il disturbo di alzarsi dal trono.

Reywind mi tirò ai suoi piedi e mi costrinse a inginocchiarmi. Non potei fare a meno di notare che i suoi modi non furono bruschi. Erano distanti, sbrigativi, annoiati. Se avevo creduto che Rey avesse due facce, ora ne potevo contare una terza: quella del *traditore*.

«Potevate tenermi qui con voi.» Sputai a terra. «Come mai mi avete rispedita alla Sacra Dimora? Siete forse un idiota?»

Arricciò il naso per il fastidio. «Avevo bisogno d'impossessarmi della corona prima di far entrare la Legione Oscura a palazzo. In effetti, però, mi è pesato molto lasciarmi sfuggire la preda dalle mani.» Lanciò un'occhiataccia prima a Lamier poi a Reywind. «Lam doveva catturarvi e condurvi alla Sacra Dimora di Selva fin quando non fosse arrivato il momento di usarvi, e Rey doveva lasciare che vi prendesse.» C'era rimprovero nel suo tono.

Reywind assunse un'aria sfacciata. «Vi avevo detto che ci avrei pensato io, padre. Non avevate bisogno di lanciarmi dietro i vostri *cani*.»

Lamier ringhiò. Aveva riconosciuto la supremazia di Reywind e chinato la testa, ma il suo istinto bestiale e il rancore che provava per lui non erano qualcosa che potesse domare.

«Hai anche detto che avresti condotto lontano la regina Jaismid e suo figlio. Dove sono, ora?» Il nuovo re sembrava perplesso.

«Morti» affermò Rey deciso. «Entrambi.»

Bugia.

«Meglio così.»

Intanto Lamier e Reywind non avevano smesso di guardarsi in cagnesco. Florent si batté una mano sulla coscia. «Suvvia,» era seccato «siete cresciuti insieme, voi due. Come fratelli.»

«Lui non è mio fratello» soffiò Rey.

«Sono un tuo alleato, ricordi?» lo sfidò Lamier.

«Ricordo» fu costretto a rispondere.

«Sì? Davvero? Non sembrava quando hai deciso di difendere la tua puttanella con le unghie e con i denti.» S'indicò lo zigomo ancora gonfio, su cui si allargava una macchia giallastra. «Io dico che non ce l'hai lasciata prendere perché non te l'aveva ancora data.»

La mascella di Reywind si contrasse, e la presa sulla mia spalla divenne più decisa, come se si stesse controllando per non reagire.

«Sembri invidioso» provocai Lamier.

Lui mi guardò come un insetto particolarmente fastidioso. «Non ti toccherei neanche col cazzo di un altro, *demone.*»

Reywind estrasse *Obscuritas* dal fodero e la puntò alla gola del guerriero. Il mio cuore perse un battito, ma divenne di nuovo pesante quando aggiunse: «Bada a come parli davanti a mio padre, il tuo *re*».

Lamier divenne rosso dalla vergogna e fece un passo indietro. S'inchinò davanti al generale e si scusò. Florent scacciò le sue parole con un gesto distratto della mano.

«Reywind,» fissò gli occhi in quelli del figlio «mi hai finalmente reso orgoglioso. Dopo anni a dubitare della tua tempra, hai dato prova del tuo onore alla Legione.»

Lo sentii irrigidirsi al mio fianco. L'immagine di lui sulle ginocchia che si autoinfliggeva colpi a sangue mi balenò davanti agli occhi.

«Grazie, padre.»

«Bene, ora portala alla sua cella,» ordinò «e di' a Sibilla di occuparsi di lei.»

La presa di Rey mi scivolò sul braccio e finì sotto l'ascella, costringendomi a rialzarmi. La mano forte si strinse saldamente intorno al mio gomito. Presi in esame l'ipotesi di farmi trascinare, giusto per creargli fastidio e imbarazzo, ma poi mi ricordai degli occhi famelici che avevamo addosso e decisi che non avrei intrattenuto i burattini della Legione Oscura.

Camminai decisa, come se mi trovassi ancora al fianco del mio comandante, del mio *compagno*, e non del mio rapitore. Aspettai che le porte dietro di noi si chiudessero prima di aprire bocca.

«Chi è Sibilla?»

«Ti perquisirà.»

«Perché? Non puoi farlo tu?»

«Ti perquisirà *ovunque*» precisò.

«Come se ci fosse ancora qualcosa che non hai visto» ironizzai acidamente.

Non gli avrei mai dato la soddisfazione di vedermi scoppiare in lacrime. Se quello che aveva sempre provato nei miei confronti era indifferenza, avrei finto che valesse lo stesso per me. Lo stomaco era pieno di bile pronta da sputargli addosso, gli occhi mi bruciavano per la delusione. Ma l'orgoglio era più forte.

«Vorresti ancora che ti toccassi?» Non lo guardai, ma dalla nota maliziosa della voce potevo giurare che stesse sorridendo.

Avrei voluto prenderlo a calci in culo, ficcargli ancor più in su quel palo che si ritrovava dentro. Avrei voluto strozzarlo.

«Anche se sei uno schifoso bastardo, devo ammettere che sei stato un divertimento interessante.» Feci del mio meglio per cercare di ribaltare la situazione, per essere *io* quella che sminuiva ciò che c'era stato tra noi.

Non parve scomporsi. Mi azzardai a sollevare un istante lo sguardo su di lui mentre mi tirava lungo corridoi che non avevo mai percorso. Per un attimo, talmente veloce che pensai di essermelo immaginato, scorsi l'altro Reywind, il ragazzo che fino a mezz'ora prima avevo creduto dalla mia parte. Poi quel profilo duro, scolpito, scavato direttamente nella roccia, assunse una sfumatura sconosciuta. Era lui ma non era lui.

«Credevo che avresti lottato di più. La cosa mi delude.» La voce cattiva era una nota stonata su quelle labbra perfette.

«Guardami, Reywind» ordinai, arrestandomi e costringendo anche lui a fare altrettanto. Immobilizzai i lineamenti e assunsi un'espressione impassibile. Sorrisi, persino. «Non lascerò questo mondo fin quando la luce della vita non si sarà spenta nei tuoi occhi. E sarò io a spegnerla.»

Inclinò il capo di lato e aggiunse: «Ora ci siamo, ti riconosco».

«Tu non sai nulla di me. E, a quanto pare, neanche io di te. Prega il tuo fottuto Fauno che io non trovi mai il modo di fuggire dalla vostra lurida presa. Perché sul campo di battaglia sarai *tu* il mio primo obiettivo.»

«Se vuoi, ti aiuto.» Una forte voce femminile s'insinuò tra noi.

Appoggiata con una spalla allo stipite di una porta, una giovane donna che era la copia sputata – forse leggermente più matura – di Reywind mi sorrideva quasi cordiale.

«Sibilla» la salutò lui.

«Fratellino,» disse lei incrociando le braccia al petto «finalmente porti a casa una ragazza con un po' di carattere.»

Lui sbuffò spazientito. «Perquisiscila. Ordini del generale.»

Ancora "generale" e non "padre".

Se ne andò, ma non prima di rivolgermi un'ultima occhiata colma di significato. Un significato che però non compresi. Ero accecata dalla furia.

«Ti fa imbestialire, eh?» mi domandò Sibilla con aria divertita.

Possibile che fosse così stupido da lasciarmi da sola con una ragazza prima di privarmi di tutte le armi che avevo addosso? Afferrai al volo l'occasione buona per liberarmi subito dalla prigionia e portai svelta la mano alla scollatura. Nella metà del tempo che impiegai a formulare quel pensiero, lei mi aveva già puntato un pugnale al petto.

«Mi sei simpatica, ma non abbastanza da ficcarmi nei guai per averti fatta fuggire.»

I lunghi capelli castani incorniciavano il suo viso dall'aria furba. Doveva essere di poco più grande di Reywind, e la somiglianza tra i due era quasi inquietante. Soprattutto per l'esatta sfumatura di azzurro degli occhi.

Lasciai ricadere le braccia lungo i fianchi e infilai la stanza alle sue spalle quando mi fece cenno di entrarvi.

«L'hai chiamato "fratellino"» affermai.

«Dovrei sentirmi offesa che Rey non abbia raccontato alla sua ragazza della sorella maggiore, ma lo conosco abbastanza bene da sapere che più riesce a tenere la famiglia alla larga dalla sua vita e meglio sta.»

«Sorella...» Assaggiai quella parola come se avesse un sapore nuovo nella mia bocca. «Devo aggiungerla alla lunga lista di cose che ha accuratamente evitato di dirmi. E non sono la sua ragazza.»

«Mh-mh.» Sollevò un sopracciglio con l'aria di una che non ci crede affatto. «Be', è sempre stato un tipo riservato. È pieno di segreti.»

Già... e io ne conoscevo uno, uno molto pericoloso: Reywind era il primo Prescelto.

Motivo per cui nella sala del trono, poco prima, aveva impugnato *Obscuritas* e non *Lux*, che si sarebbe illuminata all'istante, tradendolo. Nessuno sospettava di lui: la Leggenda diceva che i Prescelti sarebbero stati scovati tra coloro che erano cresciuti nella polvere e nella corruzione, e invece Reywind era nato nella nobiltà. Ma forse il dolore che aveva accompagnato la sua infanzia, la morte di parto della madre, le cinghiate del padre erano abbastanza per renderlo degno di essere il Cavaliere di Luce. Era stata la sua infanzia la polvere e la distruzione della sua vita.

Come poteva dare per scontato che mi sarei tenuta dentro quell'informazione, ora che sapevo che di lui non c'era da fidarsi? Decisi di riflettere a lungo su come utilizzare quel segreto. Non volevo ammettere a me stessa che in realtà non ero ancora pronta a condannarlo a morte. Una minuscola parte di me sperava che ci fosse una spiegazione a tutto questo.

Sibilla mi spogliò: requisì gli stiletti, il pugnale, i coltelli da caccia. Tentennò sul ciondolo con la campana, ma alla fine decise di lasciarmelo al collo. Mi rinfilai i miei vestiti e non mi opposi quando mi legò le mani con delle catene.

Fece spallucce. «Precauzione.»

Se Reywind era pieno di segni e cicatrici a dimostrazione dell'odio di suo padre, Sibilla sembrava la cocca del generale. Detestavo l'idea che le mani ruvide di quell'uomo si fossero accanite solo su uno dei figli, seppure quel bambino fosse oggi l'uomo che mi aveva venduta, e l'altra figlia mi stesse più simpatica di quanto avrebbe dovuto. Anche lei era mia nemica, non dovevo scordarlo.

«Deez,» salutò lei in direzione di un omone barbuto che sorvegliava l'entrata delle segrete «umidino quaggiù, eh?»

Lui, per tutta risposta, grugnì. Neanche ci guardò. Meglio così, perché quel tipo metteva davvero i brividi.

Mi venne assegnata una cella con un pitale personale. L'idea di fare i miei bisogni davanti alle sbarre aperte era umiliante.

«Vengo più tardi a portarti qualcosa da mangiare» mi assicurò Sibilla, chiudendomi a chiave.

«Sei una principessa, ora,» constatai «perché sei tu a occuparti di una prigioniera?»

Un sorriso da volpe, che me la rese ancora più piacevole, le sottolineò lo sguardo luminoso e intelligente.

«A papà piace accontentarmi. E quando ho saputo che Rey avrebbe portato la sua ragazza Discendente sono diventata curiosa.»

«Non sono la sua ragazza» mi ostinai a ribadire. «Non sarei qui, altrimenti.»

Scrollò le spalle ma era chiaro che non la pensava come me. «Se lo dici tu. A dopo» e si dileguò.

Da sola, sdraiata su quel letto freddo e umido per ore, ebbi tutto il tempo necessario per riflettere. Mi resi conto che quella vecchia strega di Madre Sundriel aveva azzeccato in un colpo solo due delle cose che, alla fine, avevo perso davvero: metà del mio cuore e la fiducia.

E realizzai anche che la Leggenda parlava di sangue reale.

E il coraggio di Lux *ruggirà in colui in cui scorre l'odiato sangue reale.*

Che parlasse di Reywind? Ma di coraggio in lui non ne vedevo. Era un *codardo*.

Mi detestai. Avevo mandato a puttane il rapporto tra me e Jak per cosa? Per un paio d'occhi azzurri che celavano l'identità oscura di un mostro. Nel mio intimo sapevo che con Jak non avrebbe funzionato comunque, che Reywind non era la vera causa dello screzio tra noi. Ma dovevo trovare un colpevole, e in quel momento ero io.

Colpevole di essere stata ingenua.

Colpevole di essermi fidata del nemico.

Colpevole di essermene innamorata.

Colpevole di non riuscire a tradirlo a mia volta.

70

Fu uno sforzo disumano ricacciare indietro le lacrime e ingoiare il profondo disprezzo che avevo per me stessa. Ma poi vinse la stanchezza e mi addormentai. Chiaramente, non fu un sonno quieto. Quando finalmente il rumore di ferraglia della porta della cella mi svegliò, fui quasi grata a chiunque fosse venuto a trovarmi.

Sibilla doveva essere passata, perché a terra c'era un piatto colmo di cibo (più di quanto se ne darebbe normalmente a una prigioniera) e una caraffa di vino allungato abbondantemente con l'acqua.

Lamier, dopo essere entrato nella mia cella, mi sorrise con perfidia. Cercai di ricompormi.

«Ronfavi come una scrofa» commentò.

«Si vede che non mi fate poi così paura...» risposi, celando il panico nella voce.

Senza dubbio aveva sentito i miei lamenti per quei brutti sogni che non mi avevano dato tregua, ma ero felice che nella sua versione avessi riposato beatamente.

«Ah, quindi è la paura che ti manca?»

Lamier, senza quel ghigno, avrebbe persino potuto essere un bel tipo. Grandi occhi nocciola tendenti al dorato, pelle color caramello, fitti capelli scuri tagliati corti, classico fisico di uno fissato per l'addestramento. Ma i lineamenti erano induriti dalla sua espressione cattiva.

Fece un passo avanti. «Be', posso provvedere subito.»

Si richiuse la cella alle spalle e lo vidi sbottonarsi lentamente le brache. Non mi mossi.

Lamier aveva detto che non mi avrebbe mai toccata neanche col cazzo di un altro. E infatti utilizzò l'arnese che aveva tra le gambe per pisciare sopra il cibo che mi aveva portato Sibilla. Il mio stomaco, contratto dalla fame, si ribellò in crampi dolorosi.

Quando ebbe finito e fece per avvicinarsi, mi alzai in piedi. Fu di fronte a me in un attimo. Glielo leggevo negli occhi: voleva uccidermi. Dubitavo che lo avrebbe fatto davvero. In fin dei conti ero la Discendente, di certo il generale aveva in mente un modo migliore di sfruttarmi. Non gli avrebbe mai permesso di farmi fuori come una bestia da macello. Non ancora, almeno. E se Florent non aveva dato l'ordine, lui era lì solo per spaventarmi. Ma non potevo fargli intuire che ci stava riuscendo.

«Non ti ficcherai nei guai col capo se mi torci anche solo un capello?»

«Il capo ha detto che ci servi viva. Ma non ha specificato in quali condizioni.» Sorrise afferrandomi il mento tra le dita. «Ho delle cicatrici sul mio corpo che ogni giorno mi ricordano di te. Vorrei restituire il piacere. Quel giorno, nella foresta, ti sei nascosta come una codarda.»

«M'inquieta sapere che mi pensi tanto spesso.» Feci scattare la testa di lato per liberarmi dalla presa.

«Più di quanto vorrei. E scommetto che neanche a te farebbe piacere avermi in mente ogni volta che ti guardi allo specchio... Desidero ardentemente che tu scopra cosa si prova.»

La sua bocca finì sulla mia. Ma non per un bacio, bensì per afferrarmi un labbro tra i denti e stringere a sangue. Gridai e serrai gli occhi. Istintivamente sferrai un pugno che lo colpì alla tempia. Lamier mi lasciò andare e barcollò di lato.

Mi portai la mano al punto in cui mi aveva morsa e scoprii piccoli buchi sanguinanti sotto le dita.

«Stupida puttana» imprecò fra i denti, prima di tornarmi addosso.

Mi scaraventò sul letto e mi si mise sopra a cavalcioni. Io mi dimenavo così forte che dovette colpirmi alla testa col pugno per stordirmi.

Non svenire, mi supplicai.

Strinse le grosse dita intorno alla mia gola e premette i pollici sulla carotide. I segni di Madre Sundriel non erano ancora spariti che già se ne sovrapponevano di nuovi.

Sollevai un ginocchio con tutte le forze che avevo e lo colpii dritto nei coglioni. Lamier allentò la presa e soffocò un grido. Cadde di lato sul pavimento tenendosi le mani tra le gambe. Mi rimisi in piedi tossendo.

«Vai… vai dal tuo principe e…» ansimai «e digli che quella puttana della Discendente ti ha… appena reso sterile a vita.»

Il guerriero si rialzò lentamente. Aveva il viso rosso per il dolore e l'umiliazione. E la rabbia. «Quando arriverà il momento di versare il tuo sangue, pregherò re Florent affinché lasci a me l'onore.» Quasi non aveva fiato.

Diede un calcio alla brocca di vino annacquato riversando tutto il liquido sul pavimento in pietra e se ne andò. Dubitai che avrebbe raccontato qualcosa al resto della feccia della Legione Oscura. Gli sorrisi ostentando un'aria di sfida.

Quando fui certa che fosse ormai lontano, mi piegai su me

stessa. Mi pulsava la testa e avevo la gola in fiamme. Dal momento che non c'era nessuno a guardarmi, e visto che prima di tutto era essenziale sopravvivere, mi accucciai a terra e succhiai il vino dal pavimento.

Il cibo era intoccabile. Con una pedata lo mandai a sbattere contro le sbarre attirando l'attenzione di Deez – il guardiano che sorvegliava le prigioni – che grugnì un rimprovero.

Mi accasciai sul letto maledicendo Jak per aver rubato il candelabro, Viktor per averci consegnati, Jaismid per aver richiesto la mia scorta, Sundriel per aver acconsentito, Reywind per avermi illusa. Maledicendo me stessa per essermi fatta fregare da lui.

Non capivo le intenzioni di Reywind. Se la Legione Oscura era convinta che bisognasse sacrificare i Prescelti per ottenere il risveglio del Fauno Adhareo, perché era lì? Aveva deciso di immolarsi sull'altare e far versare il suo stesso sangue? Se era davvero così, perché non aveva ancora rivelato a nessuno che era il Cavaliere di Luce? O magari stava agendo d'istinto per ottenere l'approvazione del padre? E perché desiderarla così intensamente se era lui il colpevole dei suoi traumi?

Mi tirai fin sopra la faccia la puzzolente coperta di feltro. Nel silenzio rotto dall'eco di un gocciare continuo da qualche parte nelle segrete, non c'era altro da fare che pensare senza tregua. Era quella la tortura peggiore. Perché in qualsiasi direzione andassero i miei pensieri, finivo sempre per individuare come vero colpevole la mia cieca stupidità.

Mi domandai se Jak fosse arrivato al villaggio dei Ribelli. Iniziava a preoccuparsi per la mia assenza? Magari stava progettando di venirmi a cercare. Pregai che non lo facesse. Era un Adepto della Sacra Dimora di Heldor, sarebbe stato più in pericolo che mai. «*Ma sarà colui che arde d'amore per lei a determinare il suo destino*» sussurrai ricordando la Leggenda. Forse anche Jak poteva rappresentare un'arma potente nelle mani della Legione?

Forse a un certo punto dovevo essermi addormentata, perché sussultai quando sentii un rumore di chiavi.

«Buongiorno fiorellino,» mi salutò Sibilla «la colazione.»

Entrò nella mia cella e mi porse un piatto d'avena al cioccolato che divorai in un batter d'occhio. Mi guardò interrogativa studiando prima il mio labbro ferito, poi la cena scaraventata dall'altra parte.

«Hai avuto visite?»

Feci spallucce senza smettere di mangiare. Tracannai il succo di mela che mi passò e mi pulii la bocca sul dorso della mano.

Sibilla decise di non indagare oltre. «Cerca di darti una sistemata, si parte tra poco.»

«Partire? Dove andiamo?»

«Alla Sacra Dimora di Selva, base della Legione» m'informò pratica, richiudendo a chiave la cella.

«E perché?» mi aggrappai alle sbarre con entrambe le mani.

«Abbiamo le due Spade consegnate da Rey, dobbiamo ricongiungerle alla prima se vogliamo risvegliare il Fauno, no?» Sembrava annoiata da tutta quella faccenda. «Altari sacrificali, sangue… queste cose qui.»

Se stava scherzando, quella ragazza aveva un modo strano di fare dell'umorismo. Comunque mi mise i brividi. Se ne accorse e mi rivolse un sorriso materno, bizzarro visto che eravamo quasi coetanee. E nemiche.

«Sei una tipa che si preoccupa tanto, eh?» mi stuzzicò.

«Solo quando rischio di essere immolata come una vergine.»

«Ma tu non sei vergine, no?» La guardai storto.

«Non sono affari tuoi» ribattei.

Lei sollevò le mani in segno di resa. «Decisamente no» e finse di vomitare all'idea di suo fratello che se la spassava. Mi ricordò il rapporto che un tempo avevamo avuto io e Jak.

«Comunque,» aggiunse «ti facevo più sveglia.»

«Che c'entra?» Ero confusa.

Canticchiò un motivetto allegro mentre si allontanava lasciandomi senza risposta.

Reywind e Sibilla erano molto diversi. Seppure si assomigliassero tanto nell'aspetto, lei era il suo esatto opposto: vivace, scherzosa, furba. Lui invece era freddo, tenebroso, enigmatico.

Mangiai con calma quel che era rimasto nel piatto e a stomaco pieno mi sentii lievemente meglio. Mi serviva tutta l'energia possibile per affrontare quel che stava per accadere. Mi avrebbero portata alla Sacra Dimora di Selva e mi avrebbero tenuta in vita finché non avessero trovato gli altri Prescelti. A quel punto avevo buone ragioni per credere che mi avrebbero davvero sacrificata. La mia unica speranza era che le doti da farabutta che avevo acquisito negli anni a Vartadis mi aiutassero a farla franca anche in quell'occasione. E per riuscirci, dovevo usare il trucco più vecchio del mondo: fingermi remissiva e docile. Avrebbero abbassato la guardia.

«Si direbbe che stai architettando un piano.»

Alzai gli occhi di scatto.

Reywind mi guardava come se avesse voluto *divorarmi*. Mi ricordò quella notte nella tenda dei Ribelli. D'improvviso la sua schiena dritta, il volto deciso, la luminosità delle iridi, i segni delle cicatrici che gli si arrampicavano sul collo, la linea morbida della bocca mi diedero le vertigini. Indugiai un istante sui muscoli delle braccia e sul velo di sudore che gli ricopriva la fronte. Si era appena allenato.

Strinse gli occhi quando notò i segni rossi sul labbro e l'ematoma che mi si stava allargando sulla tempia. Aprì subito la cella.

Mi raggiunse sul letto e mi afferrò il mento tra le dita per esaminarmi meglio. Schizzai via, addossando la schiena alla parete.

«Non mi toccare» sibilai.

Mi rivolse un sorrisetto. «Ora è diventato un problema?»

«Sì.»

«Be', non me ne frega un cazzo, mia cara Nailyn. Se sei ferita, devo curarti» aggiunse più piano.

«E che importanza ha, se tanto verrò uccisa per la causa del tuo re?»

Serrò la mandibola, ma tornò subito sfacciato. Mi si avvicinò lentamente. Mi prese di nuovo il mento tra le mani e mi costrinse a sollevarlo. Studiò da vicino la ferita.

«Sei stata morsa» constatò.

Non dissi nulla. Era così vicino che potevo sentirne il calore su di me, in netto contrasto con la fredda parete frastagliata che mi premeva contro le scapole. Se io lo detestavo, il mio corpo pareva ignaro del tradimento. Mi morsi la bocca facendo sanguinare i tagli.

«Non farlo» ordinò, passandomi un dito sul labbro ferito.

A quel contatto andai a fuoco per mille ragioni sbagliate e un'unica giusta: ero accecata dal furore.

Il suo dito passò al livido sulla fronte e poi lungo il collo, dove segni rossi si sovrapponevano a quelli causati dalla Madre.

«Chi ti ha fatto questo?» Un basso ringhio gli salì dalla gola. «È stato Lamier, non è vero?» Un ciuffo di capelli gli ricadde davanti agli occhi, ma scorsi comunque l'ombra che gli oscurò lo sguardo.

«Che t'importa?» scattai stizzita, ma quella domanda aveva tanto il sapore di una confessione.

«Io lo ammazzo.»

«Oh,» lo schernii con un sorriso disgustato «vuoi uccidere un tuo *alleato* per un taglietto? Cosa farai quando mi sgozzeranno sull'altare per colpa tua?»

«C'è tempo prima che si arrivi a quello.» Si allontanò di botto.

«Certo, perché prima devono trovare tutti i Prescelti. Vero, Reywind?» Lo perforai con lo sguardo.

S'impietrì. «Hai promesso.»

Se temeva che potessi rivelare il suo segreto, significava che non aveva intenzione di sacrificarsi. Nulla della sua decisione di consegnarmi aveva senso, se non consegnava anche se stesso.

«Anche tu hai promesso tante cose.»

«Non ho ancora infranto le mie promesse» precisò.

«Tradirmi non è infrangerle?» berciai.

Per qualche ragione sembrò divertito, seppure una nota di furia non abbandonasse il suo sguardo.

«Dimmi una cosa: quando non abbiamo trovato Jak al rifugio eri dispiaciuto per questo motivo? Perché avresti dovuto consegnare anche lui?»

«Gli ordini sono ordini» ammise freddo, distaccato, impassibile.

Scossi la testa ridendo amaramente. «Il *fedele*, onorevole

figlio del capo di questa cazzo di setta non potrebbe mai infrangere i comandi dell'uomo che lo tortura sin da bambino. Come ho potuto credere il contrario?» ironizzai.

«Non sai quello che dici.»

Gli andai addosso. «No, Reywind, invece lo so benissimo.» In quel momento non mi sentivo più così piccola di fronte a lui. «Hai promesso che avremmo ritrovato Jak. È quello che vuoi fare, giusto? Per venderlo a quel pezzo di merda di tuo padre. È per questo che dici che non hai ancora infranto la tua promessa?»

«Può darsi.» Piegò l'angolo della bocca in un sorriso.

«Prova anche solo a sfiorarlo e ti strapperò la gola a morsi.»

«Sei violenta» tubò soddisfatto.

«Non sai quanto.»

«E anche completamente cieca» sussurrò, scuotendo la testa.

Non feci in tempo a interrogarmi su quella frase che Deez arrivò con passo rombante. «Tuo padre dice che è ora» tuonò.

Rey annuì. «Arriviamo subito. Grazie.»

Quando mi ammanettò i polsi non opposi resistenza. E poi avevo deciso che sarei sembrata docile, anche se le mie parole di poco prima erano state ben poco in linea con un atteggiamento sottomesso. Reywind mi spinse fuori dalla cella e lungo il corridoio.

Prima dell'uscita incontrammo Lamier che ci aspettava a braccia incrociate.

«Lamier,» Reywind parlò con una calma da brividi «hai disobbedito agli ordini.»

Il ragazzo si avvicinò con passo rigido. Le palle dovevano fargli ancora male, realizzai soddisfatta.

«Volevo capire quanto ti sarebbe importato se avessi ferito la tua troia.» Sorrise felino. «Avevo ragione, tu tieni a lei.»

«Di lei non m'importa.»

Ormai lo avevo capito, ma quelle parole mi scavarono comunque un buco nel petto. «Ma non puoi toccarla, ci serve integra.»

«Scommetto che ti basta che resti intatta una sua unica parte, vero?»

Reywind, senza mollare la presa sulle catene che mi bloccavano le mani, afferrò il collo di Lamier in una presa d'acciaio e lo sbatté contro il muro. «Prova a toccarla ancora e non mi limiterò a ucciderti. Farò in modo che tu sopravviva il tempo necessario perché possa guardare mentre ti strappo il cuore dal petto.»

«Mo-mollami» balbettò Lamier con voce strozzata artigliando la mano che lo teneva stretto.

«Reywind» chiamò Sibilla da fuori.

Lui mostrò i denti poi lasciò Lamier, che cadde tossendo. Lo superammo e, una volta oltrepassato il portone a due battenti, ci ritrovammo nella fredda aria invernale.

Sibilla portava i lunghi capelli acconciati in morbide trecce intorno alla testa. Aveva le guance rosse per il gelo. Invece che in una carrozza insieme a tutte le altre signore, era a cavallo di un purosangue dal manto color ebano. Mi sorrise.

Il generale Florent indossava quelli che erano stati gli abiti di re Aronne. Aveva persino la sua corona sulla testa.

«Vostra *Altezza*» lo salutai con astio passandogli accanto.

Lui rise divertito. «Sulla carrozza legatele anche le gambe. Non mi fido di lei» ordinò.

Reywind mi consegnò nelle mani di altri guerrieri che mi

spinsero rudemente nel calesse. Dal finestrino vidi la sua figura snella montare a cavallo. Mi si strinse lo stomaco.

Il dolore delle ferite era completamente eclissato da quello che mi tormentava il cuore.

71

I due tipi che avevano condiviso la carrozza con me erano rimasti immobili per tutto il viaggio, inespressivi come statue. Meglio così, l'ultima cosa che desideravo era intrattenere una conversazione con i miei aguzzini.

Di tanto in tanto buttavo un occhio fuori dal finestrino e osservavo Reywind e Sibilla chiacchierare amabilmente. Lui sembrava persino rilassato. Per l'approvazione del padre, immaginai.

Mi venne il vomito alla sola idea di aver condiviso con lui più di quanto avrei dovuto. E la cosa peggiore era che non riuscivo nemmeno a pentirmene. Fino a quando non avevamo messo piede a palazzo, Reywind era stato esattamente quello che desideravo. Poi, tutto il mondo mi era crollato addosso.

Dovevo trattenere quel dolore dentro di me, lo avrei usato come carburante per la mia rabbia e la mia vendetta. Mi ficcai le unghie nei palmi e strinsi fino a lasciarmi piccoli segni a forma di mezzaluna.

Mi concentrai sul paesaggio all'esterno. Alte e fitte vette innevate riflettevano la luce intensa del giorno. Il sentiero era ovunque roccioso, motivo per cui il calesse non smetteva di sobbalzare. Temetti che da un momento all'altro si sarebbero rotte le ruote. Anzi, lo sperai. Magari avrei potuto approfittare del trambusto per scappare.

Stavo riflettendo su quell'ipotesi quando un'ombra oscurò il sole per qualche secondo, disegnando sul suolo una forma familiare. La forma di un drago. Attraverso il finestrino gli occhi di Reywind incrociarono i miei. Erano colmi di consapevolezza.

Vill. Mi spalmai contro il vetro perlustrando il cielo, ma non trovai più traccia di lui. Doveva essersi nascosto dietro una montagna.

Un'ondata di speranza cacciò momentaneamente il sapore amaro dello sconforto. Se quello stupido lucertolone era venuto a cercarmi, dubito che si sarebbe arreso prima di riuscire a riprendermi con sé. Non importava quanti Legionari si sarebbero armati di lance e balestre.

«Cos'era?» sentii chiedere fuori dalla carrozza.

I guerrieri sembrarono allarmati, così come i cavalli, che nitrirono. Reywind, invece, rimase impassibile. Solo io potevo leggere lo strano luccichio che gli rischiarava le iridi color ghiaccio.

Florent si sporse dal suo cocchio agitando un pugno, infastidito. Era lontano, perciò non riuscii a sentire cosa diceva, ma dall'espressione alterata immaginai che stesse dando dei codardi agli uomini del seguito. Trattò i guerrieri come un branco di bambinetti. I draghi per lui non potevano esistere. Non poteva certo sapere che il primo Prescelto aveva trovato la Spada. Né che fosse proprio tra le sue fila.

Lamier lanciò un'occhiata dubbiosa prima a me, poi a Reywind; se lui era in pericolo, io lo ero di riflesso: mi avrebbero sacrificata solo quando fossero stati trovati i Prescelti.

Scovare il Cavaliere di Luce sarebbe stato il primo passo verso la mia morte.

«Continuate a muovervi!» ordinò Reywind, autoritario.

Sembrò che l'irritazione del generale Florent fosse bastata a convincere tutti – o quasi – di aver interpretato male quell'ombra. Un colpo di fortuna non da poco. Era evidente che non fosse giunto alcun segno della magia a Vartadis e alla Legione Oscura, ma Reywind non poteva averne la totale sicurezza. Perché si era avvicinato tanto a suo padre, rischiando di essere scoperto, solo per consegnare me? Cosa se ne faceva la Legione della Discendente, se non poteva avere anche il Cavaliere di Luce?

Il mio sguardo e quello di Reywind si trovarono ancora. Sembrava volesse dirmi qualcosa. Se temeva che avrei fatto la spia su Vill, era un idiota. Se il drago era venuto a salvarmi, la cosa importante era mantenere l'effetto sorpresa.

Trattenni un sorrisetto. Il primo ordine che avrei dato a Vill sarebbe stato quello d'incendiare tutti loro, compreso Reywind. Lo avrei guardato bruciare, abbrustolire e carbonizzarsi. E avrei dimenticato tutto ciò che lo riguardava.

Passarono diverse ore. D'improvviso la carrozza si fermò e uno dei guerrieri bussò impaziente sul finestrino. «Il re dice che da qui si prosegue a piedi.»

Avevo le gambe intorpidite per essere stata ferma così a lungo. Le chiappe quasi non me le sentivo più. Dopo che mi ebbero liberato le caviglie, balzai giù dal calesse e mi stiracchiai come un gatto.

«Tu,» mi chiamò brusco Reywind, il volto una maschera di freddezza «verrai con me.»

Uno degli uomini mi sollevò da terra alzandomi dalla vita manco fossi una marmocchia. Non fece caso alle mie proteste e, in un attimo, mi ritrovai davanti a Reywind sul suo cavallo.

«Posso camminare, non credo sia necessario starti così vicino» sibilai irritata.

«È necessario.» Indicò una stretta stradina che saliva ripida sulla montagna davanti a noi. Era disseminata di sporgenze aguzze, e dava direttamente sul baratro. Sulla cima, minuscola come un puntino, c'era quella che doveva essere la Sacra Dimora di Selva. «Pensi di potertela fare a piedi?»

Certo che no.

La fatica mi avrebbe costretta a fermarmi e a rallentare il passo. E i miei piedi non erano saldi come gli zoccoli dei cavalli che, immaginavo, fossero abituati a percorrere quella tratta. Sarei senz'altro scivolata giù. Non risposi e mi sporsi un po' in avanti per evitare che i nostri corpi si sfiorassero, ma lui mi avvinghiò con un braccio e mi attirò a sé. Lo vidi sorridere con la coda dell'occhio.

«Rendi tutto più entusiasmante.»

«Non finirà bene per te, Reywind. Ti avverto.»

«Scommettiamo?» L'arrogante tono di sfida mi mandò in bestia.

Si divertiva a stuzzicarmi, perciò serrai le labbra e mi rifiutai di parlare oltre. Avrei mostrato indifferenza. L'odio, come l'amore, è una ricompensa. E lui non meritava nulla da me, neanche che lo detestassi. Ma continuai a torturare lentamente quella minuscola parte di me che sperava ancora che ci fosse una spiegazione a tutto.

Formammo una fila. Alcuni dei Legionari rimontarono in

carrozza e tornarono a Vartadis. Sibilla, Florent, Lamier e pochi altri seguaci cominciarono a salire la vetta. La sorella di Reywind sembrava a suo agio, come se avesse percorso quel tragitto centinaia di volte. E doveva essere così. A quanto sapevo, la Sacra Dimora di Selva era caduta nelle mani dei Legionari – come poi era avvenuto anche alle altre Dimore – diverso tempo prima. Ne avevano fatto la loro base, prosperando sul sangue degli Adepti caduti.

Quando fummo abbastanza in alto, mi azzardai a guardare oltre il dirupo. Un lungo brivido mi percorse la spina dorsale. Eravamo a metà strada, il sentiero che avevo percorso sul calesse – al ricordo improvvisamente comodo – era ora talmente lontano che non mi sembrava più spesso di un capello. Non riuscii a trattenere un gemito per le vertigini.

«Tieni gli occhi davanti a te» mi ordinò Reywind. «Se ti sbilanci troppo, rischi di farci scivolare giù con tutto il cavallo.»

«Credo potrei dispiacermi per il cavallo» commentai.

«E per me?» mi provocò.

«Che gran perdita» ironizzai, mantenendo la voce tagliente come una lama.

Sghignazzò. «Andiamo, Lyn, non puoi davvero odiarmi così tanto.»

«Non chiamarmi *Lyn*,» scattai «e non sai quanto possa essere profondo il mio odio per te. Senza fine.»

In un attimo avevo mandato a farsi fottere la mia silenziosa promessa di dimostrargli solo indifferenza. Che record: avevo resistito solo qualche ora.

«La linea tra odio e amore è molto sottile» sussurrò, attorcigliandosi una mia ciocca bionda intorno al dito.

Gli schiaffeggiai la mano. «Devi avere una grande autostima

se pensi che io possa provare per te qualcosa di diverso dal ribrezzo.»

«Non provi affatto ribrezzo, Nailyn. E smettila di fingere.» Il suo respiro mi solleticò l'orecchio.

«Intendi come hai fatto tu?»

«Non avevo alternativa, dovevo consegnarti a mio padre. E l'unico modo era mentirti.»

Davanti a quella ammissione mi sentii gelare anche gli organi. Nemmeno il fuoco della rabbia sarebbe più riuscito a scaldarmi.

Lamier, che procedeva davanti a noi, si voltò a guardarci con sospetto. Poi tornò a fissare davanti a sé. Reywind gli aveva promesso una morte atroce se mi avesse sfiorata un'altra volta. Il Legionario doveva essere convinto che quelle parole fossero la prova che lui sentiva davvero qualcosa per me, ma io sapevo che dipendevano dal suo patetico desiderio di rendere orgoglioso il generale Florent.

«Perché ti odia tanto?» chiesi, incapace di frenare la curiosità.

«Lamier? Aveva una cotta per mia sorella.» Rise con amarezza. «Quel porco credeva che gli avrei permesso di metterle le mani addosso.»

«Per quanto detesti anche lui, credo che la scelta spettasse a Sibilla.» Volevo solo un pretesto per contraddirlo.

«Oh, lei glielo avrebbe lasciato fare volentieri.» Percepii il fastidio nella voce.

«Sei dispotico.»

«Se serve a tenere al sicuro le persone che amo, posso diventare dispotico, o qualsiasi altra cosa. Persino un *traditore*.»

Il fiato mi si bloccò in gola. Per un istante m'illusi che quelle parole volessero dire qualcosa di buono, ma poi realizzai che con "persone che amo" intendeva suo padre e la setta dei Legionari. Era *me* che aveva tradito, non loro.

«Lei come l'ha presa?» Ripresi il discorso dopo essermi schiarita la voce.

Sapevo che Sibilla era a pochi passi alle nostre spalle. Ma il vento ululava così forte e noi parlavamo così piano che nessuno poteva sentire quel che stavamo dicendo. Pensai che se avesse avuto qualche confidenza segreta da rivelarmi, lo avrebbe fatto in quel momento. Ma non lo fece, perciò zittii di nuovo quella vocina minuscola e fastidiosa che continuava a vivere di speranza.

«Non bene.» S'irrigidì. «Sono fuggiti insieme.»

«Che cosa?!»

«Li ho trovati dopo un paio di giorni. Sibilla non ha opposto molte resistenze quando me la sono caricata in spalla. Ho intuito che tra loro fosse successo qualcosa. Qualcosa che lei non aveva gradito.»

«Le ha fatto del male?»

Sembrava strano poter parlare con Reywind in quel modo. Come se non fosse accaduto nulla. Ma avevo disperatamente bisogno di una distrazione dal burrone sul filo del quale stavamo camminando. E anche dall'inebriante odore di vaniglia che m'invadeva le narici provocandomi un misto tra voltastomaco e batticuore.

«Non lo so.» Ora la sua voce era un ringhio. «Ma il dubbio mi è bastato. L'ho pestato a sangue e costretto a dire alla corte che era caduto sulle rocce. Non avrei permesso che insudiciasse il nome di mia sorella.»

«E Sibilla?»

«Sibilla è forte.» C'era orgoglio nella sua voce. «È tornata presto alla normalità, seppure ci sia da allora qualcosa di diverso in lei.»

«Vostro padre lo sa?»

«No, altrimenti avrebbe scaraventato Lamier giù dalla rupe. Non c'è nessuno a cui lui tenga più che a Sibilla,»

Di certo non a te, pensai. Le frustate sulla sua pelle ne erano una prova lampante. Lo odiai per aver scelto quel verme del generale invece di me.

«Perché non gliel'hai raccontato tu?»

«Mia sorella mi ha chiesto di non farlo.» Doveva pesargli ancora molto, lo sentivo. «Ma ho capito che l'unico modo in cui sarebbe potuta guarire era permetterle di avere la sua vendetta. Lamier ha una lama che gli penzola sulla testa e neanche lo sa.»

«Non avevi paura che provasse a rimetterle le mani addosso?»

«Lo chiedi solo perché non hai visto com'era conciato dopo essere passato sotto le *mie*, di mani.» Il ricordo doveva provocargli un certo piacere, perché la voce vibrò come le fusa di un gatto. «No. Non la toccherà ancora.»

Immaginare la sofferenza di Sibilla nel sentirsi usare dalla persona per cui lei avrebbe rinunciato a tutto era facile. Un dolore solidale mi scoppiò nello stomaco. Per questo era così gentile con me? Perché capiva cosa provavo?

Non parlammo più. Per qualche ragione Reywind aveva intuito il mio bisogno di restare in silenzio e lo rispettò.

Era buio pesto quando arrivammo in cima. La fortezza era illuminata da migliaia di fiaccole e somigliava così tanto a quella di Heldor che venni assalita da una strana nostalgia.

«Ci siamo.»

Rey era eccitato come prima di una battaglia. Non sapevo ancora che a breve una battaglia ci sarebbe stata sul serio.

72

C'era puzza d'incenso nella sala centrale. Nel mezzo era stato piazzato un grosso trono di legno. I discepoli della Legione Oscura, soprattutto uomini ma anche diverse donne e bambini, mi guardavano come si guarda una brocca d'acqua nel deserto.

Mantenni il mento alto e la schiena dritta quando Reywind mi fece sfilare tra loro, anche se la paura era lampante sul mio viso. Lui, invece, aveva mantenuto il portamento fiero da comandante, come se desiderasse mostrarsi onorato dei successi e della gratitudine della propria gente. Notai che qualcuno aveva piegato il capo davanti a lui in segno di riconoscimento.

Prima di essere fatta sfilare come una bestia, avevo atteso al freddo in un angusto stanzino che "re" Florent fosse pronto a ricevermi di fronte ai propri sudditi.

Ingannai il tempo riflettendo su tutti i modi violenti e sanguinosi con cui avrei ucciso lui e la setta di fanatici psicopatici che governava. Sibilla interruppe i miei piani omicidi e, con un'occhiata di scuse, mi costrinse a liberarmi della divisa da combattimento e a indossare un semplice abito bianco che aveva tutta l'aria di essere una veste sacrificale. Mi acconciò i capelli in una treccia che arrivava a malapena all'altezza delle spalle e tamponò il sangue secco delle ferite lasciatemi da Lamier.

«Hanno in programma di farmi fuori già stasera?» Per quanto avessi assaporato a lungo quelle parole prima di lasciarmele uscire di bocca, non riuscii a trattenere una nota di panico.

Sibilla sorrise. «No.» Il suo tocco era gentile contro il livido violaceo sulla mia tempia «Vogliono solo farti apparire indifesa. Non desiderano che tu intimorisca il resto della Legione Oscura.»

«"Vogliono"?» domandai sollevando un sopracciglio.

Lei riportò gli occhi nei miei. L'azzurro caldo e invitante, diverso da quello di Reywind, divenne di ghiaccio.

«Non dovresti dire "vogliamo"?» insistetti.

«Sono figlia di mio padre. Questo fa di me una Legionaria, ma non significa che approvi le loro strategie di manipolazione» spiegò, un po' più brusca del necessario.

«Una Legionaria con una morale» ironizzai, acida.

Lei non rispose e finì di allacciarmi la veste sulla schiena. Reywind si presentò alla porta nel momento in cui la sorella l'apriva. Il pugno chiuso, pronto a bussare, rimase sollevato a mezz'aria. Sentii il suo sguardo scivolare su ogni centimetro visibile e invisibile del mio corpo. Un'ondata di calore, mio malgrado, divampò dalle dita dei piedi fino all'attaccatura dei capelli.

È perché sei arrabbiata, spiegai a me stessa.

«Andiamo.» Premette la mano tra le mie scapole e mi condusse pratico verso la sala del trono. Il suo tocco aveva ancora un certo effetto su di me.

Il pavimento in pietra levigata sotto i miei piedi nudi era

gelido. Nell'aria aleggiava il denso fumo dell'incenso. Trattenni un colpo di tosse. Mi guardai attorno come un animale condotto al macello. Non dovetti sforzarmi troppo per fingere terrore, il mio cuore batteva *davvero* come un tamburo da guerra. Tenni comunque la schiena dritta, ma lasciai che la paura si facesse spazio sul mio viso; l'accentuai, persino. Che mi credessero indifesa, se volevano. Che mi credessero remissiva e disposta a offrire il collo alla lama.

Re Florent si alzò dallo scranno e abbracciò il pubblico con una lunga, intensa occhiata. Mi dava i brividi la sua somiglianza con il figlio. Mi chiesi che tipo fosse stata sua madre... aveva preso qualcosa da lei? Era una pazza sanguinaria come tutti loro? Oppure aveva la pazienza e la pacatezza di Sibilla?

Alle spalle del trono, mi accorsi di un ampio altare che affacciava su una larga vetrata. Era notte fonda, fitte stelle spezzavano il nero del cielo e illuminavano la neve candida delle vette donandole un tono argenteo. La grande finestra rifletteva le fiammelle delle candele sul tavolo del culto. La cera si era sciolta in tante lacrime bianche lungo il candeliere e sul pavimento.

È lì che avrebbero preso la mia vita. Un brivido mi fece tremare le spalle, ma lo bloccai subito. Sentii la mano di Reywind stringersi lieve sulla stoffa del mio vestito.

«Amici,» il tono di Florent era gioviale e paterno «abbiamo le tre Spade!»

Non ero sorpresa. Già dalle mie prime settimane di permanenza alla Sacra Dimora di Heldor era noto che una delle tre Spade fosse entrata in possesso dei Legionari. Era accaduto in occasione dell'assalto che Reywind e il suo gruppo avevano subìto da parte della Legione Oscura: durante quella missione, erano morti degli Adepti. Realizzai allora che anche quell'imboscata era stata strategicamente organizzata dall'uomo che mi aveva tradita.

La folla esultò. Batterono i piedi a terra, gridarono di felicità, qualcuno addirittura scoppiò in lacrime di gioia.

Nonostante Reywind avesse consegnato due delle Spade, questo – agli occhi della Legione – non faceva di lui necessariamente un Prescelto. Non era certo la prima volta che le lame leggendarie finivano nelle mani di persone non destinate a risvegliare la magia. Lo stesso generale Florent ne possedeva una, ma questa non aveva mai reagito al suo tocco.

Loro non lo sapevano, ma anche Silver Hale aveva trovato *Lux* prima del suo legittimo proprietario. E Zefiro aveva trovato *Obscuritas*.

Finché Reywind si fosse astenuto dal toccare la sua Spada, sarebbe stato al sicuro. E, in parte, lo sarei stata anche io.

«E abbiamo la Discendente!» La sua voce superò quella dei sudditi. «Tutto questo per merito di mio figlio!»

Con la coda dell'occhio intravidi la mascella di Reywind contrarsi e le sue labbra piegarsi in un sorriso duro, spietato. Non avevo più dubbi sulla sua natura da traditore, ma faceva male accumulare prove su quanto fossi stata stupida e ingenua. Lui era orgoglioso di se stesso. Fiero di aver recuperato le Spade, di essersi portato a letto la Discendente e di averla venduta al suo popolo. C'era da capire come avrebbe fatto a risolvere il piccolo particolare sulla storia del Prescelto.

«Buoni, buoni.» Il re placò la folla con tono condiscendente. «Dobbiamo ancora trovare i Prescelti.»

Calò un silenzio teso.

Era chiaro che non stessero nella pelle, che non vedessero

l'ora di versare il mio sangue sull'altare e di marciare in tutto il regno di Eredros portando morte e distruzione insieme al Fauno che idolatravano come un dio. Erano delusi di quell'attesa che si doveva protrarre ancora per un po'.

Florent fece un cenno a Lamier. Il guerriero recuperò dall'altare uno scrigno contenente diversi pezzi di stoffa insanguinati, intanto che tre guardie sfilavano come soldatini nella sala sfoggiando ognuno una Spada leggendaria. Le cullavano come infanti tra le braccia.

«È giunto il momento di scoprire se i nostri sacrifici hanno dato i loro frutti» rombò il generale, caricando ancora la sala d'entusiasmo.

Quei panni erano intrisi del sangue degli Adepti. C'era quello di Maia, di suo fratello Peter, di tutti gli altri morti per mano dei Legionari. Mi venne il disgusto.

«I *vostri* sacrifici?» Fu più forte di me, non riuscii a trattenermi.

«Nailyn» mi ammonì Reywind stringendomi la spalla.

Mi divincolai e feci un passo verso il re. «Avete massacrato e sacrificato migliaia di Adepti e avete il *coraggio*» sputai quella parola come se fosse amara «di parlare di sacrificio come se fosse il vostro?»

Un silenzio pesante ci piombò addosso. Non avevo smesso di avere paura. Ma era prevalso l'odio.

«Forse dovremmo farle tagliare la lingua» propose maligno Lamier, e Reywind lo fulminò con lo sguardo.

«No.» Florent finse magnanimità posando una mano sul petto del guerriero. «Sentiamo cosa ha da dire.»

Mi rivolsi alla folla. «Vi fidate di un uomo che massacra la gente senza alcun criterio, voi? Di un uomo che non ha alcun piano e avanza a tentoni uccidendo chiunque gli capiti a tiro per poter impregnare di sangue un fottuto panno?» Sentivo le iridi bruciare e sapevo che il rosso si era intensificato. «Volete che il Fauno, che si è macchiato dell'omicidio dei suoi più cari amici, si risvegli? Cosa vi dice che vi risparmierà, se la vostra morte dovesse offrirgli qualche vantaggio?»

Silenzio.

Avevo il fiato corto. Sapevo che qualsiasi cosa avessi detto si sarebbe persa nell'eco del castello. Ma speravo comunque di riuscire a portare qualcuno dalla mia, di scatenare una ribellione. E gli sguardi perplessi di pochi di loro mi fecero credere per un istante di essere riuscita a fare presa. Ma quando la tonante risata di Florent vibrò nella sala, e i seguaci vi si unirono, tutte le illusioni crollarono.

Il cuore mi sprofondò nello stomaco e afflosciai le spalle. Lamier sfoggiò un sorrisetto divertito.

«Le parole di una codarda» commentò il re. «Teme per il proprio destino. Teme la lama che le squarcerà la gola e donerà al mondo la luce.»

«La mia morte porterà solo buio» ringhiai.

«È quello che vi insegnano nella vostra scuola?» Aggrottò le sopracciglia e mi parlò come si fa con un bambino.

«È quello che dice la Leggenda.»

Sollevò gli occhi sulla sala che assisteva col fiato sospeso. «La Leggenda che conosci ha un pezzo mancante, mia cara. Come dice?»

«*Ma col ritorno alla vita del mondo incantato si scatenerà sui regni anche la furia del Fauno, vittima dell'inganno. Il vero RE dominerà la magia solo con il sacrificio della Discendente*» recitarono i Legionari in coro.

Mi tornò alla mente la sezione vietata della biblioteca e il volume impolverato che riportava quelle esatte parole. Io e Jak le avevamo scartate considerandole le farneticazioni di un fanatico. Evidentemente loro ci credevano ancora.

Sorrisi, stupita. «Pensate che parli di voi? Che il *re* siate voi?» Scoppiai in una risata. «Siete un pazzo, ecco cosa.»

Florent assottigliò le labbra. «E voi una vipera dalla lingua tagliente.»

Lamier fece un passo avanti. «Potremmo accelerare la procedura, Vostra Grazia» gli sussurrò in un orecchio. «Non abbiamo bisogno d'altro che del suo sangue.»

«No.» La voce di Reywind mi fece formicolare la schiena. «Dobbiamo trovare i Prescelti.»

Quella minuscola parte di me che viveva di speranza riprese a crescere. Feci del mio meglio per tenerla a bada: avevo imparato che contare sulle persone era pericoloso.

«Bene.» Florent batté le mani. «È ora di capire se siamo vicini al traguardo.»

Sotto gli occhi famelici di tutti, i tre soldati si passarono le diverse pezze impregnate di sangue e le strofinarono sulle lame. I Legionari erano convinti che bastasse questo per risvegliare il potere delle Spade, motivo per il quale avevano raccolto il sangue di ogni singola vittima delle loro atrocità. Sapevo che *Lux* non si sarebbe illuminata, ma delle altre due Spade non sapevo niente. Trattenni un respiro ansioso.

Non accadde nulla. Se nessun Prescelto era stato ucciso, la guerra contro la Legione Oscura non era ancora persa. Un ghigno soddisfatto mi esplose in faccia quando gli occhi bramosi e collerici del generale finirono nei miei. Il suo volto si contrasse per la rabbia.

«Portatela nella sua cella!» Tuonò l'ordine, rosso di furia.

Venni afferrata per le braccia e trascinata indietro. Puntai i talloni a terra per fare resistenza, ma finii per sbucciarmi.

«Preparatela per il sacrificio!» Il generale mi indicò. «Fra tre giorni da oggi, avremo il sangue della Discendente!»

La folla esultò.

Sibilla, che fino a quel momento era rimasta in disparte, fece un passo avanti. «Padre...»

Lui la zittì con una mano. I miei occhi saettarono da una parte all'altra e si fermarono su quelli di Reywind. Era rigido come una statua, il volto impassibile.

La porta a doppia anta si chiuse, troncando il frastuono delle voci dei Legionari che festeggiavano.

Sono fottuta.

73

Il giorno del sacrificio mi svegliò una secchiata d'acqua gelida. Cercai di riprendere aria tirandomi su a sedere.

«Sveglia, *demone*» berciò un soldato. «È l'ora della festa.»

Avevo passato la notte a girarmi e rigirarmi in preda al terrore, ma quella mattina mi sentivo inspiegabilmente calma. Mi trovavo nell'occhio del ciclone della mia stessa paura.

I tre giorni trascorsi al buio e al freddo sarebbero dovuti servire a "purificare la mia anima". O così aveva detto Sibilla, quando era venuta a trovarmi. Ma in realtà mi avevano solo indebolito di più.

Venni afferrata per un braccio e fatta alzare. Le ginocchia mi facevano male, come ogni muscolo del corpo. Non mangiavo da quando re Florent aveva urlato la mia condanna, e avevo bevuto così poco che le mie labbra erano spaccate.

Neanche quando mi legarono strette le mani dietro la schiena e mi trascinarono fuori mi feci prendere dal panico. Una volta lontana dalle segrete, l'intensità della luce mi bruciò gli occhi.

«Che schifo» commentò uno degli uomini. «Si è pisciata addosso.»

Abbassai lo sguardo sulla veste bianca ormai lercia a causa del pavimento delle segrete, e mi accorsi di una macchia giallastra vecchia di almeno un giorno.

Il periodo passato nella cella era una nube confusa, nella quale pensieri, allucinazioni e realtà si fondevano tra loro. Ma ora ero abbastanza lucida da sentire le guance diventare sempre più calde. L'idea che Reywind mi vedesse in quelle condizioni mi metteva a disagio.

Lo vidi discutere rigidamente con un soldato dall'altra parte del corridoio e mi arrestai.

«Andiamo» ordinò la guardia strattonandomi bruscamente.

Reywind si voltò verso di me. Mi parve di leggere una nota di pena nel suo sguardo, ma mi diede subito le spalle e continuò a parlare col soldato. Se quella mattina avevo avuto ancora un briciolo integro di cuore, ora si era congelato per sempre.

Venni condotta in una stanza illuminata. Sibilla mi sorrise con tristezza. Muoveva con una mano dell'acqua fumante in una vasca di pietra. Il dolce profumo degli oli e il caldo vapore m'intristirono ancora di più. Erano piccoli aspetti di una quotidianità che non avrei potuto più vivere.

Il finale era già scritto. Cosa poteva fare una ragazza indebolita, disarmata e sola contro un esercito intero che non vedeva l'ora di vederla dissanguarsi?

«Potete andare.» Sibilla si rivolse, fredda, alle guardie, che obbedirono prontamente chiudendo la porta.

Rimasi lì impalata, incapace di nascondere lo sporco sulla mia veste, o il rossore imbarazzato. Lei, però, finse di non accorgersene. Credo che Sibilla fosse l'unica Legionaria alla quale avrei potuto portare rispetto.

«Entra, è ancora calda» m'invitò, voltandosi intanto che mi sfilavo la tunica dalla testa.

Una volta nuda, inorridii davanti alle costole che sporgevano, al solco dello stomaco, alle cosce sottili. Nel lasso di tempo che avevo passato nelle mani della Legione Oscura ero diventata il fantasma di me stessa.

Strinsi le labbra cercando di non pensare al mio aspetto. M'infilai nella vasca e mi abbandonai al calore confortante dell'acqua. Non opposi resistenza quando Sibilla, con delicatezza, iniziò a strofinarmi la pelle.

Mi tesi al ricordo delle donne dei Ribelli che mi avevano lavata. I pensieri viaggiarono nell'unica direzione possibile: la notte nella tenda.

«Tutto bene?»

La guardai interrogativa.

«Giusto, scusa. Domanda stupida.»

Sospirai.

Sibilla mi lasciò qualche minuto a mollo nell'acqua diventata grigia e poi mi avvolse in un asciugamano così soffice che avrei voluto morirci dentro. Quasi risi per l'ironia.

Indossai da sola una tunica rossa che si allacciava sul davanti con un unico nodo. Sotto ero completamente nuda. Un sospetto angosciante mi strisciò nel petto: mi avrebbero spogliata per il sacrificio? Del mio corpo cosa ne sarebbe stato? Mi avrebbero seppellita da qualche parte affinché esistesse un luogo in cui ricordarmi, o mi avrebbero semplicemente buttata dal dirupo?

Quei ragionamenti svanirono come fumo quando Sibilla mi si parò davanti con una corona di spine tra le mani. Erano rami di rosa intrecciati tra loro.

«Scusa.» Sembrava sinceramente dispiaciuta.

Non avrei causato problemi proprio a lei, l'unica a non avermi trattata come se non avessi diritto alla dignità, perciò chinai il capo e lasciai che me la posizionasse intorno alla testa.

Le spine mi graffiarono la pelle e si conficcarono nella fronte. Lacrime di sangue mi colarono sulla faccia, alcune mi finirono in bocca. Deglutii il sapore ferroso e resistetti alla nausea.

Sibilla fece scivolare le mani sulle mie spalle e lungo le braccia. I suoi occhi s'inchiodarono nei miei. Vi lessi tristezza e coraggio.

«Testa alta» sussurrò, la voce ferma e solida.

Piegai un angolo delle labbra verso l'alto. «Sempre.»

Un'ombra si posizionò all'improvviso davanti al sole. Per un terribile, tormentoso istante sperai si trattasse di Vill. Ma buttando un occhio fuori dalla finestra mi accorsi che grosse nuvole gonfie di pioggia stavano correndo nel cielo da est. Un lampo annunciò l'arrivo imminente di un temporale. Lo lessi come un presagio. Le viscere mi tremarono come un terremoto e mi resi conto che stavo uscendo dall'occhio del ciclone.

Poi mi ricordai che Silver Hale una volta mi aveva detto che l'unico modo per sopravvivere a una tempesta era affrontarla. Magari non sarei sopravvissuta, ma ci sarei passata attraverso e avrei impedito che uccidessero anche il mio orgoglio.

Misi a tacere il terrore e seguii la Legionaria. Fuori dalla porta, le due guardie mi mostrarono un crudele ghigno soddisfatto e mi legarono le mani a una catena. Nonostante la debolezza nelle gambe, tenni il passo per evitare che mi trascinassero.

Le ante della sala del trono erano spalancate, la folla radunata sotto lo scranno. Indossavano tutti un mantello nero col cappuccio calato sulla testa. Tutti tranne re Florent, che portava addosso un'armatura d'argento con lo stemma della Legione Oscura dipinto sul davanti.

I fedeli della setta si voltarono verso di me e aprirono un passaggio che conduceva a un altare sul quale si scioglievano decine di candele. Un altro lampo squarciò il cielo riflettendosi sul lungo coltello che il generale si rigirava tra le mani. La pioggia prese a scrosciare contro la vetrata, producendo il rumore di centinaia di tamburi. La voce acuta di una donna si alzò sulle nostre teste in un canto inquietante.

Deglutii il sapore amaro della paura e sfilai tra loro. Chiusi un istante gli occhi e pensai a Jak, al suo sorriso gentile, alle fossette che gli si formavano sulle guance, a tutte le volte che era riuscito a farmi ridere anche quando non c'era motivo. Il mio unico rimpianto nel dover lasciare questo mondo era abbandonare lui. Quanto mi avrebbe odiata per essermi fidata di Reywind. Quanto avrebbe odiato se stesso per avermi costretta a lasciare la Sacra Dimora di Heldor insieme a lui.

«Discendente,» la voce di Reywind mi riscosse «sei pronta?»

Aprii le palpebre e mi fissai su di lui. Indossava un'armatura simile a quella del padre, ma decisamente meno vistosa. Un ciuffo di capelli gli ricadeva sulla fronte e, alla luce fioca dei lumi, le ciglia scure disegnavano ombre sui suoi zigomi intagliati nel marmo. Il cuore perse un battito, quando mi accorsi che gli occhi di ghiaccio erano contornati di *kajal* nero, esattamente come la sera del ballo in maschera.

«Temo di no, *comandante*,» risposi «siete in errore se pensate che lascerò che mi uccidiate senza combattere.»

Strattonai la catena che mi legava le mani, strappandola alla presa dei miei aguzzini. Avevano ingenuamente creduto nella mia remissività. Fu una piccola, dolce vendetta per le umiliazioni subite.

A quel punto feci volteggiare in aria la catena di ferro come un mazzafrusto chiodato. Colpii la guardia più vicina sulla testa facendola cadere a terra, immobile. Poi fu il turno della seconda, che frustai all'altezza del collo. Seguì il rumore soddisfacente di ossa che si spezzano. La folla indietreggiò urlando.

«Fermatela!» gridò re Florent.

Dovettero avventarmisi addosso in tre per riuscire a bloccarmi. Grugnii con la faccia a terra divincolandomi come un'ossessa. Sputai persino qualche bestemmia sul Fauno che li fece imbestialire ancora di più.

Infine mi tirarono in piedi. I miei capelli erano una massa arruffata intorno alla testa e le spine sulla fronte si erano conficcate così in profondità che il mio viso era una maschera di sangue.

«Figliolo,» Florent gli passò il coltello «pensaci tu.»

Lamier era in prima fila a osservare ogni espressione di Reywind. Cercava ancora di capire se stesse fingendo, se avesse un secondo fine. Qualche minuto ancora, e avrebbe avuto la prova della sua misera lealtà.

Alla fine, sarebbe stato Reywind a uccidermi. Dopo il mio cuore, si sarebbe preso la mia vita. I nostri occhi s'incontrarono. Un sorriso quasi impercettibile gli abbandonò la bocca con la stessa velocità con il quale si era presentato. Poi, però, strizzò un occhio.

Reywind mi ha appena fatto l'occhiolino?

74

Non era un'allucinazione, Reywind mi guardava come se volesse dirmi qualcosa. Era un altro dei suoi giochi malati? Si divertiva a torturarmi? La vocina speranzosa, che fino ad allora si era limitata a sussurrare parole pericolose, adesso stava *urlando*.

La vista mi si oscurò a causa del sangue che colava sulla fronte e negli occhi, ma non distolsi lo sguardo da quello di Reywind. Teneva il coltello che gli aveva passato il padre rigirandoselo svogliatamente tra le dita. La bocca era una linea severa, ma quando si accorse che iniziavo a capire si rilassò.

«Spogliatela» ordinò Florent, dando voce alle mie paure.

Mi portai una mano al nodo che teneva chiusa la veste rossa e feci un passo indietro. Sbattei la schiena contro l'altare. Mi accorsi del piedistallo sul quale erano posizionate le Spade incrociate tra loro come nel simbolo. La Legione Oscura vantava il vessillo delle lame rosse su sfondo nero; Silver Hale e Viktor, invece, avevano indossato un ciondolo dorato. Lo stesso simbolo per due fazioni diverse.

Mi lanciai sul piedistallo, ne afferrai una a caso e la puntai dritta davanti a me, costringendo le guardie ad arrestarsi.

«Provateci,» scoprii i denti «e non mi limiterò a uccidervi. Vi farò a pezzi.»

Florent borbottò una risata. «Avanti, figlio» lo incoraggiò «risolvi il problema.»

Reywind oltrepassò gli uomini. Le ombre si confondevano sul suo viso severo. Non avevo occhi per nient'altro, neanche per l'arma che stringeva nel pugno e che mi avrebbe spedita all'altro mondo. Solo per *lui*.

Tutto sembrava muoversi al rallentatore. Quando fu finalmente davanti a me, la sua armatura quasi toccò la punta della mia Spada. Abbassai lo sguardo e solo a quel punto mi accorsi che impugnavo *Lux*. Era più chiara rispetto alle sue sorelle, le cui lame erano rispettivamente una di un grigio tempesta e l'altra quasi nera. Sarebbe bastato che lui la sfiorasse per rivelare a tutti chi fosse.

«Un solo destino è possibile per te.» La sua voce limpida e calda spezzò il silenzio. Persino la pioggia che batteva incessante contro la vetrata parve placarsi per far sì che tutti udissero quelle parole.

Poi Reywind sollevò il pugno che stringeva il coltello. Le fiamme delle centinaia di candele che bruciavano vi si rifletterono dando l'illusione che fosse fatto di fuoco. Senza alcun preavviso allentò la stretta delle dita e lo lasciò scivolare a terra in un tintinnio. La folla di spettatori bramosi di sangue trattenne il fiato. E anche io.

«Lo sapevo.» Lamier fece un passo avanti, la bocca contorta in una smorfia di disprezzo.

Reywind si voltò dandomi le spalle. La sua ampia schiena mi nascondeva, celandomi e proteggendomi da tutti. Il peso della Spada nella mia stretta divenne d'improvviso insostenibile e il braccio mi si afflosciò lungo il fianco. Lui non disse nulla, non tentò di spiegarsi. Si portò semplicemente due dita alla bocca e fischiò. Mi accigliai.

Perché?

«È così, figliolo? Scegli il nemico?» Il generale non sembrava sorpreso.

«Lo sapevate, padre?»

Florent scrollò le spalle e congiunse le mani davanti al grembo. «Lo sospettavo. Non sono né cieco né stupido.» La calma nel tono malcelava una furia rovente.

Reywind, invece, sembrava divertito. Gli dava soddisfazione provocare quel padre che non lo aveva mai amato. «Cosa mi ha tradito?»

«Solo un idiota non si accorgerebbe del modo in cui la guardi.» Era disgustato.

Quell'idiota si dava il caso che fossi io. L'unica, evidentemente, che non era riuscita a districare la rete di trame che erano state tessute.

«Un *demone*... hai scelto un demone alla tua famiglia» continuò il re.

«È lei la mia famiglia» ruggì Reywind.

Mi ritrovai la bocca secca. Un centinaio di emozioni diverse mi si affollarono nel petto. Gioia, paura, sospetto, tristezza. *Rabbia.*

«E perché è qui, allora?» sputò Lamier, la mano sull'impugnatura della lama.

«È qui per... quelle.» Con un sorrisetto astuto, Florent accennò al piedistallo. «Credevi di riuscire a recuperare l'ultima Spada che vi mancava?»

«Sì. E credo proprio di esserci riuscito.» Rey non si lasciò intimorire.

«Io, invece, non credo che te lo permetterò.» Non sembrava neanche che stessero parlando di vita e di morte.

«Altrimenti cosa mi farete?» Lo vidi sollevare il mento. «Mi *frusterete*, padre?»

Il generale affilò il sorriso cogliendo il riferimento. «Non avete possibilità. Una debole ragazzina mezza nuda e un idiota come te non riusciranno a lasciare questo castello. Non con tutti i miei uomini pronti a uccidervi.»

«Allora date l'ordine» lo sfidò Reywind, facendo un passo avanti. «Ordinate ai vostri *cani* di uccidermi, se non avete il coraggio di farlo voi stesso.»

Florent sbuffò. «Sei sempre stato melodrammatico. Se non ci avessi già pensato venendo al mondo, avresti ucciso tua madre col disonore che stai arrecando oggi alla famiglia.»

«Lei sarebbe stata fiera di lui.» La voce di Sibilla rimbombò nella sala del trono.

Il re voltò la testa nella sua direzione. «Sibilla. Nella tua stanza. Ora.»

Lei rimase esattamente dov'era, sostenendo lo sguardo del padre. Non le avrebbe fatto del male, non alla sua pupilla. Dovette ordinare a due dei suoi uomini di trascinarla via di lì. L'eco delle sue grida di protesta si affievolì solo quando le porte le si richiusero dietro.

«Non meriti il titolo di principe.» Lamier ora era così vicino che avrebbe potuto attaccare.

«Puoi prenderlo tu, se lo vuoi» replicò Reywind, guardandolo dall'alto al basso.

La folla aveva preso a bisbigliare sconcertata dal voltafaccia del suo beniamino. Reywind si era rivelato prima un salvatore, poi un nemico. Io, invece, avevo vissuto l'esatto contrario: avevo scoperto un traditore e poi ritrovato un alleato. C'era ancora molto da spiegare, e la fitta di delusione non aveva smesso di pulsare, anche se ora si era ammansita. Avrei pensato a tutto più tardi, quando fossimo usciti di lì.

Se fossimo usciti di lì.

Gli occhi castani di Lamier brillavano maligni. «Hai perso il senno per una putta...»

«Attento.» La voce di Rey, ora molto più bassa, suonò pericolosa.

Una tensione del tutto inappropriata al momento mi si formò nel ventre. Avrei voluto strozzarlo e stringermelo addosso allo stesso tempo. Se fossimo sopravvissuti, avrei fatto esattamente quello.

Lamier era a un soffio da noi. Io stavo dietro le spalle di Reywind. Lui invece era dritto, fiero, pronto alla guerra come era sempre stato. Ma era disarmato, il coltello rotolato lontano.

«Sarò *io* l'eroe.» Lamier sollevò la sua arma e misurò un attacco che avrebbe dovuto aprirmi il cranio come una mela.

Reywind ruotò col busto verso di me, mi sfilò la Spada dalla mano e intercettò il colpo, bloccandolo. Una luce dorata divampò dall'incontro delle due lame. *Lux* stava reagendo al suo legittimo proprietario, illuminandogli il viso come mille soli.

L'istante che seguì sembrò eterno. La consapevolezza di ciò che significava ci mise un po' a formarsi negli occhi stupefatti di Lamier. Lo shock lo intorpidì al punto che si accorse troppo tardi del calcio allo stomaco con cui Rey lo spedì dall'altra parte della stanza.

Re Florent pareva pietrificato. Boccheggiava come un pesce fuor d'acqua, così come il resto dei Legionari. Nessuno sapeva più come reagire. Il bagliore della Spada rendeva inutili le fiammelle delle candele. Io ero così esausta che alla vista del suo profilo orgoglioso infuso di luce e dell'armatura nera scintillante, quasi crollai sulle ginocchia.

«Uccidetelo!» urlò re Florent.

Dopo un istante di esitazione, i guerrieri parvero risvegliarsi come da un lungo sonno. Ci vennero addosso tutti insieme, Lamier compreso. Mi precipitai sull'altare recuperando le altre due Spade, una delle quali finì nella mano libera di Reywind. Ci posizionammo schiena contro schiena come avevamo fatto io e Jak alla Sacra Dimora di Heldor durante l'attacco dei Legionari.

Lui mieteva vittime senza sosta utilizzando entrambe le lame. Troncava teste, braccia, gambe. Io infilzavo quanti più nemici riuscivo. Anche se ero debole, mi sentii rinnovata da un'energia inattesa. Era come se uno spirito benigno – ma violento – si fosse impossessato del mio corpo. Ma sapevo che, in realtà, era solo istinto di sopravvivenza. L'unico a non avermi mai abbandonata.

«Lyn!» gridò Rey. «Preparati!»

«A cosa?» urlai di rimando, senza fiato.

A quel punto ero così coperta di sangue che sembrava mi ci fossi fatta il bagno.

Reywind mi afferrò e con un braccio mi strinse addosso a lui, la schiena premuta contro la sua armatura. Con l'altra mano continuava a combattere intanto che ci muovevamo camminando all'indietro. Calciò un Legionario centrandolo alla pancia e spingendolo violentemente a terra.

«Ora!»

Strinse entrambe le braccia intorno a me e le Spade si incrociarono davanti a noi. Mi sollevò da terra e, dopo aver preso la rincorsa, si fiondò contro la vetrata. Questa andò in frantumi in uno scricchiolio terrificante. Il freddo dell'aria esterna mi arrivò addosso prima ancora dell'orribile sensazione di vuoto allo stomaco.

Un urlo di terrore mi proruppe dalla gola. Le vette innevate erano testimoni della nostra caduta, e le luci del castello diventavano sempre più lontane. Le rocce acuminate ci sfilavano veloci intorno, il rombo del vento mi spaccava i timpani, la pioggia precipitava insieme a noi. Ma riuscii a tenere stretta la Spada.

Poi ci fu uno stridio familiare. L'impatto fu così violento che sbattei i denti, rischiando di mordermi la lingua. Serrai gli occhi, troppo codarda per assistere alla mia stessa morte. Ma quando li riaprii, le vette delle montagne erano di nuovo vicine. *Sempre più vicine.* Sollevai la testa e scorsi due grandi ali rosse dai riflessi neri e la testa inclinata di uno stupido lucertolone che mi lanciava sguardi con la coda dell'occhio.

Ecco perché il fischio: Vill!

Reywind mi aiutò a mettermi a cavalcioni sul drago e ad afferrarmi alle sue scaglie prima che scivolassimo entrambi giù. La Sacra Dimora di Selva alle nostre spalle poteva ora diventare un brutto ricordo. Eravamo salvi, liberi. Non ero stata sacrificata sull'altare e Reywind non era mio nemico.

Mi sfilai la corona di spine dalla testa e la lanciai nel vuoto. Mi allungai poi sul collo del drago, esausta al punto che non riuscivo più a tenermi dritta. Frenai le lacrime che stavano per riempirmi gli occhi, e lasciai che un sospiro di sollievo mi abbandonasse i polmoni insieme a tutta l'adrenalina che mi aveva mantenuta reattiva fino a poco prima.

Reywind si piegò su di me. Le sue labbra finirono sulla mia nuca sporca di sangue.

Il suo fiato caldo mi solleticò il collo quando disse: «Te lo avevo detto che potevi fidarti di me».

75

Qualsiasi cosa accada, ricorda che puoi fidati di me.

Non sapevo se sentirmi una stupida o se nutrire ancora qualche sospetto. Rey mi stringeva come se non volesse lasciarmi andare per nessuna ragione al mondo, ma una parte di me desiderava mettere quanta più distanza possibile tra noi. Ero delusa, furiosa, umiliata. Ma anche sollevata.

La pioggia continuava a cadere imperterrita lavando via parte del sangue che avevo addosso. Ne ero nauseata. Il sapore ferroso e l'odore pungente, combinati al senso di vuoto per via dell'altezza in cui ci trovavamo mi provocarono forti conati di vomito.

«Dobbiamo scendere!» gridò Reywind.

Eravamo entrambi esausti. Ci serviva un riposo quantomeno decente, e a cavallo del drago sarebbe stato impossibile avere una tregua.

Rey batté un paio di colpi sulla groppa di Vill. «Giù, bello!»

Il drago obbedì senza esitazioni e senza esibirsi in quegli spettacoli mortali con i quali solitamente si divertiva a spaventarmi. Inclinò semplicemente il corpo e pian piano arrivammo a terra, in una vallata tra due colline. L'atterraggio fu quasi delicato.

Reywind smontò per primo poi mi porse la mano per aiutarmi a scendere. La ignorai e saltai giù.

«Lyn...» La sua voce sembrava un soffio nel frastuono della pioggia che trafiggeva la terra brulla sotto i nostri piedi.

Gli voltai le spalle e mi guardai attorno assottigliando gli occhi alla ricerca di un riparo. C'era un raggruppamento di alberi poco più a nord. Vill spiccò il volo in un boato d'aria sotto le sue grandi ali. M'incamminai verso gli alberi costringendo le gambe all'ultimo sforzo.

Reywind mi afferrò una mano e mi fece voltare. «Lyn, mi dispiace davvero tanto. Era l'unico modo e...»

«E ci servivano le spade» finii. «Lo so.»

«Mi odi.» Non era una domanda.

Trovai finalmente il coraggio e puntai i miei occhi nei suoi.

«Mi hai mentito.» Nonostante il rumore della bufera, la mia voce suonò chiara.

«Era necessario, dovevi credere che...»

«Parlo di molto prima, Reywind» lo interruppi. «Ti sei finto una persona che non eri. Un istruttore, un membro della Sacra Compagnia. Un mio *alleato*. E invece sei sempre stato un fottutissimo Legionario di merda infiltrato tra gli Adepti!» stavo urlando. Ed era una liberazione.

Mi prese entrambe le mani e si chinò in avanti così che i nostri occhi fossero alla stessa altezza. Non avevo forza per tirare indietro le braccia, mi costava meno fatica stare ferma.

«Sì. Ti ho mentito, Nailyn. Ero un Legionario, ma tutto è cambiato quando...»

«Quando hai scoperto di essere il Cavaliere di Luce?»

«Quando ho conosciuto *te*.»

Anche se il cuore mi si era fermato, ribattei: «Che romantico» e piegai le labbra in una smorfia. «Non m'incanti, Reywind. Mi detestavi quando mi hai incontrata.»

«All'inizio, può darsi. Ancora non ti conoscevo...» confessò. «Ma non ci ho messo molto a cambiare idea. Era me che detestavo. Perché non potevo provare quello che provavo, perché non potevo mettere in dubbio tutto ciò che avevo imparato dalla mia gente. Perché mi rendevi debole. La Discendente doveva essere un *demone*. E non la persona che in realtà avevo davanti. La persona più forte e fragile di tutte.»

«Io non sono fragile» sbottai.

I suoi occhi brillarono di centinaia di emozioni diverse. Ghignò amaramente. «Mi sbagliavo» ammise, passandosi una mano tra i capelli grondanti. «Essere forti non significa non avere fragilità. Anzi, è tutto il contrario... e me lo hai insegnato tu.»

Serrai le labbra. Il cuore sembrava entusiasta della confessione, ma il mio cervello era spaventato dalla possibilità che mi stesse ancora mentendo. Non riuscivo più a capire dove iniziasse la realtà e dove finisse la finzione.

Notando che non rispondevo, continuò: «Non potevo ammetterlo neanche a me stesso, ma ti desideravo. Ti *desidero*, Nailyn. Non ho mai smesso di farlo».

Il nero del *kajal* che gli contornava gli occhi si stava sciogliendo in lacrime nere sotto la pioggia. Mi tirò a sé e mi strinse tra le braccia forti. Avrei voluto ribellarmi, ma era un bel posto in cui stare.

«Nailyn,» mi sussurrò all'orecchio «non ho mai voluto che ti accadesse tutto questo.»

Mi allontanai lievemente, lasciando che la pioggia cadesse tra di noi. «Avresti potuto avvisarmi, informarmi dei tuoi piani.»

«No, non potevo. Non dovevo destare sospetti e se ti avessi detto tutta la verità loro lo avrebbero capito.»

«Sono una brava attrice» protestai.

«E mio padre un giudice spietato.» Il suo tono virò velocemente dal tormentato al risoluto. «Era troppo rischioso.»

«Ho creduto che...» Mi si spezzò la voce.

Reywind mi afferrò il mento tra due dita e mi costrinse a guardarlo negli occhi. Erano vividi, febbrili. «Mi sono odiato per quello che stavi subendo. Ma ti giuro una cosa, Nailyn: alla fine di questa guerra, nessuno di coloro che ti ha fatto del male resterà in piedi sul campo di battaglia.»

Si allontanò di un passo e sfilò *Lux* dal fodero. Le altre due Spade erano assicurate sulla sua schiena. La luce rischiarò il buio della vallata e fece brillare le gocce di pioggia come schegge di vetro. S'inginocchiò ai miei piedi.

«Io rinnovo il mio giuramento.» Ficcò la Spada nel terreno e chinò la testa. «Io giuro di consacrare la mia vita a te, di proteggerti e di sostenerti sempre. Ogni tuo nemico sarà il mio; ogni tuo alleato sarà il mio. Quando soffrirai, soffrirò con te. E quando esulterai per la vittoria, ti solleverò in alto. Massacrerò al tuo fianco fino all'ultimo rivale, sino a quando la terra non sarà rossa per il sangue del nemico. E, infine, giuro che il mio cuore sarà tuo da ora fino alla fine dei tempi.»

Mi pizzicarono gli occhi ma ricacciai indietro le lacrime. Se avessi iniziato a piangere, non sarei più riuscita a smettere. Mi misi davanti a lui. Le ginocchia mi affondarono nel fango ma non ci feci caso.

Sollevai le mani e le portai alle guance di Reywind. Lui sollevò i suoi occhi sui miei. La luce della Spada gli illuminava le iridi di ghiaccio e le gocce d'acqua che scivolavano da un ciuffo di capelli.

«Quindi ora ho un guardiano personale?» commentai, scherzosamente.

Gli angoli della bocca di Rey si piegarono in un sorriso divertito. «Solo tu potevi dire una cosa del genere in un momento come questo.»

Portò le mani sopra le mie, ferme sulle sue guance, e ci sollevammo da terra. Nonostante l'armatura che poneva una dura barriera tra i nostri corpi, sentii il calore che emanava.

I suoi occhi, ora, erano solo per le mie labbra. Prima che arrivasse a sfiorarle, sentii la pelle formicolare e tendersi impaziente. Poi, finalmente, fummo di nuovo un'unica cosa. Le mani mi esplorarono la schiena e s'incastrarono tra i miei capelli intanto che mi assaporava con urgente disperazione. Non c'importava della pioggia, del gelo, del mondo esterno. E neanche del sangue che avevamo addosso.

Dopo tanto dolore, quel momento era solo nostro.

Trovammo un riparo sotto le fitte chiome di una serie di alberi. Riposammo a turno. Un sonno veloce e leggero, giusto quel che serviva per non crollare.

Indossavo ancora solo la sottile veste rossa del sacrificio e il gelo mi penetrò nelle ossa. Non riuscivo a smettere di tremare neanche a stretto contatto col calore di Reywind.

Non lo avevo perdonato del tutto. Forse non ci sarei mai riuscita. Ma ero cresciuta a Vartadis, tra le strade e i teppisti che le infestavano. Sapevo cosa volesse dire doversi adattare e impostare le proprie idee e la propria morale sulla sopravvivenza. E Rey non aveva fatto nulla di diverso da questo.

Avrebbe potuto dirmi prima la verità. Ma forse aveva ragione: lo shock sulla mia faccia aveva convinto tutta la Legione Oscura. E i dubbi del generale Florent non erano dipesi da me, ma dal modo in cui Reywind continuava a guardarmi. Ero stata forse l'unica a non accorgersene?

«Cosa hai scoperto?» chiesi, cercando di distrarmi dal freddo.

Ero seduta con la schiena contro il suo petto. Si era tolto l'armatura e l'aveva abbandonata da qualche parte. Sarebbe stato troppo rischioso girare col simbolo della Legione Oscura addosso, anche se ora avevano in mano le redini del regno di Eredros.

«Non molto.» Mi strinse un po' più forte. «Mio padre non si fidava del tutto. Non mi ha messo a conoscenza dei dettagli principali, ma so che tutta la loro strategia si basava sulle tre Spade e sulla Discendente. E ora non hanno più nulla.»

Contro ogni speranza, le cose si erano ribaltate velocemente. Io non ero più una prigioniera della Legione Oscura, e loro non avevano nemmeno più le Spade che contenevano e dominavano la magia. In più anche il Cavaliere di Luce era riuscito a sfuggirgli da sotto il naso. Avrebbero dovuto affrontare la guerra senza il potere della magia. Se anche avessero trovato gli altri due Prescelti, le Spade erano in mano nostra.

«Forse possiamo impedire la guerra.»

«Non credo si arrenderanno mai» spiegò lui. «Ora che sanno che sono uno dei tre Prescelti avranno messo una taglia sulla mia testa. Oltre che sulla tua, chiaro.»

«Rassicurante» ironizzai.

«Non ti preoccupare,» mi sussurrò tra i capelli «ho giurato di proteggerti.»

La colpii al braccio. «Non sono una donzella in pericolo. So proteggermi da sola.»

Sogghignò. «Oh, non ne dubito. Ma siamo una squadra: io proteggo te e tu proteggi me.»

Gli rivolsi un sorriso, ma in un istante mi si congelò sul volto. Un tempo eravamo stati io e Jak, la squadra. Anzi, una vera e propria banda. Ed era stato divertente anche quando era stato pericoloso. Adesso cosa saremmo diventati? Mi sentivo come se avessi tradito la sua amicizia. Sospirai.

«Non ti preoccupare. Lo raggiungeremo presto» mi assicurò lui, indovinando la direzione che avevano preso i miei pensieri.

Mi tirai su di scatto. I bigliettini che mi aveva lasciato Jak al rifugio erano ancora nella mia divisa da combattimento. E la mia cazzo di divisa ce l'aveva la Legione Oscura! Se li avevano trovati, sapevano che eravamo in combutta con i Ribelli.

«Che ti prende?»

«Porca di quella puttana!» imprecai.

Si alzò in piedi. «Spiegati.»

«I messaggi di Jak. Stanno nella mia divisa.»

Sorrise. «Non hai nulla di cui preoccuparti. Li ha trovati Sibilla.»

Sgranai gli occhi. «Sibilla *sa*?»

«Lyn, sei più cieca della Madre.» Scosse la testa divertito.

«Dovrebbe essere una battuta?» Incrociai le braccia.

«D'accordo, non era divertente,» mi concesse «ma dovresti lavorare sul tuo occhio critico e sullo spirito di osservazione. Tu non ti accorgi proprio di nulla.»

«Era Jak quello svegl… no, non è vero. E comunque, tu dovresti lavorare sul tuo senso dell'umorismo. Sei inquietante.»

Sorrise e scrollò le spalle. «Sibilla è dalla nostra, non ti devi preoccupare.»

«E noi l'abbiamo lasciata così? Dai Legionari? Dobbiamo trovare il modo di riprendercela.»

«Ma che hai oggi? Sei in fibrillazione.» Mi tenne ferma per le spalle. «E no, non faremo proprio nulla per salvarla.» Prima che una smorfia di disgusto mi si palesasse in faccia, continuò: «Mio padre stravede per lei, non le faranno alcun male. E siamo d'accordo che ci aiuterà dall'interno quando arriverà il momento».

Avrei trovato il modo di ripagare la premura che mi aveva dimostrato quando ero prigioniera. In quel momento, però, mi limitai a sospirare per il sollievo.

«Quello di infiltrarsi è un vizio di famiglia.» Storsi il naso.

«E questa dovrebbe essere una battuta?» Mi rigirò la frase.

Roteai gli occhi. Poi mi portai una mano al collo. Reywind sfilò la mia collana col ciondolo della campana da una tasca.

«Pensavo la rivolessi.»

Me la rimisi subito, gli occhi colmi di gratitudine.

Prima che lo chiedessi, mi disse: «Ho io i tuoi stiletti e il pugnale. Non appena avrai un abbigliamento adeguato» fece scorrere lo sguardo su una mia coscia nuda che sbucava dalla vestaglia leggera «e una cinta in cui assicurarli, te li restituirò».

Posai la guancia contro il suo petto e sorrisi. «Molto premuroso.»

A pioggia cessata, Rey guardò verso l'alto e tra le fronde degli alberi scorse un pezzetto di cielo privo di nuvole. Era ancora buio, ma l'alba sarebbe arrivata a momenti.

«Credo che dovremmo riprendere il viaggio» propose.

«Sì. Andiamo a cercare Vill.» Erano più di tre giorni che non toccavo cibo. Avevo assolutamente bisogno di arrivare all'accampamento dei Ribelli prima di svenire.

«Risolvo subito.» Si portò due dita alle labbra e fischiò.

«Non è mica un cane.» Aggrottai le sopracciglia. «E poi, ora che sono tornata, riprenderà a obbedire a me.»

«A entrambi» mi corresse senza nascondere la soddisfazione.

«Vill è il mio drago e tu...»

«E io sono il suo padrone. Mi ha scelto quando eri rinchiusa nella cella durante i tre giorni prima del sacrificio. Credevi che mi sarei buttato dalla finestra senza un piano?»

«Ma non... non poteva sceglierti. Lui era già mio!»

«Perché sei la Discendente, certo. Ti obbedirà sempre. Ma anche a me.» Mi strizzò l'occhio.

«Siete due traditori.»

«Di chi dei due sei gelosa, Nailyn?»

76

Vill era atterrato nei paraggi del colle sul quale sorgeva l'accampamento. Poi se ne era volato via chissà dove a fare chissà cosa da bravo lucertolone sputafuoco. Noi avevamo raggiunto la cima a piedi, stanchi e affamati.

Appena arrivati, Samshara ci venne incontro. Sul suo viso d'ebano non lessi alcuna emozione, se non una vaga parvenza di fastidio. Non le piacevo molto, ma la cosa non mi turbava. Anzi, mi rassicurava: voleva dire che era una guardia attenta, perfetta per tenere al sicuro il capo dei Ribelli, Zefiro.

Ogni uomo, donna e bambino lavorava senza tregua: chi intrecciava fili di cotone per le bende, chi batteva il ferro per le armi, chi legava piume tra loro per la coda delle frecce. Si stavano preparando alla guerra e sembravano a buon punto.

Tra i fabbri scorsi Mastro Turild. Quasi mi cascò la mascella a terra quando intravidi la zazzera di capelli biondi di Mida intento a triturare erbe, i ricci fitti di Gazelle che gli dava indicazioni senza perdere quel suo solito sorriso affilato, e gli occhi azzurro intenso di Zinah puntati su di me.

«Cosa cazz...» mormorai.

«Li abbiamo trovati sulla strada per Vartadis. Erano conciati male...» Samshara gesticolò con una mano.

Mi guardai attorno sperando di trovare Jak, ma di lui non c'era traccia.

«È in ricognizione,» mi anticipò lei «ogni mattina s'incammina nei sentieri e torna la sera quando tutti gli altri dormono.»

Dèi benedetti, è vivo!

Quasi non riuscivo a credere che, dopo le varie peripezie, tutto era filato liscio – o quasi.

Lasciai uscire il fiato che avevo trattenuto e chiesi: «Perché? Che cerca?».

«Te» affermò senza emozione. «Ti aspetta da quando li ho portati tutti qui.»

Ripensai al bigliettino che mi aveva lasciato al rifugio e lo stomaco mi si strinse in una morsa. Mentre io passavo i giorni e le notti chiusa in una cella, tra le grinfie della Legione Oscura, aspettando la morte, lui usciva ogni mattina per venirmi a cercare. La stessa speranza alla quale mi ero aggrappata dopo essere stata trascinata via dalla Sacra Dimora di Heldor aveva dato forza a lui. Non potevo sapere che era sopravvissuto, così come lui non poteva sapere che lo avrei raggiunto. Ma entrambi ce lo sentivamo dentro, come se fossimo stati una cosa sola. Due parti della stessa metà.

Non volevo che gli occhi mi diventassero troppo lucidi per il sollievo, perciò cambiai discorso. «E tu che ci facevi sulla strada per Vartadis?» chiesi, sospettosa. «Ci seguivi?»

Lei si fermò e mi lanciò un'occhiata di fuoco. Prima che potessimo incenerirci a vicenda, Rey si mise in mezzo.

«Dobbiamo parlare con Zefiro» affermò, senza ammettere un no come risposta.

Samshara lo squadrò per bene e arricciò il naso. «Non vi

porterò dal mio signore conciati così.» Mandò un cenno alle anziane che ci osservavano incuriosite come la prima volta. «Rendeteli presentabili» ordinò loro prima di andarsene.

Rey mi dedicò un sorrisetto e seguì un gruppo di tre donne evitando di opporre resistenza. La mia pelle stava per essere scartavetrata e diventare rosa come quella di un neonato. La prospettiva non era affatto allettante. Sospirai e incurvai le spalle.

I miei occhi incontrarono quelli di Mida. Un sorriso sorpreso pian piano gli si allargò sul volto. Sollevò una mano in segno di saluto e io feci altrettanto, ma una vecchia dalla pelle e i seni cascanti mi afferrò per il polso e mi trascinò dietro di lei.

Ci sarebbe stato tempo più tardi per gli abbracci, ora dovevo ingaggiare una battaglia contro le Ribelli e le loro spugne corrosive.

«Ah, no.» Sollevai un indice e le anziane si arrestarono. «Questa volta mi lavo da sola, grazie.»

Loro arricciarono le labbra con disappunto e mi lasciarono sola nella tenda. Ritrovarmi di nuovo lì mi faceva sentire strana, soprattutto perché nel poco tempo che era trascorso dalla nostra ultima visita sembrava cambiato tutto.

Non appena finalmente si convinsero a lasciarmi sola, m'immersi nella tinozza fumante. Lavai via tutto il sangue e lo sporco e quando riuscii a sciogliere gli ultimi, incrostati nodi tra i capelli, l'acqua era ormai diventata rossastra. Mi asciugai con alcuni panni soffici. Dal momento che la mia divisa da combattimento era rimasta alla Sacra Dimora di Selva, e che certo non avevo voglia di rimettermi la lurida veste rossa del sacrificio, fui costretta a indossare uno dei loro completini di cuoio.

«Fantastico» borbottai, notando quanto mi andasse largo rispetto alla prima volta. Avevo decisamente bisogno di mangiare qualcosa. Perlomeno, le vecchie erano state così premurose da lasciarmi il solito paio di babbucce e un mantello di pelliccia ripiegato su uno sgabello accanto alla tinozza.

Quando uscii dalla tenda, la luce del crepuscolo andava velocemente scurendosi, ma grazie al vento di tramontana, che rendeva terso il cielo, era possibile scorgere tra due colline poco distanti la superficie agitata del mare. Al di sotto del colle, invece, una vasta valle verde.

Zinah era lì fuori che mi aspettava.

La salutai, pragmatica.

«Come hai fatto?» andò subito al punto.

I capelli a caschetto che le incorniciavano il viso erano lievemente bruciacchiati sulle punte, e le guance, un tempo piene, ora sembravano scavate.

«A fare?»

«Vi ho visti,» sibilò «siete arrivati in groppa a un *drago*.»

«Ci sono molte cose che ancora non sai, ma...»

«Ma» c'interruppe Samshara, che era comparsa senza far alcun rumore «avrete tempo per parlarne in un altro momento. Zefiro ti attende.»

Lasciai Zinah lì impalata a fissarmi con invidia e seguii la Ribelle nella tenda del capo. Rey era già seduto al grande tavolo. Era di nuovo a petto nudo, e di nuovo costretto in quel gonnellino striminzito che lo metteva palesemente a disagio. Trattenni un sorriso derisorio quando mi ammonì con lo sguardo.

«Mia adoratissima Nailyn.» Zefiro mi venne incontro e mi strinse le mani tra le sue. «Speravo di rivederti presto.»

Il ciuffo scuro gli ricadeva su un lato della testa lasciando in mostra la rasatura sull'altro. Strisce blu, come la prima volta in cui lo avevo incontrato, mettevano in risalto la pelle color caramello.

«La Legione Oscura ha preso il controllo del regno.» Passai subito oltre i convenevoli.

Il suo sorriso gentile si spense rapidamente lasciando spazio alla preoccupazione. Mi condusse al tavolo e mi sedetti di fronte a Reywind.

«So tutto,» cominciò «poco dopo la vostra partenza uno dei miei informatori è tornato con inquietanti notizie dalla capitale. Ho mandato Samshara a cercarvi per riportarvi qui al sicuro, ma non vi ha trovati.»

Un paio di Ribelli ci servirono involtini di zucca e prosciutto, tortini al pasticcio di carne e verdure stufate. Non mi preoccupai dell'etichetta e mi avventai sul cibo.

«Samshara non ci ha trovati perché abbiamo avuto un piccolo... imprevisto» spiegò Rey. «Ci siamo imbattuti in una casupola abbandonata che, evidentemente, era abitata dagli spettri.»

Ricordai di Madre Sundriel e della sua aggressione, e istintivamente mi portai le mani alla gola.

Zefiro annuì comprensivo. «Vartadis era in rovina, a detta di Sam.» Si sistemò il tovagliolo sulle gambe. «C'era gente che piangeva e cumuli di cadaveri ovunque, ma le strade erano per la maggior parte deserte. È in questo scenario che si è accorta di un gruppo che si muoveva guardingo. Le è bastato indagare un po' per capire che erano dei vostri, perciò li ha condotti tutti qui al sicuro.»

Scese un silenzio riempito solo dal rumore delle posate, mentre gli ingranaggi del nostro cervello lavoravano senza sosta. La situazione era disperata: il regno di Eredros era in mano alla Legione, questo significava che avevano soldi, armi e soldati da schierarci contro. Noi avevamo le tre Spade, ma era stato trovato un solo Prescelto. E le creature magiche che si stavano svegliando non erano solo quelle pacifiche. Il fantasma della Madre ne era una prova. Sarebbe arrivata la guerra e, per quanto a buon punto fossero i preparativi, avevamo solo i Ribelli e qualche freccia. Cosa potevamo fare contro un intero esercito?

«Siamo in svantaggio.» Sospirai, pulendomi la bocca.

«Per ora.» Zefiro non sembrava sentirsi troppo in difetto.

«Hai un'armata nascosta nelle tue brache di pelle di cui dovremmo sapere qualcosa?» intervenne Reywind.

Il Ribelle sorrise divertito. Sembrava impossibile farlo arrabbiare sul serio. Le strisce blu dipinte sul viso gli si accartocciarono sulle guance. «In queste brache nascondo solo i miei gingilli, ma ammanettato e sorvegliato nella tenda qui a fianco ho Gaspare Borne, tesoriere del regno. Può essere utile?»

Mi strozzai col vino. «Borne è qui?»

«Lo abbiamo catturato di recente. Il mio informatore che tornava con le notizie dalla capitale lo ha trovato a girovagare terrorizzato nei boschi. Mi sa che si contendeva il trono col generale, prima di perdere tutto.»

«Avrebbero dovuto tagliargli la testa» sentenziai. «È anche lui responsabile delle accuse indegne contro la regina Jaismid.»

«Hai ragione, ma ci tornerà utile» ribatté Zefiro. «Tuo padre avrà pure la corona in testa,» si rivolse a Rey «ma non ha la fedeltà del popolo. Preferiranno chiunque a un tiranno come lui, persino quel verme di Borne. E poi sa come amministrare il denaro e sono certo che ne abbia ancora un bel po' da qualche parte. Potremmo acquistare armi e ingaggiare fabbri. Oltre a procurarci provviste, e tutto ciò che può tornare utile durante una guerra.»

Ci riflettei un istante. Aveva senso. Con Gaspare Borne avremmo potuto dare sicurezza economica al popolo, che ora, sotto Florent, avrebbe iniziato a morire di fame. Con la promessa di un futuro migliore avremmo reclutato uomini da ogni parte del regno. Avremmo provveduto ad addestrarli al meglio e, col potere delle Spade dalla nostra, forse avremmo potuto contrastare, respingere e distruggere il nemico.

«Dobbiamo trovare gli altri Prescelti» suggerii.

Le Spade contenevano la magia. Non sapevamo che tipo di potere avrebbero donato ai Prescelti, ma dovevamo credere che non sarebbero rimaste delle semplici lame come tante altre, come era successo con *Lux*. La Leggenda non diceva molto, ma i Prescelti erano fondamentali tanto quanto la Discendente.

Zefiro scrollò le spalle. «Faremo in modo che chiunque si unisca a noi tocchi le Spade. A cominciare da domani.»

«E se dovessero trovarsi nelle fila nemiche?» chiesi.

Reywind diede un morso a una bella mela croccante. «Dobbiamo sperare che non sia così.»

«Magari è uno dei Ribelli» ipotizzò Zefiro.

«Ma la Leggenda dice che i Prescelti provengono dalla polvere e dalla corruzione…»

«Qui di polvere ce n'è quanta ne volete.» Sorrise. «E se volessimo, potremmo interpretare "corrotto" come un sinonimo di "ribelle". In fin dei conti ognuno di noi viene dal rifiuto di una convenzione, o discende da qualcuno che ha voltato le spalle alla società.»

«Non fa una piega» realizzai.

In fin dei conti, Rey era cresciuto nel lusso. Eppure era il Cavaliere di Luce.

Una volta concluso il pasto Reywind si alzò in piedi. Data la sua altezza, la tenda sembrava minuscola.

«Portaci da Borne» comandò.

Zefiro aggrottò la fronte ma si alzò a sua volta. Si sporse su di me e sussurrò abbastanza forte perché Rey potesse sentirlo: «Il tuo amico non conosce l'uso del termine "per favore"?».

Io sorrisi, ma Reywind roteò gli occhi, seccato.

La tenda di Gaspare Borne era piccola ma confortevole. Tante pelli erano adagiate a terra e sul letto al quale il tesoriere del regno era incatenato. Le borse sotto gli occhi erano più viola che mai, la testa lucida priva di capelli piegata in avanti e nel suo sguardo balenava un luccichio malizioso. Era talmente magro da fare spavento.

«Ah, Discendente.» La voce melliflua mi diede i brividi. «Sapevo vi avrei rivista, prima o poi.»

«Rivolgetevi a me, verme» Reywind lo afferrò per la collottola.

«Invece a voi dovrei chiamarvi *principe*, giusto?» insinuò.

«Io non ho più un padre» sibilò in risposta, scaraventandolo contro il cuscino.

«Temo di non comprendere la ragione per cui siete così in collera con me, giovanotto» tossicchiò Borne.

«Voi avete tramato contro la regina Jaismid. E per quanto ne so, avete ucciso re Aronne.»

«Oh, no,» parve disgustato «non sono colpevole di regicidio. È stato vostro padre, credeva di arrivare più facilmente al principe Gioele. Ma evidentemente si sbagliava, la Leggenda parlava di *te*.»

E il coraggio di Lux *ruggirà in colui in cui scorre*
l'odiato sangue reale.

Reywind serrò la mascella. Quell'uomo, Gaspare Borne, era più acuto di quanto desse a vedere. Non poteva sapere che Rey era il Prescelto, doveva essere andato per esclusione. E aveva indovinato.

«Avete l'occasione di schierarvi dalla parte giusta.» M'intromisi. «Con noi o con la Legione. A voi la scelta.»

Costringerlo non sarebbe servito a nulla. Bisognava portarlo dalla nostra, anche se non mi sarei comunque mai fidata di quella faccia da ragno.

«Perché dovrei allearmi con chi mi tiene prigioniero?»

«Perché Florent non vi riserverebbe trattamento migliore, posso assicurarvelo. Sono stata nelle sue celle e in nessuna di queste c'erano cuscini, coperte e fuochi a scaldarmi il culo.»

Mi mostrò un ghigno interessato. «Cosa mi offrite?»

«La vostra testa salda sulle spalle.» Zefiro teneva le braccia intrecciate davanti al ventre. «Per quello che avete fatto alla regina Jaismid meritereste un processo per alto tradimento. Ma se ci aiutate, e se vinciamo questa guerra, la passerete liscia.»

«Sarebbe interessante sapere cosa ha da offrire il gener… re.» Mi lanciò un'occhiata. «Florent.»

«Non riuscireste neanche ad avvicinarvi al trono, la vostra testa rotolerebbe fino ai suoi piedi senza che ve ne accorgiate.» L'espressione serena e cordiale del capo dei Ribelli era sparita, sostituita da un'aria risoluta e pragmatica degna di un comandante dell'esercito.

Gaspare Borne finse di rifletterci. Dopo pochi istanti accettò. «Andata. Ma liberatemi da queste catene.»

«Domani mattina stessa partirete con Samshara alla ricerca di gente del popolo da reclutare» lo informò Zefiro prima di imboccare l'uscita dalla tenda. «Ah, Borne. Non provate a fare il furbo, alle mie guardie non piace.»

Lo seguimmo fuori. Un fuoco scoppiettava nel piazzale al centro delle tende. Scintille di luce volavano dalle fiamme e si confondevano con le stelle luminose del cielo.

E, al di là del fuoco, vidi Jak.

La luce calda del falò metteva in risalto la cicatrice che gli tagliava il volto. Indossava un gilet che lasciava scoperto l'addome. Il petto nudo compariva da sotto il mantello pesante appoggiato sulle spalle. Un paio di pantaloni di pelle gli pendevano sui fianchi. Era immobile, come pietrificato. Fece cadere a terra la sacca che teneva in mano e mi corse incontro. Senza neanche accorgermene, le mie gambe si erano mosse in risposta. Impattammo l'uno contro l'altro stringendoci così forte da farci male.

Sotto le mie dita avvertii le ferite, ormai guarite, che gli tracciavano spessi segni sulla schiena. Il ricordo che la Madre gli aveva lasciato addosso. Ed erano dolorosamente simili a quelle di Rey.

Jak si era accorciato i capelli, ma i riccioli scuri ancora gli dondolavano mollemente sulla fronte. I suoi occhi neri sembravano inghiottire la luce del fuoco, e anche me. Aveva un aspetto insolitamente *ordinato*. Soffocai l'ipotesi che si fosse dato una ripulita per me.

Non so dire quanto fossi sollevata di rivederlo. Le probabilità che ci saremmo rincontrati solo nell'oltretomba erano state davvero troppo alte.

«Porca puttana, Lyn.» Svuotò i polmoni stritolandomi forte.

Gli presi il viso tra le mani e lasciai che mi accarezzasse con un pollice uno dei tagli sulla fronte causati dalla corona di spine. «Maledetto, maledettissimo idiota!»

«Ti dimentichi sempre di aggiungere *affascinantissimo*.» Le sue dolci fossette gli comparvero sulle guance.

Ci stringemmo forte ancora una volta prima di allontanarci. Mi cinse le spalle con un braccio mentre ci incamminavamo verso Rey e Zefiro, che avevano osservato la scena da dietro il grande fuoco.

«Mi sa che abbiamo molto da raccontarci.» Il suo tono era felice.

«Non hai idea, ho vissuto un cazzo di incubo!»

«Non dirlo a me.» Mi strizzò un braccio. «Ehi, mascellone! Ti trovo... bene.» Squadrò Rey da capo a piedi e non trattenne un ghigno.

«Tu invece hai il solito aspetto da coglione» ribatté lui, non realmente risentito per la stoccata.

«Siete due mocciosi» commentai io, prima che si lanciassero in una battaglia di insulti.

In quel momento l'atmosfera era alleggerita dal sollievo collettivo. Ma avevo il sospetto che nulla, ora che eravamo tutti riuniti, sarebbe stato facile. Soprattutto tra me, Reywind e Jak.

77

Non potevo dormire con Reywind. O meglio, in realtà potevo... ma ora che c'era Jak era diventato strano. Ogni notte della mia vita, fino a quando non eravamo stati portati alla Sacra Dimora di Heldor, avevamo condiviso lo stesso giaciglio. Adesso dormire con Reywind, sapendo che questo avrebbe ferito Jak, era fuori discussione.

La soluzione? Molto semplice: dividere la tenda con Zinah.

«Non sei un po' cresciuta per queste sceneggiate?» mi stuzzicò lei dandomi una spallata sotto le coperte.

«Fatti i cazzi tuoi, Zinah» ribattei, secca.

«Dal momento che ti sei infilata nel mio letto *sono* cazzi miei.»

«Abbiamo condiviso un omicidio, non credo che spartirci un cuscino rappresenti un problema.» I dettagli della morte di Devis erano ancora chiari nella mia memoria. E anche nella sua, perché per un istante ci zittimmo entrambe. Pensai a Juda, a come si era scarificato per noi. E mi si contrasse lo stomaco per il dolore.

Sospirai ma lei rimase impassibile. Nessuna delle due si era pentita di quello che avevamo fatto. Ma per lei sembrava molto più semplice la faccenda.

«In quell'occasione ti sei battuta per me. Avresti potuto lasciarlo fare. Non sembri il tipo che si fa scrupoli di coscienza...» mormorai. Sapevo che non era discreto tirare di nuovo fuori il discorso, ma eravamo immerse nel buio e qualsiasi cosa fosse uscita dalle nostre bocche sarebbe rimasta sepolta sotto tutti gli strati di pelli e pellicce.

La parte ottimista di me era convinta che Zinah fosse così scontrosa e crudele perché lo credeva l'unico modo per uccidere i mostri del passato. Non poteva essere nata cattiva, e probabilmente un trauma l'aveva resa di ghiaccio.

Si sollevò su un gomito sporgendosi su di me. «Vuoi essere mia amica, Nailyn?» Eccolo di nuovo, quel tono tagliente. «Vuoi sapere la verità? Vuoi che ti confessi di essere stata *violentata*?»

Non mi aspettavo quella reazione.

«Dico solo che se volessi farlo la questione rimarrebbe qui. Tra me e te.»

Un attimo lunghissimo di silenzio.

«Non sono stata violentata.» L'amarezza nella sua voce diceva il contrario.

«Bene, allora. Meglio così» tagliai corto. Non valeva la pena insistere.

Tornò a sdraiarsi sulla schiena. Passarono diversi minuti, tempo durante il quale tentai con tutte le forze di addormentarmi, senza però riuscirci.

«Hanno stuprato mia sorella» mormorò. Mi tesi ma non dissi nulla, non volevo che cambiasse idea e si richiudesse. Andò avanti: «Eravamo orfane. Vivevamo in un collegio di monache e ogni settimana una congrega di sacerdoti veniva a benedire loro e tutte le ragazzine che vivevano nel convento.

Dicevano che mia sorella era una bambina cattiva e che in nome del Custode andava punita. Mi sembra che avessero usato il termine "purificata"».

Non c'era bisogno che spiegasse altro.

«Che merde» commentai.

«Ho tagliato le palle al sacerdote che ha abusato di lei mentre gli altri la tenevano ferma.» Potevo percepire la soddisfazione di essersi vendicata. «E sono finita alla Sacra Dimora.»

Quella rivelazione non cambiava ciò che Zinah era, ovvero una stronza senza cuore. Ma almeno spiegava perché non lo avesse più, quel cuore.

«E tua sorella?» mi azzardai a domandare.

Sospirò. «Non lo so.»

«Quando sarà finita questa guerra andrai a cercarla.»

Non disse nulla e lasciai che la conversazione cadesse. Era già un miracolo che avesse deciso di parlarmene. Come aveva detto lei, non eravamo amiche. Ma eravamo alleate e tanto bastava.

«Dovrai deciderti, prima o poi» cambiò discorso.

«Mh?»

«Non puoi stare con un piede in due scarpe. Scegli chi dei due vuoi.» Zinah mi stava forse dando delle dritte amorose?

«So già chi voglio...» ammisi.

«Allora è semplice, vai da lui.»

«Mi stai cacciando dalla tua tenda?» sghignazzai.

«Francamente? Sì.»

Ci riflettei su. Passò più di qualche istante, minuti interi. Ma che senso aveva nascondermi sia da Jak che da Rey per paura di ferirli? Era arrivato il momento di smettere di ignorare i miei sentimenti e mettere in chiaro come stavano le cose.

Sbuffai ma mi alzai dal giaciglio. «Notte, Zinah» e uscii dalla tenda.

Sapevo dove dormiva. Anzi, sapevo dove *non* dormiva. Qualcosa dentro di me mi diceva che non riusciva a chiudere occhio. Il vento freddo che ululava tra le tende mi scompigliò i capelli intorno alla faccia. Mi strinsi nel mantello e mi mossi senza fare alcun rumore.

Presi un bel respiro e scostai le pelli che tappavano l'entrata. Era lì, sdraiato con le braccia dietro la testa, seguii la curva decisa dei bicipiti. Era nudo, solo un lembo di pelliccia gli copriva il bacino. Quando si accorse di me sollevò gli occhi.

Reywind sorrise. «Non ci speravo più.»

Qualcuno stava ridendo di cuore, lì fuori. Mi svegliai di colpo. Reywind era ancora addormentato. Stava sdraiato a pancia in giù con un braccio allungato sopra di me. Un sottile raggio di sole s'infiltrava da una fessura colpendolo sullo zigomo e illuminandogli metà viso. Mentre dormiva sembrava quasi innocuo. Le lunghe e folte ciglia scure gli donavano un tocco di dolcezza, stemperato dalla linea decisa delle sopracciglia.

«Ti piace quello che stai guardando?» Le sue morbide labbra si mossero improvvisamente.

Un fuoco spietato mi imporporò le guance. «Non ti stavo guardando.»

Aprì gli occhi. Sorrise soddisfatto. «No, mi stavi proprio fissando.»

«Ti sei montato la testa.» Sollevai le sopracciglia con falsa indifferenza.

In un attimo me lo ritrovai addosso. Era sopra di me, sollevato sulle braccia. «Stanotte sembrava che ti piacessi. E anche *parecchio.*»

Un formicolio si fece strada dentro di me. Reywind non era solo bello, era anche maledettamente attraente. Irresistibile. Seducente al limite dell'illegalità. E la cosa peggiore era che ne era consapevole. Si divertiva a giocare con me.

Spostò lo sguardo dai miei occhi, alla mia bocca e poi, pian piano, al mio corpo nudo sotto il suo. Non mi sentivo in imbarazzo, mi faceva impazzire quando mi guardava in quel modo. Come se fossi l'unica donna del pianeta.

«Sembra che anche a te piaccia molto quello che stai guardando» lo provocai.

«Oh,» un borbottio di piacere gli salì su per la gola «puoi scommetterci.»

Si abbassò su di me. Adoravo sentire il suo peso addosso. Mi baciò intensamente e profondamente, come se fosse una missione. E io ricambiai stringendogli le braccia intorno al collo. Mi sfuggì un mugolio quando lo sentii *premere* contro una coscia.

Reywind mi sorrise sulle labbra. «Che c'è?»

«Ti fanno bene le tende dei Ribelli» mormorai di rimando.

Mi sembrava impossibile che quel bastardo che mi aveva venduta alla Legione Oscura fosse lo stesso uomo che mi prendeva con tanta passione. E, oserei dire, amore. E quella magnifica versione di lui potevo vederla solo io.

Un altro scoppio di risate fuori dalla tenda. Mi tesi all'idea che tra loro potesse esserci Jak. Quel pensiero mi mise a disagio, perciò sgusciai via dalla presa di Rey e mi rinfilai in fretta gli striminziti vestitini dei Ribelli.

Lui si buttò con la schiena contro i cuscini. Non sembrava né arrabbiato né ferito. Mi capiva e io gliene ero grata. In fin dei conti mi ero intrufolata nella sua tenda, non in quella di Jak. Il messaggio doveva essergli arrivato forte e chiaro.

«Ci vediamo a colazione» lo salutai e uscii.

Il cielo era aperto e limpido, neanche una nuvola a interrompere l'azzurro infinito. Intorno a un grande fuoco alcuni Ribelli se la ridevano insieme a Mida e Jak. C'erano pure Gurild e Lo Smilzo, a quest'ultimo mancava un pezzo di naso, ma fu bello constatare che la Legione non li aveva uccisi.

Jak voltò la testa verso di me. Il sorriso gli si spense sulle labbra. Non si aspettava certo di vedermi uscire dalla tenda di Reywind quando la sera prima ero fuggita per rintanarmi in quella di Zinah. Guardò alle mie spalle immaginando di scorgere anche lui. Serrò la mandibola e lo vidi trattenere il fiato, ma poi piegò le labbra in un sorriso tirato che non raggiunse gli occhi. Mi si frantumò il cuore.

Mi unii al gruppo sperando di poter fare finta di nulla.

«Ragazzina!» Le due guardie mi strinsero in un abbraccio collettivo sollevandomi da terra. «Sapevamo che eri tosta!»

Mi sfiorai il naso con l'indice. «Si direbbe che anche voi abbiate la pellaccia dura.»

Lo Smilzo si toccò la ferita. «Questo? Cicatrici di guerra» ribatté, tutto fiero.

Quando mi lasciarono andare mi sedetti su un tronco al fianco di Jak, ma tenni gli occhi fissi sulle fiamme che si contorcevano. Dopo qualche istante mi diede una spallata giocosa. Alzai lo sguardo. Ora stava sorridendo davvero.

Mi porse una tazza fumante. «Caffè?»

Sospirai, sollevata. Era troppo buono e non lo meritavo. «Decisamente» l'afferrai. Il calore della tazza fu una bella sensazione a contatto con le dita gelate.

Chissà che sforzo dovesse costargli essere gentile. Si teneva il suo dolore per sé pur di non ferirmi. Jak era perfetto. Ma, in quella vita, non perfetto per *me*.

«Posso prepararti un impacco per quelle» Mida indicò le ferite che mi circondavano la testa come un anello.

«Ciao, Mida. Ti trovo bene. Sono felice che tu sia sopravvissuto.»

Il suo sorriso gentile fu contagioso. «Be', devo tutto a lui.» Mandò un cenno con la testa a Jak.

Lo guardai e lui mi restituì lo sguardo da dietro la tazza fumante. «Non smetti mai di fare l'eroe, eh?»

«Che ci posso fare? Io sono un eroe.» Scrollò le spalle, sfacciato.

«O un dannato coglione.» Gli spinsi la testa riccioluta con una manata.

«Ma pur sempre…»

«*Affascinantissimo*» concludemmo insieme.

«È vero?» ci interruppe Mida, lo sguardo d'improvviso serissimo. «Avete le Spade?»

Posai la tazza per terra. «Sì. Le abbiamo tutte e tre.»

«Ci siamo, allora.» Si alzò in piedi. «La guerra è vicina.»

Un'atmosfera tesa calò su di noi. Avevamo sempre saputo che quel momento sarebbe arrivato, prima o poi. Ma era terribile e allo stesso tempo entusiasmante renderci conto che eravamo finalmente arrivati a quel punto.

«Nailyn?» mi sentii chiamare.

Mi voltai e trovai Zefiro, le braccia dietro la schiena e un'espressione paterna che rivelava tutti gli anni che non dimostrava. Mi alzai in piedi. In quello stesso momento Reywind fece capolino dalla tenda e Jak si irrigidì.

«Dovremmo iniziare con la ricerca dei Prescelti» m'incoraggiò.

«Che?» Zinah era comparsa dall'altra parte del falò.

Reywind si avviò verso uno dei servitori che custodiva le Spade e impugnò *Lux*. Quest'ultima s'illuminò al suo tocco scatenando i mormorii della folla che si stava pian piano radunando intorno al fuoco.

«Io sono il primo Prescelto» enunciò.

Mida, Zinah, e tutti gli altri lo guardarono con occhi enormi. Trattennero il fiato, incantati dalla Spada che splendeva di luce propria.

«Ti pareva...» commentò Jak, borbottando.

«La Leggenda dice che i Prescelti si trovano tra polvere e corruzione. Magari proprio tra noi» continuai.

Non avevamo alcuna sicurezza che tra gli Adepti sopravvissuti e i Ribelli ci fossero gli altri due Prescelti. Ma tanto valeva tentare di scoprirlo.

Mi avviai verso il servitore che mi porgeva *Ombra* e l'afferrai puntandola in alto. La sua lama grigio tempesta rifletteva la luce del giorno. Sembravano tutti persi in una qualche allucinazione, come se fossero stati incantati da un ammaliatore di serpenti.

«Formate una fila ordinata davanti a me,» ordinai «a turno toccherete le Spade. Se gli altri Prescelti sono tra noi, li troveremo oggi.»

Ci misero un po' a riattivarsi, ma poi obbedirono all'ordine.

La prima della fila era Zinah, palesemente desiderosa di farla breve, come se fosse solo una colossale scocciatura. Impugnò la spada ma non accadde nulla, perciò cedette il turno al prossimo e andò a sedersi davanti al fuoco.

Il secondo fu un giovane Ribelle che non doveva avere più di sedici anni. Sembrava eccitato e speranzoso, ma quando sfiorò la Spada questa rimase priva di vita. Reywind ci raggiunse con *Obscuritas* ma anche quest'ultima non reagì. Il ragazzino se ne andò con le spalle incurvate.

Ogni tentativo si rivelò un fallimento, ma fino a quando la fila non fosse terminata non avrei perso le speranze.

Fu il turno di Mida. Non sembrava credere di poter essere un Prescelto, ma non mi sfuggì la scintilla che gli attraversò lo sguardo. *Obscuritas* non rispose al contatto e lui scrollò le spalle, rassegnato. Gli porsi *Ombra* e lui l'afferrò distrattamente. Non vedeva l'ora di chiudere quella faccenda. Sapevo che si sentiva umiliato più per averlo sperato che per essersi visto strappare via la possibilità di lasciare un segno nella storia.

Ma poi, incredibilmente, la Spada s'illuminò.

La lama quasi gli cadde di mano per lo stupore. Non si accese della stessa luce di quella di Reywind, era più un fioco bagliore. Zefiro fece un passo avanti, meravigliato. Zinah, che stava sbocconcellando un pezzo di pane, si lasciò cadere le molliche dalla bocca e ci raggiunse. Le già luminose iridi di Mida s'incendiarono.

Nella calma che precede la tempesta, Ombra *si riconoscerà.*

«Porca vacca...» mi sfuggì.

Mida, il giovane ladro di cavalli, il ragazzo appassionato di piante che si era impegnato tanto per permettere a me e a Jak di metterci in pari alle lezioni, era il Cavaliere di Equilibrio. La sua Spada era quella che si frapponeva tra la luce e l'oscurità. Il perfetto mediatore tra i due poli.

«Non è possibile...» mormorò, rigirandosela lentamente tra le mani.

Jak gli diede una sonora pacca sulla schiena. «Te lo meriti, amico.» Era fiero di lui. E anche io. «Vediamo se spetta un po' di gloria pure a me.» Strappò *Obscuritas* dalle mani di Reywind, il quale reagì con un lieve borbottio irritato.

La Spada rimase impassibile.

Allora non era Jak ad avere uno dei ruoli centrali in questa guerra...

Sembrava deluso. Non avevo scelto lui e non lo aveva fatto neanche la Spada. Poi, però, scrollò le spalle. «Oh be', dovrò trovare il modo di farmi ricordare alla vecchia maniera.» Lanciò una frecciatina a Reywind.

Superato l'iniziale shock, il resto della gente si accalcò per affrettare il proprio turno. Una ragazza, che sembrava non aver mai tenuto in mano nemmeno un normale coltello da tavola, indietreggiò andando a sbattere contro il resto della fila.

«Vieni avanti» la incoraggiai, ma lei mi guardò con occhi terrorizzati e scosse la testa.

Zefiro mi si accostò all'orecchio. «Il suo villaggio è stato trucidato a fil di spada. Non le piacciono molto gli oggetti affilati.»

Una morsa dolorosa mi serrò lo stomaco. Se avessimo perso, non sarebbe stata l'unica ragazzina a dover patire la stessa tragedia. Deglutii. «Non ti farò del male» le promisi, ma lei si rifiutò di avanzare.

Nonostante gli altri fossero in trepidante attesa del loro turno, non diedero alcun segno d'impazienza. Tutti tranne Zinah, che non ne poteva più di stare a guardare.

«Oh, andiamo!» sbraitò afferrando la Spada dalla lama scura per portarla direttamente alla ragazzina.

Ma *Obscuritas* reagì nella sua presa. Zinah si arrestò pietrificata quando la lama si scurì ancora fino a diventare del tutto nera. Non emanava alcuna luce, solo purissimo buio.

«Zinah...» Mossi qualche passo verso di lei, sconvolta. «Sei... sei...»

Le parole avevano abbandonato sia me sia lei. Boccheggiava in cerca di risposte. Ma la verità era solo una: era la Cavaliera delle Tenebre.

Nel dolore di ghiaccio Obscuritas *troverà il suo alleato.*

Avevamo le tre Spade e i tre Prescelti. La guerra poteva cominciare.

78

«Chia-chiaramente c'è un errore» balbettò Zinah, per la prima volta fragile davanti ai miei occhi.

«Nessun errore» affermò Zefiro convinto. Ora la guardava con occhi nuovi. «Le Spade non sbagliano.»

Il viso già pallido della Prescelta sbiancò ulteriormente. I suoi grandi occhi chiari fissavano i refoli di fumo nero che danzavano intorno alla lama e le si allungavano sul braccio.

L'ipotesi che Zinah potesse essere uno dei tre leggendari Cavalieri non mi era neanche mai passata di mente. Di Mida non c'era troppo da stupirsi: aveva l'animo dell'eroe. Ma *lei*? Per quanto ora comprendessi le ragioni della sua rabbia, non era una salvatrice. Era la furia fatta carne e ossa.

Luce, ombra e oscurità.

Reywind, Mida e Zinah.

Secondo la legge cosmica dell'equilibrio, tutto doveva avere un senso.

La folla si diradò pian piano. Qualcuno era rimasto deluso di non aver neanche potuto tentare di toccare le Spade, qualcun altro aveva perso presto interesse. Solo noi rimanemmo al centro dello spiazzo tra le tende a fissare le lame con rinnovata speranza.

Tutto ciò aveva delle conseguenze: la guerra era definitivamente alle porte, il mondo incantato si sarebbe risvegliato del tutto, il Fauno Adhareo sarebbe venuto a infliggere la sua vendetta. E a colpire me. La Discendente del Ladro.

«Verrà a farmi il culo» lasciai cadere malamente la forchetta nel piatto. Eravamo seduti alla tavola da pranzo nella tenda di Zefiro.

«O saremo noi a fargli il culo.» Jak mi strizzò l'occhio. Sembrava che per lui nulla fosse impossibile.

«Non c'entro niente con tutta questa faccenda. Fino a qualche mese fa non sapevo neanche chi fossi.»

Faceva parecchio strano pensare che fossero passati solo alcuni mesi. Sembravano anni.

«C'entri, invece. Sei la Discendente del Ladro, colui che rubò le Spade e imprigionò il Fauno in un sonno eterno. Nelle tue vene scorre il suo sangue. Sei tu che devi ripagare il debito del tuo antenato» mi spiegò Zefiro, spezzando una pagnotta di pane e spalmandoci sopra del burro di pecora.

«Possiamo farcela, Lyn.» Reywind, seduto di fronte a me, si allungò sul tavolo e mi prese una mano tra le sue.

Jak gli lanciò un'occhiataccia ma non disse nulla.

Mi voltai verso il capo dei Ribelli. «Samshara e Gaspare Borne sono partiti?»

Zefiro annuì. «A breve vedremo arrivare frotte di uomini pronti a combattere.»

«Sei ottimista» valutò Reywind. «Anche se così fosse dovremo addestrarli tutti. E quanto tempo abbiamo per farlo?»

«Sottovaluti le tue doti da istruttore?» Jak si appoggiò contro lo schienale con aria di sfida. «Abbiamo il tempo che ci serve.»

«Non abbiamo abbastanza armi» insistette Rey.

«Sono qui apposta.» Jak sollevò una spalla con noncuranza. Trasudava sicurezza. «Ci so fare col ferro. Ma sembra che tu abbia paura.»

«Sarei un fottuto idiota se non ne avessi, non pensi?»

«O magari sei solo un codardo.»

Mi alzai in piedi, stufa. «Smettetela, voi due!»

Continuarono a guardarsi truci ma non aprirono bocca.

«Jak, non possiamo prendere sottogamba la situazione, se la sottovalutiamo finiremo col culo per aria.» Continuai. «E Rey, se non crediamo un po' in noi stessi finiremo comunque col culo per aria.»

Calò un silenzio teso. Quei due non sarebbero mai andati d'accordo. Sarebbero stati perfetti come nemici, ma mai come alleati. Ma se io e Zinah potevamo mettere da parte le nostre divergenze, dovevano farlo anche loro. La Prescelta se ne stava in silenzio dall'altra parte della tavola. Tutti quei discorsi non le interessavano, la sua attenzione era focalizzata sulla Spada che teneva poggiata sulle gambe.

«Dobbiamo studiare una strategia» intervenne Mida, pacato. «Immagino che quando il Fauno si risveglierà si unirà alla Legione Oscura. Dobbiamo essere pronti.»

«Il campo di battaglia lo scegliamo noi.» Zefiro sorrise con aria furba.

«Che vuoi dire?»

«Samshara sta reclutando gente, giusto? Manderà tutti qui. La voce di dove si trova il capo dei Ribelli si spargerà in tutto il regno di Eredros. Non ho dubbi che arriverà anche alle orecchie della Legione Oscura.»

«Questo è un cazzo di problema» rifletté Jak.

«Nient'affatto.» Gli occhi di Reywind brillavano. Aveva capito.

Zefiro gli sorrise complice. «È un grandissimo vantaggio, invece. Significa che saranno loro a cercarci. Noi non ci muoveremo di qui.»

D'improvviso, realizzai. «Sotto il colle si estende un'enorme radura. È un campo di battaglia perfetto!»

«Esatto» concordò soddisfatto il capo dei Ribelli. «Conosco queste terre come le mie tasche. Posizioneremo gli uomini in modo strategico e...»

«Come fai a sapere che la Legione Oscura non ci sorprenderà da est ma si piazzerà nella radura come speri che accada?» Zinah si era improvvisamente risvegliata dai propri pensieri.

Gli occhi di Zefiro lampeggiarono. Si alzò dalla sedia e andò a sedersi vicino a lei. Si sarebbe detto che esercitasse su di lui un certo fascino. Zinah lo studiò con diffidenza.

«Arriveranno da ovest, puoi scommetterci quel tuo bel faccino.» Si beccò una manata quando tentò di accarezzarle una guancia.

«Non parlarmi così» ringhiò lei.

«Arriveranno da ovest» concordò Mida, annuendo con aria pensosa. «A est siamo circondati dalla foresta. Sarebbe un problema far passare un intero esercito tra gli alberi fitti. Ma a ovest ci sono solo colli e radure, e anche il mare. Una parte di loro arriverà via nave.»

«Qualcuno verrà mandato per accerchiarci su tutti i lati» avvertì Reywind.

«Sì, ma piccoli gruppi. Possiamo farli fuori senza problemi» affermò Jak.

E aveva ragione. Un velo di speranza sembrò posarsi su tutti noi. Sarebbe stata dura. Ma con una buona strategia, e con il potere dei Prescelti dalla nostra parte, avremmo potuto farcela. Ci sarebbero stati tanti morti. Ma una volta finita la guerra, il mondo avrebbe potuto continuare a vedere la luce.

«Hai delle mappe?» domandai.

Zefiro sorrise.

I primi uomini arrivarono la mattina seguente. Non avevano affatto l'aria dei guerrieri. Magri e spauriti, indizio che la vera fame era arrivata a mietere vittime nel regno di Eredros, si erano presentati al capo dei Ribelli. Erano terrorizzati, ma la paura non era l'unica luce che brillava nei loro occhi. Erano *arrabbiati.* Non sarebbe stato molto, ma avrebbero combattuto per la sopravvivenza. I Legionari lo avrebbero fatto per il potere. Entrambe motivazioni molto forti, ma solo una di queste era nobile.

«Piccole creaturine con la bocca piena di denti» stava raccontando un uomo, torturandosi il cappello tra le mani. «Non ho mai visto una cosa del genere. Si sono pappati il mio amico in un attimo. Gli si sono avventati addosso in venti e l'hanno divorato vivo.» Rabbrividì.

«Come li avete sconfitti?» lo interrogò Zefiro.

«Non lo abbiamo fatto.» Sbiancò. «Quando hanno finito con lui erano sazi. Avevano la pancia gonfia, non hanno lasciato neanche le ossa.»

«Folletti mannari.» Zefiro si grattò il capo. Era preoccupato.

Uscii dalla tenda. Il cuore mi batteva forte.

Era una giornata fredda, ma meno di quelle precedenti. L'inverno stava sfumando nella primavera e, come gli animali che abitavano le foreste, anche il mondo magico si stava svegliando da un lungo letargo. Era da stupidi dare per scontato che non fosse un fattore che ci avrebbe dato problemi: il bene e il male esistevano anche tra le creature magiche.

Reywind si trovava dall'altra parte del campo ad addestrare le prime reclute. Non lo dava a vedere, ma era frustrato. Quella gente non aveva mai tenuto in mano una spada, e si notava. C'era tanto lavoro da fare.

Al limitare del colle, invece, Jak batteva il ferro insieme a Mastro Turild. Vicino al fuoco e al metallo fuso il caldo era insopportabile, un muro di vapore si frappose tra me e lui quando mi avvicinai. Alzava e abbassava ritmicamente il martello.

«Porca troia,» commentai, asciugandomi un velo di sudore dalla fronte «fa un caldo fottuto!»

Jak si accorse di me e sollevò lo sguardo. Mollò il martellò e intinse la spada in un barile pieno d'acqua. La lama si stemperò in uno sfrigolio. Quando la tirò fuori e la sollevò per esaminarla attentamente, mi accorsi che era davvero migliorato dall'ultima volta. Non aveva perso tempo con dettagli arzigogolati, ma la fattura sembrava davvero ottima. La posò sul mucchio di altre spade che aveva forgiato e che aspettavano di essere affilate e lucidate. Ci avrebbe pensato un ragazzino dei Ribelli che era stato scelto da Mastro Turild in persona, e che ci guardava da un angolo con adorazione.

Jak si allontanò dalla postazione e mi raggiunse. Si sfilò una sigaretta dalla tasca e se la mise in bocca. «Ne vuoi una?»

«Dove cazzo le hai trovate?»

Lui guardò oltre le mie spalle. Seguii il suo sguardo e trovai un uomo del gruppo appena arrivato che si tastava i pantaloni alla ricerca di qualcosa.

Scossi la testa, esasperata. Ma accettai volentieri. «Il lupo perde il pelo ma non il vizio, eh?»

Con delle pinze di ferro recuperò dal fuoco un tizzone ardente che usammo per accendere il tabacco.

«Vieni.» Jak mi afferrò per il polso e mi trascinò dietro di lui.

«Che c'è?»

Mi condusse alla sua tenda. Tentennai prima di entrare.

«Oh, Lyn» sbuffò divertito, ma sapevo che sotto sotto era ferito. «Non voglio approfittarmi di te.»

«No, no-non è quello…» balbettai, cercando di rimediare.

Sollevò un sopracciglio. «Hai paura di far ingelosire il tuo *fidanzato*?»

«Jak…» Mi si ruppe la voce.

«Sto scherzando,» aggiunse, con tono conciliante «vieni dentro e basta. Devo mostrarti una cosa.»

Lo seguii.

L'interno della tenda, che si riempì subito del fumo delle nostre sigarette, era dolorosamente simile al rifugio di Vartadis. C'erano pelli, cuscini e coperte come in tutte le altre, ma nella sua c'era un che di familiare. Forse era semplicemente la sua presenza. Sapeva di casa.

Al centro dell'ambiente c'era qualcosa coperto da un lenzuolo. Jak gli si avvicinò e sorrise. Teneva la sigaretta tra le labbra e le palpebre socchiuse per evitare che il fumo gli finisse negli occhi.

«Preparati ad adularmi come un dio, bambina.» Strinse il tessuto e lo tirò via.

Il lenzuolo scivolò via scoprendo un manichino. Indossava un'armatura di un lucido e caldo nero. Il busto si stringeva in vita e si chiudeva intorno alla gola. Le spalline sembravano due ali affilate e il gonnellino era formato da strisce di metallo saldate insieme solo sulla base, così da non limitare i movimenti del guerriero. I polpacci erano protetti da dei gambali che si allacciavano dietro al ginocchio e coprivano fino a metà coscia. I dettagli erano semplici ma eleganti, linee delicate seguivano la forma del seno sulla parte anteriore della corazza. Ma era l'elmo a catturare tutta l'attenzione: nero come il resto dell'armatura, ma decisamente più dettagliato. Aveva la forma della testa di... un drago. Persino gli occhi con le iridi a fessura erano intagliati. E le squame. Faceva davvero paura, ma era bellissimo.

«Jak...» mormorai, afferrandolo.

Lui mi si mise alle spalle seguendo con lo sguardo il mio dito che si muoveva su ogni linea. «Non sei mai stata un ratto, Nailyn.»

«Questa» mi voltai, portando gli occhi nei suoi «è per me?» Ero impressionata.

«Di certo a me non entra.»

«Jak... è un capolavoro! Non posso indossarla» protestai, facendo un passo indietro.

«Un capolavoro che indossa un altro capolavoro» ribatté. «A me sembra una combinazione perfetta, invece.»

Appoggiai l'elmo dove lo avevo trovato e mi fiondai tra le sue braccia. Lui non esitò neanche un attimo e mi strinse a sua volta. Lo sentii respirare tra i miei capelli e un brivido mi percorse tutta la schiena.

Era innegabile, sentivo ancora qualcosa per Jak. Amavo Reywind, lo avevo capito, ma Jak non mi sarebbe mai stato indifferente. Io e Jak eravamo intimamente connessi, i nostri destini intrecciati.

«Grazie» la mia voce arrivò ovattata, avevo la faccia premuta contro il suo petto.

Nei giorni che seguirono, arrivarono sempre più reclute. La voce si era sparsa in fretta. Quella gente aveva fame ed era arrabbiata, e Gaspare Borne offriva soldi e possibilità di riscatto. Alla fine della settimana seguente il campo dei Ribelli si era esteso su entrambi i versanti del colle, e per percorrerlo da un'estremità all'altra ci volevano un paio d'ore a piedi. Per fortuna avevamo i cavalli.

Reywind era costantemente impegnato nell'addestramento degli uomini e delle donne che avevano scelto di lottare, così come anche Samshara e altri Ribelli della scorta di Zefiro che volevano rendersi utili. Persino Zinah si era presa quell'incarico.

Gazelle, invece, si stava occupando delle donne e dei bambini che non potevano combattere. Li stava trasformando in curatori e curatrici a suon di ceffoni. Il sangue che era stato versato alla Sacra Dimora di Heldor non l'aveva resa più morbida. Semmai, più affilata.

Io e Mida passavamo giornate intere nella tenda di Zefiro a studiare strategie su strategie. E quando arrivava il momento di andare a dormire, aspettavo sempre che l'accampamento si fosse assopito prima di intrufolarmi nella tenda di Reywind.

Jak conosceva bene cosa c'era tra noi. Ma anche se fingeva di non farci caso, sapevo che lo faceva star male. Rey, dal canto suo, sembrava non gradire che lo trattassi come se fosse un segreto.

«Vuoi andare avanti così per sempre?» mi chiese una sera.

Era tarda notte e credevo che si fosse addormentato da un pezzo.

«Non voglio creare problemi» mi giustificai.

Lui sospirò e si tirò a sedere. La coperta gli scivolò addosso scoprendogli il torace. Si passò una mano tra i capelli.

«Lui tiene a te, Lyn.» Il tono dolce non preannunciava nulla di buono. «Prima o poi lo accetterà. Ma non se continuerai a dargli l'impressione di non volere del tutto rinunciare all'idea di voi due insieme.»

«Sono cresciuta tra le sue braccia, Rey.» Ero piccata.

«E non ho nessuna intenzione di suggerirti di allontanarlo dalla tua vita.» La sua condiscendenza mi diede ai nervi. «Ma non nasconderci a lui.»

«La mia scelta l'ho fatta. Sono qui con te, no?»

«Se lo dici così sembra che ti dispiaccia.»

«Non è vero» sospirai. «È solo che non voglio che soffra.»

«Nailyn...» Mi prese le mani tra le sue. «Jak sta già soffrendo. E finché lo illuderai non potrà guarire.»

«Oh, ora ti preoccupi per lui?»

«Non farmi passare per un bastardo.» La sua fredda calma mi gelò. «Se vuoi lui, vai. Posso sopravvivere. Ciò a cui proprio non posso sopravvivere è sapere che hai scelto me ma pensi a un altro.»

Mi s'incrinò il cuore. «Non penso a lui in quel senso» mi affrettai a dire. «Non ti mentirò giurandoti che mi sia indifferente. Perché non è la verità.»

Si irrigidì, ma non disse nulla. Negli occhi gli vidi morire una scintilla.

«Ma non provo per Jak quello che provo per te» sussurrai, abbassando lo sguardo.

Passò qualche istante, poi mi portò le dita sotto il mento. «Guardami, Nailyn.»

Obbedii. Mi tremò il respiro quando avvicinò le sue labbra alle mie.

«Se è tempo quello che ti serve, allora ti darò tempo. Non rinuncerò a te.»

«Ho bisogno di…»

M'interruppi al suono di un grido. E poi di un altro. E un altro ancora. Ci fiondammo fuori dalla tenda.

«Che succede?» chiese Mida, i capelli arruffati e gli occhi ancora pieni di sonno.

C'erano bambini che fuggivano da tutte le parti e donne che urlavano come se avessero visto il Fauno in persona. Tra le capanne si aggiravano in tranquillità decine di leoni. Ma non leoni qualunque.

«Porca di quella puttana,» imprecò Mida, e fui più sconvolta di sentirlo parlare in quel modo che delle creature in sé «sono leoni *infernali.*»

Le bestie avevano folte criniere più rosse del fuoco, erano grossi più del normale e una loro zampa lasciava nel terreno un'impronta profonda. Erano spaventosi, ma non avevano un'aria aggressiva. Sembravano pacifici.

Avevo però imparato a non fidarmi mai delle apparenze, perciò sfilai gli stiletti e mi preparai ad attaccare. Reywind era pronto dietro di me. Uno stridio acuto catturò la mia attenzione. Sollevai lo sguardo al cielo nero e quasi privo di stelle. Tre draghi cinque volte più grossi di Vill volavano in cerchio sopra le nostre teste.

Jak ci raggiunse col fiato corto e i capelli spettinati. «Siamo sotto attacco.»

Sarebbe stata dura vincere contro quelle bestie, ma ci avremmo provato. Quando mi preparai ad attaccare il primo leone che mi fissava come se *capisse*, una massa chiara cadde dal cielo e atterrò a un passo da me.

Saltai all'indietro. Reywind e Jak mi si misero davanti spalla a spalla, pronti a proteggermi. Puntarono le spade contro l'uomo dai lunghi capelli bianchi che si stava rialzando. Aveva gli occhi di un intenso verde scuro, la pelle così sottile da sembrare quasi trasparente, e due lunghe orecchie parzialmente nascoste dai capelli. Indossava una tunica pregiata che sembrava fatta di fili d'argento e... assomigliava incredibilmente a Elfride.

Infilai le mani tra la spalla di Rey e quella di Jak e li costrinsi a scostarsi, incantata dall'elfo che avevo di fronte. Si era buttato giù dal drago da un'altezza astronomica e non si era fatto assolutamente nulla.

S'illuminò quando i suoi occhi dal colore della foresta incontrarono le mie iridi rosse come il sangue. E s'inchinò.

«Discendente.» La sua voce ancestrale risuonò per l'intera lunghezza dell'accampamento riducendo al silenzio ogni grido. «Siamo qui per servirvi.»

79

I leoni infernali non inflissero alcun male alla gente dell'accampamento. Le donne, comunque, continuarono a fissarli guardinghe tenendosi i bambini stretti al petto. Ma tutti ora volevano sapere cosa avesse da dire l'elfo.

Si chiamava Salesir ed era il portavoce del suo popolo. Altri due elfi come lui si erano buttati giù dai draghi e ora stavano in piedi alle spalle del capo. Uno di loro aveva lunghi capelli rossi, l'altro invece di un grigio perlaceo. Entrambi li portavano sciolti con una sottile treccia che gli circondava la testa come una corona.

Zefiro si alzò dal suo trono. Non gli avrebbe mancato di rispetto atteggiandosi da sovrano arrogante. Quelle creature erano rimaste intrappolate in un sonno durato mille anni. Non era possibile immaginare quanto fossero antichi: dallo sguardo profondo dei loro occhi si sarebbe detto che godessero di una saggezza senza eguali.

«Siete qui per la guerra» constatai.

Salesir annuì. «Altri del mondo incantato verranno a inchinarsi a voi.»

«Non sono una regina.»

«Siete molto più di una regina, Discendente. Siete una *promessa.*»

La folla era avida d'informazioni. Ed era ammaliata: aveva di fronte agli occhi tre elfi, un branco di leoni infernali, e tre draghi che volavano in cerchio sulle loro teste.

«Chi alla fine vincerà questa guerra non è stato scritto» affermai. La fiducia che riponevano in me era lusinghiera, ma comunque un fardello troppo pesante da sopportare. Avrei potuto fallire, il mondo sarebbe potuto sprofondare nel caos. «Combatteremo confidando nelle forze del nostro esercito, e non nelle enigmatiche parole di una profezia.»

«Il vostro destino è scritto nelle stelle.» Uno dei due elfi alle spalle di Salesir sollevò il mento appuntito e piantò lo sguardo nel cielo. «Noi confidiamo in voi.»

Lo stomaco mi si attorcigliò per il peso delle aspettative. Quelle tre creature incantate credevano in me più di quanto io avessi mai fatto. Reywind, alle mie spalle, allungò una mano verso la mia e la strinse. Bastò quel contatto per tenere a bada il cuore che mi rombava nel petto. Jak, che doveva essersi accorto delle nostre mani intrecciate, posò la sua sulla mia spalla e la strinse affettuosamente.

«Abbiamo bisogno di guerrieri» intervenne, pratico, Zefiro. «Abbiamo uomini ma non sono addestrati. Senza un aiuto, le probabilità di vittoria sono basse.»

«Il mio popolo vi raggiungerà. Per l'ora della battaglia sarà qui» affermò Salesir. La sua era una voce tiepida, come di un vento sottile che fa tremolare le foglie. «Il mondo magico si sta muovendo in vostro aiuto. Ma non è al completo... Creature ripugnanti attendono il ritorno dell'Oscuro Fauno. Sul campo di battaglia offriranno a lui zanne e artigli.»

«Promette bene» commentò Jak, sarcastico.

Adhareo non si era ancora svegliato. Ma mancava poco, lo percepivo. Da quando erano stati trovati gli altri Prescelti, era nato qualcosa in me. Una sensazione primitiva, come un sesto senso che reagiva alla magia. E nell'aria ce n'era parecchia, al momento. Ma non era solo una sensazione positiva. Una sottile e cupa frequenza faceva fremere di paura le corde del mio cuore. Stava arrivando, lo sapevo.

L'elfo dai capelli rossi fece un passo avanti. C'era qualcosa di sovraumano nei suoi occhi e in quelli dei suoi compagni. Avevo la sensazione che vedesse al di là delle apparenze e del tempo, come se noi fossimo solo una proiezione di quello che eravamo e saremo stati. «Dovete fare presto, l'Unione non è stata ancora raggiunta» disse.

«*Unione*?» Un'altra cosa di cui non sapevamo nulla.

«Lo spirito del Fauno riposa nei resti di un tempio dedicato agli dèi suoi genitori. È lì che i Prescelti e la Discendente devono andare per giurare col sangue di combattere in nome della Luce. Fino ad allora» Salesir mi guardò dritto negli occhi «la tua fedeltà al popolo che combatte per la Luce potrà essere messa in discussione.»

«C'è il rischio che…» ipotizzai, ma venni subito interrotta dall'elfo dai capelli grigio perla.

«Fin quando non avrai giurato, e il tuo legame con i Prescelti non sarà stabilito indissolubilmente, Adhareo potrà usarti a suo favore. Nulla è più importante di questo, per ora.»

«Benissimo, un'altra bella inculata» borbottò Jak, frustrato.

«Jak» lo ammonii con un sibilo. Lui sollevò le spalle con noncuranza.

Reywind fece un passo avanti e mi si mise al fianco. «Non sappiamo quando la guerra comincerà. Non possiamo partire per questo... "tempio" e rischiare di non essere qui quando arriverà la Legione.»

«Non avete altra scelta.» La voce dell'elfo era limpida come l'acqua di un fiume. «Vi porteremo noi sul dorso dei draghi.»

A Zinah brillarono gli occhi. Qualche tempo prima, quando ero tornata al villaggio dei Ribelli, mi aveva braccata per sapere come avessi fatto a trovare Vill. L'invidia se l'era mangiata. Ora aveva la possibilità di cavalcarne uno.

Fu decretato che saremmo partiti subito. Zefiro decise che ci avrebbe accompagnati. La guida del villaggio, durante la nostra assenza, sarebbe stata affidata a Samshara, che era tornata all'improvviso con un nuovo gruppo di reclute al seguito. Gaspare Borne non ci aveva traditi e si trovava fedelmente al suo fianco, anche se non aveva abbandonato quel suo tipico sorriso malefico. Io e Reywind avremmo seguito gli altri draghi sulla groppa di Vill.

«Vengo anche io.» Jak dondolò sui talloni tenendosi le mani in tasca. Il sorriso furbetto e una scintilla negli occhi.

«Tu resti qui» ribatté Rey.

«Amico,» disse Jak sollevando un sopracciglio «se pensi che dopo tutto quello che è successo io perda di vista Lyn ancora una volta, non sei solo una grandissima testa di cazzo, sei anche un dannato coglione. E per niente *affascinante*.»

«Ci risiamo.» Mi portai una mano alla fronte, esasperata.

Reywind non si scompose. Fece una smorfia e sbuffò una risatina. «Potrei diventare parecchio cattivo, Jak. Conosco i tuoi punti deboli.» La calma nel tono mi diede i brividi. «Perciò ringrazia che io tenga a Lyn e che non abbia voglia di vederla soffrire per te, altrimenti avrei evitato la fatica di contenermi.»

L'espressione canzonatoria sul volto di Jak sparì all'istante. «Sono *io* che non voglio vederla star male per te. E quando capiterà, Reywind, scappa molto lontano. Perché di certo non sarò in grado di contenermi.»

Un lampo di compassione arrivò e sparì negli occhi di Rey. «Io non voglio farle del male.» Sembrava più calmo ora, quasi rammaricato. «Sono pronto a sacrificare la mia vita e quella di tutto questo fottuto regno per tenerla al sicuro. Perché… io la *amo*, Jak.»

Voltai di scatto la testa verso Reywind.

Cosa. Diamine. Ha. Detto?!

Mai, *mai*, avrei creduto che lo avrebbe confessato davanti ad altri. Soprattutto, non davanti a Jak. Ero divisa tra la compassione per il mio amico e la voglia di sciogliermi in una pozza di beata soddisfazione.

Jak s'immobilizzò. Sembrava capire nel profondo il senso di quelle parole perché, lo sapevo bene, provava le stesse identiche cose. La rabbia sparì e si ridusse a qualche flebile scintilla. Jak, seppur fosse una canaglia dei bassifondi di Vartadis, aveva sempre apprezzato la verità. Adesso poteva guardarlo con rispetto.

«Jak viene con noi» decisi, rompendo il silenzio.

Reywind puntò le sue iridi ghiaccio nelle mie. Il suo sguardo duro non avrebbe scalfito la mia tenacia, perciò cedette. Come avrebbe sempre fatto, per me.

«E sia» sbuffò. Si portò due dita alla bocca e fischiò.

«Questo è strano» mi sussurrò Jak all'orecchio, non sapendo che era così che Vill ci avrebbe raggiunti. Ma quando poi il drago spuntò tra le colline, le ali larghe e aperte sopra le nostre teste, fischiò anche lui, apprezzando il trucco. «D'accordo, lo ammetto, roba da tosti. Maledetto bastardo.»

Vill sbatté piano le ali mentre si avvicinava al suolo. Atterrò con un piede nel falò, spegnendolo senza nemmeno accorgersene. La folla che si era radunata, incuriosita dagli elfi, se l'era ora data a gambe per l'arrivo delle enormi bestie. Se Vill era abbastanza grande da spazzare via un'intera fila di tende con un solo colpo di coda, gli altri draghi avrebbero potuto spazzare via Vill stesso con la medesima mossa. Erano dei veri e propri colossi.

Mi aggrappai alle scaglie e mi tirai su. Reywind montò in fretta dietro di me. Jak dovette mettersi davanti. Non potei trattenere un momento di imbarazzo.

«Mi sento in un panino» borbottai.

«Proposta allettante, bambina» commentò Jak, malizioso.

Lo colpii con un sonoro schiaffo alla spalla. «C'è sempre qualcosa di divertente in tutto per te, eh?»

«O forse sei tu che sei troppo noios...» Le sue parole furono risucchiate dal vento quando Vill si sollevò senza preavviso.

Era il più piccolo dei draghi, ma anche il più agile e veloce. E il più dispettoso, senza dubbio. Jak si afferrò alle scaglie gridando senza ritegno.

«Fifone» lo sfottei, ma il mio commento sparì nell'aria che turbinava tutt'intorno a noi.

Reywind mi strinse con un braccio incollandomi al suo petto ampio e caldo. «A te ci penso dopo» mi sussurrò tra i capelli.

Avvampai vistosamente. Menomale che Jak, davanti a me, era troppo occupato a non morire d'infarto per accorgersi dell'imbarazzante tonalità di rosso delle mie guance.

Il volo fu inaspettatamente breve. Seguimmo gli elfi dirigendoci nell'entroterra. Da nord stava arrivando una bufera di quelle che sanciscono la fine dell'inverno e l'inizio della primavera. E nel regno di Eredros erano sempre disastrose.

Il tappeto di alberi sotto di noi divenne via via più fitto.

Il sole era alto nel cielo quando scendemmo a picco puntando su una distesa di prato verde. Atterrammo senza troppi problemi ma Vill, che si divertiva a tormentare Jak, prima si esibì in un triplo giro della morte. Quando smontammo dal dorso, aveva il volto di una bizzarra tonalità grigio-verde.

«Dopo torno a piedi.» Si portò una mano alla bocca e si allontanò barcollando.

«Avresti potuto ordinare al tuo stupido lucertolone del cazzo di andarci piano con lui» rimproverai Reywind, lisciandomi le brache di pelle.

Scrollò le spalle. «Perché? A me sembra si sia divertito.»

«Rey.»

«Lyn.» Mi oltrepassò mascherando un sorriso soddisfatto.

I draghi se ne tornarono in volo alzando folate di vento da fare invidia a un uragano. I capelli mi frustarono il viso e Reywind mi strinse addosso a lui per proteggermi dalle sferzate d'aria.

Quando finalmente furono alti nel cielo, mi staccai dal suo petto e scoprii Jak che ci osservava. Si costrinse a sorridermi ma i suoi occhi rimasero colmi di rimpianto.

«Il tempio non è lontano» c'informò Salesir, avviandosi nella foresta.

Lo seguimmo in silenzio per un'ora di cammino. Fummo costretti a procedere lentamente, gli arbusti lasciavano poco spazio per passare e i vestiti continuavano a impigliarsi nei cespugli pieni di spine. Ma alla fine arrivammo e quando posai gli occhi sul santuario mi si bloccò il fiato in gola.

Era fatto di pietra, ma parte della struttura era crollata a causa del tempo e delle intemperie. Fili d'edera lo proteggevano su tutte le facciate rimaste in piedi. Non c'era un ingresso, perché il muro su cui avrebbe dovuto esserci il portone era ridotto a qualche blocchetto di roccia sparso qua e là sul terreno erboso. Perciò anche dall'esterno si poteva scorgere perfettamente l'interno. E quello che vidi fu un trono di pietra coperto da rami rampicanti.

Identico a quello dei miei incubi.

«C'è qualcosa che non va qui.» Trattenni Reywind per la manica. «Non dovremmo entrare.»

Lui mi studiò attentamente. Se dicevo che era pericoloso, non lo avrebbe messo in dubbio. E non mi avrebbe costretta ad andare avanti, neanche se significava mettere a rischio il resto del mondo.

«Fermi» ammonì il gruppo, tenendomi stretta per una mano.

Si bloccarono tutti. Jak mi fu accanto in un lampo. «Che succede?» Gli occhi gli brillarono di preoccupazione.

«Questo posto... io l'ho già visto. Nei miei incubi» confessai con un filo di voce. Non riuscivo a distogliere lo sguardo dal trono.

Perché c'era un trono in un tempio? Apparteneva ad Adhareo, in quanto figlio delle divinità? Se la sua anima riposava lì, c'era anche il suo corpo?

«Quello che senti è lo spirito del Fauno, Discendente. Siamo nel luogo giusto.» Salesir sembrava una statua. Il suo volto di pietra non trasmetteva alcuna emozione.

«Potremmo ucciderlo» propose Mida, lo sguardo incollato a terra. «Se Adhareo è qui, potremmo tagliargli la...»

«Il suo corpo è già stato fatto a pezzi» intervenne l'elfo dai capelli rossi. «Centinaia di anni fa, quando i vostri antenati scoprirono la maledizione che aleggiava sul futuro del nostro mondo. Il corpo dell'Oscuro Fauno è stato distrutto, ma il suo spirito è immortale. Solo la Discendente può ucciderlo.»

«Come... come faccio a uccidere uno *spirito*?» Ricordai di quando ero stata aggredita dal fantasma di Sundriel. Era così reale, poteva stringere le sue grinzose dita intorno al mio collo. Mi aveva *toccata*. Con una forza spaventosa. Dubitavo che Adhareo sarebbe stato meno difficile da colpire.

Gli elfi non dissero nulla e si addentrarono nel tempio. Sapevano qualcosa che non volevano dire. Qualcosa per cui più tardi li avrei certo maledetti.

Eravamo arrivati fin lì per compiere un giuramento. Se mi fossi tirata indietro proprio ora avrei messo in pericolo tutti gli uomini, le donne e i bambini del regno di Eredros. Tutte le persone che si erano arruolate sotto il nostro vessillo.

«Devo farlo» decisi.

«Non sei costretta» mi trattenne Reywind.

«Sì, invece,» sospirai «e anche tu.»

«Nailyn, possiamo andarcene ora. Hai ragione, c'è qualcosa che non va. Lo sento anche io.»

Jak non disse una parola, ma sapevo che era d'accordo con lui.

Zefiro sembrava sulle spine. Avvertiva qualcosa. Anche Zinah non pareva tranquilla.

«Tenete pronte le Spade» mi raccomandai prima di seguire il resto del gruppo nel santuario.

Oltrepassata la soglia, un freddo innaturale s'impossessò delle mie viscere. Rabbrividii. Era tutto esattamente come nei miei sogni, persino la pesante angoscia che vibrava tra le pareti.

«Prescelti,» la voce di Salesir echeggiò, spaventando un passero che si era appollaiato sui resti del tetto «sfilate la Spada dal fodero e incidetevi il palmo della mano destra.»

Obbedirono. Le lame sibilarono tagliando l'aria. Reywind mi lanciò un'occhiata prima di far scorrere *Lux* sul suo palmo aperto. Dalla linea rossa sgorgarono alcune gocce di sangue. Strinse il pugno e queste colarono ai suoi piedi.

«Discendente,» mi chiamò poi Salesir «ferisciti.»

Recuperai dalla cintura il pugnale che mi aveva donato Jak e tracciai un solco nella carne. Trattenni una smorfia di dolore, ma avevo sopportato ben di peggio.

Jak si era appoggiato con una spalla a una parete. Teneva le braccia incrociate e osservava attentamente tutto ciò che accadeva.

«Giurate di lottare per la Luce?» domandò l'elfo, il tono solenne.

«Giuro» rispondemmo in coro.

«Giurate di donare la vostra vita per la vittoria contro l'oscurità?»

«Giuro.»

«Giurate di essere un tutt'uno e di dedicare il vostro sangue al prossimo?»

«Giuro.»

L'aria era cambiata, era *elettrica*. Stava accadendo qualcosa.

L'elfo dai capelli grigio perla si avvicinò con una coppa nella quale versammo il nostro sangue.

Non mi piaceva. Non mi piaceva per niente.

Ma sapevo anche che gli elfi non avevano cattive intenzioni. Ci stavano davvero aiutando a fare l'unica cosa che andava fatta. Ma quel sesto senso, quello che mi faceva percepire la magia – anche la più oscura –, mi stava avvertendo che da un momento all'altro sarebbe accaduto qualcosa di orribile.

Salesir afferrò la coppa dalle mani del suo compagno e salì lentamente gli scalini screpolati che conducevano al trono. Si alzò un vento innaturale, ma al di fuori delle mura l'aria era immobile.

Reywind mi avvicinò a sé stringendomi per la vita con fare protettivo. Mi aggrappai a lui quando una folata mostruosa rischiò di scaraventarmi dall'altra parte. Mi accorsi allora che l'espressione di Jak era cambiata. I suoi profondissimi occhi neri fissavano il punto in cui il mio corpo e quello di Rey si univano. Non era solo triste, rammaricato o sofferente.

Era *arrabbiato*.

La linea della bocca, di solito morbida e invitante, era tesa e dura. La mandibola serrata. I pugni stretti in una morsa. Le iridi cieche di furia. Mi accigliai. Era un tipo di rabbia viscerale, al limite dell'odio. E io non lo avevo mai visto così.

Salesir versò il contenuto della coppa sul trono sussurrando parole in una lingua sconosciuta. Sembrava che quel vento che stava mettendo a dura prova noialtri, a lui non facesse il minimo effetto.

Così come non faceva alcun effetto a Jak, che se ne stava con la schiena ben dritta. Persino i capelli rimasero immobili.

«Rey,» gridai, per sovrastare il rimbombo «gli sta succedendo qualcosa!»

«Merda...» Mi tirò ancora più stretta a lui. «Nailyn, dobbiamo andarcene. Subito!»

«Che cosa? No! No, dobbiamo fare qualcosa per...»

Mi prese il viso tra le mani. Nonostante il gelo erano calde contro la mia pelle. «Lyn, mi dispiace. Mi dispiace, ma dobbiamo andare. Non saremmo mai dovuti venire.»

Salesir era inginocchiato ai piedi dello scranno. Teneva la testa chinata e gli occhi chiusi. Vedevo le sue labbra muoversi in una preghiera. Il mio sangue, mescolato a quello dei Prescelti, macchiava la pietra di cui era fatto il trono. Ci fu uno scoppio, come di un fulmine, e questo si frantumò. Era spaccato a metà.

Mi divincolai dalla presa di Rey e scattai verso Jak. Sentivo che lo dovevo *salvare*.

«Lyn, no!» gridò Reywind quando gli sfuggii.

Senza il suo risveglio, la magia si affievolirà
sempre di più fino a scomparire definitivamente.

Continuavo a ripetermi nella testa le parole della Leggenda senza capirne il senso. O forse, inconsciamente, lo capivo benissimo.

Reywind mi si lanciò addosso e riuscì ad afferrarmi la mano, ma non ci fu bisogno di tirarmi indietro perché mi ero arrestata. Pietrificata.

Jak aveva rovesciato gli occhi all'indietro e aveva spalancato la bocca in un urlo muto. Un'ombra scura lo avvolgeva come un mantello.

Per poter ritrovare la propria coscienza Adhareo
avrà bisogno di un cuore nobile e fragile.
Eppure sarà l'amore feroce a tradirlo.

«Jak!» gridai, ma lui non riusciva a sentirmi.

Ci fu un rumore di ossa che si spezzano e si allungano. I suoi arti si deformarono come nella morsa di un gigante invisibile. Un rantolo gli sgorgò dalla gola. Un rantolo che somigliava molto a quello che aveva squarciato la gola di Elfride il giorno della nostra iniziazione alla Sacra Dimora di Heldor. Aveva il suono della guerra e del caos.

Nella rabbia il Fauno troverà terreno fertile.
E il buio avanzerà.

Jak era come intrappolato in una nube nera e densa. Scintille elettriche tutte intorno a lui. Soffi taglienti di vento. Cadde sulle ginocchia e si artigliò la pelle del viso con le unghie ora appuntite. Strisce di sangue gli colarono sulle guance. Dalla testa, tra i fitti capelli ricci, spuntarono due corna nere. Crebbero e si arcuarono all'indietro. Come quelle di un... *Fauno*.

«No...» gemetti.

«Nailyn, dobbiamo andare!» Reywind cercava di trascinarmi via, ma io ero irremovibile.

Non riuscivo a togliere gli occhi di dosso al ragazzino che mi aveva accettata come una sorella, cresciuta come una fondamentale parte di sé, addestrata come un'alleata, amata e protetta come una compagna di vita.

Non riuscivo a distogliere lo sguardo dalla sua testa rovesciata all'indietro, dalla gola esposta dalla quale proveniva quel suono spaventoso. Dai suoi occhi che piano piano smettevano di essere i suoi. E diventavano quelli di Adhareo.

80

I rami d'edera cominciarono a crescere. Strisciavano sul pavimento come serpi, venivano da ogni direzione e si dirigevano tutti da Jak che si contorceva a terra. Lo arpionarono alle caviglie, ai polsi, alla gola. Lui tentò di strapparseli via di dosso, ma questi continuavano ad arrotolarglisi attorno. Le foglie si spezzavano sotto le sue unghie, ma non cedevano, lo trascinavano a terra e su per gli scalini.

Mi scaraventai sulle piante e feci del mio meglio per tirargliele via, ma ogni tentativo cadde nel vuoto.

«Aiutatemi!» gridai, gli occhi spalancati e i denti tanto stretti che avrei potuto spezzarmeli. Ero fuori di me.

Sentivo il cuore pulsare ferito in ogni vena e in ogni capillare. Non volevo arrendermi neanche di fronte all'evidenza. Jak era intrappolato nel suo stesso corpo, non lo avrei abbandonato.

Lui non avrebbe abbandonato me.

Reywind, Mida, Zefiro e persino Zinah corsero in mio aiuto. Strapparono quanta più edera riuscirono, ma questa non smetteva di crescere senza freno. Ci frustava violentemente quando riuscivamo a spezzarla, ma per quanto insistessimo non potemmo nulla contro quella magia. Gli elfi rimasero a guardare, più per consapevolezza che la nostra era un'impresa impossibile che per indifferenza.

La pianta trascinò Jak sul trono macchiato di sangue e lo legò allo scranno. Un ramo si allungò sulla sua testa sulla quale posò una corona d'oro nero. La stessa che avevo visto nei sogni. Ma era peggio che nei miei incubi.

Aveva la bocca spalancata per urlare, ma non gli usciva che un flebile rantolo. C'era un terrore insaziabile dipinto sul suo volto. Poi chiuse gli occhi.

L'aria, tutt'a un tratto, si fermò. Il santuario divenne silenzioso, fatta eccezione per il mio respiro affannato.

«J... Jak?» chiamai. Non riconobbi la mia voce.

Zefiro e gli altri rimasero immobili. Reywind mi stringeva le spalle e osservava orripilato la creatura che avevamo di fronte.

Jak aprì lentamente le palpebre. L'edera strisciò via, liberandolo. Si sgranchì le ossa come se si fosse appena svegliato e, con una placidità inquietante, si rimise in piedi. Il suo volto era lo stesso, ma più affilato. Gli occhi erano gli stessi, ma dietro di essi non più il mio amico. L'aspetto era quello di sempre, fatta eccezione per le corna che gli spuntavano tra i ricci. E per la corona che gli circondava la fronte. Ma c'era qualcosa di rigido in lui, qualcosa di terrificante nella sua postura.

Dischiuse la bocca e inspirò una boccata d'aria come se fossero passati mille anni dall'ultimo respiro. Le fossette rendevano il tutto solo più terribile. Sollevò una mano e si accarezzò un corno. Gli sfuggì un gemito di approvazione. Le ferite che si era inflitto al viso si rimarginarono in uno sfrigolio.

«Jak?» ritentai.

Spalancò gli occhi e li fissò nei miei. S'illuminarono di una luce inquietante. Non lo riconobbi. E quando mi sorrise, ebbi la conferma che quello *non* era lui. Era un sorriso ferino.

«Ah.» Fece schioccare la lingua contro i denti. «Discendente. Sono secoli che attendo questo momento.»

Scrocchiò il collo e mi lanciò uno sguardo carico di bramosia. Mosse un passo verso di me, scendendo il primo scalino. Reywind mi si piazzò davanti e gli puntò *Lux* contro. Jak… o quello che aveva il suo aspetto, sibilò.

«Togliti dai piedi, Cavaliere di Luce,» stirò le labbra sui denti «ho un debito da riscattare.»

«Avvicinati, mostro, e ti taglio la gola.»

Non stavo più capendo nulla. Non mi sentivo più le braccia e le gambe. E nemmeno il cuore. Mi balenò in mente la maledizione della Madre: avrei perso la fiducia, e Reywind mi aveva consegnata alla Legione Oscura; avrei perso la metà del mio cuore, e ora il Fauno aveva preso possesso del corpo di Jak.

«Non basterà una Spada a fermarmi.» Sollevò il braccio e strinse un pugno.

A quel gesto, Rey si portò le mani alla gola. La faccia gli divenne violacea e crollò sulle ginocchia. Stava soffocando. Mi riscossi dalla paralisi e lo raggiunsi buttandomi a terra davanti a lui. Le sue palpebre sfarfallarono e un fischio sottile gli salì dalla gola. Non gli arrivava abbastanza ossigeno al cervello.

«Rey!» gridai, tentando di staccargli le mani dalla gola. Poi mi voltai verso… verso il Fauno. «È me che vuoi! Lascialo!»

A quelle parole, Adhareo aprì la mano. Reywind riprese a respirare. Tossì tra una boccata d'aria e l'altra. Zinah e Mida erano come pietrificati.

Il Fauno inclinò la testa di lato e mi rivolse un sorriso crudele. Si divertiva.

Si piegò sui talloni e poggiò gli avambracci sulle ginocchia.

«Sai, sei ancora in tempo per passare dalla mia parte» sussurrò, lascivo.

«Ha giurato,» intervenne Salesir «non puoi prenderla.»

In quel momento il Fauno si accorse delle altre persone nel santuario. Si rimise in piedi con rinnovato interesse. «Devo essermi perso la festa, immagino.»

Mi rialzai e aiutai Reywind a fare altrettanto.

«Ridammelo» ordinai. Mi rifiutavo di avere paura di lui. C'era solo odio dentro di me.

Il viso di Adhareo si contorse in una smorfia che non seppi interpretare. «Il tuo amico...» Soffiò aria dal naso. «Mi fa... resistenza.»

Sfilai il pugnale dalla cintura e, in un balzo, gli fui addosso. Gli premetti la lama contro la gola. I nostri visi non erano più stati così vicini dall'ultima volta nella sezione vietata. Potevo sentire il suo odore. Ma ora c'era una nota aspra ad alterarlo. Lo guardai dritto negli occhi sperando di scorgere qualcosa di familiare oltre quel muro di crudeltà. E, per un istante, mi parve di vederlo.

L'immagine di me che compiva quello stesso identico gesto all'inizio di questa storia, quando ero infuriata perché Jak aveva rubato il candelabro d'oro, mi colpì allo stomaco più forte di un pugno.

Mi mostrò un sorriso privo di gioia. «Oh, tu non mi ucciderai, Discendente.» La condiscendenza nel suo tono mi fece tremare la mano che impugnava la lama. «Non se non vuoi uccidere anche *lui*.»

«Tu non sai di cosa sono capace» berciai. Ma mentivo: non gli avrei mai fatto del male.

«Fammi controllare...» Sollevò lo sguardo come se stesse frugando tra i ricordi. Si tamburellò il mento con l'indice. «Oh, sì. Ci sono. Che peperino di ragazza, sei! A questo qui piaci parecchio, sai? E da quel che posso vedere... anche a te piace lui. Ve la siete spassata in biblioteca.» Annuì continuando a guardare nel vuoto.

Premetti il pugnale più forte. «Ridammelo.»

Si mosse veloce come un fulmine e la sua mano finì tra i miei capelli. Mi strattonò costringendomi a mostrargli il collo. Jak non avrebbe mai fatto una cosa del genere.

Sentii il suono di spade sguainate. Erano i tre Prescelti con le lame puntate. Ma il Fauno stava prendendo tutto come un gioco.

«Vediamo un po',» cantilenò «tu devi essere il Cavaliere di Equilibrio. Ragazzo nobile, senza dubbio... ma non ti senti all'altezza.»

Mida sussultò come se fosse stato colpito. «Vogliamo scoprire se sono in effetti indegno del mio ruolo?» tentò di minacciarlo.

«E tu, Cavaliera delle Tenebre, pensi davvero di fare paura? Hai il cuore di un micetto.»

Lei soffiò come una serpe scoprendo i denti. «E gli artigli di una tigre. Wow.»

Adhareo ghignò. Strinse più forte la presa sui miei capelli e mi colpì con forza a una gamba quando la sollevai per calciarlo.

«Cavaliere di Luce,» si rivolse a Rey «tu non sei altro che il terzo incomodo nel suo cuore. Sai che lei non sarà mai completamente tua e sei così poco uomo da accettarlo. Forse potresti persino essermi grato per aver reclamato il corpo del tuo rivale.»

«Non so chi tu sia o cosa tu ne abbia fatto di Jak.» Non avevo mai sentito Reywind usare quella voce. Non sembrava neanche sua. «Ma se non vuoi che la tua morte sia così dolorosa da essere temuta anche all'inferno, lasciala subito.»

Adhareo sbuffò annoiato e mi scaraventò via. Rotolai giù per gli scalini ma Rey mi prese al volo prima che sbattessi la testa.

«Morirai per questo» gli promise.

«Sì, non ne dubito» ribatté Adhareo, sventolando ironico una mano.

Mi rimisi in piedi. Il mio cuore era spezzato. Io ero spezzata. L'esatta metà di me era intrappolata dietro quegli occhi privi di luce. Lacrime acide mi bruciavano gli occhi, ma una promessa era una promessa: non avrei pianto finché non fosse finalmente tutto finito.

Eravamo otto – contando anche gli elfi – contro uno. Avremmo potuto catturarlo, imprigionarlo. E poi avrei trovato il modo di liberare Jak. Ma qualcosa mi frenava. Adhareo emanava un potere oscuro.

«Toglitelo dalla testa, ragazzina» mi precedette, prima che dessi l'ordine di attaccare. «Sai, sei una delusione come Discendente. Mi aspettavo qualcosa di più... terribile. E invece davanti a me non ho altro che un mucchio di mocciosi. Dove sarebbe la mia gloria nell'uccidervi in questo istante?»

«Ti hanno mai insegnato a non giudicare dalle apparenze?» soffiai.

«In effetti no» valutò, pensoso. «Ma non credo sia un problema, non mi fate comunque alcuna paura.»

Sollevò le mani rivolgendo i palmi verso l'alto. Dalla sua pelle si sprigionò una strana sostanza, come denso fumo nero.

«Nailyn,» Rey mi tirò indietro «dobbiamo andare via di qui. Jak… Jak non c'è.»

«No.» Mi liberai.

L'aria si riempì di quella sostanza. Mida e Zinah si trascinarono fuori con l'aiuto di Zefiro. Quella roba era tossica. Cominciai a tossire, e così anche Rey. Ma non riuscii a decidermi ad andarmene. Sarebbe stato come abbandonare Jak, e io non potevo farlo.

«Non ho intenzione di uccidervi oggi. Voglio affrontare il vostro intero esercito e dimostrare al mondo la mia forza» tuonò il Fauno guardando le spire di fumo che gli uscivano dalle mani. «Ma se non ve ne andrete ora, morirete qui. Nella casa dei miei creatori.»

«Ridammi Jak!» gridai fino a graffiarmi la gola.

Adhareo sorrise e spalancò le braccia. Le mura del tempio esplosero. Mi accucciai a terra proteggendomi la testa. Rey fu subito sopra di me, per ripararmi dalle schegge affilate. Un'onda di vento si abbatté contro gli alberi della foresta, strappandoli dal terreno e spazzandoli lontano. La roccia frantumata del santuario ritornò indietro colpendo il suolo come cannoni. Spruzzi di terra ci piovvero addosso.

«Dobbiamo andare, cazzo!» sbraitò Reywind, sollevandomi di peso. Si portò due dita alle labbra e fischiò. Gli altri avevano già cominciato a correre. Erano macchie indistinte nella boscaglia.

Mi divincolai come un'indemoniata fissando il Fauno con tutto l'odio di cui ero capace. Urlai, persino. Ma non ricordo cosa dissi. Ricordo solo che lui mi parlò un'ultima volta. E anche se eravamo lontani e intorno a noi stava scoppiando il putiferio, riuscii a sentirlo limpidamente: «Ci vediamo sul campo di battaglia, *Lyn*».

Quando atterrammo al campo dei Ribelli saltai giù dalla groppa di Vill e mi diressi dritta alla capanna di Jak. Reywind mi seguì, correndomi dietro.

«Nailyn, aspetta.» Mi strinse il polso tra le dita.

«Mollami immediatamente o ti spezzo il braccio, Reywind. Non scherzo.» La mia voce era tagliente.

Lui sbatté le palpebre, sorpreso. «Nailyn, troveremo una soluzione. Non gli permetteremo…»

«Non te lo ripeterò ancora una volta.» Fissai la mano.

Lui lasciò la presa. Il suo sguardo era colmo di compassione, sentimento che non potevo sopportare. Capii che non sapeva bene cosa fare, come comportarsi. Come alleviare il dolore che mi straziava il petto. Ma non avevo né voglia né pazienza per preoccuparmi per lui, ora. Mi allontanai a grandi falcate.

Oltrepassai Mastro Turild che mi lanciò uno sguardo interrogativo a cui risposi quasi con odio. Allungò il collo alle mie spalle, ma Jak non era dietro di me. Ingoiai la bile che mi era salita su per la gola. Quando scostai l'entrata della sua tenda e percepii il suo odore, mi venne da vomitare per la disperazione.

Feci un passo avanti, lasciando che il tessuto ricoprisse l'ingresso e mi celasse al resto del mondo. C'era una calma ancestrale lì dentro. Tutto sembrava normale: il vago sentore di sigaretta, i cuscini sparpagliati qua e là, il catino d'acqua con cui la sera prima si era lavato il viso dalla fuliggine, il panno con cui si doveva essere asciugato. E l'armatura che aveva forgiato per me.

Una rabbia incontrollabile s'impossessò di ogni fibra del mio corpo. In un grido di frustrazione rovesciai il bacile e tutta l'acqua finì sulle coperte. Scaraventai a terra il comodino e lo presi a calci fino a quando il legno non si spezzò. Distrussi lo sgabello sul quale doveva essersi seduto un'infinità di volte da quando aveva raggiunto il campo dei Ribelli. Gridai ancora quando urtai l'armatura con tutta la potenza del mio braccio. Finì a terra e il frastuono del ferro sovrastò per un istante il casino che avevo in testa.

Nessuno venne a interrompere il mio sfogo.

L'elmo che Jak aveva pensato per me rotolò dall'altra parte della tenda. Urtò il cassetto distrutto del comodino e finì accanto ad alcune sigarette che non avevo notato. Quel dettaglio fu per il mio cuore come se una mano invisibile lo avesse stretto fino a spremerne tutto il sangue.

Raccolsi l'elmo e mi sedetti a terra. Lo strinsi tra le mani e lo guardai all'altezza degli occhi, come se potessi vederci quelli di Jak. Erano neri, profondi come la notte. E splendevano della sua luce.

«Te lo prometto, Jak,» gracchiai, costringendomi a non piangere «non ti abbandonerò.»

Lui non lo aveva mai fatto. Non c'era stato un giorno della sua vita che non avesse pensato a me. Non mi sarei arresa neanche se avesse significato perdere tutto il resto. E, anche se ora non avevo voglia di vederlo, sapevo che Reywind sarebbe stato al mio fianco.

Erede dei suoi occhi rossi, col suo esercito di reietti nato
dalla polvere e dalla corruzione, potrà contrastare l'oscurità.
Solo a patto di saper dividere cuore e ragione.

Non ero così stupida da non capire cosa dicesse la profezia: per vincere la guerra, avrei dovuto mettere da parte il cuore. E poteva voler dire solo che alla fine avrei dovuto uccidere il Fauno. Ma non avrei mai inferto il colpo fatale a Jak. No... avrei trovato il modo di strappare via Adhareo dal suo corpo. Le profezie non segnavano confini netti, erano modellabili e interpretabili.

Lo avrei scritto io il mio destino.

81

Era scesa la notte.

Ed ero ancora seduta a gambe incrociate sul giaciglio di Jak, la testa china, e l'elmo tra le mani.

Lui era ancora lì dentro, me lo sentivo. Mi aveva chiamata Lyn. Non potevo credere che il Fauno mi avrebbe mai potuta chiamare col mio nome. Lo stesso Adhareo aveva detto che il mio amico gli faceva resistenza.

Lasciai cadere l'elmo.

«Si può?» Reywind era comparso sulla soglia della tenda e teneva alzato un lembo di tessuto.

La compassione che tanto detestavo era sparita dal suo viso. C'era rammarico, e determinazione. Proprio quella che mi serviva per non cedere alle insicurezze.

Annuii. Se avessi parlato, la voce mi si sarebbe rotta. Anche se le mie guance erano rimaste asciutte come promesso, sentivo gli occhi e la gola doloranti per lo sforzo di trattenere tutte le lacrime.

Reywind si era spogliato della divisa e ora indossava un completo di pelle che lo rendeva ridicolo. Nonostante questo, era di una bellezza disarmante. E la sua presenza mi diede conforto.

Gli appoggiai la testa alla spalla. Lui mi strinse con un braccio e con l'altra mano mi accarezzò la guancia.

«Non dovrai ucciderlo, Lyn.» Quelle parole mi vibrarono dentro, anche lui evidentemente aveva riflettuto sul significato della Leggenda ed era arrivato alla mia stessa interpretazione. «Troveremo il modo di tirarlo fuori. È una promessa.»

Annuii decisa, ma in realtà tremavo di paura.

«Non mi arrenderò. E non lo farai neanche tu.» Ora i suoi occhi erano fissi nei miei.

«Gli altri non saranno d'accordo...» ponderai.

«Non te ne deve fregare un cazzo, degli altri.» La sua voce dura e decisa mi infuse ancora più coraggio. «Dovrai mentire, Nailyn. Dire loro che se dovesse essere necessario lo ucciderai.»

«Potrebbe essere realmente l'unica possibilità.»

«Le profezie sono effimere, labili, manipolabili. Dicono una cosa ma potrebbero voler dire tutt'altro. Se tu puoi cambiare il destino di una guerra, di un regno intero, puoi anche cambiare quello di una singola persona.»

«Le guerre e le vittorie richiedono dei sacrifici, Rey.»

«Non credi di esserti già sacrificata abbastanza?» Tremai leggermente sotto le sue carezze. «Hai perso la tua famiglia, hai vissuto una vita nel terrore dei quartieri di Vartadis. Hai sopportato la Madre e tutto il dolore che si è lasciata dietro. E pensi di dover pagare anche con la vita di Jak per il sangue che ti scorre nelle vene?»

Si era allontanato e mi teneva ferma per le spalle. Le scaglie di ghiaccio nei suoi occhi chiari brillavano di speranza. Una speranza letale e contagiosa.

«Io... io credo di no. Non devo.»

Scosse la testa. «Non devi, Nailyn. Hai il potere nelle tue mani. Usalo.»

«Non so come dovrei fare. Come posso uccidere Adhareo senza uccidere Jak?» Il panico riprese a crescere.

«Non lo so...» Abbassò la voce. «Ma se Jak è ancora lì dentro, troverai il modo di dargli la forza di ribellarsi. Tu e lui insieme ce la farete. *Noi* ce la faremo.»

Lo baciai. Gli allacciai le braccia al collo e sfiorai le sue labbra con le mie. Lui mi afferrò con dolcezza sulla nuca e approfondì il bacio. Non ci fu nulla di tenero in quel contatto. Fu quasi brutale. Era carico di paura, rabbia, frustrazione, passione. Scaricai su di lui ogni grammo di dolore che mi appesantiva il petto e lui lo accolse senza resistenze. Non mi sentii a disagio all'idea di baciare Reywind nella tenda di Jak, anche se forse avrei dovuto. Ma in quel momento contava solo il fatto che lui era lì per me e non mi avrebbe chiesto di uccidere Jak, anche se questo avrebbe significato condannare il resto del mondo all'oscurità.

Restammo abbracciati per un'eternità. I miei respiri pian piano si calmarono e riuscii a trovare la forza di aggrapparmi alla durezza che era in me.

«Zefiro ci attende nella sua tenda» sussurrò Rey stringendomi più forte. «Abbiamo una guerra da organizzare.»

Nelle due settimane che seguirono non trovai il tempo di pensare ad altro se non alle strategie militari. Reywind e Samshara continuarono ad allenare tutti i volontari che si presentavano all'accampamento, Mastro Turild forgiava armi e scudi senza tregua, gli elfi andavano e venivano portando con loro gruppi sempre più consistenti di creature magiche che avrebbero lottato dalla nostra parte.

I draghi, senza dubbio, sarebbero stati i nostri alleati più forti. Alcuni erano persino più grandi di quelli con cui erano arrivati gli elfi. E i loro occhi dalla pupilla a fessura brillavano d'intelligenza. Poi c'erano i centauri, ottimi arcieri e strateghi incredibili. Con l'aiuto del loro capo, Zefiro riuscì a risolvere un grave problema che riguardava la postazione delle truppe. Avevano una mente svelta.

Gli alberi che circondavano la vallata nella quale si sarebbe svolta la guerra ci promisero il loro aiuto. Per parlare con loro, dovetti lasciare che una grande quercia m'inglobasse al suo interno. Fu strano quanto la prima volta, ma quando alla fine mi lasciò andare mi sentii rinnovata e piena di energie.

Zinah e Mida passavano giorno e notte ad architettare piani, e spesso includevano anche me nelle loro riflessioni. Le lunghe ore trascorse a pianificare mi estenuavano. Ma mi rifiutavo di andare a dormire. Ero la prima ad alzarsi e l'ultima a tornare al proprio giaciglio.

«Tenterai di salvarlo?» mi chiese Zefiro d'improvviso, nel fioco bagliore della sua tenda. Non serviva che specificasse a chi si riferiva. Lo sapevamo bene tutti.

«No» mentii.

«Nailyn, so che...»

«Non tenterò di salvarlo, se questo significasse condannare il resto del mondo. La Leggenda parla chiaro, siamo stati troppo sciocchi per interpretarla in tempo.»

Calò un silenzio teso. Non mi credeva.

«Non avremmo potuto cambiare le cose, comunque» intervenne Mida. «Era tutto già scritto. Rifletteteci: Jak era...»

«*È*» lo corressi, prima che potessi mordermi la lingua per impedirmi di parlare.

«… È un fabbro. Proprio come il Fauno che ha forgiato le tre Spade. Non può essere un caso. Ogni cosa era già stata decisa. Così come anche l'esito di questa guerra.» L'ultima parte, aveva tutta l'aria di essere un ammonimento.

Avrei voluto prendermi a schiaffi per essere stata così cieca. Forse, se avessi avuto il minimo sospetto, a quel punto non mi sarei ritrovata a cercare di capire come salvare Jak. Non gli avrei permesso di venire con noi al santuario, tanto per cominciare.

Dovevo essermi fatta ancora più scura in volto, perché Mida mi lanciò un'occhiata e cambiò discorso. «Tu sarai il loro bersaglio.» Tornò con lo sguardo sulla mappa.

«Se la Legione Oscura ha già stretto l'alleanza con Jak…» continuò Zinah.

«Con il Fauno» la corressi.

Lei ignorò l'interruzione e andò avanti. «… si aspetteranno che il tuo primario obiettivo sia arrivare a lui.»

«E così sarà,» concordò Mida «ma dovremo fare in modo che non si accorgano di te. Dobbiamo distrarli.»

«E come?» domandai, ancora infastidita.

Mida sembrò pensarci su. I capelli chiari brillavano alla luce tenue delle candele. Era notte fonda, ma il martellare del fabbro non si era ancora fermato. Così come le voci dei Ribelli che davano ordini e organizzavano il razionamento delle provviste. Tutti avevano qualcosa da fare e, a giudicare dallo sferragliare che proveniva in lontananza, qualcuno si stava ancora allenando con le spade. Reywind aveva due profondi cerchi sotto gli occhi, ma la schiena rimase dritta nel rifiuto di cedere alla stanchezza.

«Zinah e Reywind potrebbero cavalcare dei draghi e fare un po' di casino tra le fila nemiche» suggerì Mida. «Mentre io e te ci confonderemo tra i soldati semplici e avanzeremo pian piano senza farci notare.»

«È troppo rischioso» protestò Rey, sedendosi su uno sgabello. «La maggior parte del sangue viene versato tra le prime fila. Potreste non riuscire ad arrivare alle retrovie nemiche.»

«La profezia dice che...»

«Non possiamo basare la nostra strategia sulla convinzione che la profezia proteggerà la vita di Nailyn» lo interruppe Rey.

«No» m'intromisi. «No... invece accetto il piano.»

«Lyn, sul campo non ci saranno solo i guerrieri della Legione Oscura. Ci saranno anche delle creature che arrivano direttamente dall'inferno.» Reywind si protese sul tavolo.

«Gente meno addestrata di me si troverà tra quelle creature e le nostre retrovie. Non mi metterò in disparte, e forse io e Mida riusciremo ad aprire un varco e aiutare i nostri a fare breccia.»

«Due.» Scosse la testa frustrato. «Siete in due contro un intero esercito.»

Mi alzai in piedi facendo capovolgere la sedia. «Hai intenzione di fermarmi, Reywind?» Gli scoccai un'occhiata di fuoco.

Lui inarcò entrambe le sopracciglia. «No, mai.» Sembrava sincero. «Ma se trovassimo un piano più adeguato...»

«Non ne esiste uno che mi protegga a prescindere, senza che io mi trovi a combattere insieme a tutti voi. E comunque non lo accetterei.»

«E se anche lo accettassi,» intervenne Zinah con un sorrisetto «ti spedirei in battaglia a calci in culo.»

Ci scambiammo un sorriso complice. «Sarò lì a salvare il tuo, non temere.»

Zefiro fece irruzione. Le tracce di pittura blu sul viso si erano sbiadite e i capelli, solitamente legati in una coda, erano arruffati. Nonostante la tremenda stanchezza, trovò le forze per rivolgere a Zinah un sorriso malizioso e per inchinarsi lievemente con la schiena. «Mia signora» la salutò.

Lei sbuffò e fece roteare gli occhi. Ma da come le si erano imporporate le guance capii che non le dispiacevano poi così tanto quelle attenzioni.

«Guai in vista» disse a noialtri. Lo guardammo tutti in attesa, l'ansia palpabile. «Gli alberi dicono che un grande esercito sta marciando verso di noi.»

«Come speravamo,» sospirò Mida passandosi una mano tra i capelli «almeno abbiamo scelto il campo di battaglia. Tra quanto saranno qui?»

«Difficile dirlo. Tra non molto, immagino. Se la rete di radici degli alberi ha captato le vibrazioni di un esercito in marcia, non devono essere lontani.»

«Questo mette fine alle nostre discussioni.» Battei i palmi sul tavolo facendo tremolare le candele. «Non abbiamo tempo per studiare un nuovo piano.»

Reywind strinse i denti. Ma non disse nulla.

«E quando arriverò a… al Fauno, metterò fine alla guerra. Lo ucciderò» mentii.

Sentivo addosso gli occhi di tutti, ma mi concentrai solo su quelli di Rey. Avrei dovuto trovare una soluzione per salvare Jak senza condannare il resto del mondo a dolore e sofferenza. Non avevo idea in che modo ci sarei riuscita, ma Jak mi aveva insegnato che organizzare piani era il modo migliore per fallire. Sarei andata d'improvvisazione, come avevamo sempre fatto.

«Se sono furbi, terranno il Fauno nascosto fino a quando non saranno certi di poter vincere» rifletté Zefiro.

Reywind scosse la testa. «Adhareo è forte. Mi ha quasi ucciso con un gesto della mano... Mio padre potrebbe utilizzarlo come arma. Io lo farei.»

Il capo dei Ribelli fece schioccare la lingua contro i denti. «Ho consultato gli elfi» c'informò mettendosi a sedere accanto a Zinah. «Adhareo è indubbiamente molto forte. Ma si è appena svegliato. Sono passate solo poche settimane dal suo ritorno, non ha ancora ritrovato il massimo delle energie. Conserverà tutto il suo potere per contrastare la Discendente, l'unica che può ucciderlo. Lo terranno nascosto fino al momento opportuno.»

Non riuscii a capire se fosse o meno un vantaggio per noi. Senza dubbio i nostri soldati avrebbero avuto più possibilità di riuscita se non si fossero dovuti concentrare anche sulla sua forza sovraumana. Ma per me sarebbe stato un problema, perché io sarei arrivata a lui stanca e sporca di sangue.

Rey mi stava osservando, e dal modo in cui mi guardava capii che era arrivato alle mie stesse conclusioni. Se fossi montata a dorso di un drago sarebbe stato facile individuarmi. E se fossi avanzata facendomi largo a spadate forse non avrei avuto la forza di lottare anche contro Adhareo.

«Dobbiamo trovare il modo di aprirti la strada» decise Reywind, accantonando il proposito di convincermi a cambiare idea.

«Fate casino da lassù,» consigliò Mida con un sorrisetto «un po' di fuoco sarà utile.»

«Io starò al tuo fianco» decise Zefiro.

«No,» rifiutai, facendo il giro del tavolo «dovrò sembrare uno dei tanti guerrieri. Tutti coloro che si troveranno accanto al capo dei Ribelli sembreranno sospetti.»

Rimanemmo in silenzio. Dalla tenda s'intravedeva la luce dell'alba farsi sempre più vicina.

«Dobbiamo dormire» Reywind si sollevò dallo sgabello e mi prese per mano. «Non sappiamo quando arriverà la battaglia. Fino ad allora, cerchiamo di tenerci riposati.»

Zefiro annuì e si alzò dalla sedia. Sorrise a Zinah e le prese una mano tra le sue. «Sai, nella mia tenda c'è un vero letto, se avessi voglia di dormire per...»

«Fottiti» scattò lei, tirando via la mano e uscendo a grandi falcate.

«Che zuccherino» commentò lui, malizioso.

Mi concessi di sorridere. Poi seguii Rey nella nostra tenda. Il giaciglio era perfettamente ordinato, come se nessuno lo usasse da giorni. In un catino d'acqua galleggiava un rametto di rosmarino che profumava l'ambiente.

Ci buttammo entrambi sulle coperte. Lui con la schiena leggermente sollevata sui cuscini e io con la testa posata sul suo petto. Lasciai che giocasse con le ciocche dei miei capelli.

«Ho paura» mi confidò.

Mi sollevai su un gomito e poggiai una mano sul suo stomaco. Lo guardai dritto negli occhi, e vi trovai un terrore che non avevo mai visto. «Sei forte, Rey. Non devi...»

«Non ho paura per me» m'interruppe, scostandomi i capelli dal viso.

«Sono forte anche io, sai?»

«Non dubito delle tue capacità.» Mi tirò a sé e, sotto l'orecchio, sentii il martellare veloce del suo cuore. «So che ce la farai, credo in te. Anche se avrei preferito una via più sicura per arrivare al Fauno, non è l'esercito contro il quale ti scaglierai a terrorizzarmi.»

«Credo di sapere dove vuoi andare a parare...»

«Ho paura che quando arriverai davanti a *lui*... se non dovessi trovare il modo di salvare Jak, ti lascerai uccidere.»

Strinsi il tessuto della maglia che indossava. Era lo stesso timore che avevo anche io. «Pensavo che credessi che ci fosse un modo per salvarlo.»

Mi scostò delicatamente e mi fece sdraiare sulla schiena. Si sporse sopra di me, un braccio tenuto teso accanto alla mia testa. Eravamo così vicini che i nostri respiri si confondevano alla tenue luce dell'alba.

«E lo credo» affermò, e non colsi neanche un barlume di dubbio nella sua voce e nei suoi occhi. «Sono sicuro che Jak si possa salvare, a terrorizzarmi è quell'unica, minuscola possibilità che mi sbagli. E quando una persona è il centro del tuo universo, anche la più lontana ipotesi di perderla ti fa tremare la terra sotto i piedi. Stiamo andando in guerra, Nailyn.»

Capivo cosa voleva dirmi. Era la stessa cosa che provavo io. Tra me e Rey doveva ancora crescere tutto. Paragonato al rapporto che avevo con Jak, noi eravamo ancora due estranei. Ma mi sentivo indissolubilmente legata a lui. Lo volevo con ogni fibra di me. Avremmo costruito tutto, una volta finito quello schifo di guerra. Se fossimo sopravvissuti entrambi, avremmo avuto una vita intera per conoscerci.

Avevo visto Reywind combattere. Sapevo che era la furia fatta persona. Ma era umano, pur essendo il Cavaliere di Luce. E l'idea di perdere anche lui...

«Ti prometto una cosa, Reywind.» Posai le mie labbra sulle sue. «Io tornerò da te» sussurrai.

Me lo tirai addosso e lasciai che mi assaporasse, che le nostre lingue si incontrassero e s'intrecciassero.

«Promettimelo anche tu» ordinai.

«Tornerò da te, Nailyn. Te lo giuro» mormorò sulle mie labbra.

Ma prima che potessimo andare oltre, per tutto l'accampamento si sentirono risuonare dei corni. Ci staccammo e ci guardammo con occhi colmi di consapevolezza.

Senza dire una parola, ci fiondammo fuori. Dalle colline in lontananza, vedemmo sbucare fila e fila infinite di guerrieri. L'esercito della Legione in marcia.

Un suono di tamburi, di piedi che calpestano la terra, e di grida di battaglia, ci raggiunse insieme a un'ondata di brividi. Erano troppo lontani per poterli distinguere chiaramente, ma sapevamo che tra loro c'erano anche creature in grado di fare a brandelli carni e armature senza difficoltà.

L'alba era ormai giunta, il cielo era striato di sfumature rosa e violacee. Ma la luce del giorno sarebbe morta presto, perché da nord notai avanzare una fitta coltre di nubi nere. La tempesta stava arrivando, e la guerra era già lì.

I Ribelli e il resto dell'accampamento si riversarono fuori dalle tende. L'angoscia e la tensione si potevano tagliare col coltello. Lo sguardo gelido di Zinah s'indurì, Mida strinse le labbra, Zefiro fissò lo sguardo sul punto più lontano.

La mano di Reywind trovò la mia. Il suo calore mi si irradiò lungo il braccio fino al petto. Ma il sangue mi si gelò in fretta quando tornai a pensare che, tra i soldati nemici, c'era Jak.

82

La staffetta della Legione Oscura raggiunse il nostro accampamento sul dorso di una bestia che somigliava a un enorme lupo, ma invece della pelliccia aveva la pelle come quella di un serpente. Era una fiera delle tenebre.

Re Florent richiedeva un incontro con suo figlio, la Discendente e il capo dei Ribelli per discutere la resa. Reywind, che non aveva mostrato il minimo barlume di timore, gli aveva riso in faccia.

«Di' all'usurpatore che suo figlio verrà. Ma non per trattare la resa.» Il tono di ghiaccio e lo sguardo tagliente misero i brividi persino a me.

L'uomo sorrise e la fiera che cavalcava emise un verso stridulo che somigliava a una risata. «Staremo a vedere, *traditore.*»

Andare da soli, senza il resto dei soldati, nel cuore dell'accampamento nemico era un rischio. Non eravamo tre comuni soldati, ma alcune delle pedine più importanti della scacchiera. Decidemmo che Zefiro sarebbe rimasto al campo dei Ribelli e, se non fossimo tornati entro un'ora, avrebbe dichiarato guerra e attaccato.

L'unica opzione era incutere un po' di timore. Due draghi tra i più imponenti sarebbero venuti con noi.

Di norma, per poter salire sul loro dorso bisognava conquistarsi il diritto mettendo a rischio la propria vita. Ma io ero la Discendente e, una volta tanto, qualche vantaggio lo avevo. Mi sarebbe bastato ordinare loro che si lasciassero cavalcare.

Vill era cinque volte più piccolo degli altri draghi, perciò sarebbe rimasto all'accampamento. Era una bestia forte e agile, ma noi avevamo bisogno di incutere quanto più timore possibile.

Eravamo nella tenda di Jak. Negli ultimi minuti che avemmo a disposizione perfezionammo un poco il piano. Era necessario che indossassi l'armatura che lui aveva forgiato per me.

Reywind era con me. Il suo sguardo limpido era messo in risalto dal contrasto dell'armatura nera, molto simile alla mia e a quella del resto dell'esercito. L'unico elemento che effettivamente mi distingueva dagli altri era l'elmo a forma di testa di drago.

Non parlammo. Lasciai che le sue dita esperte mi sistemassero addosso ogni elemento dell'armatura. Non staccò mai gli occhi dai miei. Il respiro mi si faceva più pesante a ogni colpo di quei tamburi che avevano iniziato a suonare anche nel nostro accampamento.

Scivolò con le mani sulle mie cosce e si mise di fronte a me. Mi fece sollevare e appoggiare un piede sul suo ginocchio e, con un paio di strattoni decisi, mi assicurò i gambali di ferro. Risalì piano lasciandomi una scia di baci lungo la gamba, ma non andò oltre. Non c'era nulla di malizioso in quel momento. Era il puro e semplice bisogno di contatto. Un modo per farmi sapere che era con me.

Sotto il gonnellino d'acciaio indossavo una calzamaglia per proteggermi dal freddo. Scorsi il mio riflesso allo specchio.

Non sembravo nemmeno io. Ma mi piacevo, e parecchio. Ero più affilata. Più terribile.

Mi assicurai entrambi gli stiletti alle cosce e ficcai il pugnale forgiato da Jak nella cintura dalla quale pendeva una spada corta. Sentii il cuore farsi pesante. Era giunto il momento. Portai la mano al ciondolo con la campana, lo baciai e lo nascosi sotto l'armatura.

«Sei pronta?» mi chiese Rey.

«Pronta.»

Il sole fuori dalla tenda era sparito dietro nuvole nere e gonfie di pioggia. Per le vie dell'accampamento c'era un viavai febbricitante di donne e uomini. Se non avessi saputo che sotto il colle ci aspettava una guerra, avrei potuto scambiare quella tensione per i preparativi di una festa.

«Sicura di volerne cavalcare uno da sola?» Zefiro ci stava attendendo a fianco a due enormi creature alate che avrebbero potuto dar fuoco all'intero accampamento in pochi secondi.

«Non me ne credete capace?» ribattei avvicinandomi a un drago dalle scaglie dorate.

«Oh, vi ritengo capace di qualsiasi cosa.» Era divertito. Beato lui.

Sollevai una mano e la creatura allungò il muso per annusarmi. Chiusi gli occhi e chiesi mentalmente a entrambi i draghi di concederci di salire sul loro dorso. Negli occhi vidi balenare la consapevolezza di chi fossi. Il mio drago li socchiuse piano e piegò la testa. Dopodiché si accucciò il più possibile sulle zampe e mi permise di scalare la sua enorme groppa. Il secondo, leggermente più piccolo e dalle squame verdi, fece altrettanto per Reywind.

«Un'ora, Zefiro» dissi, intanto che il drago si alzava in tutta la statura. «Non un minuto di più. Poi preparati ad attaccare.»

«Sissignora» ribatté, fingendo di inclinare rispettosamente un cappello invisibile.

Le due enormi bestie si alzarono in volo. A ogni battito delle loro grosse ali, spostavano violentemente l'aria intorno tanto da piegare i tronchi degli alberi che ci circondavano. Più salivamo, più la temperatura scendeva. Il vento ci sferzava il viso nonostante gli elmi calati, e piccoli turbini carichi di elettricità mi suggerirono che da un momento all'altro sarebbe esplosa la tempesta. A confermare quell'impressione, un lampo violaceo spaccò il cielo in due.

Sotto di noi l'accampamento dei Ribelli si allontanava, mentre quello della Legione si faceva più vicino. Migliaia di piccole capanne dalle tende nere si spargevano per il lato a sud-ovest della radura. Erano molte più di quante avessimo immaginato. Mi si bloccò il fiato in gola. D'improvviso, l'idea di vincere quella maledetta guerra sembrò ancora più astratta.

«Lyn!» mi gridò Rey.

Voltai la testa verso di lui. Mi stava indicando il mare a poche leghe da lì. Eravamo così vicini che riuscii a percepirne l'odore salmastro. Sbarrai gli occhi alla vista di centinaia di navi in avvicinamento. Avevano tutte le vele nere con cucito sopra lo stemma della Legione.

«Porca merda...» mormorai.

Siamo fottuti. Siamo fottutamente fottuti.

Non avevamo escluso la possibilità che ci raggiungessero anche via mare. Ma vedere tutte quelle navi e capanne, molte più di qualsiasi nostra supposizione, fu disarmante. Ora che eravamo scesi di quota potevo anche scorgere il ghigno soddisfatto di Florent.

Ci guardava come due mocciosi trascinati a lui per l'orecchio, e non come due guerrieri a dorso di drago. Avrei voluto sfilarmi il pugnale dalla cintura e piantarglielo nel collo.

Atterrammo sollevando spruzzi di terra. L'arrivo dei nostri draghi fece nitrire i cavalli.

I cavalli.

Re Florent e Lamier, che sostava accanto a lui come il figlio che si era scelto, ci attendevano in groppa a Nebbia e Terrore. Indossavano armature lucide che li facevano apparire più grossi di quanto in realtà fossero. Mi salì un moto di fastidio alla vista dei loro culi sui nostri cavalli. Era chiaramente una provocazione. Li avevamo persi da qualche parte nella nostra lotta alla sopravvivenza e nelle fughe qua e là e, ora, erano nelle loro mani. Non erano cavalli qualunque, ma bestie legate alla Sacra Dimora di Heldor… che ora non esisteva più. E perciò i padroni non eravamo più noi, seppure avessi la sensazione che – se avessero potuto – ci avrebbero seguito all'istante. Mi costrinsi a trattenermi.

A differenza di Lamier che ci fissava con tanto d'occhi, Florent non mostrava alcuna sorpresa, come se vedere due draghi enormi fosse una cosa da tutti i giorni. O mascherava bene la paura, o la sua arroganza aveva superato ogni limite ed era sfociata nella demenza.

Saltai giù dall'animale con agilità. L'esercito nemico sembrava, quantomeno, abbastanza intimorito da non tentare di avvicinarsi a noi. Reywind mi fu subito al fianco e insieme ci dirigemmo a grandi falcate verso Florent e lo squadrone che ci osservava alle sue spalle.

«Padre» soffiò Rey.

«Vorrei poter ricambiare chiamandoti "figlio",» rispose lui

in tono lezioso «se non fosse morto il giorno in cui ha ucciso mia moglie per venire al mondo.»

«Che coincidenze» Reywind gli rivolse un sorriso tagliente. «Mio padre invece è morto il giorno in cui per la prima volta ha alzato la frusta su di me.»

«Non sei mai cresciuto Rey, non è vero?» intervenne Lamier smontando da cavallo.

«E tu? Ancora corri dietro il generale come un fedele cane bastardo nonostante le mazzate che ricevi?»

«Rivolgiti a lui col titolo che gli appartiene» latrò. «È il re!»

Reywind unì le mani davanti al corpo e assunse una sfacciata posa di sfida. «Lui è l'usurpatore.»

«Siamo qui per battibeccare o per discutere di una guerra?» lo interruppe re Florent.

Dal modo in cui parlava e con cui ci osservava, sembrava non percepirci come minacce.

«Se è la resa che vuoi, puoi andare a farti fottere.» La mia voce suonò calma e cristallina, molto più di quanto sperassi.

Due fiere delle tenebre apparvero ai lati di Florent sibilando e mordendo l'aria. I draghi dietro di me emisero un ringhio d'avvertimento.

«È la resa ciò che mi concederete. Oppure vedrete morire la vostra gente.»

«Sembri molto sicuro della vittoria» notò Reywind.

Il generale si lasciò sfuggire uno sbuffo divertito. «Il nostro esercito è molto più numeroso del vostro. E anche noi abbiamo creature in grado di farvi impallidire.» Lanciò un'occhiata ai draghi.

«Ma io sono la Discendente,» gli ricordai «posso controllare ogni creatura di questa Terra.»

«Immagino che ora dovremmo iniziare a tremare di paura» mi provocò Lamier.

«Oh, io non tirerei troppo la corda con lei.» Reywind gli mostrò un sorriso orgoglioso. «Sa mordere.»

La fiera fece un paio di passi avanti tenendosi col ventre raso terra. Mi mostrò i denti e, prima che decidesse di attaccare, liberai il mio potere. Non era mai successo che lo sentissi scorrere nelle vene o che lo percepissi come un fluido sul quale avevo controllo. Ma ora ci riuscivo, forse grazie alla magia che si era risvegliata del tutto, o magari per via del bisogno di mettere nero su bianco ciò che ero in grado di fare.

Mi bastò immaginare che quella creatura soffrisse perché accadesse realmente. Somigliava più a un rettile che a un lupo, ma guaì di dolore esattamente come avrebbe fatto un cane. L'altra fiera piegò le orecchie all'indietro e si acquattò a terra senza smettere di ringhiare.

«Interessante.» Il generale si accucciò accanto alla bestia che si acquietava. «Non c'è dubbio, avete il controllo della magia. Ma non siete la sola.» Un sorriso ferino gli si allargò in volto.

Sapevo benissimo cosa volessero dire quelle parole, ma la consapevolezza non bastò ad attenuare lo stupore quando, alle sue spalle, comparve Jak. O meglio, Adhareo.

Si muoveva come se fosse fatto d'aria, anzi di *fumo*. Lo stesso che, l'ultima volta, gli avevo visto uscire dalle mani. Ma sapevo che il corpo in cui dimorava era di carne e ossa.

Indossava un vestito elegante di tessuto nero con cuciture viola. Niente armatura, non ne aveva bisogno. Dallo scollo s'intravedeva un tatuaggio che aveva tutta l'aria di un marchio. Il viso era un po' più scavato del solito. La cosa peggiore di tutte, comunque, era l'espressione di altezzosa e infastidita sufficienza che, in situazioni normali, non sarebbe mai comparsa sul volto di Jak. Era come un estraneo.

«Discendente,» mi salutò con un mezzo ghigno «alla fine arriviamo alla resa dei conti.»

«Non c'è bisogno di tutto questo, Adhareo.» Tenni la voce salda nonostante il grido muto che mi grattava la gola supplicando di uscire. «Possiamo fermare questa follia. Lascia il corpo che hai rubato e...»

«Sai, quello che provi mi è dolorosamente familiare» m'interruppe tamburellandosi il mento. «Oh, sì. Anche a me è stato rubato qualcosa.» La sua occhiata andò alla Spada di Reywind. «E temo che qualcuno debba pagare per il sonno in cui sono stato incatenato per dieci, lunghissimi secoli. Tu. Tu pagherai per le colpe dei tuoi avi. E ora io ho rubato qualcosa a te.»

«Jak non c'entra nulla con questa storia.» Quasi urlai.

«C'entra eccome! È sempre stato fondamentale. Il cuore nobile di cui parlava la Leggenda, colui che può determinare il destino della Discendente... Ma sei sempre stata troppo accecata dall'importanza che hai dato a te stessa per accorgertene.»

Era davvero colpa del mio egoismo, se non mi ero accorta del dettaglio, ormai lampante, che anticipava il destino di Jak? Era stata arroganza, la mia?

No. Non dovevo permettergli di entrarmi in quel modo nella testa. Aveva ragione Mida: era tutto già scritto. In un modo o nell'altro, la profezia avrebbe trovato il modo di avverarsi.

«Non ci arrenderemo» sibilò Reywind.

Gli occhi di Jak erano ora di un estraneo senza cuore e senza pietà. Indugiai qualche istante di troppo sulla profondità nera delle iridi.

«È qui,» mi confermò Adhareo, indovinando i miei pensieri «ma non per molto.» Si sfiorò con la punta delle dita il tatuaggio sul petto. «Potremmo trattenerli» propose al generale.

«Il capo dei Ribelli attenderà lo scadere dell'ora. Se non ci vede tornare attaccherà senza pietà» li avvertì Reywind.

«Giusto perché lo sappiate,» sussurrò il Fauno come se ci stesse confidando un segreto «nessuno di noi teme il vostro esercito. Ma se vi arrendete, vi accoglieremo tutti nei nostri ranghi. Altrimenti… be', giochiamocela sul campo. Domani mattina. All'alba.»

«Spero che sappiate accettare una sconfitta, allora.» Reywind rispose con un sorriso altrettanto acido.

Sia Adhareo che Florent che Lamier sghignazzarono divertiti. Non aspettammo che ci congedassero e tornammo ai nostri draghi. Non avevo mai nutrito la speranza che saremmo riusciti a negoziare la loro resa. Ma qualcuno, all'accampamento, lo aveva senz'altro fatto. E ora saremmo dovuti tornare e annunciare la battaglia.

Avevamo bisogno di dormire, riposare. Ma nessuno si fidava delle parole del Fauno. La guerra era prevista per l'indomani, ma ci aspettavamo un attacco prima che facesse buio. Ci saremmo accontentati di brevi momenti di dormiveglia.

«Pensi che Jak sia ancora lì dentro?» domandai a Reywind, il quale si passava una pezza bagnata sulle spalle, una volta di nuovo nella nostra tenda.

«Non lo so… ma forse quel tatuaggio che aveva sul petto è un marchio per tenerlo sotto controllo. Adhareo si preoccuperebbe di sigillare Jak se fosse scomparso?»

Non ci avevo pensato. Corsi a parlare con gli elfi. Mi dissero che si trattava di una magia molto oscura e lontana da quella che loro praticavano. In sostanza: non sapevano come aiutarmi. Ma in me si era risvegliata una speranza. Mi augurai che questo non alterasse le mie percezioni.

Prima che facesse buio, scrutai l'orizzonte e vidi tante macchioline: le navi nemiche erano giunte in prossimità della riva. Le possibilità che vedessi la luna della notte a seguire erano scarsissime.

«Ti stai facendo divorare dalle paranoie?» La voce di Rey mi raggiunse come una carezza sulla nuca.

«Vorrei risponderti di no» ammisi.

Ero in piedi sulla cima del colle e osservavo in basso la radura che, l'indomani, sarebbe diventata la tomba di molti. Ogni cosa, da quando ero nata, era servita perché io quella sera mi trovassi esattamente lì. La morte dei miei genitori, il legame con Jak, il candelabro rubato, la cattura e la consegna alla Sacra Dimora di Heldor. La mia scelta di Reywind. Tutto. Non potevo fare a meno di chiedermi cosa sarebbe accaduto se avessi scelto Jak al suo posto. Se non avesse avuto il cuore colmo di rabbia come voleva la Leggenda, Adhareo si sarebbe potuto impossessare del suo corpo?

«Abbiamo fatto tutto ciò che era in nostro potere, Lyn. Non farti colpe.» Mi strinse per la vita e seguì la direzione del mio sguardo.

Iniziarono a cadere le prime gocce di pioggia.

«Se siamo predestinati, credo che io possa fare ben poco per impedire alla profezia di avere ragione...» Sollevai il viso e lasciai che le gelide gocce d'acqua mi colpissero la pelle.

«Comunque vadano le cose» mi afferrò il mento tra le dita

e mi costrinse ad abbassare lo sguardo per guardarlo negli occhi «ricorda che hai fatto tutto ciò che era in tuo potere.»

Un'ondata di calore mi si diffuse nel petto. «Fai attenzione, domani,» lo ammonii «se ti farai ammazzare potrei incazzarmi parecchio.»

Sorrise. Un sorriso meraviglioso, di quelli che fanno sciogliere il sole, e le montagne, e i pianeti interi. «E tu falli a pezzi.»

Fummo interrotti da scricchiolii sospetti tra i rami. Portammo le mani all'impugnatura delle spade e scrutammo nell'oscurità con occhi sgranati. Fui la prima ad accorgersi della figura minuta e sporca di sangue. Lascai la presa sull'elsa e posai una mano su quella di Rey. «Fermo» sussurrai, dopodiché feci un passo avanti.

La ragazza inciampò e cadde sui palmi delle mani. Nonostante il sangue, la riconobbi. E anche Reywind che, in un attimo, le fu accanto.

«Sibilla,» sussurrò «sei ferita!»

«Non è il mio sangue» rispose, con voce tremante. «È di Lamier.»

«Lo hai… ucciso?» domandai, stupefatta.

Annuì. «Gli ho tagliato la gola.» Scorsi un brillio rabbiosamente soddisfatto nei suoi occhi.

«Vieni, alzati.» Il fratello la sorresse, agganciandola da sotto le braccia.

Sibilla puntò i suoi occhi nei miei. «Hanno infranto la parola. Non aspetteranno domattina. Stanno arrivando.»

83

Sibilla non era una guerriera. Anche se era tra le persone più coraggiose che avessi mai conosciuto. Aveva mentito a un'intera setta alleandosi col fratello traditore, aveva disobbedito a un padre dispotico che governava col potere della frusta, si era vendicata del suo carnefice, uccidendolo. E ora era davanti a me, le mani, il volto, la tunica di lana sporchi di sangue.

«Chiama Vill,» dissi, fissando gli occhi in quelli affilati di Rey «vado ad avvertire l'accampamento.» E mi diressi a grandi falcate verso la schiera di capanne che si disseminavano su tutto il colle.

«Lyn» mi richiamò lui. «Credo che prima dovrai darmi una mano qui.»

Mi voltai di scatto. Un gruppo armato di Legionari sbucò dal folto della foresta. Reywind sospinse la sorella dietro le spalle, riparandola. Tornai al suo fianco sfoderando i miei preziosi stiletti.

«Abbiamo visite» constatai, impostando la voce affinché suonasse senza paura.

Il sorriso degli uomini, al di là del muro di pioggia che iniziava a cadere fitta, si fece più tagliente.

«Su, Lyn...» Rey sfilò *Lux* dal fodero e una luce accecante costrinse gli uomini a schermarsi gli occhi con una mano. «Un po' di riscaldamento prima della guerra vera.» Aveva lo stesso tono che usava durante le lunghe ed estenuanti ore di addestramento nella Sacra Dimora di Heldor.

Il sangue non era ancora stato versato quella notte – escluso quello che ricopriva Sibilla dalla testa ai piedi –, le urla non erano ancora iniziate. Mi sentivo ancora clemente.

«Posate le armi e arrendetevi. O sacrificatevi per il vostro falso re.»

Uno di loro sghignazzò. «Ripetilo, puttana.»

Reywind fece un passo avanti. Irradiava tenebre e distruzione. «Se lo ripeterà,» il tono calmo e limpido, ma *gelido*. «lo ripeterà a un uomo morto. Vediamo se tu hai i coglioni di insultarla ancora.»

Gli occhi del Legionario s'incattivirono. «Putta...»

Fu talmente veloce che neanche lo vidi. Un secondo prima *Lux* era sollevata a mezz'aria, un secondo dopo si trovava conficcata nella gola dell'uomo. La luce gli si spandeva nel corpo mettendo in risalto ogni vena che pompava disperata sangue alla ferita. Un istante più tardi era a terra, insieme ad altri due dei suoi compagni. Sibilla fece un salto indietro con uno strillo.

«Va',» le ordinai «e avverti tutti.»

Nell'istante in cui lei iniziò a correre, il mio stiletto si piantò nell'occhio di uno dei primi aggressori. Roteai su me stessa e ficcai il secondo nel petto di un altro. Nel giro di poco, erano tutti a terra. Io e Reywind non avevamo neanche il respiro pesante quando il sangue dei sette Legionari si mischiò alla pioggia che formava sottili rivoli rossi tra l'erba.

«Devo trovare Zefiro» realizzai. Il piano era quello.

«Fai quello che devi.» Rey mi strinse per le spalle e il calore delle sue mani mi procurò una scarica di adrenalina in tutto il corpo. Le fece poi scivolare lungo il collo, fermandole sulle mie guance.

Deglutii. Fu l'unico attimo di fragilità che mi concessi.

«Lyn.» La sua voce era carica di emozione. Posò le sue labbra sulle mie in un bacio casto e macchiato di rosso. «Torna da me.»

Annuii e ritrovai la risolutezza. Ghiacciai qualsiasi sentimento di paura che mi trafiggeva il petto e mi concentrai sulla furia. La mia alleata.

Reywind piegò un angolo della bocca verso l'alto. «Brava la mia ragazza.»

Portai le mie labbra sulle sue ancora una volta, poi mi lasciò andare. Scattai verso l'elmo che avevo posato a terra durante le mie riflessioni agitate e corsi giù per la collina, diretta alla tenda di Zefiro.

Alle mie spalle, sentii Rey che si portava due dita alla bocca e fischiava. Non servì voltarmi per constatare che Vill aveva risposto al richiamo: una folata di vento che avrebbe potuto spostare un bue mi spinse in avanti e quasi incespicai. Il drago non ci aveva messo che un istante a raggiungere il proprio cavaliere.

Nell'accampamento regnava il delirio. Donne e bambini gridavano e piangevano, i loro volti tramutati in maschere di terrore. Era il caos. Da tutte le parti sbucavano uomini con il simbolo della Legione Oscura inciso sul petto, sugli scudi, sui lati degli elmi.

Stavano iniziando a esserci i primi caduti. Ed erano dei nostri. Gli strilli acuti di una giovane Ribelle chiamarono la mia attenzione. Era sdraiata su una balla di fieno, un uomo su di lei che la costringeva ad allargare le gambe. Lei si ribellava, piangeva, gridava. Ma lui era più forte. Presi la rincorsa, pronta a farlo pentire di quei sudici istinti, quando una figura dai lunghi capelli scuri e ricci lo raggiunse alla velocità della luce e gli saltò sulla schiena prima di me. Sollevò un pugnale e lo colpì ripetutamente all'altezza della gola. Non appena liberò la Ribelle dal peso del morto, scorsi il viso pallido di Sibilla. Ci scambiammo un'occhiata.

È pur sempre la sorella di Reywind, pensai con un moto di soddisfazione.

Non avevo il tempo di fermarmi. Superai lunghe file di persone che si spintonavano l'un l'altra per sfuggire agli attacchi dei Legionari e raggiunsi la tenda di Zefiro. Lui era lì, si affrettava a indossare la propria armatura e ascoltava Mida ripetergli freneticamente il piano. Samshara era fuori a combattere.

«Zefiro, dammi il tuo elmo» dissi non appena fui dentro, porgendogli il mio.

«Dove cazzo eri, Lyn?» Mida mi raggiunse con gli occhi fuori dalle orbite. «Gli eserciti si stanno allineando sul campo di battaglia.»

«Ero a far fuori un po' di feccia,» sbottai «non so se te ne sei accorto, ma abbiamo le spade dei Legionari puntate alle nostre chiappe.»

«È un gruppo ristretto e scoordinato. Feccia vera, i sacrificabili dell'esercito nemico» spiegò Zefiro allacciandosi un gambale. «Samshara e gli altri stanno ripulendo l'accampamento. Era solo il primo attacco, come avevamo supposto avrebbero fatto.»

«Florent li ha mandati a indebolirci. Sapeva che li avremmo

sterminati, ma intanto le nostre fila si sono assottigliate e molti si sono fatti prendere dal panico. È stato astuto» concluse Mida.

«Non è stato astuto.» Mi infilai l'elmo di Zefiro. «Non è un attacco a sorpresa visto che ce lo aspettavamo» dissi con una punta di rimprovero.

«Molti dei nostri non sono guerrieri, Nailyn.» Il tono di Zefiro era conciliante. «Non hanno idea di come funzionino queste cose. Alcuni sono corsi sul campo, come era stato loro ordinato di fare nel caso fossimo stati attaccati in anticipo. Ma altri...»

«Gli altri sono stati degli ingenui che si sono fidati della parola del generale. E ora sono ingenui *morti.*»

Avremmo potuto organizzare un attacco prima che lo facessero i Legionari. Io me ne sarei sbattuta dell'onore della parola, ma secondo Zefiro c'erano cose che il mondo non avrebbe scordato nei secoli a seguire. E se ci fossimo comportati scorrettamente e avessimo perso, saremmo stati ricordati come dei codardi. Avevamo sperato, perciò, che avvertire il nostro esercito di quell'eventualità sarebbe bastato. Ma non erano guerrieri: erano contadini.

Le urla dell'accampamento cessarono. Si udivano solo il picchiettare della pioggia e i lamenti di chi piangeva i propri morti. Samshara entrò brusca nella tenda. Non c'era una singola goccia di sangue su di lei. Non l'avevo mai vista combattere sul serio, ma quel dettaglio era un indizio di eleganza e precisione.

«Sta cominciando» c'informò.

Io e Mida ci scambiammo un'occhiata. «Andiamo» dissi, decisa.

«Buona fortuna» ci salutò Zefiro. I suoi occhi brillarono.

«Sei troppo vecchio per morire.» Sorrisi. «Ci rivedremo» promisi, e uscii dalla tenda.

Corsi giù per la collina. Da quell'altezza gli uomini di entrambi gli eserciti non erano più grandi di formiche. Le file delle due armate si muovevano verso il centro, pronte allo scontro. Avremmo dovuto trovarci tra loro già da tempo.

«Zinah?» chiesi, il respiro che mi bruciava i polmoni.

«Sul drago. Alle prime grida gli è montata sul dorso, sembrava non vedesse l'ora.» Il suono della sua voce era coperto da quello dei nostri respiri e delle armature che sbatacchiavano durante la corsa.

«Qualcuno, almeno, non ha perso tempo» commentai, acida.

Non che gli altri stessero facendosi i comodi loro. Stavano morendo. Ma non c'era spazio per l'empatia in quel momento.

Ora che eravamo quasi a valle, i due eserciti non sembravano più composti da formiche senza volto. Sentii le loro grida di battaglia, il tremore della terra sotto i miei piedi, i ringhi delle bestie che correvano tra loro. Erano vicinissimi.

I primi a scontrarsi furono le fiere delle tenebre contro i leoni infernali, che lottavano dalla nostra parte. Venni scossa dai brividi al suono atroce dei ruggiti, alla vista delle zanne scoperte che si piantavano nella carne. Del sangue nero che macchiava la terra brulla.

Poi fu il turno dei mortali. Non ero preparata alle grida, alle migliaia di migliaia di spade che tranciavano e cozzavano, alle armature che sbattevano le une contro le altre, alle lance che si spezzavano, alle ossa che si frantumavano.

Ma non mi arrestai, continuai a correre pronta a raggiungerli.

Al limitare sud del campo, vidi una schiera di soldati a cavallo, tra i quali giurai si trovasse Florent. Adhareo non si sarebbe buttato nella mischia, perciò sarei dovuta andare io da lui.

Io e Mida ci ritrovammo nel mezzo del massacro senza quasi rendercene conto. Quando snudò la sua Spada, un'energia fatta d'ombra s'irradiò tra i nostri uomini. Donò loro *potenza*. Era una forma di magia protettiva che non avevamo ipotizzato e, nel completo sbalordimento dei nostri avversari, un cerchio di vita si creò intorno al Cavaliere di Equilibrio. Chi dei nostri stava accanto a lui diventava imbattibile. Me compresa.

Mi sentii ricaricata come all'interno degli alberi. Pensai che mi sarebbe bastato restare vicino a Mida per conservare le energie necessarie a combattere contro il Fauno. Ma nel caos della battaglia ben presto fummo strappati l'un dall'altra, ritrovandoci a distanza.

Continuai a combattere, lasciando ai miei muscoli il compito di ricordare come ci si muovesse. Difendersi non era facile, soprattutto quando i nostri cadevano e loro restavano in piedi. Uccisi soldati e creature di cui neanche conoscevo il nome. Alcuni avevano zanne così lunghe da superare il mento, altri sembravano mezze bestie mezzi uomini. Uno di questi mi scagliò a terra e tentò di conficcarmi gli artigli nella gola. Rotolai di lato, quasi finendo sotto le zampe di un leone infernale che artigliava il terreno. Avevo la bocca piena di terra, pioggia e sangue. Sputai e feci per rialzarmi, ma la bestia mi si buttò sulla schiena rispingendomi a faccia avanti. Mi avrebbe ferita se un centauro non fosse arrivato in mio aiuto. Lo scagliò via e lo calpestò, stampandogli l'impronta degli zoccoli su tutto il corpo. Lo ringraziai con uno sguardo e tornai in piedi.

Non so da quanto stessimo combattendo, ma mi sentivo frastornata come se fossero passati giorni interi. Mi guardai attorno: c'erano corpi ovunque posassi gli occhi. Cadaveri su cadaveri in un infinito tappeto di morte. I nostri erano sempre meno, i loro sempre più. Non appena una fila cedeva, Florent ci spediva addosso un altro battaglione. Non potevamo farcela. E c'erano ancora navi cariche di soldati.

«Merda!» urlai.

Perlustrai il cielo nero alla ricerca dei draghi. E li trovai. Cazzo, se li trovai. Erano a decine, enormi. E vidi anche Vill, che aveva perso tutta l'aria sbarazzina e dispettosa. Era terribile. E, in quell'istante, stava dando fuoco alle navi ormeggiate nei pressi della riva. Lui e il resto della sua specie stavano facendo un cazzo di falò enorme, che neanche gli dèi avevano mai visto. E lì, a dare l'ordine, c'era Reywind.

Il fuoco delle loro fauci impiegò meno di qualche minuto a rendere i velieri niente più che scheletri fumanti che s'incenerivano nell'acqua.

Stavamo perdendo, o così credevo. Ma in quell'istante ritrovai il coraggio e, in un grido, mi rituffai nella guerra. Neanche guardavo più in faccia le mie vittime.

Poi la terra si mosse. Ma a differenza dei Legionari che si guardavano i piedi, terrorizzati, io sapevo benissimo cosa stava accadendo. Faceva parte del piano.

«Che cazz…» L'avversario che avevo davanti – non aveva più di una ventina d'anni – quasi non riuscì a restare in piedi. Tutto il corpo gli tremò, scosso dalle radici degli alberi che sbucavano dal terreno.

Trafiggevano e frustavano i nemici come corde. Approfittai della distrazione per continuare il mio massacro. Nel giro di poco, la nostra fazione riuscì ad avanzare fino al centro del campo.

Poco più in là intravidi Mida e Zefiro, con indosso il *mio* elmo. Come avevo immaginato, gli uomini gli si avventarono contro con più furia e insistenza. Credevano che fossi io. I molti che mi si erano avvicinati e avevano scorto gli occhi rossi non erano sopravvissuti alla mia lama per andare a riferire l'inganno al loro falso re. Fortunatamente Mida, e l'energia che con la sua spada emanava, faceva quasi da scudo a Zefiro.

Puntai lo sguardo nel punto in cui si trovava Florent. Stava urlando ordini a qualcuno senza smettere di tenere gli occhi fissi su Zefiro. Se lo avessi raggiunto, se fossi riuscita a rimanere invisibile fino a che non gli fossi stata abbastanza vicina, avrei potuto ucciderlo. "Taglia la testa alla bestia e il resto del corpo smetterà di muoversi." Ma chi era, ora, la bestia? Florent o Adhareo? O entrambi?

I draghi tornarono dal mare e scagliarono il loro fuoco sulle retrovie nemiche. Fu a quel punto che i Legionari sfoderarono le loro armi. Dei soldati spinsero in avanti macchinari giganteschi simili a balestre enormi, con frecce spesse quanto un arbusto e punte di ossidiana che avrebbero potuto trafiggere un drago senza troppe difficoltà.

Mi si fermò il cuore. Passai lo sguardo dalle balestre ai draghi, e individuai Vill. Su di lui, Reywind. Era terrificante. Gli occhi ridotti a due spilli di ghiaccio, il fuoco degli altri draghi che si alzava alle sue spalle.

«Rey!» gridai, ma non mi sentiva.

Iniziai a correre, roteando la spada senza criterio. Uccidevo chiunque mi sbarrasse il cammino.

«Reywind!» gridai più forte.

Fu Vill ad accorgersi di me e, in qualche modo, lo fece capire al suo cavaliere. I nostri occhi s'incontrarono. Gli indicai le balestre. Si accigliò.

Ma la prima freccia era partita, e un drago era caduto in uno stridio inumano. Il suo enorme corpo impattò sull'esercito come un'immensa esplosione.

Per un secondo, tutti i rumori si annullarono. C'era solo una confusione incredibile intorno a me. Tanfo di sangue, budella e merda. Viscere riverse al suolo. Vomito. Se l'inferno aveva un odore, doveva essere quello.

Non riuscii a udire la sua voce, ma vidi le labbra di Reywind muoversi in un ordine. Vill sfrecciò a tutta velocità contro quelle macchine di morte e spalancò le fauci. Nella gola nera e profonda gli si accese una luce. Un getto di fuoco colpì un'intera schiera di balestre, incendiandole.

Florent sollevò un braccio e urlò qualcosa, dopodiché lo abbassò. E insieme a esso, partì una lancia che colpì Vill al centro dell'ala destra. Il drago stridette, costringendomi a tappare le orecchie. Sbatté l'ala cercando di restare in volo, ma a ogni movimento la ferita si allargava. Roteò in aria come una foglia in balìa del vento. Aveva perso completamente il controllo. E Rey era sopra di lui.

Gridai con tutta l'aria che avevo nei polmoni. Da quell'altezza Vill si sarebbe salvato, ma Reywind sicuramente no. All'improvviso un drago enorme dalle scaglie viola sfrecciò accanto a Vill, raggiungendolo in tempo. Reywind saltò e si ritrovò sulla groppa della bestia cavalcata da Zinah. La Prescelta ordinò alla creatura di risalire, prima di ritrovarsi incagliata nella rovinosa caduta di Vill.

Quest'ultimo turbinò insieme al vento e alla pioggia e si

schiantò contro il terreno rotolando su una schiera di Legionari. Trattenni il respiro. Ma passò qualche istante e, anche se a fatica, il drago si rimise in piedi. Ruggì con tutta la potenza di cui era capace e sputò fuoco contro i soldati che gli correvano incontro con le lance puntate.

«Bravo lucertolone» mormorai.

Mida e Zefiro continuavano a combattere, Samshara difendeva il fianco urlando ordini. Centauri, elfi, leoni infernali erano sparpagliati in tutto il campo e tentavano con tutte le forze di contrastare il nemico che restava ancora nettamente più numeroso. Ci voleva un miracolo.

E arrivò. Tra le due colline che s'incrociavano, e dalle quali si vedevano il mare e i resti fumanti delle navi, ne sbucò una illesa, seguita da decine e decine di altre. Non potevo vedere i volti su quel veliero dalle larghe vele bianche e dal legno scuro, quasi nero. Ma la riconobbi.

«*Battito*» sussurrai.

Silver Hale e la sua flotta erano venuti a equilibrare le truppe. E non erano soli. In alto, in testa a tutte le navi, volava qualcuno che avevo visto trasformarsi davanti ai miei occhi. Da quella distanza potevo scorgere il suo corpo allungato e coperto di piume nere.

Era una creatura che si nutriva di dolore, e sembrava particolarmente *affamata*. La regina Jaismid era venuta a prendersi la sua vendetta.

84

Quando il resto del nostro esercito si accorse dell'aiuto che stava arrivando, esplose in grida d'esultanza.

Se fino a qualche secondo prima si erano, o meglio, ci eravamo dati tutti per spacciati, ora la speranza di poter vincere quel massacro tornava a vibrare nei nostri polmoni.

Combattemmo con ancora più foga e rinnovato vigore. La mandria dei centauri si riunì in un'unica minaccia. Travolgevano e uccidevano con le loro forti zampe. I leoni infernali ruggivano e azzannavano, il pelo intriso di denso liquido scarlatto.

La *paura*. La potevo percepire. I Legionari non si aspettavano certo quella svolta di trama. Finii addosso al guerriero più grosso che avessi mai visto. Era alto come due uomini e largo altrettanto. Indossava un elmo nel quale avrei potuto fare il bagno a un neonato. Grugnì quando la mia spada lo colpì all'altezza del torace senza scalfirlo.

«Moscerino» borbottò con lingua pastosa.

Sollevò la grande ascia, pronto a darmela sulla testa. Mi scansai di lato e, quando l'arma finì nella terra smossa, si guardò attorno con aria spaesata. «Eh?» farfugliò.

Non era una cima d'intelligenza, l'avevo capito. Perciò, se

non potevo batterlo con la forza, l'avrei battuto con l'astuzia. Pestai un piede a terra e, rivolgendomi alle radici che strisciavano al di sotto, ordinai: «Su!».

Queste sbucarono e si attorcigliarono intorno alle gambe del bestione che, al suono della mia voce, si era voltato a cercarmi.

«Sono qui!» lo provocai, saltellando da una parte all'altra.

Lui cercò di acciuffarmi battendo le mani l'una contro l'altra, ma prima che riuscisse a colpirmi, schizzavo ogni volta dalla parte opposta. Neanche se ne accorse, ma tra le sue gambe si erano formati nodi inestricabili. Quando finalmente crollò a terra, ormai incapace di liberarsi, gli balzai sulla schiena e lo trafissi alla nuca con la mia spada corta. Dalla gola gli uscì un suono gorgogliante, poi divenne immobile.

La pioggia lavò via il sangue che mi era schizzato sulle mani. Mi rialzai e affrontai i Legionari successivi. Non lottavano più con la stessa arroganza di coloro che sottovalutano il nemico. Ma quella presa di consapevolezza non li aiutò a fare meglio. Anzi, alcuni di loro divennero impacciati davanti alle mie iridi scarlatte. La Leggenda diceva che la Discendente poteva vincere la guerra e, dalla lunga scia di cadaveri che mi lasciavo dietro, immaginai che iniziassero a sospettare di non avere scampo di fronte al destino.

Anche Florent doveva aver capito, perché non rimase più in disparte. Guidò egli stesso tutta la fanteria che ci si scagliò addosso. Quell'attacco fu doloroso per il nostro esercito, che di cavalli ne aveva ben pochi. E al momento dei piani, i centauri si erano rifiutati di concederci di salire loro in groppa. Lo consideravano umiliante. Ma, a quel punto, i meno testardi afferrarono alcuni dei nostri e se li misero sul dorso. Dovevamo combattere alla pari.

Le vere vittime, comunque, restarono le povere bestie sotto il culo dei Legionari. Vidi Nebbia cadere, un dardo conficcato al centro della fronte. Mi morsi la lingua.

Seguii con lo sguardo la traiettoria che re Florent stava percorrendo in groppa a Terrore. Puntava dritto su Zefiro, credendolo me. Mi misi a correre. Avrei dovuto andare avanti, a cercare Adhareo. Ma la testa di Florent doveva cadere, e non volevo che accadesse dopo la morte di Zefiro.

«È lei!» gridò un Legionario, indicandomi. «È lei!»

Un altro guerriero nemico si accorse di me e, insieme, mi si scagliarono addosso. Erano bravi, più della media. Ma comunque non abbastanza. Riuscii a tenere a bada i loro colpi che mi parvero troppo deboli per avere come obiettivo la mia morte. Mi volevano viva.

Uno riuscì ad afferrarmi per un braccio e non mollò la presa neanche quando gli conficcai uno stiletto nella coscia. Urlò, ma mi tenne stretta. Arrivò anche l'altro che mi prese per la vita e mi tirò su, sollevandomi da terra. Mi dimenai e pugnalai a casaccio, ma si fermò realmente solo quando una freccia gli si piantò tra gli occhi. Era piovuta dall'alto.

Sollevai gli occhi nel momento in cui Zinah si riposizionava l'arco dietro la schiena e si lanciava giù dal drago che volava basso. Atterrò addosso al secondo Legionario. Gli si mise a cavalcioni e gli passò sulla gola la lama di *Obscuritas*, dalla quale si sollevavano spire di fumo nero. La Spada aveva lo stesso potere delle sue sorelle, e sentii la mia energia rigenerarsi come era accaduto accanto a Mida. Ma non c'era tempo per ricaricarmi del tutto.

Gli occhi di Zinah incontrarono i miei. Brillavano di una scintilla violacea. Reywind non era con lei. Doveva essere da qualche parte nella mischia a macinare corpi senza pietà.

«Non farti salvare il culo un'altra volta.» Sorrise. Un sorriso da squalo che le donava parecchio in quel momento. «Va'.» Indicò Zefiro con un cenno della testa.

Ripresi la mia corsa. Superai alcuni cadaveri semplicemente scavalcandoli.

I Ribelli se la cavavano bene. Gurild e Lo Smilzo meno, ma erano comunque ancora in piedi. I contadini che si erano arruolati volontariamente erano rimasti in pochi. Avrei fatto in modo che non fossero morti invano, e che le speranze di ognuno di loro fossero ben riposte.

Gli uomini che provenivano dalle navi portate da Silver Hale non ci avevano ancora raggiunti, ma intravidi una scura macchia che si avvicinava velocemente. *Pirati.*

C'ero quasi, Zefiro e Mida non erano più troppo distanti. Il generale puntò al capo dei Ribelli e, quando smontò da cavallo, sfilò il suo lungo spadone. Ma se Zefiro viveva da più di un secolo, poteva solo voler dire che sapeva sopravvivere. Contrastò il fendente, respingendo l'attacco. Schivò l'affondo. Danzava attorno alla lama come una vespa intorno al fiore, spazientendo l'usurpatore che, con un calcio ben piazzato al centro del petto, lo mandò a sbattere a terra. Ero abbastanza vicina da riuscire a udire la risata di scherno di Zefiro. A quel punto della guerra, io sarei già dovuta arrivare da Adhareo. Forse pensava di essere riuscito a distrarre il generale per il tempo necessario.

Florent s'insospettì. S'inginocchiò e gli sfilò il mio elmo. «Cosa cazz...» imprecò, tirandosi indietro.

«Cercavi me?» Quando si voltò nella mia direzione, mi stavo togliendo quello di Zefiro.

Nonostante fossero stati nascosti tutto il tempo, i miei capelli biondi erano macchiati di sangue. La pioggia ne sciacquò via una parte. Liquido rosato mi scivolò sul collo e lungo l'armatura.

Ignorai gli occhi sgranati del capo dei Ribelli. Quelli del generale s'indurirono di odio puro. Si rialzò in piedi grugnendo, sbatté a terra l'elmo e venne verso di me. Era strano come una persona che nell'aspetto somigliava così tanto a Reywind potesse guardarmi come se l'unico suo desiderio fosse vedermi morire nelle più atroci sofferenze. Trattenni l'impulso di indietreggiare e, piuttosto, sollevai la spada. Avrei combattuto. Ma quella non era la mia battaglia.

Reywind mi comparve davanti, frapponendosi tra me e suo padre. Voltò la testa di lato e mi lanciò un'occhiata, come ad assicurarsi che stessi bene. Annuii. Non so se valesse lo stesso per lui, perché era una maschera di sangue. Pregai che fosse così. Il potere della sua Spada mi arrivò dritto addosso, donandomi nuova energia. Ma durò poco, perché Rey si allontanò, facendosi avanti per affrontare quel duello.

«Prima di arrivare a lei dovrai passare sul mio cadavere» disse a suo padre.

Florent gli mostrò un sorrisetto privo di gioia. «Era ora.»

Sollevò lo spadone che doveva pesare mezza tonnellata, pronto a calarlo su Reywind. Ma lui era il Prescelto, e non impugnava una lama qualunque. Impugnava *Lux*.

La sua luce s'intensificò quando l'acciaio leggendario incontrò quello dell'arma di suo padre. Il bagliore rischiarò l'aria scura della tempesta che si abbatteva su di noi, costringendomi a socchiudere le palpebre.

Lo sforzo, comunque, costrinse Reywind a emettere un verso soffocato. Ma contrastò l'attacco. Una qualsiasi altra spada si sarebbe spezzata. Continuarono a colpire, difendere e attaccare. Intorno a loro si era radunata una folla che aveva smesso di lottare per assistere allo scontro tra carnefice e vittima. Tra padre e figlio.

Reywind fece una finta a destra e colpì Florent sulla spalla con il piatto della lama. Lo stava volutamente insultando, non ferendolo di proposito.

«Avevi ragione, sai?» lo schernì Rey, girandogli attorno. «Tutta quella violenza mi ha effettivamente reso più duro di quanto sperassi.»

Florent parò un affondo e sorrise. Si passò la spada da una mano all'altra con arroganza. «Tu credi, figliolo?» roteò su se stesso e quasi lo colpì al torace. «Allora perché giochi con me? Forza, fammi male» lo incitò.

Ogni muscolo di Reywind era teso e pronto a scattare. Le gambe toniche si muovevano esperte, come se avesse già combattuto mille guerre prima di quella. Era impossibile riuscire a seguire ogni movimento, per quanto era veloce. Ed era impossibile smettere di guardarlo. Ma il generale era stato il suo maestro, e riusciva a stargli dietro.

«Sai cosa fa il gatto con un ratto, prima di divorarlo?» Non c'era traccia di fatica nella voce del Cavaliere di Luce. «Si diverte» sibilò.

C'era dell'ironia in quel giro di parole. Non ero più io il *ratto*. Né gli altri Adepti o i Ribelli che si erano sempre trovati in fondo alla scala sociale.

Il ratto era il re.

A quel punto, iniziò a fare sul serio. Menò una scarica di

colpi fulminei che costrinsero Florent a passare dall'attacco alla difesa. Lo stava mettendo in difficoltà. Un moto d'orgoglio mi scaldò dall'interno alla vista di Reywind che, sporco di sangue e forte come non mai, sembrava il dio della guerra.

E il re mise un piede fuori gioco. Un unico passo falso, che gli costò lo squarcio alla coscia. Urlò e crollò su un ginocchio. Sollevò ancora lo spadone ma la presa si era fatta meno salda e bastò un altro attacco perché Rey riuscisse a farglielo volare via. Fine dei giochi.

Florent, ancora inginocchiato davanti al figlio che non aveva mai amato, sbuffò una risata amara. «Fallo, allora. Dimostra di avere i coglioni e uccidimi.»

Ma Reywind non era un mostro. Portò la lama all'altezza della sua gola, poggiandogliela sulla spalla. Tentennò. Uccidere il proprio padre, per quanto questo fosse un pezzo di merda, richiedeva il sacrificio di una parte della propria anima.

«Dai la spada alla tua *femmina* se il sangue ti fa tanta paura» lo provocò Florent.

Rey scoprì i denti. Un'espressione di rabbia, disperazione e frustrazione s'impadronì dei suoi lineamenti duri e decisi. «Sarebbe potuta andare diversamente» la voce era incrinata dal dolore. «Avresti potuto *essere* diverso.»

Allontanò la Spada, prendendo la misura del suo collo taurino.

Gli occhi di Florent si accesero di una scintilla crudele. D'improvviso, sfilò il pugnale dalla cinta e si sollevò su una gamba, pronto a piantarlo nello stomaco del figlio.

Fu a quel punto che accadde una cosa strabiliante. Un ammasso di piume, artigli e becco gli fu addosso… come una Furia.

Non ci fu pietà. Jaismid attaccò e squarciò. Ogni beccata era in nome del figlio che aveva perso per ordine di quell'uomo. Un urlo sovraumano proruppe dalla gola di Florent intanto che con le mani tentava di staccarsi di dosso la creatura della vendetta. Ma brandelli di carne venivano strappati, bocconi caldi scivolavano giù nella gola della Furia. E come sulla scacchiera, alla fine il re venne mangiato dalla regina. Non ci fu pietà per lui. Solo per Reywind, al quale venne risparmiato il peso di avere la morte del padre sulla propria coscienza.

Si sentiva, su tutto, solo il rumore del sangue dell'usurpatore che scivolava nella gola dell'unica, vera regina. Jaismid.

«*Discendente.*» Una voce dolorosamente familiare mi strisciò nella mente. Scattai con la testa in tutte le direzioni, ma sembrava che la sentissi solo io.

«Che succede?» mi chiese Rey, afferrandomi per le spalle.

«È arrivato il nostro momento. Raggiungimi.»

La regina Jaismid stridette di dolore. I miei occhi saettarono su di lei che si contorceva al suolo. Si rotolò sul corpo dilaniato di Florent, e le piume nere s'intrisero di sangue scuro.

Stava soffrendo. Adhareo la stava torturando. Sembrava lo stesso terribile potere che avevo scatenato sulla fiera quella mattina stessa.

«Sarà meglio che tu faccia presto.»

Anche i leoni infernali iniziarono a contorcersi a terra. E i centauri, gli elfi, i draghi. Poi fu il turno di Mida e Zefiro. E Zinah. E Reywind. Stava torturando tutti coloro nelle cui vene scorreva anche una sola goccia di sangue magico. Tranne me.

Mi buttai a terra, scuotendo Reywind per le spalle. «Rey!»

Teneva la bocca spalancata in un urlo, ma dalla gola non gli uscì altro che un rantolo. Gli arti iniziavano a piegarsi in angolature innaturali.

No, no, no!

Anche Zefiro, Mida e Zinah sembravano spezzarsi pian piano. Un osso alla volta. E così anche tutte le creature magiche, amiche o nemiche. Nell'aria risuonò un'orchestra di grida, ossa frantumate, rantoli, suppliche. Fin quando tutto si fermò.

Reywind riprese a respirare, come quasi tutti gli altri. Posai entrambe le mani sulle guance di Rey, che tossicchiava come se una costola gli avesse perforato un polmone.

«Stai bene?» C'era urgenza nella mia voce. Lui annuì, si girò su un fianco e vomitò sangue. Si allungò per recuperare la Spada caduta a terra, forse per approfittare di quel potere rigenerante. Ma era messo male, non sarebbe bastato a guarire tutte le ferite che Adhareo gli aveva provocato con la sola forza della mente.

I Legionari approfittarono della confusione per tornarci addosso. Uno di loro ci raggiunse scavalcando i leoni infernali rimasti inermi sul terreno, e si preparò a calare la spada su di me. Troppo concentrata ad assicurarmi che nessuno dei nostri fosse morto sotto le torture di Adhareo, non mi ero accorta della minaccia.

Una piccola figura nera che vibrava di cattiveria gli si avventò sulla schiena e gli strappò un orecchio con i denti. Gyn Leen sputò la cartilagine a terra intanto che il Legionario gridava e si dimenava per liberarsi dalla presa. Un'ombra grigia che odorava di mare mi si parò davanti e, con un'agilità che non rispecchiava i suoi anni, trapassò l'uomo da parte a parte.

Silver Hale.

I nostri sguardi s'incontrarono. Era felice di rivedermi. E anche io.

«Porca la puttanaccia, ragazza!» Leen mi raggiunse a piccoli, furiosi passi. «Vuoi stare attenta?»

Mi sfuggì un sorriso. «Sono felice che tu sia qui.» Poi guardai il Capitano di *Battito*. «Grazie.»

Lui mi strizzò l'occhio, si baciò il ciondolo d'oro con le tre spade incrociate e si ributtò nella mischia con tutta la ciurma al seguito. Pregai gli dèi che sopravvivesse.

«Lyn» gracchiò Reywind, mettendosi seduto. Respirava come se avesse qualcosa incastrato in gola.

La regina Jaismid era rimasta immobile. Il suo petto di Furia non si rialzava più. Ma dagli occhi verde smeraldo fissi sul vuoto, lessi l'ultimo sentimento che aveva avuto in vita. Pace. Il principe Gioele e re Aronne erano stati vendicati. Mi si strinse il cuore, ma non avevo tempo per piangere la sua morte.

«Sbrigati, Discendente.» La voce del Fauno mi raggiunse un'altra volta. *«Non mi vanto d'esser paziente.»*

Dovevo andare. Se non volevo veder soffrire i colpevoli e gli innocenti, se non volevo veder soffrire Rey, dovevo andare. Mi guardai attorno e individuai Gurild e Lo Smilzo.

«Ehi! Voi due!» chiamai.

Le guardie mi trovarono con lo sguardo e, dopo aver atterrato un paio di Legionari, si avvicinarono. Nel frattempo chiusi gli occhi e mandai un ordine muto al drago più grosso, quello con le scaglie dorate che, durante l'attacco mentale di Adhareo, aveva subìto meno danni. Quando li riaprii, si era già alzato in volo e mi stava raggiungendo.

«Lyn, cosa...» Reywind si teneva il torace con una mano.

«Stai zitto e non parlare. Tieni duro, d'accordo? Tornerò da te. L'ho promesso.» Posai le mie labbra sulle sue.

Il drago atterrò con un tonfo che smosse la terra. Alcuni nemici rimasero schiacciati sotto le sue enormi zampe.

«Aiutatemi a metterli su» ordinai a Gurild e Lo Smilzo.

Nel minor tempo possibile, Zinah, Zefiro, Mida e Reywind furono issati sul suo dorso.

«Nailyn, ti prego... non puoi...» cercò di protestare Rey.

Non lo ascoltai. Guardai il drago nelle pupille a fessura ingoiando tutta la paura che mi paralizzava la lingua, la bocca, il cervello. «Vai. Portali in salvo» ordinai.

«Lyn, no!»

L'urlo di Reywind sfumò nel vento, cancellato dai rumori della battaglia. La Leggenda voleva che la Discendente combattesse insieme ai Prescelti. E io li avevo appena allontanati dalla guerra.

Senza rimpianto, mi diressi al lato sud del campo. Era lontano, ma vidi con inquietante precisione la figura del Fauno che compariva dal folto della foresta. Aveva lo stesso abito elegante di quella mattina. Le corna brillarono al bagliore di un lampo che spaccò le nubi. Stava sorridendo avvolto da una spessa coltre di fumo nero.

Il tempo si fermò e lo spazio smise di esistere. Intorno a noi non c'erano più la guerra, il sangue e la morte. C'eravamo solo noi due e l'intero, deserto campo di battaglia. Mossi un passo dietro l'altro, costringendomi a non fermarmi. Non avevo paura di lui. Avevo paura *per* lui. Perché dietro quegli occhi senza profondità c'era Jak.

«Inchinati a me, Nailyn.» La sua voce calda e dolorosamente

intima mi avvolse. «Inchinati a me e ti darò il mondo. Insieme, nessuno potrebbe fermarci.»

«Tutto questo è accaduto perché non sopportavi il peso della magia» gli ricordai, la rabbia che m'induriva la gola. «Hai forgiato le Spade per questo.»

«Non ho mai detto di non desiderare il potere.» Sorrise e mosse qualche passo verso di me. Teneva le mani incrociate dietro la schiena. Sembrava rilassato, come se non mi considerasse un pericolo. O come se confidasse nelle sue estreme capacità. «Volevo *controllarlo*. Non esserne sopraffatto.»

«E pensi di poter controllare me?»

Quando ci fermammo ci separavano pochi passi. La pioggia che cadeva tra di noi si fece più rada. Un freddo sovrannaturale mi s'insinuò nelle ossa e nelle viscere.

«Questo corpo ti piace.» Piegò un angolo della bocca e comparve una fossetta. Mi sentii mancare. «Potresti unirti a me, Nailyn. Non ti fermerebbe nessuno.»

«Dimmi cosa ne hai fatto di Jak.» Era un ordine.

Lui si sfiorò il tatuaggio tra i pettorali. «Quasi scomparso.» Scrollò le spalle.

Mi sentii andare a fuoco, ma mi aggrappai a quel "quasi". Portai la mano alla cintura e recuperai il pugnale che Jak aveva forgiato per me.

Inarcò un sopracciglio. «Vuoi uccidermi?»

«Voglio costringerti a lasciare il suo corpo.»

«Oh, ma non puoi. Non senza sacrificare anche lui.» Si umettò le labbra e il suo tono si piegò in una nota quasi paterna. «Ma tu non vuoi questo, vero? Non puoi dimenticare le vostre scorribande per le vie di Vartadis. Che cosa tenera! Due ladruncoli che darebbero la vita l'uno per l'altra. Il mio volto continuerà a ricordarti tutto questo. Non si cancellerà mai e una minuscola parte di lui vivrà sempre dentro di me.»

«Lascia il suo corpo. O preparati a morire.»

«Non lo farai» decise, lezioso. «Passa dalla mia parte e ti ricoprirò d'oro.»

«Ciò che conta nella vita è quel che ti porti nella tomba. E non è il denaro» sibilai.

Scoppiò in una fragorosa risata. «Detto da una ladra! Ciò che conta nella vita, è *quanto* in vita resti. E io non ho intenzione di accontentarti.»

Strinsi il pugnale con più forza. «E io non accontenterò te.»

Fece un altro passo avanti. Se avessi allungato una mano, avrei potuto sfiorare il suo petto. Il petto di Jak.

«Ci siamo, allora.» La cicatrice che gli segnava metà del volto si accartocciò quando piegò la bocca in un ghigno deforme e crudele. «Siamo alla resa dei conti.»

85

Lo vidi.

Solo per un istante.

Ma era lì.

Quando dalle mani di Adhareo iniziò a uscire il denso fumo nero, sul suo volto si dipinse un'espressione di orrore. Come se quel che stava per accadere andasse al di là della sopportazione di... Jak. C'era ancora, e stava lottando.

Mi bastò quel minuscolo dettaglio per riconquistare tutta la determinazione di cui avevo bisogno. Dovevo trovare il modo di costringere il Fauno a lasciare il suo corpo.

«Jak» parlai. «Jak, so che sei lì dentro.»

«Non funzionerà» cantilenò Adhareo, buttando la testa all'indietro. C'era soddisfazione sui suoi lineamenti. Estasi.

Spire di nebbia mi raggiunsero strisciando sul terreno come serpi. Non sapevo cosa fossero, sapevo solo che non dovevo permettergli di prendermi. Balzai di lato e schivai lunghe dita di fumo che puntavano alla mia gola.

«Jak! Jak, puoi farcela! Distruggilo!»

Il nero degli occhi del Fauno era sparito quando li rivoltò all'indietro. Ora erano completamente bianchi. Per un istante mi venne in mente Madre Sundriel.

Adhareo rise. «Non può tornare da te, Discendente.» I denti perlacei si allungarono in zanne appuntite, e le corna continuarono a crescere divenendo sempre più letali. «Lui è *mio*!»

Per schivare un nuovo attacco mi lanciai a terra e mi rotolai nel fango. Fui subito pronta a rialzarmi.

«Feri...» disse, ma la voce gli si bloccò. Le sopracciglia si arcuarono in un'espressione di pura sofferenza. «Feriscimi!» Non era stato Adhareo a parlare ora.

«Jak?» Sospirai, incredula.

I suoi lineamenti s'indurirono ancora, diventando più taglienti di una lama. Il Fauno scoppiò a ridere. «Lo devo ammettere, è forte.» Si lisciò l'abito elegante, riprendendo il controllo. «Ma non quanto me.»

Allargò le braccia e dal suo corpo partirono decine e decine di tentacoli di fumo. Venivano dritti verso di me. Scattai all'indietro e mi curvai sulla schiena. Una voluta nera mi passò sopra. Con uno scatto netto, provai a reciderla. Sfrigolò e si ritrasse. Raddrizzai il busto e saltai, impedendo a un tentacolo di afferrarmi alle caviglie.

Jak voleva che lo ferissi. Forse, indebolendolo, sarebbe riuscito a sopraffare lo spirito del Fauno. Dovevo arrivare a lui. Strinsi le dita sul pugnale.

«Jak, prendi tempo!» gridai, sperando che riuscisse a sentirmi.

Adhareo rise ancora, ma la risata gli si strozzò a metà. I tentacoli rallentarono la corsa, divennero confusi. E sul suo volto apparve una maschera di dolore, rabbia, paura, determinazione. Le espressioni di Jak e quelle di Adhareo si mischiarono tra loro. Un verso gutturale gli graffiò la gola. Aprì la bocca e gridò di furia. Gli aguzzi canini gli sfiorarono i lati del mento e le corna si attorcigliarono tra loro, continuando a crescere. Le unghie si affilarono e divennero veri e propri artigli. Si stava trasformando in un mostro.

Approfittai della distrazione del Fauno e cercai di raggiungerlo senza farmi afferrare da quel fumo maledetto. Schivai una spira, ne tranciai un'altra, passai sotto a un'altra ancora. E fui faccia a faccia con lui.

Ma le tracce di Jak nei suoi occhi erano sparite. Sembrava quasi rilassato, come se fosse riuscito a intontire l'anima della sua vittima. Sollevò un angolo della bocca e comparve una fossetta. Non era mai stato più terribile vederla apparire.

Cacciai lo stupore, il dolore e la disperazione. E divenni una maschera di rabbia. Strinsi le labbra in una linea sottile e tirai su il pugnale, pronta a ferirlo a una spalla. Scattai, ma la punta del pugnale si fermò come se avesse cozzato contro una superficie dura. Non potevo scalfirlo. Mi si bloccò il respiro.

«Vuoi ferirmi, Discendente?»

Ma lui fu più svelto e con una mano dai lunghi artigli mi afferrò per la gola.

Non strinse. Ma il fumo che gli trapelava dalla pelle entrò a contatto con la mia. Soffocai. Cercai di cacciare un urlo ma la mia voce era sparita. E anche l'udito, e la vista, e il tatto. Ero cieca, sorda, senza più alcuna connessione con la realtà. Esistevo solo nella mia mente: il nostro nuovo campo di battaglia.

La sua voce mi arrivò flebile, come da lontano. *«Non puoi vincere questa guerra.»*

Era alle mie spalle, davanti, di lato. Tutt'intorno e dentro di me. Ovunque. Cercai di muovermi, ma ero paralizzata.

«Avrei potuto renderti una regina. Anzi, una dea.»

Non avevo percezione di nessuna parte di me, ma ero quasi sicura che stessi morendo. Mi stava strozzando. E mi stava torturando nella mente.

Venni sopraffatta dalle immagini dei ricordi. Jak che m'insegnava a borseggiare, Jak che mi convinceva a fare il primo tiro di sigaretta, Jak che mi baciava nella sezione vietata. Poi Reywind che si frustava, che mi prendeva per mano, che leccava via la schiuma di birra dalla mia bocca.

«Vedo tutto, di te.»

Mi apparve Juda inchiodato alla croce, quando udii le grida dei genitori che non avevo mai avuto e che morivano sulla pira. Vidi la Madre e il suo sorriso crudele, vidi Devis che mi aggrediva. Vidi il generale Florent che ordinava il mio sacrificio. Vidi Jak piegato sotto i colpi di frusta. Jak che diventava il Fauno.

Sentii ogni parte di me spezzarsi.

Poi le immagini sfarfallarono. Lampeggiarono. E a tratti mi tornò la vista. Ero frastornata dal dolore, ma ancora abbastanza lucida da accorgermi che Adhareo boccheggiava, senz'aria. Le dita intorno alla mia gola si contrassero e si allentarono.

Era Jak che lo stava costringendo a liberarmi, non potevo esserne più sicura.

Mi aggrappai alla sua mano e me la strappai dal collo. Presi un respiro a pieni polmoni, come se fossi stata sott'acqua per troppo tempo. Crollai a terra. Le spire di fumo mi raggiunsero, tirandomi in piedi. Mi tenevano stretta agli arti come catene.

«Lui...» grugnì. «Lui pensa di vincermi?» gridò Adhareo, il viso deformato.

Un muro di nebbia nera si alzò intorno a noi quando allargò le braccia. Un vento gelido e velenoso mi s'insinuò nella gola, arrivando agli organi che si contrassero in spasmi di dolore.

«Questo corpo è mio!» urlò ancora.

Ci fu solo nero intorno a noi. E lampi violacei che squarciavano l'aria. E il tamburo dei nostri cuori che sovrastava persino la furia che ci turbinava attorno. Non esisteva più nient'altro.

Ma poi una voce che credevo non avrei più udito ci raggiunse e aprì un varco di luce nella mia agonia.

«No. Non lo è.» Non mi ero accorta di aver serrato le palpebre, ma quando le aprii Reywind era alle spalle di Adhareo.

E c'erano anche Mida e Zinah. I tre Prescelti riuniti. Le Spade leggendarie sollevate.

L'attenzione del Fauno vacillò e le ombre si ritrassero alla vista delle lame dei Cavalieri. Strattonai e liberai un braccio dalla presa. Il respiro di Adhareo era affannato. Sibilò come un serpente. E si voltò verso di loro, pronto ad attaccarli. Ad annientarli come avrebbe poi fatto con me.

Una consapevolezza mi squarciò il petto facendo di nuovo largo alla speranza. Loro potevano scalfirlo. Per *Lux*, *Ombra* e *Obscuritas* il Fauno era fatto semplicemente di carne.

«Feritelo!» ordinai. «Feritelo e basta! Senza ucciderlo!»

Rey sbatté le palpebre, confuso. Ma si fidò. E così fecero gli altri. Neanche il fumo nero che Adhareo sollevò per parare l'attacco riuscì ad arrestare la traiettoria delle lame. Tre profonde linee rosse gli si tracciarono sul petto. Gridò.

«Jak!» urlai, torturandomi i polmoni. «Jak, ora! Distruggilo!»

La speranza che bastasse indebolirlo per vincere quello scontro era stata così forte che, quando capii che non aveva funzionato, la delusione fu straziante.

Adhareo era stanco, e indebolito. Ma era ancora Adhareo. Rise. Un suono crudele che mi fece accapponare la pelle. «Dovrai ucciderci entrambi se mi vuoi fuori da questo corpo. Sei pronta a farlo, Discendente?» mi sfidò.

Indietreggiai. No che non ero pronta. Non lo sarei mai stata.

«Se non lo è lei,» avanzò Zinah, i denti scoperti «lo sarò io.»

Sollevò la Spada, pronta a calarla sul Fauno. Ma lui non si mosse di un millimetro, guardò la lama scintillare sotto i lampi senza smettere di sorridere. Sapeva che non lo avrei permesso.

Scattai in avanti e m'interposi tra loro. «No!»

Prima che la Spada arrivasse a conficcarmisi nel cranio, quella di Reywind la intercettò a mezz'aria e parò il colpo. Un clangore di metallo vibrò nell'aria.

«Siete degli sciocchi.» Adhareo scosse la testa divertito e strinse le braccia intorno al mio corpo. «Solo uno dei due resterà in vita, Discendente. E non sarai tu.»

Ci sollevammo da terra risucchiati da una corrente d'aria. Il fumo nero era tutto intorno a noi, celandoci al resto del mondo. Il mio potere, che aveva imparato in fretta a percepire la magia, sentiva che il Fauno era potente. Ma indebolito. Quelli erano gli ultimi suoi frammenti di energia, comunque abbastanza per uccidermi. In quel corpo, però, non era solo. Jak lottava come una furia per impedirglielo.

Mi rigirai tra le sue braccia e fummo viso a viso. Lo rividi, al di là del velo di cattiveria che gli patinava le iridi. Poi aprì la bocca e gridò, come se qualcuno lo stesse torturando dall'interno.

Io e Jak eravamo una macchia nera nel cielo. Un'unica cosa. Come eravamo sempre stati.

«Nailyn!» gridò, le palpebre serrate per lo sforzo.

Avevo ancora il pugnale stretto tra le dita.

«Jak!»

Sbarrò gli occhi e, all'interno, vidi lampeggiare due consapevolezze diverse. La sua e quella del Fauno. La sua mano mi scivolò dietro la nuca. Le sue labbra finirono sulle mie prima che potessi impedirlo. Sapevo cosa significava.

Un addio.

«No!» Mi staccai, il cuore che si frantumava.

Urlò di nuovo quando Adhareo riprese possesso del corpo. Ma fu per poco, perché Jak riuscì a contrastarlo un'altra volta ancora.

«Fallo, Nailyn» mi ordinò, e la sua voce non era mai stata più dolce. E più straziante.

«No...» Mi vibrò il mento.

Mentre turbinavamo in aria, la sua mano scivolò su quella con cui tenevo il pugnale forgiato da lui. Me la fece sollevare e se la puntò al petto, al centro del marchio tatuato. «Fallo.»

Un grido di rabbia gli squarciò la gola. Il Fauno cercava con tutte le sue forze di impedire che avvenisse. Ma, per l'ultima volta, Jak fu più forte.

Strinse la presa intorno alla mia mano e affondò il pugnale. L'unica cosa che udii fu il suono del mio cuore che si spezzava.

Tremai.

Ma funzionò, perché Adhareo sgranò gli occhi e, semplicemente, sparì, come se non ci fosse mai stato. Non ci fu nulla di epico nella sua morte.

Il vento si fermò e la gravità ci ributtò a terra. Qualcosa mi si spaccò. Una gamba, credo. Ma non sentii alcun dolore, intorpidita da quello che mi s'irradiava dal petto.

Mi trascinai al punto in cui era piombato Jak. Le zanne si stavano ritraendo, così come le corna e gli artigli. Un rivolo di sangue gli colava dall'angolo della bocca. Ma... non era ancora finita. Respirava.

«Jak» gracchiai.

Gli circondai il corpo con le braccia. Era terribilmente freddo. Gli sollevai la testa e me la posai in grembo. Feci del mio meglio per ignorare il manico del pugnale che sbucava dal cuore. Ma era lì. E richiamava la mia attenzione. Un rantolo gli uscì dalle labbra macchiate di rosso.

Mi guardai attorno. Reywind e gli altri Prescelti erano vicini, ma a una rispettosa distanza. «Gli alberi... gli alberi!» gridai. «Possiamo portarlo da loro... lo cureranno» dissi con voce disperata.

«N-no...» Jak aprì lievemente le palpebre.

«Jak. Jak, ti prego. Resisti...»

Sorrise. Il *suo* sorriso. «No.» Le fossette agli angoli della bocca mi trafissero il cuore come dardi avvelenati. Sollevò una mano e la portò alla mia guancia. Con il pollice mi asciugò una lacrima solitaria.

«Non piangere, Lyn» sospirò.

In quel momento avrei dato qualunque cosa perché il respiro abbandonasse le mie labbra e raggiungesse quelle di Jak. Come era sempre stato, gli avrei dato la mia vita.

«Ti prego» singhiozzai violentemente.

Poi, senza che potessi fare nulla per impedirlo, il suo braccio crollò a terra e i suoi occhi si chiusero.

Per non riaprirsi mai più.

Epilogo

Alla fine della guerra, nel campo si respirava un'atmosfera a metà tra il dolore e il sollievo.

Quando il pugnale aveva trapassato il cuore di Jak, tutto l'esercito dei Legionari si era letteralmente polverizzato. La loro causa era legata a quella del Fauno, e quindi alla sua magia. E avevano fallito. Non c'erano prigionieri da giustiziare.

I nostri morti erano stati tanti, sia tra gli uomini che tra le creature magiche. L'esercito era stremato. Io ero a pezzi. Così stanca, ferita, distrutta che nessuna magia avrebbe potuto guarirmi fino in fondo. Ero esausta.

Avevo resistito talmente a lungo che, davanti al corpo freddo e immobile di Jak, non fui più capace di trattenermi, e piansi. Non volevo lasciarlo, non volevo che ci separassero. Ma Reywind mi portò via.

Provai a combattere contro di lui, anche se non avevo più forze. A un certo punto svenni. E quando mi svegliai, mi ritrovai all'interno di un albero. Tutta l'energia che mi aveva pompato nelle vene non era però bastata a ricucire i pezzi distrutti di me.

«*Il destino si è compiuto, Discendente. Quel che doveva accadere è accaduto*» mi disse.

«Non chiamarmi così.»

«Ma tu sei la Discendente.»

«No. Non più. Il Fauno è morto.» Mi si strozzò la voce. «Non voglio più essere la Discendente.»

Non rispose. Mi lasciò a crogiolarmi nella mia sofferenza. Non avrebbe potuto fare nulla per il dolore che mi soffocava.

Tre giorni dopo la fine della guerra, uscii dalla tenda e mi schermai gli occhi per proteggerli dalla luce accecante del sole.

Quello era il momento più orribile. I morti sarebbero stati pianti e sepolti. Avrei voluto restarmene sotto le pelli della mia tenda, ma Jak meritava che io fossi lì. Il resto del mondo poteva sparire, ma io dovevo esserci per lui.

Chi era stato fortunato era stato comunque gravemente colpito. Molti avevano riportato ferite così gravi che solo gli alberi erano riusciti a guarirli. Così come durante la battaglia era stato per i tre Prescelti, che avevo mandato via in groppa al drago dalle scaglie dorate.

Vill era rimasto intrappolato sotto spesse radici di querce. Non poteva essere inglobato, era troppo grosso. Ma le piante riuscirono comunque a curare la ferita all'ala. Quando mi notò, mentre camminavo per l'accampamento, mi lanciò un grido stridulo. Mi stava salutando. Ci scambiammo uno sguardo e, dall'intensità del suo, seppi che percepiva lo strazio che mi spezzava il cuore. Lo superai, insieme agli altri draghi che stavano ricevendo le medesime cure.

Gazelle aveva preso possesso di una serie di capanne e si occupava di curare i mortali che non potevano affidarsi alla magia. Con lei, ad aiutarla, c'era Mida. Mi sorrise triste. Ricambiai sollevando una mano e andai avanti.

«Ehi» mi chiamò Zinah.

Mi voltai. Si stava alzando dalla lunga tavola su cui alcuni soldati sopravvissuti consumavano un veloce pasto prima delle celebrazioni funebri.

Quando mi fu davanti sentii che qualcosa in lei era cambiato. L'odio e la rabbia si erano placati. Ma non si era per questo addolcita. Era forse l'unica dell'accampamento che non mi guardava come se le facessi pena. Gliene fui silenziosamente grata.

«Sei una grade guerriera» ammise.

Se non mi fossi sentita così consumata, forse avrei potuto stupirmi di quel riconoscimento. Forse avrei perfino potuto farci una battuta su. Una di quelle che avrebbe fatto ridere Jak.

«Anche tu» ricambiai, quasi apatica.

Lei mi afferrò un braccio e me lo strinse all'altezza del gomito. Un gesto di grande rispetto. «Ti ringrazio, Nailyn. Spero di rivederti, un giorno.»

«Te ne vai?»

Annuì. «Vado a cercare mia sorella.»

«Buona fortuna, Zinah.» Ricambiai la stretta guardandola dritta negli occhi.

Piegò leggermente il capo e tornò alla sua scodella di zuppa. Sarebbe partita prima dei funerali. Non era il tipo da lasciarsi travolgere da quel genere di dolore. Un po' la invidiai.

Proseguii fino alla capanna di Zefiro. Terrore era lì, legato a un palo. Mi nitrì in saluto. Strappai una zolla d'erba e gliela portai al muso. Ero felice che almeno lui fosse sopravvissuto.

Arrivai alla tenda. Mi fermai un'istante e presi un bel respiro. Al di là di quelle pelli, si discuteva del futuro del regno. Al di là di quelle pelli, avrei trovato decine di volti a guardarmi con gli occhi colmi di pietà e di tristezza. Avrei dovuto sopportarli.

Mi feci coraggio ed entrai senza annunciarmi.

Come mi ero aspettata, tutti si voltarono verso di me. Calò un silenzio teso. Iniziai a sentirmi a disagio, ma ressi i loro sguardi. Poi incontrai quello di Reywind. Indossava l'armatura della battaglia. Gli donava un'aria importante.

Mi morsi un labbro per impedirmi di piangere. Nelle tre notti che erano seguite alla battaglia, mi aveva tenuta stretta cullandomi quando urlavo nel sonno. Da come mi guardava, capii che avrebbe voluto risparmiarmi quella giornata. Ma la vita andava avanti, indipendentemente dal mio cuore, che si ostinava a rimanere indietro.

Rey si schiarì la gola e si fece avanti, pratico.

«Menomale che sei qui, Nailyn» mi accolse, come se nulla fosse. «Siamo nel bel mezzo di un casino.»

«Non lo chiamerei "casino"» ironizzò Zefiro. Il volto era striato da linee blu, come al solito.

Un uomo che avevo visto combattere bene tra le file dei contadini fece un passo avanti. «E come lo volete chiamare? Qui si rischia una seconda guerra!»

«Non la vincereste» lo sfidò Salesir, il capo degli elfi.

«Che succede?» domandai, cercando di non far trapelare tutta la fragilità che in quei giorni mi faceva tremare dentro.

«Succede che il trono di Vartadis è di nuovo scoperto. E vorrebbe sedercisi sopra questo qui.» Il contadino indicò l'elfo.

«Non io,» lo corresse lui «ma certo non un mortale.»

«Prima di Florent, re Aronne ha governato con amore e giudizio. I *mortali*» lo sbeffeggiò l'uomo «non si ritireranno nell'ombra per lasciare spazio a voialtri.»

«*Noialtri* abbiamo dormito per mille anni per colpa della vostra specie.» Salesir mi lanciò un'occhiata che fece male, seppure intuissi che non ce l'aveva direttamente con me. «È arrivato il nostro turno di regnare.»

«Se non fosse stato per la nostra specie, come la chiami tu, voi creature incantate non sareste tra noi, oggi. Io propongo d'incoronare *lei*» ribatté il contadino, e m'indicò.

«Io?» Indietreggiai, scuotendo la testa. «Non la voglio una corona.»

«Problema risolto.» Zefiro scrollò le spalle.

L'uomo fece una faccia oltraggiata. «Ora siete dalla sua parte?» urlò. «Date il trono al comandante Reywind, allora.»

«Il figlio dell'usurpatore? Del falso re?» domandò Salesir, scettico.

Rey gli scoccò un'occhiata di giaccio. «Il figlio dell'usurpatore ha combattuto al tuo fianco. Comunque grazie, ma rifiuto.» Mi fu accanto e mi strinse le spalle con un braccio. C'era solidarietà in quel gesto. «Neanche io voglio una corona.»

«D'accordo, sì. È un cazzo di casino» ammisi. «I mortali non vogliono una creatura del mondo magico sul trono, e le creature del mondo magico non vogliono un mortale. Non c'è nessuno disponibile nella successione legittima di re Aronne che possa rivendicare il titolo, perciò...»

«Non è esatto...» La voce ruvida e profonda di Silver Hale giunse alle mie spalle.

Il Capitano era seguito da Gyn Leen, da Deron e da coloro della ciurma che erano sopravvissuti. Il suo sorriso fu una carezza. Sapeva senz'altro cos'era accaduto a Jak. Lo sapevano tutti. Ma come Zinah e Reywind evitò di guardarmi con compassione. Mantenne quella scintilla maliziosa, che gli infurbiva il volto.

«C'è un qualche figlio illegittimo?» domandò l'elfo, altezzoso. «Anche fosse, il trono spetta alla magia. Non accetteremo una soluzione diversa da questa.»

Hale si chinò un poco e si rivolse al nano. «Falle entrare.»

Gyn Leen si diresse all'entrata della tenda e ne scostò un lembo. Fecero il loro ingresso sei donne completamente nude. Erano bellissime, seppur emanassero un'aurea letale. I lunghi capelli ondulati, acconciati con conchiglie d'ogni genere, coprivano loro i seni. Le labbra blu erano tese in una linea sottile e nascondevano quelli che sapevo essere denti aguzzi e affilati. Camminavano su gambe umane, ma era un trucco.

Perché quelle erano *sirene*.

Non avevano combattuto durante la guerra. Non avevano preso le parti di nessuno. E ora erano lì per discutere le sorti del trono. Avrei dovuto imbestialirmi per quel coraggio, ma la verità era che non me ne fregava niente.

«Signore» le accolse Zefiro, l'aria malandrina.

Poi, dietro di loro apparve un ragazzino. La pelle era chiara e coperta di squame. Indossava una veste d'alghe e una corona di corallo. Non era una sirena. Ma non era neanche un mortale. Eppure c'era qualcosa di fortemente familiare in lui.

«Siete al cospetto dell'erede al trono di re Aronne e della regina Jaismid» annunciò Hale.

Solo quando gli occhi del ragazzo, di un intenso verde smeraldo, individuarono i miei, capii chi era.

«Non è possibile...» mormorai.

«Lo conoscete?» mi domandò il contadino.

Mi rivolsi a Silver Hale, che teneva il mento alto e fiero: «Il principe Gioele era un neonato quando è stato buttato in mare dal Capitano Solem Dawking. Questo ragazzo deve avere più di dieci anni. Come è...».

«Il tempo umano non corrisponde a quello del mare. Le leggi ora sono diverse, mia cara» m'interruppe.

«Questo qui, il figlio di re Aronne e della regina Jaismid?» Il contadino sembrava non volerci credere. «Il principe Gioele era umano!»

«Anche la regina Jaismid lo era. Almeno finché non è diventata una Furia» intuì Reywind, il tono riflessivo. «Si è trasformato quando la morte l'ha reclamato. Come è successo anche a sua madre. E a Vill.»

Zefiro batté le mani e annuì con aria soddisfatta. «Ora il problema è realmente risolto. Questo ragazzo unirà due popoli: quello mortale e quello incantato.»

Passò un istante e tutti i presenti, me compresa, s'inchinarono al nuovo sovrano: re Gioele.

Un finale perfetto. O quasi.

«Alzatevi, vi prego» ci ordinò il ragazzo con voce teneramente giovane, ma ferma. «Oggi non sono qui solo per reclamare la corona che fu dei miei genitori. Sono qui anche per rendere omaggio ai caduti e agli eroi della Guerra del Fauno.»

M'irrigidii. Era arrivato il momento degli ultimi addii. Avrei preferito vedere bruciare l'intero regno piuttosto che affrontare quel giorno. Ma non esisteva alternativa.

L'abbraccio di Rey si fece più forte e, a dispetto di tutto, mi diede un po' di coraggio.

«È ora» mi sussurrò.

Annuii, arrendendomi al dolore. Uscimmo dalla tenda e, in

un silenzio funereo, percorremmo il sentiero che portava giù dalla collina e sul campo di battaglia. Non c'era stato tempo per costruire bare per tutti i caduti, perciò erano semplicemente state scavate migliaia e migliaia di buche. Quella radura, in futuro, sarebbe stata chiamata "la valle dei vinti". Perché la guerra mieteva solo vittime. Nessuno vinceva mai veramente.

Io, di certo, non lo avevo fatto.

Solo il corpo della regina Jaismid venne tumulato e preparato per essere condotto a Vartadis. Avrebbe riposato in eterno accanto al marito.

La valle si riempì in fretta. Accanto a ogni buca c'era chi piangeva i propri defunti. Scorsi la figura incurvata di Gurild. Lo Smilzo non era al suo fianco. Quando notai i grossi lacrimoni che cadevano a terra mi si strinse il cuore.

Sorretta dal braccio forte di Reywind, continuai a camminare. Grazie al mio potere, che non era morto alla sconfitta del Fauno, percepii che re Gioele e le sirene erano proprio dietro di noi.

Passammo accanto a un branco di leoni infernali che ruggivano di sofferenza. Centauri che battevano gli zoccoli a terra. Contadine e Ribelli che si strappavano i capelli.

E poi vidi Sibilla. Era l'unica che se ne stava al limitare della valle con occhi vitrei fissi sul vuoto. I Legionari si erano polverizzati, non c'era una tomba sulla quale piangere la morte di Florent. Provai una fitta al petto per lei. Per quanto fosse stato un mostro, era suo padre. E, almeno a lei, aveva voluto bene. I suoi occhi di ghiaccio, gemelli di quelli di Rey, incontrarono i miei. Erano colmi di tristezza, ma mi sorrise. Ricambiai. Avremmo dovuto entrambe imparare a convivere con i nostri demoni.

Mastro Turild era poco più avanti. Nonostante la mole, sembrava che la guerra avesse sciupato persino lui. Non si era liberato del grembiule che usava quando lavorava il ferro. Stava dando delle pacche a una piccola cripta di mattoni e fango. L'aveva costruita lui. E l'aveva fatto per Jak.

Se non avessi avuto Reywind, sarei crollata sulle ginocchia. Il fabbro aveva l'aria distrutta. Sapevo che teneva al suo attendente, ma fu comunque un colpo vederlo con gli occhi rossi. Arrivai al suo fianco e, senza attendere un cenno d'assenso, gli buttai le braccia al collo. Era scosso dai singhiozzi.

E anche io. Non avrei più trattenuto neanche una lacrima. Jak le meritava tutte. Meritava fino all'ultima goccia di me.

«Grazie» sussurrai.

Lui mi strinse un po' più forte poi mi lasciò andare. Con il dorso della mano si asciugò gli occhi. Gli sorrisi e lo oltrepassai.

La cripta era piccola e buia, riusciva a ospitare giusto una semplice bara di legno e un altarino con una lunga candela tremolante.

«Sono qui fuori se hai bisogno di me.» Reywind mi lasciò un tenero bacio sulla guancia e uscì, concedendomi l'ultimo momento con lui.

Fui felice che Mastro Turild avesse chiuso la bara con dei chiodi di ferro. Mi evitò la tentazione di aprirla e posare gli occhi sul volto pallido di Jak. Non avrei potuto sopportare di vedere il guscio vuoto della metà del mio cuore.

Posai una mano sul legno liscio. «Dannato *affascinantissimo* coglione» mormorai.

M'inginocchiai sulla terra umida e posai la fronte sulla bara. Sentii una sensazione calda all'altezza della spalla e finsi che si trattasse della mano di Jak. Forse il suo spirito era davvero lì con me. Forse non mi avrebbe abbandonata neanche nella morte.

«Non ti dimenticherò mai, Jak» sussurrai, la voce rotta dal pianto. «Te lo prometto.»

Avevo le guance umide di lacrime che mi scivolavano nella bocca. Ma non mi nascosi. E non le asciugai. Quella sensazione di calore che avevo provato alla spalla mi si spostò nel petto, dandomi il secondo di sollievo che mi serviva per riprendere a respirare. Mi ci premetti sopra la mano e sotto il tessuto sentii la forma del ciondolo.

Mi sfilai la collana e la posai sul sepolcro. Lui sarebbe rimasto con me per l'eternità. Avevo bisogno che quella minuscola campana di ferro che rappresentava la nostra amicizia restasse lì con lui.

Non ero pronta ad affrontare la vita che mi si prospettava davanti. Ma lo avrei fatto in suo onore. E con l'aiuto di Reywind, forse sarei anche riuscita a essere felice per entrambi.

Avrei conservato ogni dettaglio di Jak. Lo avrei ricordato con la testa reclinata all'indietro mentre sputava uno sbuffo di fumo di sigaretta. Avrei ricordato il modo in cui mi sorrideva con malizia, con l'aria da bandito e una scintilla nello sguardo. Avrei ricordato anche le fossette che avevano fatto tremare le gambe di tutte le fanciulle. Per un attimo persino le mie.

Mi sporsi sull'altare e soffiai sulla fiammella.

E, così come era cominciato, tutto terminò col tremolio d'una candela.

Ringraziamenti

Il primo, grande grazie va ad Andrea Amadio, la mia fata madrina, la schicchera che ha dato inizio a tutto questo. Ti voglio bene.

Un grazie speciale a tutto il team di Giunti Editore per aver creduto in questo romanzo, in particolar modo ad Alice Cianni, la mia editor dall'estrema pazienza.

Grazie a Eleonora Pasanisi, Federica Cappelli e Chiara Manzi, le mie amiche del #bookqualcosa, per avermi sopportata e supportata dal giorno in cui ho finito di scrivere il libro a oggi. E spero anche nel futuro. Siete uniche.

Grazie a Laura Rubino e Priscilla Baldussu, le mie amiche di vecchia data che non si sono perse una novità e mi sono state vicine dal giorno zero. Vi adoro.

Grazie a chi ha letto il libro in anteprima e a tutti i miei fantastici lettori di Wattpad, soprattutto a dory_bee e a Cremisi. Avete pazientemente aspettato ogni aggiornamento e mi avete fatta sbellicare con i vostri commenti.

Grazie mille a tutta la mia community di Instagram e di TikTok, perché mi avete sostenuta, aiutandomi a rendere reale questo sogno!

Grazie alle mie libraie di fiducia per tutto l'entusiasmo che mi hanno dimostrato. Siete fantastiche!

Grazie mille alla mia famiglia. Ai miei fratelli, Benny e Fede, che leggeranno questo libro solo per dovere (vi voglio bene comunque). Alle mie nonne e ai miei genitori, grazie per tutto l'amore e per non avermi ostacolata. Vi adoro. E a nonno: grazie per avermi trasmesso l'amore per la scrittura.

Chiudo ringraziando la persona che, tra tutte, è quella che mi è stata più vicina in assoluto. Adesso non hai più scuse, ti tocca leggere questo libro, Ilario! Grazie, perché entrambi sappiamo che il mio romanzo ti deve molto. Ti amo.

MISTO
Carta | A sostegno della gestione forestale responsabile
FSC® C115118
FSC www.fsc.org

Stampato presso Elcograf S.p.A.
Stabilimento di Cles